SOLSTICE D'HIVER

DU MÊME AUTEUR
CHEZ LE MÊME ÉDITEUR

Retour en Cornouailles
Retour au pays
Retour en Ecosse
Retour sur la lande

Rosamunde Pilcher

SOLSTICE D'HIVER

Traduction de Colette Vlérick

Roman

 PRESSES DE LA CITÉ

Titre original : *Winter Solstice*

© Rosamunde Pilcher, 2000
© Presses de la Cité, 2000, pour la traduction française
ISBN 2-258-05440-0

Elfrida

Avant de quitter Londres et de s'installer définitivement à la campagne, Elfrida Phipps se rendit au refuge pour chiens de Battersea afin de choisir un compagnon à quatre pattes. Il lui fallut une longue et déchirante demi-heure de recherches mais dès qu'elle le vit, assis juste derrière les barreaux de sa niche et qui la regardait de ses yeux noirs débordants de tendresse, elle sut que c'était lui. Elle ne voulait pas un gros animal et l'idée d'un chien de manchon glapissant ne la tentait guère plus. Celui-là avait la taille idéale. La taille « chien ».

Il avait le poil fourni et doux avec des mèches qui lui tombaient dans les yeux, des oreilles qu'il pouvait dresser ou laisser tomber, et une queue en panache triomphant. Sa robe présentait des taches irrégulières brun et blanc, les parties brunes de la teinte d'un chocolat au lait. Quand elle interrogea la responsable du chenil sur le pedigree de l'animal, celle-ci répondit que, d'après elle, c'était un mélange de border collie avec une trace de bearded collie et un certain nombre d'autres races non identifiées. Pour Elfrida, cela n'avait aucune importance. Il avait une bonne tête, avec une expression qui lui plaisait.

Elle fit un don au refuge et s'en alla avec son nouveau compagnon. Il s'assit sur le siège passager de la vieille voiture d'Elfrida, et regarda par la fenêtre d'un air satisfait comme si sa nouvelle vie était exactement celle qu'il aurait choisie lui-même.

Le lendemain, elle l'emmena au salon de beauté pour chiens de son quartier pour une coupe, shampooing et séchage. Il en sortit la fourrure soyeuse, parfaitement propre, avec un léger parfum de limonade. Après ces attentions dignes d'une vie de syba-

7

rite, il lui fit une grande démonstration d'amour, de confiance et de reconnaissance. C'était un chien timide et même timoré, mais courageux. Si l'on sonnait à la porte ou s'il pensait avoir repéré un intrus, il aboyait à tue-tête pendant un moment puis battait en retraite vers son panier ou les genoux d'Elfrida.

Il fallut un certain temps à Elfrida pour lui choisir un nom, mais elle finit par le baptiser Horace.

Un panier à la main et Horace solidement tenu en laisse, Elfrida ferma la porte de son cottage, descendit l'allée étroite qui menait au portail et partit en direction de la poste et de la supérette.

C'était un après-midi d'octobre maussade et gris sans intérêt. Les arbres perdaient leurs dernières feuilles et il soufflait un vent trop froid pour que même les jardiniers les plus enragés travaillent dehors. Les rues étaient désertes, les enfants encore à l'école. De lourds nuages plombaient le ciel, des nuages qui défilaient rapidement, aussitôt remplacés par d'autres. Elfrida marchait d'un pas vif. Horace trottait avec répugnance sur ses talons, sachant que ce serait son unique promenade de la journée et qu'il n'avait pas d'autre choix que d'en profiter au maximum.

Ce village était celui de Dibton dans le Hampshire. Elfrida s'y était installée un an et demi plus tôt, quittant Londres pour toujours, décidée à commencer une nouvelle vie. Au début, elle s'était sentie un peu isolée mais, à présent, elle n'imaginait plus de vivre ailleurs. De temps en temps, d'anciennes relations de ses années de théâtre entreprenaient courageusement le voyage depuis la ville pour passer quelques jours avec elle. Elle les faisait dormir sur le divan défoncé de la petite chambre de derrière qu'elle appelait son atelier. En effet, elle y avait mis sa machine à coudre, grâce à laquelle elle gagnait un peu d'argent de poche en réalisant de superbes coussins très raffinés pour un décorateur de Sloane Street.

Quand ses amis repartaient, ils avaient besoin d'être rassurés. « Tu es certaine d'être bien, Elfrida ? lui demandaient-ils. Pas de regrets ? Tu ne veux pas rentrer à Londres ? Tu es heureuse ? » Elle avait toujours réussi à apaiser leurs inquiétudes. « Mais oui, je suis très bien. C'est ma retraite des vieux jours ! C'est ici que je terminerai ma vie. »

Elle avait établi une confortable familiarité avec son environnement. Elle savait qui vivait dans telle maison, dans tel cottage. Les gens l'appelaient par son nom. « Bonjour, Elfrida ! » ou encore : « Belle journée, Mrs Phipps ! » Il y avait quelques familles dont le père partait très tôt le matin pour attraper le rapide de Londres et revenait tard le soir pour reprendre sa voiture sur le parking de la gare et rentrer chez lui. D'autres avaient passé là toute leur vie, dans de petites maisons de pierre qui avaient appartenu à leurs pères et, encore avant, à leurs grands-pères. Il y avait aussi des nouveaux venus qui habitaient les logements sociaux construits par la commune sur les confins du village. Ils travaillaient à l'usine d'électronique de la ville voisine. Tout cela était très banal et peu contraignant. En fait, exactement ce dont Elfrida avait besoin.

Elle passa devant le pub qui venait d'être redécoré et s'appelait à présent le Relais de Dibton. Il y avait des enseignes en fer forgé et un vaste parc de stationnement. Poursuivant sa route, elle passa ensuite devant l'église qu'ombrageaient quelques ifs et la grille du cimetière. Sur un panneau d'affichage, le bulletin paroissial s'agitait dans le vent. On y annonçait un concert de guitare et une sortie pour le groupe des Mamans et Bébés. Dans le cimetière, un homme avait allumé un feu de jardin et l'odeur des feuilles en train de brûler embaumait l'air. Dans le ciel, des corbeaux croassaient. Un chat était assis sur un des piliers de l'entrée mais, par chance, Horace ne le remarqua pas.

A partir de là, la rue s'incurvait et, tout au bout, à côté du bungalow sans caractère qui remplaçait le vieux presbytère, se trouvait le magasin du village. Les bannières d'une publicité pour des glaces flottaient dans le vent et les panneaux d'affichage des journaux étaient posés contre le mur. Deux ou trois adolescents à bicyclette étaient groupés près de l'entrée et le postier, sa camionnette rouge garée le long du trottoir, vidait la boîte aux lettres.

La vitrine était munie de barreaux pour empêcher les vandales de la casser et de voler les boîtes de biscuits en métal et les empilements de conserves de haricots blancs qui répondaient à l'idée que Mrs Jennings se faisait d'un décor de bon goût. Elfrida posa son panier et attacha la laisse d'Horace à l'un des barreaux. Le chien s'assit d'un air résigné. Il détestait attendre dehors, à la merci des taquineries des jeunes, mais Mrs Jennings ne voulait pas de chiens dans son établissement. Elle les accusait de lever la patte et les traitait de dégoûtants mal élevés.

Le magasin était violemment éclairé, bas de plafond et surchauffé, avec le bourdonnement des réfrigérateurs et des congélateurs en bruit de fond. Quelques mois plus tôt, on avait installé des rampes au néon et des étagères de présentation du dernier cri — une énorme amélioration, répétait Mrs Jennings, comme une supérette. A cause de tous ces obstacles visuels, il était difficile de savoir tout de suite qui était dans le magasin et qui n'y était pas. Ce n'est donc pas avant d'avoir tourné le coin d'un rayon (café instantané et thé) qu'Elfrida vit un dos familier, en train de payer à la caisse.

Oscar Blundell. Elfrida avait passé l'âge où son cœur s'emballait mais elle était toujours heureuse de rencontrer Oscar. C'était presque la première personne qu'elle avait connue en arrivant à Dibton. Un dimanche matin où elle était allée à l'église, après le service, le prêtre l'avait retenue sous le porche. La brise fraîche du printemps l'ébouriffait tandis que son surplis blanc se gonflait comme du linge propre sur un fil. Après quelques mots de bienvenue, il avait émis une série de borborygmes à propos de la culture des fleurs et de l'Association féminine puis, grâce au Ciel, avait été distrait par l'arrivée d'un autre personnage qu'il s'était empressé de présenter. « Et voici notre organiste, Oscar Blundell. Oscar n'est pas notre organiste titulaire, mais il nous dépanne avec talent en cas de problème. »

Elfrida se tourna et vit un homme émerger de l'obscurité de l'église pour apparaître dans le soleil et les rejoindre. Elle découvrit un visage doux à l'expression amusée, des yeux aux paupières tombantes, une épaisse chevelure blanche qui avait dû, autrefois, être blonde. Détail peu courant, il était aussi grand qu'Elfrida. Très mince, avec son mètre soixante-quinze, elle avait l'habitude de dépasser les hommes. Avec Oscar, c'était différent. Elle pouvait le regarder dans les yeux et ce qu'elle y vit lui plut. Comme c'était dimanche, il portait un costume de tweed et une cravate élégante. Ils se serrèrent la main et elle trouva le contact agréable.

— Il faut être doué, dit-elle. Je veux dire pour jouer de l'orgue. C'est votre violon d'Ingres ?

— Non, c'est mon travail, répondit-il d'un air grave. C'est ma vie.

Avec un sourire qui effaçait le caractère pompeux de ses paroles, il ajouta :

— Mon métier.

Un ou deux jours plus tard, le téléphone sonna chez Elfrida.

— Bonjour ! C'est Gloria Blundell. Vous avez rencontré mon mari dimanche, à la sortie de l'église. Venez dîner avec nous, jeudi. Vous savez où nous habitons. La Grange. La maison en brique rouge avec des tourelles à la sortie du village.

— Vous êtes très aimable. J'en serai ravie.

— Comment ça va, votre installation ?

— Tout doucement.

— Parfait ! A jeudi, donc. Vers sept heures et demie.

— Je vous remercie...

A l'autre bout de la ligne, on avait déjà raccroché. Mrs Blundell n'avait pas de temps à perdre, apparemment.

La Grange, où l'on accédait par une grille prétentieuse et une longue allée, était la plus grande maison de Dibton. Rien de tout cela ne semblait vraiment correspondre à Oscar Blundell mais Elfrida trouvait intéressant d'y aller, de rencontrer sa femme et de découvrir son cadre de vie. On ne connaît jamais bien les gens tant qu'on ne les a pas vus dans leur cadre habituel, tant qu'on n'a pas vu leurs meubles, leurs livres et leur style de vie.

Le jeudi matin, elle se lava les cheveux et raviva sa couleur comme elle le faisait toutes les quatre semaines. En principe, la nuance s'appelait « Blond vénitien » mais, de temps à autre, elle tirait plus sur l'orange que sur le blond. Ce fut le cas cette fois-là mais Elfrida avait des soucis plus graves. Comment s'habiller, par exemple. Elle finit par mettre une jupe à fleurs qui lui frôlait les chevilles et un long cardigan en jersey tilleul. La juxtaposition de ses cheveux, des fleurs et du cardigan produisait un effet assez surprenant mais avoir l'air un peu bizarre faisait partie de ses astuces pour se donner confiance en elle-même.

Elle partit à pied. Cela représentait environ dix minutes de marche, le temps de traverser le village, de franchir les hautes grilles et de remonter l'allée. Comme elle venait pour la première fois, elle ne s'autorisa pas à ouvrir la porte et entrer en criant « Ouh, ouh ? » comme elle faisait d'habitude. Elle se contenta de chercher la sonnette et d'appuyer dessus. La sonnerie retentit à l'arrière de la maison. Elle attendit en examinant les pelouses soignées qui semblaient avoir eu droit à leur première tonte de l'année. Cela sentait l'herbe coupée et l'humidité d'une soirée de printemps encore fraîche.

Il y eut un bruit de pas puis la porte s'ouvrit. Une femme du village apparut, vêtue d'une robe bleue et d'un tablier à fleurs. De toute évidence, ce n'était pas la maîtresse de maison.

— Bonsoir. Mrs Phipps, n'est-ce pas ? Entrez, Mrs Blundell ne va pas tarder. Elle finit de se préparer.

— Je suis la première ?

— Oui, mais vous n'êtes pas en avance. Les autres vont bientôt arriver. Voulez-vous que je prenne votre vêtement ?

— Non, je le garde, merci.

Inutile de s'appesantir et d'expliquer que le léger chemisier en soie qu'elle portait sous son cardigan était décousu sous le bras.

— Le salon...

Elles furent interrompues.

— Vous devez être Elfrida Phipps... Désolée de ne pas avoir été là pour vous accueillir...

Levant les yeux, Elfrida découvrit un vaste palier à balustrade et son hôtesse qui descendait l'escalier. C'était une femme impressionnante, grande, avec une silhouette harmonieuse. Vêtue d'un pantalon de soie noire avec une ample veste chinoise brodée, elle tenait un verre encore plein, apparemment un whisky-soda.

— J'ai été un peu retardée et, en plus, le téléphone a sonné. Bonjour, dit-elle en lui tendant la main. Gloria Blundell. Merci d'être venue.

Elle avait un visage ouvert au teint coloré avec des yeux très bleus et des cheveux qui, comme ceux d'Elfrida, devaient être teints, mais d'une nuance blond pâle plus discrète.

— Je vous remercie de votre invitation.

— Venez près du feu. Merci, Mrs Muswell. Je pense que les autres se débrouilleront tout seuls... par ici...

Elfrida la suivit dans une vaste pièce à grands lambris des années trente. Un bon feu de bois crépitait dans une grande cheminée en brique rouge devant laquelle on avait disposé un garde-feu en cuir capitonné. La pièce était meublée de canapés et de fauteuils profonds et moelleux, recouverts d'un tissu à grands motifs. Des embrasses dorées retenaient les rideaux de velours prune et le sol disparaissait sous d'épais tapis persans aux riches coloris. Rien ne semblait vieux, usé ou passé, tout respirait la chaleur et un réjouissant confort masculin.

— Vous vivez ici depuis longtemps ? demanda Elfrida en essayant de ne pas paraître trop curieuse.

— Cinq ans. C'est un vieil oncle qui m'a laissé cette maison. Je l'ai toujours adorée. Je venais souvent ici, quand j'étais petite.

Elle posa son verre sur une table basse et s'occupa de mettre une énorme bûche dans le feu.

— Vous ne pouvez pas savoir l'état dans lequel c'était ! Tout était usé jusqu'à la corde et mangé par les mites. J'ai dû tout refaire à neuf. J'en ai profité pour installer une cuisine moderne et deux autres salles de bains.

— Où habitiez-vous, avant ?

— A Londres. J'avais une maison à Elms Park Gardens.

Elle reprit son verre, but longuement et le reposa. Elle sourit.

— Mon verre pour m'habiller. J'ai besoin d'un petit remontant avant une soirée. Que puis-je vous offrir ? Un sherry ? Un gin-tonic ? Oui, c'était une maison agréable et très spacieuse. Et St Biddulph, l'église dont Oscar était l'organiste, ne se trouvait qu'à une dizaine de minutes. Je crois qu'on serait restés là-bas toute notre vie mais mon vieil oncle célibataire est allé rejoindre ses ancêtres, comme on dit, et la Grange m'est échue. Et puis, nous avons notre petite fille, Francesca. Elle a onze ans, maintenant. J'ai toujours pensé qu'il valait mieux élever les enfants à la campagne. Je ne sais pas ce que fait Oscar. Il est censé être là pour nous servir un verre ! Il a dû oublier et se plonger dans un livre. Vous allez faire la connaissance de nos autres invités. Les McGeary. Lui travaille dans la City. Il y aura aussi Joan et Tommy Mills. Tommy est médecin à l'hôpital de Pedbury. Excusez-moi, vous m'avez dit un sherry ou un gin-tonic ?

Elfrida dit « gin-tonic » et regarda Gloria Blundell lui en servir un à l'autre extrémité de la pièce où se trouvait une table amplement approvisionnée. D'une main généreuse, son hôtesse se servit ensuite un autre verre de whisky.

— Voilà, dit-elle en revenant. J'espère qu'il est assez fort. Voulez-vous de la glace ? Venez vous asseoir, mettez-vous à l'aise et parlez-moi de votre petit cottage.

— Eh bien... c'est petit.

Gloria éclata de rire.

— Dans Poulton's Row, n'est-ce pas ? Ces cottages avaient été construits pour les employés des chemins de fer. Vous devez être affreusement à l'étroit ?

— Pas vraiment. Je n'ai pas beaucoup de meubles et nous prenons peu de place, Horace et moi. Horace, c'est mon chien. Un bâtard pas très beau.

— J'ai deux pékinois ; ils sont très beaux mais, comme ils mordent les invités, ils restent enfermés dans la cuisine avec Mrs Muswell. Et vous, comment êtes-vous arrivée à Dibton ?

— J'ai vu l'annonce pour le cottage dans le *Sunday Times*. Il y avait une photo. Il avait l'air adorable. Et pas trop cher.

— Il faudra que je vienne le visiter. Je ne suis pas entrée dans une de ces maisons depuis l'enfance, quand j'allais voir la veuve d'un vieux porteur de la gare. Et que faites-vous ?

— Pardon ?

— Jardinage ? Golf ? Bonnes œuvres ?

Elfrida répondit en restant dans le vague. Elle savait reconnaître une femme autoritaire quand elle en rencontrait une.

— J'essaye de refaire le jardin mais, jusqu'à présent, j'ai surtout fait du nettoyage.

— Vous montez à cheval ?

— Je n'ai jamais monté, de toute ma vie.

— Vous savez, il n'y a rien de plus simple. J'avais l'habitude de monter quand mes fils étaient encore petits mais il y a longtemps de cela. Francesca a un petit poney mais je crains que cela ne l'emballe pas vraiment.

— Vous avez aussi des fils ?

— Oui. Tous les deux adultes, aujourd'hui, et mariés.

— Mais... ?

— J'ai déjà été mariée. Oscar est mon second mari.

— Excusez-moi, je ne savais pas.

— Vous n'avez pas à vous excuser ! Mon fils Giles travaille à Bristol et Crawford dans la City. Les ordinateurs ou quelque chose de ce genre, qui me dépasse complètement. Bien sûr, nous connaissions Oscar depuis des années. Nous fréquentions l'église de St Biddulph, à Raleigh Square. Il a merveilleusement joué pour l'enterrement de mon mari. Quand nous nous sommes mariés, tout le monde a été surpris. « Ce vieux célibataire ? disaient les gens. Avez-vous la moindre idée de ce qui vous attend ? »

Tout cela était délicieusement intrigant.

— Oscar a toujours été musicien ? demanda Elfrida.

— Toujours. Il a fait ses études à l'école des chœurs de Westminster Abbey puis il a enseigné la musique à Glastonbury College. Il y a été maître de chœur et organiste pendant de nombreuses années. Ensuite, il a pris sa retraite de l'enseignement, il a emménagé à Londres et il a eu le poste de St Biddulph.

Je crois qu'il y serait resté jusqu'à ce qu'on l'en sorte les pieds devant, mais mon oncle est mort et le destin en a décidé autrement.

Elfrida se sentait un peu triste pour Oscar.

— A-t-il regretté de quitter Londres ?

— C'était un peu comme de déraciner un vieil arbre. Mais, pour le bien de Francesca, il s'est montré courageux. Et ici, il a sa salle de musique, ses livres, ses partitions, et il donne quelques leçons particulières, juste pour ne pas perdre la main. La musique est toute sa vie. Il est très heureux quand il y a une urgence et qu'on lui demande de jouer pour la messe du matin à l'église de Dibton. Et, bien sûr, il se faufile là-bas dès qu'il peut pour jouer tranquillement, tout seul.

Derrière Gloria, la porte du hall d'entrée s'ouvrait lentement. Comme elle continuait à parler, elle ne s'en était pas rendu compte mais, réalisant que l'attention d'Elfrida avait été distraite, elle se tourna dans son fauteuil pour regarder par-dessus son épaule.

— Ah ! Tu es là, mon cher ! Nous parlions justement de toi.

D'un seul coup, et tous ensemble, les autres invités arrivèrent, entrant sans sonner, et la maison s'emplit de voix. Les Blundell allèrent à leur rencontre dans le hall d'entrée, abandonnant Elfrida pour quelques instants. Ce serait bien, pensa celle-ci, de pouvoir rentrer maintenant et dîner seule en réfléchissant à tout ce qu'elle avait appris mais, bien sûr, c'était impossible. Elle avait à peine eu le temps d'oublier ses vilaines idées que ses hôtes étaient de retour. Les invités envahirent le salon, la soirée commençait.

C'était une vraie réception, luxueuse et traditionnelle, avec un menu et des vins magnifiques. On leur servit du saumon fumé, un carré d'agneau remarquablement présenté en couronne, trois puddings avec des bols de crème épaisse, et un stilton veiné de bleu qui fondait sous la langue. Quand vint le moment du porto, Elfrida nota avec amusement que les dames ne se retiraient pas mais restaient avec les hommes. De plus, bien qu'elle bût de l'eau depuis un moment, se servant de grands verres d'une carafe en cristal taillé, elle constata que les autres femmes appréciaient leur porto, et Gloria peut-être plus que toute autre.

Elle se demanda si Gloria, qui présidait en bout de table, n'avait pas légèrement abusé de l'alcool et si, quand ils se lèveraient de table, elle serait capable de le faire sans s'écrouler. Mais Gloria était faite d'une autre étoffe. Quand Mrs Muswell passa la tête par la porte pour dire que le café était servi dans le salon, Gloria quitta la salle à manger et traversa le hall d'un pas ferme.

Ils se rassemblèrent autour du feu mais, quand elle prit sa tasse sur le plateau, Elfrida regarda par la fenêtre dont on n'avait pas tiré les rideaux. Le ciel était d'un profond bleu saphir. Il y avait eu une journée de printemps capricieuse, avec une alternance d'averses et d'éclaircies, mais, pendant qu'ils dînaient, les nuages s'étaient dispersés. On voyait briller la première étoile au-dessus d'un hêtre en bourgeons. Il y avait une banquette sous la fenêtre et elle s'y assit pour regarder les étoiles, sa tasse et sa soucoupe à la main.

Au bout d'un moment, Oscar l'y rejoignit.

— Tout va bien ? lui demanda-t-il.

Elle se retourna. Pendant le dîner, il avait été tellement occupé à verser le vin, ôter les assiettes et faire passer les délectables puddings qu'ils avaient à peine pu échanger quelques mots.

— Oh, oui. C'est une soirée délicieuse. Et vos narcisses vont bientôt fleurir.

— Vous aimez les jardins ?

— Je n'y connais pas grand-chose, mais le vôtre a l'air particulièrement attirant.

— Cela vous ferait-il plaisir de sortir un moment pour que je vous le montre ? Il fait encore assez clair.

Elle jeta un regard vers les autres invités, enfoncés dans les fauteuils autour du feu et en grande conversation.

— Oui, cela me ferait plaisir mais je ne voudrais pas paraître impolie...

— N'ayez aucune crainte !

Il lui prit sa tasse des mains et la rapporta sur le plateau.

— J'emmène Elfrida faire le tour du jardin, annonça-t-il.

— A cette heure ? s'étonna Gloria. Il fait noir, il fait froid.

— Pas si noir que ça ! On en a pour dix minutes.

— Bon, mais ne laisse pas sortir cette pauvre chérie sans manteau. Il fait froid et humide... Prenez garde qu'il ne vous fasse pas rester dehors trop longtemps, ma chère Elfrida...

— Non, non...

Les autres reprirent leur discussion, qui portait sur le prix scandaleux des écoles privées. Elfrida sortit du salon avec Oscar qui referma tranquillement la porte derrière eux et prit sur une chaise un épais manteau en mouton retourné.

— C'est à Gloria... vous pouvez l'emprunter, dit-il en le lui mettant sur les épaules d'un geste plein de gentillesse.

Ils sortirent dans l'air froid et pur. Les buissons et les plates-bandes s'estompaient dans la lumière du crépuscule et, sous leurs pieds, l'herbe était mouillée de rosée.

De l'autre côté de la pelouse, des plates-bandes bordaient un mur de brique où s'ouvrait une arche avec une imposante grille en fer forgé. Oscar la franchit et ils entrèrent dans un vaste jardin clos, au plan géométrique nettement délimité par des haies de buis. Une roseraie occupait un quart de la surface. Les rosiers étaient soigneusement taillés et la terre, à leur pied, enrichie de compost. Cela devait être spectaculaire, en été.

Confrontée à un tel professionnalisme, Elfrida sentit toute son insuffisance.

— C'est vous qui faites tout ?

— Non, je dessine les plans mais j'emploie un jardinier.

— Je ne suis pas très forte sur le nom des fleurs. Je n'ai jamais eu de jardin digne de ce nom.

— Ma mère n'était jamais embarrassée par les noms. Si quelqu'un lui demandait le nom d'un fleur et qu'elle n'en avait aucune idée, elle répondait simplement, de son air le plus assuré : *Empoticum Oublinomia*. Cela marchait presque toujours !

— Il faut que je m'en souvienne.

Marchant côte à côte, ils suivaient la large allée gravillonnée.

— J'espère que vous ne vous êtes pas sentie trop isolée pendant le dîner, dit-il. Je crains que nous ne formions un cercle un peu fermé.

— Pas du tout. Je ne me suis pas ennuyée un seul instant. J'aime écouter les gens.

— C'est la vie à la campagne. Cela va de pair avec les bavardages.

— Est-ce que Londres vous manque ?

— Parfois beaucoup. Les concerts, l'opéra... Mon église, St Biddulph.

— Etes-vous croyant ? demanda Elfrida sans réfléchir.

L'instant suivant, elle se mordit la langue. Ils ne se connaissaient pas encore assez pour aborder une question aussi personnelle. Cela ne parut pas le déranger.

— Je ne sais pas, mais j'ai passé toute ma vie dans la musique sacrée, les liturgies et les magnificat de l'Eglise anglicane. De plus, je trouverais très inconfortable de vivre dans un monde pour lequel il n'y aurait personne à remercier.

— Pour les bonheurs de la vie, vous voulez dire ?

— Exactement.

— Je comprends mais, malgré tout, je ne suis pas croyante. Je suis allée à l'église ce dimanche-là uniquement parce que je me sentais seule et que j'avais besoin de la présence d'autres personnes. Je ne m'attendais pas à entendre de la musique de cette qualité. De plus, je ne connaissais pas cet arrangement du *Te Deum*.

— L'orgue est neuf. Il a été payé grâce à d'innombrables opérations de vide-grenier.

Ils continuèrent à se promener dans un silence qu'Elfrida rompit au bout d'un moment.

— Le considérez-vous comme un des bonheurs de la vie ? Le nouvel orgue, je veux dire.

Il se mit à rire.

— Vous êtes comme un chiot qui ne veut pas lâcher son os. Oui, bien sûr ! C'est un bonheur.

— Et les autres ?

Il ne répondit pas tout de suite. Elle pensa à sa femme et à sa maison si confortable et si luxueuse. Sa salle de musique, ses amis, son évidente sécurité financière. Elle se dit qu'il serait intéressant de savoir comment Oscar en était venu à épouser Gloria. Après des années de célibat, d'élèves, de maigres salaires et de salles de cours poussiéreuses, avait-il pressenti la solitude qui attendait un célibataire vieillissant et choisi la solution de facilité ? Une veuve riche, énergique, maîtresse de maison confirmée, amie fidèle et mère dévouée. A moins que ce ne fût elle qui l'avait pris en chasse et avait décidé pour deux. Peut-être étaient-ils simplement tombés amoureux ? Dans tous les cas, cela semblait marcher.

Le silence se prolongeait entre eux.

— Vous n'avez pas besoin de me répondre, si vous n'en avez pas envie, dit-elle.

— Je réfléchissais seulement à la façon de vous l'expliquer. Je me suis marié tard et Gloria avait déjà deux fils de son premier mariage. Pour une raison que j'ignore, il ne m'était jamais venu à l'idée d'avoir un enfant moi-même. A la naissance de Francesca,

18

j'ai été stupéfait, pas simplement par le fait qu'*elle était là*, ce minuscule être humain, mais parce qu'elle était merveilleusement belle. Et familière, comme si je l'avais toujours connue. Un miracle. Elle a onze ans, maintenant, et je reste confondu d'avoir eu autant de chance.

— Elle est à la maison ?

— Non. En semaine, elle est pensionnaire. Demain soir, je vais la chercher pour le week-end.

— J'aimerais bien la connaître.

— Bien sûr ! Je me plais à croire qu'elle vous plaira. Quand Gloria a hérité de cette espèce de château, j'ai résisté à l'idée de quitter Londres. Mais, pour Francesca, j'ai suivi le mouvement et je me suis résigné. Ici, elle a de l'espace et une grande liberté. Les arbres, l'odeur de l'herbe. De la place pour grandir. De la place pour les lapins, le cochon d'Inde et le poney.

— Pour moi, dit Elfrida, la merveille est d'entendre les oiseaux chanter le matin et de voir le ciel sans limites.

— Je crois que, vous aussi, vous avez fui Londres ?

— Oui. Il était temps.

— Une cassure ?

— En un sens. J'y ai vécu toute ma vie, du jour où j'ai quitté l'école et ma famille. J'étais au Conservatoire d'art dramatique. Je faisais de la scène, autrement dit. A la grande réprobation de mes parents ! Mais je me moquais d'être désapprouvée. Je n'y ai jamais attaché d'importance, en fait.

— Une comédienne ! J'aurais dû m'en douter.

— Chanteuse, aussi ! Et danseuse. Les revues et les grandes comédies musicales américaines. Celle qu'on mettait toujours au dernier rang de la troupe, c'était moi, à cause de ma taille ! Et puis, pendant dix ans, le théâtre de répertoire avec changement de pièce tous les quinze jours et des petits rôles à la télévision. Rien de très glorieux.

— Vous travaillez toujours ?

— Grands dieux, non ! Il y a des années que j'ai arrêté. J'ai épousé un acteur, la pire des erreurs possibles pour mille raisons. Il est parti aux Etats-Unis et je n'ai plus jamais entendu parler de lui. J'ai gagné ma vie en prenant tous les engagements que je trouvais et puis je me suis remariée. Malheureusement, cela n'a pas mieux marché. Je crois que je n'ai jamais été très douée pour la pêche à l'homme.

19

— Votre mari numéro deux était aussi un acteur ? demanda Oscar.

Il avait posé sa question d'un ton amusé, exactement comme le désirait Elfrida. Elle parlait rarement de ses maris et la seule façon de rendre ces désastres supportables était d'en rire.

— Oh, non ! Il était dans les affaires. Des revêtements de sol en vinyle affreusement chers. On aurait pu croire que j'avais enfin trouvé la sécurité et le bien-être, mais il avait cette déplaisante conviction victorienne que, si un homme nourrit et loge sa femme en lui donnant la pièce parce qu'elle fait le ménage, il a rempli sa part des obligations maritales.

— Eh bien, dit Oscar, pourquoi pas ? C'est une bonne vieille tradition qui remonte à la nuit des temps. Sauf qu'on appelait cela de l'esclavage.

— Je suis ravie que vous le compreniez. Le jour de mes soixante ans a été un des plus beaux jours de ma vie parce que j'avais enfin le droit de toucher la retraite de la sécurité sociale. Il me suffisait d'aller au bureau de poste le plus proche pour être payée à ne rien faire ! J'avais l'impression qu'une nouvelle vie s'ouvrait devant moi.

— Vous avez eu des enfants ?

— Non, jamais.

— Vous ne m'avez toujours pas dit pourquoi vous êtes venue précisément ici.

— J'avais envie de bouger.

— Vous n'avez pas fait les choses à moitié !

Il faisait presque noir, à présent. Elfrida se retourna vers la maison. On distinguait la lueur des fenêtres du salon au-delà de la dentelle en fer forgé de la grille du jardin clos. Quelqu'un avait fermé les rideaux.

— Je n'en ai jamais rien dit à personne.

— Vous n'avez pas besoin de m'en parler.

— J'en ai peut-être déjà trop dit. J'ai dû abuser du vin, ce soir.

— Je n'en ai pas eu l'impression.

— C'est une histoire d'homme. Un homme remarquable, adorable, tendre, amusant. Un homme merveilleux. Un acteur, lui aussi, mais qui avait réussi et était devenu très célèbre. Je préfère taire son nom. Un homme brillant. Nous vivions ensemble depuis trois ans dans une petite maison qu'il avait à Barnes quand la maladie de Parkinson s'est déclarée. Il est mort deux ans plus tard. Comme la maison lui appartenait, j'ai dû partir. Une semaine après l'enterrement, j'ai vu une annonce pour le cottage de Poulton's Row dans le *Sunday Times*. Huit jours plus tard, il était à moi. Je ne suis vraiment pas riche mais ce n'était pas très cher. J'ai mon petit Horace pour me tenir compagnie, mon minimum vieillesse, et je gagne un peu d'argent en faisant des coussins pour un décorateur très snob de Londres. Ce n'est pas très difficile et cela me permet de rester active tout en gardant une certaine aisance. J'ai toujours aimé la couture ; c'est un plaisir de travailler avec des matières luxueuses et chaque projet est différent.

Ses propos lui parurent soudain d'une terrible banalité.

— Je me demande pourquoi je vous raconte tout cela, reprit-elle. Ce n'est pas très intéressant.

— Pour moi, c'est passionnant.

— Je ne vous crois pas mais c'est très aimable de votre part.

La nuit était tombée ; l'obscurité lui dissimulait le visage d'Oscar et son regard.

— Nous devrions peut-être rejoindre les autres, dit-elle.

— Vous avez raison.

— Votre jardin me plaît beaucoup. Merci de la visite. Il faudra que je le voie à la lumière du jour.

Cela se passait le jeudi. Deux jours plus tard, le samedi matin, il pleuvait. Ce n'était pas une averse de printemps mais une pluie régulière qui battait les vitres du cottage d'Elfrida et assombrissait les pièces étroites, l'obligeant à allumer toutes les lampes. Après avoir fait sortir Horace dans le jardin pour ses besoins du matin, elle se fit du thé et regagna son lit avec sa tasse. Elle avait envie de passer une matinée confortable, bien au chaud, sans rien faire d'autre que lire les journaux de la veille et se creuser la tête pour finir les mots croisés.

Peu après onze heures, elle fut toutefois interrompue par la sonnette de la porte, un engin au son discordant que l'on actionnait en tirant sur une chaînette. Le bruit ne pouvait se comparer qu'à celui d'une alarme d'incendie. Elfrida faillit en tomber de son lit. Horace, qui était couché à ses pieds, s'assit et lança deux aboiements. C'était le maximum de ce qu'il pouvait faire pour défendre sa maîtresse, compte tenu de sa nature peureuse. Il n'avait pas été dressé à grogner et mordre les intrus.

Etonnée, mais pas inquiète, Elfrida se leva, passa sa robe de chambre et descendit l'escalier raide et étroit qui aboutissait dans le salon. La porte s'ouvrait directement sur le minuscule jardin de devant. Une petite fille se trouvait là, en jean et baskets, son anorak dégoulinant de pluie. Comme il n'avait pas de capuchon, elle avait la tête trempée. On aurait dit un chien sortant de l'eau. Elle avait des tresses auburn, des taches de rousseur, et le visage rosi par le froid humide.

— Mrs Phipps ?

Elle avait aussi un appareil dentaire impressionnant, une vraie quincaillerie dans sa bouche d'enfant.

— Oui.

— Je suis Francesca Blundell. Ma mère dit qu'avec ce temps horrible cela vous ferait peut-être plaisir de déjeuner avec nous ? Il y a un énorme morceau de bœuf, beaucoup trop pour nous seuls.

— Mais je suis venue dîner il y a à peine deux jours !

— Elle m'a prévenue que vous diriez cela.

— C'est trop gentil. Comme tu vois, je ne suis pas encore habillée. Je n'ai même pas pensé au déjeuner.

— Elle voulait vous téléphoner, mais j'ai dit que je prenais ma bicyclette.

— Tu es venue à bicyclette !

— Je l'ai laissée sur le trottoir. Ce n'est pas un problème.

A ce moment, la gouttière déborda et un déluge la rata de peu.

— Je crois que tu ferais mieux d'entrer avant d'être noyée, dit Elfrida.

— Oh, merci.

Francesca accepta l'invitation sans hésiter. De son côté, entendant des voix, Horace décida qu'il ne risquait rien à se montrer et descendit l'escalier d'un air très digne. Elfrida referma la porte.

— Je te présente Horace, dit-elle. C'est mon chien.

— Il est mignon. Bonjour, Horace. Les pékinois de maman jappent pendant des heures quand il y a quelqu'un. Je peux enlever mon anorak ?

— Je pense même que ce serait une bonne idée.

Francesca fit glisser sa fermeture Eclair et posa le vêtement sur la pomme d'escalier où il commença à s'égoutter sur le parquet.

Du regard, elle fit le tour de la pièce.

— J'ai toujours trouvé ces petites maisons adorables mais je n'y étais jamais entrée, dit-elle.

Elle avait d'immenses yeux gris avec des cils blonds très fournis.

— Quand maman m'a dit que vous habitiez ici, je me suis dépêchée de venir voir. C'est pour ça que j'ai pris mon vélo. Cela ne vous ennuie pas ?

— Pas du tout, mais il y a du désordre.

— Oh, non ! C'est très bien.

Ce n'était pas très bien, évidemment ! La maison était vieillotte et les quelques objets personnels qu'Elfrida avait apportés de Londres suffisaient à l'encombrer, un canapé défoncé, un petit fauteuil victorien, un garde-feu en laiton, un bureau en mauvais état ; des lampes, des tableaux sans valeur et des tas de livres.

— Avec ce vilain temps, je voulais faire du feu mais je ne m'en suis pas encore occupée, dit Elfrida. Veux-tu une tasse de thé ou de café, ou d'autre chose ?

— Non, merci. Je viens de boire un Coca. Où va-t-on par cette porte ?

— Dans la cuisine. Viens, je vais te la montrer.

Précédant Francesca, elle ouvrit la porte en bois qui avait encore un loquet à l'ancienne. La cuisine aurait tenu dans un mouchoir de poche. Un petit poêle ronronnait et chauffait toute la maison. Il y avait un vaisselier en bois qui débordait de porcelaine empilée et un profond évier en terre cuite sous la fenêtre. Une table et deux chaises occupaient le reste de l'espace. A côté de la fenêtre s'ouvrait une porte semi-vitrée qui donnait accès au jardin de derrière. Par les petits carreaux de la partie supérieure, on voyait la cour dallée et l'étroite bordure représentant le maximum de ce qu'Elfrida avait réussi à obtenir en matière de plate-bande fleurie. Des fougères se frayaient un chemin entre les dalles et un chèvrefeuille dépassait du mur du voisin.

— Ce n'est pas très tentant par un temps comme aujourd'hui, mais il y a la place d'installer une chaise longue pour les soirs d'été, dit Elfrida.

— A moi, cela me plaît beaucoup.

Francesca regarda Elfrida avec une expression de ménagère avisée.

— Vous n'avez pas de réfrigérateur. Vous n'avez pas non plus de machine à laver, ni de congélateur.

— Non, je n'ai pas de congélateur mais j'ai un réfrigérateur et une machine à laver. Simplement, je les ai mis dans la cabane au fond de la cour. Et je fais toujours la vaisselle à la main parce que je n'ai pas de place pour un lave-vaisselle.

— Je crois que maman en mourrait, si elle devait faire la vaisselle !

— Il n'y a pas grand-chose à laver quand on vit seul.

23

— J'adore votre service. La porcelaine Bleu et Blanc est ma préférée.

— Moi aussi, je l'aime beaucoup. Il n'y a pas deux pièces identiques parce que j'en achète une ou deux quand j'en trouve chez un brocanteur. J'en ai trop, maintenant. Je n'ai pas la place de tout ranger.

— Qu'y a-t-il à l'étage ?

— La même chose. Deux pièces et une petite salle de bains. La baignoire est si petite que je dois laisser les jambes pendre à l'extérieur ! Une des pièces me sert de chambre et l'autre de salle de couture. Si j'ai un invité, c'est là qu'il dort, à côté de la machine à coudre, des bouts de tissu et des carnets de commande.

— Papa m'a dit que vous faites des coussins. Je trouve que c'est une maison idéale pour une personne. Et un chien, bien sûr. On dirait une maison de poupée.

— Tu as une maison de poupée ?

— Oui, mais je n'y joue plus. J'ai des animaux. Un cochon d'Inde qui s'appelle Happy mais il ne va pas bien. Je crois qu'il faut l'emmener chez le vétérinaire. Il a son pelage qui part en plaques. J'ai aussi des lapins et un poney.

Elle fronça le nez.

— Il s'appelle Prince mais il est un peu capricieux, parfois. Je crois que je ferais mieux de m'en aller maintenant. Maman veut que je nettoie l'écurie de Prince avant le déjeuner et ça prend un temps fou, surtout quand il pleut. Merci de m'avoir laissée visiter votre maison.

— Cela m'a fait plaisir. Merci d'être venue si gentiment m'inviter.

— Vous viendrez ?

— Bien sûr.

— A pied ?

— Non, je prendrai ma voiture. Je n'ai pas envie de marcher sous la pluie. Et si tu veux savoir où je gare ma voiture, je vais te le dire. Devant la maison.

— C'est la vieille Ford Fiesta bleue ?

— Exactement ! Et « vieux » est le mot juste, mais cela n'a pas d'importance tant que les roues tournent et que le moteur démarre !

Francesca rit, exhibant sans aucune gêne ses dents entortillées de métal.

— A tout à l'heure, dit-elle en reprenant son anorak qui continuait à s'égoutter sur le plancher.

Elle enfila son vêtement trempé et dégagea ses tresses d'un mouvement énergique de la tête. Elfrida lui ouvrit la porte.

— Maman a dit qu'elle vous attend à une heure moins le quart.

— Je serai là. Merci encore d'être venue.

— Je reviendrai, promit Francesca.

Elfrida la regarda descendre l'allée en marchant dans les flaques d'eau puis refermer le portail derrière elle. L'instant suivant, après un dernier signe de la main, elle pédalait avec vigueur et disparut dans le tournant, faisant jaillir de grandes gerbes d'eau sous ses roues.

Oscar, Gloria et Francesca furent les premiers amis d'Elfrida. Elle connut les autres grâce à eux, pas seulement les McGeary et les Mills mais aussi les Foubister, une famille installée à Dibton de longue date. En été, la kermesse paroissiale se tenait dans le parc de leur maison georgienne pleine de coins et de recoins. Elle rencontra aussi le capitaine de frégate Burton-Jones, un retraité de la Royal Navy, veuf et extraordinairement actif, président de l'Association des chemins de randonnée et soliste de la chorale paroissiale. Le capitaine Burton-Jones (Bobby pour les amis) organisait des cocktails assez « olé-olé », disait « ma cabine » pour « ma chambre », et travaillait dur dans son jardin impeccable. Il y avait encore les Dunn. Le mari, un homme très riche, avait acheté l'ancien presbytère. Il en avait fait une merveille de confort et d'espace, avec une salle de jeux et une piscine couverte chauffée.

D'autres, plus modestes, entrèrent dans sa vie peu à peu, au fur et à mesure des rencontres de la vie quotidienne. Mrs Jennings, qui tenait la supérette et le bureau de poste. Mr Hodgkins, qui assurait une tournée hebdomadaire avec sa camionnette de boucherie, représentait une source sérieuse d'informations et de ragots, et professait des opinions politiques très arrêtées. Albert Meddows, qui répondit à son annonce de demande d'aide pour le jardin (une carte postale coincée dans la vitrine de Mrs Jennings) et s'attaqua tout seul au fouillis et aux dalles inégales du jardin de derrière. Le pasteur et sa femme, qui l'invitèrent à un dîner-buffet où il réitéra sa suggestion d'adhérer à l'Association féminine. Elle déclina poliment — elle n'appréciait guère les voyages en car et n'avait jamais fait un pot de confiture de toute sa vie — mais accepta de s'impliquer dans le fonctionnement de l'école primaire et se retrouva responsable du spectacle de Noël.

Ils étaient tous aimables et accueillants, mais Elfrida ne trouva personne d'aussi intéressant ou stimulant que les Blundell. Gloria pratiquait une hospitalité sans limites et la semaine se passait rarement sans une invitation à la Grange, que ce soit pour un repas gastronomique ou une activité de plein air, pique-nique ou partie de tennis (Elfrida ne jouait pas mais aimait regarder les autres). Il y avait d'autres excursions à l'extérieur de Dibton comme le « point-to-point[1] » de printemps dans une ferme des environs, la visite d'un jardin du National Trust[2], une soirée au théâtre de Chichester. Elle passa Noël avec eux, de même que le Nouvel An, et, quand elle invita tous ses nouveaux amis pour la première fois (Albert Meddows avait ressuscité son jardin, remis les dalles à niveau, taillé le chèvrefeuille et peint le cabanon), Oscar se proposa pour servir les boissons et Gloria apporta d'énormes quantités de nourriture préparées dans sa cuisine de luxe.

Elfrida posait toutefois certaines limites, nécessaires pour ne pas être envahie et devenir débitrice des Blundell. Dès le début, elle avait classé Gloria parmi les femmes de caractère avec, peut-être, un côté impitoyable, décidée comme elle l'était à ce que tout lui obéisse. Or, Elfrida était très consciente des risques d'une telle situation. Elle avait quitté Londres pour se construire une nouvelle vie, indépendante, et savait qu'une femme comme elle, seule et avec de petits moyens financiers, serait aisément aspirée (ou, même, noyée) dans le tourbillon de la vie sociale de Gloria.

Elfrida avait donc appris à prendre du recul, à rester de temps en temps chez elle et à trouver des excuses. Elle invoquait un travail urgent ou un engagement antérieur, impossible à remettre, avec une relation imaginaire que Gloria ne pouvait pas connaître. Il lui arrivait de s'échapper de Dibton, Horace installé sur le siège du passager dans sa vieille voiture. Au gré des routes de campagne, elle allait aussi loin que possible, dans un autre comté où

---

1. *Point-to-point race* : course de chevaux en pleine campagne, sans parcours fixé. Le cavalier choisit lui-même son parcours pour aller d'un point à un autre. *(N.d.T.)*

2. Organisation privée qui rachète des sites ou des constructions d'intérêt historique ou écologique, les restaure et les exploite. Certaines maisons sont louées à des particuliers, sous condition de respecter un cahier des charges précis. Le National Trust, dont de très nombreux Britanniques font partie, possède à présent une importante proportion du territoire et, entre autres, des jardins de renommée mondiale. *(N.d.T.)*

on ne la connaissait pas. Là, elle pouvait se promener avec Horace sur des collines où paissaient des troupeaux de moutons ou le long d'une rivière aux eaux sombres et, après, entrer dans un pub plein d'étrangers pour manger un sandwich, boire un café, et jouir de sa précieuse solitude.

Ces jours-là, avec la mise en perspective que permettait l'éloignement de Dibton, il lui devenait possible d'analyser plus lucidement ses relations avec les Blundell et de classer ses observations avec autant de détachement qu'elle en aurait mis pour établir la liste des courses.

Son premier constat était qu'elle tenait beaucoup à Oscar, sans doute beaucoup trop. Elle avait largement dépassé l'âge des amours romantiques mais pas celui d'avoir un compagnon. Depuis leur rencontre à la sortie de l'église de Dibton où elle s'était sentie immédiatement attirée vers lui, elle l'appréciait de plus en plus. Le temps avait confirmé sa première impression.

Elle se trouvait, toutefois, en eaux dangereuses. Elfrida n'était pas une sainte-nitouche ni une femme à la moralité intransigeante. Tout au long des années qu'elle avait passées avec son cher amant défunt, elle avait su qu'il était marié à une autre femme. Mais Elfrida ne l'avait jamais rencontrée et leur couple avait déjà fait naufrage quand Elfrida et lui s'étaient connus. Elle n'avait donc jamais éprouvé de culpabilité. Il existait en revanche un autre scénario bien moins innocent et qu'Elfrida avait vu plusieurs fois se réaliser, celui où une femme seule, une veuve, une divorcée, une femme blessée pour l'une ou l'autre raison, se faisait prendre sous l'aile protectrice d'une amie et en profitait pour s'enfuir avec son mari. Elfrida condamnait sévèrement une conduite aussi blâmable.

Cela ne risquait pas d'arriver, dans son cas. Elle savait que sa conscience du danger et son bon sens constituaient d'excellents garde-fous.

De plus, il y avait Francesca. Cette enfant de onze ans représentait la fille qu'elle aurait aimé avoir, si elle avait eu des enfants. Indépendante, ouverte, d'une totale franchise, elle manifestait un sens du ridicule qui plongeait Elfrida dans d'inextinguibles crises de fou rire. Francesca possédait aussi une forte imagination, nourrie de tous les livres qu'elle dévorait avec passion. Elle était capable de s'absorber si profondément dans la lecture que l'on pouvait entrer dans la pièce où elle se trouvait, allumer la télévision ou parler fort sans qu'elle lève les yeux de sa page. Pendant les vacances scolaires, elle venait souvent à Poulton's Row pour jouer avec Horace ou regarder Elfrida coudre à la machine. Elle lui posait des questions sans fin sur son passé de comédienne, un sujet qui la fascinait visiblement.

Francesca et son père étaient exceptionnellement proches l'un de l'autre, avec beaucoup de douceur dans leur relation. Il aurait pu être son grand-père, mais le plaisir qu'ils prenaient à être ensemble dépassait de loin celui des relations habituelles entre parent et enfant. On les entendait, derrière la porte close de la salle de musique, jouer des pièces pour piano à quatre mains. Et, quand l'un d'eux se trompait, cela ne déclenchait pas des reproches de la part de l'autre mais de nouveaux éclats de rire. Les soirs d'hiver, il lui faisait la lecture à voix haute, tous deux lovés dans son immense fauteuil. En adoration devant son père, Francesca ne cessait de se serrer contre lui et de le câliner. Elle lui entourait le cou de ses bras minces et l'embrassait sur le haut de la tête, enfouissant son visage dans l'épaisse chevelure blanche.

Avec Gloria, il en allait autrement. Gloria était femme avant d'être mère et, donc, plus proche de ses fils adultes et mariés que de sa fille conçue sur le tard. Elfrida connaissait ses fils, Giles et Crawford Bellamy, ainsi que leurs jolies femmes bien habillées. Elle les voyait quand ils venaient en week-end à la Grange ou descendaient de Londres en voiture pour le déjeuner du dimanche. Bien qu'ils ne fussent pas jumeaux, ils se ressemblaient étrangement, aussi conventionnels et dogmatiques l'un que l'autre. Elfrida avait la sensation qu'aucun des deux frères ne la trouvait fréquentable mais, comme elle ne les appréciait guère plus, cela ne la dérangeait pas. Leur mère en raffolait, et cela seul comptait. Quand ils repartaient chez eux, que ce soit à Londres, à Bristol ou ailleurs, le coffre de leurs luxueuses voitures débordait de légumes et de fruits du potager de Gloria et celle-ci les regardait s'éloigner en agitant la main comme n'importe quelle mère sentimentale. Il était évident que, à ses yeux, ni l'un ni l'autre de ses fils n'aurait pu se tromper ou mal agir. De plus, Elfrida aurait parié que, si Gloria n'avait pas approuvé leur choix en matière de femmes, Daphne et Arabella ne seraient jamais devenues ses belles-filles.

Francesca avait une autre personnalité. Profondément influencée par Oscar, elle suivait son chemin personnel, avait ses propres centres d'intérêts, et trouvait aux livres et à la musique infiniment plus de charme qu'aux concours du poney-club local. Malgré cela, elle ne se montrait jamais rebelle ou boudeuse et s'occupait avec bonne volonté de son poney au mauvais caractère. Elle le montait régulièrement et le faisait trotter dans l'enclos aménagé par Gloria pour les activités équestres. Elle l'emmenait aussi pour de longues promenades sur les paisibles sentiers qui longeaient la petite rivière. Oscar l'accompagnait souvent, perché sur une antique bicyclette à haut guidon, relique de ses années d'enseignement. Elle lui donnait l'air d'un chien qui fait le beau, le dos très droit et les mains en l'air.

Gloria n'intervenait pas dans leur relation. Peut-être était-ce — avait conclu Elfrida — parce que Francesca ne tenait pas la première place dans ses préoccupations. Sa fille la passionnait moins ou la satisfaisait moins que son mode de vie trépidant, ses réceptions, ses amis. Gloria attachait aussi beaucoup d'importance à son rôle de locomotive sociale et, parfois, elle faisait penser Elfrida à un chasseur en train de souffler dans sa corne pour attirer l'attention et de faire claquer son fouet sur le dos de ses chiens.

Elfrida n'était tombée en disgrâce qu'une seule fois, au cours d'une soirée animée chez les Foubister. Il s'agissait d'un dîner habillé. L'argenterie luisait à la lumière des bougies et un maître d'hôtel aux cheveux blancs assurait le service. Après le dîner, dans l'immense salon de réception (où on frissonnait car il faisait très frais), Oscar s'était installé au piano à queue pour leur jouer quelques morceaux. Après une Etude de Chopin, il avait demandé à Elfrida si elle accepterait de leur chanter un air.

Elle en avait été très embarrassée. Elle n'avait pas chanté depuis des années, protesta-t-elle, et sa voix était horrible...

Malheureusement, le vieux Sir Edwin Foubister avait insisté.

— Je vous en prie, avait-il dit. J'ai toujours aimé entendre une jolie voix.

Il s'était montré si désarmant qu'Elfrida avait hésité. Après tout, quelle importance si sa voix avait perdu son timbre juvénile ? Quelle importance si elle trébuchait un peu sur les aigus et risquait de se ridiculiser ? A ce moment précis, elle vit le visage de Gloria, toute rouge, avec l'expression d'un bouledogue, mélange de reproche et de déplaisir. Elle comprit que Gloria n'avait absolument pas envie de l'entendre chanter. Elle n'avait pas envie de la voir debout à côté d'Oscar, en train de charmer ses amis. Gloria n'aimait pas que les autres se mettent en avant, se fassent remarquer, et détournent l'attention d'elle-même. Elfrida perçut tout

29

cela en un instant de totale lucidité et cela lui parut choquant, comme si elle avait surpris Gloria toute nue.

Dans d'autres circonstances, Elfrida aurait pu choisir la tranquillité et décliner poliment l'invitation en s'excusant. Au lieu de cela, comme elle avait bien mangé et bu des vins délicieux, elle s'enhardit et eut envie de montrer de quoi elle était capable. Elle ne s'était jamais laissé intimider et elle n'avait pas l'intention de commencer. Elle adressa donc son plus beau sourire aux sourcils menaçants de Gloria et, tournant la tête, continua de sourire à l'intention de son hôte.

— Si vous le voulez, dit-elle, j'en serai ravie...

— Magnifique ! s'exclama Oscar en frappant dans ses mains comme un enfant. Quelle chance !

Elfrida se leva et traversa la pièce jusqu'au piano où Oscar l'attendait.

— Que veux-tu chanter ? lui demanda-t-il.

Elle lui donna le titre d'un vieil air de Rogers et Hart.

— Tu le connais ? dit-elle.

— Bien sûr !

Quelques accords en guise d'introduction... Cela faisait si longtemps ! Elle redressa les épaules, prit sa respiration...

> *Je t'ai simplement regardé*
> *Et cela m'a suffi*

Avec les années, sa voix avait perdu sa puissance mais elle chantait toujours juste.

> *Mon cœur s'est arrêté...*

Elle se sentait tout à la fois remplie d'un bonheur irraisonné et revenue à ses vingt ans, tandis que, debout au côté d'Oscar, elle faisait résonner avec lui dans l'immense salon la musique de leur jeunesse.

Gloria ouvrit à peine la bouche pendant le reste de la soirée, mais personne ne vint la cajoler pour chasser sa mauvaise humeur. Tandis que l'on s'extasiait en félicitant Elfrida de son talent, Gloria buvait du brandy. Au moment de partir, Sir Edwin les raccompagna à la voiture de Gloria, un puissant break garé sur le gravier soigneusement ratissé. Elfrida lui souhaita bonne nuit puis se glissa sur le siège arrière de la voiture mais ce fut

Oscar qui s'assit au volant, obligeant Gloria à prendre la place du passager dans sa propre voiture.

Sur le chemin du retour, Oscar demanda à Gloria si la soirée lui avait plu.

— J'ai la migraine, répliqua-t-elle brièvement avant de retomber dans le silence.

Rien d'étonnant à cela, pensa Elfrida qui s'abstint avec prudence de le dire. Or, c'était sans doute ce qu'il y avait de plus tristement vrai dans tout cela. Gloria Blundell, cette femme à la tête froide et à l'estomac solide, buvait trop. Elle ne perdait jamais le contrôle d'elle-même et n'avait jamais la gueule de bois, mais elle buvait trop. Et Oscar le savait.

Oscar. Il était là, dans le magasin de Mrs Jennings, par ce gris après-midi d'automne. Il était venu acheter ses journaux et un sac d'aliments pour chien. Il portait un pantalon en velours côtelé, un épais pull-over qui avait l'aspect du tweed, et de solides chaussures montantes. On avait l'impression qu'il était en train de jardiner et, se souvenant soudain des nécessités domestiques, n'avait pas pris le temps de se changer.

Mrs Jennings leva les yeux en entendant entrer Elfrida.

— Bonjour, Mrs Phipps, dit-elle.

Oscar, qui était en train de compter la monnaie dans sa main, se tourna vers elle.

— Elfrida ! Bonjour.

— Tu es venu à pied ? dit-elle. Je n'ai pas vu ta voiture.

— Je suis garé après le coin de la rue, répondit-il. Tenez, Mrs Jennings, je crois que c'est juste.

Il s'effaça pour laisser la place à Elfrida et attendit, visiblement peu pressé de partir.

— Nous ne t'avons pas vue depuis une éternité, reprit-il. Comment vas-tu ?

— Oh ! Je survis ! Un peu fatiguée de ce temps affreux.

— C'est horrible, n'est-ce pas ? intervint Mrs Jennings. A la fois lourd et froid. Cela vous donne envie de ne rien faire. Je m'occupe de vous, Mrs Phipps ?

Elfrida vida le contenu de son panier sur le comptoir et Mrs Jennings tapa les prix sur sa caisse. Une miche de pain, une demi-douzaine d'œufs, du bacon et du beurre, deux boîtes de nourriture pour chien et un magazine de décoration.

— Je mets ça sur votre compte ?

— Je veux bien, j'ai oublié mon porte-monnaie.

Oscar vit le magazine.

— Tu te lances dans des travaux ? demanda-t-il.

— Je ne pense pas, mais je trouve très reposant de lire l'histoire des travaux des autres. Peut-être parce que je sais que je n'ai pas à sortir mes pinceaux ! C'est un peu comme d'écouter le bruit de la tondeuse quand c'est quelqu'un d'autre qui le fait.

Mrs Jennings trouva la comparaison très drôle.

— Mon mari met sa tondeuse de côté dès la fin du mois de septembre. Il déteste tondre !

Oscar regarda Elfrida remettre ses achats dans son panier.

— Je te dépose chez toi, si tu veux.

— Marcher ne me dérange pas. J'ai emmené Horace avec moi.

— Je le ramènerai avec plaisir, lui aussi ! Merci, Mrs Jennings. Au revoir.

— Au revoir, Mr Blundell. Saluez votre femme de ma part.

Ils sortirent ensemble du magasin. Les mêmes jeunes étaient toujours là, désœuvrés. Une fille d'aspect douteux les avait rejoints. Elle fumait, avait des cheveux d'un noir aile de corbeau et une jupe de cuir à la limite de l'indécence. Sa présence semblait avoir galvanisé les adolescents qui rivalisaient de blagues stupides, d'insultes et de grands rires sans raison. Horace, piégé au milieu d'un groupe à la conduite aussi incompréhensible, restait assis avec un air pitoyable. Elfrida détacha sa laisse et il se leva en remuant la queue de soulagement pour les suivre, elle et Oscar, jusqu'au coin de la rue puis dans l'étroite ruelle où Oscar avait garé sa vieille voiture. Elfrida s'installa à la place du passager et Horace sauta pour s'asseoir entre ses jambes, la tête posée sur son genou. Oscar démarra.

— Je suis toujours étonnée de rencontrer quelqu'un au magasin l'après-midi. La vie sociale se déroule plutôt le matin. C'est le matin qu'on échange les nouvelles.

— Je sais, mais Gloria est à Londres et j'avais oublié les journaux.

Il fit demi-tour et tourna dans la rue principale. La journée scolaire était finie et des groupes d'enfants fatigués, plus très propres, traînaient leurs cartables sur les trottoirs. Dans le cimetière, le feu de feuilles mortes avait pris. La fumée grise montait dans l'air lourd et humide.

— Quand Gloria est-elle partie à Londres ?

32

— Hier. Elle avait une réunion ou je ne sais quoi. L'Aide à l'Enfance, je crois. Elle a pris le train. Je vais la chercher à la gare à six heures trente.

— Que dirais-tu d'une tasse de thé ? Ou bien préfères-tu retourner à ton jardinage ?

— Comment sais-tu que j'étais en train de jardiner ?

— Quelques indices. L'intuition féminine. De la boue sur tes chaussures.

— Absolument exact, Sherlock Holmes ! répondit-il en riant. Cela n'empêche pas que j'accepterais volontiers une tasse de thé. Ce sera la récompense du jardinier !

Ils passaient alors devant le pub. Quelques instants plus tard, la voiture s'engageait dans la ruelle qui descendait la côte vers la ligne de chemin de fer et la petite rangée de cottages mitoyens de Poulton's Row. Oscar s'arrêta devant le portail d'Elfrida. Horace, libéré de sa laisse, bondit dans l'allée, suivi d'Elfrida chargée de son panier. Elle ouvrit la porte de la maison.

— Tu ne fermes jamais à clé ? demanda Oscar qui la rejoignait.

— Pas pour aller faire des folies à la supérette ! De toute façon, il n'y a pas grand-chose à voler. Entre. Tu veux bien fermer derrière toi ?

Elle se rendit directement dans la cuisine et posa le panier sur la table.

— Aurais-tu encore la gentillesse d'allumer le feu ? Avec ce temps affreux, on a besoin de se dorloter un peu.

Elle remplit la bouilloire au robinet et la mit à chauffer. Ensuite, elle ôta sa veste, la posa sur le dossier d'une chaise et se mit à fouiller dans les piles de porcelaine dépareillée.

— Tu préfères une tasse ou un mug ?

— Les jardiniers boivent dans une grande tasse, alors donne-moi un mug !

— Tu veux prendre le thé près du feu ou ici ?

— Je me sens toujours mieux assis à une table.

Sans grand espoir, Elfrida ouvrit ses boîtes à biscuits. Deux d'entre elles étaient vides. La troisième contenait le talon d'un pain d'épice. Elle le posa sur la table avec un couteau. Elle prit ensuite le lait dans le réfrigérateur et en versa dans une cruche en poterie jaune. Ce fut enfin le tour du sucre. De l'autre pièce lui parvenaient les craquements secs du petit bois en train de brûler. Quittant sa cuisine, elle s'arrêta sur le seuil du salon et s'appuya contre le linteau pour observer Oscar. Il était en train d'ajouter avec soin quelques morceaux de charbon au sommet de sa construction de petit bois. Conscient de la présence d'Elfrida, il se redressa et se retourna pour lui sourire.

— Il a bien pris. Préparé selon les règles de l'art, avec beaucoup de bois d'allumage. As-tu besoin de bûches pour cet hiver ? Je peux t'en apporter, si tu veux.

— Je ne sais pas où je pourrais les ranger.

— On peut les empiler dans le jardin de devant, contre le mur.

— Cela me rendrait service, du moins si cela ne te dérange pas.

— Nous en avons plus qu'il ne nous en faut.

Il s'essuya les mains sur son pantalon avant de faire du regard le tour du salon.

— Tu as réussi à rendre cette pièce très agréable.

— Non, je sais bien que c'est un affreux désordre. Il n'y a pas assez de place. On est toujours encombré par les objets qu'on possède, n'est-ce pas ? Ils finissent par faire partie de toi et comme je ne suis pas très douée pour jeter... De plus, il y a deux ou trois petites choses qui me suivent depuis très longtemps, depuis l'époque de mon étourdissante carrière théâtrale ! J'étais comme un escargot avec sa maison sur le dos. Il suffisait d'un châle en soie, de deux ou trois babioles pour rendre les loges plus supportables.

— J'aime particulièrement tes petits chiens en Staffordshire.

— Je les ai traînés partout mais, en réalité, ils sont dépareillés.

— Et la petite pendule de voyage.

— Elle aussi, elle a vu du pays !

— Elle a l'air très usée.

— Tu veux dire qu'elle est usée jusqu'à la corde ! Je l'ai depuis très longtemps. C'est mon vieux parrain qui me l'a léguée. Je... Il y a une chose dont je pense qu'elle pourrait avoir de la valeur, ce petit tableau.

Il était accroché à côté de la cheminée. Oscar prit ses lunettes dans sa poche pour mieux voir.

— Où l'as-tu trouvé ?

— Un cadeau d'un acteur. Nous faisions tous les deux partie d'une reprise de *Hay Fever* à Chichester. A la fin de la saison, il a dit qu'il voulait me le donner, en guise de cadeau d'adieu. Il l'avait déniché chez un brocanteur et, à mon avis, il n'avait pas dû le payer très cher mais il était très excité, certain d'avoir trouvé un David Wilkie.

— Sir David Wilkie ?

Oscar fronça les sourcils.

— C'est un beau cadeau, mais pourquoi te l'a-t-il donné ?

Elfrida n'avait pas l'intention de se laisser entraîner à des confidences.

— Peut-être pour me remercier d'avoir reprisé ses chaussettes ?

Il regarda à nouveau le tableau. Il n'occupait pas beaucoup de place car il ne faisait qu'une trentaine de centimètres sur vingt. L'artiste avait représenté un couple âgé en habits du dix-huitième siècle, assis à une table sur laquelle reposait une lourde Bible reliée en cuir. L'arrière-plan était très sombre et les vêtements de l'homme noirs. La femme, en revanche, portait un châle jaune vif et une robe rouge avec un bonnet tuyauté orné d'un ruban.

— A mon avis, elle est habillée pour une cérémonie, ne crois-tu pas ?

— Sans aucun doute. Elfrida, je me demande si tu ne devrais pas réellement verrouiller ta porte.

— Peut-être.

— Il est assuré ?

— *C'est* mon assurance. Une assurance contre les mauvais jours. Le jour où je me trouverai à la rue avec quelques sacs en plastique et Horace au bout d'un morceau de ficelle. Alors, et alors seulement, j'envisagerai de le vendre.

— Une garantie contre les catastrophes...

Oscar sourit et ôta ses lunettes.

— Peu importe, dit-il. C'est la façon dont tu as arrangé toutes ces choses qui donne un ensemble aussi agréable. Je suis sûr que tu ne possèdes rien que tu ne trouves beau ou utile. Sans compter que tu as beaucoup de goût.

— Oscar, tu es un flatteur !

A ce moment-là, un sifflement venu de la cuisine les interrompit. L'eau était en train de bouillir. Elfrida aller enlever la bouilloire du feu. Oscar la suivit et la regarda préparer le thé dans une théière brune toute ronde, posée sur la table en bois.

— Si tu l'aimes très fort, il vaut mieux attendre un peu, dit-elle. Et je peux te donner du citron au lieu du lait, si tu préfères. Il me reste aussi un peu de pain d'épice rassis.

— Quel festin !

Oscar tira une chaise et s'assit avec l'air de quelqu'un qui ne tient plus sur ses jambes. Elle s'assit à son tour, en face de lui, et s'occupa de couper le pain d'épice.

— Oscar, dit-elle, je pars.

Comme il ne répondait pas, elle leva les yeux. Son visage avait pris une expression de surprise horrifiée.

— Pour toujours ? demanda-t-il d'une voix étranglée.

— Bien sûr que non !

Oscar ne put cacher son soulagement.

— J'en suis heureux. Tu m'as fait une peur affreuse.

— Je ne quitterai jamais Dibton pour toujours. Je te l'ai déjà dit. C'est ici que je veux passer la fin de ma vie, mais il est temps que je prenne des vacances.

— Tu te sens fatiguée ?

— Non mais l'automne me déprime toujours, comme une sorte de vide entre l'été et Noël, comme un temps mort. De plus, j'aurai bientôt un an de plus. Soixante-deux ans ! C'est encore plus déprimant. Donc, il est temps d'aller faire un tour ailleurs.

— Je te comprends. Cela te fera du bien. Où vas-tu ?

— A l'extrême pointe de la Cornouailles, là où tu risques de tomber à la mer du haut de la falaise si tu as le malheur d'éternuer.

— En Cornouailles ? dit-il avec stupéfaction. Pourquoi en Cornouailles ?

— Parce que j'ai un cousin qui vit là-bas. Il s'appelle Jeffrey Sutton et il a trois ans de moins que moi. Nous nous sommes toujours bien entendus. Il fait partie de ces gens merveilleux auxquels on peut téléphoner pour s'inviter du jour au lendemain, sachant qu'il dira oui. Bien mieux, cela lui fait plaisir ! Nous partons donc tous les deux, Horace et moi.

Oscar hocha la tête avec étonnement.

— J'ignorais que tu avais un cousin ou de la famille.

— Tu as cru que j'étais le produit d'une immaculée conception ?

— Presque ! Mais reconnais que c'est surprenant.

— Je ne vois pas pourquoi cela te surprend. Simplement, je ne passe pas mon temps à parler de ma famille.

Elle se reprocha son ton un peu vif.

— En fait, reprit-elle plus calmement, tu n'as pas vraiment tort. Je ne suis pas très riche en ce domaine, mais Jeffrey est quelqu'un de différent et nous sommes toujours restés en contact.

— Il est marié ?

— A vrai dire, il l'a été deux fois. Sa première femme était insupportable. Elle s'appelait Dodie. Je suppose qu'il s'est laissé séduire par son physique et son air désarmé. Le pauvre homme a bien vite découvert qu'il s'était lié à une femme d'un égocentrisme défiant l'imagination. Elle était également paresseuse et incapable de s'occuper d'une maison. La plus grande partie du salaire gagné par Jeffrey à la sueur de son front servait à payer des cuisinières, des femmes de ménage, et des jeunes filles au pair dans le faible espoir de maintenir un semblant de stabilité pour ses deux filles.

— Comment cela s'est-il terminé ?

Oscar était visiblement fasciné.

— Jeffrey est resté fidèle et il a tout supporté mais, dès que ses filles ont été adultes et capables de gagner leur vie, il est parti. Il y avait une certaine Serena, bien plus jeune que lui et absolument adorable. Elle était fleuriste et avait créé une petite affaire qui marchait bien. Elle faisait de la décoration florale pour des soirées, par exemple, et entretenait les jardinières des autres. Il la connaissait depuis longtemps. Quand il a quitté sa femme, il a aussi quitté son travail et Londres et il est parti avec Serena, aussi loin que possible. Quand son divorce a été réglé, non sans mal, il a épousé Serena et ils ont presque immédiatement fondé une autre famille. Ils ont un garçon et une fille. Ils vivent de peu de chose. Ils élèvent des poules et ils font « Bed and Breakfast » pendant l'été.

— Enfin heureux ?

— Je crois qu'on peut le dire.

— Et ses filles ? Que sont-elles devenues ?

— J'ai perdu le contact. L'aînée s'appelle Nicola. Elle s'est mariée et je crois qu'elle a un enfant. Elle a toujours été très désagréable, insatisfaite et sans cesse en train de se plaindre de l'injustice de la vie. Je pense qu'elle a toujours été profondément jalouse de Carrie.

— Carrie étant sa sœur.

— Exactement ! Et quelqu'un d'adorable. Elle a hérité de la personnalité de son père. Il y a une dizaine d'années, j'ai dû me faire opérer — une histoire de femme sur laquelle, Oscar, je ne te donnerai pas de détails. Carrie est venue s'occuper de moi. Elle est restée six semaines. Je vivais seule, à l'époque, dans un minuscule appartement assez minable à Putney. Carrie a fait comme si de rien n'était et on s'est entendues comme larrons en foire !

Elfrida fronça les sourcils, concentrée sur une opération de calcul mental.

— Elle doit avoir environ trente ans. Comme le temps passe !

— S'est-elle mariée ?

— Je ne pense pas mais, comme je te l'ai dit, je n'ai plus de contact. La dernière fois que j'ai eu des nouvelles, elle travaillait en Autriche pour une grande agence de voyages. Elle est monitrice de ski et elle vérifie que les clients sont logés dans le bon hôtel. Elle a toujours adoré le ski. En tout cas, je suis sûre qu'elle est heureuse. Le thé doit être assez fort pour toi, maintenant.

Elle remplit sa tasse. Le breuvage était d'une couleur qui lui parut suffisamment foncée. Elle lui coupa ensuite une tranche de pain d'épice qui s'émietta.

— Tu vois, j'ai une famille même si nous ne sommes pas très proches.

Elle lui sourit.

— Et toi ? A toi de te confesser ! As-tu la moindre parentèle un peu bizarre dont tu puisses te vanter ?

Oscar se passa la main dans les cheveux d'un air perplexe.

— Je l'ignore. Peut-être ! Mais, comme toi, je n'ai pas la moindre idée de l'endroit où ils se trouvent ni de ce qu'ils font.

— Raconte-moi.

— Eh bien...

Il prit un morceau de pain d'épice d'un air pensif.

— Une de mes grand-mères était écossaise. C'est un bon début ?

— Excellent !

— Elle avait une maison immense dans le Sutherland, avec des terres et une ferme.

— Une femme de biens !

— J'allais passer les vacances d'été chez elle mais elle est morte quand j'avais seize ans et je n'y suis jamais retourné.

— Comment s'appelait la maison ?

— Corrydale.

— C'était vraiment si grand ?

— Non, juste très, très confortable. Des repas pantagruéliques, des bottes en caoutchouc et des cannes à pêche partout. Des bonnes odeurs de fleurs, de cire d'abeille et de grouse en train de cuire.

— Oh ! C'est délicieux ! Tu me fais venir l'eau à la bouche ! Ce devait être une femme merveilleuse.

— Cela m'est difficile de te répondre sur ce point mais elle était totalement dénuée de prétention et dotée d'un talent extraordinaire.

— Dans quel sens ?

— Je crois qu'on pourrait parler d'un talent pour la vie. Et pour la musique, aussi. C'était une pianiste accomplie. Je ne plaisante pas. Ma grand-mère était réellement une pianiste de grand talent. Je lui dois sans doute mon propre petit don. De plus, c'est elle qui m'a mis dans la voie de mon choix professionnel. Il y avait toujours de la musique à Corrydale. Cela faisait partie de ma vie.

— Et le reste ?

— Pardon ?

— Que faisais-tu d'autre ?

— Je m'en souviens à peine. J'allais poser des collets pour les lapins ou pêcher la truite. Je jouais au golf, aussi. Ma grand-mère était une golfeuse enragée et elle essayait toujours de m'entraîner sur les links mais je n'ai jamais été un adversaire à sa mesure ! Il y avait des invités et nous jouions au tennis. S'il faisait assez chaud, ce qui était rarement le cas, je descendais à vélo jusqu'à la plage pour me baigner dans la mer du Nord. A Corrydale, nous n'avions pas à rendre de comptes sur nos occupations. Nous vivions de façon très détendue. On s'amusait bien.

— Et ensuite ?

— Ma grand-mère est morte. La guerre est arrivée. Mon oncle a hérité du domaine et s'y est installé.

— Il ne t'a pas invité pour les vacances d'été ?

— Ces jours étaient terminés. J'avais seize ans et je faisais mes études de musique. J'avais des examens à passer. J'avais aussi d'autres centres d'intérêt, je rencontrais d'autres genres de personnes. Une autre vie...

— Il y vit toujours ? Je veux parler de ton oncle.

— Non, il vit à Londres, maintenant. Il a un appartement dans un hôtel particulier près de l'Albert Hall.

— Comment s'appelle-t-il ?

— Hector McLennan.

— Quel nom extraordinaire ! Il porte un kilt et une grande barbe rousse ?

— Plus maintenant. Il est très vieux.

— Et Corrydale ?

— Il l'a transmis à son fils, Hughie, mon cousin. Un type inepte qui n'a jamais eu qu'une seule idée : vivre la grande vie ! Il a rempli Corrydale de ses dégénérés d'amis qui ne savaient que boire son whisky et mal se conduire. Il a fait le désespoir de tous les respectables vieux serviteurs qui travaillaient dans la maison et sur le domaine depuis si longtemps. C'était un scandale permanent, jusqu'au jour où il a estimé que la vie dans le grand Nord n'était pas pour lui. Il a donc vendu et il s'est envolé pour la Barbade. Pour autant que je sache, il est toujours là-bas et il vit aux crochets de sa troisième femme.

Elfrida se sentit jalouse.

— Quelle vie passionnante !

— Non. Ce n'est pas passionnant mais ennuyeux et prévisible. Nous avions de bonnes relations mais nous n'avons jamais été amis.

— Donc, c'est vendu et tu n'y retourneras jamais ?

— C'est peu probable.

Il s'appuya contre le dossier de sa chaise et croisa les bras.

— En fait, je pourrais y retourner. A sa mort, ma grand-mère nous a légué une maison en copropriété, à Hughie et à moi. Elle est louée depuis très longtemps à un couple de gens âgés. Tous les trimestres, le régisseur m'envoie un semblant de loyer. Je suppose que Hughie reçoit la même chose, bien que ce soit à peine suffisant pour payer deux punchs !

— C'est une grande maison ?

— Pas vraiment. Elle se trouve dans le centre du bourg. Avant, c'étaient les bureaux du régisseur du domaine mais on l'a transformée en maison d'habitation.

— Tout cela est fascinant. J'aimerais avoir une maison en Ecosse.

— Une demi-maison !

— Mieux vaut une demi-maison que rien du tout ! Tu pourrais emmener Francesca pour une moitié de vacances !

— En toute sincérité, cela ne m'est jamais venu à l'idée. Je ne pense jamais à cette maison. Je suppose qu'un jour Hughie me proposera de racheter ma part ou, moi, de racheter la sienne. En attendant, cela ne me préoccupe guère et je préfère ne pas précipiter les choses. Moins j'ai à faire avec Hughie McLennan, mieux je me porte !

— Ce n'est pas très courageux.

— Je garde un profil bas, c'est tout. Mais revenons à toi. Quand pars-tu ?

— Mercredi prochain.

— Pour longtemps ?

— Un mois.

— Tu nous enverras une carte ?

— Bien sûr !

— Et tu nous préviendras quand tu seras rentrée ?

— Immédiatement !

— Tu vas nous manquer, dit Oscar.

Ces quelques mots suffirent à la rendre très heureuse.

La maison s'appelait Emblo Cottage. La façade de granit, offerte au vent du nord et aux embruns de l'Atlantique, n'avait que peu de fenêtres, petites et encastrées dans de profonds renfoncements du mur. Les larges rebords extérieurs accueillaient des pots de géraniums, avec les morceaux de bois flotté et les coquillages que Serena aimait ramasser. Autrefois, la maison faisait partie d'Emblo, une riche ferme d'élevage laitier. Le vacher y habitait. Mais il avait pris sa retraite et il était mort, la traite avait été mécanisée et les salaires agricoles s'étaient effondrés. Le fermier avait fait des coupes draconiennes pour limiter ses pertes et avait vendu le cottage. Depuis, différents propriétaires s'étaient succédé. Il se trouvait à nouveau sur le marché au moment où Jeffrey prenait la décision de quitter Londres, Dodie, et son travail. Il vit l'annonce dans le *Times*, prit sa voiture et roula toute la nuit pour voir le cottage avant que quelqu'un d'autre ait eu le temps de prendre une option. Il trouva une maison humide et peu spacieuse, meublée de bric et de broc pour les locations d'été, enfouie dans un jardin que personne n'entretenait, et entourée de sycomores rabougris, tordus à angle droit par la violence des vents dominants. Mais on voyait la mer et les falaises et, au sud, s'étendait un coin de pelouse abrité avec une glycine contre le mur et un camélia encore fleuri.

Jeffrey téléphona à sa banque, obtint un prêt et acheta la maison. Quand il y emménagea avec Serena, des oiseaux nichaient dans la cheminée et des lambeaux de papier peint pendaient aux murs. Une odeur d'humidité et de moisi imprégnait toutes les pièces. Cependant, cela n'avait aucune importance. Ils installèrent leurs sacs de couchage et ouvrirent une bouteille de champagne. Ils étaient ensemble et ils étaient chez eux.

Cela remontait à une dizaine d'années. La remise en état de la maison leur avait pris deux ans d'un travail physique pénible, dans les gravats, les démolitions, l'inconfort, et une succession de plombiers, de maçons, de carreleurs et de tailleurs de pierre qui déambulaient avec des bottes pleines de boue, faisaient bouillir d'innombrables tasses de thé et s'absorbaient dans d'interminables conversations sur le sens de la vie.

De temps en temps, leur lenteur et leur manque de fiabilité exaspéraient Jeffrey et Serena mais il était impossible de ne pas se laisser séduire par ces philosophes amateurs, apparemment dépourvus de tout sentiment d'urgence, satisfaits de savoir que demain serait un autre jour.

Enfin, ce fut fini. Les ouvriers s'en allèrent, laissant derrière eux une petite maison soignée, en pierre solide, avec la cuisine et le salon au rez-de-chaussée, et un escalier en bois qui craquait pour aller à l'étage. A l'arrière de la cuisine, ce qui avait été autrefois la buanderie faisait saillie. Le petit bâtiment, dallé d'ardoise et bien aéré, servait à ranger les bottes en caoutchouc et les imperméables. Serena y avait installé la machine à laver et le congélateur, ainsi qu'un énorme évier en terre cuite que Jeffrey avait découvert dans un fossé. Restauré, il se révélait d'un usage constant, pour laver les œufs ou les chiens quand ils rentraient couverts de boue, ou pour poser les seaux de fleurs sauvages que Serena adorait cueillir et arranger en bouquets dans d'anciennes poteries. A l'étage, il y avait trois chambres peintes en blanc avec des plafonds en pente, et une petite salle de bains d'où l'on avait la meilleure vue de toute la maison. Sa fenêtre donnait au sud, sur les champs et sur la colline qui montait vers la lande.

Ils n'étaient pas isolés. La ferme, avec ses importants bâtiments annexes, se trouvait à moins de deux cents mètres. Le portail de leur jardin voyait passer un flot constant de circulation. Des tracteurs, des camions citernes pour le lait, des voitures, et même de jeunes enfants qui, laissés à l'entrée du chemin par le car scolaire, rentraient chez eux à pied. Les fermiers avaient quatre enfants qui étaient devenus les meilleurs amis de Ben et Amy. Ils faisaient de la bicyclette ensemble, allaient cueillir des mûres, descendaient au pied de la falaise, leurs sacs à dos glissant de leurs épaules encore trop étroites, pour se baigner et pique-niquer.

Elfrida ne connaissait pas la maison car elle ne leur avait jamais rendu visite. Mais à présent, elle venait et Jeffrey se sentait envahi par une vieille sensation, presque oubliée, qu'il finit par reconnaître comme une extraordinaire excitation.

Elfrida ! Il avait maintenant cinquante-huit ans et Elfrida... ? Soixante et un ? Soixante-deux ? Cela n'avait pas d'importance.

Dans son enfance, il ne jurait que par elle, parce qu'elle n'avait peur de rien et qu'elle le faisait rire. Devenu adolescent, piégé dans les règlements scolaires de sa pension, il avait vu en elle le seul élément lumineux de sa vie. D'une séduction extraordinaire alliée à un remarquable tempérament rebelle, elle avait tenu tête à ses parents ; elle avait réussi, malgré eux, à devenir comédienne. Tant de détermination, de courage et de succès avaient rempli Jeffrey d'admiration et d'amour. Plusieurs fois, le samedi ou le dimanche, elle était venue le chercher pour l'arracher à son ennuyeuse école, le temps d'une sortie. Se vantant un peu d'elle à ses amis, il la faisait attendre devant l'horrible porte en brique rouge de style pseudo-gothique pour que les autres puissent la voir, au volant de sa petite voiture de sport rouge avec ses lunettes noires et ses cheveux teints en roux foncé retenus par une écharpe de soie.

« Ma cousine. Elle joue dans une pièce, à Londres », disait-il d'un ton merveilleusement dégagé, comme si cela arrivait à tout le monde, tous les jours.

« C'est une pièce qui a été créée à New York », ajoutait-il.

Finalement, il la rejoignait en s'excusant de son retard et se casait dans l'étroit siège-baquet à côté d'elle. Ils partaient dans un impressionnant rugissement de moteur tandis que les roues faisaient voler le gravier. A son retour, il conservait volontairement son attitude blasée.

« Oh, on est seulement allés au Roadhouse. On a piqué une tête dans la piscine et on a déjeuné. »

Il était terriblement fier d'elle et plus qu'un peu amoureux !

Mais le temps passa, ils vieillirent et se perdirent de vue. Chacun fit sa vie de son côté. Elfrida épousa un acteur — son premier échec — et se remaria avec un autre personnage aussi impossible avant de rencontrer son célèbre amant. Tout semblait en place pour qu'elle soit heureuse jusqu'à la fin de sa vie, mais la maladie de Parkinson avait emporté son grand amour.

La dernière fois que Jeffrey avait vu Elfrida, c'était à Londres. Elle venait de rencontrer cet homme exceptionnel, qu'elle n'appelait jamais que « Jimbo ».

— Ce n'est pas son vrai nom, mon chéri, lui avait-elle expliqué, mais celui que, moi, je lui donne. Je n'aurais jamais cru qu'une chose pareille pouvait m'arriver. Je ne savais pas qu'on pouvait être aussi proche et, en même temps, aussi différent de quelqu'un.

Il est tout ce que je n'ai jamais été et cela ne m'empêche pas de l'aimer plus que tout ce que j'ai pu connaître avant lui.

— Et ta carrière ? avait demandé Jeffrey.

— Au diable ma carrière ! s'était exclamée Elfrida en éclatant de rire.

Il ne l'avait jamais vue si heureuse, si belle, si profondément épanouie.

Son propre couple partait à la dérive mais Elfrida restait fidèle, toujours là pour lui au téléphone. Elle l'appelait aussi, prête à lui donner toutes sortes de conseils, des bons et des mauvais. Mais, surtout, pleine d'une affection que rien ne démentait. Un jour, il avait voulu lui faire rencontrer Serena. Le lendemain soir, elle l'avait appelé.

— Jeffrey, mon chéri, elle est absolument adorable... Arrête les frais avec ta femme et consacre-toi à *elle* !

— Et mes filles ?

— Elles sont adultes et elles gagnent leur vie. Tu dois penser à toi, maintenant. Prends ton courage à deux mains et n'hésite pas ! Tu n'as pas de temps à perdre. On n'a qu'une vie.

— Et Dodie ?

— Elle s'en sortira très bien. Elle va te saigner aux quatre veines pour la pension alimentaire. Elle n'a certainement pas l'intention de renoncer à son confort. Laisse-la avoir tout ce qu'elle veut, pars et sois heureux !

Pars et sois heureux ! C'était exactement ce qu'il avait fait.

Cinq heures, un sombre soir d'octobre. Le vent se levait. Jeffrey s'était occupé des poules, avait ramassé les œufs et enfermé les volailles caquetantes dans leurs petites maisons en bois. La nuit approchait. Dans Emblo Cottage, Serena avait tout allumé et les petites fenêtres luisaient, jaunes dans le crépuscule. On était jeudi, le jour où il fallait sortir la grosse poubelle à roulettes pour la mettre à l'entrée du chemin. Le camion des éboueurs passerait le lendemain matin, comme chaque semaine. Le vent soufflait de plus en plus fort, venant de la mer, avec un goût et une odeur de sel. Les buissons d'ajonc gigotaient et bruissaient au sommet des haies. Par-dessus les sifflements des rafales, on entendait le bruit du cours d'eau qui dévalait la colline et courait le long du chemin. Jeffrey avait froid et entra dans la maison pour prendre sa grosse veste. Serena tournait une cuillère dans une casserole sur le fourneau et les enfants faisaient leurs devoirs sur la table de la cuisine.

— La poubelle, dit-il.

— Oh, tu y as pensé ! Tu es parfait.

— J'en ai pour cinq minutes.

— Je guetterai Elfrida.

Il traîna la poubelle qui roulait en cahotant dans les ornières du chemin et la mit à sa place au bord de la route. De l'autre côté de la route, une barrière en bois marquait l'entrée d'un autre champ. Jeffrey traversa et s'y appuya comme un vieux paysan. Il prit ses cigarettes dans sa poche et en alluma une avec son vieux briquet d'acier. Les dernières lueurs du jour ne tarderaient plus à disparaître. Il observa les lourds nuages dans le ciel qui s'assombrissait. La mer couleur d'ardoise se mouchetait d'écume. Mauvais temps pour la soirée. Au pied de la falaise, les vagues éclataient avec fracas. Jeffrey se sentait le visage mouillé d'embruns.

Un poème lui revint en mémoire, un poème qu'il avait lu et oublié depuis longtemps.

> *Ma chambre est une brillante cabane de verre,*
> *Tout le pays de Cornouailles tonne à ma porte,*
> *Et les blancs navires de l'hiver gisent*
> *Dans les sillons marins de la lande.*

Il finit tranquillement sa cigarette puis jeta son mégot et reprit le chemin de sa maison. C'est à ce moment qu'il vit les phares à l'est, apparaissant et disparaissant selon les courbes de la route. Il s'adossa de nouveau à la barrière et attendit. Peu de temps après, une vieille Fiesta bleue apparut. Elle négocia avec prudence le dernier virage, assez serré, avant l'embranchement pour Emblo. Il sut instinctivement que c'était Elfrida. Il s'avança sur la route en levant les bras. La voiture s'arrêta, il s'approcha, ouvrit la portière et s'assit à côté de sa cousine. Il reconnut aussitôt son parfum, celui qu'elle portait depuis toujours et qui faisait partie d'elle.

— Il ne faut pas s'arrêter ici, c'est la grand-route. Tu risques un accident avec un tracteur ou un car de touristes allemands. Prends le chemin.

Elle obéit et s'arrêta de nouveau.

— Salut ! dit-elle.

— Tu es arrivée.

— Cinq heures !

— Tu n'as pas eu de mal à trouver ta route ?

— Non, l'itinéraire que tu m'as envoyé était parfait.

— Qui est à l'arrière ?

— Horace, mon chien. Je t'ai dit que je l'amenais avec moi.

— C'est merveilleux que tu sois ici. J'essayais de ne pas trop m'exciter, de peur que tu ne m'appelles pour annuler.

— Je n'aurais jamais fait ça ! dit Elfrida avant de passer aux choses pratiques : C'est le chemin pour aller chez toi ?

— Oui.

— Affreusement étroit, mon chéri.

— Mais assez large pour passer.

— Dans ce cas, en avant !

Jeffrey se mit à rire.

— En avant !

Elle passa en première et ils remontèrent en cahotant l'étroite tranchée que Jeffrey appelait le chemin.

— Comment s'est passé ton voyage ? demanda-t-il.

— Très bien. J'étais un peu tendue. Cela fait des années que je n'ai pas fait un si long trajet. J'ai trouvé un peu pénible de rouler sur des autoroutes que je ne connaissais pas, surtout avec tous ces poids lourds qui font un bruit d'enfer. Ma Fiesta n'est pas tout à fait une Ferrari !

— Non, mais c'est une bonne voiture.

Comme ils approchaient du cottage, l'éclairage extérieur s'alluma. Serena avait dû les entendre arriver. La lumière éclairait un espace dégagé, délimité par un haut mur de granit. Le chemin continuait vers la ferme mais Jeffrey lui dit de se garer là. Aussitôt, deux chiens de berger arrivèrent, sortis de nulle part, et bondirent vers eux en aboyant de toutes leurs forces.

— Ne t'inquiète pas, la rassura Jeffrey. Ils sont à moi. Tarboy et Findus. Ils ne mordent pas.

— Même pas Horace ?

— Surtout pas Horace !

Ils sortirent de la voiture et firent descendre Horace. Les trois chiens se livrèrent alors au rituel des rencontres entre inconnus, tournant les uns autour des autres pour se renifler. Horace disparut ensuite dans un épais buisson et leva la patte avec soulagement.

Jeffrey avait assisté à la scène d'un air amusé.

— Il est de quelle race ?

— Inconnue ! Mais c'est un chien fidèle, sans problème et propre. Il peut dormir dans ma chambre. J'ai apporté son panier.

Il alla ouvrir le coffre de la voiture et en sortit une lourde valise qui avait beaucoup servi. Il y avait aussi un grand sac en papier plein à craquer.

— Tu n'as quand même pas apporté tes propres provisions ?

— C'est la nourriture d'Horace avec sa gamelle et toutes ses petites affaires.

Se penchant, elle prit sur le siège arrière le panier du chien et un autre gros sac. Ils claquèrent les portières et Jeffrey lui montra le chemin. L'allée d'ardoise faisait le tour de la maison et, quand ils eurent passé le coin, le vent de la mer les frappa de plein fouet. Les carrés de lumière jaune des fenêtres et de la porte semi-vitrée se dessinaient sur le dallage. Jeffrey posa la valise d'Elfrida et lui ouvrit la porte. Elle entra directement dans la cuisine. Les deux enfants levèrent les yeux de leurs cahiers et Serena quitta son fourneau pour l'accueillir, en tablier mais les bras grands ouverts.

— Jeffrey ! Tu l'as trouvée ! Quel homme incroyable ! Il sort la poubelle et il revient avec vous. Si ce n'est pas de la synchronisation... Le voyage n'a pas été trop pénible, Elfrida ? Voulez-vous boire une tasse de thé et manger quelque chose ? Oh, mais vous ne connaissez pas les enfants ! Ben, et Amy. Voici Elfrida, mes poussins.

— On sait ! répondit le garçon. Tu n'arrêtes pas de parler d'elle depuis des semaines.

Ben était brun et sa petite sœur blonde. Il se leva pour échanger une poignée de main avec Elfrida tout en examinant avec intérêt les bagages de l'invitée. Il espérait un cadeau mais on lui avait dit de ne pas en parler au cas où Elfrida n'en aurait pas apporté. Il avait les yeux noirs de son père et sa peau mate, avec une épaisse chevelure noire. Dans quelques années, se dit Elfrida, le voisinage regorgerait de filles au cœur brisé !

Jeffrey passa derrière Elfrida et alla poser sa valise au pied de l'escalier.

— Bonsoir, papa.

— Bonsoir, Ben. Tu as fini tes devoirs ?

— Voui !

— Bien ! Et toi, Amy, tu as fini ?

— Depuis très longtemps, lui répondit-elle d'un air vantard.

En réalité, c'était une enfant timide. Elle se précipita vers son père pour se cacher le visage contre sa jambe, si bien qu'on ne

47

voyait plus d'elle que ses longs cheveux blonds comme le lin, presque blancs à force de blondeur, et qui se détachaient sur le bleu délavé de sa salopette. Elfrida avait toujours entendu parler de Ben et Amy mais, en les voyant, elle s'étonna à l'idée qu'ils étaient vraiment les enfants de Jeffrey. Il aurait presque pu être leur grand-père. Elle les trouvait très beaux. Serena était belle, elle aussi, à sa manière. Ses cheveux aussi clairs que ceux d'Amy étaient relevés en torsade et maintenus par une barrette en écaille. Elle avait des yeux d'un bleu vif et des taches de rousseur émaillaient son fin visage. Elle portait un jean étroit qui lui faisait des jambes interminables, et un pull-over bleu avec une écharpe en soie. Elle avait un grand tablier de cuisine et ne faisait pas mine de vouloir l'enlever.

— Quel est le programme ? lui demanda Jeffrey.

— Si Elfrida en a envie, je peux lui préparer du thé. A moins qu'elle ne préfère se reposer devant le feu, ou monter dans sa chambre pour défaire sa valise, ou prendre un bain. C'est elle qui choisit.

— A quelle heure dînons-nous ?

— J'ai pensé que ce serait bien vers huit heures. Je ferai manger Ben et Amy avant nous.

Amy se détacha de la jambe de son père.

— Des saucisses, dit-elle.

Elfrida la regarda d'un air intrigué.

— Pardon ?

— Des saucisses pour ce soir. Avec de la purée et des haricots.

— Que des bonnes choses !

— Mais toi, t'auras autre chose. C'est maman qui l'a fait.

— Ne me dis rien, surtout, pour que j'aie la surprise.

— C'est du poulet avec des champignons.

— Amy ! cria Ben. Tu *dois pas* dire !

Elfrida se mit à rire.

— Ce n'est pas grave, je suis sûre que ce sera très bon.

— Elfrida, dit Serena en haussant un peu la voix pour couvrir les exclamations de sa nichée. Voulez-vous un thé ?

Les autres nourritures mentionnées par Amy étaient plus tentantes.

— Ce qui me ferait vraiment plaisir, ce serait de défaire ma valise et de prendre un bain. Est-ce que cela vous dérangerait ?

— Pas du tout ! Nous n'avons qu'une salle de bains mais les enfants peuvent faire leur toilette après vous. Il y a assez d'eau chaude pour tout le monde.

— Vous êtes un ange. C'est donc ce que je vais faire.

— Et Horace ? demanda Jeffrey. Faut-il lui donner à manger ?

— Bien sûr ! Me proposerais-tu de le faire à ma place ? Deux mesures de biscuits et une demi-boîte de viande, le tout avec un peu d'eau chaude.

— Horace, c'est un chien ? demanda Ben.

— Tu sais, ce n'est certainement pas mon mari.

— Où il est ?

— Dehors. Il est en train de faire connaissance avec les chiens d'ici, du moins je l'espère.

— Je vais voir...

— Moi aussi... cria Amy.

— Attends-moi...

Ils étaient déjà dehors, courant dans le jardin obscur, sans vêtement chaud, sans bottes, sans protestations de leur mère, non plus ! Ils avaient laissé la porte grande ouverte derrière eux et des bouffées d'air froid entraient dans la maison. Jeffrey alla tranquillement fermer puis reprit la valise d'Elfrida.

— Viens, lui dit-il en commençant à gravir les marches de l'escalier en bois qui craquaient sous son pas.

Il lui montra sa chambre et la salle de bains avant de la laisser.

— Tu as une bonne heure devant toi avant l'apéritif. A tout à l'heure, dit-il avant de refermer la porte de la chambre.

La porte se fermait par un loquet en bois. Elfrida s'assit sur le lit — un grand lit de deux personnes — et réalisa soudain qu'elle était très fatiguée. Elle bâilla longuement avant de regarder autour d'elle. La chambre lui parut pleine de charme, d'un décor réduit au strict minimum mais merveilleusement sereine. Un peu comme Serena. Des murs blancs, des rideaux blancs, un tapis tressé au sol ; une commode en pin habillée de lin blanc et de dentelle et des patères en bois avec des portemanteaux colorés en guise de penderie. La housse de l'édredon était en vichy bleu. Sur la table de chevet se trouvaient des livres, des magazines récents et une poterie bleue avec une grosse fleur d'hortensia rose buvard.

Elle bâilla de nouveau. Elle était bien arrivée. Elle ne s'était pas trompée de route, elle n'avait eu ni panne ni accident fatal. Enfin, Jeffrey l'attendait à l'entrée du sentier, jaillissant du talus comme un bandit de grand chemin pour lui faire signe de s'arrêter. Si elle ne l'avait pas instantanément reconnu, elle aurait sans doute eu très peur, mais elle ne pouvait se tromper sur sa haute silhouette dégingandée. Il restait souple et actif malgré les années, certaine-

49

ment grâce à sa si jeune femme et à ses enfants. Par-dessus tout, il avait l'air heureux. Il avait eu raison de changer de vie. Apparemment, les choses avaient fini par prendre une bonne tournure pour Jeffrey, exactement comme elle l'avait toujours souhaité.

S'étant un peu reposée, elle se leva, défit sa valise et rangea ses affaires. La pièce prit aussitôt un air familier. Ensuite, elle se déshabilla, se lova dans sa vieille robe de chambre et se rendit dans la petite salle de bains, juste à côté de sa chambre. Il lui restait à se plonger dans un bain brûlant. Quand elle en sortit, sa fatigue avait disparu. Elle se sentait alerte et gaie, impatiente à l'idée de la soirée à venir. Elle passa un pantalon de velours et un chemisier en soie, prit le sac qui contenait les cadeaux, et se dirigea vers l'escalier. Elle eut l'impression d'être un marin descendant une passerelle pour se rendre au pont inférieur. Dans la cuisine, les enfants étaient en train de manger leurs saucisses tandis que Serena battait des œufs en neige au fouet électrique. Elle leva les yeux et sourit en voyant apparaître Elfrida.

— Allez donc rejoindre Jeffrey. Il est dans le salon. Il a fait du feu.

— Je ne peux pas vous aider ? Il ne faut pas me demander grand-chose en cuisine mais je suis très bonne pour récurer les casseroles !

Serena se mit à rire.

— Je n'ai pas une seule casserole à nettoyer !

— Est-ce que je reverrai Ben et Amy avant qu'ils aillent se coucher ?

— Bien sûr ! Ils viendront dire bonsoir après leur bain.

— J'en ai pris un ; cela m'a fait un bien fou. Je me sens rajeunie.

— Qu'est-ce que ça veut dire, rajeunir ? demanda Ben.

— Cela veut dire que l'on se sent plus jeune, expliqua Serena.

— Elle n'a pas l'air plus jeune, pourtant !

— C'est parce que je suis très vieille, lui répondit Elfrida. N'oubliez surtout pas de venir dire bonsoir parce que j'ai quelque chose pour vous...

Elle souleva son gros sac pour le leur montrer.

— ... là-dedans !

— On peut voir maintenant ?

— Non, plus tard, devant le feu. Un peu comme à Noël.

Elfrida se rendit ensuite au salon où elle trouva Jeffrey, confortablement installé devant le feu pour lire le *Times* comme tout gentleman d'un certain âge qui se respecte. A l'entrée d'Elfrida, il posa son journal et se leva avec précaution. En effet, pour une raison inconnue, la pièce avait un plafond exceptionnellement bas et Jeffrey faisait très attention à ne pas se cogner la tête contre l'une des poutres peintes en blanc, un risque auquel sa calvitie le rendait particulièrement vulnérable. Le soleil lui avait bruni le cuir chevelu mais les quelques cheveux qui lui restaient sur la nuque étaient aussi noirs qu'Elfrida les avait toujours connus. Jeffrey avait aussi des yeux très sombres dans un visage mince marqué de rides d'expression. Il portait un pull-over bleu marine avec un bandana rouge autour du cou en guise de cravate. Elfrida avait toujours apprécié les hommes soignés et elle était heureuse de constater que son cousin Jeffrey était toujours aussi agréable à regarder.

— Tu es superbe, dit-il.

— Je suis propre, au moins ! Mon bain m'a fait beaucoup de bien.

Elle posa son sac, se pelotonna dans l'autre fauteuil et prit le temps d'examiner la pièce. Cela lui plaisait. Elle retrouvait des éléments familiers dans le décor, tandis que d'autres lui étaient inconnus. Un bon feu dans la cheminée, des pots avec des herbes séchées, des photos de famille dans des cadres en argent, quelques meubles anciens. Il n'y avait pas de place pour quoi que ce soit de plus.

— C'est ravissant, ce que tu as fait de cette maison, dit-elle.

— Je n'y suis pour rien, Elfrida. C'est le travail de Serena. Veux-tu un verre de vin ?

— Volontiers, merci. Cela doit te paraître un autre monde, par rapport à la vie que tu as connue, la maison à Camden, le trajet pour te rendre dans la City tous les jours, les réceptions, et les tous les gens qu'il faut absolument connaître, n'est-ce pas ?

Il était à l'autre bout du salon, en train de verser le vin, et ne lui répondit pas tout de suite. Il paraissait réfléchir aux remarques d'Elfrida tout en lui apportant son verre. Il se rassit dans son grand fauteuil, leva les yeux et son regard rencontra celui d'Elfrida.

— Excuse-moi, dit-elle.

— De quoi devrais-je t'excuser ?

— De mon manque de tact. Tu sais que j'ai toujours eu la mauvaise habitude de parler avant de réfléchir.

— Il n'y a aucun manque de tact dans ce que tu as dit. Tu as raison. C'était un autre monde, un monde que je ne regrette pas. Courir après l'argent et envoyer les filles dans des écoles absolument ruineuses ! Ne pas pouvoir donner un dîner sans devoir engager un maître d'hôtel pour la soirée. Refaire la cuisine parce que les Harley Wright de l'autre côté de la rue avaient refait la leur et que Dodie ne supportait pas de ne pas être à la pointe, elle aussi ! Se soucier en permanence des mouvements financiers, de la Bourse, des demandes des Lloyds, le risque d'être licencié... Il m'arrivait de ne pas en dormir de la nuit. Et tout cela, pour rien ! Mais il fallait que je sorte de ce cercle infernal pour m'en rendre compte.

— Tout va bien, maintenant ?

— Comment cela ?

— Je pensais à tes finances.

— Oui, nous nous en sortons très bien. Juste en équilibre. Nous n'avons pas beaucoup mais nous n'avons pas besoin de plus.

— De quoi vivez-vous ? Les poules ?

Il se mit à rire.

— Ce serait difficile, mais cela nous occupe tout en rapportant un peu d'argent. Nous avons aussi des rentrées en été avec le « Bed and Breakfast » mais, comme nous n'avons qu'une chambre — la tienne — et que la salle de bains est commune, nous ne pouvons pas demander beaucoup. Il y a une dépendance abandonnée entre nous et la ferme. Nous nous disons régulièrement que nous devrions faire une offre de rachat et la transformer pour recevoir des hôtes payants, mais cela représente tellement de travail que, à chaque fois, nous reculons ! En fait, Serena continue à travailler. Elle fait des arrangements floraux pour des mariages, des réceptions, ce genre de choses... Quant à Ben et Amy, ils vont à l'école du village où il y a de très bons enseignants. Quand j'ai découvert qu'on peut vivre aussi simplement, cela a été une révélation, tu sais !

— Tu es heureux ?

— Aussi heureux que j'en rêvais !

— Et Dodie ?

— Elle vit dans un bel appartement près de Hurlingham, avec vue sur la rivière. Comme Nicola a divorcé, elle cohabite avec sa mère et je les imagine très bien en train de se taper sur les nerfs à tour de rôle !

— Et la fille de Nicola ?

— Ma petite-fille, Lucy. Elle a quatorze ans, maintenant. La pauvre gosse vit avec sa mère et sa grand-mère. Cela ne doit pas être très amusant pour elle mais je n'y peux pas grand-chose. Je lui ai proposé de venir passer un moment avec nous mais sa mère a décrété que je suis un monstre et Serena une sorcière. Il n'est donc pas question que Lucy vienne nous voir.

Elfrida soupira. Il n'y avait pas d'issue à ce genre de situation.

— Et Carrie ? demanda-t-elle.

— Elle est toujours en Autriche. Elle a un bon travail dans une agence de voyages, un poste à responsabilités multiples.

— Tu la vois ?

— Nous avons déjeuné ensemble la dernière fois que je suis allé à Londres mais nos chemins se croisent rarement.

— Elle ne s'est pas mariée ?

— Non.

— Elle vient vous voir ?

— Non, mais pour de très bonnes raisons. Elle ne veut pas s'immiscer dans notre vie et créer une situation bizarre pour Serena et les enfants. De toute façon, elle a trente ans et ce n'est plus une gamine. Elle a sa vie. Si elle a envie de venir à Emblo, elle sait qu'il lui suffit de décrocher son téléphone.

Il s'interrompit pour poser son verre et allumer une cigarette.

— Tu n'as pas arrêté de fumer ? lui demanda Elfrida.

— Non, je n'ai pas arrêté et je n'en ai pas l'intention. Cela te choque ?

— Jeffrey, tu sais bien que rien ne m'a jamais choquée de toute ma vie !

— Tu as l'air en pleine forme. Comment vas-tu ?

— En pleine forme, peut-être.

— Pas trop seule ?

— Cela va mieux.

— C'est vraiment dur, ce qui t'est arrivé.

— Tu veux parler de Jimbo ? Le pauvre chéri, c'était encore plus dur pour lui que pour moi, cette lente dégradation d'un homme aussi brillant que lui. Mais je n'ai pas de regrets, Jeffrey. Je savais que nous avions peu de temps devant nous mais que ce temps-là serait à part. Peu de gens connaissent le bonheur que nous avons connu ensemble, ne serait-ce que pour un an ou deux.

— Parle-moi de ton refuge du Hampshire.

— Dibton. Un village plutôt banal, sans intérêt, mais d'une certaine façon, c'est ce que je voulais. La maison est un minuscule cottage qui fait partie d'une rangée de logements tous semblables, construits autrefois pour les employés des chemins de fer. Je n'ai besoin de rien d'autre.

— Les gens sont sympathiques ?

— Banals, eux aussi. Aimables et accueillants. Je crois que je suis bien acceptée. Je ne supportais plus Londres.

— Tu t'es fait des amis ?

Elle lui parla des vieux Foubister, de Bobby Burton-Jones, du pasteur et de sa femme, et du spectacle paroissial de fin d'année. Elle lui parla aussi de Mrs Jennings, d'Albert Meddows, et de Mr Dunn, le milliardaire qui avait une piscine couverte et une serre immense pleine de géraniums rouge vif et de caoutchoucs.

Elle lui parla enfin des Blundell. Oscar, Gloria, Francesca.

— Ils ont été d'une amabilité inimaginable. Ils m'ont prise sous leur aile, en quelque sorte. Gloria est riche et généreuse, deux choses qui ne vont pas toujours ensemble. Leur maison lui appartient. Elle s'appelle la Grange, elle est parfaitement hideuse mais d'une chaleur et d'un confort défiant toute concurrence ! Gloria a déjà été mariée et elle a deux fils adultes, mariés eux aussi. Francesca est une enfant douée d'une personnalité originale, pleine d'humour et de gentillesse. Gloria est une hôtesse insatiable, toujours en train d'organiser une soirée, un pique-nique, une réunion ou un comité. Elle est aussi passionnée de chevaux et elle adore rassembler des amis pour un rallye équestre avec tout un bar dans le coffre de sa voiture. Elle attache ses pékinois au pare-chocs et ils aboient à en devenir aphones dès que quelqu'un passe !

Son récit semblait beaucoup amuser Jeffrey.

— Oscar apprécie aussi ce genre de distractions ?

— Je l'ignore, mais c'est un homme très gentil, très aimable... un charmeur, en fait... Il part souvent avec Francesca pour parier sur des tocards et s'offrir des glaces.

— Que fait-il ? A moins qu'il ne soit retraité ?

— Il est musicien. Organiste. Pianiste. Il enseignait.

— Bravo pour avoir rencontré un couple aussi intéressant. Ils doivent t'adorer, sans doute parce que tu as toujours fait à tout le monde l'effet d'une grande bouffée d'air frais.

Elfrida s'empressa de mettre un bémol à ses explications.

— Je dois faire attention et me protéger très prudemment. Je ne veux pas me faire phagocyter.

— Qui ne voudrait te phagocyter ?

— Tu es partial, Jeffrey.

— J'ai toujours fait partie de tes admirateurs !

Des années plus tard, en repensant aux semaines passées à Emblo, Elfrida devait se souvenir particulièrement du bruit du vent. Il soufflait en permanence, parfois en petite brise revigorante, parfois en rafales qui arrivaient de la mer avec la violence d'une tornade, prenaient les falaises d'assaut, hurlaient dans la cheminée, secouaient portes et fenêtres.

Au bout d'un certain temps, elle finit par s'accoutumer à cette présence constante mais, la nuit, il était impossible de l'ignorer. Elle restait étendue dans le noir, l'écoutant arriver sur les crêtes de la houle. Il balayait tout devant lui, forcissait en traversant la lande et tordait les branches d'un vieux pommier qui tapait à la fenêtre comme un fantôme.

Ce vent le disait très clairement : l'été était fini. Octobre laissait la place à novembre et la nuit tombait de plus en plus tôt. Les vaches de la ferme, de belles laitières de Guernesey, revenant des prés matin et soir pour la traite, transformaient le chemin entre Emblo et la ferme en bourbier. Après la traite du soir, on les remettait au pré où elles cherchaient un abri le long d'un mur ou d'un fourré d'arbustes sauvages et d'ajonc.

— Pourquoi ne passent-elles pas la nuit à l'étable ? s'enquit Elfrida.

— Elles dorment toujours dehors. Il n'y a pas de gelées, ici, et elles ont toute l'herbe qu'il leur faut.

— Les pauvres !

En réalité, elle devait bien l'admettre, ces vaches avaient l'air parfaitement heureuses et en bonne santé.

Peu à peu, la routine de la maisonnée s'imposa à elle et elle adopta son rythme paisible. Il y avait toujours de la lessive à étendre, des chemises à repasser, des pommes de terre à arracher, des poules à nourrir ou des œufs à laver. A la fin de la première semaine, elle s'aperçut avec surprise qu'elle venait de passer sept jours sans ouvrir un journal ni regarder la télévision. Le reste du monde aurait pu s'écrouler, son seul souci était de savoir si elle avait le temps de rentrer la lessive avant la prochaine averse.

Certains soirs, elle s'occupait de la cuisine et préparait le dîner de Ben et Amy pour que Jeffrey et Serena puissent passer une soirée à l'extérieur, aller dîner ou voir un film au cinéma le plus proche. Elle apprit aux enfants à jouer au rami et les fascina en leur parlant du passé, de ces années où elle jouait dans les théâtres...

Le temps d'un week-end, les intempéries laissèrent la place à des journées de printemps. Le vent tomba et le soleil brillait dans un ciel sans nuage. Décidée à profiter de l'aubaine autant que possible, Serena invita les quatre enfants des fermiers, prépara un pique-nique, et ils partirent tous à travers champs vers les falaises. Leur groupe s'étirait en une longue file composée de six enfants, trois adultes et trois chiens. Amy et Elfrida, qui allaient côte à côte, fermaient la marche. Le sentier leur faisait escalader des murets de pierre sèche ou serpentait au milieu des ajoncs et des mûriers sauvages.

Du regard, Elfrida cherchait s'il restait des mûres.

— On pourrait en ramasser, dit-elle à Amy. Et après, on ferait de la gelée de mûres.

Amy se montra plus avertie qu'Elfrida en ce domaine.

— Non, on ne peut pas. On ne peut pas ramasser les mûres après le début d'octobre parce que c'est quand les sorcières cornouaillaises font pipi dessus.

— Ça alors ! C'est incroyable. Comment le sais-tu ?

— C'est la maîtresse qui l'a dit. Sauf qu'elle n'a pas dit faire pipi mais uriner.

Ils arrivaient au bord de la falaise et, devant, l'océan s'étendait, immense, d'un bleu profond qui resplendissait sous le soleil. Un sentier en pente douce mais au bord d'un à-pic inquiétant descendait vers une crique cachée. On était à marée basse et la mer avait découvert un minuscule croissant de sable tandis que des flaques d'eau brillaient comme des pierres précieuses au creux des rochers.

Ils descendirent tant bien que mal, les chiens bondissant sans crainte devant eux. En arrivant sur les rochers, Amy abandonna Elfrida pour rejoindre les autres sur la petite plage où Jeffrey avait déjà lancé les enfants dans la réalisation d'un énorme château de sable. Serena, quant à elle, cherchait coquillages et cailloux pour la décoration de l'édifice.

Il était midi et le soleil chauffait. Elfrida ôta sa veste et remonta les manches de son pull-over. Les nattes de plage, les paniers et les sacs à dos avaient été déposés sur une grande pierre plate et polie. Elle s'y assit pour regarder l'incessant va-et-vient de la mer dont l'immensité et la beauté la fascinèrent. L'eau avait une transparence et des couleurs d'une splendeur à couper le souffle, des ondulations bleues, vertes, turquoise et pourpre bordées d'écume blanche. Il y avait une forte houle et, au large, les rouleaux grandissaient et forcissaient avant de venir éclater sur la côte de granit déchiquetée en grands jaillissements d'embruns. Dans le ciel, les goélands tournoyaient. A l'horizon, un petit bateau de pêche taillait sa route dans les turbulences.

Comme ensorcelée par le spectacle, Elfrida perdit toute notion du temps mais, au bout d'un moment, Serena la rejoignit pour déballer le pique-nique. Des sacs à dos, elle sortit des bouteilles, des tasses en plastique, des serviettes en papier et un sac de pommes. Il y avait aussi une appétissante odeur de friands chauds.

Elfrida en fut sidérée.

— Quand as-tu trouvé le temps de faire des friands, Serena ? Il faut des heures !

— J'en ai toujours une douzaine dans le congélateur. Les enfants adorent ça.

— Moi aussi.

— Je les ai sortis hier soir. Je sentais que nous aurions du beau temps. Veux-tu boire quelque chose ? Il y a de la bière blonde ou du vin. Ou de la limonade si tu te sens dans un jour d'abstinence.

— Un verre de vin, ce sera parfait.

La bouteille était dans un rafraîchisseur et, bu dans un gobelet en plastique, le vin lui parut meilleur que tout ce qu'elle avait déjà goûté dans sa vie. Elfrida se retourna vers la mer.

— C'est le paradis, dit-elle.

— En été, nous venons presque tous les week-ends. C'est plus facile maintenant que les enfants peuvent marcher tout seuls.

— Vous formez vraiment une famille heureuse.

— Oui, dit Serena en souriant. Je le sais. Nous avons beaucoup de chance. J'en suis tout à fait consciente, Elfrida. Et tous les jours, je dis merci.

De temps en temps, Elfrida prenait sa voiture et allait faire un tour. Horace restait à Emblo en compagnie des chiens de berger de Jeffrey. Elle n'en finissait pas de s'étonner qu'une si petite région puisse encore être si sauvage, à l'écart de tout et, cependant, si variée. Sur les routes étroites et sinueuses, libérées de la circulation estivale, elle ne croisait qu'un ou deux bus, la camionnette d'un boucher ou un tracteur. Par moments, la route traversait une lande déserte puis descendait en sinuant vers une petite vallée aux épais fourrés de rhododendrons. Là, des jardins dignes d'envie offraient encore à la vue des hortensias verdoyants et des fuchsias aux fleurs en tutu de ballerine.

Un jour, elle se rendit à la ville la plus proche. Elle se gara et s'engagea dans le dédale de ruelles et de passages qui descendaient au port. Le long du quai s'alignaient des restaurants, des boutiques de cadeaux et de nombreuses petites galeries d'art exposant tableaux et sculptures de tous styles. Elle aperçut une librairie et prit le temps d'y choisir deux livres, pour Ben et pour Amy. Elle s'y trouvait si bien qu'elle continua à feuilleter d'autres livres et, pensant à Francesca, en acheta un pour elle aussi. Elle le trouva parmi les livres d'occasion — *The Island of Sheep*, l'Ile aux Moutons, de John Buchan. Elle se souvint de l'avoir lu à l'école et d'avoir été passionnée. Oscar et Francesca pourraient le lire ensemble, pelotonnés l'un contre l'autre dans leur grand fauteuil, devant un feu de bois aux flammes dansantes.

Elle fit emballer ses achats et ressortit pour continuer sa promenade. Dans une boutique d'artisanat, elle dénicha deux pull-overs tricotés à la main avec des motifs originaux, un pour Jeffrey, un pour Serena. Elle acheta aussi des cartes postales et une bouteille de vin avant de reprendre son chemin, les mains de plus en plus encombrées. Elle s'éloigna du port, se perdant à nouveau dans le labyrinthe de ruelles pavées où de la lessive séchait aux fenêtres. Les jardinières resplendissaient, plantées de nasturniums et de pétunias roses. Encore une galerie. Incapable de résister, elle s'arrêta pour regarder la vitrine et découvrit une petite toile abstraite encadrée d'un bois délavé comme du bois d'épave. L'artiste avait utilisé les couleurs de la Cornouailles pour peindre des formes où Elfrida retrouvait exactement toutes ses sensations, toutes ses impressions au sujet de ce vieux pays.

Elle en mourait d'envie. Pas pour elle mais pour offrir. Si Jimbo avait encore été en vie, elle aurait acheté ce tableau pour lui car c'était exactement le genre d'œuvre qu'il adorait. Elle s'imagina en train de le lui donner, de le lui apporter dans sa maison de Barnes où ils avaient été si heureux tous les deux. Elle le regardait en train de le déballer, elle guettait son expression, sachant qu'il allait éprouver un plaisir extraordinaire...

L'image vacilla et se brouilla. Elle réalisa qu'elle avait les yeux pleins de larmes. Elle n'avait jamais pleuré Jimbo, elle s'était simplement repliée sur sa peine et avait fait son deuil toute seule en essayant d'apprendre à vivre cette solitude froide qu'était l'existence sans lui. Elle croyait en avoir fini mais ce n'était peut-être pas si clair. Peut-être faisait-elle partie de ces femmes incapables de vivre sans homme ? Si c'était le cas, se dit-elle, elle n'y pouvait rien.

Ses larmes séchèrent. Ridicule ! A soixante-deux ans, elle reniflait comme une adolescente après une rupture. Elle ne bougeait pourtant pas, les yeux toujours fixés sur le tableau. Elle le voulait. Elle voulait partager son plaisir. Elle avait envie de donner.

L'idée lui vint de l'acheter pour Oscar Blundell. Mais Oscar n'était pas seulement Oscar. Il était la moitié d'un couple, et Gloria serait ahurie devant un pareil cadeau... En esprit, Elfrida entendit la voix de Gloria : Elfrida ! tu n'es pas sérieuse ! Ce n'est qu'un embrouillamini de formes. Un enfant de quatre ans ferait mieux que ça. D'ailleurs, on se demande où est le haut, où est le bas ? Vraiment, Elfrida, tu es drôle ! Quelle mouche t'a piquée de gaspiller du bon argent pour un truc pareil ? Tu t'es fait avoir.

Non. Ce n'était pas une bonne idée. Elle se détourna à regret de la galerie et s'éloigna. Laissant les petites rues derrière elle, elle s'engagea dans un sentier qui grimpait en zigzags jusqu'au sommet du promontoire engazonné de chaque côté duquel s'étendait une plage. Au fur et à mesure qu'elle montait, le vent prenait de la force et, quand elle arriva en haut, elle se trouva comme suspendue entre ciel et mer, face à l'horizon qui s'arrondissait au loin, bleu foncé. Elle aurait presque pu se croire en mer. Elle s'assit sur un des bancs, sa veste en peau de mouton serrée contre elle, ses paquets à côté d'elle, comme n'importe quelle vieille retraitée, épuisée par ses courses.

Mais elle n'était pas une vieille retraitée. Elle s'appelait Elfrida et elle était là. Elle avait survécu. Elle continuait sa route. Mais pour aller où ? Un goéland qui faisait les poubelles en quête de déchets comestibles vint atterrir à ses pieds. Il avait des yeux froids et avides. Son attaque fit sourire Elfrida qui prit soudain conscience de son besoin de compagnie, et de la compagnie d'Oscar en particulier. Elle aurait tellement aimé qu'il soit avec elle, même pour un seul jour, et qu'en revenant à Dibton ils puissent parler ensemble du vent, de la mer, du goéland, et de la magie de cet instant.

Peut-être était-ce le pire. N'avoir personne avec qui partager des souvenirs.

Quand arriva le jour du retour à Dibton, Elfrida eut du mal à croire qu'elle était à Emblo depuis un mois, tant les semaines avaient passé vite. Ils essayèrent, bien sûr, de la retenir.

— Tu es la bienvenue aussi longtemps que tu en auras envie, lui dit Serena.

Elfrida comprit qu'elle était réellement sincère.

— J'ai adoré t'avoir avec nous, poursuivait Serena. Tu as été pour nous à la fois une mère, une sœur et une amie. Tu vas beaucoup nous manquer.

— Tu es vraiment très gentille. Mais non : je dois rentrer. Ma vie est là-bas.

— Tu reviendras ?

— Essaye de m'en empêcher !

Elle avait prévu de prendre la route aussi tôt que possible pour arriver à Dibton avant la tombée de la nuit. A huit heures du matin, elle était donc dehors et Jeffrey l'aidait à charger la voiture. Le reste de la famille se tenait autour d'elle, Amy en larmes.

— Je ne veux pas que tu t'en ailles ! Je veux que tu restes.

— Les invités ne restent pas pour toujours, Amy, mon poussin. Maintenant, je dois m'en aller.

Horace, lui-même, se montra peu loyal en témoignant d'un profond refus de partir. A chaque fois qu'elle le faisait monter dans la voiture, il s'en échappait. Il fallut, pour en finir, le traîner par le collier, le forcer à rester sur le siège arrière, et fermer la portière aussitôt. Il les regardait par la fenêtre, sa tête poilue inclinée avec une expression plaintive, et ses yeux noirs pleins d'angoisse.

— Je crois, fit remarquer Ben, que, lui, il va aussi se mettre à pleurer.

Ni Amy ni Ben n'étaient encore habillés. Ils avaient enfilé un anorak et des bottes en caoutchouc par-dessus leur pyjama, et cela leur donnait une curieuse allure. Quand elle entendit la réflexion de son frère, Amy se remit à pleurer. Sa mère la souleva et la prit dans ses bras.

— Allons ! Fais-nous un sourire, Amy ! Horace se consolera quand il comprendra qu'il rentre chez lui.

— Je veux que *personne* ne s'en aille !

Les adieux avaient assez duré. Elfrida se tourna vers Jeffrey.

— Mon cher cousin, mille mercis.

Il ne s'était pas encore rasé et, en l'embrassant, Elfrida sentit sa barbe renaissante lui gratter la joue.

— Serena...

Un rapide baiser, une caresse sur la tête blonde d'Amy et elle s'installa sans faiblir derrière le volant. Elle claqua la porte, mit le contact et en route ! Jeffrey et sa famille agitèrent la main jusqu'à ce qu'elle soit hors de vue. Elfrida se douta pourtant qu'ils ne rentreraient pas tant que sa Fiesta ne se serait pas engagée sur la grand-route, sûrs qu'elle et Horace seraient alors, réellement, sur le chemin du retour.

Ce n'était pas le moment de déprimer. Il s'agissait d'un au revoir, pas d'un adieu définitif. Elle pouvait retourner à Emblo aussi souvent qu'elle en aurait envie. Peut-être dans un an, peut-être plus tôt. Jeffrey et Serena seraient toujours là, de même que Ben et Amy. Quitter les enfants avait pourtant un côté poignant. Quand elle les reverrait, Jeffrey et Serena seraient plus ou moins les mêmes mais les enfants allaient grandir, mincir ou grossir. Ils allaient devenir conscients des dangers du monde et perdre leurs dents de lait. Elle ne les reverrait jamais tels qu'elle les avait découverts et aimés, à cette période précise de leur existence. De même que les vacances étaient finies, cet aspect de leur enfance disparaîtrait à jamais.

Pour se réconforter, Elfrida se tourna vers l'avenir avec optimisme, une méthode qu'elle avait toujours trouvée très efficace pour faire face à un moment de tristesse. Elle rentrait chez elle. Elle allait retrouver son petit nid et son décor personnel, ce modeste refuge qu'elle partageait avec Horace. En arrivant, elle ouvrirait les portes et les fenêtres, elle inspecterait le jardin et allumerait le feu.

Demain, elle téléphonerait peut-être à Gloria. Il y aurait des exclamations de plaisir à la nouvelle de son retour et on la sommerait de venir sans perdre un instant. Et quand elle irait les voir, Elfrida emporterait avec elle le livre destiné à Francesca. Je l'ai choisi, dirait-elle, parce que je l'adorais quand j'avais ton âge. Je suis sûre que tu l'aimeras aussi.

Toutefois, avant de s'arrêter dans Poulton's Row devant sa porte, Elfrida devait d'abord faire quelques courses. Il n'y avait rien à manger, chez elle, et elle avait nettoyé le réfrigérateur avant de partir. Elle entreprit mentalement de rédiger sa liste de courses. Du pain et du lait. Des saucisses, des œufs et du beurre. Du café. Des biscuits pour Horace. Peut-être aussi une soupe en boîte pour son propre dîner.

Au bout d'une demi-heure, elle rejoignit l'autoroute, alluma la radio et commença son long voyage.

L'horloge de l'église de Dibton marquait deux heures et demie quand elle arriva dans la grand-rue. La bande habituelle de jeunes désœuvrés traînait sur le trottoir devant le magasin de Mrs Jennings et, un peu plus loin, elle aperçut Bobby Burton-Jones en train de tailler sa haie de troènes à la cisaille. Rien ne semblait avoir changé, si l'on exceptait que la plupart des arbres avaient perdu leurs feuilles et que l'air sentait vraiment l'hiver.

Elle se gara, attrapa son sac et entra dans le magasin. Apparemment, il n'y avait personne. Elle prit un panier en métal et commença à parcourir les allées. Elle s'arrêta finalement devant la caisse où Mrs Jennings, qui ne l'avait pas entendue, faisait des additions au dos d'une enveloppe.

La commerçante leva les yeux, vit Elfrida, posa son crayon et ôta ses lunettes.

— Mrs Phipps ! Eh bien, dites donc, quelle surprise ! Cela fait des semaines que je ne vous ai pas vue. Vous avez passé de bonnes vacances ?

— C'était merveilleux. Je viens juste de rentrer. Je ne suis même pas encore allée chez moi parce que je devais faire quelques provisions.

Elle posa le panier sur le comptoir et prit un exemplaire du *Daily Telegraph* sur la pile à côté de la caisse.

— Vous ne le croirez pas, mais je n'ai pas lu un journal depuis des semaines. Honnêtement, cela ne m'a pas manqué.

Mrs Jennings ne fit aucun commentaire. Etonnée, Elfrida la regarda et découvrit qu'elle la regardait fixement, se mordant les lèvres, l'air très ennuyée.

— Quelque chose ne va pas, Mrs Jennings ? demanda Elfrida au bout d'un moment.

— Vous ne savez pas ?

— Je ne sais pas quoi ?

— Vous n'avez rien entendu ?

Elfrida se sentit brusquement la bouche sèche.

— Non, dit-elle.

— Mrs Blundell...

— Que lui arrive-t-il ?

— Elle est morte, Mrs Phipps. Un accident de voiture au rond-point de Pudstone. Elle ramenait la petite d'un feu d'artifice chez des amis. C'était le 4 novembre. Un gros semi-remorque. Dieu sait comment c'est arrivé ! Elle n'a pas dû le voir. C'était une nuit avec un temps affreux, un vrai déluge.

Choquée, Elfrida ne trouvait rien à dire.

— Je suis navrée, Mrs Phipps. Je croyais que vous étiez au courant.

— Comment l'aurais-je été ? Je n'ai pas lu un seul journal. Personne ne savait où j'étais. Personne n'avait mon adresse.

— C'est une tragédie, Mrs Phipps. On ne pouvait pas y croire, ici. On ne pouvait pas.

— Et Francesca ?

Elle s'était forcée à poser la question, épouvantée à l'idée de ce qu'elle risquait d'entendre.

— Elle est morte aussi, Mrs Phipps. Et les deux petits chiens qui se trouvaient à l'arrière. Vous n'imaginez pas la photo qu'il y avait dans le journal. Cette grosse voiture, aplatie par le choc, déchiquetée en mille morceaux. Elles n'avaient pas la moindre chance de s'en sortir. Heureusement, d'après la police, la mort a été instantanée. Elles n'ont pas eu le temps de se rendre compte de ce qui leur arrivait.

La voix de Mrs Jennings tremblait un peu. On sentait qu'elle avait du mal à parler de l'accident.

— On a tous déjà entendu parler de ce genre de choses, mais quand ça arrive à des gens que vous connaissez...

— Oui.

— Vous êtes blanche comme un linge, Mrs Phipps. Voulez-vous que je vous fasse une tasse de thé ? Venez, je vais vous installer dans l'arrière-boutique...

— Non, non. Ça va.

Et c'était vrai, parce qu'elle se sentait parfaitement calme, comme anesthésiée par le choc.

— L'enterrement ?

— Il y a deux jours. Ici, au village. Un monde fou ! On leur a fait un bel hommage.

Elle avait donc même raté cette occasion de pleurer avec les autres.

— Mrs Blundell... dit-elle. Et Oscar ?

— On ne le voit plus. Il était à l'enterrement, bien sûr, mais on ne l'a pas vu depuis. Il reste chez lui. Pauvre homme ! On n'ose pas penser à ce qu'il traverse.

Elfrida revoyait Francesca, en train de rire et de taquiner son père, en train de jouer une pièce à quatre mains avec lui, pelotonnée dans son grand fauteuil pour lire avec lui. Elle fit alors un effort pour chasser l'image de son esprit car cela devenait intolérable.

— Il est à la Grange ?

— Pour autant que je sache, oui. On continue à lui livrer son lait, son journal et tout le reste. Je me dis qu'il s'est replié sur lui-même. On le comprend. Le pasteur y est allé mais, même lui, il ne veut pas le voir. Mrs Muswell va à la Grange comme avant mais elle dit qu'il reste dans la salle de musique. Elle lui laisse un plateau-dîner sur la table de la cuisine mais il n'y touche presque jamais.

— Vous croyez qu'il voudrait me voir ?

— Je ne sais pas, Mrs Phipps. Sauf que vous avez toujours été amis, vous et sa famille.

— J'aurais dû être là.

— Ce n'est pas votre faute, Mrs Phipps.

Quelqu'un entrait dans le magasin. Mrs Jennings remit ses lunettes, dans un courageux effort pour avoir l'air d'une commerçante en plein travail.

— Vous prenez tout ça ? dit-elle. Je suis contente de vous revoir. Vous nous avez manqué mais je me rends compte que j'ai gâché votre retour. J'en suis navrée.

— Merci de me l'avoir dit. Je suis heureuse de l'avoir appris par vous et non par quelqu'un d'autre.

Elfrida sortit et remonta dans sa voiture. Elle resta assise derrière le volant pendant quelques minutes. Elle avait l'impression que la journée, que sa vie avaient été cassées en deux, que cela ne pourrait jamais se réparer et redevenir comme avant. Elle avait quitté le rire et le bonheur d'Emblo pour un chagrin impensable. Le fait de n'avoir pas eu connaissance de la tragédie, de n'en avoir pas eu la moindre idée, la bouleversait par-dessus tout. Elle en éprouvait de la culpabilité, comme si elle avait refusé d'assumer ses responsabilités en restant à Emblo alors qu'elle aurait dû se trouver ici, à Dibton. Avec Oscar.

Le cœur lourd, elle finit par démarrer. A son grand soulagement, elle vit que Bobby Burton-Jones avait achevé la taille de sa haie et était rentré. Elle n'avait pas envie de parler. Elle descendit la grand-rue, passa devant sa rue. Les maisons s'espacèrent et elle parvint aux grilles de la Grange, ce qui avait été la maison de Gloria. Elle remonta l'allée qui s'incurvait pour éviter un immense cèdre bleu. La façade un peu prétentieuse de la maison lui apparut. Devant l'entrée, une grande limousine noire stationnait sur le gravier.

Elle se gara un peu plus loin et descendit. Un chauffeur en uniforme, sa casquette sur la tête, était assis au volant de l'impressionnant véhicule et lisait un journal. En entendant le pas d'Elfrida, il leva les yeux, la salua de la tête et retourna à ses résultats hippiques. Il n'avait apparemment pas envie de parler. Elle le laissa donc où il était, monta les marches du perron et se trouva sous le porche familier au sol carrelé. La porte semi-vitrée était fermée. Elle l'ouvrit sans sonner et entra.

Il régnait un calme étonnant dans la maison. On n'entendait que le battement régulier d'une grande horloge de parquet qui soulignait la fuite de chaque seconde. Elle s'immobilisa et tendit l'oreille, dans l'espoir de quelque son familier, bruits de la vie domestique en provenance de la cuisine, notes de musique en haut de l'escalier. Rien. Rien qu'un silence qui la suffoquait comme un épais brouillard.

Sur sa droite, la porte du salon était grande ouverte. Elle traversa le hall, ses pas assourdis par d'épais tapis, et entra. Elle crut d'abord qu'il n'y avait personne, qu'elle se trouvait seule dans ce grand salon. Puis elle découvrit la présence d'un homme assis dans une bergère à oreilles à côté de la cheminée sans feu. Un pantalon en tweed et des richelieus parfaitement cirés. Rien d'autre n'était visible, d'où elle se tenait.

— Oscar, dit-elle doucement.

Elle s'avança pour le voir et reçut le second choc de cette journée déjà éprouvante. Car Oscar était là, vieilli au-delà de toute expression, brusquement devenu un vieillard à lunettes, couvert de rides et tassé dans son fauteuil, une main noueuse crispée sur le pommeau d'ivoire d'une canne d'ébène. Elle porta instinctivement sa main devant sa bouche comme pour retenir un cri ou, peut-être, cacher son désespoir.

Il leva les yeux vers elle.

— Ma parole ! dit-il.

Un tel soulagement l'envahit aussitôt qu'elle craignit de sentir ses jambes l'abandonner. Elle se laissa rapidement tomber sur le siège en cuir près du garde-feu. Ils s'observaient.

— Je ne vous ai pas entendue entrer, reprit-il. Avez-vous sonné ? Je suis un peu dur d'oreille mais j'aurais entendu sonner. Je serais venu vous ouvrir...

Ce n'était pas Oscar, terriblement vieilli, mais un autre homme qui lui ressemblait. Peut-être vingt ans de plus qu'Oscar. Un homme qui devait avoir largement dépassé les quatre-vingts ans et qui parlait du ton le plus courtois avec un fort accent écossais. Sa voix rappela à Elfrida celle d'un vieux médecin qu'elle aimait beaucoup et qui s'était occupé d'elle dans son enfance. Ce souvenir rendit la situation moins difficile pour elle.

— Non, dit-elle. Je n'ai pas sonné. Je suis entrée directement.

— Vous me pardonnerez de ne pas me lever. Je me sens un peu raide, ces derniers temps, et assez lent. Peut-être pourrions-nous nous présenter nous-mêmes ? Je suis Hector McLennan. Oscar est mon neveu.

Hector McLennan, l'homme auquel Corrydale avait appartenu et qui habitait maintenant à Londres, l'homme dont le fils Hughie avait quitté la Grande-Bretagne pour vivre à la Barbade.

— Oscar m'a parlé de vous, dit Elfrida.

— Et vous, ma chère ?

— Elfrida Phipps. J'ai une petite maison dans le village. Je vis seule. Gloria et Oscar ont été adorables avec moi. Je suis désolée d'avoir été si grossière quand je vous ai vu. Je vous ai pris pour Oscar avant de réaliser ma méprise.

— Oscar, vieilli par le chagrin ?

— Oui, quelque chose comme ça. Vous savez, je ne l'ai pas encore vu. Je viens juste de rentrer de Cornouailles où j'ai passé un mois chez des cousins. Je n'étais au courant de rien avant que Mrs Jennings me l'apprenne. J'étais entrée pour faire des provisions... C'est ainsi que j'ai su...

— Oui. Un affreux accident.

— Comment est-ce arrivé ?

Le vieil homme haussa les épaules.

— Gloria s'est engagée sur le rond-point pour aller s'encastrer tout droit dans le semi-remorque.

— Vous voulez dire qu'elle ne l'a pas vu ?

— Il faisait très noir. Il avait commencé à pleuvoir.

— D'après Mrs Jennings, elle était allée à une réception avec Francesca. Un feu d'artifice, je crois.

— C'est exact.

Elfrida se mordit la lèvre et laissa passer un instant avant de reprendre :

— Il lui arrivait d'avoir un peu trop bu, à la fin d'une soirée...

Elle se reprocha aussitôt de l'avoir dit mais le vieil homme ne parut pas s'en offusquer.

— Je sais, ma chère amie. Nous le savons tous. Il lui arrivait de dépasser un peu la mesure. Un verre de trop à la fin d'une soirée animée. Difficile de dire non, peut-être. Et on reprend quand même le volant. Oscar le sait, mieux que quiconque. Il se sent terriblement coupable de ne pas avoir emmené Francesca lui-même. Pourtant, à mon avis, il n'a pas imaginé un seul instant qu'il s'agissait d'autre chose que d'une fête d'enfants. Il était persuadé que Gloria rentrerait tout de suite. En fait, je suppose qu'il y avait d'autres parents et cela a suffi. De plus, il a commencé à pleuvoir juste avant qu'elles s'en aillent. A partir de là, un instant d'inattention, une mauvaise compréhension des feux, un poids lourd, une route glissante...

Il leva la main dans un geste qui disait tout.

— Fini ! Tout s'arrête. Deux vies balayées...

— Je n'étais même pas là pour l'enterrement.

— Moi non plus. J'avais un début de grippe et mon médecin m'a interdit de sortir. J'ai écrit à Oscar une lettre de condoléances et je lui ai téléphoné plusieurs fois, mais c'est ma première visite depuis l'accident. C'est en parlant avec lui au téléphone que je me suis rendu compte de sa situation. Je suis donc venu de Londres pour éclaircir tout cela dès que je l'ai pu. Je suis un vieillard, certes, mais je suis toujours son oncle ! Vous avez certainement remarqué ma voiture et mon chauffeur devant la porte.

— Oui, répondit Elfrida en fronçant les sourcils. Qu'entendez-vous par « sa situation » ? Il y a quelque chose de particulier ?

— C'est le moins que l'on puisse dire.

— Ai-je le droit de le savoir ?

— Cela n'a rien de secret, ma chère. Gloria a tout laissé, y compris cette maison, à ses fils. Le lendemain même de l'enterrement, ils sont venus annoncer à Oscar qu'il devait partir parce qu'ils veulent vendre.

— Et, d'après eux, où Oscar ira-t-il vivre ?

— Ils ont suggéré une maison de retraite. Cela s'appelle le Prieuré, je crois. Ils lui ont apporté les brochures d'information. Ils ont pensé à tout, conclut-il avec une expression légèrement ironique.

— Vous voulez dire qu'ils le mettent à la porte ? Pour l'expédier dans une maison de retraite ? *Oscar* ? Ils sont fous !

— Non. Je ne crois pas qu'ils soient fous, plutôt avares et sans cœur. De plus, ils ont sans doute leurs femmes qui les poussent pour récupérer jusqu'au moindre sou.

— En ce cas, Oscar doit acheter une autre maison.

Hector McLenann baissa un peu la tête pour observer Elfrida par-dessus ses lunettes.

— Oscar n'est pas riche, dit-il.

— Vous voulez dire qu'il n'a pas d'argent ?

— Il a sa retraite, bien sûr, et quelques économies. Mais cela ne suffit pas pour acheter une maison digne de ce nom quand on connaît les prix d'aujourd'hui.

— Les fils de Gloria, Giles et Crawford, doivent le savoir.

Alors qu'elle disait cela, une autre idée lui vint à l'esprit.

— Gloria devait le savoir, elle aussi. Elle aurait certainement laissé quelque chose à Oscar. Elle était tellement généreuse, elle donnait si facilement.

— Peut-être en avait-elle l'intention mais elle était encore assez jeune. Il ne lui est probablement jamais venu à l'idée qu'elle pourrait mourir avant Oscar. Peut-être n'a-t-elle jamais trouvé le temps de refaire son testament ou même d'y ajouter un codicille. On ne le saura jamais.

— Mais il ne peut pas aller vivre dans une maison de retraite !

L'idée même en était insultante. Oscar, entre tous, relégué dans un coin avec des vieillards incontinents, en train de manger des entremets au lait et d'apprendre à faire des paniers ! L'idée que se faisait Elfrida d'une maison de retraite n'était pas très claire. Elle n'était jamais entrée dans ce genre d'établissement.

— Je ne permettrai pas que cela arrive, déclara-t-elle d'un ton ferme.

— Que proposez-vous ?

— Il peut venir vivre chez moi !

Au moment où elle prononçait ces mots, elle se rendit compte que c'était irréaliste. Il y avait à peine assez de place pour une personne à Poulton's Row, alors pour deux ! Et son piano à queue ? Où le mettrait-il ? Sur le toit ou dans l'abri de jardin ?

— Non, je suis stupide. Ce n'est pas possible.

— A mon avis, reprit le vieil homme, il devrait changer de région. Cette maison et ce village représentent trop de souvenirs. Je crois vraiment qu'il devrait partir. C'est pour cela que je suis venu le voir. Mrs Muswell nous a servi à déjeuner et je lui ai fait part d'une suggestion, mais il me paraît incapable de prendre une décision. Comme s'il se moquait de ce qui peut lui arriver.

— Où est-il, en ce moment ?

— On l'a appelé au jardin pour un problème du système de chauffage de la serre. Je lui ai dit que j'attendrais son retour pour repartir. Ce qui explique pourquoi vous m'avez trouvé assis dans son fauteuil avec l'air d'un vieux hibou !

— D'abord, vous n'avez pas l'air d'un vieux hibou ! Ensuite, quelle était *votre* idée ?

— Qu'il revienne pour quelque temps dans le Sutherland, dans la maison de Corrydale. La moitié lui appartient et mon Hughie, le co-propriétaire, vit à la Barbade d'où il n'est pas près de bouger !

— Je croyais que la maison était louée.

— Non. En ce moment, elle est vide. Un couple âgé, les Cochrane, vivait là mais le mari est mort et la femme est allée vivre chez sa fille. Je l'ai appris par notre ancien régisseur, le major Billicliffe. Il est à la retraite mais il vit toujours sur le domaine de Corrydale. A l'époque où Hughie a tout vendu, il a acheté son logement de fonction, un petit cottage. Je lui ai téléphoné et nous avons eu une longue conversation. Il dit que la maison est en bon état, qu'elle a peut-être besoin d'un coup de peinture, mais qu'elle est saine.

— Il y a des meubles ?

— C'était loué en meublé. Je suppose que c'est assez simple mais l'essentiel doit y être.

Elfrida réfléchit quelques instants. Le Sutherland... Elle pouvait se l'imaginer : des tourbières et des moutons. Le bout du monde !

— C'est loin et il y sera seul.

— On connaît bien Oscar, à Corrydale et à Creagan. Il fait partie de la famille. C'est le petit-fils de sa grand-mère, et mon neveu ! Les gens sont gentils et on se souviendra de lui, même après une absence de cinquante ans.

— Mais pourra-t-il supporter un pareil déracinement ? C'est un bouleversement complet ! Pourquoi ne pas retourner à

Londres, retrouver l'église où il était organiste ? Ne serait-ce pas plus raisonnable ?

— Ce serait une régression, et des plus douloureuses, je pense, à cause des souvenirs de sa fille.

— Oui, vous avez raison.

— Le plus triste, c'est qu'il a renoncé à la musique. On dirait que tout ce qu'il y avait de meilleur en lui est mort.

— Comment puis-je l'aider ?

— Vous le saurez mieux que moi. Vous pourriez peut-être tenter discrètement de le persuader ?

— Je peux essayer.

Cependant, elle se demandait où elle en trouverait la force.

Ils se turent, échangeant un regard triste, mais un bruit de pas troubla bientôt le silence ; quelqu'un traversait lentement la terrasse gravillonnée devant la maison. Elfrida leva la tête et, par la haute fenêtre, vit passer Oscar. Elle se sentit brusquement tendue et se leva.

— Il arrive, dit-elle.

La porte d'entrée s'ouvrit puis se ferma. Ils attendirent un long moment. La porte du salon s'ouvrit enfin et il fut là. Il portait un vieux pantalon de velours et un gros pull tricoté à la main, moucheté comme du tweed. Son épaisse chevelure blanche lui retombait sur le front. Il la repoussa de la main. Elfrida pensait le retrouver diminué, écrasé par la tragédie, mais les grandes souffrances sont souvent discrètes et Oscar était un homme discret.

— Elfrida, je savais que tu étais là. J'ai vu ta voiture.

Elle vint à sa rencontre et il lui prit les mains en se penchant pour l'embrasser. Ses lèvres étaient glaciales contre sa joue. Elle le regarda dans les yeux.

— Mon cher Oscar... Je suis rentrée.

— Depuis quand ?

— Un quart d'heure, environ. Je suis partie de Cornouailles ce matin. J'ai voulu faire quelques courses en arrivant et Mrs Jennings m'a tout dit. Je ne savais rien. J'ai passé presque un mois sans lire un seul journal. Je suis venue tout de suite et j'ai rencontré ton oncle.

— Je vois.

Il abandonna ses mains et se tourna vers Hector qui, de son fauteuil, observait leurs retrouvailles.

— Je suis navré de t'avoir fait attendre, Hector. Il y a eu des complications. Un problème de circuit électrique. Mais tu as eu Elfrida pour te tenir compagnie.

— Une compagnie très agréable, je l'avoue. Allons, maintenant je dois reprendre la route.

Cela n'alla pas sans mal pour le vieil homme qui, prenant appui sur sa canne, essayait de s'arracher à son fauteuil. Oscar se porta à son secours et, avec quelques efforts de part et d'autre, l'aida à se mettre debout.

Ils traversèrent tous les trois le vaste salon au rythme d'Hector McLennan qui marchait avec l'aide de sa canne. Dans le hall d'entrée, Oscar l'aida à passer son manteau démodé et lui tendit son vieux chapeau marron qu'il mit en l'inclinant sur l'œil.

— C'était très gentil de venir, Hector, et cela m'a vraiment fait plaisir. J'ai été très heureux de te voir.

— Mon cher neveu, merci pour le déjeuner. Et si tu viens en ville, je compte sur toi.

— Je n'y manquerai pas.

— Pense à ce que je t'ai suggéré. Cela peut sembler quelque peu radical mais, au moins, cela te permettrait de souffler. Tu ne dois pas rester ici.

A ce moment, il se souvint de quelque chose et plongea la main dans la poche de son manteau.

— J'ai failli oublier... Je l'ai noté pour toi. C'est le téléphone de Billicliffe. Tu n'as rien d'autre à faire que lui passer un coup de téléphone ; il a la clef de ta maison.

Il sortit de sa poche un morceau de papier plié en quatre et le donna à Oscar.

— Juste un petit conseil, ajouta-t-il avec une étincelle de gaieté au fond de ses yeux larmoyants. Ne l'appelle pas trop tard. Il a une faiblesse pour le whisky et, passé une certaine heure, il n'y a plus grand-chose à en tirer !

Elfrida, quant à elle, se souciait de détails plus pratiques.

— Depuis combien de temps la maison n'est-elle plus habitée ?

— Deux mois. Mais une certaine Mrs Snead a été chargée de nettoyer et d'aérer régulièrement. Billicliffe s'en est occupé et je n'ai eu qu'à payer les heures de Mrs Snead. Il ne faut pas laisser son bien se dégrader.

— J'ai l'impression que vous avez pensé à tout ! fit remarquer Elfrida.

— Je n'ai pas grand-chose d'autre à faire, ces temps-ci. Je dois m'en aller, maintenant. Au revoir, ma chère. J'ai été très heureux de vous rencontrer. J'espère que nous trouverons l'occasion de nous revoir.

— Je l'espère, moi aussi. Nous vous raccompagnons à la voiture.

Oscar prit son oncle par le coude et ils sortirent lentement, l'aidant à descendre les marches du perron. Le temps avait fraîchi et la bruine commençait à tomber. Les voyant, le chauffeur sortit de la voiture pour ouvrir la portière. Quelques efforts de plus, et Hector fut enfin installé, sa ceinture de sécurité soigneusement bouclée.

— Au revoir, Oscar, mon cher neveu. N'oublie pas que je pense à toi.

Oscar embrassa le vieil homme.

— Encore merci d'être venu, Hector.

— Si seulement j'avais pu t'apporter un peu de réconfort !

— Tu l'as fait.

Oscar recula et claqua la portière. La voiture démarra. Hector leva sa main déformée par l'âge pour leur faire signe et ils le regardèrent disparaître en direction de Londres, à une allure très digne. Ils attendirent jusqu'à ce que le dernier écho du moteur se fût éteint. Dans le silence qui s'ensuivit, les croassements des corbeaux les surprirent. Il faisait froid et humide. Elfrida frissonna.

— Viens, tu seras mieux à l'intérieur, dit Oscar.

— Tu ne préfères pas que je m'en aille ?

— Non. Cela me fera plaisir que tu restes.

— Mrs Muswell est là ?

— Non, elle s'en va tous les jours après le déjeuner.

— Veux-tu que je fasse du thé ?

— Excellente idée !

— Encore une chose : vois-tu un inconvénient à ce que je fasse entrer Horace ? Il est resté enfermé dans la voiture toute la journée.

— Va le chercher, il ne risque plus rien, maintenant. Il n'y a plus de pékinois pour l'attaquer.

Attristée par sa remarque, Elfrida alla libérer Horace qui sauta de la voiture avec gratitude, traversa la pelouse en courant et se soulagea longuement sur le tronc d'un accueillant laurier. L'opération terminée, il gratta un peu la terre avant de revenir vers Oscar et Elfrida. Oscar se baissa et lui caressa la tête, puis ils rentrèrent tous les trois et se rendirent dans la cuisine. Il y faisait délicieusement chaud. La cuisine de Gloria, vaste et pratique... La cuisine où avaient été élaborés tant de généreux dîners, aussi

72

copieux que délicieux, pour réjouir le palais des nombreux amis et relations de Gloria...

A présent, elle était toujours aussi nette, mais vide. Elfrida vit le plateau que Mrs Muswell avait préparé avec un unique mug, un pot de lait et une boîte de biscuits en métal. Elle faisait visiblement de son mieux pour nourrir son employeur solitaire.

Elfrida trouva la bouilloire, la remplit au robinet et la mit à chauffer. Ensuite, elle se tourna vers Oscar qui se séchait, appuyé contre la cuisinière tiède.

— J'aurais aimé être capable de te dire des choses fortes et profondes, Oscar, commença-t-elle, mais je ne suis pas douée pour cela. Désolée, j'aurais voulu être au courant, je serais tout de suite rentrée de Cornouailles. Au moins, j'aurais pu assister à l'enterrement.

Pendant qu'elle parlait, Oscar avait pris une chaise et s'était assis à la table de la cuisine. Il y posa les coudes et enfouit son visage dans ses mains. Il y eut un instant d'angoisse où Elfrida crut qu'il pleurait. Elle s'entendit continuer à radoter sur le même ton.

— Je ne sais pas pourquoi, mais je n'ai pas ouvert un seul journal pendant tout ce temps, je n'en ai pas lu un seul en un mois. Je n'avais pas la moindre idée de ce qui était arrivé. Jusqu'à aujourd'hui...

Lentement, il ôta les mains de son visage. Il ne pleurait pas mais il y avait dans ses yeux une souffrance peut-être pire que des larmes.

— Je t'aurais prévenue, dit-il, mais je ne savais pas où tu étais.

— Je n'aurais jamais pensé que tu aurais eu besoin de le savoir.

Elle prit une profonde inspiration.

— Oscar, je *sais* ce que tu vis. Je suis passée par là. Dès le début de la maladie de Jimbo, je savais qu'il ne s'en sortirait pas, qu'il ne guérirait pas. Malgré cela, quand il est mort, je n'étais pas préparée à ressentir autant de chagrin et un vide aussi épouvantable. Je sais aussi que ma peine n'était pas grand-chose par rapport à la tienne, et que je ne peux rien faire pour l'alléger même un peu.

— Tu es là.

— Je peux t'écouter, au moins, si tu as envie de parler.

— Pas maintenant.

— Je sais. C'est trop tôt pour cela.

— Le pasteur a appelé, tout de suite après l'accident. On venait de m'apprendre que Gloria et Francesca étaient mortes toutes les deux. Il a essayé de m'aider, il a parlé de Dieu, et je me suis demandé s'il n'avait pas perdu l'esprit. Un jour, tu m'as demandé si j'étais croyant. Je ne pense pas avoir été capable de te répondre. Je ne savais qu'une seule chose : la musique, mon travail, diriger un chœur avaient plus de sens pour moi que tous les dogmes de toutes les églises. Le *Te Deum* ! Te souviens-tu de notre première rencontre, à la sortie de l'église ? Tu m'as dit que tu avais beaucoup aimé l'arrangement du *Te Deum* que je venais de jouer. Autrefois, ces mots et cette musique me remplissaient de certitude quant à la bonté du monde et, peut-être, l'éternité. *Nous te prions, ô Seigneur ! Tu es le Seigneur. Toute la terre t'adore, ô Père éternel.* Et l'orgue qui retentit dans toute l'église comme le tonnerre tandis que les voix des enfants montent vers la voûte... A cette époque-là, oui, je croyais, j'éprouvais une foi que je pensais inébranlable.

Il retomba dans le silence. Elfrida attendit.

— Et maintenant, Oscar ? demanda-t-elle au bout d'un moment.

— Je ne peux pas croire en un Dieu qui me prend Francesca. J'ai renvoyé le pasteur chez lui. Je crois qu'il est parti assez fâché.

— Le pauvre homme ! dit Elfrida d'un ton apitoyé.

— Je suis certain qu'il survivra. L'eau bout.

C'était une interruption bienvenue. Elfrida s'affaira pour trouver la théière et la cuillère à thé, puis versa l'eau bouillante. Elle dénicha aussi un autre mug pour elle, apporta le tout sur la table et s'assit en face d'Oscar. Ils s'étaient assis de la même façon, avant le départ d'Elfrida pour la Cornouailles. Il y avait une éternité de cela. Ils se trouvaient alors dans la petite maison de Poulton's Row, et il y avait de la boue sur les bottes d'Oscar.

— Tu aimes le thé très fort, je crois ? dit-elle.

— Oui, très fort.

Elle se versa le sien et laissa infuser pour Oscar.

— Hector m'a parlé de tes beaux-fils et de la maison, de leur décision de la vendre.

— Ils estiment que je devrais m'inscrire au Prieuré, un manoir victorien transformé en maison de retraite pour accueillir de vieux types ratatinés.

— Tu n'iras pas là-bas !

— Je reconnais que je n'y tiens pas.

— Que veux-tu faire ?

— Je voudrais qu'on me laisse seul, qu'on me laisse pleurer tranquillement. Mais je ne peux pas être seul *ici* parce Giles et Crawford veulent que je m'en aille le plus tôt possible.

— Les brutes !

Elle lui versa son thé, noir comme de l'encre, et poussa son mug vers lui. Il ajouta du lait et goûta son breuvage.

— Hector McLennan m'a fait part de sa proposition, reprit Elfrida.

— Je m'en doutais.

— Est-ce une si mauvaise idée ?

— Elfrida ! C'est de la folie !

— Je ne vois pas pourquoi.

— Je vais te dire pourquoi. Parce que le Sutherland est à l'autre bout du pays, et que je n'y ai pas mis les pieds depuis cinquante ans ! Malgré l'optimisme d'Hector, personne ne se souviendra de moi. Je vais trouver une maison à moitié vide et inhabitée depuis des semaines. Je ne suis pas doué pour les travaux domestiques. Je ne saurai pas comment faire pour la rendre vivable. Et à qui pourrais-je demander de le faire pour moi ?

— Mrs Snead ?

— Elfrida !

C'était dit sur un ton de reproche mais elle insista :

— Est-elle très isolée ?

— Non. Elle se trouve dans le centre de Creagan, une petite ville.

Pour Elfrida, cela paraissait parfait.

— Est-elle repoussante ?

— Repoussante ? répéta-t-il. Tu emploies de drôles de mots ! Non. C'est simplement un grand bâtiment victorien, carré et sans intérêt. Pas vraiment laid mais pas, non plus, d'une architecture très recherchée. Il y a un jardin mais cela n'a rien de très excitant en plein hiver...

— L'hiver ne durera pas toujours.

— Le problème, c'est que je ne vois pas ce que je ferais là-bas !

— Nous avons au moins une certitude, Oscar. Tu ne peux pas rester ici et je ne te laisserai pas aller au Prieuré, je t'en donne ma parole ! Il faut donc envisager toutes les autres possibilités. Je t'aurais volontiers accueilli chez moi à Poulton's Row mais, comme tu le sais, il y a à peine assez de place pour moi et Horace.

Oscar s'abstint de commenter une proposition aussi folle.

75

— J'ai imaginé que tu pourrais peut-être retourner à Londres, reprit Elfrida, mais Hector a dit non !

— Il a raison.

— Reste l'Ecosse... Le Sutherland. Au moins, ce serait un nouveau départ.

— Elfrida, j'ai soixante-sept ans et, en ce moment, je ne suis pas en état de recommencer quoi que ce soit. De plus, alors que je n'ai envie de parler à personne, j'ai, en même temps, très peur de rester seul. Vivre seul est le pire, dans tout cela. La maison vide... Même avant que j'épouse Gloria, j'étais entouré de collègues, de choristes, d'élèves, tout un monde très actif qui me tenait compagnie. J'avais une vie très remplie.

— Elle peut l'être de nouveau.

— Non.

— Si, Oscar, c'est possible. Je sais que ce ne sera plus jamais la même chose mais tu as tant à donner, tu as une telle générosité d'esprit. Nous ne devons pas laisser tout cela se perdre.

— Pourquoi dis-tu « nous » ? s'étonna-t-il.

— Simple lapsus ! Je voulais dire « tu ».

Oscar avait déjà bu son thé. Il prit la théière pour se resservir. Le breuvage, plus noir que jamais, n'était guère appétissant.

— Supposons que j'aille en Ecosse. Comme m'y rendrai-je ? C'est loin.

— Il y a le train ou l'avion.

— J'aurais besoin de ma voiture.

— Alors, prends ta voiture et vas-y en plusieurs étapes...

La voix d'Elfrida s'éteignit. Elle se sentait incapable de poursuivre. L'image d'Oscar entreprenant, seul, ce long voyage vers l'inconnu la remplissait de tristesse. Gloria aurait dû être là, à côté de lui, pour le relayer au volant, et Francesca sur la banquette arrière avec ses jeux électroniques et ses remarques naïves. Et dans le coffre du grand break, les pékinois en train de japper auraient fait partie du voyage au même titre que les clubs de golf, les cannes à pêche...

Mais ils étaient tous morts. Partis pour toujours.

Oscar prit conscience de la détresse d'Elfrida et lui prit la main.

— J'ai besoin que tu sois courageuse, Elfrida, sinon je ne tiendrai pas.

— J'essaye, mais cela me paraît insupportable pour toi.

— Supposons... Supposons que nous envisagions ton idée. Que j'aille dans le Sutherland et que j'y aille en voiture. M'accompagnerais-tu ?

Elle en resta bouche bée, incapable de dire un mot. Elle le regarda, incertaine d'avoir bien entendu. Lui avait-il réellement fait cette incroyable proposition ou bien, l'esprit brouillé par le chagrin et le choc, avait-elle eu une hallucination auditive ?

— T'accompagner ?

— Pourquoi pas ? Est-ce une si mauvaise idée d'y aller ensemble ? On arrive, on va chercher la clef chez le major Billicliffe, on trouve ma maison, on s'installe et on y passe l'hiver.

— Noël ?

— Non, pas de Noël, pas cette année. Est-ce que cela te fait peur ? Si loin dans le Nord, on a des journées très courtes avec des nuits très longues et très noires. De plus, je ne t'apporterai pas une compagnie très amusante mais, au printemps, j'irai sans doute mieux. Ici, comme tu l'as dit si clairement, je n'ai aucun avenir. Giles et Crawford veulent la maison et je n'y peux rien. Je dois partir aussi vite que possible.

— Et ma maison, Oscar ? Que vais-je en faire ?

— Tu peux la louer ou bien la laisser fermée. Il n'y aura pas de problèmes. Je suis sûr que tes voisins la surveilleront pour toi.

Il parlait donc sérieusement. Il lui demandait de partir avec lui. Il désirait sa présence, il avait besoin d'elle. D'elle, Elfrida l'excentrique, la femme mal organisée et légèrement immorale. Elle qui avait perdu sa beauté et avait soixante-deux ans.

— Oscar, es-tu certain de miser sur le bon numéro ?

— Tu te sous-estimes. Viens avec moi, Elfrida, je te le demande. J'ai besoin de ton aide.

« Comment puis-je l'aider ? » avait-elle demandé à Hector pendant qu'ils attendaient Oscar. Il venait de répondre lui-même à sa question.

Toute sa vie, elle s'était conduite de façon impulsive et avait pris des décisions sans penser au lendemain. Aussi fou que cela avait parfois été, elle ne l'avait jamais regretté. Si elle regrettait quelque chose, c'était uniquement les opportunités manquées, soit parce qu'elles s'étaient présentées au mauvais moment, soit parce qu'elle n'avait pas osé les saisir.

Elle prit une profonde inspiration.

— D'accord, dit-elle. Je viens avec toi.

— Tu es vraiment chic.

— Je le fais parce que c'est *toi*, Oscar, mais je le dois aussi à Gloria. Je n'oublierai jamais sa gentillesse et sa générosité avec une étrangère. Toi, Gloria et Francesca, vous avez été mes premiers amis quand je suis arrivée à Dibton...

— Continue.

— J'ai honte de moi. Cela fait des heures que nous parlons et c'est la première fois que je prononce leurs noms. En Cornouailles, j'ai tellement parlé de vous trois. J'ai raconté à Jeffrey comment vous m'aviez accueillie. J'ai même choisi un livre pour Francesca et j'ai failli acheter un tableau pour toi et Gloria, mais je me suis rendu compte que Gloria ne l'aimerait pas.

— Et moi ? Tu crois qu'il m'aurait plu ?

— Je ne sais pas.

Elle avait une boule dans la gorge et elle avait du mal à parler. Elle pleurait, à présent, mais les larmes lui apportaient un soulagement. Les vieux sont affreux à voir quand ils pleurent, pensat-elle. Elle s'essuya les yeux du bout des doigts.

— Je... je ne suis allée en Ecosse qu'une seule fois, à Glasgow, avec une troupe ambulante. Il y a très longtemps. On a eu des publics épouvantables et il n'a pas cessé de pleuvoir un seul jour...

Elle chercha son mouchoir dans sa manche et se détourna pour se moucher.

— ... et, en plus, je ne comprenais pas un seul mot de ce que l'on me disait !

— Cette fois, il y aura un Ecossais pour t'aider.

— Ce n'était vraiment pas drôle, à l'époque.

— Aujourd'hui non plus, ce n'est pas drôle, mais tu m'as toujours fait rire.

— Comme une espèce de clown ?

— Non, pas comme un clown, comme une amie très chère et très amusante.

Sam

A sept heures du matin, ce vendredi 1er décembre où il faisait encore si noir, Sam Howard traversa le hall des arrivées de l'aéroport d'Heathrow en poussant son chariot de bagages. Au-delà de la limite d'accès, se pressait la foule habituelle des gens venus attendre les passagers de l'avion. Des couples âgés, des jeunes en survêtement, et des mères fatiguées encombrées de bébés. Mais il y avait aussi des chauffeurs en uniforme pour les VIP — dont Sam ne faisait pas partie —, et des hommes qui brandissaient de mystérieuses pancartes avec des noms en majuscules, tels que WILSON ou ABDUL AZIZ CONSOLIDATED TRADERS.

Personne n'attendait Sam. Ni femme, ni chauffeur. Pas le moindre comité d'accueil, même salarié. Dehors, à l'extérieur du terminal bien chauffé, il aurait très froid. Il le savait non seulement parce qu'on le leur avait annoncé avant l'atterrissage, mais aussi parce que les gens étaient emmitouflés dans d'épais manteaux, avec des gants, des écharpes et des bonnets de laine. Il faisait froid à New York aussi, mais un froid sec et stimulant avec un vent mordant. Les drapeaux restaient figés en haut des mâts, raidis par le vent glaçant.

Son chariot, chargé de deux valises, d'un énorme sac de golf américain et de son attaché-case, était malaisé à manœuvrer. Il franchit les portes automatiques et déboucha dans ce matin d'hiver anglais, froid, humide et sombre. Sam prit son tour dans la file d'attente pour les taxis. Il ne dut patienter que cinq minutes mais ces cinq minutes suffirent pour qu'il se sente frigorifié. Le taxi était curieusement décoré d'un motif de journal imprimé et le chauffeur, un homme renfrogné, avait une moustache à la gau-

79

loise. Sam espérait qu'il n'était pas du genre bavard. Lui-même n'avait guère le cœur à faire la conversation.

— Où je vous emmène, patron ?

— Wandsworth, s'il vous plaît. SW 17. Au 14, Beauly Road.

— On y va.

Le chauffeur ne daigna pas descendre pour aider Sam à mettre ses bagages dans le coffre, estimant sans doute son client assez jeune et assez fort pour se débrouiller tout seul. Sam entassa donc ses valises dans le coffre, posa le sac de golf et rangea son chariot. Il put enfin monter dans son taxi et claquer sa portière. Le chauffeur s'engagea dans la circulation, les essuie-glace balayant le pare-brise à grande vitesse.

L'attente, bien que brève, l'avait gelé. Sam remonta le col de son pardessus bleu marine et se laissa aller contre le dossier de la banquette en skaï à l'odeur de moisi. Il ne put se retenir de bâiller. Il se sentait fatigué et sale. Il avait voyagé en classe club avec de nombreux hommes d'affaires qui, avant l'atterrissage, avaient fait de discrets passages dans les toilettes pour se laver, se raser, renouer leur cravate, en un mot, avoir l'air plus frais. Sans doute de pauvres bougres obligés de se rendre directement à quelque réunion de travail matinale. Sam se sentit heureux de ne pas avoir lui-même à travailler ce matin. Son premier rendez-vous était pour lundi, à midi et demi. Il devait déjeuner au White's avec le grand patron de sa société, Sir David Swinfield, président-directeur général de Sturrock and Swinfield. Jusque-là, son temps lui appartenait.

Un nouveau bâillement lui échappa et il passa la main sur son menton rugueux. Peut-être aurait-il quand même dû se raser. Il aurait moins eu l'air d'un vagabond. De toute façon, c'était sans doute à cela qu'il ressemblait, se dit-il, avec ses vieux vêtements décontractés : un gros pull-over, des jeans usés et des chaussures de bateau. Le manque de sommeil lui faisait les yeux secs et rouges mais, en réalité, il avait passé les quelques heures du vol de nuit à lire. Et s'il éprouvait une vague nausée, c'était sans doute à cause du dîner pantagruélique qu'il avait fait à deux heures du matin, heure anglaise.

Le taxi s'arrêta à un feu rouge et, brusquement, le chauffeur se mit à parler par-dessus son épaule.

— Z'étiez en vacances ?

— Non, répondit Sam.

— A cause... vous savez... le sac de golf.

— Je n'étais pas en vacances.

— Alors le boulot ?

— En quelque sorte. J'ai travaillé à New York pendant six ans.

— Ben, dites donc ! Comment vous avez supporté le rythme ?

— Bien. On s'y habitue.

La pluie tombait à verse.

— Pas idéal, comme temps, pour rentrer chez soi !

Feu vert. Ils repartirent.

— Non, reconnut Sam.

Il n'ajouta pas : *Sans compter que je ne rentre pas chez moi.* En effet, dans l'immédiat, il n'avait pas de foyer. Cela allait bien avec son allure de vagabond. Pour la première fois de sa vie, et il avait trente-huit ans, il n'avait pas de toit.

Pelotonné d'un air morose dans son pardessus, bien installé à l'arrière de la voiture, il se mit à penser aux maisons qu'il avait connues, depuis le début de son existence. Radley Hill dans le Yorkshire où, fils unique, il était né et avait été élevé. Une grande maison familiale, solide et rassurante, pleine d'odeurs de feu de bois, de fleurs de printemps et de gâteaux en train de cuire. La maison possédait deux hectares de terrain, avec un court de tennis et un petit bois où, les soirs d'automne, le fusil à la main, il guettait les pigeons qui venaient se poser après un tour dans les chaumes. Il rentrait à Radley Hill tous les jours quand il avait commencé l'école. Plus tard, devenu pensionnaire, c'était aussi là qu'il revenait, parfois avec un ami venu passer les congés avec lui. Il avait cru que cet endroit, aussi confortable qu'une vieille veste en tweed, ne changerait jamais mais, bien entendu, il avait changé. En effet, pendant sa dernière année à l'université de Newcastle, sa mère mourut. Après cela, rien ne fut plus jamais comme avant.

Sa famille possédait une fabrique de lainages dans une petite ville du Yorkshire. Après ses années d'université à Newcastle, Sam avait pensé voler de ses propres ailes, peut-être en partant travailler à l'étranger. Or, à la mort de sa mère, il n'eut pas le courage d'abandonner son père et, son diplôme d'ingénieur en poche, revint dans le Yorkshire, à Radley Hill et à l'entreprise familiale. Pendant quelques années, le père et le fils travaillèrent ensemble dans la bonne humeur et les affaires se développèrent. Mais vint la récession, et l'usine, qui s'était spécialisée dans les worsteds de qualité et les tweeds légers, se heurta à la concurrence de l'Europe, c'est-à-dire à des importations massives qui entraînèrent une forte baisse du chiffre d'affaires. Finalement, Sturrock and Swinfield, un énorme conglomérat textile basé à Londres, se présenta et mit la main sur la petite fabrique. La nouvelle direction garda Sam mais son père, trop âgé pour apprendre à obéir, prit sa retraite anticipée. Malheureusement, bêcher son jardin et jouer au golf de temps en temps ne pouvait lutter contre l'ennui, la solitude et l'inactivité forcée. Il mourut douze mois plus tard d'une crise cardiaque.

Sam hérita de Radley Hill. Après s'être longuement interrogé, il finit par mettre la propriété en vente. Cela semblait la seule solution intelligente puisque Sturrock and Swinfield l'avait envoyé à Londres. Il n'ignorait plus rien des fluctuations des marchés et du courtage en laines. Avec l'argent de la vente de Radley Hill, il acquit son premier bien, un appartement avec jardin à Eel Park Common, si proche de la station de métro que, le soir, il entendait les vibrations des rames. Mais son bout de jardin recevait le soleil en fin de journée et, quand il y eut apporté quelques-uns des plus petits meubles de la vieille maison du Yorkshire, l'endroit devint personnel et accueillant. Il y avait été heureux, vivant une vie de célibataire sans soucis. Dans ses souvenirs, il y avait toujours du soleil et des quantités d'amis, avec d'innombrables soirées improvisées où l'on s'entassait jusque dans le moindre recoin pour finir sur la minuscule terrasse. Les week-ends d'hiver amenaient aussi la foule, quand d'anciens collègues du Nord venaient assister aux matches de rugby à Twickenham. Et, cela allait de soi, Sam y vécut un certain nombre d'histoires d'amour passionnées.

Il était au beau milieu de l'une d'elles quand, sans crier gare, Sir David Swinfield le convoqua. Là, dans le prestigieux bureau du dernier étage qui dominait le labyrinthe de la City, Sam fut informé qu'on le mutait aux Etats-Unis, à New York. Le directeur de l'agence de New York, Mike Passano, avait particulièrement insisté pour l'avoir. C'était une belle promotion, avec des responsabilités et une augmentation.

— Aucune raison de refuser, Sam ?

New York !

— Non, monsieur, dit-il.

C'était la vérité. Pas de liens de famille, pas de femme, pas d'enfants. Rien qu'il ne puisse laisser derrière lui.

— Aucune raison, répéta-t-il.

Depuis la fin de ses études, il attendait plus ou moins consciemment une pareille opportunité. Un nouveau poste, une nouvelle ville, un nouveau pays. Une nouvelle vie.

Il invita son amour du moment à dîner pour lui expliquer la situation. Elle versa quelques larmes et déclara que, s'il le désirait, elle irait à New York avec lui. Mais il n'en avait pas envie et le lui dit, tout en se traitant de sale type. Elle pleura encore et, au moment de se quitter, il lui appela un taxi, la mit dedans et la regarda s'éloigner. Il ne l'avait jamais revue.

Il ne se montra pas plus sentimental à l'égard de ses biens matériels. Cette partie de sa vie était terminée et il ignorait totalement quand il reviendrait à Londres, si jamais il y revenait. Par conséquent, il vendit sa voiture et son appartement, ne mettant au garde-meubles que ses meubles préférés, quelques tableaux et des livres. De même, il enleva jusqu'au moindre papier de son bureau. Enfin, quelqu'un organisa une soirée d'adieu et il dit au revoir à tous ses amis.

— Ne reste pas trop longtemps là-bas, lui dirent-ils. Reviens vite.

Mais New York l'attendait et, dès son arrivée, tout l'y séduisit. Il se sentit aussitôt comme un poisson dans l'eau, adorant tout ce qui faisait de la ville un creuset cosmopolite très stimulant. Son foyer y fut un appartement sans ascenseur à Greenwich Village mais, après son mariage avec Deborah, celle-ci le convainquit de déménager et ils se retrouvèrent dans un duplex à la mode de la Soixante-Dixième Rue Est. Sam avait toujours aimé le défi que représentait un nouvel environnement, le fait de devoir donner un coup de peinture, disposer les meubles et accrocher les tableaux. Or, Deborah ne voulait garder aucun des vieux meubles de Greenwich Village dans son bel appartement. De toute façon, elle avait engagé un décorateur d'intérieur qui avait promis de *mourir* si le vieux canapé en cuir un peu défoncé venait gâcher son décor aux accords de teintes si subtils. Ils se disputèrent un peu mais cela ne dura pas car Sam, comme d'habitude, abandonna. Il fut, en définitive, très heureux d'avoir son vieux canapé dans son refuge, où il avait installé son ordinateur et son fax. Il se sentait bien, dans cet endroit et, certains week-ends, alors que Deborah le croyait en train de travailler à des heures indues, il s'allongeait sur son bon vieux canapé et regardait un match de football à la télévision.

Un foyer ! L'appartement de la Soixante-Dixième Rue Est avait été le dernier et, à son tour, il lui avait été enlevé. En même temps que Deborah.

La lâcheté n'avait jamais été dans le caractère de Deborah. Elle lui annonça, les yeux dans les yeux, qu'elle le quittait. Elle en avait assez de passer après Sturrock and Swinfield, assez de vivre avec un drogué de travail. Evidemment, il y avait un autre homme et, quand elle dit son nom à Sam, il se sentit à la fois consterné et inquiet pour l'avenir de Deborah. Il tenta de la raisonner mais elle se montra inébranlable. C'était trop tard, sa décision était prise. Il ne réussit pas à la convaincre.

Il se sentit non seulement furieux mais aussi blessé, perplexe et humilié. *Cocu, je suis cocu. Ma femme m'a cocufié.* Cependant, d'une certaine façon, il la comprenait.

Le matin qui suivit le départ de Deborah, quand il arriva à son bureau, on l'accueillit avec des regards furtifs et compatissants. Certains de ses collègues se montrèrent excessivement amicaux, lui tapant affectueusement sur l'épaule pour bien lui prouver qu'ils étaient ses copains. Qu'ils étaient là s'il avait besoin d'eux.

D'autres, qui n'avaient jamais beaucoup apprécié Sam, « l'Angliche », ne prirent pas la peine de cacher leur satisfaction sarcastique, à la manière de chats qui auraient enfin trouvé un bol de crème... Il réalisa qu'ils devaient tous savoir ce qui se passait depuis le début alors que lui, le principal intéressé, en était informé le dernier.

Mike Passano fit son apparition au cours de la journée. Il entra d'un pas vif par la porte ouverte et vint se percher sur le bord du bureau de Sam. Ils commencèrent par évoquer les affaires courantes puis Mike en vint à l'objet de sa visite.

— Je suis désolé pour toi, Sam. A propos de Debbie. Je voulais que tu le saches.

— Merci.

— C'est une maigre consolation mais, au moins, vous n'avez pas d'enfants qui risqueraient de compliquer la situation.

— On peut le dire.

— Si tu as envie de venir dîner, un soir...

— Je vais bien, Mike.

— Bon. C'est parfait. Si tu as besoin d'un congé, n'hésite pas.

Il tint bon pendant six semaines. Au bureau, il trouvait mille raisons de rester après le départ des autres, pour rentrer aussi tard que possible dans son appartement vide où il n'y avait rien à manger. Parfois, il s'arrêtait dans un bar pour prendre un sandwich avec un whisky. Ou deux whiskies. Pour la première fois de sa vie, il souffrait d'insomnies et, dans la journée, il se sentait la proie d'une sorte d'inquiétude inhabituelle chez lui, comme si c'était non seulement son couple qui avait perdu son sens mais tout ce qui faisait sa vie.

— Prends des vacances, lui dit Mike Passano.

C'était la dernière chose dont il eût envie. Bien au contraire, il prenait lentement conscience d'en avoir assez de New York. Il rêvait de retrouver l'Angleterre. Il voulait rentrer chez lui. Il voulait vivre sous des cieux brumeux, dans un pays où les champs étaient verts et le climat tempéré, où on aimait la bière tiède et les autobus rouges.

Un soir où il se sentait particulièrement déprimé, le téléphone sonna chez lui. C'était Sir David Swinfield qui l'appelait de Londres.

— On peut parler, Sam ?

— Sans problème.

— J'ai cru comprendre que cela ne va pas trop fort pour vous.

— Les mauvaises nouvelles circulent vite.

— C'est Mike Passano qui m'en a parlé ce matin. Je suis désolé pour vous.

— Merci.

— Sam, n'auriez-vous pas envie d'un changement ?

Sam se sentit sur la défensive.

— Quelle est votre idée ?

— J'ai quelque chose de neuf à vous proposer. Un nouveau projet, exactement dans vos cordes. Ce devrait être intéressant.

— Où ?

— En Angleterre.

— Cela implique de quitter New York ?

— Cela fait six ans que vous y êtes. J'arrangerai cela avec Mike.

— Qui me remplacerait ?

— Lowell Oldberg ?

— Il n'a aucune expérience.

— Comme vous, il y a six ans !

Il devait en avoir le cœur net.

— Est-ce une rétrogradation ? demanda-t-il d'un ton direct.

— Non, juste une nouvelle orientation et une promotion.

Sir David Swinfield fit une petite pause avant de reprendre :

— Je désire que vous reveniez, Sam. J'ai besoin de vous ici. Je crois que le moment est venu.

La maison de Beauly Road était une construction semi-mitoyenne à trois niveaux qui datait de l'époque victorienne. Devant, un jardin transformé en aire de stationnement pavée la séparait de la rue. Des voitures étaient garées de chaque côté et tout le long de cette paisible voie résidentielle, révélant une certaine aisance chez les habitants du quartier. Il y avait aussi des arbres qui, du moins en été quand ils avaient tout leur feuillage, devaient donner l'impression de vivre à la campagne, dans une agréable banlieue, loin de la City et de Londres.

En ce lugubre matin, il faisait encore nuit. Alors que Sam, debout au milieu de ses bagages, payait le taxi, la porte de la maison s'ouvrit, illuminant la façade. Une silhouette masculine solidement charpentée se découpa dans la lumière.

— Sam !

Neil Philip, qui était en train de se préparer pour sa journée de travail à la City, avait passé un grand pull-over bleu marine à col roulé par-dessus son pantalon de costume. Il dévala l'allée et ouvrit le portail du jardin.

— Sam ! Je suis si heureux de te revoir !

Sam sentit les bras de son ami qui se refermaient sur lui, dans une étreinte virile où il disparut à moitié. Neil n'avait jamais été gêné par une quelconque fausse pudeur pour montrer ses émotions. Le chauffeur de taxi, toujours dépourvu de la moindre expression, démarra. Neil souleva les deux énormes valises comme si elles ne pesaient rien et repartit à fond de train vers la maison, laissant Sam se débrouiller avec son sac de golf et son attaché-case.

— Janey finit d'habiller les enfants, elle descend dans un instant. Tu as fait bon voyage ? Tu dois être mort de fatigue.

Il posa les valises au pied de l'escalier.

— L'eau est en train de chauffer. Veux-tu une tasse de café ?

— Volontiers.

— Viens.

Sam se débarrassa de son pardessus et le mit à sécher sur la rampe de l'escalier. A l'étage, on entendait une voix d'enfant qui se plaignait. Une paire de petites bottes en caoutchouc et un camion étaient sagement rangés sur une des marches. Sam suivit

Neil dans le couloir qui menait à la grande cuisine familiale, éclairée par une lucarne et des fenêtres ménagées au-dessus de l'évier. Les rideaux étaient encore fermés mais, par la lucarne, on voyait les nuages noirs sur lesquels se reflétaient des rayons de lumière. Les placards étaient en pin et le réfrigérateur ronronnait doucement. Sur la table couverte d'une nappe à carreaux, tout était prêt pour le petit déjeuner, les paquets de céréales, le pot de lait et les coquetiers.

Neil mit une cuillerée de café dans la cafetière et versa l'eau bouillante. Le délicieux arôme du café frais se répandit.

— Veux-tu manger quelque chose ?

— Non, merci.

Sam tira une chaise et s'y laissa tomber avec soulagement. Il ne comprenait pas pourquoi il se sentait si fatigué, compte tenu du fait qu'il venait de passer au moins sept heures assis dans un fauteuil.

— Tu as l'air en pleine forme, Neil.

— Oh, ça ne va pas trop mal. Je survis à la vie de famille !

Neil mit deux tranches de pain dans le grille-pain.

— Tu ne connaissais pas la maison, je crois ? Nous l'avons achetée deux ou trois ans après ton départ pour New York. Promotion sociale, comme dit Janey ! Surtout, nous voulions un jardin pour les enfants.

— Rappelle-moi...

— Pardon ?

— Leur âge. Daisy et Leo. J'ai perdu le compte.

— Daisy a dix ans et Leo six. Ils sont terriblement excités à l'idée de te voir. Ils n'ont pas arrêté d'en parler depuis ton coup de téléphone. Combien de temps peux-tu rester ?

— Je ne suis pas en vacances, Neil. C'est pour le travail. J'ai été convoqué par le patron. Un nouveau projet.

— Adieu à New York ?

— Pour le moment, oui.

— Sam, je suis navrée pour Deborah...

— On en parlera, mais pas maintenant. Il y a trop à dire.

— Je te propose de nous réfugier dans un pub, ce soir, et tu me raconteras tout devant une bonne pinte de bière ! Mais n'oublie pas que tu seras le bienvenu ici aussi longtemps que tu en auras envie.

— Tu es vraiment chic !

— C'est dans ma nature, mon vieux, je n'y peux rien.

Les toasts sautèrent du grille-pain et Neil y mit deux autres tranches. Sam le regardait faire, ses mouvements précis d'homme apparemment encombré par sa taille mais en réalité très à l'aise. Il avait toujours son épaisse chevelure noire mais quelques fils gris commençaient à apparaître. Il avait aussi pris du poids, comme tendent à le faire les hommes bâtis en athlète, mais, à part cela, il ne donnait pas l'impression d'avoir changé.

Neil Philip faisait partie de la vie de Sam. Leur amitié datait de leur rencontre, le premier jour de leur entrée au pensionnat, deux « nouveaux » pleins d'appréhension à l'idée de devoir trouver leur place dans le système. Neil faisait partie des invités habituels de Radley Hill, où il venait passer les vacances avec Sam. La mère de Sam avait fini par l'appeler son deuxième fils. Quand Sam partit à Newcastle, Neil entra à l'université d'Edimbourg où il se donna à fond au rugby et fit une brillante saison comme demi d'ouverture pour l'équipe écossaise. A la fin de leurs études, ils se retrouvèrent à Londres et vécurent ensemble les hautes heures de Eel Park Common, comme si leur séparation n'avait duré qu'un instant. Quand Neil se maria avec Janey, à l'église St Paul de Knightsbridge, Sam fut leur témoin. De même, quand Sam épousa Deborah, dans le jardin des grands-parents de celle-ci à East Hampton, Neil et Janey prirent l'avion pour être à ses côtés, et Neil fut son témoin. Sam leur en avait été profondément reconnaissant car sans eux, en ce jour si important, le marié se serait présenté sans famille ni amis.

Neil versa le café dans les tasses et mit les œufs à bouillir. A l'étage, les voix s'amplifièrent puis il y eut un bruit de pas rapides dans l'escalier et les deux enfants firent irruption dans la cuisine. Daisy portait l'uniforme de son école, Leo un jean et un pull-over. Ils se figèrent, dévisageant l'inconnu.

— Bonjour ! dit Sam.

Ils continuèrent à l'observer en silence, soudain pris d'une timidité insurmontable.

— Dites bonjour, les enfants, dit Neil.

— Je croyais que vous aviez un chapeau de cow-boy, dit Leo.

— On ne porte pas de chapeau de cow-boy à New York, idiot ! s'exclama sa sœur.

— Alors, qu'est-ce qu'on met ?

— Je crois qu'on ne met rien.

— Qui ne met rien ?

Janey venait d'entrer, habillée comme son fils. Elle s'avança, les bras grands ouverts, accueillant Sam avant de l'avoir vu.

— Oh, Sam, cela fait si longtemps. Je suis tellement heureuse de te voir !

Il se leva et elle le serra contre elle en l'embrassant.

— Sam ! Tu ne t'es pas rasé !

— Je me suis senti trop paresseux pour cela.

— On ne t'a pas vu depuis une éternité. J'espère vraiment que tu ne repartiras pas. Daisy ! Tu ne pourras jamais manger toutes ces céréales. Mets-en une partie dans le bol de Leo.

Tout était tranquille, dans la maison. Ses propriétaires étaient partis, Neil pour gagner son pain quotidien et Janey pour conduire les enfants à l'école. Janey avait montré sa chambre à Sam, ainsi que sa salle de bains. Il avait commencé par se détendre dans un bain puis, emmitouflé dans le peignoir en éponge qu'il avait trouvé derrière la porte de la salle de bains, il s'était écroulé dans le lit. Entre-temps, le jour s'était levé. Par la fenêtre, il apercevait les branches d'un platane. Le bruit des voitures lui parvenait, atténué. Très haut dans le ciel passa un avion. Sam s'endormit.

Il plut pendant la plus grande partie du week-end mais, le lundi matin, la pluie s'était arrêtée. On apercevait même un peu de bleu entre les nuages qui couraient dans le ciel. Après avoir passé le samedi à regarder un match de football entre des équipes trempées, marché longuement dans un parc humide le dimanche et joué au Monopoly toute la soirée, Neil examina le ciel en train de se dégager.

— Tel est le sort des pauvres esclaves, dit-il avec une feinte amertume.

Sur quoi, il partit travailler.

Daisy et Leo s'en allèrent peu après, avec une voisine dont c'était le tour de conduire les enfants à l'école. Une Jamaïcaine fit ensuite son apparition et commença à passer l'aspirateur tandis que Janey sortait faire les courses.

— Veux-tu que je te donne une clef? demanda-t-elle à Sam. Je devrais rentrer après quatre heures.

— Dans ce cas, je n'en ai pas besoin.

— Vers quelle heure penses-tu rentrer ?

— Aucune idée.

— Eh bien, lui dit-elle avec un grand sourire avant de déposer un rapide baiser sur sa joue et d'ajouter : Bonne chance !

Sam la suivit de peu, habillé comme il convenait pour une occasion aussi importante, son pardessus soigneusement boutonné. Il s'était armé d'un parapluie prêté par Neil, dans l'hypothèse d'une averse imprévue. Il referma la porte sur la voix de la Jamaïcaine qui chantait des cantiques tout en récurant la baignoire. A midi vingt-cinq, dans St James's Street, il se présenta au portier du White's et demanda la table de Sir David Swinfield. On lui répondit que Sir David était au bar.

Il était trois heures et demie quand ils émergèrent du club. Le chauffeur de Sir David attendait devant le perron avec la voiture. Sir David offrit à Sam de le déposer où il voulait mais celui-ci refusa courtoisement. Ils se saluèrent donc et Sam regarda la grande limousine noire se glisser dans la circulation puis disparaître en direction de Piccadilly.

Sam partit dans l'autre sens pour rentrer à Wandsworth à pied, au moins en partie. Il prit par Green Park, Belgrave Square, Sloane Street et King's Road. Le jour était déjà tombé et les réverbères éclairaient les rues, comme les vitrines qui brillaient de toutes leurs décorations de Noël pour séduire le consommateur. Le spectacle l'étonna. En effet, il s'était tellement replié sur lui-même depuis quelque temps qu'il en avait oublié l'approche de Noël. Les mois qui lui avaient paru si longs sous certains aspects avaient passé à toute vitesse. Noël... Il n'avait aucune idée de l'endroit où il se trouverait à ce moment-là. De plus, il n'avait personne à qui offrir des cadeaux, triste vérité qui n'avait rien de flatteur pour lui. L'idée des cadeaux lui donna des ailes et il entra chez une fleuriste pour acheter un énorme bouquet de lis blancs à l'intention de Janey. Un peu plus loin, il s'arrêta chez un caviste où il choisit du cognac et une bouteille de champagne pour Neil. Les mains déjà encombrées, il pensa ensuite à Daisy et Leo. il fallait une surprise pour eux aussi mais il ignorait totalement ce qui pourrait leur faire plaisir. Le mieux serait de le leur demander. Après avoir passé deux journées avec eux, il était certain qu'ils auraient une idée !

En arrivant à World's End, il avait dépensé toute son énergie et, de plus, la pluie recommençait à tomber. Il était presque cinq heures et des embouteillages s'étaient formés. Les voitures avançaient à la vitesse d'une procession d'escargots. Il réussit cependant à trouver un taxi en quelques minutes. La traversée de Wandsworth Bridge leur prit beaucoup de temps et, quand ils arrivèrent enfin dans Beauly Road, il vit les lumières qui brillaient derrière les rideaux fermés du numéro 14. Cela lui donna la sensation d'être attendu comme s'il rentrait chez lui.

Janey vint ouvrir à son coup de sonnette.

— Ah ! Tu es là. Je me demandais si tu t'étais perdu.

Elle portait un pull-over rouge avec son jean. Ses cheveux noirs étaient relevés et maintenus par une barrette en écaille.

— J'avais besoin de marcher.

Janey referma la porte.

— J'aurais pourtant cru qu'un week-end sous la pluie à Richmond Park t'aurait suffi pour la semaine ! Comment s'est passé ton déjeuner avec ton patron ?

— Bien. Je te raconterai tout, mais pas maintenant.

Il lui tendit les lis.

— C'est pour toi. Un cadeau pour une adorable hôtesse.

— Merci, Sam. Tu n'avais pas besoin de m'offrir des fleurs, mais j'apprécie beaucoup que tu l'aies fait. Surtout des lis ! Ils vont embaumer toute la maison. Viens t'asseoir dans la cuisine, je vais te faire une tasse de thé.

Il accrocha son pardessus à une patère à côté d'une collection de petits manteaux et d'anoraks puis la suivit avec le sac qui contenait les bouteilles. Il rangea le cognac dans l'armoire à vins de Neil et mit le champagne au réfrigérateur.

— Du champagne ! s'exclama Janey qui remplissait la bouilloire avant de la brancher. Aurions-nous quelque chose à fêter ?

— Peut-être, dit-il en s'asseyant.

Il s'appuya des coudes sur la table.

— Où sont Daisy et Leo ?

— Ils sont en haut, en train de regarder la télévision ou de jouer sur leur ordinateur. Ils en ont le droit s'ils ont fini leurs devoirs.

— Cela sent très bon, dans cette cuisine.

— C'est le dîner ! J'ai une nouvelle désagréable, Sam. Nous avons un autre invité.

— Qu'y a-t-il de désagréable dans le fait d'avoir un invité ?

— Celui-ci est assez pénible.

— Pourquoi l'as-tu invité, dans ce cas ?

— Ce n'est pas moi ! Il s'est invité tout seul. C'est une vieille relation de mes parents. Il est tout seul à Londres, en ce moment, et il ne sait pas quoi faire de son temps. Il a appelé sur un ton tel que je me suis sentie obligée de l'inviter. Je suis vraiment désolée. J'avais envie que nous passions la soirée ensemble, tous les trois. J'ai prévenu Neil. Je l'ai appelé à son bureau. Il est furieux mais il essaiera d'arriver un peu plus tôt pour préparer les boissons, mettre la table et allumer le feu.

— Je peux le faire, Janey.

— Non, toi, tu es l'invité. Ton rôle est d'aller prendre une douche, te reposer et te faire beau.

— Pour faire bonne impression à ton convive indésirable ?

Janey lui répondit par une grimace.

— Que peut-il bien avoir d'aussi horrible ? demanda Sam.

Janey était occupée à disposer les lis dans une grande aiguière à décor floral.

— En réalité, il n'est pas *horrible* mais ennuyeux. Il aime qu'on le prenne pour un séducteur. Quand il est là, on évite instinctivement de se trouver à portée de ses mains.

Sa description fit rire Sam.

— Il a été marié trois fois, poursuivit Janey, mais, maintenant, il est seul.

— D'où sort-il ?

— Je crois qu'il était à l'école avec mon père, mais cela fait longtemps qu'il s'est installé à la Barbade.

— Pourquoi est-il venu à Londres ?

— Je n'ai pas très bien compris. Sauf erreur de ma part, il va en France pour passer Noël à Nice.

— Il a plutôt l'air d'un personnage intéressant.

— Pas du tout ! Ah ! Regarde plutôt tes lis, comme ils sont beaux. Encore merci, Sam. Je vais les mettre à la place d'honneur dans le salon.

L'eau était en train de bouillir. Janey prit la théière.

— J'ai hâte de savoir le résultat de ton rendez-vous, dit-elle, mais je suis incapable de me concentrer sur autre chose quand je cuisine et je dois encore faire le pudding.

— Cela peut attendre.

— Cela s'est bien passé, Sam ? C'est positif ?

— Oui. Du moins, à mon point de vue.

— C'est formidable. Je suis contente pour toi.

Il but son thé et, dès qu'il eut fini, Janey le mit dehors. A l'étage, il trouva Daisy et Leo dans leur salle de jeux. Ils avaient éteint la télévision et s'étaient installés à une vieille table couverte de feuilles de papier que, apparemment, ils étaient en train de découper. Ils avaient aussi des tubes de colle, des feutres, de la ficelle de couleur et quelques morceaux de ruban de gaze. L'ensemble donnait à penser qu'ils avaient un projet en cours de réalisation.

Ils levèrent la tête en l'entendant.

— Bonjour, Sam !

— Bonjour ! Qu'est-ce que vous faites ?

— On fait des cartes de Noël, lui expliqua Daisy d'un air très important. Mon professeur d'arts plastiques nous a montré aujourd'hui comment faire et je suis en train d'apprendre à Leo. Tu peins sur la colle, tu mets des paillettes et ça tient. Mais il faut d'abord dessiner quelque chose.

— Par exemple ?

— Eh bien, un sapin de Noël ! Ou une chaussette à cadeaux. Ou une maison avec les fenêtres allumées. Le seul problème, c'est qu'on fait un peu des saletés et on met du brillant partout. Regarde, Leo, tu plies le papier comme ça, bien propre... il ne faut pas que ça soit de travers...

Il n'avaient pas besoin de son aide et le lui faisaient clairement comprendre. Sam se rendit donc dans sa chambre, ôta ses vêtements et prit une douche.

Prends une douche, repose-toi et fais-toi beau. Il avait pris le *Times* et, toujours en peignoir de bain, s'allongea dans l'intention de lire son journal. Mais il laissa bientôt les feuilles glisser par terre, incapable de se concentrer, et resta simplement étendu, les yeux au plafond. Il écouta les bruits de la maison qui lui parvenaient, un peu étouffés. La voix des enfants, la sonnerie du téléphone, les pas de Janey qui allait répondre.

— Allô ? entendit-il.

Des odeurs appétissantes se répandaient dans la maison au fur et à mesure de la préparation du dîner. Un peu plus tard, il entendit encore qu'on ouvrait les robinets de la baignoire des enfants.

Il y avait très longtemps qu'il n'avait eu le sentiment de faire partie d'une famille, d'être aimé et attendu. Comme il y pensait, il réalisa que Deborah avait commencé à s'éloigner de lui plusieurs mois avant de lui annoncer son départ. Malheureusement, il avait été trop absorbé par son travail pour remarquer la lente dégradation de leurs relations. Il savait que l'échec d'un couple ne peut être imputé à un seul des partenaires. Chacun, d'une façon ou d'une autre, porte une part de responsabilité dans la séparation.

Le souvenir de Radley Hill lui revint ensuite, sans doute parce que l'atmosphère de cette maison banale où Janey et Neil élevaient leurs enfants lui rappelait l'ambiance de sécurité et de confort de celle où lui-même avait passé son enfance. Il n'oublierait jamais la façon dont on y accueillait les amis, le feu dans la cheminée, l'odeur de délicieuses et solides nourritures qui provenait de la cuisine ; les bottes sous le porche, les raquettes de tennis qui traînaient dans le hall d'entrée, la voix des gamins qui étaient ses amis, l'écho de leurs pas dans l'escalier. Il se demanda s'il serait jamais capable de créer à son tour un pareil havre de vie familiale. De ce point de vue, il avait échoué. Lui et Deborah auraient pu avoir des enfants, mais elle n'en avait jamais eu très envie et lui-même ne désirait pas forcer le destin. Compte tenu de l'évolution de la situation, cela avait été aussi bien. Toutefois, leur appartement n'avait jamais été autre chose que l'endroit où ils habitaient. La vérité l'obligeait à reconnaître que leur salon avait fait l'envie de tous leurs amis avec sa décoration immaculée en crème et blanc cassé, ses sculptures modernes et ses tableaux abstraits élégamment éclairés. La cuisine elle-même était une merveille de confort pratique et moderne, mais il n'en était jamais rien sorti d'autre qu'une tranche de melon ou une pizza réchauffée au micro-ondes. Deborah adorait sortir et préférait aller au restaurant.

Radley Hill. Les souvenirs du Yorkshire remontaient à sa mémoire. Au-delà des années de vie urbaine, pleines d'agitation frénétique, de soirées tardives et de journées interminables, au milieu des odeurs du métro et des gaz d'échappement des voitures, il revit la solide maison en pierre sans prétention, la terrasse, les pelouses, la roseraie de sa mère. Il revit la petite ville où se trouvait l'usine de son père, là où le vent balayait à l'oblique la fumée des cheminées, où la rivière qui dévalait les collines se glissait entre les rues ombragées d'arbres et sous la voûte des ponts. L'eau courait sur les rochers avec un bruit si familier, si naturel, que l'on s'arrêtait pour l'entendre. Il revit la campagne où il avait grandi, les longues marches du dimanche avec son père, les parties de pêche dans les petits lacs de montagne cachés au creux de la lande, à l'écart de tout. L'air y était froid et pur, les grands espaces troublés seulement par le cri des courlis...

Dehors, dans la rue, s'élevèrent le bruit d'une voiture qui s'arrêtait sous sa fenêtre, puis celui de la porte d'entrée qu'on ouvrait et qu'on refermait. La voix de Janey retentit :

— Neil ? C'est toi, chéri ?

Il comprit que son ami était rentré.

Sam s'arracha en soupirant au confort de son lit et entreprit de s'habiller comme il convenait pour le dîner — un pantalon en toile kaki fraîchement repassé, une chemise propre, un pull-over en cachemire bleu marine, pas de cravate. Des chaussettes beiges, des mocassins bien cirés. Il se brossa les cheveux, s'aspergea de quelques gouttes d'after-shave et descendit. La porte du salon était ouverte. Il entra et y trouva Neil, en manches de chemise, occupé à faire briller quelques verres qu'il disposait sur la desserte des boissons. La pièce avait un air de fête avec les magazines soigneusement empilés, les coussins qu'on avait tapotés pour leur donner du gonflant et le feu en train de crépiter. Les lis trônaient sur une table ronde en bois ciré, entourés d'une collection de boîtes en porcelaine. Dans la chaleur de la pièce, le parfum des fleurs développait toute sa force. La pendule posée au milieu de la cheminée indiquait sept heures et quart.

— Bonsoir, dit-il.

Neil tourna la tête pour le saluer.

— Ah ! Tu es là. Tu as fait une bonne sieste ?

— J'aurais dû être en train de t'aider.

— Pas du tout ! Je suis rentré plus tôt pour assumer mon rôle de maître de maison !

— J'ai appris que nous aurons de la compagnie.

Neil prit une mine déconfite.

— Ce vieil idiot ! Janey aurait dû l'envoyer promener, mais elle est trop bonne pour cela.

Il donna un dernier coup de torchon au dernier verre, le posa à côté des autres en bon ordre et rangea l'essuie-verres.

— Et voilà ! J'ai fini. Tout est prêt. On a le temps de prendre un verre tranquillement. Tu vas tout me raconter avant qu'on soit envahis par notre invité. Scotch ? Avec du soda ou de l'eau ? Ou bien de la glace ?

— Avec du soda, ce sera bien. Où est Janey ?

95

— En train de fouetter la crème.

— Et les enfants ?

— J'espère qu'ils sont couchés et en train de lire. Sinon, on va avoir des problèmes.

Il versa le whisky, ajouta de la glace et apporta son verre à Sam. Ensuite, avec un soupir de soulagement, il se laissa tomber dans l'un des confortables fauteuils installés autour du feu.

— Alors, dis-moi : comment s'est passé ton déjeuner ?

Sam s'assit dans l'autre fauteuil, en face de Neil.

— Bien, je pense.

— Rien d'inquiétant ? Pas de discrète allusion à un licenciement ?

Sam se mit à rire. Il se sentait bien avec cet homme capable d'aller droit au but, un homme qu'il connaissait presque depuis toujours et pour qui il n'avait jamais eu de secret.

— Exactement l'inverse ! dit-il.

— Vraiment ? Un nouveau poste, alors ?

— Oui.

— Aux Etats-Unis ?

— Non, ici.

— Où ?

Sam ne répondit pas tout de suite. Il prit le temps de goûter son whisky puis reposa le verre sur la table basse à côté de lui.

— As-tu déjà entendu parler des McTaggart de Buckly ?

— Ceux qui font du tweed dans le Sutherland ?

— Précisément.

— Oui, bien sûr. Tout gentleman campagnard qui se respecte possède un costume de chasse en tweed de Buckly ! Mon père en avait un ou, plutôt, en *a* un. Aussi solide qu'une armure !

La seule pensée l'en fit rire.

— Ne me dis pas qu'ils ont des problèmes, reprit-il.

— Ils en ont eu mais Sturrock and Swinfield les a rachetés il y a quelques mois. Je suis étonné que tu ne l'aies pas su, mais peut-être ne lis-tu pas le *Financial Times* ?

— Tous les jours, mais je n'ai pas fait attention. Les textiles n'entrent pas dans mes compétences. C'est incroyable. Les McTaggart en difficulté !

Il grimaça, feignant un sourire attristé.

— Je suppose que c'est l'éternel scénario de l'ampoule électrique ! On ne peut pas espérer gagner de l'argent avec un produit inusable.

— Effectivement, c'était un de leurs problèmes. Mais il n'y a pas que cela. Ils ne se sont jamais diversifiés. Sans doute à cause d'une organisation à l'ancienne. Ils n'ont pas vu la nécessité de changer. Mais aussi, le marché des tweeds s'est effondré, même pour les tweeds classiques. Les grands domaines terriens ont été vendus et les pavillons de chasse restent vides. On n'a plus besoin de vêtements en tweed pour les garde-chasse et les forestiers. Ils ont encore eu d'autres ennuis. Le vieux McTaggart est mort il y a deux ans et aucun de ses deux fils ne s'intéresse aux affaires familiales. L'un d'eux avait déjà un bon poste dans l'informatique et l'autre possède un gros garage dans les faubourgs de Glasgow. Ils n'ont aucune envie de tout laisser tomber pour reprendre l'entreprise de leur père. Je suppose que, pour eux, la vie dans le grand Nord a perdu son charme.

— C'est incroyable ! soupira Neil. Enfin, sans doute n'avons-nous pas tous les mêmes aspirations. Comment cela s'est-il donc terminé ?

— Les fils ont commencé par réaliser une partie des biens de l'entreprise, ils ont en particulier vendu tout le parc immobilier des logements de fonction. Ensuite, ils ont mis le reste sur le marché. Comme cela n'intéressait personne, le personnel a pris contact avec la chambre de commerce locale pour monter un projet de rachat de l'entreprise. Ils n'avaient, en effet, pas beaucoup d'autres possibilités d'emplois dans la région, comme tu l'imagines. En tout cas, ce sont des ouvriers spécialisés, très compétents, qui sont depuis longtemps dans cette branche d'activité, pratiquement de père en fils. Ils connaissent à fond tout ce qui concerne la filature, le tissage et la teinture.

Sam s'interrompit pour terminer son verre.

— Bref, ils se débrouillaient bien, ils avaient trouvé de nouveaux clients, ils exportaient aux Etats-Unis, quand, d'un seul coup, le désastre. Il a plu sans arrêt pendant deux mois, la rivière a débordé et l'usine a été inondée à hauteur d'homme. Ils ont tout perdu : le stock, les ordinateurs, presque tout l'outillage. C'était fini. Les banques ont refusé de suivre, la chambre de commerce a eu des problèmes et les employés se sont trouvés confrontés à la perspective du chômage.

Neil se leva pour prendre le verre de Sam.

— Quelle malchance...

— Oui. En désespoir de cause, ils se sont mis en relation avec Sturrock and Swinfield. David Swinfield a fait réaliser une étude de faisabilité approfondie et a estimé que l'entreprise était sauvable. L'usine est pourtant dans un état catastrophique et n'a pas tourné depuis l'inondation. Quant aux employés, ils ont tous été licenciés sauf trois.

Neil lui tendit son verre à nouveau rempli.

— Quel est ton rôle, là-dedans ?

— Je suis chargé d'y aller pour remettre l'usine en état de fonctionnement. Je suis nommé directeur.

— Comme ça ? Du jour au lendemain ?

— Non, pas tout à fait. Même avant l'inondation, l'usine était assez mal gérée. La plupart des machines devaient dater de Mathusalem. Il faudra environ un an pour que la production puisse repartir.

— Je suis étonné que l'étude de faisabilité ait conclu à la viabilité financière de l'entreprise. Penses-tu réellement qu'il soit possible de rentabiliser une unité de production située si loin de tout ? En toute franchise, je me demande si cela vaut vraiment la peine de se donner autant de mal.

— Je le pense. Bien entendu, il faudra se diversifier mais n'oublie pas que le nom de McTaggart est réputé dans le monde entier. Il devrait valoir son pesant d'or si nous nous intéressons au marché du luxe.

— Quoi ? Vous n'allez quand même pas arrêter de faire ces bon vieux modèles de « countrywear » qui résistent aux pires des ronces ? Ce serait une catastrophe. Il ne faut surtout pas arrêter !

— Bien sûr que non ! La fabrication des tartans continuera aussi. Cela fait partie du fonds de commerce McTaggart. Tradition oblige ! En revanche, cela ne représentera plus qu'une partie de nos productions. Nos efforts vont porter sur des étoffes plus légères et plus colorées. Des tissus pour hommes destinés au marché italien, par exemple, des châles, des écharpes, des jetés ou des pull-overs. Nous voulons viser toute l'industrie de la mode, en fait, avec des étoffes à la fois chères et sujettes à renouvellement rapide.

— Des cachemires, aussi ?

— Bien sûr !

— Il y a donc des équipées au fin fond de la Chine en perspective ?

— David Swinfield a déjà des agents en Mandchourie qui nous fourniront en matière première.

— Et les machines ?

— Nous choisirons sans doute un fabricant suisse.

— Ce qui impliquera la nécessité d'une nouvelle formation pour le personnel, n'est-ce pas ?

— Oui, mais elle sera assurée sur le site par les équipes d'installation des machines du fournisseur. Malheureusement, cela impliquera de ne pouvoir reprendre tout le monde.

Neil resta silencieux, réfléchissant à ce qu'il venait d'apprendre. Il finit par secouer lentement la tête avec un petit soupir, l'air encore perplexe.

— Tout cela me paraît passionnant, mais j'ai du mal à t'imaginer allant vivre dans les tourbières après avoir connu Londres et New York. C'est un peu comme si tu étais nommé vice-consul de Grande-Bretagne sur les îles Andaman, au beau milieu du golfe du Bengale ! Cela ne ressemble pas vraiment à une promotion. Et ton salaire ?

— Augmenté.

— C'est de la corruption !

— Pas du tout, répondit Sam en souriant. Une simple prime.

— Et que vas-tu devenir, là-bas ? Tes loisirs ? Du moins, s'il te reste du temps libre quand tu auras fini de t'échiner dans ton usine ou d'essayer d'équilibrer ton bilan ! J'ai du mal à croire que Buckly soit une mine de joyeuses distractions. Tu vas te retrouver en train de jouer au loto à la salle des sports !

— Je reprendrai mes cannes à pêche. Tu te souviens des parties de pêche avec mon père ? Je peux aussi jouer au golf. Il y a au moins cinq links magnifiques dans les environs immédiats. Et je pourrai toujours m'inscrire à différents clubs où je me lierai d'amitié avec de vieux messieurs en pulls tricotés main et tachés de soupe !

— Tu n'as donc pas du tout la sensation d'être mis à l'écart ?

— Je vais retrouver mes racines. De plus, c'est un peu bizarre, mais j'apprécie l'idée de devoir résoudre une crise. N'oublie pas, non plus, que je sais comment diriger une petite fabrique. Mon père m'a tout appris et il aimait vraiment ce travail. Il aimait ses machines comme d'autres leurs voitures. Je l'ai vu tâter les grandes balles de tweed comme s'il les caressait, pour le plaisir de sentir la laine tissée sous ses doigts. Il est possible que je lui ressemble. Je suis sûr, en tout cas, d'une chose. J'en ai assez du commerce en bureau. J'ai hâte de sentir de nouveau sous mes pieds le sol d'une usine. C'est exactement ce dont j'ai besoin en ce moment.

Neil lui jeta un regard perçant.

— Ne le prends pas mal, dit-il, mais je me demande si ton patron n'agit pas, disons... par paternalisme ?

— Parce que ma vie personnelle s'est désagrégée ?

— Franchement : oui.

— Ne t'inquiète pas. Je lui ai posé la question entre la poire et le fromage. La vérité, c'est qu'il m'avait choisi pour ce poste bien avant d'avoir entendu parler du départ de Deborah.

— Bien sûr ! Excuse-moi, c'était une question stupide. Sir David Swinfield n'est pas arrivé à sa situation par pure bonté d'âme. Quand pars-tu ?

— Aussitôt que possible, mais il faut d'abord faire un gros travail de planification et de remise à plat. J'ai une réunion demain matin avec la direction financière pour mettre au point le calendrier des investissements.

— Où vivras-tu, là-bas ? N'as-tu pas dit que les McTaggart ont vendu le parc immobilier de l'entreprise ?

— C'est exact mais c'est une question de détail. Je prendrai une chambre dans une auberge ou je louerai une maison. Qui sait si je ne vais pas me trouver une beauté locale et un cottage à toit de tourbe !

L'idée fit rire Neil qui jeta un coup d'œil à la pendule, s'appuya de tout son poids contre les coussins du fauteuil et bâilla à se décrocher la mâchoire en se passant les doigts dans les cheveux.

— Tout ce que je peux dire, c'est : bonne chance, mon vieux !

— Il faut juste un bon coup d'envoi pour que ça reparte.

Neil fit une petite grimace.

— Dans ce cas, tu devrais t'offrir une paire de chaussures de football parce que tu vas en avoir besoin...

La sonnette de la porte d'entrée l'interrompit.

— Oh, zut ! s'exclama Neil.

Il posa son verre et se leva.

— Voilà le vieux casse-pieds, ajouta-t-il.

On entendit au même moment s'ouvrir la porte de la cuisine et le pas rapide de Janey retentit dans le couloir. Ensuite, ce fut sa voix.

— Bonsoir ! Comment allez-vous ? Je suis ravie de vous voir.

Son ton paraissait sincère et Sam, une fois de plus, se dit que Janey était une femme réellement très attentive aux autres.

— Entrez, disait-elle.

Quelques murmures d'une voix masculine lui répondirent.

— Oh ! Des chocolats ! Comme c'est gentil. Je vais devoir les mettre hors de portée des enfants. Avez-vous dû marcher depuis le métro ou bien avez-vous eu un taxi ? Donnez-moi votre manteau, je vais le mettre sur un cintre. Neil est au salon...

La porte s'ouvrit. Les deux hommes s'étaient levés et Neil s'avança pour accueillir leur invité.

— Bonsoir, voici...

— Neil ! ma parole ! Ravi de vous voir. Cela fait une éternité. C'est vraiment trop aimable de votre part.

— Pas du tout...

— Regarde ce qu'il a apporté... intervint Janey.

Elle avait changé de tenue et portait un pantalon de velours noir avec un chemisier de satin blanc mais, par-dessus, elle avait encore son grand tablier à rayures rouges et blanches. Elle montrait une petite boîte d'After Eight.

— ... de délicieux chocolats, conclut-elle.

— Juste un petit témoignage d'amitié. Je me demandais depuis combien d'années je ne vous ai pas vus, tous les deux. Quand était-ce ? On a déjeuné avec vos parents, Janey, je crois. Beaucoup trop long...

Le dos à la cheminée, Sam observait le nouveau venu. Il découvrait un homme à la soixantaine bien avancée mais qui se comportait comme le faisaient les jeunes gens maniérés quarante ans plus tôt. Il avait dû être séduisant, dans un style à la David Niven, mais ses traits s'étaient affaissés, ses joues marquées de couperose, et sa moustache soigneusement taillée portait les traces, comme ses doigts, d'une longue habitude du tabac. Ses cheveux blancs avaient tendance à se raréfier mais il les portait assez longs. Il avait des yeux brillants et d'un bleu très pâle dans un visage bronzé, mais, comme sur ses mains, le soleil ne parvenait pas à dissimuler les taches de vieillesse. Il avait revêtu un pantalon de flanelle grise avec des chaussures en daim marron, un blazer bleu marine à boutons de cuivre et une chemise rayée bleu et blanc à haut col raide. Sa tenue se complétait d'une ample cravate en soie flamboyante, à rayures rouges, jaunes et vert paon, d'une montre en or et de boutons de manchette également en or. Il avait apporté le plus grand soin à son apparence et s'était inondé d'Eau Sauvage.

— ... oui, cela doit faire sept ans, disait Janey. Mes parents habitaient encore le Wiltshire. A présent, laissez-moi vous présenter Sam Howard, qui passe quelques jours avec nous. Sam, voici Hughie McLennan.

— Comment allez-vous ?

— Ravi de faire votre connaissance.

Ils se serrèrent la main.

— Sam et Neil sont amis depuis toujours. Ils se sont connus à l'école.

— Rien ne vaut un vieil ami ! Seigneur, la circulation à Londres est épouvantable. Je n'ai jamais vu autant de voitures à la fois. J'ai attendu un quart d'heure pour avoir un taxi !

— Où êtes-vous descendu ? lui demanda Neil.

— A mon club, bien sûr, mais ce n'est plus ce que c'était. J'ai graissé la patte au portier mais j'aurais mieux fait d'économiser mon billet !

— Que puis-je vous offrir, Hughie ?

Le visage du vieux beau s'illumina.

— Excellente idée !

Il examina la table où attendaient les bouteilles et les verres.

— Un gin-tonic, si vous voulez bien.

Il tapota ses poches.

— Cela vous dérange, si je fume, Janey ?

— Non, bien sûr. Il doit y avoir un cendrier quelque part.

Après quelques recherches, elle en dénicha un sur son bureau, ôta les trombones qu'elle y rangeait et le posa sur la table basse.

— C'est l'enfer, maintenant. Les gens ne fument plus ! A New York, c'est un cauchemar. Vous avez à peine le temps de sortir votre briquet, on vous saute dessus et on vous flingue !

Il avait sorti de sa poche un étui à cigarettes en argent et un briquet en or. Il souffla un nuage de fumée, parut aussitôt se détendre et prit le verre que lui tendait Neil.

— Que Dieu vous bénisse, cher ami. A la vôtre !

— Veux-tu quelque chose, Janey ?

— J'ai déjà pris un verre de vin en cuisinant ! A ce propos, Neil, peux-tu venir ouvrir les bouteilles ?

— Bien sûr, j'aurais dû y penser plus tôt. Vous m'excusez, Hughie ? Je n'en ai pas pour longtemps. Asseyez-vous, mettez-vous à l'aise. Sam va vous tenir compagnie.

Tandis que Janey et Neil s'éloignaient, le vieil homme entreprit de se mettre à l'aise, ainsi qu'il y avait été invité. Son verre et son cendrier à portée de main, il s'installa dans l'angle du canapé, un bras nonchalamment posé sur les coussins.

— Charmante maison, vraiment. Je ne la connaissais pas. La dernière fois que je les ai vus, ils habitaient encore à Fulham. J'ai connu Janey toute petite. Ses parents sont de vieux amis.

— C'est ce qu'elle m'a dit. Vous arrivez de la Barbade, je crois ?

— Oui, j'ai une maison à Speighstown. Je viens à Londres de temps en temps, juste pour ne pas perdre le contact, faire le point avec mon agent de change, voir mon coiffeur et mon tailleur. Ce qui est triste, c'est que les amis disparaissent l'un après l'autre. A chaque fois, il y a encore un vieux copain qui a cassé sa pipe ! Vraiment triste. Mais la vérité, c'est que nous ne rajeunissons pas.

Il écrasa sa cigarette, prit une longue gorgée de son gin-tonic et dévisagea Sam d'un œil plein de curiosité.

— Vous êtes en vacances ?

— D'une certaine façon, mais seulement pour quelques jours.

— Vous travaillez dans quelle branche ?

— Le courtage des laines.

Comme il n'avait pas envie de parler de lui, Sam relança la conversation sur un autre sujet :

— Depuis combien de temps vivez-vous à la Barbade ?

— Environ trente ans. J'ai tenu le Beach Club pendant une quinzaine d'années et j'ai laissé tomber avant de devenir un alcoolique invétéré. Avant, j'avais une propriété en Ecosse. Mon père me l'avait généreusement transmise pour ne pas payer de droit de succession.

Cela devenait presque intéressant.

— Quelle sorte de propriété ? demanda Sam.

— Oh ! Un vrai domaine. Des fermes, de la terre, ce genre de chose. Une énorme maison de l'époque victorienne. De bonnes chasses, des rivières poissonneuses.

— Vous y viviez en permanence ?

— J'ai essayé, mon cher, mais, à cette latitude, l'hiver n'est pas une plaisanterie. De plus, pour profiter pleinement de la vie en pleine cambrousse, il faut de quoi ! C'était parfait pour la génération précédente qui avait des domestiques, du personnel, des cuisinières et des gardes qui travaillaient comme des esclaves pour un salaire de misère. Quand j'en ai pris possession, cela coûtait déjà une fortune rien que pour chauffer la maison. Cela ne signifie pas..

Il arqua un de ses sourcils dans un sourire espiègle.

— Cela ne signifie pas que nous n'avons pas pris du bon temps. Ma première femme ne pensait qu'à recevoir et elle faisait le nécessaire pour que Corrydale soit toujours plein d'invités. Je disais toujours qu'elle avait des invités comme d'autres ont des souris ! Il fallait de la nourriture pour toute une armée et des boissons pour un régiment d'ivrognes ! Des jours mémorables...

Tout en parlant, absorbé par le souvenir d'un passé apparemment très heureux, Hughie caressait sa cravate de soie et faisait glisser l'étoffe entre ses doigts.

— Mais cela ne pouvait pas durer toujours. Elaine est partie avec un négociant en matières premières. Après cela, il n'y avait plus beaucoup de raisons de continuer. De toute façon, la moitié du personnel était partie et mon banquier commençait à tenir des propos déplaisants...

Sam écoutait avec un curieux mélange d'énervement et de pitié cet homme qui avait tout reçu sur un plateau d'argent et avait tout dilapidé.

— ... donc, j'ai vendu et voilà. Ensuite, la Barbade. C'est ce que j'ai fait de mieux de toute ma vie.

— Vendu ? Vous voulez dire tout en bloc ?

— Presque. C'est parti en lots. Le fermier qui exploitait la ferme l'a achetée, et un ou deux cottages sont allés à de vieux serviteurs fidèles qui y avaient passé toute leur vie. Le reste, la maison, les écuries et la terre, a été vendu à une chaîne d'hôtels de campagne. Vous voyez ce que je veux dire : on peut pêcher et, de temps en temps, tirer un faisan ou une grouse.

Hughie but d'un trait le reste de son gin-tonic et resta à contempler le fond de son verre vide.

— Je vous en apporte un autre ? proposa Sam.

Hughie lui sourit largement.

— Quelle bonne idée ! Pas trop de tonic.

Sam lui prit le verre des mains et Hughie alluma une autre cigarette.

— Combien de temps restez-vous à Londres ? demanda Sam tout en versant le gin.

— Aussi peu que possible. Je suis arrivé il y a quatre jours et je repars mercredi. Je prends l'avion pour Nice. J'ai une vieille amie, là-bas, Maudie Peabody — vous la connaissez peut-être ? Non ? Oh, merci, cher ami. Vraiment chic de votre part. Maudie est une vieille relation des mes premières années à la Barbade. Une Américaine riche comme Crésus. Elle a une villa absolument divine dans les collines au-dessus de Cannes. Je vais passer Noël et le Nouvel An avec elle. Ensuite, retour à la Barbade.

Sam s'était réinstallé dans son fauteuil près du feu.

— Vous me paraissez très organisé.

— Oh, ça peut aller. On fait de son mieux ! Je me sens un peu solitaire maintenant. Je vis seul. Je n'ai pas eu beaucoup de chance dans mes choix conjugaux. Et *ça*, ça coûte affreusement cher ! Toutes mes ex-femmes veulent leur part du gâteau, du moins de ce qu'il en reste...

— Vous avez des enfants ?

— Non, pas d'enfants. J'ai eu les oreillons quand j'étais à Eton et cela a mis un terme à ma carrière de procréateur. Vraiment dommage. J'aurais aimé avoir des enfants qui se seraient occupés de moi dans mes vieux jours. Pour dire la vérité, je n'ai pas beaucoup de famille. J'ai encore mon père mais nous nous parlons, sans plus. Il était fou furieux quand j'ai dû vendre le domaine, mais il ne pouvait rien faire pour l'empêcher. J'ai aussi un cousin, un type sans grand intérêt qui vit dans le Hampshire. J'ai essayé de l'appeler mais il n'a pas répondu.

— Où vit votre père ?

— Il vit seul dans un confortable appartement dans un ancien hôtel particulier près de l'Albert Hall. Je ne lui ai pas encore fait signe. Je remets toujours au lendemain... Je m'arrêterai sans doute à mon retour de France pour lui faire une visite de courtoisie. Nous n'avons jamais grand-chose à nous dire...

Sam se sentit soulagé en voyant revenir Janey et Neil. Comme Janey avait enlevé son tablier, Sam se dit qu'elle avait terminé ses préparatifs. Elle rayonnait et traversa le salon pour prendre Sam dans ses bras et faire claquer un baiser sur sa joue.

— Neil m'a tout dit sur ton nouveau travail. Cela ne t'ennuie pas que je le sache ? C'est passionnant, un réel défi. Je suis vraiment heureuse pour toi. Je crois qu'il n'y a rien de plus excitant à entreprendre.

Derrière Janey, Sam aperçut Neil qui le regardait d'un air un peu penaud.

— Tu ne m'en veux pas de le lui avoir dit ?

— Bien sûr que non ! Tu m'as évité de devoir me répéter, dit-il en serrant Janey contre lui.

— Que se passe-t-il ? demanda Hughie qui avait dressé l'oreille.

Janey se tourna vers lui.

— Sam a un nouveau travail. Il l'a appris aujourd'hui. Il part tout au nord de l'Ecosse pour faire redémarrer une vieille fabrique de lainages.

— Vraiment ?

Pour la première fois, l'attention de Hughie était retenue par quelque chose et quelqu'un d'autre que lui-même.

— L'Ecosse, dites-vous ? De quel côté ?

— Buckly, Sutherland, répondit Sam.

Hughie en resta bouche bée.

— Non ! *Buckly* ! Pas chez McTaggart ?

— Vous les connaissez ?

— Mais, mon cher, je ne connais qu'eux ! Buckly n'est qu'à quelques kilomètres de Corrydale. Je faisais toujours faire mes costumes de chasse en tweed de Buckly et ma Nounou me tricotait mes chaussettes de chasse avec la laine de chez McTaggart. Vieille firme familiale ! Ils existent depuis au moins cent cinquante ans. Que leur est-il arrivé ?

Sam résuma en quelques mots les déboires de l'entreprise.

— Quelle triste histoire ! Comme si vous m'appreniez la mort d'un vieil ami. C'est donc vous qui allez reprendre l'affaire en main ? Quand partez-vous ?

— Bientôt.

— Vous savez où vous habiterez ?

— Non. Je vais m'installer dans une auberge ou bien je chercherai quelque chose à acheter.

— Intéressant, dit Hughie.

Ils le dévisagèrent tous, étonnés, mais il ne daigna pas poursuivre. Il se contenta de se concentrer sur sa cigarette dont il était en train d'écraser soigneusement le mégot.

— Pourquoi dites-vous que c'est intéressant ? finit par interroger Janey.

— Parce que j'ai une maison.

— Où ?

— Pas à Corrydale mais à Creagan. C'est encore plus près de Buckly.

— Comment se fait-il que vous ayez une maison là-bas ?

— A une époque, c'était les bureaux du régisseur du domaine, et son domicile aussi. Une assez grande maison victorienne, très solide, avec un jardin à l'arrière. Mais ma grand-mère a estimé que c'était trop loin de Corrydale pour le travail de tous les jours. Elle a donc installé le régisseur et sa famille dans une maison plus

106

pratique dans l'enceinte du parc. Elle m'a légué la maison de Creagan, ainsi qu'à mon cousin. Nous sommes copropriétaires.

— Qui y habite, à présent ? demanda Neil en haussant les sourcils.

— En ce moment, c'est vide. Un vieux couple la louait depuis vingt ans mais l'un des deux est mort et l'autre est parti vivre dans sa famille. Pour tout vous dire, je suis à Londres en partie parce que je veux vendre. J'ai essayé de joindre Oscar — c'est l'autre propriétaire — pour en parler mais je n'ai pas réussi à le trouver. Il doit être mort, sans doute mort d'ennui.

Janey préféra ne pas relever cette pointe de méchanceté.

— Pensez-vous qu'il serait d'accord pour vendre sa part ? demanda-t-elle.

— Je ne vois pas pourquoi il refuserait. Cela ne lui sert à rien. En fait, j'ai rendez-vous chez Hurst and Fieldmore demain matin. Je veux voir s'ils pourraient s'occuper de la vente.

— Mais votre cousin...

— Oh, j'arrangerai tout cela avec lui à mon retour de France.

— Que faut-il donc comprendre, Hughie ?

— Que votre ami Sam a besoin d'un toit et que j'en ai un à vendre. Je parie que c'est exactement ce qu'il lui faut. Près de son travail, près des magasins et d'un terrain de golf de première classe. Que demander de mieux ?

Il se tourna vers Neil.

— Vous pouvez aller jeter un coup d'œil, cela n'engage à rien. Et nous nous arrangerons. Une transaction de particulier à particulier me conviendrait parfaitement.

— Combien en voulez-vous ? demanda Sam d'un ton prudent.

— En fait, il n'y a pas encore eu d'évaluation, pour des raisons évidentes. Mais...

Hughie baissa soudain la tête, et chassa de la main une minuscule cendre de cigarette tombée sur son genou.

— Cent cinquante mille livres ?

— Pour vous et votre cousin ?

— C'est cela. Soixante-quinze mille chacun.

— Quand pensez-vous pouvoir le joindre ?

— Aucune idée, cher ami. C'est quelqu'un d'insaisissable. Il pourrait être n'importe où. Mais cela ne doit pas vous empêcher d'aller visiter.

— Y a-t-il un agent immobilier ou quelqu'un avec qui je dois entrer en contact ?

— Inutile !

Hughie se leva à moitié pour fouiller la poche de son pantalon. Il en sortit une grande clef à l'ancienne avec une étiquette rouge où était écrit en majuscules ESTATE HOUSE. Il la brandit comme un trophée.

Janey était sidérée.

— Vous la gardez toujours avec vous ?

— Sotte ! Bien sûr que non. Je vous ai dit que j'allais chez Hurst and Fieldmore demain. Je l'ai donc mise dans ma poche pour la leur donner.

Sam prit la clef.

— Comment puis-je vous contacter ?

— Je vais vous donner ma carte, mon vieux. Vous pouvez m'envoyer une télécopie à la Barbade. Je vous laisserai aussi le téléphone de Maudie à Cannes, au cas où vous vous décideriez tout de suite.

— J'irai voir la maison. Je vous remercie. Cependant, il ne peut rien y avoir d'officiel sans l'accord de votre cousin.

— Bien sûr que non. Il n'est pas question d'entourloupes ! Tout sur la table, clair et net.

Il y eut un instant de silence.

— C'est une coïncidence vraiment extraordinaire, dit enfin Janey. Je suis certaine que c'est un bon présage. Il faut fêter cela. Sam nous a apporté une bouteille de champagne. Nous devrions l'ouvrir et porter un toast à Sam, à McTaggart, à sa réussite et à sa nouvelle maison.

— Excellente idée, répondit Hughie, mais si cela ne te fait rien, je préférerais un autre gin-tonic !

Carrie

Cette nuit-là, Carrie rêva de l'Autriche et d'Oberbeuren. Dans son rêve, le ciel était d'un bleu profond et les cristaux de neige brillaient comme des joyaux. Elle skiait sur une piste déserte, comme si elle volait à la surface des champs blancs qui s'étendaient à l'infini. La piste traversait une forêt de sapins. Elle était seule. Quand elle émergea de l'abri des arbres, elle réalisa qu'elle n'était plus seule car, loin devant elle, elle distinguait un autre skieur, silhouette noire qui dévalait la pente à toute vitesse et, avec une grâce de danseur, dessinait des christianias sur la neige immaculée. Elle savait que ce skieur était Andreas. Il fallait lui faire comprendre qu'elle était là. Il l'attendrait. Elle cria son nom. *Andreas ! Arrête-toi, je suis là ! On fera la descente ensemble.* Elle entendait sa propre voix, emportée par le vent avec le crissement de ses skis sur la piste damée. *Andreas !* Mais il avait disparu. A ce moment, elle passait sur une élévation du terrain et elle le revit. Il l'avait entendue et il l'attendait. Il s'était tourné dans sa direction et, appuyé sur ses bâtons, la regardait arriver. Il renversa la tête, ses grosses lunettes noires remontées dans les cheveux.

Il souriait, les dents éclatantes de blancheur dans son visage bronzé. Peut-être avait-il voulu seulement la taquiner en feignant de s'enfuir. Andreas... Elle s'arrêta à côté de lui et découvrit alors qu'il ne s'agissait pas d'Andreas mais d'un autre homme au sourire carnassier et au regard gris acier. Le ciel n'était plus bleu mais couleur d'orage. Elle avait peur...

La peur l'éveilla, les yeux grands ouverts dans le noir, le cœur battant violemment. Où était-elle ? Elle distinguait un coin de fenêtre sans rideaux, éclairé par les lampadaires de la rue. Elle n'était pas en Autriche, à Oberbeuren, mais à Londres. Elle ne se trouvait pas dans son appartement à l'odeur de pin dont le balcon s'ouvrait sur les pistes, mais à Putney, dans la chambre d'amis de Sara et David Lumley. La pluie grise avait remplacé le grand ciel froid plein d'étoiles. Son rêve lui revint. Andreas, qui lui avait toujours menti, l'avait quittée. C'était fini.

Elle prit sa montre sur la table de chevet. Six heures du matin. Un sombre jour de début décembre commençait.

Le lit lui parut très vide. Un besoin désespéré de présence physique l'envahit, le besoin de sentir à ses côtés le corps d'Andreas, sa peau, ses muscles. Elle voulait revenir dans le grand lit de bois sculpté, sous les poutres de leur chambre, qu'ils soient de nouveau amants, pelotonnés l'un contre l'autre et heureux. Elle se tourna sur le côté, les bras serrés sur les épaules pour essayer de se réchauffer. Tout irait bien. C'est une sorte de maladie, se dit-elle, et je guérirai. Elle ferma les yeux, enfouit son visage dans l'oreiller et se rendormit.

Neuf heures sonnaient quand elle se réveilla de nouveau. Le temps lugubre faisait mine de s'améliorer. David et Sara étaient déjà partis travailler. Elle était seule dans la maison. Son séjour durait depuis une semaine, déjà, et elle n'avait pas fait grand-chose de ses journées. Elle n'avait vu personne ni commencé à chercher un autre travail. Sara et David, très compréhensifs, l'avaient laissée tranquille. Du côté de sa famille, Carrie n'avait pris contact qu'avec son père, en Cornouailles. Ils avaient eu une longue et chaleureuse conversation téléphonique qui avait duré presque une heure.

« Tu appelleras ta mère, n'est-ce pas ? » avait-il demandé.

Elle le lui avait promis mais trouvait chaque jour de bonnes raisons de ne pas le faire. Toutefois, une semaine représentait un trop long délai. Elle n'avait pas le droit d'attendre plus longtemps. Ce matin, elle téléphonerait à Dodie. *Surprise !* dirait-elle d'une voix aussi joyeuse que possible. *Je suis rentrée, je suis là. A Londres !*

Il y aurait de grandes exclamations d'étonnement, des explications, des excuses, et on organiserait une rencontre. Cela ne l'effrayait pas mais elle n'avait pas très envie de voir sa mère ou sa sœur Nicola. Elles auraient beaucoup de choses à lui raconter mais, elle le savait d'avance, rien de positif. La voix du sang est pourtant la plus forte et plus tôt elle en aurait fini, mieux ce serait.

110

Elle sortit de son lit, enfila sa robe de chambre et descendit. La cuisine brillait de propreté. Sara était une maîtresse de maison exemplaire malgré son travail à plein temps. Elle avait même trouvé le temps de laisser un mot à Carrie, posé contre une plante au milieu de la table.

Passe une bonne journée. Il y a du bacon et du jus d'orange dans le réfrigérateur. David termine très tard, ce soir, mais je rentre normalement. Si tu vas faire des courses, peux-tu acheter des légumes pour le dîner ? Un chou-fleur, par exemple. Il faut aussi du thé, du Lapsang Souchong en sachets.
Bises.

Sara

Carrie mit de l'eau à bouillir pour le café, qu'elle but, et fit griller une tranche de pain, qu'elle ne mangea pas. Sur le buffet, le téléphone lui donnait mauvaise conscience. A sa troisième tasse de café, il était déjà dix heures moins le quart. Même Dodie Sutton serait debout, à cette heure-là. Carrie prit le combiné et tapa le numéro de sa mère. La pluie battait la fenêtre, inlassablement. A l'autre bout du fil, la sonnerie retentit.

— Allô ? dit-on.

— Maman ?

— Qui est à l'appareil ?

— Carrie.

— *Carrie* ? Tu m'appelles d'Autriche ?

— Non, je suis à Londres. Je suis rentrée.

— A Ranfurly Road ?

— Non. C'est loué depuis trois ans et il faut résilier trois mois à l'avance, de part et d'autre. Je suis à la rue.

— En ce cas, d'où m'appelles-tu ?

— De Putney, chez des amis, juste de l'autre côté de la Tamise par rapport à toi.

— Quand es-tu arrivée ?

— Il y a environ une semaine, mais j'ai eu beaucoup à faire. Sinon, je t'aurais déjà appelée.

— *Une semaine* ? Tu es en vacances ?

La voix de Dodie devenait grondeuse, comme si sa fille lui avait joué un vilain tour.

— Non, ce ne sont pas des vacances. J'ai démissionné. J'estimais que je faisais la même chose depuis trop longtemps.

111

— J'ai toujours cru que tu resterais là-bas toute ta vie. Cela fait des années qu'on ne t'a pas vue ! Que s'est-il passé ?

— Rien de particulier. Une simple lubie.

— Tu vas chercher un autre travail ?

— Il le faut bien ! Ecoute, maman, je pensais venir te voir. Tu es chez toi, aujourd'hui ?

— Je suis là, ce matin. Cet après-midi, je joue au bridge avec Leila Maxwell. La pauvre souffre de la cataracte et elle ne voit presque plus les cartes, mais c'est le moins que je puisse faire pour elle.

— Veux-tu que nous déjeunions ensemble, alors ? insista Carrie.

— Chez moi ?

— Je peux t'inviter dehors, si tu préfères.

— Non, je vais me débrouiller. Un potage et du pâté, cela t'ira ?

— Parfait. Comment va Nicola ?

— Oh, ma chérie, c'est une catastrophe !

Carrie sentit son cœur s'arrêter.

— Je crois qu'elle est devenue folle. Je t'expliquerai tout quand tu seras là.

Dodie fit une petite pause avant de reprendre, du ton de quelqu'un qui vient d'avoir une bonne idée :

— En fait, ton retour pourrait représenter un heureux hasard. Nicola sera là pour le déjeuner, mais tu pourrais venir un peu plus tôt pour que nous en parlions tranquillement.

Carrie commença à regretter d'avoir appelé.

— Et Lucy ? risqua-t-elle.

— Elle est là, elle aussi. Elle n'avait pas école, ce matin, une histoire de chaudière à remplacer, je crois. Elle est dans sa chambre en train de potasser un examen. Elle passe la plus grande partie de son temps dans sa chambre pour ne pas nous déranger.

— J'aimerais bien la voir.

— Ne t'inquiète pas, tu la verras. A quelle heure viens-tu ?

— Onze heures et demie ? Je pense que je vais marcher.

— Tu n'as pas de voiture ?

— Si, mais l'exercice ne me fera pas de mal.

— Mais il fait un temps affreux !

— Je survivrai ! A tout à l'heure, maman.

— Je t'attends, conclut Dodie en raccrochant.

Carrie reposa le combiné plus lentement, s'assit et contempla le téléphone quelques instants avant d'éclater de rire, exprimant non pas sa joie mais une ironie désabusée. L'accueil ambigu et relativement frais de sa mère correspondait exactement à ce qu'elle avait craint.

Cela avait toujours été ainsi. Il existait avec sa mère un manque de communication, peut-être même une certaine antipathie, que Carrie avait appris à accepter dès l'enfance. Le fait de fréquenter d'autres familles, de voir comment on s'y comportait, l'avait amenée à moduler sa perception de la situation et, n'eût été la présence de son père, elle aurait grandi sans savoir ce que signifiait aimer et être aimée.

Elle n'avait jamais très bien compris pourquoi Jeffrey Sutton avait épousé Dodie. Peut-être parce qu'elle était jolie, qu'elle aimait les hommes et savait se conduire de façon à passer pour la compagne avec laquelle tout homme aimerait se lier pour la vie ? Quitte à découvrir, mais trop tard, que tout cela résultait d'un calcul délibéré. Pour la défense de Dodie, Carrie reconnaissait que Jeffrey avait dû représenter non seulement un homme attirant et viril, mais aussi la sécurité. Jeffrey avait un métier rassurant de financier dans la City, une carrière en progression constante, et des collègues dans le milieu social où Dodie avait toujours rêvé d'entrer.

Nicola était leur premier enfant et Carrie avait suivi, cinq ans après. Les deux sœurs se ressemblaient si peu qu'elles paraissaient nées, chacune, d'un seul de leurs parents, comme si Dodie avait engendré Nicola sans la participation de Jeffrey tandis que Jeffrey aurait procréé Carrie tout seul, par une sorte de miracle moderne.

Jeffrey était son père, son ami, son allié... l'élément fort d'un couple qui ne méritait pas d'autre nom que celui de mésalliance. C'était lui qui conduisait ses filles à l'école pendant que leur mère paressait au lit pour siroter son thé de Chine en lisant des romans. Carrie se souvenait du moment où il rentrait du travail, le bruit de sa clef dans la serrure, la façon dont elle-même dévalait l'escalier pour l'accueillir parce que Dodie n'était pas encore revenue de sa partie de bridge et que la fille au pair était seule pour préparer le dîner. Épuisé après une journée de travail éreintante, son costume plus très frais, il jetait son attaché-case dans un coin, ôtait son manteau et montait pour l'aider à faire ses devoirs ou l'écouter travailler son piano. C'était Jeffrey qui apportait une part de gaieté dans la vie de la famille, toujours prêt à improviser un pique-nique, une sortie ou un jour de congé. C'était lui qui avait emmené Carrie faire du ski pour la première fois, à Val-d'Isère. Elle n'avait que dix ans. Jeffrey avait loué un chalet avec deux autres familles et, tous ensemble, ils avaient formé un groupe très joyeux. C'était un des meilleurs souvenirs de vacances de toute la vie de Carrie et le début d'une passion qui ne l'avait plus jamais quittée. Nicola, en revanche, avait refusé l'invitation, en partie parce qu'elle éprouvait un dégoût invincible pour l'exercice physique, mais aussi parce qu'elle aimait rester seule avec Dodie. Elles étaient allées faire des courses ensemble pour acheter les nouvelles robes dont Nicola avait besoin. Elle était invitée à de nombreuses réceptions de fin d'année et n'entendait pas en rater une seule !

Les centres d'intérêt de Nicola se limitaient aux vêtements, aux garçons et à la vie mondaine. Elle ne surprit donc personne quand elle se fiança puis se maria dès ses vingt et un ans. L'heureux élu se nommait Miles Wesley et représentait tout ce dont Dodie avait toujours rêvé pour sa fille aînée. La grand-mère de Miles s'appelait Lady Burfield et ses parents possédaient une enviable propriété dans le Hampshire. Miles lui-même avait fait ses études à Harrow et travaillait chez Hurst and Fieldmore, une ancienne et respectable firme spécialisée dans les transactions immobilières qui avait des agences dans tout le pays. Il occupait un poste au siège, dans Davies Street, où il se formait aux ficelles du métier, apprenant à vendre d'énormes domaines de chasse, des landes à grouse, et des droits de pêche excessivement chers le long de rivières convoitées. Aucune mère n'aurait pu demander mieux et Dodie passa des semaines délicieuses à préparer le mariage de sa fille. Elle voulait en faire un événement à rendre jalouses toutes ses amies et dont on parlerait pendant des années.

Carrie refusa de servir de demoiselle d'honneur à sa sœur. A quinze ans, devenue une jeune fille à la silhouette haute et dégingandée, elle travaillait d'arrache-pied pour pouvoir entrer à l'université, ce qu'elle désirait par-dessus tout. Son apparence faisait le désespoir de sa mère qui abhorrait les jeans usés, les gros boots et les T-shirts informes qu'adorait Carrie. Le jour où Carrie rapporta de chez Emmaüs une veste en cuir qui ressemblait avant tout à une dépouille de mouton, Dodie crut s'évanouir.

Quand la question de la demoiselle d'honneur fut abordée, Carrie marqua aussitôt sa position de la façon la plus claire. Non ! Cela entraîna de terribles disputes.

114

— Comment peux-tu être aussi égoïste ? s'indigna Dodie.

— C'est facile.

— Tu n'as qu'une sœur, tu pourrais penser à elle !

— Ecoute, maman. Je ne le ferais même pas pour la reine. Je mesure un mètre soixante-quinze et je n'ai absolument pas l'allure d'une demoiselle d'honneur ! Je n'ai pas l'intention de descendre l'allée centrale, déguisée en meringue de taffetas rose ! Je refuse de me ridiculiser.

— Tu sais très bien qu'il n'est pas question de taffetas rose. Nicola et moi, nous avons choisi de la mousseline de soie rose foncé.

— Encore pire !

— Tu ne penses jamais qu'à toi.

— Pour une fois, c'est exact. Je suis sûre que cela ne changera rien pour Nicola. Elle a des dizaines d'amies qui meurent d'envie d'être demoiselles d'honneur. De plus, conclut Carrie en bâillant, les mariages à l'église m'ennuient.

Parfois, elle trouvait amusant de taquiner un peu sa mère.

— Pourquoi ne se contentent-ils pas de signer le registre des mariages à la mairie du coin ? poursuivit-elle. Pense à l'argent que tu économiserais ! Il est vrai que cela voudrait dire : pas de cadeaux de mariage, pas de beaux gros chèques !

— Tu n'as pas honte de dire ce genre de choses !

— J'essaie d'être réaliste, c'est tout.

Dodie prit une profonde inspiration.

— Si les gens ont envie de donner à Nicola un chèque en cadeau de mariage, dit-elle en se contrôlant, je sais qu'elle acceptera avec gratitude. Tu oublies qu'ils doivent meubler leur appartement. Il leur faut un réfrigérateur, des lampes, des tapis. Tout cela coûte cher, comme tu le sais.

— Ils pourraient aussi mettre tout ce joli pognon sur un compte spécial en prévision des frais de divorce...

Dodie était sortie en claquant la porte et l'on n'avait plus jamais abordé la question des demoiselles d'honneur.

Carrie fut la première personne à qui Jeffrey se confia. Elle avait alors dix-neuf ans. Elle étudiait l'anglais et la philosophie à l'université d'Oxford, jouissant de chaque instant de sa nouvelle vie. Un dimanche matin, son père l'appela de Londres.

— As-tu prévu quelque chose, aujourd'hui ?

— Rien de spécial.

— Veux-tu que je t'invite à déjeuner ?

— Chic !

— Ta mère est chez Nicola. Lucy a de la température et Nicola l'a appelée au secours. Je serai à Oxford vers midi.

Carrie se sentit très heureuse.

— Je serai prête.

C'était une belle journée d'octobre à la lumière dorée. Jeffrey trouva Carrie qui l'attendait devant sa résidence universitaire. Ils sortirent de la ville pour aller à la campagne, au Manoir des Quatre Saisons, où ils déjeunèrent copieusement pour un prix exorbitant. Ensuite, ils se promenèrent dans le jardin et s'assirent pour profiter de l'été indien. Il faisait très doux, les oiseaux chantaient et des feuilles tombaient lentement, comme des monnaies de cuivre semées sur l'herbe.

Jeffrey choisit ce moment-là pour lui parler de Serena, de leur rencontre et de la façon dont ils étaient tombés amoureux.

— Je la connais depuis cinq ans. Elle est assez jeune pour être ma fille mais elle est tout pour moi. Je ne peux plus vivre sans elle.

Son père avait une liaison ! Une autre femme ! Carrie n'en avait jamais eu le moindre soupçon. Elle ne trouvait rien à dire.

— Je t'ai choquée, Carrie ?

— Bien sûr que non ! Je ne m'y attendais pas, c'est tout.

— Je vais quitter la maison pour vivre avec elle.

Carrie le regarda et découvrit de la peine dans les yeux sombres de son père.

— Je sais que je te fais du mal, dit-il encore.

— Non, tu me dis la vérité.

— Je serais déjà parti pour être avec Serena mais je ne pouvais pas le faire tant que toi et Nicola vous n'étiez pas... installées dans la vie, disons. Devenues des adultes. Je devais rester tant que vous aviez besoin de moi. Aujourd'hui, c'est différent. Toi, je te fais confiance pour savoir mener ta vie. Quant à Nicola, c'est une femme mariée et mère d'une petite fille. Je peux seulement espérer qu'elle est heureuse. Miles me paraît quelqu'un de bien même s'il est un peu inconsistant. A mon avis, c'est elle qui porte la culotte mais cela le regarde.

— Pauvre homme !

Carrie pensait au mariage de son père avec Dodie.

116

— Tu as été très malheureux, pendant tout ce temps ? demanda-t-elle.

Jeffrey répondit en secouant la tête.

— Non, il y a eu des moments très joyeux, en particulier quand j'étais avec toi. Mais j'en ai assez de devoir sauver les apparences et de m'accommoder de la situation. Je suis épuisé par la nécessité de devoir gagner toujours plus d'argent. Je ne veux plus me tuer au travail pour de l'argent. Je veux changer de vie. J'ai envie d'être aimé, d'avoir une vraie compagne et de rire. Dodie est incapable de tout cela. Comme tu as dû t'en rendre compte, nous faisons chambre à part depuis plusieurs années. Je veux vivre dans une maison où mes amis peuvent arriver à l'improviste, s'asseoir à la table de la cuisine et partager un plat de pâtes avec une bouteille de vin. J'ai envie d'entendre quelqu'un m'appeler par mon nom quand je rentre le soir. Et le matin, j'ai envie de sentir l'odeur des œufs au bacon et du café que ma femme prépare pendant que je me rase. Tu sais, ce n'est pas une histoire de démon de midi mais un besoin profond que j'éprouve depuis des années.

— Je n'aurais jamais parlé de démon de midi, papa.

— Je sais.

Une autre famille venait de sortir du restaurant dans le chaud soleil de l'après-midi. Un jeune couple et son petit garçon. L'enfant trouva un maillet de croquet et une boule et voulut taper sur la boule avec le maillet. Après trois coups pour rien, son père se pencha, mit ses grandes mains par-dessus celles du petit et lui montra le geste juste.

— Tu as fait tout ce que tu as pu pour nous, dit Carrie. Aucun homme n'aurait fait mieux. Si tu as envie de partir, tu dois le faire.

— Et ta mère ?

— Elle sera effondrée, bien sûr, et sa fierté va en pâtir ! Mais je sais qu'elle n'a jamais fait d'efforts envers toi ; peut-être que, au bout du compte, elle est faite pour vivre seule.

Carrie soupira.

— Il faut être réaliste, papa. Elle va trouver un bon avocat et te faire payer le maximum, ajouta-t-elle.

— Je sais. Il y a un prix à tout.

— Et ton travail ?

— Je vais démissionner.

— Cela ne te manquera pas, le défi quotidien ?

— Non. Je suis arrivé aussi haut que je le pouvais et je suis fatigué de cette bagarre permanente, de la tension et de la compétition systématique pour rester en course. Je n'ai peut-être pas autant d'ambition que je croyais. En plus, maintenant je deviens égoïste. Penses-tu que c'est mal, à mon grand âge, de vouloir être heureux ?

— Tu sais ce que je pense.

Ils se turent pendant un moment, unis dans une communion qui se passait de paroles. Jeffrey rompit le premier ce silence.

— Parlons de *toi*, maintenant. Il y a un capital à ton nom. Je l'ai constitué à ta naissance, comme pour Nicola, mais le sien a servi en grande partie pour ce mariage ridicule. Actuellement, cet argent est placé à la banque et rapporte des intérêts mais, à mon avis, tu devrais t'en servir pour t'acheter une maison, à Londres ou ailleurs. L'immobilier reste un bon investissement. Je tiens à ce que tu aies ton indépendance... Ce n'est pas une somme énorme mais cela suffirait pour une petite maison. Qu'en penses-tu ?

— Je crois que cette idée me plaît.

Carrie se pencha et embrassa son père.

— Tu es adorable. Merci. Mais nous, on ne se quitte pas, n'est-ce pas ? On va s'écrire, s'envoyer des télécopies et se téléphoner, où que tu ailles. On va rester en contact.

Il lui sourit et parut soudain plus détendu qu'elle ne l'avait vu depuis longtemps. La situation avait dû beaucoup lui peser.

— Dimanche prochain, reprit-il, si je viens à Oxford avec Serena, accepteras-tu de la rencontrer ?

— Bien sûr, mais je ne veux pas qu'elle me donne trop d'importance. Je ne chercherai jamais à m'immiscer entre vous. Je ne veux pas qu'elle éprouve de la culpabilité ou des remords à cause de moi. Cela veut simplement dire que tu n'as plus de responsabilités vis-à-vis de ton ancienne famille et que tu as le droit de commencer une nouvelle vie. Je te demande une seule chose. Cette fois, arrange-toi pour être heureux !

— Et toi, ma chérie ? Tu n'as pas d'amoureux ?

— Des dizaines ! le taquina-t-elle. Plus on est nombreux, moins il y a de danger !

— Aucune chance d'avoir un autre mariage mondain ?

— Pas la moindre, et pas avant longtemps. J'ai bien d'autres choses à faire. Surtout, j'ai une maison à acheter. Te rends-tu compte de tous les projets que nous avons fait et de tout ce dont nous avons parlé ?

— Ne prends pas tout cela trop à la légère. Nous entrons dans une zone de turbulences.

Elle prit sa main dans les siennes.

— On est ensemble, papa. On se tiendra les coudes.

Jeffrey avait eu raison. Ils vécurent une période très traumatisante, pleine de rancœur et de reproches dont l'écho ne s'éteignit jamais tout à fait. La plupart des témoins reconnurent pourtant que, tout compte fait, Dodie s'était très bien débrouillée et avait tiré le maximum d'une situation regrettable. Comme Carrie l'avait prévu, elle laissa à peine sa chemise à Jeffrey et obtint la maison familiale de Campden Hill, une voiture, l'essentiel des biens de Jeffrey et une bonne part de son argent. Il ne contesta rien. Il aurait difficilement mieux pu faire amende honorable.

Dès qu'elle apprit l'achat par Carrie d'une petite maison mitoyenne dans Ranfurly Road, Dodie mit la maison de Campden Hill sur le marché, déclarant d'un ton dramatique que trop de souvenirs pénibles y étaient attachés pour qu'elle puisse y rester... Elle la vendit avec un profit indécent et emménagea dans un charmant appartement à l'ancienne dans Fulham, d'où elle avait la vue sur toute la rive sud de la Tamise, jusqu'à Putney. La maison bénéficiait aussi de jardins privés.

« Mon petit nid solitaire », disait-elle à ses amis, d'un ton qui se voulait à la fois courageux et nostalgique. Tout le monde la trouvait merveilleuse de réagir ainsi. En réalité, elle était plus heureuse que jamais, avec ses parties de bridge, ses cocktails et l'irremplaçable panacée du shopping. Elle rentrait chez elle chargée de sacs de stylistes, de boîtes au contenu emballé dans du papier de soie et de diverses denrées de luxe. Elle commença à voyager avec ses amis, s'habituant aux coussins des vols pour Paris en première classe, aux croisières en Méditerranée sur des paquebots impeccablement entretenus où lui étaient offertes mille opportunités d'étaler sa nouvelle garde-robe. Lors de l'une de ces croisières, elle rencontra Johnnie, un colonel de l'armée de l'air à la retraite, veuf de surcroît. Il ne pouvait cacher son attirance pour Dodie et de temps en temps, quand il séjournait à Londres, il lui téléphonait et l'invitait à dîner.

Dodie était heureuse. Jusqu'au jour où, sept ans après le divorce de sa mère, Nicola découvrit que son Miles aux belles manières avait une liaison avec une autre femme. Elle saisit l'opportunité d'échapper à une vie conjugale devenue ennuyeuse. Elle se réfugia, comme c'était prévisible, chez sa mère, dans son confortable et spacieux appartement. Tout cela aurait pu représenter pour Dodie un supplément d'amusement et une compagnie si Nicola n'avait pas amené avec elle Lucy, sa fille de neuf ans. Pour Dodie, cela représentait la fin de ses jours d'insouciance.

La cafetière était vide et, dans la tasse de Carrie, le marc était froid. Elle se leva, jeta dans la poubelle le toast qu'elle n'avait pas touché, rinça la cafetière, mit sa tasse dans le lave-vaisselle. Elle remonta, prit sa douche, se lava les cheveux — qu'elle portait courts — et s'habilla. Depuis quelque temps, elle se souciait peu de sa tenue, se contentait d'enfiler un vieux jean et ne se maquillait pas. Ce matin-là, elle sentit que le moment était venu de s'occuper un peu de son apparence.

Elle choisit donc un pantalon étroit de teinte camel, un cachemire à col roulé et des boots bien cirés. Elle mit des boucles d'oreilles en or et sa chaîne de cou en or. Elle n'avait plus qu'à se parfumer, vérifier le contenu de son sac à main et prendre son manteau.

Les clefs se trouvaient dans un bol en cuivre sur la commode de l'entrée, à côté d'une coupe de jacinthes blanches en porcelaine bleue. Au-dessus de la commode trônait un long miroir. Comme elle boutonnait son manteau, elle y aperçut son reflet. Elle suspendit son geste pour s'examiner. Une fille très grande, mince, brune... ou, plus exactement, une femme très grande, mince et brune. Après tout, elle allait avoir trente ans. Ses cheveux châtains brillaient de propreté. Une mèche lui balayait le front, un peu comme une aile d'oiseau. Elle avait de grands yeux noirs que le maquillage mettait en valeur dans son visage encore bronzé par le soleil des champs de neige. Elle avait belle allure, l'air pleine de confiance en elle. Elle ne faisait pas pitié.

Elle finit de boutonner son manteau, un loden gris foncé garni d'un passepoil vert sapin qu'elle avait acheté un an plus tôt, à Vienne. Andreas l'avait accompagnée pour l'aider à choisir et avait insisté pour le lui offrir.

« Tu l'auras pour la vie, avait-il dit, et tu seras toujours très chic. »

Il faisait, ce jour-là, un froid mordant et il tombait une neige fine. Après avoir acheté son loden, ils s'étaient promenés dans les rues, se tenant par le bras, avant d'aller déjeuner chez Sacher, et...

N'y pense plus...

Elle prit la clef, enclencha l'alarme et sortit. Elle fut bientôt dans Putney High Street et prit la direction de la Tamise. Sur le pont, elle sentit la morsure du vent d'est venu de la mer en remontant le fleuve. Après le pont, elle était à quelques minutes de Farnham Court, l'immeuble Belle Epoque où habitait Dodie. Carrie monta les marches du perron d'un pas vif, poussa la porte d'entrée massive, entra dans l'ascenseur et appuya sur le bouton du quatrième étage. L'appareil s'arrêta en tressautant. Carrie ouvrit les portes qui claquèrent bruyamment. Elle traversa le couloir et sonna.

Dodie l'attendait. Elle répondit presque immédiatement à son coup de sonnette. Carrie l'entendit débloquer le double verrou, et la porte s'ouvrit en grand.

— Carrie !

Sa mère n'avait pas beaucoup changé. Elle n'avait pas l'air d'avoir vieilli, ni maigri ni grossi. Petite, soignée, ses cheveux bruns nettement coiffés, elle avait quelques fils blancs naturels. Elle avait mis un ensemble cardigan à la jupe courte comme le voulait la mode de la saison, et des escarpins à boucle carrée et dorée. Une femme encore belle à qui tout semblait réussir. Seule sa bouche la trahissait, déformée au fil des ans par une expression de mécontentement permanent. Carrie avait toujours entendu dire que les yeux sont le miroir de l'âme mais pensait depuis longtemps que c'est la bouche qui révèle le vrai caractère d'une personne.

Elle franchit le seuil et Dodie referma soigneusement derrière elle. Il n'y aurait pas de bras tendus, d'embrassades, ni d'exclamations de joie maternelle.

— Bonjour, maman. Comment vas-tu ? demanda Carrie en enlevant son manteau. Tu es superbe.

— Merci, ma chérie. Tu as l'air en forme, toi aussi. Tu as un beau bronzage, comme si tu rentrais de vacances au soleil. Mets ton manteau sur la chaise. Veux-tu un café ou autre chose ?

— Non, je viens de prendre mon petit déjeuner.

Elles s'embrassèrent enfin, très formellement, se touchant à peine les joues. Celles de Dodie étaient douces et parfumées.

— Je me suis levée à neuf heures, expliqua Carrie.

— C'est très agréable, de faire la grasse matinée. Entre...

Se détournant, elle précéda Carrie en direction du salon. Les nuages se dissipèrent soudain et, pendant un moment, un éclatant soleil d'hiver illumina la grande pièce. Elle était agréable, avec de hautes fenêtres qui s'ouvraient au sud sur un balcon, et d'où l'on voyait jusqu'au fleuve. Le salon se prolongeait par la salle à manger dont il était séparé par une porte à double battant que Dodie laissait toujours ouverte. Carrie aperçut la table en acajou et le beau buffet qui faisaient partie de ses souvenirs d'enfance et provenaient de la maison familiale de Campden Hill. Des bouquets de fleurs étaient disposés un peu partout et le parfum entêtant des lis blancs embaumait l'air.

— Où sont les autres ? demanda Carrie.

— Je te l'ai dit. Lucy est dans sa chambre et...

— Elle n'est pas très sociable ?

— Pas vraiment. Elle est très heureuse ici. Elle a son bureau, son ordinateur et une petite télévision.

Dans la petite cheminée de marbre blanc, tremblotait un feu de charbon artificiel, un feu électrique. Dodie s'assit à côté, dans son fauteuil. Elle était en train de lire le journal quand Carrie avait sonné et l'avait laissé ouvert. Elle le ramassa d'une main aux ongles délicatement vernis en rose, le plia et le reposa sur la table basse.

Dans le ciel, les nuages revenaient. Le soleil disparut.

— C'est chic de ta part, d'être venue si vite, dit Dodie. Je voulais te parler de ce drame ridicule. Je ne m'y attendais pas du tout.

— Nicola ?

— Elle ne devrait pas tarder.

Carrie se lova dans le fauteuil placé en face de celui de sa mère, de l'autre côté de la peau de mouton blanche qui faisait office de tapis devant la cheminée.

— Où est-elle ?

— Dans une agence de voyages.

— Elle part en voyage ?

— Je crois qu'elle est devenue folle. Je te l'ai déjà dit au téléphone, je crois ? Il y a quelques semaines, elle a rencontré un homme dans une soirée, un Américain. Depuis, ils n'arrêtent plus de se voir !

Carrie se dit que cela semblait plutôt prometteur et que sa sœur n'avait certainement pas perdu l'esprit pour autant.

— Quel genre d'Américain ? demanda-t-elle prudemment.

— Oh, très présentable ! Il est dans les affaires, les chemins de fer ou l'acier, ce genre de choses. Le siège de sa société est à Cleveland dans l'Ohio, mais peu importe. Il s'appelle Randall Fischer. Maintenant, il est reparti en Amérique et il a invité Nicola à passer Noël avec lui.

— A Cleveland ?

— Non. Il a une propriété en Floride. Il semblerait qu'il ait l'habitude d'y passer les fêtes.

Tout cela paraissait très raisonnable, se dit Carrie. Elle ne comprenait pas où se situait le drame.

— Il est marié ?

— Il *dit* qu'il est divorcé.

— En ce cas, il doit l'être. L'as-tu rencontré ?

— Bien sûr ! Nicola l'a amené ici une ou deux fois pour prendre un verre et, un soir, il nous a invitées à dîner ensemble au Claridges où il était descendu.

— S'il descend au Claridges, il ne doit pas manquer d'argent ! fit remarquer Carrie avant d'ajouter : Il ne te plaît pas, maman ?

— Oh, je pense que c'est quelqu'un de bien. Il doit avoir la cinquantaine. Pas franchement séduisant.

— Mais Nicola, le trouve-t-elle séduisant ?

— Je suppose.

— Je ne comprends pas où est le problème ?

— Je crains qu'elle ne soit imprudente. Elle ne connaît rien de cet homme.

— Maman, elle a trente-cinq ans. Elle doit être capable de s'occuper d'elle-même, quitte à faire les erreurs qu'elle a envie de faire.

— La question n'est pas là.

— Alors, où est-elle ? Tu veux bien éclairer ma lanterne ?

— Tu ne vois donc pas, Carrie ? C'est Lucy !

— Tu veux dire que Lucy n'est pas invitée ?

— Bien sûr que si ! Mais elle refuse d'y aller. Elle dit qu'elle ne veut pas aller en Floride, qu'elle ne connaît personne là-bas, qu'elle n'aura rien à faire et que, de toute façon, Randall n'a pas vraiment envie qu'elle y aille. Elle prétend qu'il l'a invitée uniquement parce qu'il ne pouvait pas faire autrement !

Carrie se sentit pleine de compassion pour sa nièce.

— Je comprends ce qu'elle veut dire. Quel âge a-t-elle ? Quatorze ans ? C'est l'âge où on est mal dans sa peau. De plus, il faut admettre que c'est un peu gênant de voir sa mère vivre une histoire d'amour.

Une légère rougeur apparaissait dans le cou de Dodie, un signe certain qu'elle commençait à s'énerver. Elle détestait être contredite et devoir défendre son point de vue.

— C'est une opportunité fantastique pour cette enfant. Voyager, voir une autre partie du monde...

— Sauf si elle n'en a pas envie.

— Mais que va-t-elle faire ?

Cette fois, pensa Carrie, *nous y sommes !*

— Tu parles de Noël ? Je suppose qu'elle restera avec toi. Après tout, il me semble que son foyer est ici, en ce moment. C'est le cas depuis le divorce de ses parents, n'est-ce pas ? Où pourrait-elle aller ?

Dodie ne répondit pas tout de suite. Au contraire, elle se leva avec agitation et se réfugia devant la fenêtre, absorbée dans le spectacle du fleuve. Carrie attendit la suite.

— Je ne peux pas m'en occuper toute seule. J'ai ma vie. J'ai fait des projets, j'ai des invitations... Il se peut que je descende à Bournemouth avec les Freeman. Ils ont l'habitude de séjourner au Palace Hotel à cette période de l'année. Ils m'ont invitée à les rejoindre.

Au ton de sa voix, il était clair que Lucy ne figurait pas dans ces joyeux projets.

— Je ne suis plus toute jeune, Carrie. J'ai passé l'âge de pouponner ! Et je n'ai pas l'intention de changer mes projets pour une petite fille entêtée !

Non, pensa Carrie, *je n'ai pas imaginé un seul instant que tu envisages un tel sacrifice.*

— Et son père ? dit Carrie après quelques instants de silence. Miles ? Ne peut-elle passer Noël avec lui et sa nouvelle femme ? Ou bien ne le voit-elle plus du tout ?

— Oh, si, elle le voit.

Dodie vint se rasseoir, penchée en avant, crispée.

— De temps en temps, elle passe le dimanche avec eux mais sans enthousiasme.

— Ils n'ont pas d'enfant, n'est-ce pas ?

— Non, et je doute qu'ils en aient jamais. C'est une carriériste.

Dodie prononça le mot avec une petite moue de mépris.

— Il n'est pas question que des bébés viennent interférer avec *sa* vie à elle.

— Ils n'accepteraient donc pas de prendre Lucy pour Noël ?

— A dire vrai, en désespoir de cause, j'ai téléphoné à Miles et je le lui ai suggéré. J'étais obligée de le faire puisque Nicola refuse de lui parler. Mais Miles et sa femme vont faire du ski à Saint-Moritz avec un groupe d'adultes sans enfants. Lucy n'a jamais fait de ski et on ne peut rien en tirer quand elle ne connaît pas les gens. Miles m'a déclaré qu'il était hors de question de l'emmener, qu'elle ne saurait que gâcher les vacances de tout le monde.

Carrie se sentait de plus en plus navrée pour cette enfant, abandonnée par des parents qui se faisaient la guerre sans se soucier d'elle. Elle essaya de parler sans trahir sa désapprobation.

— J'ai l'impression que tu es dans une impasse.

— Nicola est absolument décidée à aller en Floride. Elle est capable d'un tel égoïsme, tu sais. Après tout ce que j'ai fait pour elle...

— Elle a peut-être simplement envie de saisir une chance de s'amuser.

— S'amuser !

Dodie répéta le mot d'un ton sec, comme s'il s'agissait presque d'une indécence. Carrie l'observait. Soudain, Dodie semblait ne pas désirer rencontrer le regard de sa fille. Elle fixait le sol, jouait avec le bord de sa veste ou avec un de ses boutons dorés.

— C'est à cela que je faisais allusion, au téléphone, dit-elle enfin. L'heureux hasard que représente ton retour inattendu.

— Tu veux dire que c'est *moi* qui m'en charge ? *Je* te débarrasse de Lucy ?

Dodie la regarda enfin.

— Tu as des projets ?

— Maman, je rentre à peine d'Autriche. Je n'ai donc pas encore eu le temps de faire des projets ! Je n'ai même pas de toit et je ne peux pas récupérer Ranfurly Road avant la fin de février ! J'ai juste une valise avec moi. Je ne suis vraiment pas organisée pour recevoir quelqu'un !

— Ce n'est pas ce que je voulais dire. Je me disais que... peut-être...

Dodie hésitait.

— ... ton père...

— Jeffrey ?

— Tu l'appelles Jeffrey, maintenant ?

— Je l'appelle Jeffrey depuis votre divorce. Je sais que c'est mon père mais c'est aussi le mari de Serena et mon ami.

Comme Carrie prononçait les noms de son père et de sa nouvelle femme, Dodie tressaillit délicatement mais Carrie, tout en sachant que c'était cruel, refusa d'y prêter attention.

— Cela dit, je ne pense pas que ce soit une idée viable.

— Mais c'est le grand-père de Lucy. Je suis sûre...

— Ecoute, maman. J'ai téléphoné à Jeffrey le lendemain de mon retour et nous avons eu une longue conversation. Nous avons parlé de Noël ; le frère de Serena, sa femme et leur bébé viennent passer les fêtes avec eux. Emblo sera plein à craquer. Il n'y aura pas de place pour deux personnes de plus.

— Tu pourrais essayer d'en parler...

— Non ! Ce serait incorrect à l'égard de Serena. Elle ne peut pas nous recevoir et elle se sentirait très coupable de *ne pas pouvoir* le faire. Je ne le lui demanderai pas.

Dodie soupira et s'effondra dans son fauteuil, comme si elle arrivait à bout de patience. On aurait dit un ballon dégonflé et cela la faisait paraître soudain plus vieille.

— Je ne peux pas continuer comme cela. C'est trop perturbant. Personne ne m'aide, et ma propre famille la dernière !

— Mais, maman...

Carrie ne put finir sa phrase. On entendit le bruit de la serrure de l'entrée, puis la porte qui s'ouvrait et se refermait.

— Nicola est rentrée, dit inutilement Dodie qui s'empressa de se redonner une contenance, vérifiant sa coiffure du bout des doigts.

Quand Nicola entra dans le salon, Dodie l'attendait en souriant comme si de rien n'était. Carrie se leva et se tourna vers sa sœur.

— Bonjour ! dit-elle.

— *Carrie !*

Nicola ouvrait de grands yeux.

— Mais que fais-tu ici ? Je te croyais en Autriche ?

— J'y étais mais je suis rentrée.

Les deux sœurs s'observaient. Elles n'avaient jamais été amies, n'avaient jamais partagé de secrets. Carrie se fit la remarque que, en prenant de l'âge, Nicola ressemblait de plus en plus à leur mère. La même taille, la même silhouette soignée, les mêmes cheveux bruns et épais ; la même petite bouche mesquine... Mises l'une à côté de l'autre, elles auraient pu aisément passer pour des jumelles.

Dans l'esprit de Carrie, l'image de Nicola était toujours associée à une tenue recherchée. Une jupe et un cardigan coordonnés. Des chaussures assorties au sac à main, une écharpe en soie de la même teinte que le rouge à lèvres... Cela lui rappelait les poupées en carton découpé avec leurs garde-robes en papier que l'on fixait avec de petites attaches. Il y avait une robe bain-de-soleil pour la plage, un manteau à col de fourrure pour une promenade d'hiver, une robe à crinoline avec un bonnet à ruban pour le bal costumé. Nicola restait fidèle à son image. Elle portait ce jour-là un tailleur pantalon impeccablement coupé avec un manteau trois-quarts en faux léopard. Elle avait un sac-cabas en daim chocolat de la même nuance que ses boots à hauts talons.

Nicola posa son sac sur une chaise placée le long du mur et entreprit de déboutonner son manteau.

— Tu es rentrée définitivement ? demanda-t-elle à sa sœur.

— Je ne sais pas encore. Je verrai.

Carrie traversa le salon pour embrasser Nicola qui lui rendit son baiser sans conviction.

— Quand es-tu rentrée ? demanda encore Nicola en posant son manteau sur son sac.

— Il y a environ une semaine mais j'ai été très occupée. C'est pour cela que je n'ai pas appelé maman avant ce matin.

— Je suppose que maman t'a parlé de la situation dramatique ? dit Nicola en jetant un regard glacial à Dodie. Pour que tu sois de son côté ?

Leur mésentente paraissait grave, se dit Carrie. Lucy devait passer des moments pénibles entre sa mère et sa grand-mère.

— Nicola, tu es injuste, protesta Dodie d'un ton blessé.

— Non, et je parie que j'ai raison, répondit Nicola en se laissant tomber au milieu du canapé. Quoi qu'il en soit, c'est trop tard. J'ai ma réservation. Je pars le 18 décembre pour deux semaines.

Un silence menaçant suivit son défi. Dodie se détourna pour contempler le feu de charbon électrique. Tout son corps irradiait la désapprobation. Nicola chercha le regard de Carrie et fit une grimace, comme si elles étaient alliées contre leur mère. Carrie ne lui retourna pas son regard. En ce moment, elle ne les aimait pas beaucoup, ni l'une ni l'autre.

De plus, elle n'avait rien à gagner à se laisser entraîner dans leur querelle.

— J'ai cru comprendre que Lucy pose un problème, dit-elle de son ton le plus neutre.

— Elle est invitée en Floride mais elle refuse de venir.

— Cela me semble compréhensible.

— Venant de toi, cela ne m'étonne pas.

— Maman a suggéré que je m'occupe d'elle.

— Toi ?

Tel que Nicola l'avait prononcé ce « toi » sonnait comme une insulte, mais un instant de réflexion lui suffit pour le redire sur un autre ton. Elle venait de comprendre qu'il s'agissait d'une excellente idée.

— *Toi*, répéta-t-elle.

— Mais je ne peux pas.

— Pourquoi pas ?

— Pas de maison, pas de chez-moi.

Dodie choisit ce moment pour intervenir :

— Je pensais que Carrie aurait pu emmener Lucy chez votre père, en Cornouailles, mais il semblerait que ce soit aussi hors de question.

— Pourquoi ? demanda Nicola.

— Manque de place, expliqua Carrie.

— Ce sale Miles et sa sale bonne femme ne veulent pas non plus la prendre, ces minables égoïstes. Des bonnes raisons, tout le monde a des bonnes raisons de dire non, se plaignit Nicola en mordillant l'ongle de son pouce. Mais peu importe, je vais rejoindre Randall en Floride et personne ne m'en empêchera. Je n'ai pas pris de vacances depuis une éternité et j'y ai droit !

Carrie ne pouvait s'empêcher d'éprouver une certaine compréhension à l'égard sa sœur mais, pensant à Lucy, tenta de la raisonner :

— Ecoute, Nicola...

Elle ne put ajouter un seul mot. Nicola déversait sa colère sur elle.

— C'est facile, pour toi !

Carrie se demanda combien de milliers de fois elle avait entendu ce reproche familial — *c'est facile pour toi* !

— Tu ne sais pas ce que c'est de devoir s'occuper d'une famille, poursuivait Nicola. Tu ignores ce que cela représente d'être coincée par un enfant, à chaque instant, que ce soit à cause de l'école ou à cause des vacances. Veiller à ce que Lucy s'amuse, régler les problèmes scolaires. Toujours toute seule pour tout !

Tout ce que je vois, c'est que toi, tu n'as jamais rien fait d'autre que d'être en vacances ! Tu n'as jamais rien eu d'autre à faire que skier et t'amuser. Les montagnes, les bandes de jeunes et les soirées au chalet ! Et sans jamais revenir nous voir. Cela fait des années que tu n'as pas daigné faire la moindre apparition ! Tu te fiches bien de nous !

Non sans difficulté, Carrie parvint à se contrôler.

— Nicola, tu n'as pas la moindre idée de ce que je faisais. J'étais directrice des relations publiques pour une prestigieuse agence de voyages et, tous les matins, neuf personnes venaient au rapport dans mon bureau. J'avais une secrétaire, un appartement de fonction et, en pleine saison, je travaillais le plus souvent sept jours par semaine. Alors, j'aimerais que tu parles autrement de mon irresponsabilité !

— Ce n'est pas pareil, répéta Nicola avec obstination. Ce n'est pas comme d'élever un enfant.

Carrie renonça.

— Ecoute, on n'arrivera à rien de cette façon.

Nicola l'ignora.

— Cela dépend de toi, maman. Tu dois renoncer à Bournemouth pour l'instant...

D'une façon assez compréhensible, Dodie en fut outrée.

— Certainement pas !

— Tu ne peux pas laisser Lucy ici toute seule...

— Et pourquoi serait-ce à *moi* de me sacrifier ?

Brusquement, Carrie se rendit compte qu'elle ne supportait plus cette dispute stérile. Ni l'une ni l'autre ne céderait et aucun argument ne les amènerait à une conclusion sensée.

— Arrêtez ! leur dit-elle d'un ton sec.

A sa grande surprise, elles se turent.

— Alors, aurais-*tu* une suggestion géniale à nous faire, Carrie ? demanda Nicola après un moment de silence.

— Je l'ignore ! Tout ce que je sais, c'est que nous parlons de ta fille, pas d'un chien qu'on envoie dans un chenil ! Si cela ne vous dérange pas, j'ai envie d'aller lui dire bonjour. Sa conversation ne pourra pas être plus insensée que celle de sa mère ou de sa grand-mère.

— Merci *beaucoup*.

— Où est sa chambre ?

— A côté de la cuisine, indiqua Nicola d'un geste de la tête. Dans le fond...

Carrie se dirigea vers la porte et, au moment où elle l'ouvrait, sa mère reprit la parole :

— Vois si tu peux la persuader d'être gentille et... d'y aller sans faire d'histoires.

Carrie ne répondit pas et se contenta de refermer doucement derrière elle.

Lucy

Farnham Court avait été construit à une époque où les familles de la classe moyenne étaient encore censées employer des domestiques à domicile. Chaque appartement possédait donc une petite chambre pour une bonne ou une cuisinière-bonne à tout faire. Quand Lucy Wesley, après le divorce de ses parents, vint vivre chez sa grand-mère, on lui attribua cette chambre. Elle ne se formalisa pas du manque de place et de soleil, satisfaite d'avoir une chambre à elle.

La fenêtre donnait sur une sorte de puits, la cour centrale de l'édifice. Celle-ci était pavée et ornée de quelques buissons et bulbes en pots que le portier était censé entretenir. On ne voyait donc pratiquement rien par la fenêtre, occultée par un voilage blanc. En revanche, les murs de la chambre peints en jaune donnaient une impression ensoleillée, de même que les doubles rideaux rayés jaune et blanc. Sa collection d'ours en peluche s'étalait sur le lit de Lucy. Elle avait aussi un grand bureau à tiroirs pour faire ses devoirs et de nombreuses étagères pleines de livres. Elle avait encore un ordinateur, installé sur son bureau, des lampes, une petite télévision et une descente de lit en peau de mouton qui se détachait sur la moquette bleue. Quand ses amies d'école venaient la voir, elles se sentaient toujours à la fois très jalouses et très admiratives, en particulier parce que Lucy disposait de cet espace pour elle seule. Elle n'était pas obligée de le partager avec une cadette insupportable ni de subir une invasion d'objets qui ne lui appartenaient pas.

L'ordre régnait dans cette chambre, Lucy étant elle-même très ordonnée. Les livres étaient alignés sur les rayonnages comme

pour une parade, le dessus de lit parfaitement lissé et les vêtements pliés. A l'école, Lucy rangeait son bureau avec le même
soin, les crayons bien taillés et les cahiers en pile bien nette. Une
fois par semaine, Mrs Burgess, qui venait faire le ménage dans
l'appartement, passait l'aspirateur dans la chambre de Lucy, faisait la poussière et laissait derrière elle une forte odeur de produit
de nettoyage à la lavande. De temps en temps, poussée par une
sorte de besoin maniaque de nettoyer, Lucy refaisait le ménage,
nettoyant de nouveau le miroir de sa coiffeuse et le cadre en
argent avec la photo de son père.

Il lui manquait terriblement, non seulement en tant que personne mais aussi parce que son départ avait entraîné l'écroule-
ment de la famille, un peu comme un meuble s'écroule parce
qu'il lui manque un pied. Lucy savait que la destruction de sa
famille était irréparable. Elle avait neuf ans au moment du divorce
de ses parents. Un mauvais âge pour cela (mais pouvait-il y avoir
un *bon* âge ?). Elle était encore une enfant mais aussi assez grande
pour se rendre compte de ce qui se passait, c'est-à-dire la fin de
ce qui faisait son existence, qu'elle et sa mère devraient se
débrouiller avec le peu qui en restait. Quand elles avaient emménagé chez sa grand-mère, Lucy avait cru que ce serait temporaire
puis, lentement, avait compris que c'était définitif. Malgré les
désaccords et quelques disputes, cela semblait convenir aux deux
femmes et, comme personne ne se souciait jamais de lui demander son avis, elle le garda pour elle.

De temps en temps, elle voyait son père mais la deuxième
femme de celui-ci, Marilyn, restait sur ses gardes. De toute évidence, hormis son travail qui la passionnait, elle s'intéressait à
peu de choses et certainement pas aux enfants ou aux belles-filles.
Dans le cas inverse, elle aurait déjà eu des enfants. Elle et Miles
n'habitaient même pas une vraie maison avec un jardin mais une
de ces résidences où, si l'on n'a pas envie de faire la cuisine, on
téléphone pour se faire livrer un repas rapide que l'on vous
apporte sur une table roulante.

Si Marilyn ne faisait pas partie des gens auxquels on peut se
confier, Lucy avait le sentiment que c'était aussi devenu le cas de
son père, en raison de leurs conflits de loyauté respectifs. Elle
avait parfois l'impression qu'elle allait éclater si elle ne trouvait
pas d'adulte à qui parler. Son professeur principal, Miss Maxwell-
Brown, était exactement le genre de personne à qui elle aurait
aimé parler. Chaque fois qu'elles se trouvaient seules, cette der-

nière rappelait à Lucy que, si elle avait besoin de se confier, elle, Miss Maxwell-Brown, l'écouterait volontiers. Mais la réserve de Lucy, combinée à cette même pénible loyauté, lui interdisait de se laisser aller. Elle était également horrifiée à l'idée que l'on puisse la plaindre, comme si elle était orpheline.

« Non, merci. Tout va bien, disait-elle avec énergie. Je vous assure, tout va bien. »

Bien qu'à contrecœur, Miss Maxwell-Brown renonçait donc à l'aider.

Ce vendredi-là, à midi moins le quart, Lucy avait fini son travail scolaire — elle avait commencé juste après le petit déjeuner — et écrivait dans son journal intime. Ce journal était aussi épais qu'une petite Bible et relié en cuir, avec une petite serrure et une clef. Ce journal lui avait été envoyé de Cornouailles. *Joyeux Noël, Lucy*, avait-on écrit sur la page de garde, *de la part de Grand-père, Serena, Amy et Ben*.

Ils n'oubliaient jamais Noël, ni son anniversaire. C'était très gentil car, quand *cet autre couple* s'était séparé, Lucy était encore un bébé. Elle n'avait aucun souvenir de Jeffrey Sutton et n'avait, bien entendu, jamais rencontré Serena ni leurs enfants. Parfois, quand la vie lui paraissait trop triste, elle s'allongeait sur son lit et s'inventait une autre existence avec eux. Ils lui demandaient de vivre avec eux et — encore plus improbable ! — sa mère et sa grand-mère donnaient leur accord. Elle imaginait tous les détails de son voyage : elle allait en taxi jusqu'à la gare de Paddington ; on l'attendait à son arrivée dans un endroit où il y avait un palmier et une mer bleue ; on l'emmenait dans une maison entourée d'un magnifique jardin, peut-être même à côté d'une plage ; et le vent de la mer faisait voler les rideaux des fenêtres ouvertes dans sa chambre... Surtout, Amy et Ben remplaceraient les frères et sœurs qu'elle n'avait pas eus.

Lucy avait commencé à tenir son journal le jour même où elle l'avait reçu. C'était plutôt un gros cahier car il n'y avait pas de dates comme dans un agenda, mais seulement de belles pages immaculées où l'on pouvait écrire la date soi-même avant de noter les faits marquants du jour. Parfois, il n'y avait pas grand-chose à raconter mais, par exemple si elle était allée au cinéma ou au concert avec sa classe, il y avait une foule de détails dignes d'intérêt. Elle utilisait alors deux ou trois pages. Ecrire sur le beau papier crémeux avec son meilleur stylo lui procurait d'intenses satisfactions. Lucy adorait les cahiers, le papier, les stylos, l'odeur de l'encre, tous les outils de l'écriture. Les papeteries la fascinaient et elle en ressortait rarement sans une petite boîte de trombones colorés, des cartes postales ou un nouveau stylo à bille rouge.

Elle se mit à écrire.

Maman est allée à l'agence de voyages, ce matin, tout de suite après le petit déjeuner. Elle et mamy ne se parlent presque plus à cause de Noël, Bournemouth et la Floride. Si seulement elles pouvaient comprendre pourquoi je déteste la Floride ! On ne peut pas passer sa journée dans une piscine ! Et puis, je n'aime pas beaucoup Randall, ni les glaces ni les cassettes vidéo.

Tenir un journal valait mieux que de ne pas pouvoir se confier du tout mais cela ne remplaçait pas une vraie personne. Lucy posa son stylo et contempla la lumière grise derrière les voilages blancs de sa fenêtre. Elle pensait à Carrie, la sœur cadette de sa mère, une tante extraordinaire. Carrie serait la confidente idéale parce qu'elle lui parlait comme à une adulte. De plus, elle se lançait toujours dans des activités nouvelles et passionnantes. Avant de partir en Autriche pour ne jamais revenir, Carrie avait joué le rôle de la providence dans la vie de Lucy, le rôle de la dispensatrice de tous les plaisirs. C'était elle qui l'avait emmenée voir *La Fille mal gardée* à l'Opéra et visiter les jardins de Kew au printemps. Avec Carrie, même le National History Museum devenait amusant et intéressant. Une fois, elles avaient descendu la Tamise en bateau, jusqu'à Tower Bridge. Elles avaient déjeuné à bord et Londres, vue depuis le fleuve, s'était transformée en une ville étrangère, inconnue, ses tours et ses flèches blanchies par un soleil éclatant.

Lucy reprit son stylo.

Cela ne m'aurait pas gênée de passer Noël avec papa et Marilyn mais ils partent au ski. Marilyn dit qu'ils sont engagés depuis trop longtemps pour se dédire. Je suis sûre que papa aurait annulé son séjour mais, bien sûr, elle ne l'a pas laissé faire. De toute façon, je ne vois pas ce que Noël a de si spécial ni pourquoi tout le monde en fait toute une histoire. En tout cas, cet après-midi, je vais au cinéma avec Emma Forbes et, après, je vais chez elle pour le thé.

Pendant que Lucy passait sa matinée derrière sa porte close à faire ses devoirs puis tenir son journal, sa grand-mère vivait sa petite vie bien organisée. Deux ou trois fois, le téléphone avait sonné et Lucy avait entendu la voix grave de sa grand-mère qui répondait. Et puis, environ une heure plus tôt, on avait sonné à la porte. Tandis que Lucy terminait son devoir de français, le son étouffé d'une conversation lui était parvenu à travers les portes du salon, au bout du couloir. Elle n'avait aucune idée de l'identité de la visiteuse et ne s'en souciait guère. Sans doute une des ennuyeuses amies de mamy ! Ensuite, il y eut le couinement de l'ascenseur, suivi d'une clef dans la serrure de l'entrée. Lucy comprit que sa mère était revenue de l'agence de voyages.

Elle s'inquiétait surtout à l'idée que, malgré son refus répété d'aller en Floride, sa mère eût quand même réservé deux places, en désespoir de cause. Bon gré mal gré, Lucy serait alors bien obligée de suivre. A quatorze ans, elle n'avait aucun moyen d'imposer sa volonté. Il lui resterait à bouder pendant quinze jours en maudissant chaque minute. Avec un peu de chance, elle gâcherait la vie de tout le monde ! Elle s'en sentait parfaitement capable, et sa mère le savait. Cela ne suffirait peut-être pourtant pas à supprimer tout risque de départ. Soudain, Lucy dressa l'oreille, en alerte, mais les pas ne s'arrêtèrent pas devant sa porte. Ils s'éloignèrent en direction du salon dont la porte s'ouvrit puis se ferma. Encore les voix. Lucy ferma les yeux, souhaitant pouvoir aussi fermer ses oreilles...

Ce n'était qu'une faible consolation mais, au moins, la présence d'une tierce personne empêcherait une nouvelle dispute dans l'immédiat. Lucy attendit la suite des événements. Cela prit cinq minutes. Une fois de plus, la porte du salon s'ouvrit et se ferma. Quelqu'un approchait de sa chambre. Lucy referma son journal et, appuyée sur lui, se tourna pour surveiller la poignée de sa porte. Sa mère venait lui faire part de ses dernières dispositions pour la Floride. Lucy se sentit brusquement submergée par une vague d'appréhension. A ce moment, on frappa doucement à la porte. Ce n'était pas sa mère car celle-ci ne prenait jamais la peine de frapper. Elle entrait sans se soucier de son intimité, sans se soucier de l'interrompre dans ses occupations.

Quand on frappait chez elle, Miss Maxwell-Brown répondait toujours : « Entrez ! » Lucy s'apprêtait à en faire autant mais n'en eut pas le temps. La porte s'entrebâillait lentement, une tête apparaissait dans l'ouverture.

— Est-ce que je te dérange ? dit cette tête qui souriait.

Ce n'était pas sa mère, ni mamie, ni une des ennuyeuses amies de mamie... C'était...

Carrie ! Carrie ? Elle venait de penser à elle et elle était là, dans sa chambre et non pas en Autriche où Lucy la croyait en train de mener une vie brillante, faite d'éternelles vacances passées sur des skis et dans des hôtels de luxe ! Carrie... Elle l'avait connue avec les cheveux très longs mais elle les avait coupés. Elle avait beaucoup maigri et elle était très bronzée, mais aussi grande que dans les souvenirs de Lucy.

Carrie ! Elle en restait bouche bée, incapable de dire un mot, submergée d'émotions mêlées, abasourdie, ravie et encore incrédule devant un événement aussi merveilleux et imprévu. Carrie ! Elle se sentit rougir de plaisir, encore muette de surprise. Tout son instinct la poussait à se précipiter dans les bras de Carrie mais elle craignit de passer pour un bébé. Peut-être...

— Ne t'évanouis pas ! C'est vraiment moi ! dit Carrie.

Lucy se leva lentement.

— Ça alors !

Carrie entra et ferma doucement la porte.

— Surprise ?

— Oui, je ne m'y attendais pas du tout. Cela fait longtemps que tu es là ?

— Environ une heure. Je parlais avec maman.

— Non, je veux dire : à Londres !

— Une semaine.

— Je ne savais pas.

— Personne ne le savait. Mais ce n'est pas important ; maintenant, tu es au courant.

Elle se baissa et planta un joyeux baiser sur la joue de Lucy. Elle sentait délicieusement bon.

— Tu as grandi. Oh ! Je dis des bêtises, n'est-ce pas ? Avant, je devais me baisser deux fois plus pour t'embrasser.

Elle regarda autour d'elle.

— Tu as une jolie chambre. C'était une pièce assez sinistre, à l'origine. Et comme c'est propre ! Tu as fait ton grand nettoyage de printemps ?

— Pas ce matin. C'est mamie qui l'a fait refaire pour moi, mais elle m'a laissée choisir les couleurs.

— Très réussi, très lumineux.

Il y avait un petit fauteuil bleu près du lit et Carrie s'y laissa tomber, ses longues jambes étendues devant elle, ses pieds bien chaussés croisés l'un sur l'autre.

— Tu travaillais ? demanda-t-elle.

— Oui, j'ai fait mes devoirs.

Lucy ramassa son journal et le rangea dans un tiroir, à l'abri des indiscrétions. Elle se rassit ensuite, faisant pivoter sa chaise de dactylo pour faire face à sa tante.

— Tu vas rester longtemps ?

— Pour toujours. J'ai quitté mon travail. Pour le moment, je n'ai ni toit ni travail mais ce n'est pas grave. Comment ça va, toi ?

— Bien, répondit Lucy avec un petit haussement d'épaules.

— On dirait pourtant que j'arrive en pleine crise ? Mon pauvre chou, tu dois te demander ce qui va t'arriver.

C'était typique de Carrie et Lucy se sentit soulagée. Carrie s'était toujours exprimée de façon directe, sans chercher à éviter les questions gênantes. Elle allait droit au but.

— Maman a-t-elle acheté *deux* billets pour la Floride ? demanda Lucy à qui l'attitude de Carrie redonnait du courage.

— Cela t'ennuierait ?

— Oh oui ! Beaucoup !

— Ne t'inquiète pas, elle part seule, répondit Carrie en riant. Tu as gagné la première manche. Cela n'a pas dû être facile.

— D'après toi, est-ce *vraiment* stupide de ne pas vouloir y aller ?

— Non, je pense que tu as tout à fait raison. Tu les gênerais, comme un cheveu sur la soupe ! Il vaut mieux que Nicola y aille seule. Cependant, cela pose un problème.

— Le problème de Noël ?

— Non, pas Noël. Toi. Que veux-*tu* faire ? Je parie que personne ne te l'a demandé.

— Pas vraiment.

— J'ai suggéré que tu ailles chez ton père mais, apparemment, il part faire du ski avec Marilyn et des amis.

— Je n'aurais pas voulu partir avec eux. Marilyn ne m'aime pas beaucoup et je n'ai jamais fait de ski. Je crois que je ne m'amuserais pas beaucoup.

— Tu n'as pas d'amies intimes avec des gentilles mamans chez qui tu aimerais aller ?

Lucy se sentit un peu vexée parce qu'elle ne connaissait personne de ce genre. Elle avait des amies d'école, bien sûr, et même beaucoup, mais pas d'amie intime avec une gentille maman. Emma Forbes pouvait passer pour sa meilleure amie mais *sa* mère était rédactrice en chef d'un magazine, toujours en train de courir d'une réunion à l'autre. Lucy la connaissait à peine et Emma devait se montrer très indépendante. Elle gérait elle-même tout l'aspect social de son existence grâce à sa clef et à l'aide d'une Suédoise au pair. Toutefois, malgré leurs fous rires et leurs bavardages, Emma n'avait pas parlé de Noël.

Carrie patientait, ses yeux sombres posés avec tendresse sur Lucy.

— Je pourrais peut-être aller en Cornouailles, dit enfin celle-ci. Chez grand-père. Le seul ennui, c'est que je n'y suis jamais allée et que je ne me souviens pas de lui. En plus, je ne connais pas Serena, ni leurs enfants. Je n'oublie pas que mamy lui en veut toujours et refuse de lui parler, mais peut-être que, s'il n'y a pas d'autre solution, elle me laissera y aller.

— Cela te plairait ?

— Je crois. Mais je n'y suis jamais... répéta-t-elle d'une petite voix. Et je ne sais pas s'ils voudraient de moi.

— Je crois que c'est une excellente idée, lui répondit Carrie. Tu devrais y aller, un jour, mais pas cette fois. J'ai téléphoné à Jeffrey quand je suis rentrée. La maison sera pleine pour Noël, pleine à ras bord !

Carrie vit son espoir s'évanouir.

— Tant pis. Ce n'est pas grave...

— Mais tu iras, une autre fois. Au printemps, peut-être ? Ils en seront très heureux et tu vas les adorer. Bon ! Nous devons trouver autre chose.

Carrie avait dit « nous ».

— Nous ? répéta Lucy.

— Oui, toi et moi. Qu'allons-nous faire ?

— Pour Noël ?

— Oui, pour Noël.

— On reste à Londres ?

— Un peu triste, non ? On devrait peut-être partir.

— Mais où ?

Cela paraissait sans espoir. Elles se regardèrent puis Carrie se leva. Elle marcha jusqu'à la fenêtre, souleva le voilage et contempla la triste cour, trois étages plus bas.

— Ça y est ! Je viens d'avoir une idée, dit-elle.

Elle laissa retomber le rideau et alla se percher sur le bureau de Lucy.

— As-tu déjà entendu parler d'Elfrida Phipps ?

Lucy secoua la tête négativement, curieuse de ce qui allait suivre.

— Elle est extraordinaire ! Une cousine de Jeffrey. Ta grand-mère n'a jamais pu la supporter parce qu'elle était un peu spéciale, avec des fréquentations bizarres. Une actrice, tu imagines ! Elle a toujours eu plein de soupirants et de maris. En quelque sorte, elles n'ont jamais rien eu en commun et ta grand-mère a toujours rejeté Elfrida. Moi, je l'ai toujours adorée et, quand j'étais à Oxford, j'ai commencé à la revoir. On est devenues très amies.

— Quel âge a-t-elle ?

— Oh ! Un âge canonique ! Plus de soixante ans. Mais elle est plus amusante que n'importe qui.

— Où habite-t-elle ?

— Elle vivait à Londres mais quand son... en fait, ce n'était pas son mari mais elle l'adorait... quand il est mort, elle s'est installée à la campagne. Nous sommes toujours restées en contact. A présent, elle vit dans un petit village du Hampshire. Elle dit que sa maison est minuscule mais il y aura de la place pour toi et moi. Et s'il n'y a assez de place, Elfrida en fera ! Cela te paraît-il une bonne idée ? On essaye ?

— Toutes les deux ?

— Avec Elfrida.

— Pour les deux semaines ?

— Evidemment !

— On risque peut-être de la déranger ?

— Je te parie mon dernier sou qu'elle va sauter de joie !

— Quand pourrons-nous le lui demander ?

— Je vais lui téléphoner. J'ai son numéro.

— Tout de suite ?

— Non, pas tout de suite mais dès que je serai rentrée chez mes amis. Il ne faut pas que les autres connaissent nos projets tant que tout n'est pas arrangé. Ce jour-là, nous les mettrons devant le fait accompli.

— Mais si elle *ne peut pas* nous recevoir pour Noël ?

— Pas de pensées négatives ! Soyons positives ! Dans l'immédiat, pas un mot. C'est un secret entre toi et moi.

Carrie remonta la manche de son cachemire pour consulter sa montre.

— Il est presque une heure. Je meurs de faim. Pas toi ? Ta grand-mère a parlé de nous offrir un potage et du pâté mais je ne suis pas sûre que cela me suffise. Et si je vous invitais dehors toutes les trois ? Tu connais un endroit agréable et pas trop cher dans le quartier ?

— Chez Rosetti. C'est à cinq minutes.

— Un restaurant italien ?

— Des pâtes, tout ça...

— C'est ce que je préfère. Qu'en dis-tu ? On va chercher nos mères respectives et on leur dit qu'on va faire la fête ?

Lucy se souvint de son rendez-vous avec Emma.

— Je vais au cinéma avec une amie, cet après-midi. Je dois la retrouver à deux heures et demie.

— Comment y vas-tu ?

— Par le métro.

— Aucun problème. On déjeune et je te mets dans un taxi. Tu seras à l'heure.

De mieux en mieux ! Le restaurant et un taxi. Lucy se demanda si Carrie avait fait fortune en Autriche. Elle avait l'air aisée avec ses beaux vêtements, ses cheveux brillants et son délicat maquillage. Lucy la trouvait aussi belle que les mannequins évanescents qui posaient en cuir et fourrure pour *Vogue*, le magazine favori de sa grand-mère. Elle avait l'impression de sortir d'un trou noir et d'émerger en plein soleil. Carrie était revenue, présence bienveillante qui allait tout arranger. A sa grande horreur, Lucy sentit que l'émotion lui faisait venir des larmes aux yeux. Tout son visage se crispait, comme celui d'un bébé.

— Oh ! Carrie...

— Eh bien ! Ne pleure pas, mon chou. On va bien s'amuser.

Elle lui tendit les bras et Lucy vint s'y blottir, le visage contre la douceur du cachemire. Elle respirait de toutes ses forces le parfum de sa tante. Oui, Carrie était vraiment là ! Heureusement, ces stupides larmes se tarirent avant de couler. Lucy prit son mouchoir et se moucha vigoureusement.

— Excuse-moi, dit-elle.

— Tu n'as pas à t'excuser, Lucy. Va vite te laver la figure et prends ton manteau. Pendant ce temps, je vais voir les autres et je leur annonce la bonne nouvelle.

— Seulement pour le restaurant ?

— Seulement le restaurant, et pas un mot de nos projets tant que tout n'est pas organisé. C'est notre secret.

Carrie trouva sa mère dans la cuisine s'efforçant, un peu à contrecœur, de réunir les ingrédients de l'en-cas qu'elle avait promis. Elle avait commencé à mettre la table et s'apprêtait à ouvrir une boîte de soupe.

— Ne l'ouvre pas, maman, dit Carrie.

Dodie, étonnée, se tourna vers sa cadette.

— Pourquoi ?

Elle avait l'air déplacée dans sa petite cuisine, avec sa tenue soignée et élégante, sa coiffure dont pas un cheveu ne dépassait. Elle n'avait même pas mis de tablier et tenait la boîte de conserve à bout de bras, comme si elle risquait de se faire mordre.

— Parce que nous allons au restaurant. Je vous invite. Lucy et moi, nous avons estimé que nous avions toutes bien mérité un peu de distraction. Elle m'a parlé de Rosetti. Cela te convient ?

— Eh bien... oui, dit Dodie d'une voix encore hésitante. Je croyais que nous étions d'accord pour un potage et du pâté ?

— C'est vrai mais on peut changer d'idée.

— Il est presque une heure. Penses-tu que nous aurons une table ?

— Pourquoi pas ? Veux-tu les appeler ? As-tu leur numéro de téléphone ?

— Il me semble.

— Alors, tu t'en occupes et tu gardes ta soupe pour ce soir. Où est Nicola ?

— Dans le salon.

— Elle boude ?

— Non, elle est très contente d'elle.

— Tu veux bien faire un pacte ? Pas un mot de la Floride pendant le déjeuner. Lucy n'en peut plus.

— Moi non plus !

Carrie trouva Nicola pelotonnée dans un fauteuil, en train de feuilleter le numéro de *Harpers and Queen* qu'elle avait acheté en revenant de l'agence de voyages.

— Tu veux une nouvelle garde-robe pour la Floride ?

Nicola referma le magazine et le jeta par terre.

— Je sais ce que tu penses, Carrie, et je m'en moque.

— Pourquoi devrais-tu t'en soucier ? Et pourquoi n'irais-tu pas en Floride si tu en as envie ?

— Tu es sincère ?

— Tout vaut mieux que de rester ici à créer des disputes et ressasser tes griefs.

141

— Merci *beaucoup*.

— Oh, Nicola !

Carrie alla s'asseoir sur l'accoudoir du canapé.

— Et si nous faisions la paix ? Nous déjeunons dehors, cela nous fera du bien. Et personne ne fera allusion à la Floride, à Bournemouth ou à Noël.

— C'est une idée de Lucy ?

— Non, c'est mon idée. A propos, je dois te féliciter. Elle est soignée et gentille, ce qu'on ne peut pas dire de la plupart des filles de quatorze ans. Tu l'as bien élevée.

— Eh bien...

Nicola, désarçonnée par le compliment de Carrie, se laissa aller à un sourire un peu forcé.

— Merci, dit-elle avant d'ajouter précipitamment : Mais cela n'a pas été facile.

— Je n'ai jamais imaginé que ce soit facile d'élever des enfants. Maintenant, dépêche-toi ! Maman est en train d'appeler le restaurant pour réserver une table. Lucy et moi, nous nous sentons de taille à dévorer une montagne de spaghetti à la carbonara !

Au-dessus de la cheminée était accroché un miroir vénitien à cadre doré, où se reflétait le grand salon. Nicola se leva et s'en approcha pour vérifier sa coiffure et rectifier son rouge à lèvres du bout de son petit doigt. Son regard dans le miroir accrocha celui de Carrie.

— Il reste un problème, malgré tout, n'est-ce pas ?

— Je vais essayer de trouver une solution.

— Carrie, pourquoi as-tu quitté l'Autriche ?

— Oh ! dit Carrie en haussant les épaules. Un coup de tête.

— En tout cas, quelle que soit la raison, j'en suis heureuse.

Nicola prit son manteau et gâcha ce qu'elle venait de dire en ajoutant :

— Au moins, cela me soulage un peu.

L'idée de déjeuner à l'extérieur se révéla excellente. Dodie comme Nicola adoraient aller au restaurant et leur moral s'améliora à vue d'œil tandis qu'elles se rendaient chez Rosetti. Le froid avait donné à Dodie un bon prétexte pour s'emmitoufler dans son nouveau manteau noir bordé de fourrure. Elle passa devant pour leur montrer le chemin et poussa la porte vitrée de l'établissement, bien chauffé et plein d'odeurs appétissantes. Aussitôt, une nuée d'Italiens tous plus souriants et charmeurs les uns que les autres se précipita au-devant d'elle pour l'accueillir, la débarrasser de son manteau, et lui donner la sensation d'être aussi belle qu'importante. La salle n'était pas très grande et la plupart des tables étaient occupées, mais on leur en avait réservé une dans un angle. Dès qu'elles furent assises, Carrie commanda des gin-tonic pour Dodie et Nicola, un Coca pour Lucy et un Tio Pepe pour elle-même. Elle choisit ensuite le vin du repas. Détendues par l'alcool, radoucies par l'agréable ambiance du restaurant, Dodie et Nicola oublièrent peu à peu leurs rancœurs et, à défaut d'être très spontanée, la conversation devint beaucoup plus facile.

Elles se trouvaient réunies pour la première fois depuis plusieurs années et il y avait beaucoup de petites nouvelles à échanger. Les vieux amis, les anciennes relations, les parents éloignés. Dodie décrivit à Carrie ses croisières en Méditerranée et plus particulièrement une île grecque dont elle était tombée amoureuse.

— Je rêve de m'y faire construire une petite maison.

A son tour, interrogée, Carrie leur parla un peu d'Oberbeuren et de la magie de la montagne en été, quand des randonneurs séjournaient à l'hôtel et que les pistes de ski se transformaient en verts pâturages où les cloches des vaches résonnaient dans l'air pur comme du cristal.

Dodie et Nicola respectèrent leur parole et ne firent pas la moindre allusion à Noël, à la Floride ou à Bournemouth.

Quand elles eurent terminé leur café et que Carrie eut payé l'addition, il était également temps pour Lucy de s'en aller. Un des aimables serveurs sortit dans le froid, son long tablier blanc flottant dans le vent, pour faire signe à un taxi. Carrie donna à Lucy l'argent nécessaire pour le payer. Avant que le chauffeur démarre, Lucy s'avança au bord de la banquette et baissa la vitre.

— Carrie, je ne t'ai pas dit merci. C'était très agréable.

— Cela m'a fait plaisir. Profite bien de ton film. Je t'appellerai.

— N'attends pas trop, s'il te plaît.

— Le plus vite possible. Sans perdre un instant !

Nicola intervint avec des questions plus concrètes.

— Lucy, à quelle heure rentres-tu ?

— Vers sept heures.

— Fais attention à toi.

— Promis !

Le taxi partit et elles le regardèrent s'éloigner avant de faire demi-tour et de reprendre la direction du fleuve. Elles s'arrêtèrent au coin de Farnham Road pour se dire au revoir.

— Tu nous as vraiment remonté le moral.

Réconfortée par un bon repas bien arrosé, Dodie devenait généreuse.

— Je suis heureuse de ton retour. Fais-moi signe ! Tu nous raconteras tes projets.

— Bien sûr, maman. Au revoir, répondit-elle avec un rapide baiser à sa mère. Au revoir, Nicola. Te reverrai-je avant ton départ ?

— Oh, sans doute. Merci pour le déjeuner.

— Si je ne te vois pas, amuse-toi bien.

— J'en ai bien l'intention !

Carrie les regarda se diriger vers leur appartement, deux femmes ridiculement identiques, chacune totalement centrée sur ses propres problèmes. Elles n'avaient pas changé. Elle reprit à son tour le chemin de Putney, le vent d'est, froid et humide, dans le visage. Au milieu du pont, elle se souvint du mot laissé par Sara, lui demandant de rapporter des légumes et du Lapsang Souchong. Elle s'arrêta donc dans une épicerie pakistanaise de Putney High Street. Elle acheta un chou-fleur, des poireaux et de toutes petites pommes de terre, ainsi que le thé, un pain aux noix et deux bouteilles de vin rouge australien. Un beau et jeune caissier mit le tout dans un sac en plastique avant de prendre le billet qu'elle lui tendait.

— Mon Dieu, dit-il, quel froid ! Vous serez contente d'arriver chez vous.

Elle en convint, le remercia et repartit dans la lumière grise qui se transformait déjà en crépuscule. Les voitures roulaient avec les phares allumés et les vitrines des magasins dessinaient de grands rectangles de lumière sur les trottoirs humides. Le temps d'atteindre la petite maison des Lumley, Carrie avait les mains gelées. Elle enleva péniblement un de ses gants et se débattit avec la serrure. Elle ouvrit, alluma la lampe de l'entrée, débrancha l'alarme et put apprécier la chaleur qui régnait. Avant toute chose, elle se précipita dans la cuisine, posa son sac sur la table et, sans prendre la peine d'enlever son manteau, remplit la bouilloire et la brancha. Le temps de tirer les rideaux à carreaux bleus et blancs puis de ranger ses achats, l'eau avait bouilli et elle put se faire un mug de thé. Enfin, elle ôta son manteau, le posa à cheval sur le dossier d'une chaise, prit son carnet d'adresses dans son sac et s'assit à côté du téléphone.

Elfrida Phipps, Poulton's Row, Dibton. Elle tapa le numéro et attendit. La sonnerie retentit longuement mais personne ne répondit. Elfrida ne s'était pas décidée à investir dans un répondeur ! Elle avait dû sortir. Carrie renonça, but son thé et monta dans sa chambre pour ranger son manteau et changer de chaussures. Redescendue au rez-de-chaussée, elle tira les rideaux du salon et alluma le feu avant d'essayer de nouveau de joindre Elfrida. Deuxième tentative, deuxième échec. La troisième fois — elle avait eu le temps d'éplucher les pommes de terre, de préparer le chou-fleur et la marinade pour les blancs de poulet —, elle commença à s'inquiéter. En fait, elles ne s'étaient pas parlé depuis longtemps. Elfrida n'avait jamais été très portée sur la correspondance et préférait le téléphone, mais elle avait toujours *répondu*. Une idée affreuse lui traversa l'esprit. Et si elle était morte ? Carrie en eut un frisson mais son bon sens reprit vite le dessus. S'il était arrivé quoi que ce soit à Elfrida, elle l'aurait appris par Jeffrey.

Jeffrey ! Elle devait appeler son père, il saurait certainement où trouver Elfrida. Carrie connaissait par cœur le numéro d'Emblo. Elle le tapa immédiatement sur le cadran. Il répondit presque aussitôt.

— Jeffrey, c'est Carrie.

— Ma chérie ! Comment vas-tu ?

— Très bien mais il fait froid.

— Quel temps affreux, n'est-ce pas ? Le vent nous ferait presque passer par-dessus le bord de la falaise !

— Comment vont Serena et les enfants ?

— Bien ! Serena est allée les chercher à l'école en voiture. Je suis donc tout seul, en train de signer des chèques pour payer les factures ! Que puis-je pour toi ?

— Tu as le temps de parler ?

— Combien de temps ?

— Environ une heure.

— Mon Dieu ! Carrie, que se passe-t-il ?

— Je cherche à joindre Elfrida. J'ai appelé à Dibton mais il n'y a pas de réponse.

— Elle n'est pas là.

— Pas là ?

— Elle se trouve en Ecosse.

— Que fait-elle en Ecosse ?

— Elle s'y est rendue le mois dernier et elle y est depuis ce temps-là.

— Pourquoi ne me l'as-tu pas dit quand je t'ai appelé, la semaine dernière ?

— Il me semblait qu'il y avait d'autres sujets plus importants, comme toi, par exemple.

— Tu as raison, dit Carrie, un peu gênée. Excuse-moi.

— J'ignorais que cela pouvait être si important pour toi de savoir où se trouve Elfrida.

— C'est devenu important. Pourquoi est-elle allée en Ecosse ?

— C'est une longue histoire, dit Jeffrey.

Carrie écouta son père avec horreur et se sentit étonnée. Elle connaissait très bien Elfrida, son bon cœur, son impétuosité et son insouciance du lendemain. Malgré tout, cela paraissait un peu précipité.

— Elle est amoureuse de lui ? demanda-t-elle.

C'était la première idée qui lui venait à l'esprit.

— Je l'ignore, Carrie. Je ne sais pas vraiment ce qui se passe. Elle me l'a annoncé au téléphone et m'a paru plus triste qu'excitée.

— Alors, elle n'est pas amoureuse. Elle s'inquiète seulement pour lui.

— D'après elle, il lui a demandé de partir avec lui pour lui tenir compagnie et adoucir sa peine, et elle a accepté.

— Quel genre de compagnie ? Je me le demande !

— Ils sont partis en voiture dès le lendemain pour faire le voyage en plusieurs étapes.

— Dans quelle partie de l'Ecosse se trouvent-ils ?

— Dans le Sutherland, tout au nord. J'ai l'adresse et le téléphone quelque part. Je ne voulais pas qu'Elfrida s'en aille sans que personne sache où elle est.

— Elle t'a donné des nouvelles ?

— Non. J'imagine qu'elle a d'autres chats à fouetter.

Tout cela était très ennuyeux.

— Et zut ! pesta Carrie.

— Qu'y a-t-il ?

— J'avais vraiment besoin de parler à Elfrida.

— Il y a un problème ?

— En quelque sorte.

— Cela te concerne ?

— Non, pas moi mais ta petite-fille, Lucy Wesley.

— Explique-moi ce qui se passe.

C'était le tour de Carrie d'exposer à son père, le plus brièvement possible, la situation qu'elle avait découverte à Farnham Court, où personne ne voulait céder d'un pouce.

— On est donc dans une impasse, conclut-elle.

— Et le père de Lucy ?

— Il part faire du ski et ne veut pas de sa fille. Tout cela est très injuste. C'est une enfant adorable qui mérite mieux que cela. Cela ne me dérange pas de la prendre pour les vacances de Noël mais je n'ai pas de maison, ni de travail. J'ai donc pensé à Elfrida.

— Venez donc ici, toutes les deux !

La voix de Jeffrey trahissait un terrible sentiment de culpabilité. Carrie s'empressa de le rassurer.

— Jeffrey, c'est impensable. La maison va être pleine à craquer et ce ne serait pas chic à l'égard de Serena.

— Alors, appelle Elfrida en Ecosse ! Même si elle dit non, elle sera très heureuse de bavarder avec toi. Tu apprendras tout de sa propre bouche et tu en sauras ainsi plus que moi !

Carrie hésitait.

— Cela ne te paraît pas un peu indiscret ? Je n'ai pas vu Elfrida depuis longtemps.

— Très bonne raison pour téléphoner ! Attends, ne raccroche pas. Je vais te donner ses coordonnées, je les ai notées quelque part...

Carrie attendit. De faibles bruits lui parvenaient, de tiroirs ouverts et refermés d'un coup sec, de papiers que l'on déplaçait... *C'est une idée ridicule,* se dit-elle. *Nous ne pouvons pas aller aussi loin uniquement pour passer Noël !* En même temps, une autre voix lui susurrait *: Pourquoi pas ?*

— Carrie ? dit son père. As-tu de quoi écrire ?

Elle chercha hâtivement, prit la liste des courses de Sara et trouva un stylo à bille dans un mug.

— Je te donne son numéro de téléphone.

Elle le nota.

— Voici son adresse, poursuivait son père. The Estate House, Creagan, Sutherland.

— Cela paraît grandiose !

— Je ne pense pas que ce le soit.

— Comment écris-tu Creagan ?

Il lui épela soigneusement le nom de la localité.

— Je ferais peut-être mieux d'écrire, dit Carrie qui commençait à perdre son assurance.

— Ce n'est pas très courageux et cela prendra trop de temps. Téléphone. Tout de suite. Explique la situation à Elfrida. Et encore une chose, Carrie...

— Oui ?

— Embrasse-la très fort de ma part.

Oscar

Au cœur de l'hiver, le pays devenait étranger et monotone sous un ciel balayé sans relâche par le vent. Les collines descendaient en pente douce vers la mer, et la neige qui les couvrait déjà rendait leurs sommets invisibles, comme si le ciel lugubre, qui se confondait avec elle, les avait effacés.

Etranger, en effet, car Oscar ne se souvenait pas de l'avoir vu sous cet aspect. Dans son enfance, il venait toujours voir sa grand-mère à Corrydale en été et, en été, sous une latitude aussi septentrionale, la lumière durait jusqu'à dix ou onze heures du soir. Quand il se couchait, les ombres des arbres s'étiraient longuement sur des pelouses dorées de soleil.

Oscar cheminait, Horace à ses côtés. Il était sorti après le déjeuner, équipé d'un solide bâton de marche, protégé du froid par une veste doublée de mouton, un vieux chapeau de tweed enfoncé jusqu'aux yeux. Il portait de solides souliers de marche et, après avoir traversé la petite bourgade et escaladé la colline jusqu'à la limite du terrain de golf, il accéléra la cadence et, en peu de temps, oublia le froid. Il avait chaud sous les épaisseurs de laine et sentait son cœur battre plus vite.

Horace bondissait joyeusement devant lui. Ils suivaient un sentier qui serpentait entre des buissons d'ajonc et dominait le golf. Environ deux kilomètres plus loin, le sentier passait un tourniquet et suivait une voie de chemin de fer désaffectée. Autrefois, quand Oscar venait de Londres, il arrivait à Creagan par cette voie, non sans de nombreux arrêts dus aux passages à niveaux ou à des barrières qu'il fallait manœuvrer.

A droite, entre les links et les dunes, il apercevait la mer, couleur d'acier sous le ciel hivernal. On était à marée basse et elle s'était retirée très loin. Oscar s'arrêta pour écouter les cris des goélands et le fracas des lames qui venaient éclater sur la grève, poussées par les rafales. Tandis qu'il observait les goélands, son regard se porta sur les links. Il y découvrit, à sa grande surprise, la présence de quelques courageux golfeurs, silhouettes vêtues de couleurs vives qui arpentaient les fairways en tirant des caddies chargés de clubs. Il se souvint que, quand sa grand-mère faisait un parcours, elle engageait toujours un porteur — toujours le même homme, un vieux dépravé du nom de Sandy qui connaissait le terrain par cœur et la conseillait judicieusement. La plupart du temps, Sandy était à moitié ivre mais, quand il assistait Mrs McLennan, il arborait une mine de juge intransigeant sur la sobriété et se comportait en conséquence.

La vieille voie de chemin de fer se perdait dans un épais buisson de genêts. Oscar en fit le tour et s'aperçut qu'il avait atteint le bout des links, le neuvième trou, où l'on faisait demi-tour. De là, on découvrait une autre partie de la côte, une autre baie, un vieux quai et un hameau de maisons de pêcheurs, tassées sur elles-mêmes, sans étage pour ne pas donner prise au vent.

C'est à ce moment que des voix lui parvinrent. Un homme qui en appelait un autre, une conversation étouffée par la distance. Oscar tourna la tête et découvrit en contrebas un groupe de quatre hommes qui se dirigeaient vers le neuvième trou. Il se sentit instantanément sur ses gardes, craignant que l'un d'eux ne soit le major Billicliffe et qu'on ne l'aperçoive. Il serait alors obligé de se prêter aux présentations et aux propos de bonne compagnie. Il attendit sans faire un geste, dans l'espoir de se rendre invisible, mais ses craintes se révélèrent infondées. Si le major Billicliffe avait fait partie de ce groupe, son immense silhouette aux jambes maigres dans des culottes de golf en tweed n'aurait pas manqué de s'en détacher. Au lieu de cela, les quatre joueurs montraient de solides carrures et portaient des vestes aux couleurs vives avec des pantalons imperméables, des chaussures de golf blanches et des casquettes américaines à longues visières. Le major ne suivait pas la mode d'aussi près !

Si Oscar était resté discret depuis son arrivée à Creagan, c'était essentiellement à cause du major Billicliffe. De temps en temps, à la demande d'Elfrida, il traversait rapidement la rue jusqu'au supermarché pour acheter de la bière ou du pain. Il allait égale-

150

ment tous les jours chez le marchand de journaux pour se procurer le *Times* et le *Telegraph*. A chaque fois, il gardait l'œil ouvert, au cas où Billicliffe fondrait sur lui avec de bruyantes exclamations de sympathie et une invitation à lui rendre visite dans son horrible maison.

Pour Elfrida, Oscar faisait preuve de faiblesse.

— Il est inoffensif, disait-elle. C'est juste un vieil idiot. Tu dois être ferme si tu le rencontres. Poli mais ferme.

— Cet homme est une plaie !

— Tu ne peux pas passer ta vie en reclus. C'est ridicule !

— Je reste chez moi à cause du mauvais temps. Et quand je dis « mauvais », le mot est faible !

— Mauvais prétexte ! Tu as passé toute la journée de samedi à balayer les feuilles mortes dans le jardin. Or, il pleuvait à verse.

— Billicliffe ne peut pas me poursuivre dans le jardin.

— Il pourrait te voir par-dessus le mur. Il est assez grand pour cela.

— Je préfère ne pas y penser !

Cette promenade avec Horace était sa première véritable sortie dans la campagne. Il s'était décidé à cause d'une soudaine sensation d'énergie débordante, accompagnée d'un besoin physique de se dégourdir les jambes. Même la perspective d'une rencontre avec le major ne l'effrayait pas et, comme Elfrida le lui répétait, il ne pouvait passer le reste de sa vie terré dans sa maison, se cachant derrière le canapé chaque fois qu'on sonnait à la porte !

Les circonstances dans lesquelles ils avaient fait connaissance avaient été assez malencontreuses. Comme Billicliffe, le régisseur à la retraite de Corrydale, était chargé de garder la clef de la maison de Creagan, Oscar et Elfrida étaient allés la lui demander dès leur arrivée.

La situation n'aurait pu plus mal se présenter. Au bout de ce long voyage de deux jours qui les avait amenés du Hampshire en Ecosse par un temps affreux, Oscar et Elfrida se sentaient tous les deux épuisés. Ils avaient pris l'autoroute et avaient dû affronter une pluie battante, les poids lourds et des conducteurs fous qui les dépassaient à des vitesses excessives. Après être entrés en Ecosse, la pluie s'était transformée en neige fondue puis en neige, rendant la route encore plus difficile.

Elfrida avait proposé de s'arrêter pour prendre une nuit de repos mais Oscar voulait *arriver* et ils avaient donc poursuivi vers le nord. Au sommet du Drumochter, il y avait vingt centimètres de neige et ils s'étaient mis dans les traces d'un énorme semi-remorque, espérant qu'en cas d'accident, le camion prendrait le choc avant eux.

La nuit était tombée très tôt et ils avaient parcouru les derniers kilomètres sans aucune visibilité. De plus, Oscar découvrit que sa mémoire le trahissait. Le nouveau système de signalisation et les bretelles de contournement construites depuis son enfance brouillaient ses souvenirs.

— Pourquoi faut-il que tout change ? se plaignit-il d'un ton maussade en essayant de déchiffrer la carte à la lueur d'une torche électrique.

— Pour que tout aille mieux ! rétorqua Elfrida. Au moins, nous ne sommes pas en train de nous traîner sur une route à voie unique !

Ils finirent par traverser le nouveau pont qui enjambait le dernier estuaire avant Creagan.

— Avant, se souvint Oscar, on avait environ huit kilomètres de détour par l'intérieur.

— Tu vois : il y a des améliorations ! Quelle direction faut-il prendre, maintenant ?

— Il faut tourner à gauche et reprendre la vieille route vers l'ouest.

— La vieille route existe toujours ?

— Si ce n'est pas le cas, nous sommes fichus.

Mais la vieille route était toujours là et, dans l'obscurité, ils quittèrent la route à quatre voies pour s'enfoncer dans la campagne. Elfrida commençait à se sentir très fatiguée. Dénicher la maison de Billicliffe acheva de l'épuiser.

« Il habite l'ancien cottage des Ferguson, avait dit Hector à Oscar qui lui demandait comment le trouver. Te souviens-tu de lui ? L'ancien chef forestier ? Tu entres par le grand portail et tu continues tout droit. Je vais lui téléphoner pour l'avertir de ton arrivée. »

Malheureusement, dans l'obscurité, ils perdirent tout sens des distances et dépassèrent l'entrée principale. Oscar aperçut trop tard le panneau qui annonçait :

CORRYDALE COUNTRY HOUSE HOTEL
★★★★

Il leur fallut donc trouver un endroit pour faire demi-tour. Cela leur prit un long moment et ils ne trouvèrent rien de mieux que la cour boueuse d'une ferme où un chien aboyait férocement. Ils refirent le chemin à petite allure et, cette fois, eurent plus de succès. Les hautes grilles franchies, Oscar scruta l'obscurité autour de lui, essayant de trouver des points de repère. Il renonça, plus perdu que jamais.

— Je ne me souviens de rien de semblable, se plaignit-il comme si c'était la faute d'Elfrida.

— Tout change, Oscar, tout change.

— Je ne vois pas le moindre bâtiment !

— En tout cas, nous ne pouvons pas passer la nuit à tourner en rond.

Elfrida commençait à désespérer. Oscar le sentit à son ton et souhaita qu'elle ne perde pas son sang-froid car, pendant ces deux jours, elle s'était montrée d'un calme magnifique. Il ne tiendrait pas si elle commençait à perdre courage, elle aussi.

— Es-tu certain que nous sommes sur la bonne route ? demanda-t-elle.

Mais, à présent, Oscar n'était plus certain de rien.

— Peut-être sommes-nous trop vieux pour courir après la lune, dit-il avec abattement.

— Oh, tu dis des sottises. Nous ne sommes pas trop vieux et nous ne courons pas après la lune mais après une clef ! Nous devons la récupérer et, pour cela, il faut trouver ce fichu cottage.

Ils le trouvèrent enfin, par pur hasard. En prenant un chemin défoncé qui paraissait ne mener nulle part, ils aperçurent presque tout de suite une lumière entre les troncs des arbres dénudés. Ils parvinrent à un petit portail ouvert sur une courte allée qui aboutissait devant une maison de pierre. La lumière brillait derrière les rideaux d'une fenêtre.

— C'est cela ? demanda Elfrida d'un ton dubitatif.

Oscar soupira de soulagement. La maison était reconnaissable, telle que dans ses souvenirs.

— Oui, dit-il. On y est.

— Loué soit le Seigneur ! conclut Elfrida.

Elle remonta l'allée et s'arrêta devant la maison, ses pneus faisant crisser le gravier. Les phares éclairaient un porche rustique en bois et une porte close. Elle éteignit le moteur. Immédiatement, les faisant sursauter de peur, de terribles aboiements brisèrent le silence, entrecoupés de hurlements furieux.

— Mon Dieu ! s'exclama Elfrida. Que se passe-t-il ?

— Un chien, commenta Oscar.

— Un chien ? Un dogue, un rottweiler, le chien des Baskerville ! Je refuse de sortir de la voiture. Je tiens à rester entière.

Une voix humaine retentit alors à son tour, également furieuse, puis une porte claqua. Les aboiements s'arrêtèrent. A l'arrière de la voiture, le pauvre Horace si patient se redressa et risqua un timide regard par la fenêtre. Il n'avait pas envie, lui non plus, de se faire mordre et cela se voyait. Ils attendirent.

— On récupère la clef et on s'en va. Je n'ai pas l'intention de faire des mondanités, dit Oscar.

— Comme tu veux.

La porte s'ouvrit sur une petite entrée faiblement éclairée. Une immense silhouette dégingandée apparut, qui se pliait pour passer la tête sous le linteau trop bas et tenait une main en visière au-dessus de ses yeux pour se protéger de la lumière des phares. Elfrida les éteignit courtoisement.

— C'est vous ? Blundell ? Vous attendais...

Il ne finit pas sa phrase, laissant les mots en suspens.

Oscar et Elfrida descendirent de la voiture, raides de fatigue. Oscar sentit ses genoux craquer. L'air était d'un froid mordant.

— Je suis désolé, s'excusa-t-il, bien qu'il leur eût été difficile d'arriver plus tôt. Ce n'était pas facile, dans l'obscurité. Je ne reconnaissais plus rien. Nous prenons la clef et...

Il voulait dire : et nous repartons tout de suite, mais le major Billicliffe lui coupa la parole :

— Pas de problème, elle est là. Entrez, je m'apprêtais à m'offrir un petit verre. Vous allez me tenir compagnie.

— Vous savez...

— Heureux de vous voir. Je vous attendais avec impatience. Entrez, il fait trop froid pour rester dehors.

Il s'effaça, tenant la porte ouverte dans un geste hospitalier et, après un moment d'hésitation, Oscar capitula. Il ne désirait pourtant qu'une seule chose — terminer cet affreux voyage, aller à Creagan et prendre possession de sa maison. Malheureusement, il semblait difficile d'échapper à un échange de politesses autour d'un verre.

— Merci, dit-il faiblement.

Il tendit la main pour faire passer Elfrida devant lui.

— Voici Elfrida Phipps. Elle m'a accompagné pour me relayer au volant.

— Parfait, parfait ! Sacré voyage que vous avez fait. Ravi de vous rencontrer, madame.

Il prit la main d'Elfrida et l'espace d'un instant Oscar crut qu'il allait la lui baiser, si courtoises et surannées étaient ses manières.

— Bonsoir, dit simplement Elfrida.

— Et maintenant, fermons la porte. Laissons cet affreux froid dehors ! Venez...

Ils le suivirent dans un petit salon au plafond bas. Un maigre feu brûlait dans la cheminée sans beaucoup réchauffer la pièce. Tout avait l'air triste et en désordre — les fauteuils en cuir avachis, le tapis de cheminée qui faisait des plis, un autre tapis couvert de poils de chien et, partout, des cendriers débordant de cendres de pipe.

Au fond de la pièce se trouvait une autre porte, derrière laquelle était enfermé le chien qui les avait si mal accueillis. Le panneau laissait filtrer des gémissements et une respiration lourde. De temps en temps, on entendait un choc contre la poignée de porte comme si le monstre devenait fou de frustration et se jetait de tout son poids contre la porte.

Elfrida s'inquiéta.

— Quelle sorte de chien avez-vous ? demanda-t-elle.

— Un labrador, répondit le major. Une adorable vieille femelle qui ne ferait pas de mal à une mouche.

Le manteau de la cheminée était encombré d'objets hétéroclites — des gobelets en métal terni, une balle de golf, une pendule arrêtée à midi moins le quart, quelques cartes postales et invitations cornées, et un petit coffret en cuir dans lequel le major Billicliffe rangeait ses appareils acoustiques. Avant toute autre tâche, il entreprit de les insérer dans ses grandes oreilles rouges. Oscar et Elfrida, fascinés, le regardèrent procéder du bout du doigt à quelques ajustements assortis de sifflements. Quand il eut enfin obtenu le résultat désiré, il se retourna vers eux, l'air satisfait, comme s'il venait de réussir un travail particulièrement délicat.

— C'est mieux comme ça. Je ne les porte presque jamais. Il m'arrive d'oublier où je les ai posés. Que puis-je vous offrir ?

Il traversa la pièce jusqu'au coin où trônait une vieille table roulante, chargée de bouteilles et d'un ou deux verres peu nets sur le plateau inférieur.

— Le bar est ouvert !

Oscar aurait tout donné pour une tasse de thé mais cela prendrait trop de temps à préparer.

— Un whisky m'irait très bien, dit-il. Juste un doigt avec beaucoup d'eau.

— Et vous, madame ?

Elfrida était un peu perplexe. Elle aussi rêvait d'une tasse de thé bien chaud.

— Un sherry ? dit-elle courageusement.

— Il doit y en avoir quelque part. Où est cette bouteille ?

Il la trouva et la tint dans la lumière. Il ne restait pas grand-chose.

— Juste assez pour une personne, dit-il.

Il ne s'arrêta pas de parler pendant qu'il versait les boissons. Oscar et Elfrida, debout devant le pauvre feu, se taisaient.

— Je crains que le ménage ne soit un peu négligé, ces temps-ci. Ma femme est morte, vous savez, il y a deux ans. Elle me manque terriblement mais que voulez-vous y faire ? J'ai trouvé quelqu'un qui devrait venir faire le ménage.

Oscar l'observait. Il maniait maladroitement les bouteilles et les verres, renversait de l'eau sur le tapis, levait un verre d'une main tremblante. A première vue, le major Billicliffe était une vieille épave, avec des genoux aussi cagneux que ceux d'un cheval voué à l'équarrisseur et des jambes maigres enveloppées de hautes chaussettes qui se terminaient dans d'énormes brodequins noirs ignorants du cirage. Il avait un crâne presque chauve avec quelques mèches de cheveux gris, et des yeux larmoyants. Une moustache jaunie par le tabac surplombait des dents inégales. Il était difficile de l'imaginer en sémillant officier supérieur de l'armée britannique.

— Hector m'a appelé pour me prévenir de votre arrivée. Bonne nouvelle ! Un bout de temps qu'on n'avait pas eu du sang neuf, par ici. Comment va ce vieil Hector ? Etonnant qu'on ne se soit pas rencontrés plus tôt, vous et moi, mais cela fait des années... Je suis arrivé ici dans les années soixante, directement quand j'ai quitté l'armée. Enfin, pas tout de suite. J'ai d'abord suivi des cours à Cirencester pour acquérir une qualification. Régisseur. Pas à la portée de tout le monde. Bon coin pour la pêche, par ici. Ma femme se trouvait un peu isolée. Elle ne pêchait pas. Elle promenait les chiens. C'est la télévision qui l'a aidée à garder sa tête.

Il avait terminé ses préparatifs et leur apporta leurs verres, un dans chaque main, non sans renverser une partie du contenu.

— Votre whisky me paraît un peu clair. Vous êtes sûr que ça vous convient ?

— C'est parfait, mentit Oscar.

Le major retourna à la table roulante pour s'occuper de sa propre soif, qui semblait exiger un whisky très foncé dans un petit verre.

— Devrait y avoir quelque chose à manger quelque part. Un paquet de chips... Asseyez-vous, mettez-vous à l'aise.

— Nous ne pouvons pas rester longtemps.

— Même pas cinq minutes pour aller à Creagan !

Ils n'avaient pas tellement le choix. Oscar et Elfrida s'assirent donc au bord d'un canapé dont les coussins empestaient le chien. De l'autre côté de la cheminée, le major plia son immense carcasse dans l'unique fauteuil de la pièce, ses genoux maigres pointant sous le tweed élimé de son pantalon de golf.

— Je suis à la retraite, maintenant, bien sûr. Hector a été chic de me laisser acheter la maison mais, de toute façon, elle était inhabitée et Hughie s'en moquait. L'époque des fermiers et des logements de fonction est révolue. On sous-traite tout, maintenant. J'aimais travailler pour Hector mais ça n'a pas duré. Hector est parti, Hughie est arrivé et a lâché le loup dans la bergerie. Des orgies, qu'il faisait dans la grande maison. De sales orgies ! Une honte, un très mauvais exemple. Ça va, votre verre ? Je ne supportais pas ces gens. Maintenant, c'est bien différent. Hughie a fichu le camp à la Barbade et a vendu la propriété. Un hôtel, vous avez dû voir le panneau. Des baies vitrées, des salles de bains. Et les prix du bar ! Du vol caractérisé. Evitez cet endroit comme la peste ! Il ne reste du domaine que la ferme du manoir et le fils Tompson... son père était le métayer, avant... il l'a achetée quand le domaine a été vendu. On dirait que ça marche bien. Mais je ne vais jamais à l'hôtel. Je vous ai dit pourquoi. Je préfère les plaisirs du club de golf. Vous êtes golfeur ? On fait une bonne équipe, là-bas. Vous devriez vous joindre à nous. Quelques minutes de marche depuis chez vous. Des gens charmants, ceux qui vivaient là. Les Cochrane. Mais il est mort sans prévenir, d'un seul coup, et elle est allée vivre dans le Sud, chez sa fille. Une chance pour vous, peut-être. Depuis, Mrs Snead... garde un œil sur la maison. Elle va régulièrement y faire un tour. Je pense qu'Hector lui verse quelque chose. Il ne vous en a pas parlé ?

Oscar fit un signe de tête négatif.

— Une femme bien, vraiment bien... Je l'ai rencontrée chez le boucher. Elle m'a dit qu'elle surveillait la chaudière. Cela ne fait plus partie de mes responsabilités, sinon j'aurais fait un saut pour une inspection !

— La clef ? demanda Oscar qui n'en pouvait plus.

Le major haussa les sourcils d'un air ahuri.

— Excusez-moi ?

— La clef de la maison. Si vous pouviez me la donner, nous irions nous installer.

— Ah, oui ! J'ai ça quelque part.

Il vida son verre d'un mouvement rapide du coude qui trahissait un long entraînement et s'extirpa de son fauteuil. Il traversa de nouveau le salon jusqu'à un antique bureau à cylindre qu'il avait laissé ouvert, révélant un horrible désordre. Penché sur ce chaos de papier, il y fouilla un moment, plongeant la main dans les casiers, ouvrant et fermant des tiroirs qui débordaient.

— Eurêka ! s'exclama-t-il enfin, brandissant une grosse clef à l'ancienne où était attachée une étiquette froissée. Je savais bien que c'était par ici. Je perds un peu la mémoire, ces derniers temps.

Oscar et Elfrida, qui avaient terminé leur verre, se levèrent d'un air décidé. Oscar prit la clef que lui tendait le major.

— Merci. Désolé de vous avoir dérangé.

— Mais vous ne m'avez pas du tout dérangé ! C'est formidable, un peu de compagnie ! N'oubliez pas : je suis au club presque tous les jours. Je ne joue plus autant qu'avant, mais c'est toujours bon de prendre un peu d'exercice avec des vieux copains. Sans compter qu'ils font des bons sandwichs, au bar.

Ils se dirigèrent vers la porte.

— Revenez me voir quand vous voudrez. Et je ne dis pas que je ne vais pas vous rendre visite un de ces jours. Pour voir si vous ne manquez de rien.

— Bien sûr, lui dit Elfrida en souriant. Mais ne venez pas *tout de suite*. Oscar ne va pas très bien. Il faut nous laisser un peu de temps.

— Bien sûr ! Mais on se reverra.

Oscar s'était arrêté pour regarder les golfeurs, rassuré de savoir que le redoutable Billicliffe ne faisait pas partie du petit groupe. Les quatre joueurs avaient pris position et choisi leurs clubs. De crainte de les déranger ou de troubler leur concentration, Oscar resta immobile jusqu'à ce que le dernier d'entre eux ait expédié sa balle en orbite. Le jour déclinait déjà et Oscar se rendit compte qu'ils devraient faire vite s'ils voulaient être de retour au club avant la nuit. L'homme qui venait de frapper sa balle se baissa pour récupérer son tee et, dans son mouvement, aperçut Oscar.

Toute la largeur du fairway les séparait mais leurs regards se croisèrent. L'autre homme leva la main pour le saluer ou, peut-être, simplement pour le remercier de sa discrétion. A son tour, Oscar le salua de la main. Le golfeur remit dans son sac le *driver* qu'il venait d'utiliser, prit son caddie par la poignée et se mit en route pour rejoindre ses amis. Oscar le regarda s'éloigner, silhouette athlétique en veste rouge et pantalon bleu vif. Il se demanda s'il était en séjour à Creagan — peut-être un visiteur venu d'Amérique — ou s'il y habitait. Quelques moments plus tard, il disparut derrière le relief naturel d'une butte couverte d'ajoncs. Oscar et Horace reprirent leur promenade.

Il commençait à se sentir un peu las. En contrebas de l'endroit où il se trouvait, entre les links et les dunes, il remarqua le chemin empierré qu'utilisaient les tracteurs de l'équipe d'entretien du terrain et qui menait au bourg. Au-delà s'incurvait longuement la grève et, encore plus loin, on distinguait, se détachant sur le fond de nuages gris, l'enchevêtrement des toits et la flèche de l'église de Creagan. La vision évoquait une vieille et sombre gravure. Les premières maisons paraissaient très éloignées et Oscar se demanda s'il n'avait pas un peu présumé de ses forces. Comme il examinait le paysage, une petite construction en bois attira son attention, un abri destiné aux golfeurs. En s'approchant, il découvrit qu'il était divisé en quatre compartiments, de façon à pouvoir se protéger du vent, d'où qu'il souffle. Chaque loge comportait un banc de bois. Il décida de s'asseoir pendant quelques minutes pour reprendre son souffle. Ayant choisi le compartiment le mieux abrité, il se sentit reconnaissant du confort qu'on lui fournissait ainsi et s'installa aussi bien que possible.

Sa pensée revint aux golfeurs, à ces hommes qui faisaient un parcours ensemble dans le début du crépuscule. Il en éprouva une violente jalousie. Ils étaient ensemble. Entre amis. En train de se parler, de plaisanter, de se lancer des défis. Ils allaient prendre un verre en arrivant au club avant de se séparer pour retrouver leurs familles. Une vie normale.

Il se demanda si sa propre vie redeviendrait jamais normale.

159

Longtemps auparavant, dans sa jeunesse, Oscar jouait au golf mais il n'y avait jamais brillé. Peut-être devrait-il essayer à nouveau, acheter un ensemble de clubs ruineux, et étonner tout le monde — à commencer par lui-même — par des progrès fulgurants ! Bien qu'amusante, la perspective ne le fit pas sourire. Plus rien ne pouvait le faire sourire.

La douleur. Il éprouvait toujours une terrible douleur. Il avait lui-même souvent utilisé ce mot inoffensif pour écrire à des amis qui venaient de perdre leur femme, un parent ou même un enfant. Ce simple mot recouvrait toute une gamme d'émotions qu'il ignorait alors. « Sympathie » en était un autre. *Croyez à ma profonde sympathie. Mes pensées vous accompagnent*, écrivait-il. Il n'avait plus qu'à signer et poster sa lettre avec la satisfaction d'avoir accompli son devoir du mieux qu'il pouvait.

A présent, il savait qu'il n'avait pas eu la moindre idée de ce dont il parlait. Le chagrin n'est pas un état d'esprit mais une réalité physique, un vide, une chape de souffrance intolérable qui interdit toute consolation. La seule façon de se protéger, et il fallait le faire soi-même, consistait à dresser un rempart entre soi et les autres. Le fait d'habiter à Creagan lui épargnait les rencontres inopportunes. Il ne risquait pas d'être à nouveau exposé à l'insulte de la consolation ecclésiastique du pasteur, à la gêne de l'embarras des tiers. Les condoléances maladroites mais pleines de bonnes intentions, les yeux qui n'osaient pas croiser les siens...

Tout en marchant, il avait, comme d'habitude, observé le ciel, les nuages, les reliefs du terrain, les oiseaux. Il avait senti sur ses joues la force du vent et écouté le vacarme des vagues sur le rivage. Il avait respiré l'odeur puissante de la mousse et de la bruyère... mais sans émotion, sans élan de l'esprit, sans émerveillement. Sans joie non plus, comme s'il regardait une peinture banale, un vaste paysage exécuté avec soin mais sans âme.

Oscar avait toujours méprisé l'apitoiement sur soi-même mais à présent, dans le petit abri, il luttait pour y résister et, pour ne pas sombrer, s'accrochait aux points positifs de son existence. En premier figurait la maison, le fait qu'elle lui appartenait au moins en partie et qu'elle était inoccupée, lui offrant un refuge bienvenu. Ensuite venait Elfrida. Son retour de Cornouailles avait représenté un profond soulagement. Sa compagnie l'avait empêché de devenir fou et, par son comportement sans complications, elle l'avait aidé à traverser les moments les plus durs. Elle lui avait apporté un grand réconfort en l'acceptant tel qu'il était, avec ses limites. Quand il n'avait pas envie de parler, elle le laissait tranquille. Quand il avait besoin de parler, elle l'écoutait.

Enfin, il y avait la certitude que, s'il ne restait pas dans cette bourgade du grand Nord où il avait passé une partie de son enfance et avait été heureux, il n'aurait pas besoin de retourner dans la maison qui avait été celle de Gloria. Bien mieux, il n'en aurait même pas la possibilité. Ses deux fils avaient déjà pris possession de la Grange et l'avaient mise en vente. En en sens, Oscar leur en était reconnaissant car leur conduite expéditive et peu élégante lui avait évité le supplice de vivre dans un lieu hanté par les souvenirs de Francesca, un lieu où ne subsistait qu'un silence froid et désespérant.

Il faut continuer, se disait-il. *Je dois aller de l'avant, un pas à la fois*. Mais à soixante-sept ans, la plus grande part de sa vie était derrière lui et il lui semblait parfois impossible de retrouver la moindre énergie. Le choc et le terrible chagrin l'avaient non seulement rendu comme sourd et aveugle, ils avaient aussi entraîné une infinie fatigue qui paralysait tout son corps.

— Allons, il faut continuer.

Cette fois, il avait parlé à voix haute et Horace, qui s'était couché à ses pieds, s'assit. Il regarda Oscar d'un air plein d'espoir et, même, sourit. Horace souriait beaucoup pour un chien. Oscar, qui lui était reconnaissant de sa compagnie, se remit sur ses pieds.

— Viens, mon vieux. Il est temps de rentrer.

Quand il atteignit enfin le club du terrain de golf, la nuit était tombée et il se sentait très fatigué. Derrière les grandes fenêtres du club illuminées de l'intérieur se dessinaient des silhouettes détendues comme dans un pub chaleureux. Des hommes étaient là, assis autour des tables, en train de manger des sandwichs et, sans doute, de discuter de leur score. Entre le club et le départ du parcours, s'étendait une cour pavée avec des plates-bandes surélevées qui, en été, devaient déborder de bégonias et de géraniums aux couleurs vives. Sur le côté, l'aire de stationnement était violemment éclairée par un lampadaire. Il y restait encore une douzaine de voitures. Comme Oscar s'approchait d'un pas lourd, il vit un vieux break cabossé au hayon ouvert. Un homme était assis sur le rebord de la carrosserie, en train d'ôter ses chaussures de golf à clous pour mettre des souliers de marche. Oscar reconnut le coupe-vent rouge et le pantalon imperméable bleu vif. En revanche, l'homme avait ôté sa casquette à l'américaine, révélant une épaisse chevelure grisonnante.

161

L'homme finit de nouer ses lacets et se redressa. Oscar n'était plus très loin de lui. Il hésita, se demandant s'il n'allait pas s'arrêter pour lui dire un mot aimable. Peut-être pouvait-il lui demander s'il était content de son parcours. Toutefois, tandis qu'il hésitait, la décision lui échappa.

— Bonsoir ! Vous avez fait une bonne promenade ?

Oscar s'arrêta et se tourna vers l'autre.

— Je suis allé un peu trop loin, peut-être. Je manque d'entraînement. Et vous ?

— On a abandonné au quinzième trou, comme des poules mouillées. Trop sombre et trop froid.

Il se baissa pour ramasser ses chaussures de golf, les jeta à l'arrière de son break et claqua le hayon.

— Ce n'est pas très agréable avec ce temps, ajouta-t-il.

Il s'avança vers Oscar qui découvrit un solide visage de campagnard et deux yeux bleus au regard perçant.

— Excusez-moi, mais n'êtes-vous pas Oscar Blundell ?

Oscar se sentit mal à l'aise d'être non seulement reconnu mais identifié.

— Oui, dit-il d'un ton presque agressif.

— J'avais appris votre retour à Creagan. (Que savait-il d'autre ?) Je suis ici depuis vingt ans seulement et je n'ai donc pas connu votre grand-mère, Mrs McLennan. J'ai eu le plaisir d'être un ami d'Hector, mais nos relations ont été assez brèves puisqu'il a donné Corrydale à Hughie avant de partir dans le Sud. A propos, je suis Peter Kennedy.

Il tendit une main à Oscar qui la prit dans sa main gantée.

— Bienvenue à Creagan, ajouta Peter Kennedy

— Merci.

— Vous devez être fatigué. C'est une longue marche quand le vent souffle aussi fort. Je vais prendre une tasse de thé au club. Me ferez-vous le plaisir de vous joindre à moi ?

Oscar hésitait, partagé entre des émotions contradictoires. Il était effectivement mort de fatigue. L'idée de s'asseoir au chaud devant une réconfortante tasse de thé le tentait beaucoup. Il se demandait, en revanche, s'il aurait le courage d'entrer dans ce club convivial et plein de lumière. Il devrait peut-être subir des présentations, parler avec des inconnus et répondre à leurs questions.

Peter Kennedy avait toutefois quelque chose de si chaleureux et sincère qu'Oscar n'eut pas le cœur de refuser son invitation trop abruptement. Il préféra trouver une excuse.

— J'ai le chien, dit-il enfin.

— Il suffit de le mettre dans ma voiture. Cela ne lui fera pas de mal, pour quelques instants.

— Je...

Il fallait le dire.

— Je préférerais ne pas rencontrer le major Billicliffe.

Un sourire compréhensif apparut sur le joyeux visage de Peter Kennedy.

— Ne vous inquiétez pas, dit-il en posant sa main sur le bras d'Oscar. Il est parti depuis cinq minutes pour rentrer chez lui. Je l'ai vu prendre sa voiture.

— Vous devez me trouver peu charitable.

— Non, vraiment pas ! Alors, vous m'accompagnez ?

— Oui, très volontiers. Je vous remercie.

— Le plaisir est pour moi.

Ils enfermèrent Horace dans le coffre du break de Peter Kennedy, avec ses chaussures et son sac de golf. Il leur jeta un regard plein de reproches par la vitre arrière mais Oscar refusa de se laisser attendrir.

— Je n'en ai pas pour longtemps, dit-il au chien.

Lui et Peter tournèrent ensemble le coin du bâtiment avant de monter les petites marches qui menaient à la porte principale. Peter Kennedy l'ouvrit et fit passer Oscar devant lui. Ils se trouvaient dans l'entrée. Des vitrines s'alignaient contre les murs, pleines de coupes en argent et d'écussons. Les portraits d'anciens capitaines d'équipes luisaient dans la lumière. A droite, des portes vitrées conduisaient dans la salle principale, meublée de tables et de fauteuils confortables, avec un petit bar dans un angle. Une ou deux personnes levèrent la tête à leur entrée mais, de façon générale, personne ne leur prêta grande attention.

— Allons nous asseoir là-bas. Il y a une table libre et nous serons tranquilles...

Mais avant d'avoir pu mettre leur projet à exécution, une porte battante s'ouvrit à côté du bar et une serveuse d'un certain âge apparut. Vêtue d'une jupe noire et d'un chemisier blanc, elle avait des cheveux blancs impeccablement ondulés et coiffés. Les apercevant, elle fut aussitôt tout sourire.

— Mr Kennedy ! Je ne pensais pas qu'on vous verrait ce soir.

— Bonsoir, Jessie. Est-ce trop tard pour avoir du thé ?

— Jamais trop tard ! Vous devez être gelé, d'être allé jouer avec un pareil temps !

163

Ses yeux se tournèrent vers Oscar qui avait enlevé son chapeau de tweed et restait debout, emmitouflé dans toutes ses épaisseurs de manteau et de pull-overs.

— Vous avez également joué ?

— Non. Seulement marché.

— Jessie, je vous présente Mr Oscar Blundell. Il habite à Estate House.

— Oh ! C'est donc vous. J'ai entendu dire que vous aviez emménagé mais je ne vous avais pas encore vu. Vous jouez au golf, vous aussi ?

— Désolé, non.

— Il va falloir changer ça ! Et maintenant, Mr Kennedy, où voulez-vous vous asseoir ?

Une nouvelle interruption se produisit avant qu'il pût répondre. De l'autre bout de la longue salle s'éleva une voix grave qui criait avec la puissance d'un clairon. Tout le monde sursauta et on fronça les sourcils d'un air fâché dans un groupe agglutiné autour de la télévision.

— Peter ! Viens donc par ici ! Je ne t'ai pas vu depuis au moins une semaine !

Peter Kennedy se tourna et Oscar, suivant son regard, vit un homme âgé à la lourde carrure assis dans une chaise roulante. Un verre de whisky était posé sur la table devant lui, à portée de main.

— Peter !

Il faisait de grands signes à l'aide d'un bâton noueux, comme si l'on risquait de ne pas l'entendre ou le voir.

— Viens me donner toutes les nouvelles !

— M'en voudrez-vous si je vous abandonne un instant, Oscar ? C'est Charlie Beith. Je dois aller le saluer. J'en ai pour un instant. Jessie va s'occuper de vous.

— Je vous en prie.

Peter Kennedy s'éloigna vers l'autre extrémité de la salle.

— Quelle surprise ! disait-il déjà. Vous vous êtes offert un jour de congé, Charlie ?

Le vieil homme en chaise roulante accueillit Peter avec tant de joie et d'affection qu'Oscar se sentit indiscret et se détourna. Jessie le prit en charge.

— Venez vous asseoir et mettez-vous à l'aise. Vous devriez enlever votre manteau, ou bien vous ne vous sentirez pas mieux

164

quand vous ressortirez. Voulez-vous un scone ? Et vous préférez du thé d'Inde ou de Chine ?

— Excusez-moi, mais qui est-ce ? demanda Oscar.

— Charlie Beith ? Un sacré personnage ! Il a dépassé les quatre-vingt-dix ans mais on ne le croirait pas. Il tenait une ferme à Toshlands, avant. Maintenant, c'est son petit-fils qui dirige l'exploitation. Charlie se portait encore très bien, il y a deux ans, quand il a eu une attaque. Il est à la maison de retraite et Mr Kennedy va le voir régulièrement. Une de ses filles l'a amené ici ce soir, pour le distraire et pour qu'il s'amuse un peu. Il est gai comme un pinson.

— En fait, reprit Oscar d'un ton hésitant. Je ne parlais pas de lui mais de Peter Kennedy. Je viens de le rencontrer sur le parking. Il connaissait mon oncle mais je ne sais pas...

— Vous voulez dire... Vous ne savez pas ce qu'il fait ni qui il est ? Vous devez être la seule âme de tout Creagan à l'ignorer ! C'est notre ministre du culte !

Le pasteur, le ministre, le recteur, peu importe ! L'homme dont le travail consistait à consoler les personnes frappées physiquement mais aussi affectivement. La cordialité spontanée de Peter Kennedy lui avait paru sincère mais cette découverte le lui rendit tristement suspect. Savait-il déjà pourquoi Oscar était revenu à Creagan ? Lui avait-on parlé de la mort affreuse de sa femme et de son enfant ? Et, dans ce cas, qui... ?

J'ai eu le plaisir d'être un ami d'Hector.

Hector, avec les meilleures intentions du monde, avait-il pris contact avec Peter Kennedy ? Lui avait-il expliqué la situation ? Aurait-il suggéré une visite pastorale ? Avec de bonnes conversations réconfortantes, un soutien psychologique, et l'invitation à revenir vers une religion à laquelle Oscar ne croyait plus ?

— Vous vous sentez bien ? demanda Jessie.

Il examina son visage à l'expression inquiète et maternelle et réalisa que son propre visage le brûlait. Il avait le front couvert de sueur. Cette chaleur ne venait pas de la pièce et de ses différentes épaisseurs de vêtements mais d'une tourmente intérieure épouvantablement proche de la panique. Il ne pouvait pas rester, il allait étouffer.

Il fit un terrible effort pour parler.

— Je suis désolé. Il fait très chaud. J'avais oublié...

Sa voix lui paraissait irréelle, comme si elle lui était parvenue d'une autre pièce.

165

— J'ai promis... Je dois rentrer. J'attends un appel téléphonique...

— Et votre thé ?

— Je crains de ne pas pouvoir...

Marchant à reculons, il essaya de s'excuser encore :

— Je suis désolé. Voulez-vous expliquer la situation à Mr Kennedy ? Une autre fois...

Il pivota sur ses talons et lentement, avec précaution, gagna la
sortie. La porte vitrée était lourde et retomba derrière lui assez
brutalement. Il traversa le hall, ouvrit encore une porte et se
retrouva à l'air libre. Un vent mordant l'assaillit et il fit une pause
pour se calmer et s'emplir les poumons d'air glacé. Il sentait sa
transpiration geler sur son front. Il remit son vieux chapeau. Tout
allait bien. Il avait survécu. Il n'avait plus qu'à rentrer, retrouver
la sécurité. Seul avec Elfrida. Il descendit les marches, se dirigea
vers l'aire de stationnement et fit sortir Horace de la voiture de
Peter Kennedy. Il reprit enfin son chemin d'un pas précipité, traî-
nant Horace derrière lui. Il avait réussi à s'échapper.

Elfrida

A Dibton, l'association féminine adorait les excursions-surprise. Elles se déroulaient en général le samedi après-midi et consistaient à entasser les dames dans un car et à rouler vers une destination inconnue. La plupart du temps, il s'agissait d'un monument national, avec des jardins qu'il fallait avoir vus et une boutique où elles pouvaient acheter des serviettes à thé brodées de fleurs, des marque-page et des caramels maison. Une fois les emplettes terminées, on prenait le thé dans un hôtel local, un thé complet avec des « fish and chips ». Enfin, elles s'entassaient à nouveau dans le car et on les ramenait chez elles. Ces sorties étaient très appréciées.

Pour Elfrida, se retrouver du jour au lendemain, sous la pression de circonstances qui lui échappaient totalement, dans le nord de l'Ecosse, à Creagan, à Estate House, représentait l'excursion-surprise par excellence. Au moment où elle était partie de Dibton avec Oscar, elle ignorait ce qui l'attendait et n'avait pas trouvé un moment convenable pour s'en enquérir. Une telle précipitation avait présidé à leur départ, leur laissant à peine le temps de boucler leurs bagages et de faire leurs adieux, que les détails terre à terre de leur destination avaient perdu toute leur importance. Ils devaient s'en aller, et rien d'autre ne comptait.

Quelques points essentiels avaient dû être réglés, toutefois, comme la révision de la voiture d'Oscar. Il s'en était occupé, ainsi que de faire le plein. Ses beaux-fils, Giles et Crawford, avaient été informés de son départ imminent. De même, il avait averti sa banque de son changement d'adresse. De son côté, Elfrida avait confié la clef de Poulton's Row à sa voisine, mais avec aussi peu d'explications que possible. Elle lui avait également demandé de garder un œil sur sa pauvre petite Fiesta, abandonnée devant sa maison.

— Quand reviendrez-vous, Mrs Phipps ?

— Je n'en ai pas la moindre idée, mais je resterai en contact avec vous. Je vous laisse aussi la clef de la voiture. N'hésitez pas à vous en servir si vous en avez besoin, cela lui fera du bien !

On aurait dit qu'il s'agissait d'un vieux chien qui avait besoin de prendre un peu d'exercice tous les jours.

— J'ai fermé l'eau, avait repris Elfrida, et bloqué toutes les fenêtres.

— Mais où allez-vous ?

— En Ecosse, je pense.

Oscar avait aussi appelé Hector McLennan pour l'informer de sa décision, tandis qu'Elfrida téléphonait à son cousin Jeffrey pour lui exposer la situation. Ses explications, toutefois, manquèrent de clarté et Jeffrey mit un certain temps avant de comprendre.

— Bonne chance, dit-il simplement quand il eut enfin saisi.

Il ne la laissa raccrocher qu'après avoir noté l'adresse et le téléphone de la maison d'Oscar.

Comme elle n'avait pas la moindre idée du genre de tenues dont elle aurait besoin, elle prépara une valise pleine de vêtements chauds et de chaussures solides. Ensuite, elle mit dans un vieux sac informe à fermeture Eclair ses biens les plus précieux, ceux qu'elle avait toujours emportés avec elle. Son châle en soie, dans lequel était emballé le petit tableau de Sir David Wilkie ; les chiens en porcelaine du Staffordshire ; sa petite pendule de voyage et son ouvrage de tapisserie en cours. Sur le dessus, elle ajouta quelques photos dans des cadres en argent et une demi-douzaine de livres. Et rien d'autre. Les bagages d'Oscar étaient à peine plus importants : un fourre-tout en cuir préparé par Mrs Muswell, un attaché-case plein à craquer et son attirail de pêche.

— Tu as l'intention d'aller à la pêche, Oscar ?

— Je l'ignore mais je ne peux pas aller en Ecosse sans ma canne à pêche. Ce serait un sacrilège !

Le tout tenait sans difficulté dans le coffre de la Volvo d'Oscar, laissant encore de la place pour Horace, sa couverture, ses biscuits et son bol d'eau. Comme Elfrida, Horace ignorait ce qui l'attendait mais il sauta joyeusement dans la voiture, visiblement rassuré : on ne l'abandonnait pas. Les valises l'inquiétaient toujours.

— Nous voyageons léger, avait fait remarquer Elfrida à Oscar, qui était trop tendu, trop désorienté pour y faire attention.

Au lieu de répondre à Elfrida, il s'était détourné pour donner des instructions de dernière minute à la fidèle Mrs Muswell qui ne l'avait pas quitté tout au long de ces horribles journées. Elle assistait à leur départ, debout sur le perron, visiblement très émue, au bord des larmes.

— Mrs Muswell...

— Envoyez-moi une carte postale, lui dit-elle bravement mais d'une voix tremblante.

— Je n'y manquerai pas. Au revoir et merci pour tout.

Et, se penchant, il l'embrassa sur la joue, ce qui la bouleversa. Quand ils démarrèrent, Elfrida vit par la vitre arrière la vaillante silhouette en tablier qui se mouchait et s'essuyait les yeux avec un grand mouchoir.

— Que va-t-elle devenir ? demanda Elfrida qui avait l'impression de commettre une trahison.

— Giles m'a promis de veiller à son avenir. Elle ne devrait pas avoir de mal à retrouver une place. C'est une femme remarquable.

Ensuite, ils n'avaient plus dit grand-chose. Elfrida avait conduit presque en permanence, ne laissant Oscar prendre le volant que si elle se sentait trop fatiguée pour continuer sans risques. Ainsi que le proclamaient des panneaux plantés le long de la voie express à l'intention du flot automobile qui fonçait vers le nord : LA FATIGUE PEUT TUER. ARRÊTEZ-VOUS ! Elfrida se garait alors sur l'aire de stationnement la plus proche et ils changeaient de place.

Au cours de la première journée de leur voyage, elle respecta le silence d'Oscar et ne proposa même pas d'écouter Classic FM. De temps en temps, ils s'arrêtaient pour faire sortir Horace et se dégourdir les jambes, manger un morceau ou boire une tasse de thé. Il faisait froid et gris. La nuit tomba vite, rendant la conduite encore plus fatigante, et cela les poussa à quitter la voie express alors qu'ils se trouvaient dans le Northumberland. Oscar se souvenait d'une petite ville et d'une vieille auberge sur la grand-place. Elle existait toujours et ne semblait pas avoir été trop modernisée ou transformée. Bien mieux, Horace y fut accueilli sans problème, à condition qu'il ne sorte pas de la chambre d'Elfrida.

Le lendemain matin, dès l'ouverture des magasins, Elfrida se rendit dans une supérette et acheta quelques provisions pour leur éventuelle arrivée le soir même. Une soupe en boîte, du pain, du beurre, du bacon et des œufs, un paquet de café et une brique de lait. Le caissier rangeait le tout dans un carton quand elle aperçut une bouteille de whisky — un bon médicament ? — et l'ajouta à ses achats.

Le second jour de route se déroula un peu mieux, non à cause du temps, qui ne s'améliora pas, mais parce que Oscar se montra un peu plus communicatif. Il regardait les champs et les fermes qui défilaient sous ses yeux, désignait des points de repère, observait le ciel avec inquiétude et faisait des prévisions météorologiques pessimistes. Le moment de poser toutes les questions qui la taraudaient n'était toutefois pas encore venu. *Oscar, à quoi cela ressemble-t-il ?* voulait-elle demander. La maison est-elle grande, quelqu'un s'est-il occupé de la chauffer, y aura-t-il de l'eau chaude ? Le ménage a-t-il été fait ? Y a-t-il des draps ? Et les gens ? Vont-ils nous accepter et savoir qui tu es ? Ou bien vont-ils nous éviter ?

Tout cela restait imprévisible. Cependant, tandis qu'elle passait en deuxième pour escalader la route glissante du Soutra, les essuie-glaces balayant le pare-brise à grande vitesse dans un univers blanc, noyé sous une brusque tempête de neige fondue, elle se dit : *C'est une aventure.*

Dans sa jeunesse, son métier de comédienne dans des compagnies itinérantes lui avait fait parcourir la Grande-Bretagne dans tous les sens, sans jamais savoir ce qui l'attendait au bout du voyage. Elle gardait de cette époque des souvenirs flous de villes de province, de théâtres à l'odeur de moisi, et de loges qui empestaient le chou bouilli. Mais elle était jeune, elle faisait un métier qu'elle adorait et elle se sentait très heureuse. Chacun de ces voyages dans des trains bruyants représentait un défi ; chacun de ces théâtres poussiéreux, une nouvelle découverte. Elle retrouvait un peu de cette ancienne excitation et elle dut se rappeler à elle-même qu'elle n'était plus une jeune femme passionnée, mais une dame âgée de soixante-deux ans. *Au moins, je ne suis pas seule, ni morte. Et je ne m'ennuie pas.*

La rencontre avec le major Billicliffe avait été la dernière épreuve. Une fois la clef dans la poche d'Oscar, ces deux jours de voyage épuisants étaient derrière eux. Ils effectuèrent les derniers kilomètres avec aisance, à la limite de l'insouciance. Oscar conduisait. Il faisait froid mais il avait cessé de neiger et le ruban sombre de la route descendait vers la mer entre d'épaisses plantations de conifères. Elfrida baissa sa vitre. Le murmure du vent dans les branches lui parvint, avec l'odeur des pins et une bonne bouffée d'air salin. Ensuite, les arbres disparurent, remplacés par des dunes et des pins rabougris. A l'horizon, une ligne droite et argentée révélait la présence de la mer. Un phare clignotait au large, comme une piqûre d'épingle lumineuse dans le noir. Enfin, la lueur de l'éclairage public leur apparut, puis des maisons aux fenêtres éclairées derrière les rideaux tirés. Ils remontèrent une rue bordée d'une rangée de maisons mitoyennes, mais chacune différait de ses voisines par la forme et la hauteur. A son tour, l'église se dessina, son horloge éclairée comme une lanterne ronde, très haut sur le clocher. Les aiguilles marquaient sept heures. Ils passèrent devant d'autres maisons, plus vastes, plus belles, qui s'abritaient derrière de grands murs de pierre. Creagan semblait déserte. Pas une âme dans les rues, pas une voiture. Pas un bruit, pas même le cri des mouettes. Un autre croisement, une autre rue. Oscar se rangea le long du trottoir et arrêta le moteur. Il resta silencieux pendant un moment et Elfrida se garda de le déranger. Enfin, il posa sa main sur les siennes.

— Ma chère amie, nous sommes arrivés.

Estate House. Elfrida la découvrait à la lumière des lampadaires : carrée, solide, construite en recul par rapport à la rue dont elle était séparée par une grille de fer forgé et une cour pavée de petits galets. La façade ressemblait à un dessin d'enfant avec une porte et cinq fenêtres. Plus haut, sur la pente du toit d'ardoise, on apercevait le relief de deux lucarnes. Ils descendirent de la voiture et Elfrida libéra Horace. Le pauvre chien n'avait pas oublié les hurlements du molosse chez le major Billicliffe et se montra d'abord méfiant. Il se rassura pourtant et bondit bientôt dans la rue, reniflant des odeurs inconnues.

Oscar ouvrit la grille et remonta l'allée, Elfrida et Horace derrière lui. La clef tourna dans la serrure de l'entrée. Il poussa la porte et chercha l'interrupteur. La lumière jaillit. Il faisait bon dans la maison et Elfrida fut aussitôt frappée par cette odeur de propreté particulière aux endroits que l'on vient de nettoyer et cirer. Face à eux, un escalier menait à un palier de mi-étage éclairé par une fenêtre sans rideaux. De chaque côté du hall d'entrée, il y avait une porte close mais, au fond, une troisième porte était ouverte. Oscar se dirigea vers elle et alluma.

Elfrida referma la porte pour empêcher le froid d'entrer. Elle rejoignit Oscar dans ce qui se révéla être la cuisine, meublée d'un vieux buffet peint et d'une table en bois. Sous la fenêtre se trouvaient un évier en terre cuite et, à côté, une imposante cuisinière à gaz qui devait dater d'une quarantaine d'années.

— Pas idéal, dit Oscar d'un ton qui sonnait comme une excuse.

— C'est très bien, le rassura Elfrida, parfaitement sincère. On dirait qu'on nous a laissé une lettre.

Au milieu de la table, une feuille de papier à lignes était coincée sous un pot de confiture. Oscar souleva le pot et tendit le message à Elfrida qui entreprit de le lire à haute voix :

— « J'ai allumé la chaudière (fuel). Il faudra en recommander. J'ai préparé deux chambres, les lits sont faits. Eau chaude dans la salle de bains. Bois et charbon dans la remise. Une partie des fenêtres ne s'ouvre plus. Lait dans le réfrigérateur (arrière-cuisine). Passerai demain matin pour voir si tout va bien. Bien à vous. J. Snead (Mrs). »

— Mrs Snead, répéta Oscar.

— Oui.

— Elfrida, tu ne vas pas pleurer ?

— Presque !

— Pourquoi ?

— Le soulagement.

Tout cela remontait déjà à trois semaines. On était en décembre, à présent, un sombre vendredi d'hiver, et cinq heures du soir venaient de sonner. Oscar, qui était parti se promener avec Horace après le déjeuner, n'était pas encore rentré. Elfrida refoulait les images qui lui venaient à l'esprit, lui montrant Oscar victime d'une crise cardiaque, effondré au pied d'une dune. Il devait simplement prendre son temps, peut-être même apprécier sa première véritable sortie dans la campagne. L'exercice lui ferait du bien et l'air pur lui redonnerait de l'énergie. Il avait pris tout seul la décision d'aller marcher et elle avait soigneusement dissimulé sa satisfaction, de crainte de lui donner l'impression qu'elle ne le supportait plus.

Debout devant la cuisinière, elle surveillait l'eau en train de bouillir. Elle se prépara un thé en sachet, ajouta du lait et l'emporta à l'étage dans le salon. Ils l'appelaient le salon mais, en réalité, il s'agissait d'une véritable salle de réception, spacieuse et élégante, avec une immense baie vitrée qui donnait sur la rue et

172

l'église. On pouvait passer des heures assis sur la banquette de cette fenêtre, à regarder le mouvement du monde, les voitures qui passaient, les camions de livraison, les camions-bennes chargés de gravillon ; les ménagères chargées de paniers qui s'arrêtaient sur le trottoir pour échanger les nouvelles ; ou encore des bandes d'enfants bavards comme des moineaux qui allaient à l'école ou en revenaient.

Comme dans le reste de la maison, le mobilier était réduit à l'indispensable. Un épais tapis d'Orient, un canapé et deux fauteuils, une table poussée contre le mur, une bibliothèque vitrée avec quelques vieux livres qui tombaient les uns sur les autres. Pas de tableaux, pas de bibelots. Aucun indice sur la vie et les occupations des précédents habitants. En un certain sens, cette absence de décoration et de désordre avait sur Elfrida un effet profondément thérapeutique. Sans tableaux, babioles, petites pièces d'argenterie et porcelaines décoratives pour distraire le regard, on appréciait mieux les belles proportions de la pièce, la corniche décorative et la rose en plâtre au centre du plafond, où était suspendu un charmant lustre d'époque victorienne.

A son arrivée, elle avait tout de suite marqué les lieux de son modeste sceau. Le David Wilkie était à présent accroché en face de la cheminée, au-dessus de la lourde table en chêne qui servait de bureau à Oscar. Sur le dessus en marbre de la cheminée trônaient les chiens en Staffordshire et la petite horloge. Elle avait acheté chez Arthur Snead — Fruits et Légumes — un gros bouquet de chrysanthèmes qu'elle avait mis dans une cruche jaune pour un arrangement floral sans prétention. Sa tapisserie à moitié terminée était posée sur une chaise. Un peu plus tôt dans la journée, elle avait allumé le feu. Elle y ajouta du charbon et des bûches avant d'aller s'asseoir à la fenêtre pour guetter le retour d'Oscar. Cependant, elle venait à peine de s'installer, son thé entre les mains, que le téléphone sonna. Elle sursauta car ce n'était presque jamais arrivé depuis leur installation. Pourvu que ce ne soit pas le major Billicliffe ! souhaita Elfrida. Elle posa son mug par terre et se leva pour répondre. Le téléphone se trouvait sur une petite commode qui meublait le palier, juste à l'extérieur du salon.

— Elfrida ? C'est Carrie. Carrie Sutton.

— *Carrie* ! Où es-tu ?

— A Londres. Comment vas-tu ?

— Très bien.

— Jeffrey m'a appris que tu es en Ecosse. Il m'a donné ton numéro. Elfrida, j'ai quelque chose à te demander. Une faveur. Une très grande faveur.

— Demande toujours...

— C'est à propos de Noël...

Leur conversation dura longtemps mais, finalement, Elfrida raccrocha. Au même moment, elle entendit la porte qu'on refermait. Oscar et Horace étaient revenus. Elle se pencha sur la rampe de l'escalier.

— Vous êtes bien rentrés ? demanda-t-elle.

— Oui, nous sommes là.

Elle descendit et le trouva dans le hall, en train d'accrocher sa veste et son chapeau au portemanteau en bois recourbé. Horace avait déjà gagné la cuisine, en quête de son bol d'eau et de son panier douillet.

— Il est tard, dit-elle.

— On a fait des kilomètres. On est allés jusqu'au bout des links, et retour. J'avais oublié que c'était aussi loin.

Il se passa la main dans les cheveux. Elfrida lui trouva l'air épuisé.

— Une tasse de thé ? proposa-t-elle.

— Quelque chose d'un peu plus fort ne me ferait pas de mal, je crois.

— Un scotch ! Monte, j'ai fait du feu. Je t'apporte ton verre.

Elle lui versa son verre, refit chauffer de l'eau pour son thé, sachant que le premier serait à présent refroidi. Horace dormait déjà. Elle le laissa et remonta, le whisky dans une main, le thé dans l'autre. Oscar regardait brûler le feu, une main posée sur le manteau de la cheminée. Il tourna la tête vers elle quand elle entra et lui sourit.

— Tu es vraiment gentille.

Il prit son verre et s'assit avec précaution dans l'un des fauteuils, étirant ses longues jambes devant lui. Elfrida alla tirer les rideaux. Dehors, il faisait nuit.

— Je ne les avais pas encore fermés pour pouvoir guetter ton retour. Je me prenais pour sœur Anne !

— Tu as cru que j'étais mort ?

— L'imagination nous joue parfois de vilains tours.

— J'ai été retardé. J'ai rencontré quelqu'un devant le club du golf. On a parlé et il m'a proposé de prendre le thé avec lui. J'ai accepté mais il est allé saluer un vieil homme en chaise roulante. J'ai demandé à la serveuse de qui il s'agissait. Il s'appelle Peter Kennedy. C'est le ministre du culte.

Elfrida attendit la suite mais, comme rien ne venait, finit par le relancer :

— Et alors, Oscar ?

— J'ai pensé qu'il savait ce qui était arrivé. Je me suis demandé si Hector ne l'avait pas prévenu. Je l'avais d'abord pris pour quelqu'un de sympathique mais je me suis dit qu'il voulait s'occuper de moi. Qu'il avait pitié de moi. Je ne veux pas qu'on m'aide. Je ne veux pas devoir parler ou écouter. Je veux qu'on me laisse tranquille. Alors, je suis parti et je suis rentré.

— Oh ! Oscar...

— Je sais. Grossier et mal élevé.

— Je suis sûre qu'il comprendra.

— Je l'espère. Il est sympathique.

— Tu as le temps. Donne-toi du temps.

Il respira profondément, d'une façon qui ressemblait à un terrible soupir.

— J'ai honte de moi, dit-il.

— Mon cher Oscar, il n'y a pas de quoi.

— Tu m'en veux ?

— Non. *Je* te comprends.

Elle goûta son thé, très chaud et bienfaisant. Elle était assise en face de lui, dans un petit fauteuil victorien recouvert de tissu écossais. Elle sentait la chaleur du feu sur ses jambes.

— Le moment n'est peut-être pas bien choisi, dit-elle, mais j'ai quelque chose à te demander. Il faut que je te parle.

— Pas pour me dire que tu me quittes, j'espère ?

— Non, pas du tout ! Carrie Sutton, la fille de Jeffrey, m'a appelée. Elle est rentrée d'Autriche. Elle voudrait passer Noël avec nous.

— Mais nous ne faisons rien pour Noël !

— Oscar, je lui ai dit qu'il y aurait une côtelette d'agneau pour le déjeuner et pas de guirlandes. Je lui ai dit que nous nous étions mis d'accord là-dessus, toi et moi. Elle comprend et cela ne change rien. Elle non plus ne se soucie pas de Noël.

— Alors, qu'elle vienne !

— Il y a juste une petite complication, ajouta Elfrida d'un ton hésitant.

— Un homme ?

— Non, la petite-fille de Jeffrey. La nièce de Carrie, Lucy. Si Carrie vient, Lucy l'accompagnera.

Sa déclaration fut suivie d'un très long silence. Oscar détourna les yeux et se mit à fixer le feu. Pendant un moment, il eut l'air aussi vieux que son oncle, ce jour terrible où Elfrida avait surpris le vieillard, le prenant avec épouvante pour Oscar.

— J'ai dit à Carrie que je ne pouvais pas répondre sans t'en parler d'abord.

— Quel âge a Lucy ?

— Quatorze ans.

— Pourquoi n'est-elle pas avec ses parents ?

— Je n'ai pas bien compris, dit Elfrida avec un léger haussement d'épaules. Sa mère va passer Noël en Floride chez un ami et la fillette ne veut pas y aller. Dodie, la grand-mère, ne veut pas s'occuper de sa petite-fille. Le genre d'histoire égoïste qui arrive sans arrêt dans cette famille.

Oscar ne fit aucun commentaire. Elfrida se mordit la lèvre.

— Je peux téléphoner à Carrie pour refuser en lui expliquant que c'est trop tôt. Ce serait trop dur pour toi d'avoir une petite fille dans la maison. Je le comprends et je ne t'en voudrai pas de dire non.

Il tourna les yeux vers elle avec une expression affectueuse.

— J'apprécie beaucoup ta façon d'être aussi directe, Elfrida.

— C'est la seule façon d'y arriver.

— Si elles viennent...

— C'est promis, pas de Noël.

— Mais la petite ?

— Elle sera avec Carrie. Elles peuvent faire ce qu'elles veulent, aller à l'église, chanter des cantiques, se faire des cadeaux.

— Cela semble un peu triste pour une enfant.

— Et pour *toi*, Oscar ?

— Cela ne changera rien. Je crois que cela te ferait plaisir de les voir. Alors, dis-leur de venir.

— Es-tu tout à fait sûr ?

De la tête, il fit signe que oui.

— Tu es vraiment courageux et trop gentil.

— Y a-t-il de la place pour elles ?

— Les mansardes sont vides. Nous pourrions peut-être acheter un lit et y arranger une chambre pour Lucy.

— Il va falloir plus qu'un lit.

— Pas beaucoup plus.

— C'est comme tu veux. Pour moi, c'est la seule chose qui compte. Dis-leur qu'elles seront les bienvenues, qu'elles peuvent venir quand cela les arrange. Elles te tiendront compagnie mieux que moi.

— Oscar, nous ne sommes pas venus ici pour que tu puisses me tenir compagnie !

Il but une gorgée de whisky d'un air pensif.

— Téléphone à Carrie maintenant, dit-il soudain. Si elles prennent le train ou l'avion, nous enverrons un taxi les attendre à Inverness. Mais si elles prennent la route, préviens-les de faire attention à la neige.

Elfrida se sentit remplie de gratitude pour sa générosité. Elle trouvait très réconfortant de le voir assis avec elle, en train de régler des détails pratiques. Il se montrait hospitalier, comme s'il avait lui-même lancé l'invitation. Elle termina son thé et se leva.

— Je l'appelle tout de suite.

Quand elle arriva à la porte, elle se retourna vers lui.

— Merci, Oscar.

Lucy

J'ai déjà écrit toutes les choses formidables qui sont arrivées aujourd'hui, à propos du retour de Carrie, du déjeuner au restaurant et de son idée d'aller passer Noël ensemble quelque part. J'ai aussi beaucoup aimé le film. Maintenant, il est dix heures et demie du soir et j'écris encore avant de me coucher. Je suis en robe de chambre. J'ai pris un bain après le dîner et je me suis lavé les cheveux et, pendant qu'ils séchaient, je suis allée dans la cuisine me faire un chocolat chaud. Alors, le téléphone a sonné et maman est venue me chercher en disant que Carrie voulait me parler. Je crois qu'elles avaient déjà parlé ensemble. J'ai décroché le téléphone de la cuisine. J'ai attendu que maman raccroche l'autre appareil. Je n'avais pas envie qu'elle écoute. Cela lui arrive.

Et alors, Carrie m'a tout dit. Nous allons en Ecosse pour Noël. Elfrida, la cousine de grand-père, s'y trouve en ce moment avec un ami et ils nous invitent. La ville s'appelle Creagan et, d'après eux, c'est une très grande maison. Je vais exploser tellement je me sens excitée ! Carrie estime que c'est trop loin pour y aller en voiture en plein hiver, donc nous allons prendre l'avion pour Inverness et, là, un taxi nous attendra pour faire le reste du trajet. On part le 14 décembre et elle a déjà réservé nos places. L'ami d'Elfrida s'appelle Oscar mais Carrie ne sait pas comment il est parce qu'elle ne l'a jamais rencontré. Je lui ai demandé si elle avait déjà annoncé la nouvelle à maman et à mamy et elle a dit non. Je lui ai ensuite demandé si je devais le faire, elle a encore dit non parce que mamy n'a jamais beaucoup apprécié Elfrida et, alors, il vaut mieux que

Carrie lui dise elle-même. Elle vient demain pour les prévenir et calmer mamy si elle fait des difficultés. Maman ne dira rien parce qu'elle ne pense qu'à Randall et à la Floride. J'ai demandé à Carrie ce que je devais emporter. Elle m'a dit des fourrures et des raquettes mais, bien sûr, elle plaisantait. Je n'arrive pas encore à croire que je vais en Ecosse. Je commence déjà à compter les jours.

Carrie dit que ce ne sera peut-être pas un vrai Noël à cause de l'âge d'Oscar et d'Elfrida. Mais par rapport au fait de partir avec Carrie, Noël n'a aucune importance. En plus, je n'ai jamais beaucoup aimé le Christmas Pudding. Elle dit qu'il y a une plage et que c'est au bord de la mer du Nord.

Je meurs d'impatience.

Elfrida

Le samedi matin, Elfrida fut la première à descendre. Elle avait mis un épais pantalon en velours côtelé et deux pulls, ce dont elle se félicita quand elle ouvrit la porte de derrière pour faire sortir Horace. Il avait gelé pendant la nuit. Tout brillait sous une couche de glace et les pas d'Elfrida s'inscrivirent en creux dans l'herbe épaisse et craquante de la petite pelouse. Il faisait encore nuit et le halo d'un lampadaire les éclaira quand ils prirent le chemin en escalier qui escaladait la colline.

Horace détestait le froid. C'est pourquoi elle lui tint compagnie tandis qu'il furetait de la truffe, courait au bout du jardin où il avait reniflé l'odeur d'un lapin et cherchait longuement l'endroit idéal où lever la patte. Grelottant, elle essaya de ne pas s'impatienter. Elle leva les yeux pour regarder le ciel bleu saphir, parfaitement dégagé. A l'est, sur la mer, on distinguait à peine la lueur de l'aube alors que le soleil n'allait pas tarder à se lever. La journée s'annonçait belle et elle s'en réjouit. Ils avaient eu leur compte de ciels gris, de vents déchaînés et de pluie.

Horace revint enfin et ils se hâtèrent de rentrer au chaud. Elfrida referma soigneusement la porte, mit l'eau à chauffer, prit la poêle et le bacon, disposa les tasses et les soucoupes sur la nappe à carreaux. Elle sortit les œufs. Oscar aimait avoir un vrai petit déjeuner à l'anglaise et, même si elle n'en mangeait pas, elle aimait l'odeur du bacon en train de frire.

Elle entreprit avec circonspection de faire des toasts. Dans cette cuisine vieillotte, cela prenait des allures d'aventure car le grille-pain avait atteint un âge canonique et ne donnait plus le meilleur de lui-même. Parfois, il fournissait deux tranches de pain assez honnêtement grillées. Parfois, il expulsait des toasts froids. Mais il lui arrivait aussi, dans un accès de mauvaise humeur, de ne pas s'éteindre. La cuisine se remplissait alors de fumée noire et les croûtes brûlées qu'il proposait dégoûtaient même les goélands.

Elfrida se promettait régulièrement d'acheter un nouveau grille-pain. Il y avait une petite boutique dans la grand-rue, « William G. Croft, électroménager ». Les vitrines regorgeaient de fours à micro-ondes, de sèche-cheveux, de fers à vapeur et de gaufriers, ainsi que de nombreux gadgets dont Elfrida se passait volontiers. Mais un bon toaster faisait partie des articles indispensables. Un jour, elle était entrée chez Croft mais avait reculé devant la dépense et était repartie sans rien acheter.

Elle affrontait une situation un peu difficile car, en l'absence du petit revenu complémentaire engendré par ses coussins, elle se trouvait régulièrement à court d'argent. Le lundi, jour où elle pouvait aller à la poste encaisser son versement hebdomadaire de retraite, n'arrivait jamais assez vite. Il aurait sans doute été raisonnable, se disait-elle, de louer la maison de Poulton's Row sur une base trimestrielle pour s'assurer une petite marge de manœuvre. Toutefois, cela lui paraissait trop compliqué à organiser depuis le Sutherland. Elle y renonça donc. Quant à Oscar, elle ignorait sa situation et n'avait pas l'intention de lui poser la question. Il disposait sans doute de quelques économies, mais c'était Gloria qui assumait le mode de vie luxueux et hospitalier de la Grange.

Il lui restait à se débattre avec l'appareil dont ils avaient hérité, préférant acheter des livres ou des fleurs s'il lui restait quelques billets.

Ce samedi-là, le grille-pain se montra de bonne composition. Bientôt, l'odeur du bacon se mêla à celle des toasts et du café chaud. Elle tenait beaucoup à son café du matin. Elle était en train de boire sa première tasse quand Oscar descendit pour la rejoindre. Son apparence frappa Elfrida au premier regard. En général, il portait une chemise chaude sous un gros pull-over. Une tenue très décontractée, sans cravate. Or, il avait mis non seulement une de ses plus belles chemises mais aussi une cravate, un gilet et sa bonne veste en tweed.

Elle le contempla d'un air étonné.

— Tu es très élégant, dit-elle.

— Merci. Je suis content que tu l'aies remarqué.

— Je peux demander *la raison de* tant d'élégance ?

Il prit ses œufs au bacon sur la plaque chauffante où Elfrida les avait laissés au chaud.

— Parce qu'on est samedi ? suggéra-t-il.

— Cela ne suffirait pas.

— Parce que je ne dois pas me laisser aller et devenir une loque, un vieillard négligé ?

— Le fait de mettre une cravate ne ferait pas une grande différence.

Il s'assit et elle lui versa du café.

— Merci. Non, tu as raison. J'ai fait un petit effort parce que j'ai une visite à faire.

Elfrida prit sur elle pour ne pas laisser transparaître sa surprise. Elle se sentait aussi intriguée.

— Qui veux-tu voir ?

— Rose Miller.

— Qui est Rose Miller ?

— Une amie de longue date.

— Tu ne m'en as jamais parlé. Dois-je tomber malade de jalousie ?

— Je ne crois pas. Elle a au moins quatre-vingt-cinq ans. C'était la femme de chambre de ma grand-mère. Elle vit sur le domaine de Corrydale dans un minuscule cottage avec un toit de chaume. Je vais lui présenter mes respects.

— Pourquoi cette décision soudaine d'aller voir la femme de chambre de ta grand-mère ? Tu es resté tellement discret jusqu'à présent qu'on a dû te prendre pour un évadé en fuite !

— Cela t'ennuie ?

— Oh, non ! Oscar, au contraire, j'en suis absolument ravie. Mais je ne comprends pas bien ton changement d'attitude.

Oscar reposa sa tasse. Quand il reprit la parole, il avait perdu son ton badin.

— A cause de ce qui s'est passé hier, dit-il. Ma rencontre avec le pasteur, Peter Kennedy. Je me suis conduit de façon si stupide, si impolie. Mais ce n'est pas tout. Au cours des dernières semaines, j'ai vécu comme si j'étais quelqu'un d'anonyme. Or, ce n'est pas vrai. Si Peter Kennedy sait qui je suis, ce doit être le cas de la plupart des gens. Ils sont seulement trop polis, trop délicats et timides pour oser sonner chez nous. C'est une petite cité, ici, et les nouvelles se répandent très vite. Rose Miller a certainement appris que je suis de retour. Elle sera profondément blessée si je ne vais pas la saluer. C'est pourquoi j'y vais. Je lui prendrai des fleurs chez Arthur Snead et nous évoquerons ensemble beaucoup de souvenirs. As-tu besoin de la voiture ?

— Non, c'est un des avantages de vivre ici. Je n'ai que la place à traverser pour aller au supermarché, le boucher est à quelques mètres et je peux m'arrêter chez le libraire au retour. Et si cela me tente, rien ne m'empêche de fouiller chez l'antiquaire pour revenir avec une théière d'époque victorienne. Je peux même faire faire ma couleur chez le coiffeur !

— Il y a un coiffeur à Creagan ?

— Bien sûr ! Au-dessus du barbier. Où veux-tu que ce soit ?

Elle se pencha pour le débarrasser de son assiette vide puis se versa une deuxième tasse de café. Ensuite, elle ouvrit les rideaux en vichy. Le ciel s'éclairait.

Elle se sentit soudain plus heureuse qu'elle ne l'avait été depuis longtemps. Lentement, la situation s'améliorait. De plus, une belle journée s'annonçait, très froide mais ensoleillée. Oscar partait en visite et, la semaine prochaine, Carrie et Lucy arriveraient. En y réfléchissant, les événements de la veille avaient dû représenter un tournant, même si elle ne l'avait pas compris aussitôt.

« Je vais me promener, avait dit Oscar. J'ai besoin de me dégourdir les jambes et de prendre l'air. J'emmène Horace avec moi. » De toute évidence, Elfrida n'était pas invitée à se joindre à eux, ce qui valait mieux. Elle n'avait en effet nullement envie de sortir dans le vent et la pluie. Là aussi, elle avait caché son étonnement. Elle lui avait juste conseillé de s'habiller aussi chaudement que possible.

Mais — peut-être était-ce un heureux hasard — Oscar avait rencontré Peter Kennedy. Peu importait la raison pour laquelle la conversation s'était engagée, il avait été traité de façon amicale et accueillante. Le fait d'avoir paniqué et d'avoir pris la fuite — comme un chien qui mord la main qui le nourrit — avait certainement moins choqué le pasteur qu'Oscar lui-même. Sa propre conduite lui avait inspiré une honte profonde. Peut-être avait-il passé la nuit, éveillé, à ressasser ses remords. Peut-être le fait de rendre visite à Rose Miller représentait-il une forme de réparation, son premier pas pour revenir dans la compagnie de ses semblables.

— A quelle heure veux-tu y aller, Oscar ? demanda-t-elle en revenant s'asseoir avec sa tasse de café. Je veux dire, pour ne pas être en retard à ton rendez-vous galant avec Rose ?

— Ce n'est pas un rendez-vous parce qu'elle ne sait pas que je veux la voir.

— Oui, mais *rendez-vous* sonne de façon beaucoup plus excitante !

— Je pensais m'y rendre vers dix heures et demie. Cela te paraît une heure correcte ?

— Parfaite ! Elle sera levée et habillée, elle t'offrira une tasse de thé et — peut-être ! — un petit gâteau, plaisanta-t-elle avant de boire une gorgée de café et de poursuivre : Puisque tu vas à Corrydale, tu pourrais passer chez le major Billicliffe ?

— J'espérais que tu n'en parlerais pas.

— Oscar, tu n'es pas très courageux ! C'est un pauvre vieil idiot sans méchanceté et sans doute malade de solitude. Ce n'est pas gentil de faire semblant d'ignorer son existence alors que nous vivons ici. Après tout, il nous attendait avec la clef et un petit verre inoffensif !

L'air peu enthousiaste, Oscar gardait le silence.

— Tu pourrais simplement t'arrêter puisque tu as le temps. Pourquoi ne l'invites-tu pas à prendre un verre quand Carrie et Lucy seront là ?

Oscar en profita pour dévier la conversation :

— Quand arrivent-elles ?

— Vendredi, comme je te l'ai dit. Elles prennent l'avion jusqu'à Inverness. J'ai demandé au taxi d'aller les chercher.

— J'ignorais qu'il y avait un taxi.

— Alec Dobbs.

— Je croyais que c'était l'entrepreneur de pompes funèbres ?

— Il fait aussi le taxi.

— Un homme de ressources !

Elfrida buvait son café à petites gorgées. Elle avait oublié le major Billicliffe pour se concentrer sur le séjour de Carrie et Lucy.

— Nous n'avons pas beaucoup de temps pour tout préparer, n'est-ce pas ? Je dois trouver de quoi meubler la mansarde. Il y a certainement un magasin d'occasions dans les environs. Je vais me renseigner.

— A qui veux-tu le demander ?

— Au boucher ?

— Au marchand de journaux ?

— Ou aux pompes funèbres ?

— Mais non ! Mrs Snead. Elle le saura certainement.

Leur passionnante discussion aurait pu durer longtemps mais fut interrompue par la sonnette de la porte d'entrée. Horace, brusquement dérangé par le bruit, s'assit d'un bond dans son panier et se mit à aboyer avec agitation.

Elfrida le fit taire et traversa le hall d'entrée pour voir ce qui se passait. Le facteur avait laissé deux lettres sur le paillasson. Elfrida interpréta l'événement comme un autre bon présage car ils n'avaient presque pas eu de courrier depuis leur arrivée à Creagan.

Elle se baissa, ramassa les deux enveloppes et les rapporta à Oscar.

— Celle-ci est pour toi. Tapée à la machine, l'air sérieuse. Sans doute ta banque. L'autre est pour moi.

— C'est mon tour d'être jaloux !

— Je ne crois pas...

Elle prit ses lunettes dans la poche de son pull.

— Une écriture nette, un peu pointue et démodée, commenta-t-elle.

Elle ouvrit l'enveloppe à l'aide d'un couteau, sortit le feuillet qu'elle contenait et le retourna pour voir la signature. Elle sourit.

— Oscar, c'est Hector. Comme c'est gentil de nous écrire !

Elle s'assit et déplia l'épais papier à lettres bleu.

— Un chèque ! Il y a un chèque de cinq cents livres !

Oscar ouvrit de grands yeux.

— Cinq cents livres ? Es-tu certaine ?

— Vérifie toi-même. Il est à ton nom.

Elle le lui tendit.

— Tu devrais lire sa lettre pour savoir de quoi il s'agit, dit Oscar en contemplant le chèque avec étonnement.

Elfrida entreprit donc de lire sa lettre.

Mon cher Oscar, ma chère Elfrida,

Je ne vous ai pas écrit plus tôt pour vous laisser le temps de vous installer. J'espère que vous avez fait bon voyage et que vous avez trouvé Estate House dans un état correct. Je dois vous avouer que, après votre départ, j'ai tenu à écrire à Peter Kennedy, le ministre de la paroisse de Creagan. Je connais votre désir de voir respecter votre intimité et votre anonymat pour pouvoir surmonter la tragédie qui s'est produite. Toutefois, je ne pouvais pas m'empêcher de m'inquiéter pour vous. Peter est un homme estimable, et un de mes bons amis. Je sais qu'il sera resté discret sur les tristes circonstances de votre installation à Creagan. Il faisait partie des habitués de Corrydale avant que je transfère le domaine à Hughie. J'appréciais beaucoup sa compagnie et sa finesse d'esprit. Je pense qu'il prendra contact avec vous et je serais heureux que vous acceptiez sa présence et, peut-être même, le réconfort qu'il peut vous apporter.

J'espère que vous ne serez pas choqués par mon initiative. Je m'inquiète aussi à l'idée que Estate House doit être sous-meublée et sous-équipée. Comme vous le savez, je n'y suis pas allé depuis très longtemps, même si je me suis arrangé pour qu'elle soit entretenue depuis le départ des Cochrane. Comme je me sens responsable de vous avoir convaincus de quitter le Hampshire pour habiter à Creagan, je serai heureux de pourvoir à l'une ou l'autre acquisition susceptible d'améliorer votre confort. Je joins donc à ma lettre un chèque de cinq cents livres en espérant que cela couvrira vos besoins.

A Londres, le temps reste gris et froid. Je ne sors pas beaucoup mais j'observe les choses de ma fenêtre ! J'espère que vous allez bien tous deux. Auriez-vous la gentillesse de m'écrire ou de me téléphoner pour me rassurer ? J'ai vu dans le Times *une annonce de mise en vente de la Grange. Ces jeunes gens n'ont pas perdu de temps.*

Avec mes meilleurs vœux pour vous deux,
Sincèrement,

Hector

Elle replia la lettre sans un mot et la remit dans l'enveloppe.

— Je vais lui écrire dès ce matin, dit-elle ensuite.

— C'est d'une incroyable générosité. Mais nous n'avons besoin de rien.

— Oh si ! s'exclama Elfrida d'un ton décidé.

— Par exemple ?

— Un grille-pain qui ne brûle pas, qui n'explose pas, qui ne m'électrocute pas ! Celui-ci est une antiquité. Il me faut aussi un lit pour Lucy et des rideaux à la fenêtre du palier ne nuiraient pas !

— Je n'avais pas remarqué... dit Oscar, l'air un peu gêné.

— Les hommes ne voient jamais ces choses-là !

— Tu pourrais peut-être acheter un lave-vaisselle ?

— Je n'ai pas besoin de lave-vaisselle.

— Ou un four à micro-ondes ?

— Je n'en veux pas non plus.

— Une télévision ?

— Je ne regarde jamais la télévision. Et toi ?

— Seulement les informations, l'émission religieuse et les concerts-promenade.

— Oscar, d'après toi, n'est-ce pas une chance que nous ayons aussi peu de besoins ?

— Oui, nous avons beaucoup de chance.

Il prit le chèque et le contempla un instant avant de poursuivre :

— Et dans plus d'un domaine. Avant d'aller chez Rose, je vais m'arrêter à la Bank of Scotland pour ouvrir un compte joint à nos deux noms. Ensuite, tu pourras faire des folies dans les magasins de meubles !

— Mais l'argent n'est pas pour moi.

— C'est pour nous deux.

— Crois-tu que la Bank of Scotland t'acceptera ?

— J'ai un compte chez eux depuis l'enfance ! Je ne vois pas pourquoi cela poserait un problème.

— Quelle énergie, Oscar ! Tu n'oublieras pas les fleurs pour Rose ?

— Non, c'est promis.

La journée bénéficia d'un temps magnifique. Le soleil se leva, rouge, dans un ciel d'un bleu parfait, sans le moindre souffle de vent. Dehors, les femmes qui étaient sorties pour faire leurs courses marchaient avec prudence sur les trottoirs glissants. Elles s'étaient équipées de grosses chaussures montantes, de bonnets de laine et de gants épais. Le froid ne les empêchait toutefois pas de s'arrêter pour bavarder, leur respiration s'élevant en longues volutes blanches.

Derrière l'entrelacs de branches noires des arbres dénudés, le soleil donnait à l'église un éclat doré. Les goélands tournaient au-dessus de la flèche du clocher, tandis que les choucas se reposaient sur sa girouette. Dans le vieux cimetière, le gel avait raidi l'herbe et les voitures descendues des collines portaient de lourds manteaux de neige. Un arbre de Noël dépassait du coffre de l'une d'elles.

Après un peu de ménage superficiel — refaire les lits, préparer le feu et remplir un panier de bûches dans l'abri de jardin —, Elfrida s'assit sur la banquette de la fenêtre du salon pour observer le spectacle de la rue. Oscar était parti depuis un moment, non sans avoir dû péniblement dégivrer le pare-brise et débloquer les essuie-glaces. Elfrida espérait que Rose serait heureuse de le voir, ainsi qu'il le pensait.

Accoudée à la table, le soleil lui chauffant le dos, elle commença sa lettre à Hector.

Estate House
9 décembre

Cher Hector,

Votre lettre nous a beaucoup touchés, de même que votre chèque si généreux. Un grand merci de la part d'Oscar et de la mienne. Nous l'appécions pour plus d'une raison. Il nous manque quelques équipements de base mais, en réalité, nous nous sommes très bien débrouillés pour nous en passer. Cependant, une de mes jeunes cousines, Carrie Sutton, nous rejoint pour Noël. Sa nièce Lucy, qui a quatorze ans, l'accompagne. Ce sera donc bien de pouvoir rendre la maison un peu plus gaie et personnelle. Nous avons vraiment besoin d'un grille-pain, mais c'est presque tout. Je dois aussi acheter quelques meubles pour la chambre de Lucy (elle va dormir dans une des mansardes !) ; votre chèque sera donc très utile. Je trouverai le nécessaire dans un magasin d'occasions.

Oscar va bien. Il s'est tenu à l'écart de tout depuis notre arrivée et, de temps en temps, je me suis sentie un peu découragée. Je me demandais s'il émergerait jamais de son chagrin pour recommencer à envisager l'avenir. Il ne voulait voir personne, ni parler à qui que ce soit. Or, hier, il a emmené Horace, mon chien, dans une longue promenade et, devant le club de golf, il a rencontré Peter Kennedy. Il l'a trouvé « très sympathique » selon ses propres mots. Le pasteur l'a invité à prendre un thé avec lui au club et il a accepté mais, quand il a su de qui il s'agissait, il a pris peur et il s'est enfui.

Il en a été bouleversé mais je crois que l'incident l'a réveillé, en quelque sorte. Il s'est rendu compte qu'il ne peut pas continuer à se cacher. Il a donc pris la voiture, ce matin, pour rendre visite à Rose Miller, à Corrydale. C'est la première fois, depuis l'accident, qu'il fait de lui-même un pas en direction des autres. J'en suis très heureuse et j'espère qu'il rencontrera bientôt les Kennedy. De toute façon, il ne faut pas le bousculer. Il faut le laisser suivre son propre rythme.

Nous sommes vraiment très bien, ici, et les jours passent paisiblement. C'est un petit coin très tranquille et je fais de grandes promenades sur la plage avec Horace. Il m'arrive même de rentrer après le coucher du soleil. Nous n'avons pas de télévision mais nous n'en avons réellement pas besoin. Oscar a apporté son poste de radio et nous passons les longues soirées à jouer au canasta et à écouter Classic FM.

La route a été longue depuis le Hampshire et nous

Sa lettre l'absorbait tellement qu'elle n'entendait plus les voix dans la rue. Elle n'entendit pas plus la grille du jardin qui claquait ni les bruits de pas dans l'allée puis sur le perron. La sonnette de l'entrée la fit sursauter si violemment qu'elle laissa tomber son stylo. Au rez-de-chaussée, comme d'habitude, Horace éclata en aboiements affolés. Elle se leva et descendit en courant.

— Horace ! Tais-toi !

Elle ouvrit toute grande la lourde porte d'entrée. Le soleil inonda le hall et le froid la saisit. Devant elle se tenait une inconnue.

— Désolée pour le chien.

— Il n'y a pas de mal.

Grande et mince, d'allure remarquablement peu convention-nelle, sa visiteuse devait approcher la quarantaine. Elle avait des cheveux lisses et très noirs, presque aile-de-corbeau, qui lui tombaient librement sur les épaules. Une frange lui cachait le front. Elle portait un vieil imperméable de chez Barbour avec une longue jupe en laine rouge et des sortes de Doc Marten's. Son écharpe écossaise encadrait un visage remarquablement dessiné et dépourvu du moindre maquillage. Elle avait un teint bronzé, les joues rosies par le froid, et des yeux noirs profondé-ment enfoncés sous les orbites. Elle tenait un sac en plastique dans une main et, dans l'autre, un petit panier en osier avec des œufs.

— Bonjour, dit-elle en souriant. Vous devez être Elfrida Phipps ? J'espère que je ne vous dérange pas ; je suis Tabitha.

Cela ne disait pas grand-chose à Elfrida sur l'identité de la jeune femme et son visage laissa transparaître son incompré-hension.

— Tabitha Kennedy. Je suis la femme de Peter Kennedy.

— Oh ! s'exclama Elfrida.

Elle essaya de cacher sa surprise. De toute sa vie, elle n'avait jamais vu quelqu'un qui eût moins l'air de la femme d'un pasteur.

— Je suis ravie de vous rencontrer, dit-elle en faisant un pas en arrière pour dégager le passage. Entrez, je vous en prie.

Tabitha Kennedy marqua une hésitation.

— Je ne voudrais pas vous déranger. Je vous ai simplement apporté quelques œufs. Pondus par mes poules !

— Vous ne me dérangez pas du tout et j'adore les œufs frais. Entrez, nous allons prendre un café.

Tabitha franchit le seuil. Elfrida referma derrière elle.

189

— Vous m'excuserez de vous faire entrer dans la cuisine, dit Elfrida en montrant le chemin. Je vais faire chauffer de l'eau et nous monterons nos tasses à l'étage. A moins que vous ne préfériez du thé ?

— Je meurs d'envie d'un café. Je suis gelée. Peter a pris la voiture et je suis descendue au bourg à pied. On glisse tellement que j'ai cru terminer à quatre pattes !

Elle suivit Elfrida dans la cuisine, posa le panier d'œufs sur la table et accrocha son sac en plastique au dossier d'une chaise.

— Oscar a aussi pris la voiture. Il est allé voir quelqu'un qui s'appelle Rose Miller, à Corrydale.

— En ce cas, ils n'ont pas fini ! Rose a toujours adoré Oscar. Elle n'arrête pas de parler de lui. Savez-vous que je n'étais jamais entrée dans la cuisine ? Quand je venais ici, c'était toujours très protocolaire. Nous montions directement dans le grand salon. Les Cochrane formaient un vieux couple étonnant, très réservé. On ne peut pas dire qu'ils étaient très portés sur les réceptions ! Une fois par an, Peter et moi, nous étions invités à prendre le thé en échangeant des propos très polis. C'était assez éprouvant. Comment se passe votre installation ?

Pendant que l'eau chauffait, Elfrida prépara le plateau avec les tasses.

— Tout va bien.

Tabitha jeta un coup d'œil autour d'elle.

— Cette cuisine me rappelle une exposition dans un des musées du National Heritage. Ma grand-mère avait exactement la même. Je doute que les Cochrane aient acheté beaucoup de gadgets et, si c'était le cas, Mrs Cochrane a dû tout emporter. Avez-vous un lave-vaisselle ?

— Non, mais comme je n'en ai jamais eu, cela ne me dérange pas.

— Et une machine à laver ?

— Il y a une antiquité dans l'arrière-cuisine. La moindre lessive prend des heures, mais cela marche bien. Et pour sécher, j'ai une corde à linge au fond du jardin !

— Une arrière-cuisine ! Je peux regarder ?

— Bien sûr !

— Cette porte ? De mieux en mieux ! Des sols carrelés, des éviers en terre cuite, et des égouttoirs en bois. Mais vous avez un réfrigérateur !

— Dont je pourrais presque me passer, avec ce temps.

Tabitha referma la porte, revint dans la cuisine et prit une chaise pour s'asseoir.

— Vous utilisez le grand salon à l'étage ?

— Tout le temps. Nous n'arrêtons pas de monter et descendre l'escalier.

— Et les pièces du rez-de-chaussée ?

— Il y a une salle à manger victorienne très sombre. Beaucoup de lourds meubles en acajou, des rideaux en peluche et un piano droit avec des appliques pour des bougies. Je pense que l'autre pièce était le bureau du régisseur, mais j'ai l'impression que les Cochrane ne s'en servaient pas. Il y a encore un vieux bureau à cylindre et une table avec des tiroirs spéciaux pour recevoir les loyers. J'avoue que ces deux pièces restent fermées. Nous prenons nos repas ici ou devant le feu.

— C'est bien plus simple.

— Et cela ne semble pas gêner Oscar.

— Je suis contente qu'il ne soit pas là, dit Tabitha. Je suis venue, entre autres, pour lui présenter nos excuses. Son absence m'évite de le faire.

— Vous *excuser* ? Mais de quoi ?

— Peter m'a demandé de le faire. Il craint d'avoir été impoli et un peu trop insistant, hier après-midi. Il espère vraiment qu'Oscar n'en a pas été choqué.

— J'ai cru comprendre que, pour Oscar, c'est lui qui doit des excuses à Peter. Ce n'était pas très correct de s'en aller comme il l'a fait, mais il a paniqué. Il le regrette beaucoup. Il sait qu'il s'est mal conduit.

— Hector nous a écrit pour nous mettre au courant de cet affreux accident. Il faut beaucoup de temps pour se sortir d'une perte pareille et reprendre goût à la vie.

— Cela s'appelle faire son deuil.

— Je sais. Cela n'a pas dû être facile pour vous.

— A dire vrai, cela a été horrible.

Elfrida fut très surprise de s'entendre prononcer le mot « horrible ». Il lui avait échappé. Elle n'avait jamais osé penser aux semaines qu'elle venait de traverser comme « horribles », et elle venait de se l'avouer.

— Je crois que le pire est ce sentiment de frustration que l'on éprouve de ne pouvoir apporter aucune aide. Et l'impatience. Et la culpabilité due à l'impatience. Je ne compte pas le nombre de fois où j'ai dû me mordre la langue. De plus, je suis quelqu'un

191

d'assez sociable. Je ne parle pas de soirées interminables mais de rencontrer les gens et d'apprendre à les connaître. Je suis restée très à l'écart par égard pour Oscar. On a dû me prendre pour quelqu'un de prétentieux.

— Je suis certaine du contraire !

— Mrs Snead m'a sauvé la vie ! Nous avons de longues conversations autour d'une tasse de thé.

— Je suis contente qu'elle travaille pour vous.

— Aujourd'hui... aujourd'hui j'ai eu l'impression que le pire était passé. Je l'espère de tout mon cœur pour Oscar. Il est tellement gentil, il ne mérite vraiment pas ce qui lui est arrivé. Peut-être que le fait d'aller voir Rose Miller représente une nouvelle étape.

— Nous sommes toujours là, Peter et moi, mais nous avons estimé que vous aviez tous les deux besoin de temps. Il est parfois délicat d'évaluer précisément le bon moment pour se montrer.

— Ne vous inquiétez pas pour cela, je vous en prie.

— Pensez-vous que Peter peut venir voir Oscar ? Ils pourraient dissiper tout malentendu éventuel entre eux.

— Je crois que c'est une excellente idée, mais conseillez-lui de téléphoner d'abord.

— D'accord.

Le café était prêt.

— Montons, dit Elfrida en prenant le plateau. Ce sera plus confortable.

Tabitha la suivit.

— J'ai toujours été impressionnée par la beauté de cet escalier, dit-elle. Cela donne une certaine grandeur à votre entrée. D'après Peter, la rampe est sculptée dans du pin de la Baltique qui servait de lest aux harenguiers.

Elle fit une halte sur le palier de mi-étage pour voir le jardin, rendu terne par le gel. Il s'étalait sur la pente de la colline en une série de terrasses plantées de pelouse, avec un chemin et des volées de marches au milieu. Tout en haut se dressait un bosquet de pins plein de nids de choucas.

— J'avais oublié à quel point c'est grand. On ne s'en rend pas compte, depuis la rue, à cause du mur. J'adore les jardins clos. Le vieux Mr Cochrane était un jardinier de talent. Il nous apportait des laitues au presbytère.

— Oscar jardine volontiers mais, jusqu'ici, il s'est contenté de balayer quelques feuilles mortes.

— Au printemps, c'est plein de jonquilles et les terrasses sont couvertes d'aubriètes pourpres. Il y a aussi un lilas.

Elfrida, chargée du plateau, continuait de monter. Derrière elle, Tabitha poursuivait ses commentaires :

— Cet escalier n'a pas seulement de l'allure, il est réellement imposant, avec des proportions inattendues...

Les rayons du soleil, bas sur l'horizon, inondaient le palier par la porte ouverte du salon.

— ... et j'ai toujours trouvé ce grand salon superbe, continuait Tabitha. Oh ! Ils vous ont laissé le lustre. Cela doit venir de Corrydale.

Au premier regard sur les murs nus, elle repéra le petit tableau apporté de Dibton par Elfrida.

— Mon Dieu ! C'est ravissant ! s'exclama-t-elle en s'approchant pour l'examiner de plus près. Il n'était pas ici, n'est-ce pas ?

— Non, c'est à moi, répondit Elfrida en posant le plateau sur la table près de la fenêtre.

— C'est un David Wilkie, ce n'est pas possible autrement.

Elfrida fut impressionnée.

— C'est exact. Je l'ai depuis très longtemps. Il m'a suivi dans tous mes déménagements.

— Comment vous êtes-vous trouvée en possession de ce petit trésor ?

— On me l'a offert.

Tabitha se mit à rire.

— Quelqu'un qui devait beaucoup vous aimer !

— Ici, il ressemble un peu à un timbre sur une affiche ! Il est trop petit pour un si grand mur.

— C'est quand même une merveille.

Elfrida gratta une allumette pour le feu.

— Croyez-vous que nous avons besoin de feu ? demanda Tabitha. Il fait si bon, ici.

— C'est l'idéal — une chaudière au fuel et le chauffage central. Quand nous sommes arrivés, j'avais très peur de trouver une maison glaciale mais nous sommes comme des coqs en pâte. La chaudière nous fournit aussi de l'eau brûlante pour les bains.

— Sans compter que ces vieilles maisons victoriennes sont très bien construites, très solides. On ne sent pas le moindre courant d'air.

Le feu grésilla, bondit et se mit à crépiter avec de petites flammes bondissantes. Elfrida y ajouta du charbon et une bûche.

— Voulez-vous vous asseoir à la fenêtre ?

— Volontiers, il fait tellement bon au soleil !

Tabitha défit son écharpe et la fermeture Eclair de son Barbour qu'elle ôta et posa sur une chaise avant de s'installer sur la banquette de la fenêtre.

— Est-ce que vous vous asseyez ici pour observer les allées et venues ? Vous devez en savoir déjà assez pour écrire un livre sur nous tous !

— C'est assez fascinant, oui.

Elfrida poussa de côté la lettre qu'elle avait commencée pour Hector.

— Depuis quand vivez-vous à Creagan ? demanda-t-elle.

— Une vingtaine d'années. Nous nous sommes mariés juste avant que Peter soit nommé ici.

— Quel âge aviez-vous ?

— Vingt ans ! répondit Tabitha avec une petite grimace. Quelques-uns des paroissiens nous ont fortement désapprouvés mais, pour finir, tout s'est très bien passé. Nos deux enfants sont nés au presbytère.

— Quel âge ont-ils ?

— Rory a dix-huit ans. Il vient de quitter l'école. Nous les avons envoyés tous les deux à l'école privée d'ici. Il a eu son diplôme de fin d'études secondaires et il a obtenu une place à l'université de Durham, mais il n'y entrera pas avant l'année prochaine. Il est dans son année sabbatique et Dieu sait comment il va s'occuper. Peter dit que cela n'a pas d'importance pourvu qu'il gagne de l'argent ou qu'il apprenne quelque chose. Clodagh a douze ans et, allez savoir pourquoi, elle est folle de chevaux. Nous n'avons pas encore compris pourquoi elle a choisi un violon d'Ingres aussi ruineux !

— Elle aurait pu se passionner pour le delta-plane !

Soudain, elles éclatèrent de rire. Elfrida trouvait délicieux de pouvoir dire des bêtises avec une autre femme, de parler des hommes et des enfants en buvant du café, comme si elles se connaissaient depuis toujours.

Elle regarda Tabitha, en face d'elle, avec sa coiffure de jeune fille frôlant son pull-over noir à col roulé. Elle se sentait pleine de curiosité.

— Cela vous plaît, d'être la femme d'un pasteur ?

— Je suis très heureuse d'avoir épousé Peter. De plus, je ne suis pas vraiment une femme de pasteur puisque je suis professeur d'arts plastiques à l'école. J'ai tous mes diplômes d'enseignement et je donne cinq matinées de cours par semaine.

— Vous êtes une artiste, vous-même ?

— Oui, je peins et je dessine mais j'enseigne aussi bien les travaux manuels comme la poterie et la couture. La classe des grandes a cousu tous les coussins des prie-Dieu de l'église. C'était un gros projet. Et toutes les mères de Creagan ont une poterie bancale pour leurs bégonias !

— J'étais comédienne, dit spontanément Elfrida.

Elle se mordit aussitôt la lèvre, regrettant de l'avoir dit. Elle avait l'air de vouloir dénigrer le talent de Tabitha.

Mais Tabitha montra une surprise très gratifiante.

— Vraiment ? En fait, cela ne m'étonne pas du tout. Je vous imagine très bien sur scène. Vous avez été célèbre ?

— Non, pas du tout ! Mais j'ai toujours eu du travail, même de façon très modeste.

— C'est l'essentiel, n'est-ce pas ? Faire ce que l'on aime, et être payée pour le faire. C'est ce que je pense aussi. C'est très bon pour l'estime de soi. Peter le comprend. C'est une des raisons pour lesquelles je l'aime tellement. J'ai hâte que vous fassiez sa connaissance. Je vous inviterai au presbytère mais il vaut peut-être mieux attendre que Oscar et lui se soient expliqués. Je pourrai lancer mes invitations après cela. C'est-à-dire que je vous téléphonerai.

— Rien ne me ferait plus plaisir.

— Qu'avez-vous prévu pour Noël ?

— Rien de spécial. Je crois qu'Oscar n'a vraiment pas envie de faire la fête et je le comprends. Il n'en reste pas moins que la situation se complique du fait qu'une de mes cousines arrive samedi prochain et qu'elle amène sa nièce avec elle. Je leur ai dit que nous ne faisons rien de spécial mais cela ne les a pas découragées.

— Quel âge a-t-elle ?

— Carrie a trente ans mais sa nièce quatorze seulement. Elle s'appelle Lucy. Je ne la connais pas. J'espère qu'elle n'est pas trop timide ou, au contraire, trop délurée ! Je... J'espère aussi qu'elle ne s'ennuiera pas trop.

— Il se passe beaucoup de choses à Creagan pour Noël ; elle n'aura pas le temps de s'ennuyer. Tous les enfants se réunissent...

— Mais elle ne les connaît pas !

— Elle rencontrera Rory et Clodagh. Ils lui feront connaître les autres.

— Cela ne les dérangera pas ? demanda Elfrida d'un ton dubitatif.

— Les déranger ? Pourquoi voulez-vous que cela les dérange ?

— Eh bien... Elle n'est pas d'ici. Elle arrive de Londres...

— Raison de plus pour s'occuper d'elle ! dit Tabitha.

Soudain, Elfrida eut la vision très nette du professeur maintenant l'ordre dans sa classe, et de la femme de pasteur élevant ses enfants dans les vraies valeurs chrétiennes. Elle comprit qu'en dépit de ses allures de jeune fille bohème, Tabitha Kennedy était une personne avec qui il fallait compter. Elfrida en conçut une nouvelle estime pour elle et ne l'en apprécia que mieux.

Une de ses préoccupations lui revint à l'esprit.

— Je dois acheter quelques meubles. Nous manquons de différentes choses car la maison n'a jamais été meublée que de façon incomplète pour pouvoir être louée. La chambre de Carrie est prête mais je pensais installer Lucy dans une des mansardes. Elles sont très belles et très lumineuses mais...

Elle hésita un instant.

— Accepteriez-vous de monter avec moi pour y jeter un coup d'œil ? Vous me direz ce que je devrais y mettre, d'après vous ?

— Bien sûr, j'en serai ravie.

Tabitha avait terminé son café. Elle remonta la manche de son pull-over pour consulter sa montre.

— Ensuite, je devrai me sauver. Peter a une réunion au début de l'après-midi à Buckly et il faut d'abord que je lui prépare sa soupe !

— Si vous n'avez pas le temps...

— Mais si ! Venez, montrez-moi ces greniers. Je me débrouille très bien en décoration.

— Avec le minimum d'investissement...

— Oh ! J'ai épousé un pasteur, vous savez...

Elles montèrent au grenier. Dans la première mansarde, dépourvue de fenêtre, elles trouvèrent trois vieilles malles, un mannequin de couturière et toute une collection de toiles d'araignées. L'autre, qui bénéficiait d'une immense lucarne et d'un plafond en pente, était remplie de la pâle lumière du soleil hivernal et ne contenait rien.

Tabitha était sous le charme.

— Quelle chambre merveilleuse ! Je ne connais pas de jeune fille qui ne se réjouirait pas d'en disposer pour elle toute seule. Pensez-vous mettre de la moquette ? Le plancher est très beau. Et il y a un radiateur. Tout le confort ! Vous aurez besoin d'un lit, bien sûr, et peut-être d'une commode ou d'une petite coiffeuse. Que penseriez-vous d'une télévision ?

— Nous n'en avons pas.

— Mais les adolescents deviennent fous s'ils n'ont rien pour s'abrutir ! Rory a un vieux poste dont il ne se sert plus. Je lui en toucherai un mot. Il faudra aussi quelques lampes et un store pour la lucarne, sinon elle se croira dans un film d'épouvante.

— J'ai un peu d'argent — Hector nous en a envoyé — mais pas beaucoup. J'avais pensé à une boutique d'occasions...

— Il y a un marché extraordinaire à Buckly.

— Je ne suis jamais allée à Buckly.

— Je vous y emmènerai. Il y a des stands pour tout !

— Même des lits ?

— Des lits fabuleux ! Et aussi des draps, des tableaux et des objets d'art, des vieux vêtements merveilleux, des armoires et des tapis. La semaine prochaine, un après-midi... Mardi, cela vous conviendrait ?

Elfrida, qui n'avait pas eu le moindre rendez-vous à prévoir depuis près d'un mois, approuva de la tête.

— Pourrons-nous utiliser votre voiture ? demanda Tabitha. Peter aura sans doute besoin de la sienne.

Elfrida acquiesça encore de la tête.

— Nous allons bien nous amuser ! Je me sens très impatiente, dit Tabitha.

Elle consulta de nouveau sa montre.

— Tout est organisé, alors. Maintenant, je dois me dépêcher si je ne veux pas que Peter s'énerve !

Après le départ de Tabitha, Elfrida entreprit de terminer sa lettre à Hector.

... sommes arrivés le deuxième jour à sept heures du soir. Ma lettre m'aura pris beaucoup de temps parce que j'ai été interrompue par la visite de Tabitha Kennedy. Je suis certaine que, dans très peu de temps, Peter et Oscar auront éclairci tout malentendu éventuel. Tabitha est charmante. Elle va m'emmener à un marché à Buckly où je pourrai faire quelques achats pour la maison. Encore merci de votre

gentillesse et de votre générosité. J'espère que vous allez bien et que
le temps s'améliorera suffisamment pour vous permettre de sortir.
    Avec toute notre affection,

Elfrida

Elle relut sa lettre depuis le début, la glissa dans une enveloppe, écrivit l'adresse et colla un timbre. Après quoi, elle descendit dans la cuisine et fit une rapide inspection du réfrigérateur. Elle n'avait besoin que de quelques légumes, et peut-être des fruits. Horace dormait dans son panier et n'avait visiblement aucune envie d'être dérangé. Elle le laissa donc dormir, s'emmitoufla pour affronter le froid et sortit. Elle ne prit pas la peine de fermer à clef : elle avait appris qu'à Creagan personne ne fermait sa porte à clef.

Un froid glacial la saisit mais le soleil — bien que bas sur l'horizon — avait fait fondre un peu la couche de glace qui rendait les trottoirs si glissants. Ils étaient à présent noirs et humides. Elfrida avança pourtant avec autant de prudence que les autres femmes sorties faire leurs courses. Elle n'avait vraiment pas besoin de se casser une jambe, surtout en ce moment !

Elle posta sa lettre puis traversa la rue pour se rendre chez « Arthur Snead — Fruits et Légumes ». Exceptionnellement, la petite boutique était vide. Arthur Snead, appuyé sur son comptoir, lisait les résultats des courses de chevaux. A l'entrée d'Elfrida, il se redressa et plia son journal.

— Bonjour, Mrs Phipps. Comment ça va, par ce beau temps ?

Arthur Snead était la moitié de Mrs Snead, qui prononçait son prénom « Arfur », trahissant ainsi ses origines. Les Snead s'étaient révélés une aide précieuse, pas simplement parce que Mrs Snead faisait le ménage à Estate House et rapportait à Elfrida mille informations utiles, mais parce que c'étaient des cockneys. Ayant longtemps vécu à Londres, Elfrida savourait leur accent familier qui, par moments, lui avait donné le sentiment d'être un peu moins seule. Les Snead avaient quitté le quartier de Hackney à Londres, cinq ans plus tôt, pour venir s'installer à Creagan. Elfrida avait fini par apprendre tous les détails d'un changement de vie aussi étonnant après de nombreuses tasses de thé. Mrs Snead lui avait raconté comment « Arfur » avait débuté avec une voiture des quatre-saisons dans North End Road et avait finalement réussi à acheter une petite boutique. Mais il y avait eu les projets de réaménagement du quartier et un arrêté d'expulsion. Il avait été tellement écœuré ! Puis il avait vu cette annonce dans un magazine de jardinage — il le prenait toujours à cause du lopin de terre où il faisait pousser des potirons extraordinaires — et il avait dit à Mrs Snead : « Qu'en dis-tu, ma belle ? » Et, fidèle jusqu'au bout, Mrs Snead avait répondu : « OK, Arfur ! »

Ils avaient donc pris l'argent de l'indemnité d'expulsion et ils étaient partis pour Creagan. Ils avaient acheté le magasin et le petit appartement au-dessus, et ils n'avaient jamais regardé en arrière. Des gens bien, ses clients ! Arthur avait rejoint le club de boules et il s'était découvert une passion pour la pêche en mer. Quant à Mrs Snead, elle faisait à présent partie de l'association paroissiale, elle participait à des sorties et, de temps en temps, elle chantait avec la chorale.

Respectés et acceptés par la communauté, on les appelait pourtant, mais sans la moindre méchanceté, les colons blancs.

— Vous devriez ouvrir l'œil, ma chère. J'ai eu votre homme, ce matin, qui m'a acheté des chrysanthèmes pour une autre femme !

— Je sais. Elle s'appelle Rose Miller et je crois que je contrôle ma jalousie ! Avez-vous des choux de Bruxelles ?

— J'ai de beaux brocolis de ce matin. Le camion a eu beaucoup de mal à passer. Il dit que, sur les collines, il y a vingt centimètres de neige, maintenant. J'ai aussi des pommes de terre de Chypre.

Elle acheta des brocolis et des pommes de terre, quelques tangerines dans un filet et deux pamplemousses à l'air assez piteux qu'Arthur lui laissa à moitié prix.

— Vous rentrez directement chez vous ?

— Non, répondit Elfrida qui avait pris sa décision. Je vais d'abord acheter un nouveau grille-pain. Celui de la maison est en train de rendre l'âme.

— Alors, laissez donc vos sacs ici, je vais vous les monter. Je les poserai dans l'entrée.

— C'est très aimable. Mais pourquoi faut-il que les pommes de terre pèsent aussi lourd ! Merci beaucoup, Arthur.

Elle ressortit, les mains libres, d'un pas plus léger. Quand elle poussa la porte de William G. Croft — Electroménager —, il se produisit un petit « ting ». Mr Croft, dans sa blouse kaki, émergea de l'arrière-boutique dont il laissait la porte ouverte. Il y passait la plus grande partie de son temps à réparer des aspirateurs ou des téléviseurs. Il reconnut immédiatement sa cliente.

— Bonjour, Mrs Phipps. Je pensais bien que vous reviendriez.

— Oui, je me suis décidée.

— Votre appareil a explosé ?

— Non, et je m'étonne que cela ne soit pas encore arrivé !

— Quel modèle aviez-vous regardé ?

— Le moins cher mais je crois que je préférerais quelque chose de plus... moderne.

— J'ai ce qu'il vous faut.

Il sortit l'appareil de son emballage et le posa sur le comptoir. C'était un bel objet bleu vif et au dessin aérodynamique. Le commerçant lui montra comment il marchait, ce qui ne présentait pas de grandes difficultés, et comment, en tournant un bouton, on pouvait régler le degré de cuisson du pain.

— Et vous avez une garantie d'un an, conclut Mr Croft comme si cela rendait l'appareil irrésistible.

Il était, en effet, irrésistible et Elfrida déclara qu'elle le prenait.

— Il y a juste un petit problème. Je n'ai pas assez pour payer tout de suite. Pouvez-vous me le garder jusqu'à demain ou après-demain ?

— Ce n'est pas nécessaire, Mrs Phipps. Vous l'emportez maintenant et vous payerez la prochaine fois que vous passerez devant le magasin.

— Etes-vous sûr ?

— Je ne crains pas de vous voir vous enfuir avec !

Elle rapporta son grille-pain à Estate House, le déballa, le brancha et se fit deux toasts impeccables. Elle y étala un peu de confiture et commença à manger. Elle jeta le vieil appareil dans la poubelle et, au même moment, la porte de l'entrée s'ouvrit. Oscar était rentré. Dévorant son toast à belles dents, elle alla à sa rencontre dans le hall.

— Comment va Rose Miller ?

— Elle est en pleine forme !

Il posa son chapeau sur la boule du pilastre, au pied de la rampe d'escalier.

— Nous avons eu une longue conversation autour d'un verre de vin de sureau. Mais pourquoi manges-tu un toast maintenant ?

Pendant qu'Elfrida lui expliquait son achat, il se débarrassa de sa grosse veste, tira une chaise et s'assit. Elfrida l'observa. Pour un homme qui venait de boire du vin de sureau avec une vieille admiratrice, il paraissait plutôt fatigué et soucieux. Peut-être le vin de sureau était-il un peu trop fort pour être bu à onze heures du matin.

— Tu te sens bien, Oscar ?

— Oui, je vais bien. J'ai suivi tes conseils, Elfrida. Je suis allé chez le major Billicliffe.

— Tu es vraiment gentil.

— Non. Je ne me sens pas du tout gentil.

— Pourquoi ? Que s'est-il passé ?

Il lui raconta tout.

Le cottage de Rose Miller à Corrydale se trouvait sur la petite route qui passait devant l'ancienne maison du régisseur. *Un autre jour*, s'était dit Oscar. Billicliffe peut attendre une autre fois. Mais au retour, alors que le vin de sureau l'avait mis en gaieté, il avait entendu les hurlements du chien. Cela ressemblait tellement à un appel au secours qu'Oscar avait instantanément retrouvé toute sa lucidité. Il ne pouvait être question de continuer sa route. Il avait tourné dans l'allée de la petite maison de pierre au porche rustique. Quand il avait arrêté le moteur, il avait de nouveau entendu le chien hurler.

Elfrida l'écoutait, horrifiée, craignant d'entendre la fin.

— Qu'as-tu fait ?

— J'ai sonné mais il ne s'est rien passé. Le chien s'est seulement arrêté de hurler pour se mettre à aboyer. Ensuite, j'ai essayé d'entrer et je me suis aperçu que la porte était ouverte. J'ai appelé mais personne n'a répondu.

— Il avait peut-être oublié de mettre ses appareils auditifs.

— Je n'ai vu personne. Le chien était enfermé dans la pièce de derrière et il se jetait contre la porte, comme l'autre jour.

— Tu ne l'as pas laissé sortir ?

— Pas tout de suite. J'ai regardé dans l'autre pièce du rez-de-chaussée. Le désordre est encore pire que dans le salon. C'est chaotique. Des chemises en tissu sans repassage sur le dossier des chaises, des vieux papiers et des boîtes empilées sur une table, des clubs de golf par terre... Mais il y avait un escalier. Je suis monté, j'ai ouvert la porte à l'étage et j'ai jeté un coup d'œil. Le pauvre vieux était là, dans son lit.

— Il n'est pas mort ?

— J'ai cru que si mais je l'ai appelé par son nom et il a bougé.

— Le ciel soit loué !

Il n'était pas mort mais il avait une mine épouvantable, celle d'un homme gravement malade. Cependant, réalisant qu'il avait un visiteur, il avait essayé de rassembler ses forces. Il s'était redressé sur ses oreillers et avait pris un air crâne. Oscar avait approché une chaise du lit et avait demandé ce qui n'allait pas.

Le major lui avait alors expliqué qu'il se sentait très mal depuis un mois ou deux, avec d'horribles coliques et un dégoût de la nourriture. Hier, sa femme de ménage était venue et elle l'avait trouvé si mal qu'elle avait téléphoné au médecin de Creagan, le docteur Sinclair. En bref, le médecin avait délaissé sa permanence du matin pour venir aussitôt à Corrydale. Après l'avoir ausculté, il avait annoncé au major qu'il vaudrait mieux se faire hospitaliser quelques jours à Inverness, juste le temps de passer des examens pour découvrir l'origine de ses troubles. Il lui avait laissé des sédatifs et des analgésiques. L'infirmière viendrait tous les jours en attendant son hospitalisation.

— Quand doit-il se rendre à Inverness ?

— Lundi. Le docteur Sinclair a fait la demande d'admission.

— Et comment va-t-il y aller ?

Elfrida avait mis le doigt sur le problème. Une ambulance ferait probablement le long trajet depuis Inverness pour venir le chercher mais, si la neige rendait les routes impraticables, il faudrait un hélicoptère. En expliquant cela à Oscar, la voix du major s'était mise à trembler un peu. Oscar avait compris que le vieux soldat était très angoissé — non seulement par l'idée de partir en hélicoptère, mais par la perspective de l'hôpital, des examens, des médecins, de la maladie, de la douleur et d'une éventuelle opération.

C'était à ce moment qu'il avait commencé à se sentir responsable — apparemment, il n'y avait personne d'autre auprès du major — et il lui avait proposé de l'emmener à l'hôpital et de veiller à son installation. Son offre avait beaucoup ému le vieil homme.

« Mais il n'y a pas de raison ! avait-il protesté en cherchant un mouchoir douteux pour essuyer des larmes qui trahissaient sa faiblesse. Pourquoi vous embêter avec un vieil idiot comme moi ?

— Parce que cela me fait plaisir, avait répondu Oscar. Parce que vous faites partie de Corrydale. Et à cause de ma grand-mère et d'Hector. »

Le major n'avait pas eu l'air convaincu par ces arguments.

« Et, enfin, parce que vous êtes mon ami », avait conclu Oscar.

Elfrida se sentit profondément touchée.

— C'est très gentil de ta part et c'est exactement ce qu'il fallait faire. Il aura un peu moins peur si tu l'accompagnes.

— J'espère seulement que nous ne resterons pas coincés dans une tempête de neige.

— Oh, ne t'inquiète pas à l'avance, il sera temps de s'en occuper si cela arrive ! Parle-moi de la chienne.

— Je l'ai libérée pour qu'elle puisse sortir dans le jardin. La pauvre bête avait affreusement besoin de lever la patte ! Elle n'est pas méchante du tout comme il l'avait dit, juste une bonne vieille labrador en quête d'affection. A propos, elle s'appelle Brandy.

— Un nom révélateur !

— Quand elle s'est sentie mieux, je l'ai fait monter dans la voiture pour l'emmener chez Rose Miller. J'ai expliqué la situation à Rose. Elle était très malheureuse de ne pas avoir compris ce qui se passait. Quand je suis reparti de chez elle, elle était en train de s'habiller pour aller faire un peu de ménage chez lui et lui préparer un repas. Malgré ses quatre-vingt-cinq ans, elle adore les « missions impossibles » ! C'est drôle mais elle m'a paru très attachée au Major. Elle n'arrêtait pas de répéter : « Il exagère avec le whisky, mais c'est un vieux monsieur très bien, très gentil, et trop fier pour demander de l'aide. »

— Et ce pauvre chien ?

— Rose s'organise avec son neveu Charlie. Il va s'en occuper jusqu'à ce que Billicliffe revienne de l'hôpital. Il est employé par l'hôtel à l'entretien du parc et il y a un abri où Brandy pourra dormir. Il lui donnera à manger et il l'emmènera avec lui pendant qu'il travaille.

— Tu me sembles avoir tout prévu ?

— Je pense que tout ira bien. Dans deux jours, il sera à l'hôpital.

— Tu dois être épuisé après une pareille matinée...

— Mais je suis content d'y être allé, répondit-il en souriant. Voilà, tu sais tout. Parle-moi de toi, maintenant. Qu'as-tu fait, à part acheter un grille-pain ?

— J'ai passé un très bon moment, mieux que toi. J'ai écrit à Hector et j'ai eu la visite de Tabitha Kennedy. J'ai beaucoup de choses à te dire.

— Alors, tu vas m'en parler en déjeunant. On s'offre un petit extra. J'ai besoin de me remonter le moral. Je te propose de célébrer le fait d'avoir tous les deux la conscience tranquille, sans oublier la générosité d'Hector. Allons au pub. Nous prendrons un sandwich ou une tourte s'il y en a. Je t'offrirai un gin-tonic et nous boirons... à nous ?

Déjeuner à l'extérieur !

— Tu parles sérieusement, Oscar ?

— Bien sûr.

— Oh ! Oscar...

Pendant un instant où elle se sentit ridicule, Elfrida crut qu'elle allait pleurer mais, au lieu de cela, elle fit le tour de la table, le prit dans ses bras et le serra contre elle.

C'était décidément une bonne journée.

Oscar

Après un petit déjeuner tardif, emmitouflé comme d'habitude à cause du froid, Oscar se rendit chez le marchand de journaux pour acheter les volumineuses éditions du dimanche. Les rues étaient vides et silencieuses. Les voitures ne circulaient pas à cette heure matinale. On n'entendait que les goélands et les choucas qui planaient et tourbillonnaient dans le ciel ou se posaient sur le clocher. Une autre belle journée commençait, avec un ciel pur sans nuages et pas le moindre souffle de vent. Tout était figé par le gel et les pas d'Oscar résonnaient sur les trottoirs déserts. Il avait l'impression d'être un explorateur isolé sur le continent arctique.

Au retour, il trouva Elfrida et Horace prêts pour une longue marche sur la plage. Elfrida portait un gros bonnet de laine tiré sur les oreilles qui évoquait irrésistiblement un cache-théière, ainsi que son manteau en tissu bordé de franges.

— Viens avec nous, dit-elle.

Il déclina l'invitation. Il avait envie de se plonger dans la partie des journaux consacrée aux arts pour se remettre au courant de ce qui se passait à Londres, les galeries, l'opéra et les concerts. Il prenait aussi beaucoup de plaisir à lire les articles de jardinage. Quant aux nouvelles du monde, pour le moment, cela ne l'intéressait pas.

— Pour combien de temps penses-tu en avoir ? lui demanda-t-il.

— Aucune idée, mais je serai rentrée à temps pour te faire griller ta côtelette. J'ai mis un gâteau de riz à cuire dans le four.

Oscar aimait le gâteau de riz. Elfrida lui en avait déjà fait un, absolument délicieux, onctueux et légèrement relevé avec du zeste de citron.

— De quel côté vas-tu ? demanda-t-il encore.

— Vers les dunes. Pourquoi ?

— Si tu n'es pas rentrée ce soir, je monte un détachement pour partir à ta recherche !

— Je te promets de faire attention, comme une vieille dame.

— Je t'en prie.

Ils se séparèrent. Oscar rentra et monta dans leur imposant salon. Elfrida avait préparé le feu et il n'eut qu'à craquer une allumette. Ensuite, il redescendit et alla remplir le panier à bûches dans l'abri de jardin. Si le feu brûlait toute la journée, un panier se suffisait pas jusqu'au soir. Enfin, les flammes dansant dans l'âtre, il prit les pages consacrées aux arts et, confortablement installé, se mit à lire.

Il fut distrait par les cloches de l'église. A l'horloge du clocher, il était dix heures et demie. Il rejeta son journal, se leva et alla s'asseoir sur la banquette de la fenêtre, tourné de façon à ne rien perdre du spectacle de la rue. Il était fasciné de voir comment, chaque dimanche matin, la petite cité déserte se remplissait d'un flot lent mais ininterrompu de paroissiens.

L'église s'animait, se préparant à recevoir l'affluence hebdomadaire. La porte était grande ouverte et les anciens, ou les membres du conseil paroissial, quel que fût leur nom, remontaient l'allée depuis la grille pour disparaître à l'intérieur. Certains portaient le kilt, d'autres un costume noir. Oscar reconnut W.G. Croft, qui avait vendu le grille-pain à Elfrida. Le son des orgues lui parvint, comme de très loin. *Que mes brebis paissent en paix.* Les notes étaient étouffées par les épais murs de pierre mais l'oreille professionnelle d'Oscar décela les qualités d'un bon instrument, et d'un bon organiste. Trop souvent, dans les églises de campagne, l'organiste devait se débrouiller avec des orgues hors d'âge, essoufflées, grinçantes. Tout en jouant, il chantait alors de toutes ses forces pour donner à l'assemblée une idée de l'air qu'il jouait.

Au début, Oscar avait trouvé un peu déconcertant d'habiter aussi près de l'église, comme un rappel permanent de tout ce qu'il avait perdu. Tandis qu'il regardait les voitures arriver et des groupes de fidèles converger de toutes parts par les rues en pente, il avait conscience de n'avoir que la rue à traverser pour être aspiré par le flot, comme un nageur pris dans un courant. Il n'avait qu'à se laisser porter pour franchir les portes imposantes et entrer dans la nef sonore.

L'église avait de très hautes verrières de style gothique. De l'extérieur, les couleurs et les motifs des vitraux apparaissaient comme estompés. Oscar savait que, pour apprécier pleinement leur beauté de pierres précieuses, il fallait les voir de l'intérieur, quand la lumière du jour faisait resplendir les couleurs, posant des losanges couleur de rubis, de saphir et d'émeraude sur les dalles d'ardoise usées.

Peut-être était-ce symbolique. Peut-être, en dehors de l'église, existait-il d'autres plaisirs, d'autres éléments de bien-être qu'en raison de son état d'esprit il se refusait délibérément à voir. L'hypothèse lui parut intéressante mais dérangeante, elle aussi, et il refusa de s'y attarder. Il quitta la fenêtre et reprit son journal. Mais, quand les fidèles se levèrent pour entonner le premier hymne, il baissa son journal et écouta, le regard fixé sur les flammes.

> *Ecoutez la voix qui crie !*
> *Elle semble dire : Christ est proche.*
> *Rejetez les rêves de la nuit,*
> *O vous, enfants de la lumière.*

Un bon vieux classique. Un cantique de l'Avent. Il se souvint des répétitions qu'il dirigeait à l'école où il enseignait, quand il implorait les membres de la chorale de chanter comme s'ils croyaient réellement en ce message d'espoir.

Je dois appeler Peter Kennedy, pensa-t-il.

Mais le dimanche est le jour où un ministre du culte est le plus occupé. Peut-être le lendemain... Ou le surlendemain...

En attendant... Il reprit ses lunettes et tenta de se concentrer sur le *Sunday Times*. Il y avait une savante critique de la version de *Fidelio* donnée par Jonathan Miller à Covent Garden.

Lundi, 11 décembre

Mrs Snead venait le lundi et le jeudi. Elle arrivait à neuf heures tapantes alors qu'Oscar et Elfrida terminaient leur café du matin. Elle passait par la porte de derrière et s'annonçait toujours par sa façon de la claquer. Il y avait ensuite un silence tandis qu'elle accrochait son anorak et son écharpe à une patère et ôtait ses bottes. Elle transportait toujours un cabas en plastique à fleurs où

elle entassait sa tenue de travail, un tablier et une paire de chaussures de sport du dernier cri. Oscar et Elfrida attendirent que
s'ouvre la porte de la cuisine et — bang ! — Mrs Snead entra.

— Bonjour, tout le monde !

Une entrée, se dit Oscar, dont n'importe quelle comédienne
pourrait être fière.

— Bonjour, Mrs Snead !

— Dites donc, il fait frisquet, ce matin.

Se frottant les mains pour rétablir sa circulation sanguine, Mrs
Snead referma la porte en la poussant du pied avec énergie.

— Il y a un de ces vents qui vous transperce !

Elfrida posa sa tasse de café.

— Venez prendre un café avec nous.

— Je ne dis pas non, avant de commencer. Il y a encore de
l'eau bouillante, non ?

Elle aperçut le nouveau grille-pain.

— Eh bien ! Regardez-moi ça ! J'aime beaucoup la couleur. On
dirait que vous êtes allée faire des courses ? Il était temps, je dois
dire, l'autre vieux machin était une horreur. Qu'en avez-vous
fait ? A la poubelle, j'espère !

Elle farfouilla autour d'elle, prit un mug, un sachet de thé et le
carton de lait. Ensuite, tandis que son thé infusait, elle tira une
chaise et s'assit avec eux.

— Il paraît que le major Billicliffe a des ennuis ?

Ils la regardèrent tout deux, ébahis.

— Les nouvelles circulent vite, dit enfin Oscar.

— Charlie Miller est venu acheter un chou chez Arfur, hier
soir. Il a dit qu'il va s'occuper du chien et que le major va être
hospitalisé à Inverness. J'espère que ce n'est rien de sérieux.

— Nous aussi, Mrs Snead. C'est Oscar qui va le conduire à
l'hôpital.

— Charlie a dit quelque chose comme ça à Arfur. Vous êtes
sûr que ça ira, Mr Blundell ? Il y a de la route, dit-elle en lui
jetant un long regard.

— Je pense que j'y arriverai, Mrs Snead.

— Au moins, il ne neige pas. A quelle heure devez-vous partir ?

— Dès que j'aurai terminé mon petit déjeuner.

— Vous n'avez pas de téléphone portable ? Vous devriez avoir
un portable.

— Non, je n'en ai pas mais tout ira bien.

— Bon ! Espérons ! Pas la peine d'être pessimiste. Ah ! Mrs Phipps, avant que j'oublie, Arfur m'a dit de vous demander si vous voulez un arbre de Noël et s'il doit vous en réserver un.

— Un arbre de Noël ? répéta Elfrida d'un ton hésitant. Eh bien... je ne sais pas.

— Il vous en faut un ! Ce ne serait pas Noël, sans sapin.

— Oui, peut-être, mais nous avons pensé que cela ne valait pas la peine...

— Un sapin de Noël, ce n'est pas une peine ! C'est amusant ! Les décorations et tout !

Elfrida se tourna vers Oscar.

— Qu'en dis-tu ?

Oscar décida qu'il était temps de mettre fin à une discussion aussi embarrassante pour Elfrida.

— C'est très aimable à vous, Mrs Snead, mais nous allons avoir un arbre de Corrydale.

Elfrida ouvrit de grands yeux et, pour une fois, se sentit furieuse contre lui.

— Nous allons avoir un sapin de *Corrydale* ? Pourquoi ne m'as-tu rien dit ? Je suis en train d'expliquer à Mrs Snead que nous ne voulons pas de sapin et tu m'annonces que tu en as déjà réservé un ! Tu es impossible !

— Je suis désolé.

— Quand l'as-tu décidé ?

— Samedi, quand je suis allé chez Rose. Je t'ai dit que Charlie s'occupe des jardins. Ils ont une plantation de sapins de Noël. Rose m'a dit qu'elle lui en parlerait et qu'il en couperait un beau pour nous.

— Tu aurais dû me prévenir.

— Il y avait tellement d'autres choses à te dire que j'ai oublié. Je pensais que cela ferait plaisir à Carrie et à Lucy.

La colère d'Elfrida s'envola.

— C'est une gentille attention. Quand l'aurons-nous ?

— Il suffit de téléphoner à Charlie et d'aller le chercher.

Autre chose avait attiré l'attention de Mrs Snead.

C'était une petite femme très mince aux cheveux solidement permanentés, et qui portait toujours de longues boucles d'oreilles brillantes. Assise, la tête inclinée sur l'épaule, ses yeux vifs ne perdant pas une miette de la scène, elle faisait penser à un moineau effronté.

— Vous allez avoir de la visite ?

— Je n'ai pas eu le temps de vous en parler, Mrs Snead. Ma cousine et sa nièce viennent passer Noël avec nous. Sa nièce s'appelle Lucy. Elle a quatorze ans.

Mrs Snead se montra enchantée.

— Mais c'est formidable ! Cela vous fera du bien, d'avoir des jeunes dans la maison. Quand arrivent-elles ? Où allez-vous les faire dormir ? Il va falloir nettoyer les chambres, que ça brille !

— Je pensais qu'on pourrait installer Lucy dans la grande mansarde.

— Mais il n'y a pas un seul meuble !

— Il y en aura après-demain. Tabitha Kennedy m'emmène au marché de Buckly. Elle dit que j'y trouverai tout.

Mrs Snead renifla d'un air dédaigneux.

— Ce n'est pas du neuf, laissa-t-elle tomber. Rien que des occasions.

— Je suis certaine que cela suffira.

— J'aurais cru que vous auriez voulu des jolis meubles.

Le mauvais goût d'Elfrida la décevait visiblement.

— J'ai vu une jolie chambre, la dernière fois que je suis allée à Inverness. Vraiment ravissante ! En noyer plaqué, avec des poignées en cuivre à filigrane. Avec un tour et une tête de lit en satin rose pâle.

— Cela doit être ravissant, Mrs Snead, mais un peu trop beau. De plus, je n'ai pas envie de devoir aller jusqu'à Inverness.

Mrs Snead but son thé en réfléchissant au changement de situation.

— Nous sommes un peu juste en draps et en couvertures, dit-elle enfin. Vous ne pouvez pas acheter *ça* d'occasion. Je n'aimerais pas utiliser une couverture qui a déjà servi. Il y a un marchand de nouveautés à Buckly. Il n'y a rien de bien en vêtements mais ils ont un rayon de tissus d'ameublement. Parlez-en à Mrs Kennedy et allez jeter un coup d'œil.

— C'est une bonne idée.

— Bon, allons !

Mrs Snead termina son thé et se leva énergiquement pour jeter le fond de son mug dans l'évier.

— Ce n'est pas en restant assise à bavarder que le travail va se faire ! Par où voulez-vous que je commence, Mrs Phipps ?

— On va s'occuper de la mansarde. Il faut balayer et nettoyer le vasistas. De cette façon, quand on livrera le mobilier, on pourra directement le monter et tout mettre en place.

210

— J'aimerais bien savoir qui va tout transporter ?

De temps en temps, Mrs Snead pouvait se montrer très protectrice et pour le moins directe.

— Pas vous et Mr Blundell, j'espère ! Vous vous feriez des hernies.

— Je les ferai livrer par un déménageur.

— Demandez à Arfur, si vous voulez.

— C'est très aimable.

— Il se débrouille bien avec un tournevis. Je dois lui reconnaître ça !

Sur cette dernière tirade, Mrs Snead rassembla ses balais, ses chiffons à poussière, son bidon de cire, et monta l'escalier. Quelques instants plus tard, s'élevait le grondement du vieil Hoover, accompagné par Mrs Snead. Elle chantait « Je veux être la petite amie de Bobby ».

Elfrida étouffa un petit rire.

— Non seulement Mrs Snead fait le ménage, dit Oscar, mais elle me reporte des années en arrière quand elle chante. C'est une femme étonnante...

— Quels souvenirs évoque cette chanson, Oscar ?

— Les internats de garçons qui sentent les chaussures de gymnastique avec de la musique pop à fond.

— Ce n'est pas très romantique.

— J'étais un professeur célibataire. Il n'était pas question de romantisme.

Il consulta sa montre.

— Elfrida, je dois y aller.

— Tu me promets de faire bien attention ?

— Je vais essayer.

— Cela n'a rien à voir, mais je pense que tu es un saint !

— Je demanderai à Mrs Snead de faire briller mon auréole.

— Oscar...

— Oui ?

— Bonne chance.

Cette nuit-là, le vent passa à l'est et, aux premières heures du jour, Oscar fut réveillé par la pluie qui cognait aux vitres. Le vent sifflait et gémissait, annonciateur de tempête. Oscar resta allongé, les yeux grands ouverts, pendant un long moment. Il pensait à Godfrey Billicliffe. Il avait enfin appris son prénom en aidant l'infirmière à remplir d'innombrables formulaires avant de laisser le malade à sa douce sollicitude.

L'entreprise avait été moins éprouvante qu'il ne l'avait craint. Le trajet jusqu'à Inverness s'était déroulé sans encombres et le pauvre Billicliffe, encouragé par l'attention d'Oscar, n'avait pas arrêté de parler. Il avait raconté l'essentiel de sa vie : sa carrière dans l'armée, son séjour en Allemagne avec l'armée britannique du Rhin ; comment il avait rencontré sa femme à Osnabrück, comment ils s'étaient mariés à Colchester mais n'avaient jamais pu avoir d'enfants. Le major n'attendait aucune réaction tandis qu'il déroulait ses souvenirs, et Oscar s'en félicita. Il pouvait se contenter, de temps en temps, d'une exclamation marquant son intérêt, ou même d'un simple hochement de tête. Cela suffisait à Godfrey Billicliffe, qui reprenait aussitôt son discours bafouillant.

Le major se tut enfin alors qu'ils roulaient sur l'autoroute. Ils étaient en train de traverser l'île Noire et ils apercevaient Inverness sur l'autre rive. Pendant un moment, Oscar crut qu'il s'était endormi mais il jeta un coup d'œil à côté de lui. Le major ne dormait pas. Peut-être boudait-il ? Quand il reprit la parole, ce n'était plus pour évoquer le passé mais sa situation présente et à venir.

— J'ai pensé à une chose, Oscar...

— A quoi ?

— A ce qui va arriver... Quand je vais casser ma pipe...

— Vous n'allez pas mourir ! affirma Oscar en espérant avoir l'air convaincant.

— Qui sait... Plus si jeune... Faut être prêt. Prêt à toute éventualité. J'ai appris ça, à l'armée. Se préparer au pire et espérer le meilleur.

Il y eut de nouveau un long silence.

— Je me demandais... je ne vous force pas, bien sûr... si vous accepteriez d'être mon exécuteur testamentaire. Je serais content de savoir... quelqu'un de compétent...

— Je ne suis pas sûr d'être quelqu'un de compétent.

— Dites pas de bêtises. Le neveu d'Hector McLellan ! Quoique son fils ne casse rien... Vous... Une autre paire de manches... Tous mes amis sont morts. Pensé que vous pourriez... Vous en serais très reconnaissant.

Ses phrases inachevées énervaient beaucoup Oscar.

— Si vous voulez, lui dit-il aussi calmement que possible. Si cela peut vous rassurer, j'accepte volontiers d'être votre exécuteur. Mais...

— Formidable ! Tout est arrangé. Je vais prévenir mon notaire. Un chic type. Il a fait tous les papiers de transfert de propriété quand j'ai acheté ma maison au domaine de Corrydale. Un fin pêcheur. J'aime bien sa façon d'être.

— Aurait-il un nom ?

Le major émit un petit grognement, peut-être une tentative pour rire en entendant l'étrange question d'Oscar.

— Bien sûr qu'il a un nom ! Murdo McKenzie, de Murdo McKenzie and Stout, South Street à Inverness. Je dois le prévenir que vous êtes mon exécuteur testamentaire. Arrangé... Je vais l'appeler.

Un nouveau souci vint le tourmenter :

— Je suppose que je peux téléphoner depuis l'hôpital ? Ils doivent avoir des téléphones... vous ne croyez pas ? finit-il d'un air inquiet.

— Evidemment ! Je suis certain que l'infirmière vous en apportera un dans votre chambre.

— Les choses ont bien changé, soupira le major du ton d'un homme qui se serait autrefois morfondu à l'hôpital militaire. Les tournées des médecins militaires et les bassins ! Et l'infirmière-chef pire qu'un adjudant ! Pas de téléphone, à l'époque.

Plongé dans ses souvenirs, il ne dit plus rien jusqu'à ce qu'ils arrivent à destination, à l'hôpital Royal Western.

Oscar trouva son chemin assez aisément puis, dès qu'ils eurent franchi le seuil de l'hôpital, d'autres que lui prirent le major en charge. Il n'avait plus qu'à l'accompagner jusqu'à sa chambre. Un aide-soignant apparut avec une chaise roulante et poussa le malade dans les couloirs, Oscar marchant à ses côtés. Il portait la valise du major, une antiquité d'un poids incroyable et, apparemment, fabriquée dans de la peau d'éléphant. Ils montèrent à l'étage dans un immense ascenseur puis suivirent de longs couloirs au sol de linoléum ciré, avant d'entrer enfin dans la salle 14. L'infirmière-chef les attendait pour remplir les formulaires d'admission. Tout se passa sans heurts jusqu'au moment où elle aborda la question de la parenté du major Billicliffe.

— Nom et prénom de votre plus proche parent ?

Il la regarda d'un air interloqué.

— Pardon ?

— Qui est votre plus proche parent ? Vous savez, votre femme, vos enfants, vos frères et sœurs...

— Je n'en ai pas, je n'en ai pas, dit-il en secouant la tête d'un air perdu.

— Allons, vous devez bien avoir quelqu'un !

C'était plus qu'Oscar ne pouvait en supporter.

— Moi, dit-il d'un ton ferme. Je suis le plus proche parent du major Billicliffe. Oscar Blundell. Vous pouvez l'écrire. Estate House à Creagan.

L'infirmière nota les coordonnées d'Oscar.

— Votre numéro de téléphone ?

Oscar le lui dicta.

Enfin, tout fut écrit, enregistré, et signé. Pour Oscar, le moment était venu de quitter le major.

— Vous reviendrez ?

— Bien sûr, à condition toutefois que nous ne soyons pas bloqués par la neige.

— Merci de m'avoir conduit. Merci beaucoup.

— Ce n'est rien.

Il quitta donc le vieil homme et sa valise, se disant que ce n'était pas sa faute. Il n'avait aucune raison de se sentir fourbe comme un traître.

Qu'aurait-il pu faire de plus ? Par la suite, quand ils auraient des nouvelles, il referait le long voyage avec Elfrida pour rendre visite à Godfrey Billicliffe. Plus que quiconque, Elfrida saurait lui remonter le moral. Elle lui apporterait des raisins !

Une violente bourrasque s'abattit sur la maison. Oscar se retourna dans son lit, ferma les yeux et l'image de Francesca surgit aussitôt dans son esprit. Cela lui arrivait souvent pendant ses nuits d'insomnie. Il en redoutait la suite inévitable, ce sentiment ravivé de perte qui le torturait. Francesca. Ses lèvres formèrent en silence les syllabes de son nom. Francesca. Il glissa la main sous son oreiller pour chercher son mouchoir, sachant qu'il allait pleurer. Or, cette fois, il ne pleura pas. Il sentit une sorte d'apaisement se répandre en lui, comme s'il se sentait mieux qu'il ne l'avait été depuis tant de semaines. Francesca. Il la revit courir vers lui sur les pelouses ensoleillées de la Grange. L'image persista, douloureuse mais très douce.

Il la retint précieusement, et s'endormit.

Le lendemain, le jour se leva sur un ciel lugubre. L'éclat des grandes gelées se noyait sous un déluge de pluie mêlée de neige fondue amené par le vent de la mer. Dans la rue, on ne voyait que les dômes des parapluies. A midi, le gros camion-benne des travaux d'entretien routier passa bruyamment. Il rentrait au dépôt, de gros paquets de neige sale collés aux garde-boue et ses essuie-glace balayant le pare-brise à grande vitesse.

Elfrida avait acheté un bloc-notes et, pendant le déjeuner, elle entreprit de faire la liste de ce qu'il lui fallait.

— Je ne veux rien oublier, dit-elle à Oscar d'un ton concentré. Je ne peux pas me le permettre. Elles seront là vendredi. A ton avis, Lucy a-t-elle besoin d'une coiffeuse ?

Oscar, qui essayait de faire les mots croisés du *Times*, posa son journal d'un geste noble et ôta ses lunettes, comme si cela devait l'aider à réfléchir.

— Je n'en ai aucune idée, fut tout ce qu'il trouva à répondre, cependant.

— Et un lit, bien sûr.

Non sans effort, il tenta d'appliquer son esprit au problème.

— Une penderie ? suggéra-t-il.

— On n'arrivera jamais à faire passer une penderie sous ces plafonds mansardés. Quelques patères au mur suffiront. Et des portemanteaux !

Elle s'empressa de les noter sur son bloc.

Oscar s'appuya contre le dossier de sa chaise et l'observa avec amusement. Il n'avait jamais vu Elfrida aussi concentrée et organisée. Pendant un instant, elle lui rappela Gloria de la plus belle façon possible : en train de dresser des plans, de décider, de faire des listes et de concrétiser des projets.

— Mrs Kennedy doit passer à quelle heure ?

— Elle m'a dit qu'elle serait là à deux heures et demie. J'ai dit que nous prendrions ta voiture. Tu n'en as pas besoin, n'est-ce pas ?

— Non.

— Si tu te sentais débordant d'énergie, tu pourrais emmener Horace en promenade.

— Peut-être, dit Oscar en esquivant la question.

Et il reprit ses mots croisés.

Quand Tabitha Kennedy sonna à la porte, Elfrida était au bout du jardin, en train de rentrer du linge trempé qui n'aurait jamais dû être étendu par un temps pareil ! Oscar descendit donc pour ouvrir à Tabitha.

Elle portait des bottes et un imperméable, mais était sortie tête nue. Ses cheveux noirs flottaient dans le vent. D'un geste de la main, elle balaya une mèche qui lui tombait sur la joue.

— Bonjour, je suis Tabitha Kennedy.

— Entrez vite vous mettre à l'abri. Elfrida ne va pas tarder, elle rentre du linge qu'elle avait mis à sécher ! Je suis Oscar Blundell.

— Je sais, lui dit-elle avec un ravissant sourire. Comment allez-vous ?

Ils se serrèrent la main.

— J'espère que je n'arrive pas trop tôt.

— Pas du tout. Venez à l'étage, ce sera plus confortable qu'ici.

Il la précéda. Elle bavardait comme si elle le connaissait depuis toujours.

— N'est-ce pas démoralisant, cette pluie, après ce beau temps de gel ? Des canalisations ont éclaté un peu partout et le plombier est débordé.

Dans le salon, le feu brûlait avec entrain. Un pot de jacinthes forcées en provenance de chez Arthur Snead remplissait toute la pièce de son parfum.

— Oh ! Elles sont superbes ! Cela sent le printemps. J'avais dit à Elfrida que nous devrions prendre votre voiture mais Peter reste à la maison, aujourd'hui. Il m'a donc laissé la nôtre. Il ferait n'importe quoi pour ne pas venir faire des courses avec moi !

— Je le comprends ! C'est vraiment très aimable à vous d'aider Elfrida.

— J'en suis ravie. J'adore dépenser l'argent des autres. Nous rentrerons sans doute assez tard. Le marché ne ferme pas avant cinq heures et, à ce moment-là, nous aurons bien besoin d'un thé chaud pour reprendre des forces.

Au rez-de-chaussée, une porte claqua et l'on entendit bientôt Elfrida monter l'escalier en courant. Elle apparut dans l'encadrement de la porte, emmitouflée dans son manteau à franges et son bonnet en cache-théière.

— Tabitha, excusez-moi. Je vous fais attendre depuis longtemps ? C'est par ce genre de temps que je rêve d'un sèche-linge. Je n'ai plus qu'à prendre mes affaires et les clefs de la voiture.

— Ce n'est pas nécessaire, dit Tabitha. Je vous emmène.

Elles s'en allèrent enfin, assez excitées, donnant à Oscar l'impression de voir deux gamines décidées à s'amuser. Il se rendit à la fenêtre pour les regarder partir. Elles s'installèrent dans le vieux break des Kennedy, attachèrent leur ceinture de sécurité, traversèrent la place et disparurent de sa vue.

Il était seul. Horace dormait devant le feu. Conscient de sa propre indécision, Oscar reprit ses mots croisés dans une nouvelle tentative pour les terminer mais il échoua et reposa son journal. Il avait mieux à faire, et il le savait. Il s'arracha à son fauteuil et se rendit à la lourde table de chêne adossée au mur de l'autre côté du salon et qui lui servait de bureau. Il poussa deux ou trois classeurs et son porte-documents pour faire de la place. Ensuite, il s'assit pour écrire deux lettres qu'il remettait depuis trop longtemps. La première était pour Hector McLellan, pour le remercier de sa générosité et le rassurer autant que possible par un ton positif. La deuxième était destinée à Mrs Muswell qu'il avait quittée si brusquement. Il la revit, en train de pleurer sur le seuil de la Grange tandis qu'il s'éloignait avec Elfrida. Depuis, ce souvenir n'avait cessé de troubler sa conscience. Il lui écrivit donc qu'il allait bien, la remercia pour sa fidélité et ajouta espérer qu'elle avait retrouvé une place agréable. Il lui adressa enfin ses meilleures pensées et signa.

Il plia les feuillets, écrivit les adresses sur les enveloppes et colla les timbres. Il n'y avait plus qu'à les poster.

Peter est chez lui, aujourd'hui.

Maintenant !

Il gagna le palier où se trouvait le téléphone, prit l'annuaire, trouva le numéro du pasteur, le mémorisa et le tapa sur le clavier. La sonnerie retentit et immédiatement on décrocha, comme si l'appareil était posé sur un bureau, à portée de main.

— Presbytère de Creagan. Peter Kennedy.

Il reconnut la voix chaleureuse qu'il n'avait pas oubliée.

A cinq heures et demie, Oscar, en manteau chaud et grosse veste, claquà la porte de sa maison et prit la ruelle en escalier qui escaladait la colline. Comme Elfrida et Tabitha n'étaient pas encore rentrées, il laissa la lumière allumée dans l'entrée. Ce serait plus accueillant. Il laissa aussi un mot pour Elfrida sur la table de cuisine : *Je suis sorti pour un petit moment. Ce ne sera pas long.* Quant à Horace, il resta à la maison. Oscar avait accompli son devoir plus tôt dans l'après-midi ; il l'avait emmené en promenade, puis il lui avait servi un repas de biscuits et de cœur d'agneau. Pour Horace, le cœur d'agneau représentait le délice absolu. Il n'avait fait qu'une seule bouchée de son dîner avant d'aller ronfler dans son panier.

Le chemin d'Oscar passait entre de hauts murs et des jardins plantés d'arbres d'essences décoratives. Il faisait très sombre, avec un ciel bouché, mais le vent était tombé, cédant la place au crachin. Quand il parvint au bout de la rude montée, il s'arrêta un instant pour reprendre son souffle puis poursuivit son chemin par le sentier pédestre qui montait à flanc de colline. A ses pieds, les lumières de la ville s'estompaient. D'où il était, il découvrait des jardins et des toits, et le tracé des rues dessiné par l'éclairage public. Au clocher, l'horloge ronde brillait comme une pleine lune.

Un peu plus loin, alors que ses yeux s'habituaient à l'obscurité, il commença à distinguer au loin la longue ligne de la côte. Elle s'étirait comme un bras vers la mer et laissait voir entre ses doigts le signal intermittent du phare dans un ciel sans étoiles.

Un portillon donnait accès à la route. De grandes maisons victoriennes en pierre entourées de vastes jardins la bordaient sur la droite d'Oscar. La première était le presbytère. Soixante ans après, Oscar se souvenait encore de son emplacement. Sa grand-mère l'emmenait parfois y prendre le thé et jouer avec les enfants du ministre en exercice. Il se souvenait de la maison et des gens qui l'habitaient alors, mais il avait oublié leur nom.

Une lampe était allumée au-dessus de la porte. Il poussa la grille et remonta l'allée, le gravier crissant sous la semelle de ses grosses chaussures. La porte d'entrée avait été peinte en bleu vif. Il pressa le bouton de la sonnette.

Il se surprit soudain à frissonner. Certainement le froid et l'humidité, se dit-il.

Il entendit une porte s'ouvrir à l'intérieur puis la porte bleue pivota. Un flot de lumière l'éblouit. Peter Kennedy se tenait sur le seuil, chaleureux et accueillant. Il portait un gros pull-over à col roulé et un vieux pantalon en velours côtelé qui lui donnait une allure agréablement peu professionnelle.

— Oscar ! Entrez vite.

Il jeta un coup d'œil à l'extérieur.

— Je ne vois pas votre voiture ?

— Non, je suis venu à pied.

— Quel courage !

Oscar se retrouva dans le hall d'entrée. D'un seul regard, il enregistra le tapis d'Orient, le portemanteau en chêne patiné, et l'antique sarcophage où s'entassait une pile bien nette de magazines paroissiaux. Une bombe d'équitation avait été jetée sur la boule de la rampe de l'escalier et, sur la première marche, trônait une paire de chaussures de football à côté d'une pile de linge propre soigneusement plié. Tout cela attendait, devina Oscar, qu'une bonne âme se dévoue pour le monter à l'étage.

— Donnez-moi votre manteau. Les enfants sont absents, nous avons donc toute la maison pour nous ! Il y a du feu dans mon bureau. J'y suis resté cloîtré tout l'après-midi pour rattraper mon retard administratif et écrire un article encore plus en retard pour le *Sutherland Times*.

Oscar ôta ses gants, son manteau et son chapeau. Peter Kennedy les lui prit et les posa sur une imposante chaise en chêne qui aurait très bien pu servir de siège à un évêque, dans le passé.

— Voilà ! Venez, maintenant.

Il précéda Oscar dans son bureau, une pièce de devant à bow-window, vraisemblablement destinée, à l'origine, à servir de salle à manger. Les lourds rideaux avaient été tirés pour écarter l'humidité et trois lampes diffusaient une lumière reposante, une sur l'énorme bureau couvert de papiers, deux autres de chaque côté de la cheminée, où se trouvaient également deux vieux fauteuils en cuir. Des étagères de livres s'alignaient le long des murs. Après le vaste espace vide d'Estate House, cela donnait une sensation de sécurité, de pénombre et de chaleur, un peu comme si l'on revenait dans le ventre de sa mère.

De plus, il régnait une odeur merveilleuse. Oscar reconnut après quelques instants celle des morceaux de tourbe disposés avec soin dans le panier en fer forgé de l'âtre où ils brûlaient doucement.

— Un feu de tourbe, dit-il. J'avais oublié cela. Parfois, les soirs où je sors le chien, je sens l'odeur de la fumée dans les rues. Il faut que j'en trouve à acheter, pour le plaisir de l'odeur.

— J'ai beaucoup de chance. Un de mes paroissiens possède une tourbière et il m'en fournit. Venez vous asseoir. Voulez-vous un café ?

Oscar ne répondit pas immédiatement et Peter jeta un coup d'œil à sa montre.

— Six heures et quart ? Nous pourrions devancer l'appel ! Que diriez-vous d'un Laphroaig ? Je le garde pour les grandes occasions.

Un whisky pur malt, du Laphroaig ? Irrésistible !

— Je crois que cela me plairait beaucoup, répondit Oscar.

— C'est ce que j'ai pensé. Tout est prêt !

Oscar découvrit alors, sur le bureau — à côté d'une machine à traitement de texte, d'une pile de livres, de papiers en désordre et du téléphone —, un petit plateau où se trouvaient nettement disposés la bouteille de Laphroaig, deux petits gobelets à whisky et une carafe d'eau. Il en fut touché.

— Les dames ne sont pas encore rentrées ? demanda Peter.

— Non.

Oscar s'installa dans l'un des fauteuils, qui se révéla très confortable. Au milieu du manteau de la cheminée trônait une pendule comme on en offre aux pasteurs ou aux directeurs d'école qui prennent leur retraite après quarante ans de bons et loyaux services. Son tic-tac possédait un son net et doux qui rappelait celui d'un métronome parfaitement réglé.

— Je crois, reprit Oscar, qu'elles ont prévu de s'offrir un thé complet après leurs courses.

— Cela ne m'étonne pas ! J'espère qu'elles ont trouvé ce qu'elles cherchaient.

Peter tendit son whisky à Oscar et alla s'asseoir avec le sien dans l'autre fauteuil, face à son visiteur.

— *Slàinte* ! dit-il en levant son verre.

— A votre santé.

Le Laphroaig lui parut un vrai nectar, clair, savoureux, qui répandait une douce chaleur dans tout son corps.

— Buckly est une ville un peu déprimante, en ce moment, dit Peter. La plupart des gens se sont retrouvés au chômage. L'usine textile a fait faillite et le marché ne propose pas grand-chose à des tisserands ou des fileurs spécialisés.

Oscar leva les sourcils.

— Les tissages ? Pas McTaggart ?

— Si, McTaggart.

— Ils ont fait faillite ? Je l'ignorais. Incroyable ! Vous pourriez aussi bien me dire que le rocher de Gibraltar s'est écroulé. Que s'est-il passé ?

Oscar fut effaré par le récit de Peter.

— C'est donc fini ? demanda-t-il.

— On parle d'un repreneur — un de ces grands trusts textiles, Sturrock and Swinfield, de Londres — mais, jusqu'à présent, il ne semble pas se passer grand-chose et, à Buckly, on commence à craindre le pire, c'est-à-dire que *rien* ne se passe.

— Quelle catastrophe ! dit Oscar d'un air sombre. Je ne comprends pas comment je n'en ai pas entendu parler plus tôt. Je suppose... enfin... Je ne lis pas tout dans les journaux et surtout pas les pages économiques. De plus, ici, je ne prends que le *Times* et le *Telegraph*. Je n'ai donc pas les nouvelles locales et, en dehors de Mrs Snead, je ne parle pas beaucoup avec les gens. A ce propos, c'est la raison de ma visite. Je veux vous faire mes excuses. J'aurais dû venir plus tôt.

— Je vous en prie, vous n'avez rien à vous reprocher. J'aurais dû attendre une meilleure occasion et commencer par me présenter. J'espère ne pas avoir été trop désagréable.

— Je ne sais pas ce qui m'a pris. C'était ridicule de ma part.

— Je vous en prie, oublions cela. Il n'y a pas eu de mal. Une autre fois, vous viendrez prendre un thé avec moi ou un verre, comme vous voudrez. L'idéal serait que vous ayez envie de vous inscrire au club. De cette façon, quand le temps s'améliorera, nous pourrons faire un parcours. Vous jouez, bien sûr ?

— Je jouais avec ma grand-mère quand j'étais petit mais je n'ai jamais été très bon.

— Je serais ravi de jouer avec vous.

— Je n'ai pas de clubs.

— Nous en emprunterons quelques-uns à l'ancien professionnel qui donne les cours ! C'est un parcours vraiment magnifique. Ce serait dommage de vivre ici et de ne pas le faire au moins une fois. Votre grand-mère a laissé le souvenir d'une bonne golfeuse. Quand j'ai été nommé ici, j'ai beaucoup entendu parler de ses exploits. Elle a remporté le titre pour les dames deux années de suite. Je regrette sincèrement de ne pas l'avoir connue — elle est décédée avant notre arrivée. D'après ce que tout le monde dit, ce devait être une femme exceptionnelle.

— Oui.

— Et très bonne musicienne, également.

— C'est exact. Il ne faut pas oublier non plus ses talents de jardinière. Ma grand-mère était une femme extrêmement douée.

Oscar prit une nouvelle gorgée de whisky puis reposa son verre sur la table, à côté de lui. Le liquide brillait comme un bijou dans la lumière douce de la lampe.

— Godfrey Billicliffe m'a aussi invité à m'inscrire au club de golf quand nous nous sommes rencontrés, mais je crains que le moment ne s'y soit très mal prêté. Nous étions épuisés par le voyage, Elfrida et moi. Nous voulions seulement prendre la clef et nous sauver. Je crois que nous nous sommes conduits de façon très cavalière.

— Il peut être redoutable, je le sais. Je sais aussi que vous l'avez conduit à l'hôpital, hier matin.

— Comment le savez-vous ?

Peter Kennedy sourit.

— Il y a peu de secrets dans notre petite paroisse ! Ne vous inquiétez pas, il ne s'agit pas de bavardages indiscrets. Le docteur Sinclair m'a appelé pour m'informer de la situation. Vous avez été très chic.

— Etiez-vous au courant de sa maladie ?

— Non, et je crois que personne ne l'était. Il nous a posé un gros problème depuis la mort de sa femme. Il a dégringolé la pente à une vitesse effrayante. Il souffre de la solitude, je pense, mais il est trop fier pour l'admettre et personne n'a eu le courage de lui suggérer de vendre pour aller à la maison de retraite.

— Mes beaux-fils m'ont fortement conseillé d'y aller, parce qu'ils avaient hérité de la maison de leur mère et qu'ils voulaient me voir partir pour pouvoir la vendre. Cela m'a paru assez violent, comme si l'on me poussait vers la fin.

— Mais comment avez-vous pu deviner que le major n'allait pas bien ?

Oscar raconta comment il s'était arrêté à cause des aboiements du chien après sa visite chez Rose Miller.

— Vendredi, je dois aller à Inverness pour une réunion avec le président de l'assemblée générale de l'Eglise presbytérienne, dit le pasteur. Je m'arrêterai à l'hôpital pour prendre de ses nouvelles.

— Je me suis proposé pour lui servir de plus proche parent. Mon nom et mon téléphone figurent donc sur tous les formulaires que nous avons dû remplir, et Dieu sait qu'il y en a ! S'il se passait quoi que ce soit, je suppose donc qu'on m'appellerait.

— Vous me tiendrez au courant ?

— Bien entendu.

— Maintenant, parlez-moi de votre oncle. Comment va Hector ?

— Il vieillit ! Il vit toujours à Londres. Il est venu me voir après... après l'enterrement. Il n'avait pas pu y assister parce qu'il avait la grippe. Son médecin lui avait, à juste titre, interdit de sortir. C'est Hector qui m'a conseillé de quitter le Hampshire pour revenir ici.

— Je le sais, Oscar. Il m'a longuement écrit pour m'informer. Je me suis senti très triste pour vous. J'avais pensé vous rendre visite dès votre arrivée, vous dire que si je pouvais faire quoi que ce soit... mais mon instinct m'a soufflé qu'il valait mieux vous laisser tranquille. J'espère ne pas vous avoir donné l'impression d'être insensible ou négligent.

— Non, sincèrement.

— Parfois... il est plus facile de parler à quelqu'un que l'on ne connaît pas, qui est en dehors des faits.

— Comme quand on se confie à un homme que l'on croise dans un train, sachant qu'on ne le reverra jamais.

— Pas tout à fait ! corrigea Peter en souriant. Car j'espère que nous nous reverrons.

— La question est de savoir où commencer. J'ai l'impression que tout a débuté il y a très longtemps.

— C'est une caractéristique de la vie, je crois.

— Je n'avais jamais imaginé de me marier. Au contraire, je pensais rester célibataire. J'étais professeur de musique, je donnais des cours de piano et je dirigeais la chorale. Pour compagnie, j'avais les autres professeurs et leurs épouses. La musique était toute ma passion. J'enseignais à Glastonbury, une école privée moins connue que d'autres mais néanmoins excellente. J'y étais très heureux. Mais j'ai vieilli, le directeur a pris sa retraite et un plus jeune l'a remplacé. L'ancien directeur avait toujours été un ami proche. Son remplaçant se montrait compétent, agréable et respectueux des traditions mais, au bout d'un an, j'ai estimé le moment propice à un changement. On m'avait proposé le poste d'organiste et de maître des chœurs à St Biddulph, à Londres. Il ne m'a pas fallu longtemps pour me décider. St Biddulph avait toujours été réputé pour son excellent niveau musical et les chœurs n'avaient aucun souci à se faire pour leur avenir. Un paroissien reconnaissant les avait dotés quelques années plus tôt avec une générosité somptueuse. Je me suis donc installé à Londres. J'avais un grand appartement très confortable au deuxième étage d'une maison mitoyenne d'un âge respectable, à seulement cinq minutes de l'église. Les dames de la paroisse ont fait le nécessaire pour me trouver une femme de ménage compétente et s'assurer qu'on s'occupait bien de moi.

« J'étais comme un coq en pâte ! J'ai sans doute connu à cette époque-là le sommet de ma modeste carrière. Deux des choristes étaient des chanteurs de concert professionnels et nous avions un public enthousiaste. Nous avons réussi à élargir le répertoire et à donner des œuvres ambitieuses lors d'occasions spéciales. Le *Salvete Flores Martyrum* de Haydn, par exemple, ou l'arrangement du vingt-troisième psaume par Schubert, ou encore le *Requiem* de Fauré. Des œuvres magnifiques.

« J'ai rencontré les Bellamy peu après mon arrivée à St Biddulph. Ils habitaient une maison à Elm Park Gardens et menaient grand train. Dès le début, ils ont fait preuve d'une hospitalité et d'une gentillesse hors du commun. Quand George Bellamy est tombé malade, j'allais régulièrement lui tenir compagnie. Nous jouions au backgammon. Quand il est mort, je me suis occupé de la musique de ses funérailles, qui constituèrent un événement important.

« Après l'enterrement, j'ai cru que Gloria ne voudrait plus me voir aussi souvent puisque mes visites quotidiennes avaient perdu leur raison d'être. Or, elle a continué à m'inviter pour différentes petites occasions, pour prendre un verre avec d'autres amis, pour un dîner, ou pour le déjeuner du dimanche. Il nous arrivait d'aller au cinéma ensemble ou de passer une journée à Kew. J'appréciais beaucoup sa compagnie mais sans penser à rien d'autre. Et puis, un beau jour, sur le ton de la conversation banale, elle m'a dit que cela lui paraîtrait une bonne idée de nous marier. Elle m'a expliqué qu'elle n'aimait pas vivre sans un homme à ses côtés. Elle pensait aussi que, en prenant de l'âge, j'aimerais qu'une femme s'occupe de moi. Tout cela doit paraître bien peu romantique, je le sais, mais la vérité m'oblige à reconnaître que je l'aimais beaucoup, et je crois que c'était réciproque. Nous n'étions plus ni l'un ni l'autre dans notre première jeunesse. Cela nous a permis d'être très heureux dans ce qui, pour les autres, apparaissait comme un simple mariage de convenance.

« Gloria était une femme merveilleuse, chaleureuse, généreuse et très attentive aux autres. Depuis mes séjours à Corrydale, dans mon enfance, je n'avais plus connu un pareil confort matériel, une vie aussi aisée. Elle avait eu deux fils avec George, Giles et Crawford. Quand nous nous sommes mariés, c'étaient déjà des adultes et ils avaient quitté le nid familial pour s'installer de leur côté. Gloria était encore relativement jeune et rayonnait de vitalité. Quand elle m'a annoncé qu'elle était enceinte, je me suis

224

senti bêtement incrédule. De toute ma vie, je n'avais jamais imaginé que je pourrais être père. Et quand Francesca est née, ce minuscule bébé, j'ai éprouvé un sentiment d'émerveillement que je ne ressentirai sans doute plus jamais. J'avais l'impression qu'un miracle s'était produit, un miracle qui se reproduisait jour après jour.

« Parfois, alors qu'elle grandissait — elle courait partout en babillant à qui mieux mieux et faisait tout le bruit que savent faire les enfants ! —, je la regardais, encore étonné d'être à l'origine de cette merveille, d'avoir participé à la mise au monde de cette fascinante et si belle miniature d'être humain.

« Puis Gloria a hérité de cette maison à la campagne. Nous avons quitté Londres pour commencer une nouvelle existence à Dibton. J'avoue que St Biddulph m'a manqué, mais la musique a continué à faire partie de ma vie. Je donnais quelques cours et, de temps en temps, je tenais l'orgue pour le service du matin à l'église du village...

Oscar s'interrompit pour boire une gorgée de Laphroaig. Une morceau de tourbe rougeoyante glissa du brasero sur le lit de braises avec un léger chuintement. L'horloge faisait entendre son doux tic-tac.

— Connaissez-vous votre amie, Elfrida, depuis très longtemps ?

— Non, seulement depuis son installation à Dibton. Elle était seule et Gloria s'est liée avec elle. Elle l'a prise sous son aile, en quelque sorte. Tout le monde a trouvé Elfrida amusante, pleine de vie, et nous aimions tous sa compagnie. Francesca prenait sans arrêt sa bicyclette pour aller la voir. Elfrida la faisait rire. Elle séjournait chez un de ses cousins, en Cornouailles, au moment de l'accident. Quand elle est rentrée, l'enterrement était déjà passé et elle ignorait tout de ce qui s'était passé. Quand Hector a émis l'idée de revenir à Creagan, je ne me suis pas senti le courage de le faire seul. Le voyage me paraissait impossible et je redoutais la solitude. J'ai donc demandé à Elfrida de m'accompagner. Elle a accepté sans réfléchir. Cela vous donne une idée de sa générosité. Elle me tient compagnie et, même aux pires moments, elle réussit toujours à me faire sourire. Le jour où je l'ai rencontrée, elle m'a demandé si j'étais croyant. Je lui ai répondu qu'il est difficile de ne pas l'être quand vous avez baigné presque toute votre vie dans la liturgie et la tradition de l'Eglise anglicane. J'ai ajouté que j'avais besoin de pouvoir dire merci à quelqu'un.

« Parce que j'avais de la chance. J'étais heureux. Notre mariage de convenance marchait très bien. Tout regret aurait été balayé par l'existence de Francesca. Bien sur, Gloria possédait une forte personnalité, un caractère impérieux. Sans parler de sa fortune. De temps en temps, il fallait beaucoup de tact avec elle. Elle adorait la compagnie, avoir des gens autour d'elle, recevoir, s'amuser... et parfois elle buvait trop. Non qu'elle eût été alcoolique — loin de là ! Je dirais plutôt qu'elle avait un problème d'alcoolisme mondain. Souvent, après avoir dîné à l'extérieur, je prenais le volant de sa propre voiture pour la ramener à la maison. Elle m'en voulait et, le lendemain matin, elle boudait. J'ai l'impression de la trahir en parlant ainsi mais je connaissais sa faiblesse tout autant que ses nombreuses qualités.

« Le jour de la fête de Guy Fawkes, elle m'a dit qu'elle emmenait Francesca chez ses amis et j'ai pensé à les accompagner. Mais j'attendais un artisan qui devait construire une nouvelle barrière pour l'enclos du poney. Cela faisait longtemps que je voulais voir ce travail effectué. Je n'avais donc pas envie de reporter le rendez-vous. De plus, il s'agissait seulement d'une fête d'enfants, avec un grand goûter et un feu d'artifice. Elles seraient rentrées au plus tard à sept heures.

« C'était réellement une fête pour les enfants mais il y avait aussi des adultes, pour la plupart des amis de Gloria. Après le feu d'artifice, tandis qu'on laissait les enfants courir dans le jardin en agitant des cierges magiques pour qu'ils se calment un peu, les adultes sont rentrés pour prendre un verre.

« J'ignore ce que Gloria a bu. Grâce au Ciel, il n'y a pas eu d'autopsie. Elle n'aurait pu rencontrer de pires conditions de circulation. Un vrai déluge s'était brutalement abattu sur la région et avait inondé les routes. Le rond-point était en travaux et des feux clignotants signalaient le danger. Peut-être cela l'a-t-il trompée. On ne le saura jamais. Le chauffeur du camion a déclaré que la voiture de Gloria avait surgi assez vite alors qu'il venait de s'engager, venant de droite. Il avait donc priorité et il n'a rien pu faire pour l'éviter. Un instant plus tard, il ne restait de la voiture qu'un tas de ferraille méconnaissable et j'avais perdu Gloria et Francesca.

« C'est la police qui me l'a appris. Un jeune sergent tout à fait aimable. Pauvre garçon ! Je ne peux vous dire quelle a été ma réaction car je n'ai rien ressenti. Tétanisé. Anesthésié. Pas la moindre émotion. Puis, peu à peu, une terrible rage m'a envahi contre qui ou quoi que ce soit qui avait permis que cela m'arrive. Je sais que des horreurs se produisent tous les jours mais on s'endurcit. On s'endurcit même si on est horrifié devant ces images télévisées de villages détruits, d'enfants en train de mourir de faim, de catastrophes naturelles épouvantables. Mais là, cela m'arrivait à *moi*. Il s'agissait de *ma* vie, de ma raison d'être. Ma femme. Mon enfant. S'il y avait un Dieu quelque part — ce dont j'avais toujours été convaincu —, je ne voulais plus rien avoir à faire avec lui.

« Le pasteur de Dibton est venu pour m'apporter son soutien. Il m'a dit que Dieu n'envoie aux gens que les fardeaux qu'ils sont capables de porter. Je me suis emporté contre lui. Je lui ai répondu que j'aurais voulu être d'une faiblesse totale et garder mon enfant. Et je l'ai mis à la porte. Nous n'avons jamais réussi à aborder mon sentiment de culpabilité. Je connaissais le point faible de Gloria. J'aurais dû être avec elles et conduire à sa place. Si seulement... Ce "si seulement" m'obsède comme un cauchemar.

— Comme la sagesse rétrospective, dit Peter, « si seulement » ne sert à rien. A mes yeux, cet accident résulte d'un concours de circonstances tragiques. Qui sait ? Peut-être seriez-vous mort, vous aussi, Oscar. En ce cas, les gens qui vous connaissaient et vous aimaient tous auraient subi une perte encore plus dure... Quant à Dieu, en toute sincérité, je vous avoue que je trouve plus facile de continuer à me poser les éternelles questions sur la souffrance que d'accepter ces explications faciles ou pieuses dont certaines frôlent le blasphème. J'espère de tout cœur que personne n'a essayé de vous consoler en disant que Dieu avait besoin de Francesca plus que vous. Je ne pourrais aimer un Dieu qui m'ôterait délibérément mon enfant. Un tel Dieu serait moralement monstrueux.

Oscar écoutait avec stupéfaction.

— Est-ce vraiment ce que vous croyez ? demanda-t-il enfin.

— Oui, c'est ce que je crois, répondit Peter en soulignant son affirmation de la tête. Trente ans d'exercice du ministère religieux m'ont appris une chose. Quand il s'agit de la mort d'un enfant, nous n'avons pas le droit de dire : *C'est la volonté de Dieu.* Comment pourrions-nous le savoir ? En fait, je suis convaincu que Dieu a été le premier à se sentir le cœur brisé par la mort de votre fille.

— Je veux continuer à vivre, être de nouveau dans le mouvement, accepter... donner à nouveau de moi-même. Je n'aime pas être tout le temps en train de prendre. Ce n'est pas dans mon caractère.

— Oscar, tout ira bien. De par votre profession, l'Eglise a fait si longtemps partie de votre vie que vous devez connaître aussi bien que moi les grandes promesses bibliques à propos de la vie et de la mort. Un chagrin brutal les rend souvent irréelles. Pendant un certain temps, vous aurez certainement moins besoin de gens qui vous citent la Bible que d'amis fidèles qui vous tiennent la main et vous écoutent quand vous avez besoin de parler de Francesca.

Oscar pensa à Elfrida. De son côté, Peter s'était interrompu, comme pour permettre à Oscar de le contredire. Mais Oscar ne dit rien.

— La vie est bonne, reprit donc Peter. Au-delà de la douleur, la vie reste bonne. L'essentiel demeure. La beauté, une table bien servie et l'amitié, d'immenses réserves d'amour et de compréhension. Plus tard, sans doute est-il encore trop tôt, vous aurez besoin de gens qui vous aideront à prendre un nouveau départ. Ne les repoussez pas ! Ils vous aideront à vous en sortir, à chérir les souvenirs heureux et à affronter les mauvais autrement qu'avec de la colère et de l'amertume.

Oscar se souvint de cette nuit si sombre et de l'image de Francesca qui, pour la première fois, ne l'avait pas fait pleurer mais, au contraire, consolé et apaisé. Peut-être avait-ce été le début de la guérison. Peut-être cette conversation, cet entretien — quel que soit le nom qu'on lui donne — constituait-il le deuxième pas. Il n'aurait su le dire. Il savait seulement qu'il se sentait mieux, plus fort, moins inutile. Peut-être, après tout, ne s'était-il pas si mal débrouillé.

— Merci, dit-il.

— Mon cher Oscar, j'aimerais pouvoir vous apporter beaucoup plus.

— Non, c'est inutile. Vous m'avez apporté l'aide dont j'avais besoin.

Lucy

Lucy n'avait pris l'avion que deux fois dans sa vie : une fois pour aller en France où la famille d'une amie d'école l'avait invitée pour les vacances d'été, une autre fois pour visiter les îles anglo-normandes avec sa mère et sa grand-mère. Elles y étaient allées à Pâques, et avaient séjourné dans un hôtel où l'on s'habillait pour dîner. Les deux fois, elle s'était montrée très excitée mais, à présent, elle s'efforçait d'afficher une attitude très décontractée. Elle voulait qu'on la prenne pour une voyageuse chevronnée.

Ses vêtements l'y aidaient. Peut-être pour apaiser un vague sentiment de culpabilité, sa mère l'avait emmenée chez Gap et lui avait acheté une quantité d'articles dont elle avait très envie. Elle portait donc ses nouveaux jeans doublés de coton peigné rouge pour avoir chaud, ses boots en daim clair à grosse semelle de gomme, et sa « doudoune » rouge qui lui donnait l'impression d'être pelotonnée dans un édredon. Elles avaient aussi pris deux gros pull-overs à col roulé, un blanc et un bleu marine, une mini-jupe noire et deux collants noirs opaques. La dernière touche était donnée par son sac à dos en toile bleu marine avec un passepoil rouge. Lucy y avait rangé son journal, son porte-monnaie, sa brosse à cheveux, son peigne, et une barre chocolatée. La veille au soir, elle s'était lavé les cheveux et, ce matin, elle s'était coiffée avec une longue queue de cheval tenue par un « chouchou » en coton. Elle se sentait nette et soignée. Elle faisait honneur à Carrie.

Carrie, quant à elle, paraissait comme toujours extraordinairement élégante avec ses grandes bottes, son loden et sa toque en renard noire. Lucy voyait toutes les têtes se retourner sur Carrie tandis qu'elle traversait l'aéroport, poussant le chariot où s'entassaient leurs bagages. Il n'y avait qu'une seule ombre au tableau : la pauvre Carrie s'était enrhumée, pas assez gravement pour être enlaidie mais suffisamment pour avoir l'air un peu fragile. Elle se sentait mal depuis un jour ou deux, avait-elle expliqué — il y avait de nombreux cas de grippe —, mais ce n'était qu'un rhume. Elle s'était bourrée de médicaments et le bon air pur de l'hiver écossais achèverait de la guérir.

Elles passèrent à l'enregistrement des bagages, franchirent les contrôles de sécurité. Tandis qu'elles attendaient qu'on appelle leur vol, Lucy commença à se sentir vraiment rassurée. Depuis le début, elle n'avait cessé de compter les jours, certes, mais aussi d'éprouver d'innombrables angoisses. Quelque chose — c'était inévitable ! — allait se produire pour l'empêcher de partir avec Carrie. Quelqu'un tomberait malade ou sa grand-mère déciderait brusquement qu'elle ne pouvait fréquenter une femme comme Elfrida Phipps. Or, Lucy mourait d'envie de connaître Elfrida. A moins que Randall Fischer, là-bas en Amérique, n'ait une crise cardiaque ou même meure. Sa mère téléphonerait pour dire à Lucy qu'elle ne partait plus.

Heureusement, il ne s'était produit aucune catastrophe et, enfin, elles s'envolèrent pour le nord. L'avion pouvait tomber, se dit Lucy, mais à part cela plus rien ne risquait de les arrêter. Elle appuya le front contre le hublot. Sous elle, l'Angleterre se déroulait comme un patchwork de gris et de verts où se déplaçaient lentement les ombres des nuages.

De façon assez étonnante, elles bénéficiaient d'une belle matinée paisible, froide mais sans précipitations, et surtout sans ce vent réfrigérant qui les glaçait jusqu'aux os. Au-dessus des nuages, le ciel apparaissait d'un bleu pâle très délicat mais voilé à l'horizon. Lucy imagina les gens qui, au sol, levaient la tête pour regarder passer leur avion et, peut-être, s'interrogeaient sur sa destination. De la même façon, elle regardait défiler des étendues de campagne apparemment inhabitées, où le seul indice d'une activité quelconque provenait d'un léger panache de fumée au-dessus d'un groupe de tours de refroidissement. Lucy se demanda où étaient la vie réelle, les gens réels.

L'hôtesse passa en proposant un petit déjeuner : des petits pains avec du beurre, de la marmelade, une tranche de bacon et une petite grappe de raisin blanc. On leur donna le choix entre le thé et le café et, toutes les deux, elles optèrent pour le café. Les nourritures étaient de dimensions réduites, comme pour une dînette de poupées, et soigneusement présentées sur de petits plateaux en plastique. Lucy avait faim et mangea tout ce qu'il y avait sur son plateau, ainsi que le petit pain dont Carrie n'avait pas envie. Une fois les plateaux enlevés, Carrie prit son journal et Lucy se remit à regarder par le hublot. Elle ne voulait pas perdre une seule miette de l'Ecosse.

Elle se demandait s'il pleuvrait à leur arrivée, ou même s'il neigerait, mais le ciel restait remarquablement dégagé. Quand l'avion amorça sa descente, les reliefs se révélèrent peu à peu. Il y avait de la neige au sommet des montagnes et une sorte de fourrure sombre que Lucy reconnut au bout d'un certain temps pour des plantations de conifères. Ensuite apparurent le scintillement bleu de la mer, des bateaux et un pont qui franchissait un large estuaire. L'appareil glissa dans un long virage sur l'aile avant de se présenter pour l'atterrissage. A l'ouest se dressaient des montagnes enneigées qui brillaient dans la pâle lumière du soleil d'hiver. Consciente de les découvrir dans un moment de parfaite beauté, Lucy considéra l'événement comme un bon présage.

Carrie replia son journal et le rangea. Elles échangèrent un sourire.

— Tout va bien ? demanda Carrie à Lucy qui répondit d'un joyeux signe de la tête.

Elles atterrirent enfin, les énormes pneus grondant sur le tarmac. Lucy repéra aussitôt le terminal. Les bâtiments ressemblaient un peu à un très grand club-house de terrain de golf, avec des drapeaux qui claquaient dans un vent assez vif.

« On viendra nous chercher, lui avait dit Carrie.

— Qui ?

— Un taxi de Creagan. Le chauffeur s'appelle Alec Dobbs.

— Comment le reconnaîtrons-nous ?

— Il aura une petite pancarte où sera écrit le nom de Sutton. »

Et en effet, après avoir repris leurs bagages sur le tapis roulant, elles le trouvèrent dans le hall des arrivées : un homme solidement bâti qui portait un coupe-vent matelassé et une casquette en tweed un peu passé enfoncée jusqu'aux sourcils. Autour de lui, Lucy remarqua plusieurs personnages fascinants : un vieil homme dégingandé en casquette à la Sherlock Holmes ; une dame en pantalon avec des cheveux blancs en bataille et un visage tanné par le grand air ; et, encore plus extraordinaire, un homme avec un vieux kilt usé aux teintes défraîchies. Lucy ne pouvait le quitter des yeux : ses genoux bleus avaient l'air tellement froids !

— Content de vous voir, leur dit Alec Dobbs. Le vol s'est bien passé ?

Rien à voir avec la bousculade habituelle des taxis, se dit Lucy. Elle avait plutôt l'impression de rencontrer un vieil ami. Il leur serra la main, souleva leurs valises comme si elles ne pesaient rien et les entraîna vers la sortie. Le soleil, bas sur l'horizon, donnait une lumière pâle mais il faisait beaucoup plus froid qu'à Londres. Il restait de la neige sale tout autour du parc de stationnement. L'odeur des sapins flottait dans l'air. Lucy respira profondément et la sensation de froid dans ses narines la fit éternuer. Elle n'était jamais allée en Suisse mais, se dit-elle, cela devait beaucoup y ressembler, avec le soleil, la neige, les sapins et, par-dessus tout cela, un grand ciel pur, sans nuages.

Alec Dobbs avait un 4 × 4 Subaru.

— J'ai aussi une grosse Rover, expliqua-t-il tout en rangeant leurs bagages à l'arrière. Elle aurait été plus confortable pour vous mais la route monte assez haut pour traverser l'île Noire et la neige n'a pas encore fondu.

Carrie s'installa sur le siège arrière et Lucy à côté d'Alec Dobbs.

— Y a-t-il beaucoup de neige ? demanda-t-elle.

Elle n'avait jamais passé un Noël sous la neige et en mourait d'envie. Un Noël blanc, ce serait la cerise sur le gâteau !

— Pas beaucoup, mais elle tient, ce qui signifie qu'on va en avoir encore.

Il parlait d'une voix harmonieuse, pleine de gentillesse, et articulait nettement. C'était la première fois que Lucy entendait l'accent du Sutherland.

— Combien de temps faut-il pour aller à Creagan ?

— Environ une heure et quart, pas plus.

Lucy regarda sa montre. Il était onze heures et quart. Elles arriveraient donc vers midi et demi, à temps pour le déjeuner. Elle espéra qu'il y aurait quelque chose de chaud et consistant au menu. Malgré ses deux petits pains, elle commençait à avoir de nouveau faim.

— C'est la première fois que tu viens à Creagan ? lui demanda Alec Dobbs.

— Oui, je n'étais même jamais venue en Ecosse.

— Dans ce cas, tu vas avoir beaucoup de bonnes surprises. D'abord, tu vas habiter dans une belle maison. Elle est restée vide pendant bien trop longtemps. C'est une bonne chose qu'elle soit de nouveau habitée.

Carrie se pencha vers l'avant.

— Comment va Elfrida ? s'enquit-elle. Mrs Phipps ?

— Très bien ! Je la croise régulièrement quand elle va faire ses courses ou promener son chien. C'est elle qui est venue réserver la voiture pour vous. Elle m'a encore téléphoné ce matin pour s'assurer que je ne vous avais pas oubliées.

— Vous vivez à Creagan ? reprit Lucy.

— Depuis toujours. J'y suis né, et mon père avant moi. Quand il a arrêté de travailler, j'ai pris sa suite.

— Comme chauffeur de taxi ?

— Je ne conduis pas que les taxis.

— Quoi d'autre ? s'étonna Lucy.

— Des corbillards ! répondit-il avec une pointe de rire dans l'intonation. Je suis entrepreneur de pompes funèbres.

Lucy en resta momentanément sans voix.

La route était très pittoresque. Elle passait au milieu des champs, franchissait des ponts, et dans les passages les plus élevés du parcours les pneus du Subaru faisaient crisser la neige. Ils suivirent les rives d'un long bras de mer où remontait la marée, dépassèrent de petits villages avec des cottages de pierre grise qui donnaient directement sur la rue, des pubs, des magasins, et de solides églises d'allure très sérieuse, entourées de vieux cimetières où se dressaient des pierres tombales couvertes de lichens. Elles passèrent encore un pont, traversant un autre estuaire qui s'étirait comme un long chenal d'eau bleue dans les replis des collines de l'ouest.

— Encore une dizaine de minutes, dit Alec, et nous y serons.

Lucy sentit son excitation brusquement laisser place à une certaine tension, à l'idée non pas d'arriver dans un endroit et une maison inconnus mais de rencontrer leurs hôtes. Elle ne s'inquiétait pas trop en ce qui concernait Elfrida. Carrie lui en avait beaucoup parlé et elle lui avait paru à la fois sans âge et très drôle. Il n'en allait pas de même pour Oscar Blundell, l'ami d'Elfrida. Pour commencer, c'était un homme et Lucy n'avait pas l'habitude de la compagnie des hommes.

Mais il y avait autre chose. Carrie lui avait expliqué la situation d'Oscar, la raison pour laquelle Elfrida l'avait accompagné dans cette petite cité du Nord. Carrie ne lui avait pas donné de détails et avait éludé ses questions horrifiées. Elle lui avait seulement appris qu'il s'agissait d'un accident, que personne n'était responsable et qu'Oscar n'avait pas encore surmonté son chagrin.

Francesca avait douze ans, Lucy quatorze.

« Es-tu sûre qu'il veut bien de moi ? avait-elle demandé à Carrie. Il trouvera peut-être insupportable d'être avec quelqu'un de mon âge. Tu ne crois pas qu'il va me détester ? »

Carrie l'avait serrée contre elle en souriant.

« J'en ai parlé à Elfrida et, à son tour, elle en a parlé à Oscar mais il a insisté pour que nous venions. Comme la maison lui appartient, il sera notre hôte et il nous a invitées. De plus, *personne* ne pourrait te détester ! »

La situation demeurait cependant un peu compliquée et intimidante pour Lucy. Or, elle estimait qu'elle se passerait volontiers de complications. Elle en avait suffisamment connu à Londres.

Le paysage changea soudain, révélant la proximité de la mer : des dunes se succédaient de part et d'autre de la route, plantées de pins et de bruyère, baignées de cette lumière particulière où l'on sent le reflet de l'océan. Lucy baissa la vitre pour respirer l'air salé. La voiture amorça enfin la dernière descente. La petite cité, but de leur voyage, fut soudain devant elles et, avant d'avoir compris qu'elles étaient arrivées, elles descendaient la grand-rue. Les maisons n'étaient pas grises et sombres comme dans les villages précédents, mais construites en grès doré dont la teinte faisait écho au faible soleil hivernal. Des maisons s'élevaient de chaque côté de la rue, précédées de leurs jardins clos. Il y avait de beaux bâtiments et des arbres. De l'ensemble se dégageait une impression inattendue de prospérité et d'espace.

Carrie, qui avait peu parlé pendant le trajet, ne put retenir une exclamation :

— C'est extraordinaire, on se croirait dans les Costwolds ! Tout à fait une ville des Costwolds.

Sa remarque fit sourire Alec.

— Beaucoup de visiteurs nous le disent mais, personnellement, je ne connais pas les Costwolds.

— De la pierre dorée, des rues très larges et des jardins...

— En général, les gens ne réalisent pas que la proximité du Gulf Stream nous vaut un climat proche de celui d'Eastbourne. Parfois, il pleut à verse sur les hauteurs tandis que nous jouons au golf ou que nous nous promenons sur la plage au soleil.

— Une sorte de microclimat, commenta Lucy.

— Exactement.

La rue s'évasa et se transforma en une place au milieu de laquelle se dressait une grande église ravissante avec un vieux cimetière à ses pieds, le tout enclos d'un mur de pierre. Autour du clocher et de sa girouette dorée, volaient des goélands et des choucas. Le cri des mouettes évoquait les vacances d'été. A l'horloge du clocher, il était midi vingt-cinq.

— Nous avons bien roulé, constata Alec.

Lentement, il longea le mur du cimetière et s'arrêta au bord du trottoir.

— C'est ici ? demanda Lucy.

— C'est ici, répondit-il en coupant le contact.

Ils descendirent de la voiture mais, avant qu'Alec ait seulement mis la main sur la grille du jardin, des aboiements frénétiques éclatèrent. L'instant suivant, la porte de la maison s'ouvrit à toute volée. Elfrida Phipps et son chien vinrent à leur rencontre.

— Carrie ! Ma chérie ! dit-elle en la prenant dans ses bras.

Elles se serrèrent très fort l'une contre l'autre.

— Tu es là, tu es là ! J'ai cru mourir d'impatience — je me sentais tellement heureuse de te voir !

Légèrement à l'écart, Lucy les observait. Très grande et très mince, Elfrida avait beaucoup de bleu sur les paupières, un rouge à lèvres très voyant, et une épaisse chevelure coiffée à la diable et couleur marmelade d'orange. Elle portait un énorme pull gris et un pantalon coupé dans un tissu écossais particulièrement voyant. Lucy comprit instantanément pourquoi sa grand-mère n'appréciait pas Elfrida. En embrassant Carrie, elle lui avait mis du rouge à lèvres sur la joue.

— Elfrida, tu es superbe, dit Carrie. Visiblement, l'Ecosse te réussit.

— Ma chérie, c'est le paradis. Affreusement froid, mais le paradis !

— Il faut que je te présente Lucy.

— Bien sûr ! dit-elle en riant. Quelle situation ridicule, n'est-ce pas, Lucy ? Nous appartenons à la même famille et nous ne nous connaissons pas ! Ton grand-père a toujours été mon cousin préféré ; nous avons passé ensemble des moments merveilleux.

Elle posa les mains sur les épaules de Lucy.

— Laisse-moi te regarder. Exactement ce que j'avais imaginé. Jolie comme une image. Voici mon chien, Horace. Je suis heureuse de te faire remarquer qu'il a arrêté d'aboyer. Il t'attendait, lui aussi, parce qu'il espère que tu l'emmèneras faire de grandes promenades sur la plage. Oh, Alec, vous avez les bagages ! C'est tout ? Puis-je vous demander de nous les monter à l'étage ? Ce serait vraiment gentil. Allons, venez à l'intérieur, bien au chaud. Vous allez faire la connaissance d'Oscar.

Ils remontèrent l'allée en file indienne. Elfrida ouvrait la marche, suivie d'Horace, puis de Carrie, de Lucy et enfin d'Alec qui portait les bagages. Il referma la porte derrière lui du bout du pied et ils traversèrent le long hall d'entrée en direction de l'escalier. Lucy aima tout de suite la sensation de solidité et de sécurité que donnait la maison, avec sa rampe robuste et son épais tapis d'escalier, l'odeur du vieux bois ciré et des meubles patinés, et enfin cette impression que quelque chose de délicieux était en train de mijoter dans la cuisine.

Elfrida parlait toujours :

— Le vol s'est bien passé ? Vous n'avez pas été trop secouées ? Heureusement qu'il n'y a pas eu de tempête !

La petite procession avait atteint le palier intermédiaire. Le bel escalier continuait jusqu'à l'étage où, de l'autre côté du palier, une porte ouverte laissait passer un rayon de soleil.

Elfrida éleva la voix :

— Oscar ! appela-t-elle. Elles sont là !

Elle reprit ensuite sa voix normale.

— Il est dans le salon. Allez-y toutes les deux pour lui dire bonjour. Moi, je montre à Alec où poser les valises. Carrie est dans cette chambre, Alec, et Lucy tout en haut. Cela ne vous ennuie pas de monter encore un étage ?

Carrie regarda Lucy et lui adressa un sourire d'encouragement. Elle prit sa main dans la sienne, ce qui était rassurant, et elles franchirent la porte ouverte pour entrer dans un superbe salon aux murs blancs, peu meublé mais plein de lumière. Un petit feu brûlait dans la cheminée et un grand bow-window donnait directement sur l'église, si proche qu'on aurait presque pu la toucher du bout des doigts.

Il les attendait, debout, dos au feu. Il était aussi grand qu'Elfrida mais pas aussi mince, avec une belle tête à la chevelure argentée, une expression tranquille, aimable, et une peau curieusement peu ridée. Il avait des paupières un peu lourdes aux coins tombants. Sa tenue se composait d'une chemise à carreaux avec une cravate de laine et un pull en shetland bleu.

— Bonjour, Oscar, dit Carrie. Comment allez-vous ? Je suis Carrie Sutton.

— Ma chère Carrie...

Il traversa le salon pour les accueillir. Il devait se sentir étonné, pensa Lucy, de recevoir une invitée aussi belle et séduisante que Carrie. Mais heureux, aussi.

— Je suis ravi de faire votre connaissance. Avez-vous fait bon voyage ?

Ils se serrèrent la main.

— Sans problèmes, lui répondit Carrie. Un vol idéal.

— Alec vous a trouvées sans difficultés ? Elfrida ne tenait plus en place. Elle a passé la matinée à se précipiter à la fenêtre toutes les cinq minutes pour voir si vous n'arriviez pas !

— C'est très aimable à vous de nous recevoir, poursuivit Carrie qui désigna la pièce du regard en ajoutant : Vous avez une maison remarquable.

— Je n'en ai que la moitié.

— Cela ne change rien à sa beauté.

Elle lâcha la main de Lucy pour lui passer un bras autour des épaules.

— Voici ma nièce, Lucy Wesley.

Lucy fit un effort pour maîtriser son angoisse.

— Comment allez-vous ? dit-elle.

Il se baissa légèrement pour la regarder et elle se força à lui rendre son regard. Pendant un instant qui lui parut très long, il ne répondit rien. Il pensait sûrement à sa propre fille, se dit Lucy, à sa fille morte à douze ans. Il devait être en train de la comparer à Francesca et éprouver un mélange de violentes émotions, y compris le chagrin. Elle espéra que la comparaison ne tournait pas en sa défaveur mais elle n'y pouvait pas grand-chose. Enfin, il lui sourit et prit sa main entre les siennes. Son étreinte était chaleureuse et amicale. Toutes les inquiétudes de Lucy disparurent.

— Tu es donc Lucy.

— Oui.

— Sais-tu que tu devras dormir au grenier ?

— Oscar ! dit Carrie en riant. A vous entendre, on croirait que cela n'a rien d'attirant !

— Les greniers ne sont jamais très attirants. Des vieilles malles et des têtes d'élans morts ! Ne t'inquiète pas, Lucy. Elfrida l'a rendu très agréable pour toi.

Il lâcha la main de Lucy.

— Voyons, reprit-il en se tournant vers l'horloge de l'église qu'on apercevait de l'autre côté de la rue. Il est midi et demi. Je vous propose d'aller vous installer dans vos chambres. Ensuite, nous prendrons un verre avant de passer à table. Elfrida a passé la matinée à nous concocter un hachis Parmentier. Elle a estimé que vous auriez besoin de nourritures sérieuses après un pareil voyage !

Lucy sentit son moral passer au beau fixe. Le pire — les présentations — était passé. Elfrida était amusante et Oscar très gentil. Et Elfrida l'avait trouvée jolie comme une image. Enfin, il y avait du hachis Parmentier pour le déjeuner !

Ils déjeunèrent dans la cuisine.

— Il y a une salle à manger, leur expliqua Elfrida, mais il y fait tellement sombre et triste que nous ne l'utilisons jamais. De plus, il n'y a pas de passe-plat et cela m'obligerait à tout transporter entre les deux pièces.

— C'est bien plus agréable ici, dit Carrie.

Lucy était tout à fait d'accord. Avec la grande table, la nappe à carreaux, les chaises en bois dépareillées, cette cuisine ne pouvait pourtant prétendre à l'élégance. Dodie pousserait les hauts cris si on lui demandait de préparer quoi que ce soit dans des conditions aussi vieillottes. A dire vrai, il y faisait assez sombre car elle donnait sur le mur du jardin voisin. Les fenêtres étaient garnies de barreaux pour prévenir toute intrusion, à moins que ce ne fût pour empêcher les cuisiniers épuisés de s'échapper. Malgré ces handicaps, comme le reste de la maison, la cuisine procurait un agréable sentiment de bien-être. Il y avait aussi un grand buffet peint en vert foncé. On y avait disposé tout un assortiment de vaisselle en porcelaine tandis qu'une série de crochets accueillaient des tasses, des mugs et des cruches.

Après le hachis, qui se révéla délectable, Elfrida leur servit un pudding aux pommes cuites et à la meringue avec de la crème fraîche. Carrie et Elfrida terminèrent leur repas par un café. Oscar n'en voulait pas. En fait, il venait de consulter sa montre.

— Si je n'emmène pas Horace se promener *maintenant*, dit-il, nous ne rentrerons pas avant la nuit.

Il chercha le regard de Lucy, à l'autre bout de la table.

— Veux-tu venir avec nous ?

— On va marcher ?

— Nous pourrions aller au bord de la mer. De cette façon, tu connaîtras le chemin.

Elle se sentit très flattée de l'invitation.

— Oui, cela me ferait plaisir.

— Oscar, dit Elfrida, tu devrais peut-être d'abord lui montrer les différents magasins. Cela ne prendra pas plus de cinq minutes et, après, vous irez dans les dunes.

— Bien sûr, si elle en a envie. As-tu un manteau bien chaud, Lucy ?

— J'ai ma doudoune neuve.

— Prends aussi un bonnet. Le vent de la mer risque de te geler les oreilles.

— Oui, j'en ai un.

— Alors, va vite te préparer. Je t'attends

— Je peux aider à débarrasser la table ? demanda-t-elle.

Elfrida éclata de rire.

— Comme tu es bien élevée ! Bien sûr que non ! Je le ferai avec Carrie quand nous aurons fini notre café. Va te promener avec Oscar avant qu'il fasse trop froid.

Cinq minutes plus tard, ils partirent ensemble, le vieil homme, la petite fille et le chien. Lucy tenait la laisse d'Horace dans sa main gantée. Elle portait sa veste neuve et un épais bonnet de laine qui lui couvrait les oreilles. Oscar avait passé une grosse veste à l'épreuve du vent et un chapeau en tweed. Lucy trouva que son chapeau lui allait bien, qu'il lui donnait l'air élégant et distingué.

— On commence par le bourg, lui dit-il tandis qu'ils franchissaient la grille du jardin.

Ainsi fut fait. Il lui fit longer le mur de l'enclos paroissial, lui montra la boutique de cadeaux, le pharmacie, la librairie, la boucherie, le marchand de journaux.

— C'est ici que j'achète les journaux du matin. Tu pourras venir à ma place, le jour où j'aurai envie de paresser au lit !

Ensuite, la station d'essence, un magasin rempli de pulls tricotés à la main, un petit hôtel, une vitrine de jouets de plage, le supermarché. Sous un arbre aux branches nues, Lucy s'arrêta pour regarder de l'autre côté d'une grille en fer forgé. Un petit chemin en dalles d'ardoise montait vers une des portes latérales de l'église qui était restée ouverte.

Sans savoir pourquoi, elle avait très envie d'y entrer. Elle apercevait le porche garni d'un solide paillasson, puis une porte intérieure, fermée.

— L'église est-elle ouverte ? demanda-t-elle.

— Toujours. Cette porte que tu vois n'est jamais fermée. Sans doute pour qu'on puisse la visiter.

— Comment est-ce, à l'intérieur ?

— Je l'ignore, Lucy. Je n'y suis jamais entré.

— Vous voulez bien qu'on y entre ? Juste pour quelques minutes ?

Il hésita.

— Je...

— Oh, s'il vous plaît ! J'aime tellement les églises quand il n'y a personne. Comme les rues quand elles sont vides. On voit mieux le plan. Cela ne nous prendra pas longtemps.

Il inspira profondément et elle crut qu'il allait refuser. *Nous n'avons pas le temps*, dirait-il. Ou bien : *Une autre fois*. Mais quand il souffla, ce fut comme un long soupir.

— D'accord, dit-il.

Lucy ouvrit la grille, faisant grincer les gonds, et ils remontèrent l'allée. Ils trouvèrent une note affichée sous le porche :

LES VISITEURS SONT LES BIENVENUS
MAIS NOUS VOUS REMERCIONS DE LAISSER
LES CHIENS DEHORS

Ils attachèrent la laisse d'Horace à la poignée de la porte et le chien s'assit sur le grand paillasson, l'air malheureux.

Il n'y avait personne dans l'église. Leurs pas résonnaient sur les dalles d'ardoise, l'écho se répercutant jusqu'au toit. Le soleil illuminait les vitraux. Le bâtiment était construit selon un plan en forme de croix dont trois des bras étaient occupés par des rangées de bancs. Ils étaient tous tournés vers l'allée centrale, comme pour former trois petites églises à l'intérieur de la grande. Les murs étaient en pierre et la voûte paraissait très haute. Entre les poutres incurvées, le revêtement en plâtre était peint d'un bleu de ciel d'été.

Lucy commença son exploration, déchiffrant les noms gravés sur les anciennes plaques commémoratives, ceux de gens d'un autre âge qui avaient été de fidèles serviteurs de Dieu et de fervents pratiquants. De nombreuses familles nobles ou titrées y étaient représentées à côté de familles plus modestes. C'était beaucoup plus grand qu'elle ne l'avait imaginé et, le temps de tout inspecter, depuis les fonts baptismaux richement décorés jusqu'aux prie-Dieu élégamment recouverts de tapisserie au point de croix, Oscar s'était lassé de l'attendre debout. Il s'était confortablement installé sur le banc de la première rangée.

Elle se sentit un peu embarrassée et alla s'asseoir à côté de lui.

— Excusez-moi.

— De quoi ?

— De vous avoir fait attendre aussi longtemps.

— Je suis heureux que tu t'intéresses à ce genre de choses.

— Carrie m'a dit que vous étiez organiste et professeur de musique.

— C'est exact. J'étais aussi maître de chœur. Tu joues du piano ? lui demanda-t-il en tournant les yeux vers elle.

— Non. Je n'ai jamais appris. Maman a estimé que cela empiéterait trop sur le temps des devoirs, des distractions et tout le reste. De toute façon, il n'y a pas de piano chez ma grand-mère.

— Tu aimerais savoir jouer ?

— Oui, je crois.

— Il n'est jamais trop tard pour commencer. Tu écoutes de la musique ?

— De la pop, ce genre de chose, répondit Lucy avec un petit mouvement d'épaule.

Elle réfléchit un moment puis poursuivit :

— Sauf avec l'école. Parfois, on nous emmène au concert. L'été dernier, nous sommes allées à un concert en plein air à Regent's Park. Il y avait une scène immense et un vrai orchestre.

Sa remarque fit sourire Oscar.

— Il n'a pas plu ?

— Non, il faisait très beau, ce soir-là. A la fin du concert, ils ont joué *Music for the Royal Fireworks* et il y avait un vrai feu d'artifice en même temps. J'ai adoré ça. La musique allait avec les « bangs » et les lumières et c'était doublement génial. Maintenant, quand j'entends cette musique, je revois le feu d'artifice et le ciel plein d'étoiles.

— Un beau souvenir !

— Oui, c'était extraordinaire.

Elle leva les yeux vers le grand vitrail qui leur faisait face. Il représentait la Vierge et l'Enfant.

— Je n'aimerais pas que mon anniversaire tombe au milieu de l'hiver, dit-elle. Je n'aimerais vraiment pas être née le jour de Noël.

— Pourquoi pas ?

— D'abord, on n'a qu'un seul cadeau au lieu de deux. Ensuite, on a souvent du mauvais temps.

— Quelle est ta date d'anniversaíre ?

— Juillet ! C'est beaucoup mieux, même si je suis à l'école, à ce moment-là.

— Mais c'est l'été.

— Oui.

Oscar réfléchit pendant un moment avant de reprendre la conversation :

— En fait, je ne crois pas que le Christ est né en hiver mais plutôt au printemps.

— Vraiment ? Pourquoi ?

— Parce qu'on nous dit que les bergers étaient dehors pour garder leurs moutons. Cela indique probablement que c'était l'époque où naissent les agneaux. Les bergers restaient donc avec leurs bêtes pour empêcher les loups de manger les agneaux. Un autre détail intéressant nous est fourni par les scientifiques. D'après eux, à cette époque et à cet endroit, il y a deux mille ans, on pouvait voir dans le ciel une étoile particulièrement brillante.

— Alors pourquoi ne fête-t-on pas Noël au printemps ?

— A mon avis, les premiers chrétiens étaient très intelligents. Ils ont adapté les anciennes coutumes païennes des pays qu'ils convertissaient. On a toujours célébré le solstice d'hiver, le jour le plus court de l'année. J'imagine que les païens organisaient quelques festivités à cette occasion, ils allumaient de grands feux et des bougies, ils cueillaient du gui, ils préparaient des gâteaux. Et aussi, ajouta Oscar en souriant, ils buvaient et se laissaient aller à des choses très inconvenantes !

— Donc, les premiers chrétiens ont utilisé la même date ?

— Cela a dû se passer plus ou moins de cette façon.

— Mais ils ont ajouté d'autres éléments.

— Leur croyance au Fils de Dieu.

— Je vois, dit Lucy d'un air pensif.

A bien y réfléchir, l'arrangement lui parut très pratique.

— Et le sapin de Noël ? demanda-t-elle.

— C'est une coutume d'origine allemande, apportée chez nous par Albert, le prince consort de la reine Victoria.

— Et la dinde ?

— La dinde nous vient des Etats-Unis. Avant, on mangeait de l'oie.

— Et les chants de Noël ?

— Il y en a de très anciens mais aussi de plus récents.

— Et les chaussettes de Noël ?

— Je crois que j'ignore d'où elles viennent !

Lucy s'en trouva réduite au silence mais reprit très vite ses questions :

— Et vous ? Vous aimez Noël ?

— Certains aspects, répondit Oscar d'un ton méfiant.

— Personnellement, c'est une fête que je n'aime pas beaucoup. On espère mille choses et puis on se retrouve un peu... déçu.

— Ce qui prouve qu'il ne faut jamais trop attendre des événements !

L'horloge du clocher sonna la demie de deux heures. Les coups leur parvinrent un peu étouffés par la distance, mais très harmonieux.

— Tu ne penses pas que nous avons assez traîné ? dit Oscar.

Lucy ne répondit pas tout de suite. Il régnait un grand calme dans l'église. Les sons de l'extérieur paraissaient très lointains, le moteur d'une voiture, la voix d'un homme qui appelait quelqu'un, le cri d'une mouette en train de tourner autour du clocher... Lucy leva la tête vers la voûte et découvrit la présence de projecteurs, discrètement dissimulés derrière la corniche de pierre sculptée. Ils étaient éteints, ce qui expliquait pourquoi elle ne les avait pas encore remarqués...

— Ce doit être très beau quand tout est allumé, comme si le soleil brillait sur le plafond bleu.

— Je suppose qu'on allume pour le service du dimanche matin.

— J'aimerais bien voir ça.

— Si tu en as envie, c'est tout à fait possible, dit-il tranquillement avant de se lever. Allons ! Nous sommes censés promener le chien. Il faut aller jusqu'à la plage et il va bientôt faire nuit.

Carrie

Oscar, Lucy et Horace étaient partis se promener, faisant claquer derrière eux la lourde porte d'entrée d'Estate House. Carrie et Elfrida se retrouvaient seules, assises à la table de cuisine devant leur café et les restes du déjeuner. Elles échangèrent un sourire. Deux femmes qui n'appartenaient pas à la même génération mais qu'unissait une longue amitié, deux femmes qui ne s'étaient pas vues depuis de nombreuses années et qui, enfin, retrouvaient un moment d'intimité.

— Quel homme adorable ! dit Carrie.

Elle pensa aussi, mais sans le dire, qu'en dépit de ses soixante-deux ans Elfrida témoignait d'une énergie et d'une vitalité dignes d'une adolescente. Sa minceur lui allait bien. Quant à sa couleur de cheveux d'un flamboiement sans compromis, ses vêtements excentriques et son rouge à lèvres voyant, tout cela proclamait un vigoureux défi aux années. Sa seule présence valait une cure de vitamines.

— Tu trouves aussi ? dit Elfrida d'un air satisfait.

— Je suis tellement heureuse qu'ils s'entendent bien. Lucy redoutait cette rencontre. Je lui ai parlé de l'accident, bien entendu. Elle craignait qu'Oscar ne veuille pas d'elle ici parce qu'elle lui rappellerait Francesca. Elle pensait que sa seule présence risquait de lui faire mal et qu'il la détesterait.

— Pauvre chou ! dit Elfrida d'un ton attendri. Mais elle est sensible. Je crois pourtant qu'Oscar ne *saurait* pas comment faire pour détester quelqu'un. Et si cela se produisait, il ne le dirait jamais. Il ne le montrerait même pas. Nous avons eu une petite contrariété en arrivant ici. Nous devions prendre la clef chez un

244

pauvre vieux casse-pieds. Je dois dire qu'il était assez fatigant. Il n'arrêtait pas de dire à Oscar qu'il parrainerait son inscription au club de golf et qu'ils se retrouveraient autour d'un verre. Oscar était épouvanté. Il a passé les deux premières semaines tapi dans la maison ou, quand il traversait la rue pour aller au supermarché, il courait, le chapeau enfoncé sur les yeux, comme un criminel, tellement il redoutait de rencontrer le major Billicliffe. Il ne pouvait pas supporter l'idée de devoir l'inviter à prendre un verre. Et puis, il a trouvé un jour le pauvre vieux dans son lit, très malade, « suivi par le docteur », comme on dit ici. Oscar lui a spontanément proposé de le conduire à l'hôpital à Inverness tellement il lui faisait pitié. Le major est veuf et très seul. Tu vois, Oscar n'est pas très doué pour détester les gens.

— Je le trouve adorable. J'espère seulement que ce ne sera pas trop lourd pour vous deux de nous avoir ici.

— Non, c'est formidable. Exactement ce qu'il nous fallait.

— Nous n'avons pas besoin d'une grande fête de Noël. Lucy et moi, nous n'attendons pas grand-chose, ni l'une ni l'autre, de cette prétendue « période des Fêtes ».

— Nous non plus. Mais, quand il a su que vous veniez, Oscar a commandé un sapin, sans me le dire !

— Lucy en sera ravie. Elle pourra s'occuper de le décorer. Pauvre petite ! Ma mère n'a jamais été très douée pour créer une atmosphère de magie et Nicola est trop paresseuse pour cela. En revanche, je crois que maman t'est sincèrement reconnaissante de l'avoir libérée d'un souci. Elle va se laisser aller au tourbillon des vacances à Bournemouth avec la conscience en paix.

— Comment va-t-elle ?

— Toujours la même.

Le constat n'appelait pas de commentaire.

— Et Nicola ?

— Pareil ! Au contraire du vin, elles ne s'améliorent pas avec l'âge !

— Et ton père ?

— Je ne l'ai pas vu mais je lui ai téléphoné.

— J'ai passé un mois d'octobre extraordinaire chez eux, à Emblo. Et quand je suis rentrée, j'ai appris ce qui était arrivé à Oscar. J'ai eu l'impression d'avoir quitté un monde pour entrer dans un autre. La vie change parfois d'une façon si brutale !

— Je sais, dit Carrie, qui pensa brièvement à Andreas et répéta : Je sais.

Un silence s'installa. Carrie termina son café et reposa la petite tasse. Elle se doutait de ce qu'allait dire Elfrida.

— Et *toi*, Carrie ?

— Moi ? Ça va.

— Je ne le crois pas. Je te trouve très pâle ; tu as les traits tirés, et tu es affreusement maigre.

— Parce que tu es grosse ! Reconnais, Elfrida, que nous n'avons jamais été en compétition pour le titre des plus belles rondeurs !

— Pourquoi es-tu rentrée d'Autriche de façon aussi soudaine ?

— Oh ! différentes raisons, une lubie de ma part, dit Carrie en haussant les épaules.

— Permets-moi d'en douter...

— Un jour, je t'expliquerai tout. Je te le promets, mais pas pour le moment.

— Tu n'es pas malade ?

— Non. J'ai un début de rhume et je me sens un peu fatiguée mais je ne suis pas malade.

— Si j'ai bien compris, tu as laissé tomber ton travail ? Tu as autre chose en vue ?

— L'agence de voyages qui m'employait m'a téléphoné l'autre soir. J'y suis allée le lendemain et on m'a proposé un autre poste — un très bon poste dans les bureaux de Londres. Je n'ai pas encore accepté mais je le ferai vraisemblablement à mon retour, après Noël.

— Et ta maison ?

— Louée jusqu'en février. En attendant, je peux camper chez des amis ou louer quelque chose de provisoire.

— Je te sens malheureuse et j'aimerais pouvoir t'aider.

— Tu m'aides déjà beaucoup en nous accueillant ici.

— Ce n'est pas très excitant.

— Je n'ai pas envie d'excitation.

Elfrida préféra ne rien ajouter. Elle termina son café, soupira et passa une main dans ses cheveux rebelles.

— Bien, si c'est ainsi, je ne dis plus rien ! Et maintenant, reprit-elle de sa voix habituelle, joyeuse et décidée, qu'as-tu envie de faire, cet après-midi ? Une petite sieste ? Je te prépare une bouillotte ?

Son lit et une bouillotte ! Carrie n'aurait su dire quand quelqu'un s'était soucié de la dorloter pour la dernière fois. Depuis quand ne lui avait-on pas dit : « Tu as l'air fatiguée », ou : « Une petite sieste ? » Elle avait passé trop d'années à être forte, à s'occuper des autres et de leurs problèmes : réservations annulées, remonte-pente en panne, chambres qui ne plaisaient pas, trains et cars en retard ; pas assez ou trop de neige ; l'orchestre qui joue trop fort et trop tard ; les passeports perdus, l'argent, les sèche-cheveux... Et elle n'était rentrée à Londres que pour devoir résoudre les problèmes familiaux.

Elle réalisa qu'elle était fatiguée d'être forte. Fatiguée d'être le solide pilier contre lequel tout le monde venait se reposer. Là-haut, sa chambre l'attendait. Avant le déjeuner, elle y était montée pour poser son manteau et se donner un coup de peigne, et avait découvert avec un plaisir anticipé l'immense lit préparé pour elle. Profond et moelleux, il avait une courtepointe blanche et une haute tête de lit à barreaux de cuivre polis comme la rambarde d'un bateau bien entretenu. Elle avait eu envie de se glisser aussitôt sous les couvertures et de dormir.

Une petite sieste. Elle se sentit pleine de reconnaissance et d'affection pour Elfrida.

— Je crois que rien ne me ferait plus plaisir, dit-elle. Mais j'aimerais bien que tu me montres d'abord la maison. Je crains de me perdre. C'est tellement grand ! Je vous avais imaginés dans un petit cottage, et je vous trouve installés dans un manoir.

— Bien sûr, dit Elfrida en se levant.

— Tu ne veux pas qu'on s'occupe d'abord de la vaisselle ?

— Je la ferai plus tard. Nous n'avons pas de lave-vaisselle mais, comme je n'en ai jamais eu, cela ne me dérange pas. Et je t'avoue que j'aime assez la bonne vieille méthode où on fait plein de mousse ! Viens...

Carrie la suivit. Elles commencèrent par les deux pièces du rez-de-chaussée. Elfrida lui commenta la visite, un peu à la manière d'un guide touristique.

— A l'origine, cette demeure faisait partie du domaine de Corrydale. Le régisseur et sa famille vivaient ici, ce qui explique les dimensions du bâtiment. Nous n'y avons trouvé que le mobilier indispensable et nous n'avons aucune raison de nous encombrer de mille objets.

Elle ouvrit une porte avant de poursuivre :

— Nous sommes dans le bureau du régisseur. Comme tu peux le voir, cette pièce est inhabitable. Un vrai capharnaüm ! Et maintenant, voici la salle à manger. Sinistre !

La pièce inspirait en effet une impression de mélancolie, comme imprégnée du souvenir de longs repas ennuyeux.

— En revanche, la table me plaît, dit Carrie. Et regarde le buffet : on se rend compte qu'il était prévu pour y poser d'énormes pièces de gibier. Oh ! Un piano ? Aurons-nous droit à un concert ?

— Je ne pense pas. Dieu sait quand il a été accordé pour la dernière fois !

— Mais Oscar sait jouer.

— Pas en ce moment. Il se contente d'écouter de la musique, il n'en fait pas.

Elles passèrent à l'étage.

— Lucy est dans une des pièces du grenier. Je l'ai installée pour elle mais je suis sûre qu'elle préférera t'en faire les honneurs elle-même. Tu connais déjà le salon et les salles de bains. Ici, dit-elle en ouvrant une porte, nous avons une autre chambre inutilisée. J'aurais pu la donner à Lucy mais c'est très petit et un peu triste. Il m'a semblé qu'elle trouverait plus amusant de dormir sous le toit. Et moi, je me suis beaucoup amusée à tout arranger.

Carrie jeta un coup d'œil dans la petite chambre banale où un énorme lit occupait presque tout l'espace. On voyait bien que personne ne s'en servait. Elle en éprouva une vague gêne, née d'un soupçon encore informulé. Son désir de visiter la maison n'avait été motivé que par de l'intérêt pour les lieux, non par une quelconque curiosité. Or, il lui semblait à présent avoir, par son innocente requête, soulevé le couvercle de la boîte de Pandore.

— Elfrida...

Soit Elfrida n'entendit pas, soit elle ne lui prêta pas attention. En effet, elle ouvrit la dernière porte d'un geste ostentatoire non exempt d'une pointe d'appréhension.

— Et ici, c'est chez nous, dit-elle.

Elle désignait une pièce spacieuse et soignée, la chambre principale dans la distribution d'origine, avec de hautes fenêtres par où entrait la lumière de la journée finissante et qui donnaient sur la rue et l'église. Le mobilier se composait d'une énorme armoire victorienne, d'une jolie table de toilette également d'époque victorienne, d'une commode et d'un immense lit, très haut. Le châle en soie rouge d'Elfrida y était étalé, avec ses broderies aux teintes fanées et sa frange fatiguée, mais toujours aussi somptueux et parfaitement reconnaissable malgré les longues années écoulées depuis l'époque où Elfrida habitait à Putney.

248

Machinalement, Carrie enregistrait la présence d'autres objets. Des brosses masculines à monture d'ivoire sur la commode, une paire de chaussures de marche soigneusement rangée sous une chaise, un pyjama bleu foncé plié sur l'oreiller. Il régnait une odeur plaisamment virile, mélange de cuir ciré et de lotion capillaire.

Il y eut un petit silence, puis Carrie se tourna vers Elfrida dont le visage exprimait une très légère confusion. Elle en fut amusée car Elfrida n'avait jamais montré la moindre gêne au sujet de ses aventures, nombreuses et variées.

— Tu n'es pas choquée ? demanda enfin Elfrida.

— Elfrida ! C'est moi ! Je ne suis pas Dodie.

— Bien sûr, je le sais.

— Vous dormez ensemble ?

Elfrida hocha la tête affirmativement.

— Et vous faites l'amour ?

— Mais oui.

Carrie revit l'image de cet homme séduisant et distingué, avec son épaisse chevelure blanche et son expression pleine d'amabilité.

— J'en suis heureuse pour vous deux.

— Je suis heureuse que tu sois heureuse ! Mais il faut que je t'explique un peu la situation.

— Tu ne me dois aucune explication, Elfrida.

— Non, mais je veux que tu saches.

Tout en parlant, Elfrida revoyait les images du pénible voyage, et leur décision de s'arrêter pour dormir dans une petite ville du Northumberland.

— Oscar se souvenait d'un vieil hôtel dans la rue principale. Par je ne sais quel miracle, il existait toujours. Je suis restée dans la voiture avec Horace pendant qu'il allait demander s'il leur restait des chambres.

« Au bout d'un moment, il est revenu en me disant que le chien ne posait pas de problème mais qu'il n'y avait plus qu'une seule chambre avec un grand lit. J'étais si fatiguée que j'aurais dormi dans un placard ! J'ai dit à Oscar que nous prenions la chambre. Nous nous sommes inscrits sous le nom de Mr et Mrs Oscar Blundell. J'avais l'impression d'être une gamine insouciante qui va passer le week-end en cachette avec son petit copain.

« Nous avons pris un bain à tour de rôle avant de descendre pour boire un verre et dîner. Ensuite, comme nous devions partir tôt le lendemain, nous sommes montés. Et là, nous avons eu une conversation affreusement ridicule ! Oscar voulait dormir sur le canapé et moi par terre avec Horace. Et puis, d'un seul coup, nous nous sommes sentis trop fatigués pour discuter. Nous nous sommes couchés dans le lit, tous les deux, et nous nous sommes endormis.

« Mais j'ignorais qu'Oscar faisait de terribles cauchemars. Il m'a avoué par la suite que cela datait de l'accident. Il reculait tous les soirs le moment de se coucher parce qu'il les redoutait. Cette nuit-là, ses cris me réveillèrent et, pendant un moment, j'en fus terrifiée. J'ai fini par faire ce qu'il fallait : je l'ai réveillé. Il pleurait — c'était trop dur pour lui. Je lui ai donné un verre d'eau et j'ai réussi à le calmer. Je l'ai pris dans mes bras, je l'ai serré contre moi et il a fini par se rendormir. Après cela, comment aurais-je pu le laisser seul la nuit ? En arrivant ici, au début, j'étais un peu ennuyée de ce que l'on pourrait penser ou dire. Il y a une femme adorable qui vient nous faire le ménage, Mrs Snead. Oscar craignait qu'elle ne bavarde et que l'on ne nous juge mal. Je lui ai dit que je m'en moquais et que je l'avais pas l'intention de le laisser seul.

« Je me doute, ma chérie, que tout cela pourrait paraître un peu suspect. Opportuniste, dirions-nous. Comme si je n'avais attendu que la mort de Gloria pour débarquer dans la vie d'Oscar et sauter dans son lit. Mais, sincèrement, cela ne s'est pas passé de cette façon. Je l'ai toujours beaucoup aimé mais c'était le mari de Gloria et je l'aimais bien, elle aussi, quoique... peut-être pas autant que lui. C'est assez difficile à expliquer. Mais tout ce que j'ai fait, tous les choix que j'ai faits, ne l'a été qu'avec des intentions pures. Il m'a demandé de venir en Ecosse avec lui et j'ai accepté parce qu'il était désespéré.

« Le résultat aurait pu être désastreux mais, bien au contraire, nous avons une relation qui, je crois, nous fait du bien à tous les deux. Nous avons fait l'amour pour la première fois environ une semaine après notre arrivée. C'était inévitable, bien sûr. Oscar est un homme très attirant et, ne me demande pas pourquoi, mais il a l'air de trouver du charme à une pauvre vieille comme moi ! Depuis, ses cauchemars ont diminué et il lui arrive de dormir d'une traite jusqu'au matin. Donc, si tu entends des cris, la nuit, ne t'inquiète pas. Je suis avec lui.

« Je n'ai rien caché, je n'ai pas raconté de mensonges. J'ai tout confié à Mrs Snead à la première occasion, en lui expliquant dans quelles circonstances nous nous étions organisés ainsi. En bonne Londonienne, Mrs Snead est impossible à choquer. C'est aussi une amie et une mine d'informations utiles. Elle m'a seulement dit : « Mrs Phipps, je crois que ce serait cruel de laisser cet homme souffrir si vous pouvez lui apporter un peu de réconfort au moment où il en a besoin. » Et c'est tout. Et maintenant, *toi aussi*, tu sais la vérité.

Pendant quelques instants, ni l'une ni l'autre ne parla.

— Pauvre Oscar, soupira finalement Carrie. Mais il aurait été tellement plus à plaindre sans toi.

— Et Lucy ? Elle m'a l'air assez intelligente. Penses-tu qu'il faille le lui dire ?

— N'en faisons pas un problème. Si elle me pose des questions, je lui dirai la vérité.

— A notre âge, cela va l'étonner.

— Je ne pense pas. Tu oublies que son propre grand-père a une femme très jeune et deux jeunes enfants. Elle connaît donc déjà ce genre de situation. De plus, Oscar lui plaît visiblement beaucoup et elle sera aussi contente que moi.

Carrie entoura de ses bras les épaules maigres d'Elfrida et la serra contre elle.

— C'est tellement merveilleux. Chacun de vous avait besoin de l'autre et vous vous êtes trouvés.

— Oscar n'est pas entièrement tiré d'affaire, malgré tout. Certains jours, il est tellement triste qu'il dit à peine un mot. Mais j'ai appris à le laisser tranquille. Il doit affronter sa peine à sa façon.

— Cela n'a pas dû être facile, pour toi.

— Oh, Carrie, ma chérie ! Rien n'est facile. Mais maintenant, nous ne devons plus perdre de temps sinon la journée sera terminée sans que nous nous en rendions compte. Je te prépare une bouillotte et tu vas dormir.

Lucy

Vendredi, 15 décembre

Nous sommes arrivées ; il est maintenant dix heures du soir. La journée a été très longue. Carrie est arrivée chez ma grand-mère vers huit heures et demie ce matin avec un taxi qui attendait dans la rue et qui nous a conduites à l'aéroport d'Heathrow. Ma mère et ma grand-mère étaient encore en robe de chambre. Maman ne part en Floride que mardi. Elles ont été très gentilles. Je crois qu'elles se sentaient toutes les deux un peu gênées de toutes les disputes qu'il y a eu à cause de Noël. Elles m'ont donné mes cadeaux tout emballés et je les ai mis dans ma valise. Maman m'a aussi donné cent cinquante livres et mamy cinquante livres comme argent de poche. Je n'ai jamais été aussi riche et j'ai peur de perdre mon porte-monnaie mais il n'y a aucun risque. Il est bien rangé dans mon sac à dos neuf.

Le vol s'est bien passé et on nous a servi une sorte de petit déjeuner. A Inverness, un homme très gentil qui s'appelle Alec nous attendait pour nous amener ici. Il y avait de la neige sur une petite hauteur et le trajet nous a pris environ une heure et quart.

Creagan est une petite cité ancienne et très jolie, avec beaucoup de très grandes maisons et une église immense. Ici, la maison est étonnante, bien plus grande qu'elle n'en a l'air, vue de l'extérieur, et il y a deux étages. Avant, c'était loué. D'après Oscar, une grande partie des meubles vient de Corrydale, la grande maison où il séjournait dans son enfance. Sa grand-mère y habitait. Je dis « une grande partie des meubles », mais en réalité il n'y en a presque pas, ni meubles, ni tableaux, rien. Le salon et les chambres se trouvent au premier étage mais je dors encore plus haut, dans une des mansardes qu'Elfrida a installée spécialement pour moi. Elle n'a pas eu besoin de repeindre parce que c'est tout blanc et très propre mais elle a dû acheter des meubles. C'était vraiment gentil de sa part.

Maintenant, ma chambre : il y a un plafond en pente et une grande lucarne (pas de fenêtre) avec un store à rayures mais je crois que je ne vais pas le tirer pour pouvoir regarder le ciel depuis mon lit. Comme si je dormais à la belle étoile.

Le lit est en bois foncé avec une couette à rayures bleu et blanc et un plaid écossais au cas où j'aurais froid. J'ai une coiffeuse blanche avec un miroir pivotant et des petits tiroirs, et une commode. Ensuite, une table de chevet, une lampe et une table très utile qui est poussée le long d'un des murs qui n'est pas en pan coupé. A mon avis, c'est une ancienne table de cuisine parce qu'elle porte des marques d'usure mais elle est parfaite pour écrire mon journal ou ma correspondance. Enfin, il y a deux chaises et quelques patères au mur pour accrocher mes vêtements. Je n'en ai pas emporté beaucoup. Au sol, j'ai un plancher tout simple et, au milieu, un tapis que j'adore, très épais, plein de couleurs vives. Elfrida a ajouté une descente de lit en peau de mouton pour les matins froids. Tout cela me paraît tellement différent et romantique !

Elfrida et Oscar sont vraiment adorables. Je m'attendais à trouver des gens affreusement vieux. Ils sont vieux mais ils n'en ont pas l'air, même pas dans leur façon de parler. Elfrida est très grande et très mince, avec des cheveux orangés. Oscar est aussi très grand mais pas aussi mince. Lui, il a des cheveux blancs très épais et une voix très chaude avec des yeux pleins de gentillesse. Avant de quitter Londres, Carrie m'a parlé de sa femme et de sa fille, Francesca. Même les deux chiens sont morts. J'avais peur de le rencontrer ; c'est difficile de savoir quoi dire à quelqu'un qui a subi une perte aussi terrible. Mais il est réellement gentil et il n'a pas du tout eu l'air ennuyé de nous voir, Carrie et moi. Après le déjeuner, il m'a demandé si je voulais promener Horace, le chien d'Elfrida, avec lui. J'ai dit oui. Il ne faisait pas trop froid. Il m'a montré les magasins et on a visité l'église. Après, on a traversé le terrain de golf pour aller sur la plage. C'est une très belle plage, très longue et très propre, sans bouteilles de plastique ni de saletés. Beaucoup de coquillages. J'ai ramassé deux coquilles de pétoncles. J'y retournerai avec Horace. Je me sens vraiment heureuse, ici. Je n'ai jamais vécu dans une aussi grande maison mais j'aime son ambiance. On dirait qu'elle a toujours été habitée par des gens aisés et gais. Il y a aussi un grand jardin à l'arrière mais il n'y pousse pas grand-chose à cette période de l'année. Demain, je pars en exploration !

Oscar

A sa grande surprise, Oscar se trouva en train de faire un feu de jardin. A Dibton, la passion du jardin l'avait gagné, en grande partie parce qu'il était à la retraite. Quelques cours de piano et quelques interventions aux orgues de l'église du village ne suffisaient pas à occuper son temps. Au début, il n'y connaissait rien. Il n'avait même jamais arrosé une jardinière. Cependant, au fur et à mesure de ses premiers essais, tout un savoir oublié revenait, enfoui dans sa mémoire depuis l'époque des vacances à Corrydale. Sa grand-mère était une jardinière aussi douée qu'experte. On venait de loin admirer les splendeurs du domaine et lui demander conseil.

Il apprit les techniques du jardinage à force de tâtonnements et d'erreurs, et en se plongeant dans l'étude de gros traités spécialisés. Il bénéficiait aussi de l'aide de deux hommes qui venaient tondre, entretenir les arbres et faire les gros travaux. Son nouveau passe-temps l'absorba bientôt profondément et il s'adonna sans retenue aux plaisirs de l'exercice physique, des projets de plantations et de la plantation elle-même, sans compter le simple fait d'être au grand air.

Arrivé à Creagan en plein hiver, il ne pouvait pas faire grandchose pour le jardin qui s'élevait en terrasses escarpées derrière Estate House. Il avait balayé un gros tas de feuilles mortes et nettoyé les écoulements d'eau bouchés, mais rien de plus. Ce matin-là, en revanche, au petit déjeuner, Elfrida s'était plainte d'un lilas envahissant qui la gênait pour passer quand elle allait étendre la lessive.

Oscar promit de s'en occuper.

Après le petit déjeuner, il avait donc pris la clef de l'abri de jardin à l'un des crochets du buffet et il était parti voir ce qu'il trouvait. Il faisait un temps curieux, couvert, avec un imperceptible souffle d'air froid. De temps en temps, les nuages s'écartaient et l'on découvrait un coin de ciel bleu. Mais la neige sur les hauteurs n'avait pas fondu, signe avant-coureur d'autres chutes.

Oscar réussit à faire tourner la clef rouillée dans la serrure et il dut insister pour ouvrir la vieille porte en bois déformée. Une petite fenêtre couverte de toiles d'araignée éclairait à peine l'intérieur, sale et sombre. Du regard, il fit l'inventaire des lieux : une table de rempotage couverte de terre, quelques pots cassés, une pile de journaux jaunis et quelques outils archaïques tels que plantoirs ou serpettes. On n'y trouvait ni tondeuse à gazon ni débroussailleuse, pas la moindre pièce d'équipement moderne, mais sur les murs, accrochés à d'énormes clous, s'alignaient encore de vieux et lourds outils, bêches et fourches. Il nota aussi un râteau, une houe, une scie rouillée et une faux d'une taille impressionnante. Tout avait besoin d'une remise en état. Oscar décida de tout nettoyer et graisser mais ne put trouver la moindre goutte d'huile dans l'affreux désordre. Cela attendrait donc.

Dans une boîte pleine d'écrous, de boulons et de clés à écrous, il découvrit un vieux sécateur à peu près utilisable. Il entreprit de tailler le lilas et se trouva bientôt devant un tas de branches dont il fallait se débarrasser. Il n'avait pas de brouette mais, de toute façon, cela ne lui aurait pas été d'une grande aide sur ce terrain en pente abrupte. Au lieu de cela, il finit par trouver un sac à pommes de terre en triste état où il entassa les branches. Ensuite, il n'eut plus qu'à traîner le tout jusqu'en haut du jardin où, derrière un vieux prunier, il avait remarqué les traces noires d'un feu précédent.

Comme le temps restait sec et sans vent, il décida de vider l'abri de jardin et de brûler toutes les saletés pendant qu'il en avait le courage.

Il lui fallut plusieurs allers et retours pour tout transporter. Il prépara des torches en papier avec les journaux, réduisit en petit bois quelques boîtes à semences pourries et alluma le feu. Des flammes ne tardèrent pas à s'élever et, tandis qu'il ratissait les feuilles mortes, il commença à avoir chaud. Il se débarrassa de sa veste, l'accrocha au vieux prunier et continua son travail en pull-over. La fumée montait vers le ciel en épais tourbillons. A l'odeur, on se serait cru en automne. Oscar s'attaqua ensuite au lierre qui

255

grimpait à l'assaut du vieux mur de pierre, coupant et arrachant les longues branches. Son travail l'absorbait si bien qu'il n'entendit pas le portillon de derrière qui s'ouvrait et se fermait, pas plus qu'il ne remarqua l'homme qui s'avançait dans le chemin, derrière lui.

— Oscar ?

Il sursauta et se retourna pour découvrir Peter Kennedy, habillé pour un parcours de golf avec sa veste rouge et sa casquette de base-ball enfoncée jusqu'aux sourcils.

— Peter ! Je ne vous avais pas entendu.

— Je ne voulais pas vous surprendre. Je vais au club — je joue à dix heures et demie —, mais j'ai vu la fumée et j'ai pensé que je vous trouverais certainement ici.

— Que puis-je pour vous ?

— Rien, mais je voulais vous dire que je suis allé à Inverness hier. Je me suis arrêté à l'hôpital pour voir Godfrey Billicliffe.

— Comment va-t-il ?

Peter secoua la tête d'un air attristé.

— Les nouvelles ne sont pas bonnes, je le crains. Il est très malade. Il a un cancer.

Le cancer ! Oscar eut une exclamation de pitié.

— Je pense qu'il s'en doutait, reprit Peter, mais il n'en a jamais rien dit à personne. Il m'a expliqué qu'il se sentait mal depuis longtemps mais qu'il n'avait pas consulté. Il se contentait de s'anesthésier avec des analgésiques et du whisky. Il ne voulait pas savoir la vérité, cela lui faisait trop peur.

— Il avait peur, le jour où je l'ai trouvé.

— Je sais.

Oscar se remémora le vieil homme malade et ses larmes de faiblesse.

— Il le sait ? demanda-t-il.

— Oui. Il a convaincu le jeune interne de le lui dire.

— Combien de temps lui reste-t-il ?

— Très peu. C'est la fin, mais il est installé confortablement et il est en paix. A mon avis, il apprécie d'avoir toutes les infirmières aux petits soins autour de lui. Ce sera un soulagement pour lui.

— Il faut que j'aille le voir.

— Non. Il ne veut pas que vous veniez. Il m'a demandé de vous le dire. Il est drogué par les médicaments et très faible. Il a déjà le visage d'un homme en train de quitter ce monde. Mais il m'a demandé de vous transmettre ses amitiés et toute sa reconnaissance pour votre amabilité.

— Je n'ai rien fait de particulier.

— Si. Et vous avez été là au moment où il avait besoin d'un ami.

D'un coup de pied, Oscar expédia une brindille fumante dans le feu. Pendant un moment, au souvenir de la façon dont il avait évité le major, il eut honte de lui-même.

— Avez-vous pu parler à son médecin ?

— Oui. Quand je l'ai quitté, je me suis mis à la recherche de l'interne. Il m'a confirmé le diagnostic.

— Que puis-je faire ?

— Pas grand-chose, croyez-moi. Vous pourriez peut-être lui envoyer un petit mot. Je suis sûr que cela lui fera plaisir.

— Cela me semble un peu désinvolte.

— Non, il est réellement en paix. Il ne se plaint pas, il n'essaye pas de se battre. La plupart du temps, il dort mais, quand il a ouvert les yeux, il m'a reconnu, nous avons parlé et il s'est montré parfaitement lucide. Je pense qu'il accepte.

— Je suppose qu'il n'y a donc rien à faire, dit Oscar avec un grand soupir.

Il pensa aux détails pratiques.

— J'ai donné mon nom comme plus proche parent.

— Dans ce cas, ils vous contacteront, ou bien moi. On se tient au courant.

— Merci de m'avoir averti.

— Je savais que vous voudriez le savoir. Allons, maintenant je dois me sauver et vous laisser vous occuper de votre feu.

Oscar posa son râteau.

— Je vous raccompagne jusqu'en bas.

Ils descendirent le chemin, en file indienne. Arrivés à la grande grille, Peter se tourna vers Oscar.

— Autre chose. J'ai pensé que la musique vous manquait peut-être.

Il fouilla dans la poche de sa veste et en sortit une petite clef en laiton.

— L'église est toujours ouverte mais l'orgue est fermé à clef. J'en ai parlé avec Alistair Heggie, notre organiste. Il sera très heureux que vous alliez jouer quand vous en avez envie. Tenez...

Avant qu'Oscar ait pu protester, Peter lui avait pris la main et y avait mis la petite clef sur laquelle il lui avait refermé les doigts.

— Mais non... dit Oscar.

— Vous n'êtes pas obligé. Vous n'en avez d'ailleurs peut-être pas envie. Mais j'aime savoir que, si cela vous tente et si vous sentez que cela vous ferait du bien, vous pouvez y aller.

— Je suis très touché.

— Mais ne la perdez pas ! dit Peter en souriant. C'est notre seul double.

Il fit un pas comme s'il partait mais se retourna encore une fois.

— Décidément, je vieillis ! J'ai failli oublier : Tabitha demande si cela vous ferait plaisir de venir tous ensemble au presbytère pour prendre un verre avec un mince-pie[1], mardi soir ? Elle a envie de faire votre connaissance, et celle de vos invitées. Elle vous attend tous. Pas besoin de s'habiller, c'est en toute simplicité. Nos enfants seront sans doute là.

— Mardi...

Oscar, qui n'avait pas lâché la clef, prit note mentalement de ne pas oublier de transmettre l'invitation à Elfrida.

— Mardi, six heures. Nous serons heureux de venir.

— Parfait !

Peter franchit le portail et rabattit le loquet derrière lui.

— A bientôt, donc !

— Bonne partie de golf ! Et merci d'être venu.

---

1. Sorte de tartelette à croûte fourrée avec un mélange de fruits secs hachés et de pommes que l'on prépare pour Noël. *(N.d.T.)*

Lucy

Le lundi matin, quand Lucy descendit de son nid d'aigle, elle vit que la porte de Carrie était encore fermée. Elle pensa d'abord que sa tante dormait encore et se demanda si elle ne devait pas la réveiller puis, à la dernière minute, préféra s'en abstenir.

Au rez-de-chaussée, Oscar et Elfrida prenaient leur petit déjeuner. Oscar mangeait des saucisses et Lucy se prit à espérer qu'il en resterait pour elle. Des saucisses le matin, c'était le paradis !

— Lucy ! dit Oscar en la voyant entrer.

Il posa ses couverts et tendit un bras pour la serrer amicalement contre lui.

— Comment vas-tu, ce matin ?

— Bien, mais où est Carrie ?

— Carrie ne va pas bien, dit Elfrida en se levant pour apporter les saucisses de Lucy à table. Je ne pense pas qu'elle ait la grippe, mais son rhume ne passe pas. Deux saucisses ou trois ?

— Trois, s'il vous plaît, s'il y en a assez. Elle ne s'est pas levée ?

— Non. Je suis allée la voir et elle m'a dit qu'elle n'a pas arrêté de tousser de toute la nuit. Cela l'a empêchée de dormir. Je lui ai monté une tasse de thé mais elle n'a pas faim. Le centre médical ouvre à neuf heures. J'appellerai tout de suite le docteur Sinclair pour qu'il vienne la voir.

— Il fait des visites à domicile ?

— Le centre médical est juste de l'autre côté de la rue.

Lucy s'assit devant son assiette de saucisses.

— A Londres, les médecins ne font jamais de visites à domicile. Il faut aller à leur cabinet et patienter dans la salle d'attente avec tous les gens malades. Mamy dit toujours qu'on en sort plus mal qu'on y est entré. Croyez-vous que Carrie sera guérie pour Noël ?

— Nous verrons ce que dira le docteur Sinclair.

— Je peux aller la voir ?

— Il vaudrait mieux attendre de savoir ce qu'elle a. Imagine que ce soit très contagieux, tu risquerais d'attraper plein de boutons ! Ou des abcès purulents, comme le pauvre Job sur son tas de fumier !

Lucy attaqua ses saucisses qui se révélèrent délicieuses, et Elfrida lui servit une tasse de café.

— C'est vraiment dommage, dit Lucy, parce que nous avions prévu de faire une grande promenade sur la plage, ce matin, avec Horace.

— Je ne vois pas pourquoi tu ne pourrais pas y aller.

— C'est *vous* qui venez avec moi, Oscar ?

— Ce matin, je ne peux pas. Je dois faire mon courrier. Ensuite, je vais me faire couper les cheveux, je passe chez le libraire pour commander deux livres, et je dois encore prendre la viande chez le boucher.

— Ah, bon ! dit Lucy d'une voix où elle essaya de ne pas trop laisser percer sa déception.

Oscar lui sourit.

— Mais tu peux y aller toute seule avec Horace, comme une exploratrice solitaire. Il saura te défendre !

— C'est vrai ? demanda Lucy dont le visage s'était illuminé.

— Bien sûr.

Elle réfléchit à cette nouvelle perspective de liberté tout en dégustant ses saucisses. L'idée de sortir seule avec le chien lui plaisait beaucoup. Pour des raisons évidentes, à Londres, elle n'avait pas le droit de se promener toute seule et, si elle prévoyait une sortie avec Emma, sa mère exigeait toujours de savoir où elle allait et quand elle rentrerait. Ici, à Creagan, l'inutilité de telles précautions apparaissait tout aussi évidente. Elfrida et Oscar ne fermaient même pas la porte de la maison. Les gens conduisaient très lentement, les voitures comme les camions, et les piétons marchaient souvent au milieu de la rue. Ils s'arrêtaient même régulièrement pour échanger des nouvelles. Lucy avait remarqué que, dans toute la ville, des enfants circulaient sans surveillance pour faire du skateboard ou se rassembler en bandes. Le jour où Oscar l'avait emmenée à la plage, elle avait vu des garçons très jeunes escalader des rochers ou faire de la bicyclette sans un seul adulte en vue. Dans ce climat salubre, l'existence même des sales types en imperméable, des ivrognes ou des drogués paraissait impossible. Peut-être, comme pour les microbes et le mildiou, le froid les empêchait-il de se développer.

L'interrompant dans ses réflexions, la porte de derrière s'ouvrit et se referma bruyamment.

— Mrs Snead, lui expliqua Oscar.

L'instant suivant, elle surgissait dans la cuisine, vêtue d'un survêtement rose et d'une paire de chaussures de sport qui lui donnaient une allure très dynamique.

— C'est reparti, le mauvais temps ! annonça-t-elle. Plein de nuages noirs. J'ai l'impression qu'on va avoir de la neige.

Elle découvrit soudain la présence de Lucy.

— Bonjour ! Alors, on est venue passer un moment avec nous ? Je ne vois pas votre tante ?

Elle avait des cheveux gris en boucles serrées et portait des boucles d'oreilles en verre rose, assorties à son survêtement.

— Elle est dans sa chambre. Elle ne va pas très bien. Elfrida va appeler le docteur.

— Eh bien ! dit-elle en se tournant vers Elfrida. Pour une surprise ! Vous vous retrouvez avec une malade, à peine arrivée. C'est vraiment de la malchance. Tu t'appelles Lucy, n'est-ce pas ? Mrs Phipps m'a parlé de toi. Ta chambre te plaît ? Nous nous sommes bien amusées à te l'installer.

— Voulez-vous une tasse de thé, Mrs Snead ? proposa Elfrida.

Mrs Snead entreprit de se servir puis s'assit avec eux, son mug devant elle.

Lucy savait que sa grand-mère aurait violemment désapprouvé des manières aussi familières. Elle n'en éprouva, malicieusement, qu'une plus grande sympathie pour Mrs Snead.

La matinée s'organisa. Mrs Snead passa l'aspirateur pendant qu'Oscar et Lucy lavaient la vaisselle du petit déjeuner et qu'Elfrida téléphonait au cabinet médical. A dix heures, la sonnette de l'entrée retentit. Lucy descendit l'escalier en courant pour ouvrir la porte au médecin mais il était déjà entré. Elle le trouva en train de s'essuyer les pieds sur le paillasson.

— Bonjour ! dit-il en la voyant.

Il avait un fort accent des Highlands mais il était encore très jeune, avec un visage tanné par le grand air et des sourcils roux.

— Qui êtes-vous ?

— Lucy Wesley. J'habite ici.

— Vous avez de la chance. Où est la malade ?

— En haut.

Elfrida se penchait par-dessus la rampe d'escalier.

— Docteur Sinclair, vous êtes vraiment gentil d'être venu.

Lucy s'abstint de le suivre dans l'escalier et rejoignit Mrs Snead dans la cuisine, où elle était en train de trier le linge sale.

— C'est le docteur ? J'espère qu'elle n'a rien de sérieux.

— Je croyais qu'elle avait seulement un rhume. Elle n'allait déjà pas bien, dans l'avion. Je me sens triste pour elle.

— Ne t'inquiète pas, elle va se remettre. Et maintenant, peux-tu faire quelque chose pour moi ? Tu veux bien aller me chercher les serviettes de toilette dans la salle de bains de Mrs Phipps ? Ensuite, je t'en donnerai des propres pour les remplacer.

Le docteur Sinclair ne s'attarda pas. Il suivit Elfrida dans la chambre de Carrie et, tandis qu'elle rassemblait les serviettes de toilette, Lucy les entendit parler derrière la porte close. Elle se sentait rassurée de le voir mais craignait d'apprendre que Carrie avait une maladie assez grave pour nécessiter des antibiotiques et deux semaines de lit. Sa consultation terminée, il ne redescendit pas tout de suite mais se rendit au salon avec Elfrida pour parler à Oscar.

Comme Lucy avait fini ses tâches domestiques, elle patienta un peu dans le hall d'entrée puis, n'y tenant plus, elle monta les rejoindre. Ils étaient tous les trois assis sur la banquette de la fenêtre, parlant d'un certain major Billicliffe. Lucy crut comprendre qu'il était hospitalisé à Inverness, dans un état grave. Les trois adultes avaient l'air très tristes. A un moment, Elfrida se tourna et découvrit Lucy, debout sur le seuil. Elle lui sourit.

— Ne t'inquiète pas, Lucy.

Le médecin se leva.

— Carrie va bien ? lui demanda Lucy.

— Oui, rien de grave. Elle a seulement besoin de se reposer un peu et de boire beaucoup. Je lui ai aussi prescrit de quoi soigner sa toux. Qu'on la laisse tranquille, et elle sera sur pied dans quarante-huit heures.

— Je peux la voir ? demanda encore Lucy, qui se sentait très soulagée.

— Il vaudrait mieux la laisser se reposer, pour l'instant.

Elfrida intervint :

— Pourquoi n'emmènerais-tu pas Horace faire sa promenade ?

— Où vas-tu te promener, Lucy ?

— Je pensais aller jusqu'à la plage.

— T'intéresses-tu aux oiseaux ?

— Je ne connais pas leurs noms.

— On voit de très belles espèces, sur la plage. Comme je reviens demain pour ta tante, je t'apporterai mon livre sur les oiseaux pour que tu puisses les reconnaître.

— Merci.

— De rien ! Il faut que je m'en aille, à présent. Je vous tiens au courant, Mr Blundell. Au revoir, Mrs Phipps.

Il sortit, dévala l'escalier et claqua la porte d'entrée derrière lui. Par la fenêtre, Lucy le vit monter dans sa voiture et démarrer. Sur le siège, côté passager, était assis un grand épagneul aux oreilles tombantes qui regardait par la fenêtre. Cela devait être formidable, se dit-elle, d'être médecin généraliste à la campagne, avec un chien dans sa voiture.

Mrs Snead avait raison. Même s'il ne pleuvait pas vraiment, il faisait un temps décourageant, encore plus déconcertant après cet agréable week-end où Oscar avait pu brûler ses déchets de jardin. Lucy quitta Estate House avec Horace qu'elle tenait en laisse. Elle traversa la place et prit la rue qui montait vers le terrain de golf. Il n'y avait pas beaucoup de joueurs et seulement quelques voitures sur l'aire de stationnement. Le chemin balisé qui correspondait au droit de passage traversait les links, suivant les ondulations naturelles du terrain. Elle atteignit ainsi une faible éminence d'où elle découvrit soudain le paysage à l'infini, froid et immobile comme de l'acier, avec un vaste ciel gris, chargé de nuages bas. On était à mi-marée et de courtes vagues léchaient le sable mouillé et brillant. Elle repéra le phare qui se dressait au large. Sur le parking du golf, des bandes de mouettes donnaient des coups de bec sur le couvercle des poubelles, espérant peut-être trouver des croûtons de pain ou des sandwichs défraîchis. Horace se mit à aboyer en les voyant et elles s'envolèrent. Elles tournèrent un moment puis descendirent pour reprendre leur exploration des poubelles.

Lucy détacha la laisse d'Horace et il se mit à courir devant elle. Il dévala la pente et arriva sur le sable. Sous les dunes, le sable était profond et mou, ce qui rendait la marche difficile. Lucy gagna la partie de la plage, le long de l'eau, où le sable mouillé devenait plus résistant sous les pieds. Elle se retourna pour regarder ses traces. Les pattes d'Horace avaient dessiné autour de ses propres pas une série de petits ronds en pointillés.

A l'endroit où elle était descendue sur la grève, il y avait des rochers avec de petites flaques d'eau entre eux. Au-delà, la plage s'étendait et s'incurvait vers le nord. Encore plus loin, les collines se fondaient l'une dans l'autre, grises et peu engageantes, saupoudrées de neige. D'un violet presque noir, le ciel faisait penser à une énorme ecchymose. Lucy sentit sur son visage un petit vent glacial.

Elle était seule. Personne en vue, pas même un chien. Rien que des oiseaux surfant à la crête des vagues.

Dans cet espace immense, désert et venteux, elle se vit comme une minuscule fourmi, dépouillée de toute importance face à l'infini de la nature. Une non-entité. Elle aimait assez la sensation de perdre son identité, de savoir que tout le monde ignorait où elle se trouvait *exactement* et que, si elle rencontrait quelqu'un, ce quelqu'un ne saurait pas *qui* elle était. Ainsi, elle n'appartenait à personne d'autre qu'à elle-même. Elle marchait avec énergie pour ne pas se refroidir, ne s'arrêtant qu'à de rares intervalles pour ramasser un coquillage, un galet intéressant ou un morceau de verre poli par la mer. Chacun de ces trésors atterrissait dans sa poche. A un moment, Horace trouva un grand morceau d'algue qu'il lui rapporta dans sa gueule comme un trophée. Elle essaya de le lui prendre et cela devint vite un jeu entre eux. Horace courait, et Lucy essayait de l'attraper. A son tour, elle trouva un bâton et le lança dans les vagues. Horace oublia aussitôt son algue, la laissa tomber, se précipita dans l'eau, découvrit qu'elle était trop froide pour lui et battit précipitamment en retraite.

La plage se terminait au pied d'une avancée rocheuse avec des flaques d'eau et des ravines remplies de galets. Une forte odeur d'algues s'en élevait. Lucy s'arrêta pour se repérer. Des dunes séparaient la plage du golf. Elle hésitait sur le chemin à prendre quand elle entendit un bruit de moteur. Par-dessus les rochers, venant vers elle en cahotant, apparut un tracteur. Il n'allait pas vite, ralenti par une remorque. Il devait y avoir un chemin. Elle décida de rentrer par là et, non sans difficulté, entreprit d'escalader la pente de sable. Horace bondissait devant elle et disparut bientôt à sa vue. La rangée de dunes formait une petite hauteur couverte d'herbe épaisse et de joncs. Quand elle atteignit le sommet, elle découvrit le sentier.

Horace y était déjà. Il l'attendait mais ne regardait pas de son côté. Lucy comprit qu'il avait repéré des inconnus. Les oreilles dressées, bien campé sur ses quatre pattes, il tenait sa queue toute droite. Il observait très tranquillement ce qui se passait. Lucy regarda dans la même direction que lui et aperçut, venant de la ville, un autre chien que sa propriétaire promenait à grands pas décidés. Elle portait des bottes, un pantalon chaud et un manteau en mouton. Sa tenue se complétait d'un *tam o'shanter*[1] incliné avec suffisance sur des cheveux gris coupés en brosse. Son chien, qu'elle laissait courir librement, remarqua la présence d'Horace et tomba en arrêt. Les deux animaux s'épièrent longuement. Lucy se sentit pétrifiée par la peur : l'autre chien était un rottweiler.

— Horace.

Elle voulait l'appeler d'une voix énergique mais l'angoisse lui desséchait la bouche et elle ne produisit qu'un chuchotement terrifié.

Ou bien Horace ne l'entendit pas, ou bien il fit semblant de ne pas l'entendre. Stupide corniaud qu'il était, il aboya ! Le rottweiler avança lentement, tout son corps luisant tendu, les muscles bandés. Un grondement féroce jaillit du plus profond de sa poitrine et il retroussa ses babines noires sur ses crocs. Horace, défendant son territoire, émit un autre aboiement timide, et le rottweiler bondit.

Lucy hurla. Horace aussi, avec un hurlement qui monta comme un appel au secours. L'autre chien l'écrasait, le mordait, le rossait de toutes ses forces. Horace se battait avec courage mais ne pouvait échapper à la prise du rottweiler.

La propriétaire du chien faisait preuve d'une totale inefficacité. Elle avait une chaîne-laisse à la main mais, de toute évidence, ne se souciait pas d'intervenir tant que son animal était dans cet état d'esprit. Elle préféra brandir un sifflet à roulette qu'elle utilisa vigoureusement avant de crier des ordres sur un ton d'adjudant.

— Brutus ! Brutus ! Couché, le chien ! Couché ! Au pied !

Le rottweiler continuait de plus belle.

— Brutus !

— Tenez-le ! gémissait Lucy, affolée.

Horace, le chien bien-aimé d'Elfrida, était en train de se faire tuer.

— Faites quelque chose ! cria-t-elle. Arrêtez-le !

Elle avait oublié le tracteur. Comme la cavalerie dans un vieux western, il arrivait juste à temps. La porte de la cabine s'ouvrit à

---

1. Le béret écossais. *(N.d.T.)*

toute volée, le conducteur sauta au sol, piqua un sprint sur les derniers mètres qui le séparaient des chiens et, sans la moindre trace de peur ou d'hésitation, se jeta au cœur de l'action. Son pied lourdement botté atterrit sur les fesses musclées du rottweiler.

— Lâche-le, espèce de sale bête !

Surpris, le rottweiler lâcha effectivement Horace et se tourna pour attaquer ce nouvel ennemi, mais le jeune homme avait déjà empoigné son collier clouté et, témoignant d'une certaine force, l'éloignait de sa victime.

Lucy n'aurait jamais imaginé que l'on puisse posséder autant de sang-froid, de force et de courage.

— A quoi pensez-vous ? lança-t-il à la propriétaire du chien, non sans un juron bien senti.

Il lui arracha la laisse des mains, l'attacha au collier du monstre qui grognait et se débattait. Il tira l'animal jusqu'aux pieds de la femme qui prit la boucle de la laisse à deux mains.

Et Lucy assista à une scène incroyable.

— Ne me parlez pas de cette façon !

— Pourquoi n'avez-vous pas gardé votre chien en laisse ?

— Il a été *attaqué* !

A présent que tout danger était écarté, elle retrouvait sa comba-tivité. Sa voix ne possédait pas l'accent du Sutherland. Elle son-nait plutôt comme celle d'une habitante de Liverpool ou de Manchester.

— Certainement pas ! J'ai tout vu.

— Brutus est très gentil tant qu'on ne *l'attaque* pas !

Elle avait beaucoup de peine à contrôler son chien. L'effort la rendait écarlate.

— C'est une sale bête !

— N'importe quoi !

— Où habitez-vous ?

— En quoi ça vous regarde, jeune homme ?

— Si vous habitiez ici, vous sauriez qu'on ne promène pas un chien féroce sur un chemin public.

— Je n'habite *pas* ici, dit-elle comme si elle pouvait en être fière. Je visite le pays en mobil-home avec ma sœur.

— Bonne idée ! Retournez dans votre mobil-home et enfer-mez-y votre chien !

— Je vous interdis de me parler sur ce ton.

— Je vous parlerai sur le ton qu'il me plaira ! Je travaille pour le club de golf, je fais partie du personnel.

— Oh, on se donne de grands airs ?

— Prenez votre chien et partez. Partez ! Si je le vois de nouveau courir sans être attaché, je vous signalerai à la police.

— Et moi, je porterai plainte pour votre insolence !

Mais, à ce point de la conversation, Brutus intervint. Il avait repéré deux innocents golfeurs qui traversaient le fairway. Enervé comme il l'était, éprouvant un besoin frénétique de planter ses crocs dans une autre gorge, il bondit vers ces nouvelles proies. Sa propriétaire, bon gré mal gré, dut le suivre, traînée dans son sillage ; ses petites jambes se soulevaient et redescendaient à toute vitesse comme des pistons.

— Jamais été insultée de cette façon ! jeta-t-elle encore par-dessus son épaule, en femme qui aimait avoir le dernier mot. Je ne suis pas près d'oublier...

Le reste se perdit. Elle était hors de portée de voix et, de plus, le vent couvrait ses récriminations.

Assise dans l'herbe humide et rêche, Lucy serrait Horace dans ses bras, lui tenant la tête appuyée contre sa belle doudoune rouge. Le jeune homme s'agenouilla à côté d'elle. En le voyant de plus près, elle se rendit compte qu'il était très jeune, avec un visage tanné par le vent et des yeux bleus. Il avait des cheveux courts et jaunes comme s'il les avait teints. Il avait aussi un anneau d'or à l'oreille gauche.

— Ça va ? lui demanda-t-il.

A sa grande honte, Lucy éclata en sanglots.

— Oui, mais Horace...

— Attends...

Il lui prit gentiment Horace, le palpa et l'examina sous toutes les coutures. D'une caresse, il écarta les longs poils qui lui tombaient dans les yeux, tout en lui murmurant des mots rassurants.

— Je crois qu'il n'a rien de grave. Quelques entailles superficielles et des bleus.

— Il a seulement *aboyé*, sanglota Lucy. Il aboie *toujours*. Il est trop bête ! J'ai cru qu'il allait se faire *tuer*.

— Il a de la chance que ce ne soit pas le cas.

Lucy renifla et chercha inutilement un mouchoir dans ses poches. Elle se résigna à s'essuyer le nez sur le dos de la main.

— Ce n'est même pas mon chien. C'est celui d'Elfrida. On était venus se promener.

— D'où viens-tu ?

— De Creagan.

— Je vais vous prendre dans le tracteur. Je peux vous emmener jusqu'au club-house. Tu sauras rentrer à partir de là ?

— Oui, je crois.

— Bien ! Allez, viens maintenant.

Il lui tendit la main pour l'aider à se relever puis souleva Horace pour le porter jusqu'au tracteur. Dans sa hâte à secourir Horace, il n'avait pas pris la peine d'en fermer la porte ni d'arrêter le moteur. Lucy grimpa dans la cabine qui tressautait. Il n'y avait qu'un siège mais elle se percha sur le bord. Le jeune homme posa Horace à ses pieds. Le chien s'assit, sa tête pesant sur le genou de Lucy. Le jeune homme sauta ensuite sur le siège, à côté de Lucy, et ils se mirent en route, rebondissant sur les bosses du terrain tandis que, derrière eux, la remorque faisait un bruit de ferraille.

Lucy s'était arrêtée de pleurer.

— Vous croyez qu'Horace va s'en sortir ? demanda-t-elle avec hésitation.

— Quand tu seras rentrée, donne-lui un bain avec du désinfectant. Cela te permettra d'évaluer les dégâts. S'il y a des morsures vraiment importantes, il vaudrait peut-être mieux aller chez le vétérinaire pour le recoudre. Mais il est certain qu'il aura des ecchymoses et des raideurs pendant quelques jours.

— C'est ma faute, j'aurais dû mieux le surveiller.

— Tu n'aurais rien pu faire. Cette bonne femme doit être timbrée ! Si je revois cette sale bête, je l'abats.

— Il s'appelle Brutus.

— Brutus la Brute !

En dépit de ses émotions, Lucy ne put s'empêcher de sourire.

— Merci mille fois d'être intervenu.

— Tu séjournes à Estate House chez Oscar Blundell, n'est-ce pas ?

— Vous le connaissez ?

— Pas moi, mais mon père le connaît. C'est Peter Kennedy, le ministre de la paroisse. Je suis Rory Kennedy.

— Et moi, Lucy Wesley.

— C'est un joli nom.

— Je le trouve affreux !

Elle se sentait en sécurité dans la cabine de ce tracteur, perchée sur un siège qu'elle partageait avec un jeune homme agréable et courageux. Le contact de son corps robuste contre le sien ne la laissait pas non plus indifférente. Elle aimait bien l'odeur d'huile de sa grosse veste et la chaleur de ce contact physique inhabituel.

— On dirait un nom de missionnaire, expliqua-t-elle.

— Cela pourrait être pire ! J'ai une petite sœur qui s'appelle Clodagh. Elle non plus n'aime pas son nom. Elle voudrait qu'on l'appelle Tracey Charlene !

Cette fois, Lucy rit franchement.

— Il me semble que tu étais à l'église, hier ? interrogea-t-il.

— Oui, mais moi je ne t'ai pas vu, sans doute parce qu'il y avait beaucoup de monde. Je voulais voir l'église avec le plafond éclairé. C'est vraiment beau. Elfrida m'a accompagnée. Carrie serait venue aussi — c'est ma tante — mais elle ne se sentait pas bien et elle est restée à la maison. Elle n'a rien de grave, elle doit seulement se reposer. Autrement, elle serait sortie avec moi ce matin et les chiens ne se seraient pas battus.

— Il n'y a rien de plus mauvais qu'une bagarre de chiens. Mais tu n'aurais rien pu faire pour l'empêcher.

L'affirmation de Rory la réconforta.

— Tu travailles au golf ?

— En ce moment, oui. Je viens de commencer mon année sabbatique. J'ai fini ma terminale en juillet et j'entre à l'université de Durham l'année prochaine. J'ai fait le caddie pour des Américains pendant tout l'été. C'était très rentable mais il sont tous repartis chez eux. Maintenant, j'aide le responsable de l'entretien du terrain.

— Qu'est-ce que tu feras, après ?

— Je veux aller au Népal. Je peux avoir du travail, là-bas, comme enseignant dans une école.

Lucy se sentit très impressionnée.

— Quelle matière enseignerais-tu ?

— La lecture et l'écriture, je suppose. Aux petites classes. Et aussi le calcul... et le football !

Lucy réfléchit un moment avant de reprendre la parole :

— Je redoute mon année sabbatique.

— Quel âge as-tu ?

— Quatorze ans.

— Tu as le temps de faire des projets.

— Le problème, c'est que je ne veux pas aller toute seule dans un endroit bizarre qui me ferait peur.

— Peur de quoi ?

— Tu sais bien, les crocodiles, les révolutions...

269

Rory se retint de rire.

— Lucy, tu regardes trop la télévision ! dit-il.

— Peut-être que je me contenterai de rester chez moi.

— Où habites-tu ?

— A Londres.

— Tu vas à l'école en ville ?

— Oui, je suis externe.

— Tu es venue ici pour Noël ?

— Oui, avec Carrie. Je vis avec ma mère et ma grand-mère. Ma mère passe Noël en Amérique. En fait, elle prend l'avion aujourd'hui. Et ma grand-mère va à à Bournemouth. C'est comme ça que nous nous retrouvons ici, Carrie et moi.

— Et ton père ?

— Mes parents ont divorcé. Je ne le vois pas beaucoup.

— C'est dur.

Lucy haussa les épaules.

— Oh, ça peut aller.

— Ma mère m'a demandé de te prêter ma vieille télévision. Tu la veux ?

— Tu en as une autre pour toi ?

— Oui.

— Alors, ce serait gentil de ta part mais je peux très bien m'en passer.

— Je vais m'en occuper.

Ils roulèrent pendant quelques moments en silence, le tracteur les secouant à chaque irrégularité du chemin.

— Je crois, reprit Rory, que vous venez tous demain soir au presbytère pour prendre un verre. On fait un *hooley* à l'école à sept heures. Nous y allons, Clodagh et moi. Veux-tu venir avec nous ?

— Qu'est-ce qu'un *hooley* ?

— Une soirée de danses écossaises.

Lucy se sentit immédiatement saisie d'angoisse. Elle détestait danser. Elle n'arrivait jamais à se souvenir de quel côté était sa droite ou sa gauche. Elle était déjà allée à des réceptions mais jamais à une soirée de danse. Or, elle savait que sa timidité l'empêcherait de s'amuser et qu'elle resterait dans son coin.

— Je ne sais pas, dit-elle.

— Qu'est-ce que tu ne sais pas ?

— Si j'ai envie d'aller danser.

— Pourquoi pas ? C'est seulement les jeunes de l'école qui répètent des quadrilles pour le réveillon du Nouvel An. On s'amuse bien.

Des quadrilles, maintenant !

— Je ne sais pas danser le quadrille. Je ne connais pas les pas.

— Alors, il est temps d'apprendre !

Elle hésitait encore mais, à ce moment précis, il se tourna vers elle et lui adressa un sourire si amical, si encourageant que, à sa grande surprise, elle s'entendit accepter :

— Bien, d'accord. Merci de m'inviter. Faut-il... s'habiller ?

— Surtout pas ! Un jean et des baskets.

Tandis qu'ils parlaient, le ciel était devenu de plus en plus noir, de plus en plus menaçant. De gros flocons de neige commencèrent à tomber. Ils planaient du ciel plombé jusqu'au sol, blanchissaient le chemin devant le tracteur et s'entassaient sur le pare-brise. Rory actionna l'essuie-glace.

— Je me demandais quand la neige se déciderait ! dit-il. On voyait les nuages de neige descendre du nord. J'ai écouté le bulletin météo, ce matin. Ils ont annoncé de fortes chutes.

— On va avoir un Noël sous la neige ?

— Tu en as envie ?

— Cela ne m'est jamais arrivé.

— On va pouvoir faire de la luge. Mais l'équipe d'entretien des routes et les chasse-neige s'amuseront moins !

Ils arrivaient au club-house. Rory arrêta le tracteur sur le parking, coupa le contact, ouvrit la porte de la cabine et en descendit.

— Cela va mieux, maintenant ?

Des flocons parsemaient déjà ses cheveux et les épaules de sa grosse veste. Lucy descendit à son tour. Rory se pencha, prit Horace et le posa au sol. Le chien s'ébroua, allant même jusqu'à agiter sa queue en panache. Les flocons tourbillonnaient autour d'eux et, sous leurs semelles, le sol commençait à crisser. Un flocon se posa sur le bout du nez de Lucy. Elle le balaya d'un geste vif de la main. Sortant la laisse d'Horace de sa poche, elle la tendit à Rory qui l'attacha au collier.

— Et voilà ! lui dit-il en souriant. Tu peux rentrer chez toi.

— Merci pour tout.

— A demain soir.

— Oui, à demain.

Elle partit par le chemin qui descendait vers la ville. La neige redoublait. Horace clopinait bravement à côté d'elle. Un bain

avec du désinfectant, avait dit Rory, et peut-être le vétérinaire...
Elle espérait qu'Elfrida ne serait pas trop affolée mais, en réalité,
n'éprouvait aucun doute à ce sujet. Elle compatirait et compren-
drait que Lucy n'avait commis aucune faute. Derrière elle, elle
entendit démarrer le tracteur et se retourna pour saluer Rory de
la main mais la neige tombait trop fort pour qu'il puisse la voir.

Elle avançait péniblement, épuisée d'émotion et d'excitation.
Que d'événements inoubliables ! Une longue promenade, un
combat de chiens, un tour dans un tracteur, une tempête de neige
et une invitation à une soirée de danse... Lucy brûlait d'impatience de tout raconter à Oscar et Elfrida.

Elfrida

Elfrida se sentit profondément soulagée en entendant la voix de Lucy. Il était presque midi mais on se serait cru à la tombée du jour et, par la fenêtre de la cuisine, Elfrida voyait tout disparaître sous une épaisse couche de neige. Dès l'apparition des premiers flocons, elle avait commencé à s'inquiéter pour Lucy, se reprochant son irresponsabilité pour l'avoir laissée sortir toute seule. Elle imaginait toutes sortes d'accidents. Oscar, installé au coin du feu, ne partageait pas du tout ses angoisses. Il lisait son journal et répétait à Elfrida, chaque fois qu'elle se précipitait pour regarder par la fenêtre du salon, que Lucy était une enfant sensée, que le chien l'accompagnait et qu'on ne pouvait la garder toute sa vie dans du coton. Tous arguments qu'Elfrida ne contestait pas.

Elle finit par regagner la cuisine pour s'occuper du déjeuner mais garda l'oreille tendue tout en pelant quelques pommes de terre. Quand la voix de Lucy s'éleva dans l'entrée, elle abandonna aussitôt son épluchage et se précipita, s'essuyant les mains sur son tablier. Lucy et Horace, couverts de neige, étaient là, avec une affreuse histoire à lui raconter.

Elle les conduisit dans la cuisine bien chauffée et Lucy, tout en se débarrassant de son manteau, lui fit un récit animé de sa rencontre avec Brutus.

— Elfrida, je suis tellement désolée, mais je ne pouvais *rien* faire. Ce pauvre Horace est plein de morsures et de bleus. Rory a dit qu'il faut le laver avec du désinfectant et peut-être l'emmener chez le vétérinaire. On a du désinfectant ? Parce que je peux aller en chercher à la pharmacie... Si vous saviez comme j'ai eu peur ! J'ai cru qu'il allait tuer Horace.

Elle était visiblement bouleversée par l'incident mais, de façon assez étonnante, également excitée à l'idée d'avoir vécu une pareille aventure et d'avoir quand même ramené Horace sain et sauf. Elle avait les joues toutes roses et les yeux brillants. Elle avait l'air beaucoup plus vivante qu'à son arrivée, pensa Elfrida. C'était une enfant adorable, bien sûr, mais Elfrida estimait qu'à quatorze ans on a besoin d'autre chose que de sérieux et d'obéissance. Cette soudaine métamorphose lui donnait de l'espoir et elle oublia toutes ses inquiétudes. En laissant Lucy sortir seule, elle avait fait ce qu'il fallait.

Horace s'assit aux pieds d'Elfrida, la mine piteuse.

— Que s'est-il passé, Horace ? lui demanda Elfrida. Un chien féroce t'a attaqué ?

— Il a aboyé, reconnut Lucy, mais pas beaucoup.

— Il faut être un chien stupide pour aboyer contre un rottweiler, mon pauvre Horace !

Elfrida monta chercher un flacon de désinfectant tandis que Lucy s'occupait de faire couler l'eau chaude dans le grand évier en terre cuite de l'arrière-cuisine. Quand il fut plein, elles soulevèrent Horace. La neige encore collée à ses pattes et aux poils de son ventre finit de fondre. Comme il n'y avait pas de douchette, Elfrida se servit d'une vieille cruche à eau pour verser l'eau — qui sentait l'hôpital — sur le dos de son chien, sur ses pattes et son cou. Trempé, il souffrait en silence... mais, à la fin de l'opération, Elfrida n'avait découvert aucune blessure grave, seulement des écorchures qui guériraient toutes seules. Il avait de vilaines ecchymoses sur le ventre et une oreille un peu déchirée mais, dans l'ensemble, il s'en tirait à moindre mal.

Lucy poussa un grand soupir de soulagement.

— Il ne faut pas l'emmener chez le vétérinaire ?

— Je ne crois pas. Je préfère ça, d'ailleurs — j'ignore où se trouve le plus proche et, avec cette neige, on ne peut pas conduire.

Elle ôta la bonde de l'évier et emporta Horace à la cuisine, enveloppé comme un Bédouin dans une épaisse serviette de toilette propre. Elle le sécha doucement.

— Nous voilà avec deux invalides ! On devrait peut-être mettre un panneau sur la porte : *Estate House — Clinique*.

Lucy se sentit soudain consternée.

— C'est affreux ! J'ai oublié Carrie. Elle dort toujours ?

— Cela ne m'étonnerait pas. Je n'ai rien entendu.

— Où est Oscar ?

— Dans le salon.

— Il faut que je lui raconte tout ce qui est arrivé.

— Ça va le passionner mais, ma chérie, ton jean est trempé. Je crois que tu devrais d'abord te changer et mettre des vêtements secs. N'oublie pas de descendre tes affaires mouillées. Nous les mettrons à sécher dans l'arrière-cuisine.

Lucy fit quelques pas mais, arrivée à la porte de la cuisine, se retourna.

— Elfrida ?

— Oui, mon chaton ?

— Rory Kennedy est formidable. Et il a des cheveux teints !

— Il se teint les cheveux ?

Elfrida prit une expression horrifiée.

— Que dirait ta *grand-mère*, Lucy ?

— Ré-pu-gnant ! répondit Lucy en imitant la voix de Dodie.

Elle adressa un grand sourire à la vieille dame et, l'instant d'après, Elfrida l'entendit monter l'escalier quatre à quatre.

Elfrida attendit trois heures de l'après-midi pour aller voir Carrie. Il ne neigeait plus mais le ciel, resté très sombre toute la journée, s'obscurcissait avec l'approche de la nuit. Elfrida avait allumé partout et tiré les rideaux. Elle frappa doucement à la porte de Carrie et ouvrit.

— Carrie ?

— Je ne dors pas.

Dans la pénombre, Elfrida devina le mouvement de Carrie qui se retournait dans son lit. Elle entra et alluma la lampe de chevet. Carrie s'étira et lui sourit.

— Quelle heure est-il ?

— Trois heures.

— Il fait presque nuit !

— Oui. La neige s'est arrêtée ; il y en a une quinzaine de centimètres.

Elfrida alla fermer la fenêtre et tirer les rideaux épais. La chambre devint plus intime, éclairée par la petite lampe qui laissait les coins dans l'ombre. Elfrida s'assit au bord du lit.

— Comment te sens-tu ?

— Assommée. C'est incroyable d'avoir dormi aussi longtemps !

— Tu étais épuisée. As-tu faim ? Veux-tu une tasse de thé ou autre chose ?

Carrie réfléchit un instant.

— Oui, j'ai très envie d'un thé. Mais d'abord, je dois me lever.

Elle sortit du lit, ses longs bras et ses jambes maigres émergeant d'une fine chemise de nuit en linon. Elle s'enroula dans sa robe de chambre, la ceinture bien serrée autour de sa taille étroite. Elfrida descendit faire chauffer de l'eau et préparer un plateau pour elles deux. Elle sortit de délicieux biscuits, absolument ruineux, qu'Oscar avait achetés sur un coup de tête un jour qu'il était allé faire des courses. Quand elle remonta, Carrie s'était recouchée, non sans s'être lavé le visage, les dents, et brossé les cheveux. Elle s'était aussi parfumée et se sentait visiblement plus présentable.

— Elfrida, je t'adore ! Je m'en veux de te déranger autant.

— Pas du tout ! Je suis ravie que tu aies pu te reposer.

— Tout est si calme, ici. Où sont les autres ?

— Quand la neige s'est arrêtée de tomber, Oscar et Lucy ont décidé d'aller en ville. Ils veulent acheter des décorations pour le sapin de Noël.

— Où vont-ils en trouver ?

— Aucune idée ! Sans doute à la quincaillerie. Lucy a emmené Horace en promenade, ce matin, et il leur est arrivé toute une aventure...

Elfrida répéta pour Carrie la saga d'Horace et du rottweiler. Carrie se montra aussi horrifiée qu'il convenait mais également impressionnée par le sang-froid et le comportement de Lucy.

— Quelle histoire effrayante ! Mais c'est certainement ce dont elle a besoin. Dodie et Nicola lui font mener une existence tellement morne, à Londres. Ce sont deux égoïstes dénuées d'imagination. Je n'ose penser à ce qu'aurait été ma vie sans mon père, à l'âge de Lucy. Dodie et Nicola ont des horizons très limités, sans rien de stimulant. Elles ne savent que parler des autres — en général pour dire des rosseries — ou de mode.

— Que fait la pauvre enfant, toute la journée ?

— La plupart du temps, elle est à l'école. Elle a une petite chambre très agréable et une amie qui s'appelle Emma...

— Je suppose qu'il n'y a pas d'homme ni même un garçon de son âge dans son entourage ?

— Elle fréquente une école de filles et, si elle va voir son père, la redoutable Marilyn ne les quitte pas. Cette stupide bonne femme doit être jalouse !

276

— Je crois que Rory Kennedy ne la laisse pas indifférente. En dehors de l'immense courage avec lequel il a secouru Horace, il a des cheveux teints ! Et une boucle d'oreille !

— Fascinant !

— Nous sommes tous invités au presbytère demain soir pour prendre un verre avec les Kennedy. J'aimerais que tu sois suffisamment rétablie pour nous accompagner et rencontrer Tabitha, mais tu n'as peut-être pas envie de te lancer dans d'aussi folles mondanités.

— On verra.

— J'ai aussi cru comprendre qu'il y a une petite fiesta dans le grand hall de l'école. Tous les enfants vont danser des quadrilles. Rory a demandé à Lucy si elle voulait y aller avec lui et sa sœur. Si tu la voyais ! Elle est excitée comme une puce ! Elle a déjà prévu de se laver les cheveux, ce soir.

Carrie goûta le thé, délicieusement brûlant, et à l'agréable parfum fumé car Elfrida avait utilisé des sachets de Lapsang Souchong.

— J'ai l'impression, dit-elle d'un ton plein de tristesse, qu'au moment de rentrer à Londres, cela n'ira pas sans un gros chagrin.

— Ne me dis pas ça. Je trouve la seule idée insupportable.

— J'ai réfléchi au poste que l'agence m'a proposé à Londres. J'ai décidé d'accepter. Ne serait-ce que pour un an. Cela me permettra de m'occuper de Lucy, de faire ce que je pourrai pour lui rendre la vie un peu plus amusante. J'obligerai Dodie à me laisser l'emmener en Cornouailles chez Jeffrey et Serena. Imagine-toi qu'elle n'a jamais vu son grand-père ! C'était encore un bébé quand ils ont divorcé mais Dodie reste toujours aussi vindicative.

— Pauvre femme...

— Pourquoi dis-tu cela ?

— Parce qu'elle n'a aucun autre sujet d'intérêt. Je te redonne du thé ?

Carrie tendit sa tasse ; Elfrida la remplit.

— Est-ce que Nicola a téléphoné ?

— Nicola ? Tu attendais un appel ?

— Non, mais elle s'envolait aujourd'hui pour la Floride. Elle aurait pu avoir envie de dire au revoir à Lucy. Mais, évidemment, elle ne l'a pas fait.

— Lucy ne m'en a pas dit un mot. En toute sincérité, je crois qu'elle est trop occupée par ses aventures avec les chiens, par Rory Kennedy et l'achat de boules de Noël avec Oscar.

— Tant mieux pour elle.

Elles se turent pendant un moment, buvant leur thé à petites gorgées, chacune savourant la compagnie de l'autre. Un grand calme régnait dans la maison.

— Est-ce qu'on peut parler, maintenant ? demanda enfin Elfrida d'un ton aussi naturel que possible.

Carrie leva les yeux.

— De quoi ?

— Tu m'as promis de tout me dire. Un jour, plus tard... Pourquoi tu as quitté l'Autriche. Pourquoi tu es rentrée de façon aussi précipitée. Pourquoi tu vas prendre ce travail à Londres. Peut-être que le moment serait bien choisi ; nous ne risquons pas d'être dérangées. Ce n'est pas de l'indiscrétion de ma part. Je veux simplement savoir, pas tellement ce qui s'est passé en Autriche, mais pourquoi tu as l'air complètement épuisée et si triste.

— C'est l'impression que je donne ?

— Oui, mais cela ne t'empêche pas d'être toujours aussi belle.

— Elfrida, tu es adorable mais, non, je ne suis pas belle. Je me sens vieille et usée. Je vais avoir trente ans, tu sais. C'est le grand tournant et je ne sais pas ce qui m'attend de l'autre côté. Depuis la dernière fois qu'on s'est vues, les années ont passé à toute vitesse. Avant, la trentaine me paraissait très éloignée et, maintenant, je me rends compte que je vais avoir quarante ans, puis cinquante, et que je dois me dépêcher de faire quelque chose de ma vie. Mais à la seule idée de prendre des décisions, de rencontrer des gens que je ne connais pas ou de retrouver de vieux amis, je n'ai plus la moindre énergie.

— C'est sans doute pour cette raison que tu as pris froid et que tu te sens si mal.

— Tu veux dire que c'est psychosomatique ?

— Non, pas du tout. Je voulais dire que cela t'a rendue physiquement vulnérable.

— Vulnérable ! Je n'aurais jamais cru que quelqu'un utiliserait un jour ce mot à mon sujet.

— Nous le sommes tous.

— Je me croyais très forte.

Carrie avait terminé son thé et Elfrida la débarrassa de sa tasse vide avant de poser le plateau par terre. Ensuite, elle alla s'adosser confortablement contre les barreaux de cuivre au pied du lit.

— Que s'est-il passé, Carrie ?

— Cela faisait environ un an que je travaillais à Oberbeuren. J'avais déjà fait une saison d'hiver et un été. J'avais un très bon salaire, j'avais trouvé un appartement et je faisais ce que j'aimais. J'étais heureuse. Et j'ai rencontré Andreas, au moment de la première neige. Il était venu avec une bande d'amis, entre hommes. C'était une sorte de rendez-vous annuel, une sorte d'escapade qui datait de leurs années d'université. Ils séjournaient au Grand Hôtel ; c'est là que je l'ai rencontré. Il était banquier à Francfort, dans une prestigieuse affaire de famille dirigée par son père. Il était marié, avec deux enfants. J'ai su dès le début qu'il était marié mais je n'étais plus une gamine innocente depuis longtemps et j'ai cru pouvoir gérer la situation. Je n'avais pas l'intention de tomber amoureuse de lui et je crois qu'il ne le voulait pas plus, mais c'est ce qui est arrivé. C'est arrivé, malgré nous.

« Andreas était l'homme le plus séduisant que j'aie jamais rencontré, le plus généreux et le plus amusant des compagnons, un skieur remarquable et un amant merveilleux. Il n'avait pas du tout l'air allemand, blond aux yeux bleus. Il était très brun, grand et mince, plutôt l'air d'un intellectuel. On aurait pu le prendre pour un écrivain ou un professeur, mais ce n'était pas le cas. Il était banquier.

« Il est souvent venu à Oberbeuren pendant ce premier hiver. Il se rendait à Munich avec l'avion de sa société et ensuite il prenait une voiture. Il n'allait plus à l'hôtel ; il habitait chez moi. C'était comme un monde à part où personne n'avait le droit d'entrer. Quand la neige a commencé à fondre, j'ai pensé qu'il partirait, lui aussi, mais il adorait la montagne, en été autant qu'en hiver. Nous marchions pendant des journées entières. Nous allions nager dans des lacs glacés et dormir dans des auberges perdues. Nous nous réveillions dans des lits aux édredons en plume d'oie. Dehors, les cloches des vaches sonnaient pendant qu'on les faisait rentrer pour la traite.

« Il voyageait dans toute l'Europe pour ses affaires et il m'est arrivé de le rejoindre, à Vienne, à Luxembourg ou à Munich. A Vienne, c'était en hiver, nous sommes allés au marché de Noël. Nous avons acheté des pains d'épice, des étoiles et de petites décorations en bois peint pour le sapin. Le soir, nous sommes allés à l'opéra écouter *Le Chevalier à la Rose*. Après, nous avons dîné aux Trois Hussards.

« Il y a environ six mois, je l'ai vu arriver à Oberbeuren, l'air fatigué et préoccupé. Quand je lui ai demandé s'il avait des problèmes, il m'a dit qu'il avait demandé à sa femme de divorcer. Parce qu'il voulait m'épouser. Je me suis sentie déchirée entre plusieurs choses. J'ai pensé à Jeffrey et Serena, à leur bonheur de vivre ensemble. Mais je me suis souvenue aussi de la bagarre du divorce de Jeffrey. Je ne connaissais rien de sa femme, sauf qu'elle s'appelait Inga. Je ne pouvais pas imaginer qu'une femme ne soit pas follement amoureuse d'Andreas. Je me suis donc sentie partagée entre la culpabilité et une joie extraordinaire. Mais j'ai refusé d'envisager l'avenir parce que cela me semblait inutile. J'avais vécu avec Andreas au jour le jour depuis si longtemps ! J'avais l'impression qu'il avait toujours été là, toujours été le centre de ma vie.

« Il n'a plus parlé de divorce. Il venait et nous étions ensemble. De temps en temps, il me disait des choses comme : "Quand nous serons mariés, nous construirons une maison ici et je viendrai tous les week-ends avec mes enfants. Tu vas faire la connaissance de mes enfants !"

« Mais je ne répondais jamais parce que cela me faisait peur, comme si nous tentions le diable.

« Un jour, il m'a annoncé qu'il avait vu un avocat. Une autre fois, qu'il avait dit à ses parents qu'il allait divorcer.

« Je pense qu'il y a eu une dispute abominable. La famille d'Andreas occupe une position très en vue à Francfort. Ils sont riches, avec un important réseau de relations, et très influents. Catholiques, aussi. J'imagine très bien ce que cela a dû représenter pour lui. Du moins, en partie. Je savais seulement que j'étais incapable de prendre l'initiative de la séparation. C'était à lui de décider de mon sort. La décision lui appartenait.

« Il a résisté pendant trois mois. Il se montrait si solide, si sûr de lui, si rassurant, que j'ai vraiment cru qu'il y arriverait, qu'il reprendrait sa liberté comme il le voulait. Mais je crois que, à la fin, la tension devenait trop forte. Il aimait beaucoup sa femme et il adorait ses enfants ; il respectait ses parents et il tenait à son mode de vie. Ils ont dû lui dire que, s'il brisait la famille, il était fini, ils le flanqueraient à la porte.

« C'est tellement banal, tu ne trouves pas ? On dirait un vieux mélodrame victorien. Quand Andreas m'a dit qu'il fallait arrêter, oublier que nous nous aimions, qu'il retournait à Francfort avec Inga et ses enfants, je m'étais déjà cuirassée pour accepter sa décision. Mais au moment de nous séparer, d'accepter de ne plus jamais le revoir, j'ai eu l'impression que ma vie me quittait, comme si je me vidais de tout mon sang...

« J'ai cru pouvoir rester à Oberbeuren et continuer mon travail, mais c'était impossible. J'étais incapable de me concentrer alors que ce travail réclamait une attention de tous les instants. J'ai donc annoncé à mon patron que je démissionnais et que je rentrais à Londres. Je leur ai laissé le temps de me trouver une remplaçante — une fille très efficace qui travaillait avec moi — et j'ai pris le premier avion.

« Il m'arrive encore de rêver d'Andreas. Parfois, c'est terrifiant. Parfois il m'affirme que tout cela était une erreur, qu'Inga ne voulait plus de lui et que nous sommes de nouveau ensemble. Quand je fais ce rêve, je me réveille tellement heureuse...

Un long silence suivit son récit, que Carrie rompit en s'étirant.

— Et voilà ! dit-elle en souriant à Elfrida.

— Ma chérie, je te remercie de me l'avoir dit.

— Oh, c'est une histoire ennuyeuse, tellement banale.

— Pas du tout.

— Je guérirai. Je guérirai d'Andreas et de mon petit coup de froid moral. La vie continue ! Je suis ici, avec toi. Je vais me reprendre et faire de mon mieux pour être gaie.

— Tu n'as pas besoin de faire semblant de quoi que ce soit.

— Tu vas en parler à Oscar ?

— Si tu me le demandes.

— Juste un résumé de la situation. Je préfère qu'il soit au courant, cela nous facilitera les relations.

— D'accord.

Elfrida eut un profond soupir.

— Carrie, tu ne dois pas croire que c'est la fin de tout, de la joie et de l'amour. La vie est extraordinaire. Elle nous réserve de merveilleuses surprises au moment où nous nous y attendons le moins. En ce moment, l'avenir peut te paraître un peu sombre et sans intérêt mais regarde-moi ! Je croyais terminer ma vie toute seule, dans mon terrier du Hampshire, et je me retrouve en Ecosse vivant avec Oscar Blundell !

— Oscar n'est pas marié.

— C'est vrai.

Elfrida eut une pensée pour Jimbo et soupira de nouveau, étonnée par les tours du destin.

— Le monde est plein d'hommes mariés, dit-elle.

— Pas pour moi, Elfrida. Plus jamais.

Au rez-de-chaussée retentit le bruit de la porte d'entrée qui retombait de tout son poids, tandis que s'élevaient joyeusement les voix d'Oscar et de Lucy.

Elfrida chassa ses émotions et descendit du haut lit de Carrie.

— Je vais refaire du thé pour Oscar. Veux-tu que je dise à Lucy qu'elle peut venir te voir ?

— Oui, s'il te plaît. J'ai envie qu'elle me raconte elle-même ses aventures de la matinée, le combat de chiens et son nouvel ami !

— Tu ne la taquineras pas ?

— Elfrida ! Comme si j'avais oublié ce que c'est d'avoir quatorze ans !

Sam

Ils étaient au bar du Duke's Arms, un austère petit pub de Buckly qui n'avait fait aucune concession au tourisme ou à la mode, avec ses cloisons en planches de pitchpin, son éclairage blafard, et son revêtement de sol en vieux linoléum marron foncé. Le patron se tenait derrière le bar, l'air de ne pas apprécier son travail. Quelques tables rondes occupaient la salle avec des chaises d'un inconfort décourageant. Un feu de tourbe fumait dans une minuscule cheminée. Un énorme poisson empaillé aux yeux de verre dans une vitrine fermée surplombait l'âtre. Une odeur de bière éventée et de whisky imprégnait tout.

— Qu'est-ce que vous prenez ? demanda Fergus Skinner.

— Un demi de blonde, s'il vous plaît.

— Vous ne préférez pas un whisky ?

— Je conduis.

C'était Fergus qui avait entraîné Sam dans ce pub. Ils n'avaient eu qu'à traverser la route enneigée après la réunion qui s'était tenue à la salle paroissiale. C'était son refuge favori, avait-il expliqué à Sam, un endroit où ne venaient pas traîner les femmes perdues, où un homme pouvait s'asseoir et boire tranquillement son verre sans que personne essaye d'engager la conversation avec lui.

— Oui, je comprends, répondit-il à Sam. C'est dommage, mais on n'y peut rien.

Et il commanda un grand Bell's pour lui-même.

— Moi, je marche, dit-il.

Mais, même s'il avait voulu être drôle, il n'y avait pas la moindre trace d'humour dans son regard.

Très grand, Fergus avait une petite quarantaine mais paraissait plus vieux. Il avait les cheveux noirs et la peau très blanche d'un vrai Highlander. Son visage était fortement dessiné, avec des yeux enfoncés sous les arcades sourcilières, un nez en bec d'aigle, de longues joues creuses et une expression très sombre.

En réalité, son apparence trompait. Fergus Skinner était l'ancien contremaître de l'usine et, quand la famille McTaggart avait déclaré forfait, c'était lui qui avait rassemblé les salariés, pris contact avec le bureau d'aide à la création d'entreprise pour les chômeurs, et organisé le rachat de la société. A la quasi-unanimité des voix, il avait été élu directeur de l'entreprise et la fin de leurs espoirs l'avait atteint plus que quiconque.

Il restait pourtant invaincu, sans doute parce qu'il n'y avait pas d'autre choix que de renoncer et qu'il possédait un caractère trop bien trempé pour cela. Quand Sam l'avait appelé des bureaux londoniens de Sturrock and Swinfield en lui demandant d'organiser une réunion avec les employés, Fergus avait fait le nécessaire : il avait posé des affiches pour informer les gens et passé diverses annonces dans les journaux locaux. Grâce à lui, il y avait eu beaucoup de monde à la réunion. Les derniers arrivés avaient dû rester debout.

Leur verre à la main, Sam et Fergus allèrent s'asseoir à une table bancale près du feu. Le seul autre client était un très vieil homme, assis dans un coin, en train de rêver sur son verre, une cigarette pendant au coin des lèvres. Il ne semblait pas du tout intéressé par Sam et Fergus. Accrochée au mur, une horloge ronde tictaquait avec force. Les aiguilles marquaient cinq heures et demie. Le patron regardait une petite télévision en noir et blanc tout en essuyant un verre. Le son était à la limite de l'audible.

Un morceau de tourbe rougeoyant glissa de la grille en fer forgé de la cheminée dans les braises.

— A votre santé !

— A l'avenir !

La bière était tiède.

La réunion s'était bien passée. Elle avait été organisée dans la salle paroissiale car l'usine était toujours dans un état catastrophique, humide et glaciale. Sam et Fergus avaient pris place sur l'estrade, Sam découvrant dans l'assemblée de nombreuses femmes parmi les hommes, quelques-unes accompagnées d'un enfant trop jeune pour être laissé seul à la maison.

Au début, l'atmosphère était restée méfiante. Ces gens, au chômage depuis trop longtemps, n'avaient pas l'intention de croire à n'importe quelles promesses. Sam avait commencé par se présenter comme le nouveau directeur général de McTaggart, nommé pour lancer la reconstruction de l'usine et faire redémarrer la fabrication. Le silence seul avait accueilli ses déclarations. Sam avait compris qu'ils le jugeaient comme un simple financier envoyé de Londres par Sturrock and Swinfield. Il avait alors entrepris de se présenter de façon plus personnelle, en leur parlant de ses débuts, de sa vie d'enfant du Yorkshire, né et élevé dans le milieu de l'industrie lainière, et de la petite fabrique familiale très semblable à celle des McTaggart. Il leur avait aussi raconté comment l'affaire avait été confrontée à de gros problèmes financiers avant d'être sauvée par Sturrock and Swinfield, ce qui expliquait sa présence, devant eux, aujourd'hui.

L'audience avait commencé à se détendre un peu. Des gens bougeaient, se carraient plus confortablement sur leurs chaises.

Il avait poursuivi.

Cela avait pris longtemps. Il avait dû exposer le projet dans chacune de ses phases, depuis l'étude de faisabilité jusqu'à la restructuration de l'entreprise. Une affaire reposant sur la tradition et le travail soigné mais désireuse d'aller de l'avant. D'où la nécessité de proposer de nouveaux produits, de trouver de nouveaux marchés et de travailler avec des machines modernes.

Au début de la réunion, il avait demandé s'il y avait des questions. Les mains commencèrent enfin à se lever.

« Faudra-t-il suivre une nouvelle formation ? »

Bien sûr, leur dit-il. A partir de là, les questions jaillirent de toutes parts.

« Y aura-t-il des gens qui resteront au chômage ? »

Il répondit oui, qu'on ne pourrait pas reprendre tout le monde, du moins au début, mais qu'après la reconstruction et le redémarrage de l'usine, il y aurait des créations d'emplois.

Une femme se leva et demanda s'il y aurait du travail pour elle, qui faisait les finitions à la main. Ou bien ces nouvelles machines sophistiquées le feraient-elles à sa place ? Il y aurait toujours du travail de finition à la main, répondit Sam, car ils avaient prévu de travailler pour l'industrie du luxe.

La question essentielle restait : Quand ? Quand retourneraient-ils au travail ?

Au plus tôt dans neuf mois, leur dit-il. Au plus tard, dans un an.

Pourquoi cela prendrait-il si longtemps ?

Il y avait beaucoup à faire. Si l'on voulait en avoir la preuve, les plans étaient déjà prêts. Des tirages étaient affichés dans le fond de la salle.

On garderait les murs extérieurs et l'apparence de l'ancienne fabrique tandis que l'intérieur serait entièrement démoli et reconstruit. On avait prévu un magasin pour attirer les touristes et l'architecte avait ajouté un petit salon de thé avec une buvette qui fourniraient tous les deux des emplois.

Et quelle entreprise en bâtiment serait retenue ?

Sam expliqua que Sir David Swinfield tenait à faire travailler en priorité les sociétés locales et que l'on demanderait donc des devis à tous les entrepreneurs, plombiers, électriciens et menuisiers locaux. Après le Nouvel An, un appel d'offres serait lancé et toutes les soumissions examinées avec attention.

Cela se termina par une discussion générale, exactement comme Sam l'avait souhaité. Il était descendu de l'estrade pour se mêler aux gens, clarifier les plans, écouter les problèmes et tenter de rassurer tout le monde. A la fin, avait-il estimé, s'il ne s'était pas fait précisément une foule d'amis, il pourrait au moins compter sur une certaine confiance et, avec un peu de chance, sur leur coopération.

Cela s'était beaucoup mieux passé qu'il ne l'avait espéré, moins mal assurément qu'il ne l'avait craint.

Fergus se baissa pour mettre un autre morceau de tourbe sur le feu languissant.

— Quand vous installez-vous à Buckly ? demanda-t-il.

— Je suis là, Fergus.

— Mais vous allez retourner à Londres ?

— Oui, bien sûr. Je vais probablement devoir faire des allers et retours ! Mais ma base est ici, maintenant.

— Où êtes-vous installé ?

— Dans l'immédiat, je suis à l'hôtel, à Inverness.

— Mais vous rentrez chez vous pour Noël ?

Sam hésita. Il travaillerait en étroite relation avec Fergus. Il décida donc que le mieux était de jouer cartes sur table. Cela éviterait les malentendus.

— En réalité, je n'ai pas de maison, en ce moment. J'habitais à New York. Je n'ai même pas de famille. Ma femme et moi, nous nous sommes séparés. Elle est restée aux Etats-Unis.

— C'est terrible, dit Fergus. Ne pas avoir un endroit où aller !

Sam eut un petit sourire.

— Ce n'est pas une catastrophe ! De toute façon, l'usine occupe tellement mon temps et mon esprit que je n'ai même pas pensé à Noël. Je pourrais rentrer à Londres pour passer les fêtes avec des amis mais je préfère me concentrer sur mon travail.

— Vous ne pouvez pas faire le trajet d'Inverness tous les jours, même avec le nouveau pont. C'est trop long.

— Je trouverai quelque chose ici, une location ou une pension. Il n'y a pas de problème.

— Vous seriez le bienvenu chez moi. Ma femme serait ravie et nous avons de la place.

— C'est très aimable à vous, Fergus, mais je préfère être seul.

Sam avait terminé son modeste demi. Il jeta un coup d'œil à l'horloge.

— Il faut que je m'en aille, maintenant. Comme vous l'avez dit, la route est longue.

— Mais vous avez une Land Rover Discovery, c'est une bonne voiture. Et le dernier modèle, si je ne me trompe pas.

— C'est exact. Je l'ai achetée à Londres quand j'ai su que j'allais vivre ici. J'ai fait la route avec elle il y a trois jours. C'est un engin formidable !

— Oui, vraiment. Mon fils aussi a une Land Rover.

— Que fait-il ?

— Il est garde-chasse. L'industrie textile ne l'intéressait pas. Il préfère travailler au grand air. Il a toujours aimé la nature. Quand il était petit, il rapportait à la maison des oiseaux blessés ou des écureuils malades. Il les mettait dans des cages et il les soignait jusqu'à ce qu'ils guérissent. Nous avions toujours un animal sauvage en mauvais état dans un coin de la cuisine. Un jour, ma femme m'a fait remarquer que nous avions de la chance de ne pas vivre au Kenya.

Comme il avait dit sa dernière phrase sur le même ton que le reste, il fallut un instant à Sam pour comprendre que Fergus venait de faire une plaisanterie !

Dehors, il neigeait de nouveau. De l'autre côté de la rue, devant la salle paroissiale, la Discovery vert foncé de Sam était couverte d'un centimètre de neige.

— Je crois que vous devriez appeler l'AA[1] pour connaître la météo. La traversée de l'île Noire peut être dangereuse par ce temps.

---

1. Automobile Association, l'équivalent du Touring Club de France. *(N.d.T.)*

— Peut-être. Je vais voir comment cela se présente.

— Est-ce que je vous revois avant le Nouvel An ?

— Certainement. Je vous appellerai. Nous restons en contact.

— Je suis heureux d'avoir fait votre connaissance.

— Tout le plaisir est pour moi, Fergus.

Ils se séparèrent sur une poignée de main. Fergus s'en alla par la longue rue étroite, laissant de profondes empreintes de pas dans la neige qui ne cessait de s'épaissir. Sam le regarda un moment s'éloigner puis grimpa dans sa grosse voiture et sortit deux clefs de sa poche : sa clef de contact et la grosse clef démodée que lui avait confiée Hughie McLellan pour visiter Estate House. Une étiquette y était attachée par un bout de ficelle.

Sam prit le temps de réfléchir. La réunion l'avait épuisé mais s'était bien passée et, à présent, il en éprouvait une joie qui lui faisait oublier sa fatigue. Il serait agréable de regagner sa base, de prendre un bain, puis un verre au bar avant de dîner. Par ailleurs, il se trouvait si près de Creagan que cela valait certainement la peine d'effectuer le détour. Il pourrait ainsi se faire une première idée des lieux, s'orienter et repérer la maison. Il n'avait pas besoin d'y entrer tout de suite. Il avait seulement envie de voir à quoi elle ressemblait et d'évaluer ses possibilités. Si cela lui plaisait, il reviendrait une autre fois pour la visiter sérieusement.

Toujours hésitant, il finit par jouer sa décision à pile ou face. Pile, il rentrait directement à Inverness. Face, il passait par Creagan. Il trouva une pièce de dix pence dans sa poche, la lança, la rattrapa et regarda : face ! Il rangea la pièce et la clef d'Estate House dans le vide-poches du tableau de bord, mit le contact et alluma ses phares.

Les flocons se mirent à danser dans les puissants rayons lumineux. Il éprouvait l'exaltante impression de partir à l'aventure. Creagan, me voici !

Assez curieusement, il y avait beaucoup de circulation sur la route. Des poids lourds montaient vers le nord, soulevant des tourbillons de neige sur leur passage. D'énormes camions chargés de bois, des camions-citernes et des transports de bétail. A cela s'ajoutaient les voitures des gens qui rentraient chez eux à la fin de leur journée de travail et même un tracteur, son gyrophare clignotant comme une étoile entre les flocons. Sam fut coincé derrière le tracteur pendant près d'un kilomètre puis celui-ci tourna pour entrer dans la cour d'une ferme. La Land Rover put enfin prendre de la vitesse.

La neige cessa subitement. Un croissant de lune apparut dans un coin de ciel dégagé. Sam traversa un long pont au-dessus d'un estuaire et, trois kilomètres plus loin, ses phares éclairèrent un panneau routier phosphorescent : ROUTE TOURISTIQUE. CREAGAN. 3 KM.

Il s'engagea dans la route indiquée, une route à voie unique qui suivait les courbes de l'estuaire. On était à mi-marée et l'on voyait luire l'eau noire. Les laisses de vase étaient blanches de neige. Il se dégageait du paysage une impression onirique, surréaliste. Très loin, sur l'autre rive, un point lumineux révélait la présence d'une petite maison. Au bout d'un moment, la route s'infléchit vers la droite et Sam parvint au sommet d'une hauteur plantée de coni-fères. A partir de là s'ouvrait devant lui un paysage où rien n'arrê-tait le regard. Les lumières d'une petite ville brillaient à une courte distance.

Le ciel s'assombrit à nouveau et il se remit à neiger. Sam entra dans la ville par une route bordée d'arbres. Il découvrit l'église, la place et le cimetière à la lumière des lampadaires. Une vraie carte postale de Noël, pensa-t-il. Il ne manquait à l'image qu'une élégante en crinoline chargée de paquets enrubannés. Il fit le tour de l'église à petite vitesse pour essayer de trouver des points de repère, se demandant laquelle de ces maisons était la propriété inhabitée de Hughie McLellan. Après avoir effectué un tour complet sans trouver d'indication, il se gara le long du trottoir pour se renseigner. Un couple venait vers lui, bras dessus bras dessous, chargé de sacs et de paniers. Il baissa la vitre.

— Excusez-moi.

Ils s'arrêtèrent.

— Oui ? répondit l'homme d'un ton serviable.

— Je cherche Estate House.

— Vous y êtes, répondit le passant avec un sourire amusé. Juste ici, ajouta-t-il en désignant d'un mouvement de la tête la maison derrière lui.

— Oh, je vois ! Merci beaucoup.

— Je vous en prie.

Et ils se remirent en route.

— Bonsoir ! cria Sam.

— Au revoir !

Tandis qu'ils s'éloignaient, il étudia la maison sans bouger de son siège. Il l'avait remarquée en passant mais ne s'était pas arrêté car ce ne pouvait être la maison de Hughie. La maison, lui avait affirmé Hughie, était vide, inoccupée. Or, derrière les rideaux soigneusement fermés de cette maison-là, on voyait de la lumière.

Quelqu'un y habitait. Sam pouvait repartir comme il était venu. Laisser tomber. Une histoire idiote. Cependant, il n'aimait pas les mystères et savait que celui-là le tourmenterait tant qu'il n'aurait pas découvert le fin mot de l'histoire. Il prit la clef dans le vide-poches, éteignit les phares et quitta l'abri de la Discovery. Il ouvrit la lourde grille de fer forgé, la referma derrière lui et prit l'allée qui menait à la porte d'entrée. Il pressa le bouton de la sonnette et entendit la sonnerie retentir à l'intérieur de la maison.

Il patienta. Des flocons de neige fondaient dans son cou. Il sonna de nouveau, insistant. Soudain, l'éclairage extérieur s'alluma, le saisissant comme dans le faisceau d'un mirador. Il y eut un bruit de pas et la porte s'ouvrit.

Il ne s'était attendu à rien ni à personne de précis. Une vieille dame en tablier, peut-être. Ou un homme en pantoufles avec un pull-over à col en V, fâché d'être dérangé pendant son émission de télévision préférée. Mais il ne s'attendait absolument pas à voir une grande jeune femme brune en jean et gros pull-over. Une fille superbe qui aurait fait se retourner toutes les têtes sur la Cinquième Avenue.

Ils s'observèrent un instant sans rien dire. Puis, sans grand enthousiasme, elle demanda :

— Oui ?

— Excusez-moi, je suis bien à Estate House ?

— Oui.

— Estate House qui appartient à Hughie McLellan ?

— Non, à Oscar Blundell.

Figé dans le faisceau de la lampe, couvert de neige, mouillé, frigorifié, Sam lui montra la clef avec son étiquette.

— J'ai dû me tromper, dit-il.

Elle fixa la clef, puis recula d'un pas, ouvrant la porte en grand.

— Je crois, dit-elle, que vous feriez mieux d'entrer.

Carrie

Le matin même, le médecin était passé à Estate House comme promis, le visage rougi par le froid, son épais manteau de tweed trempé par la neige. Il sentait le feu de tourbe.

Il avait apporté son guide des oiseaux pour Lucy et, le lui ayant donné, était monté à l'étage — deux marches à la fois, en homme qui n'a pas une minute à perdre — pour contrôler l'état de sa malade. Carrie, assise dans son lit, lui avait affirmé qu'elle se sentait beaucoup mieux après une bonne nuit. Elle se sentait revivre. Mais, avec sa méfiance d'homme du pays, il lui avait conseillé de rester au lit un jour de plus. Carrie savait que, si elle refusait, Elfrida la sermonnerait. Elle se plia donc en souriant aux ordres du docteur Sinclair.

Après son départ, aussi rapide que son arrivée, Elfrida monta et passa la tête par l'entrebâillement de la porte.

— Alors ?

— Je vais bien mais je dois rester au lit encore aujourd'hui. Je suis désolée.

— Désolée de quoi ?

— De te déranger autant.

— Ne dis pas de bêtises ! Tu ne déranges personne. Veux-tu une bouillotte ?

— Non, merci. Je meurs de chaleur.

— Je regrette que tu ne puisses pas nous accompagner chez les Kennedy, ce soir, mais tu feras leur connaissance plus tard. En ce qui me concerne, je ne tiens plus en place. C'est stupide, mais c'est notre première sortie, depuis notre arrivée ici. Nous avons déjeuné au pub, un jour, mais c'est tout.

— Je profiterai de ce que je suis clouée ici pour surveiller le dîner.

— Oh, il n'y a pas grand-chose à surveiller. J'ai fait un pilaf de poisson que je laisserai dans le four. Si nous ne le mangeons pas ce soir, ce sera demain pour le déjeuner. Le pilaf est un plat accommodant.

— Elfrida, tu as lu trop de livres de cuisine.

— Dieu m'en garde !

Au fil des heures, Carrie observa l'évolution du temps et se réjouit de ne pas avoir à sortir. Les chutes de neige alternaient avec les accalmies mais le ciel restait gris. De temps en temps, le vent qui s'infiltrait dans la vieille maison gémissait en une sorte de mélopée plaintive. Elle se sentait bien, confortablement installée. Elle se souvenait d'avoir été malade, dans son enfance, observant le reste de la maisonnée vaquer à ses occupations quotidiennes sans qu'elle ait à y participer. Le téléphone sonna et quelqu'un se dépêcha de répondre. Des portes s'ouvraient et se fermaient. Elle entendit Oscar monter et redescendre l'escalier. Elle comprit qu'il remettait des bûches dans les paniers à bois du salon. Vers midi, des odeurs de cuisine lui parvinrent — des oignons en train de frire ou peut-être une soupe en train de cuire. Carrie avait depuis longtemps oublié le luxe de se laisser dorloter, de ne rien faire et de s'abandonner à une totale irresponsabilité.

Lucy montait fréquemment la voir.

— Carrie, regarde ! Le docteur Sinclair est vraiment gentil. Il m'a prêté son guide des oiseaux pour que je connaisse leurs noms la prochaine fois que j'irai au bord de la mer. J'aimerais bien avoir un docteur comme lui, à Londres. Le nôtre est très désagréable et on attend pendant des heures.

Elle posa le livre.

— Carrie, je ne sais pas quoi mettre ce soir, pour danser.

Elle paraissait beaucoup plus préoccupée par les perspectives de la soirée que par les oiseaux.

— Qu'est-ce que tu as ?

— Mon nouveau jean mais il risque d'être un peu chaud pour danser. J'ai le vieux, aussi. Il est propre et Elfrida me l'a repassé. Ou bien crois-tu que je devrais mettre ma mini-jupe neuve avec les collants noirs ?

— Est-ce que Rory a dit quelque chose au sujet de la tenue ?

— Oui. Un jean et des baskets.

— Alors, mets un jean et des baskets. Ton vieux jean et ton pull en coton rayé blanc et rouge. Je te trouve adorable dans cette tenue. Cela fait très français. Et il vaut toujours mieux être habillée simplement que trop. A ta place, je garderais ma minijupe pour Noël.

— Noël... C'est bizarre, je n'y ai presque pas pensé alors que c'est dans six jours. Personne ne semble s'en soucier ou préparer quoi que ce soit. Normalement, à cette époque de l'année, mamy a une terrible migraine. Elle dit qu'il faut s'occuper de trop de choses à la fois.

— Oscar a commandé un sapin et vous êtes allés acheter les décorations.

— Je sais, mais je dois absolument trouver des cadeaux. Pour lui et pour Elfrida. Je ne sais pas quoi prendre. Et ce n'est pas tout. Le dîner. Tu crois qu'on va faire un réveillon ?

— Je n'en sais pas plus que toi, mais je pense que oui. Ne t'inquiète pas. Elfrida a toujours été très décontractée. Elle fait tout au dernier moment.

— Et les chaussettes à cadeaux ?

— Je pense qu'on va s'en passer. Cela t'ennuie ? Ce n'est pas comme si tu croyais encore au Père Noël qui descend dans la cheminée...

— Non, bien sûr. Je n'y crois plus. De toute façon, je trouve ces chaussettes un peu bêtes. Sauf pour la tangerine et le sac de pièces en chocolat.

— Je t'en mettrai dans le sapin.

— Tu ferais ça, Carrie ? Tu ne trouves pas que c'est chouette d'avoir un Noël différent ? Quand on ne sait pas comment ce sera ?

— J'espère surtout que tu t'amuseras... avec trois adultes au grand âge !

— Moi aussi, je serai une adulte. C'est pour ça que ce sera un Noël spécial.

A six heures moins le quart, Oscar, Elfrida et Lucy partirent pour se rendre au presbytère. La neige était tombée toute la journée, rendant les routes peu praticables et très dangereuses.

Craignant les dérapages, ni Oscar ni Elfrida n'avaient envie de prendre la voiture pour se rendre chez les Kennedy par la route. Ils choisirent donc de monter par le sentier piéton. Emmitouflés, bottés et la tête couverte, ils défilèrent l'un après l'autre dans la chambre de Carrie pour lui dire au revoir. Elle leur souhaita de passer un bon moment et demanda à ce qu'on lui raconte tout au retour.

— Je crains que nous n'ayons pas grand-chose à dire, admit Elfrida, à moins qu'il n'y ait d'autres invités et que l'un d'eux ne se saoule !

— Tu peux toujours espérer.

Lucy vint en dernier. Carrie la trouva ravissante avec son sourire et ses yeux brillants d'excitation. Elle portait sa doudoune rouge, ses boots et son grand bonnet de laine, sans oublier son petit sac à dos passé à l'épaule.

— Qu'as-tu mis dedans ?

— Mes baskets, un peigne, et une barre de chocolat.

— Tu vas bien t'amuser.

— Je ne sais pas à quelle heure je vais rentrer.

— Cela n'a pas d'importance. Aucune importance. Rory te ramènera, à mon avis. Si tu veux, propose-lui d'entrer boire une bière. Fais comme tu en as envie. Il y aura toujours quelqu'un.

Lucy réfléchit, hésita, puis lança un « Je verrai » plutôt désinvolte.

— Tu as raison. Et maintenant, sauve-toi !

— A tout à l'heure, Carrie.

— A tout à l'heure, ma chérie. Amuse-toi bien, conclut Carrie tandis qu'elles s'embrassaient.

Carrie entendit ensuite la porte de derrière qui retombait sur eux. Ils étaient partis. Elle patienta quelques minutes, au cas où l'un d'eux aurait oublié quelque chose, mais rien de tel ne se produisit. Elle se leva, se fit couler un bain et s'y prélassa longuement. Après cela, elle mit un jean et son plus gros pull-over, se coiffa, se parfuma et se sentit enfin beaucoup mieux. *Je suis guérie*, dit-elle à son reflet dans le miroir.

Elle descendit ensuite à la cuisine pour voir comment se portaient Horace et le pilaf d'Elfrida. Tous deux semblaient en forme, même si Horace montrait une tranquillité inhabituelle. Ses ecchymoses lui faisaient mal. Pour l'aider à se remettre de ses blessures, il était nourri comme un prince — cœurs d'agneau et sauce au jus de viande — et n'était pas obligé d'aller plus loin que le jardin de derrière.

Carrie se baissa pour lui caresser la tête.

— Veux-tu monter près du feu ? lui proposa-t-elle.

294

Horace n'en avait pas envie. Il ferma les yeux et se rendormit, bien au chaud dans son panier garni d'un plaid.

Elle dénicha une bouteille à moitié pleine, se versa un verre et alla s'installer au salon. Les rideaux étaient fermés, le feu brûlait joyeusement. Une seule lampe avait été laissée allumée, à côté d'un des fauteuils de la cheminée. Elle ajouta une bûche et s'assit avec le journal d'Oscar.

Dehors, de rares voitures passaient dans un léger chuintement. La neige étouffait tous les sons et la plupart des gens étaient chez eux, à l'abri. Carrie était en train de lire un article sur une ancienne actrice très célèbre, qui avait tourné dans un feuilleton télévisé à Londres ; le feuilleton avait acquis une énorme popularité et l'actrice était revenue au premier plan. Carrie arrivait à un passage à propos d'Hollywood quand, la faisant sursauter violemment, la terrible sonnette de la porte d'entrée retentit.

Dans des circonstances normales, Horace se serait immédiatement mis à aboyer de toutes ses forces mais, cette fois, il s'en abstint. Il n'avait pas oublié sa salutaire expérience de la veille face au rottweiler.

— Zut ! dit Carrie.

Elle baissa son journal et attendit. Peut-être était-ce un automobiliste tombé en panne et qui avait besoin de téléphoner. Ou un commerçant qui apportait sa facture ou une carte de Noël. Ou trois enfants en rang d'oignons venus chanter « Il est né le divin enfant ». Si elle ne bougeait pas, peut-être s'en iraient-ils.

La sonnette retentit de nouveau. Elle posa son journal d'un geste exaspéré, se leva d'un bond et dévala l'escalier. Elle alluma au passage toutes les lampes, éclairant le hall d'entrée comme en plein jour. La porte n'était pas verrouillée. Elle l'ouvrit à toute volée sur la neige, le froid, et l'homme qui se tenait sur le seuil, en plein dans le halo de l'éclairage extérieur. Il avait des cheveux noirs très courts, et portait un épais manteau bleu marine dont il avait remonté le col sur ses oreilles. La neige lui couvrait généreusement la tête et les épaules, comme si on l'avait saupoudré de sucre glace.

Elle jeta un coup d'œil derrière lui, en direction de l'imposante voiture garée le long du trottoir. Il ne s'agissait donc ni d'un conducteur en panne, ni d'un livreur, ni d'un chanteur de Noël.

— Oui ? dit-elle.

— Excusez-moi, je suis bien à Estate House ?

Il avait une voix agréable à l'accent familier, plutôt une intonation qu'un accent, en réalité. Un Américain ?

— Oui.

— La propriété de Hughie McLellan ?

Carrie fronça les sourcils. Elle n'avait jamais entendu parler d'un Hughie McLellan.

— Non, dit-elle. La propriété d'Oscar Blundell.

Ce fut son tour d'hésiter. Il leva soudain sa main gantée, brandissant une grande clef avec une étiquette attachée par une ficelle. Sur l'étiquette, on avait écrit, en grandes majuscules au stylo noir, ESTATE HOUSE. C'était aussi peu subtil qu'un indice dans un vieux film policier, mais comment... ?

Cela nécessitait des explications mais il faisait trop froid pour rester sur le seuil à l'écouter. Carrie recula d'un pas et ouvrit la porte en grand.

— Je crois que vous feriez mieux d'entrer.

Il hésita.

— Etes-vous sûre ?

— Mais oui ! Entrez.

Il franchit le seuil et elle referma la porte puis se retourna pour lui faire face. Il avait l'air un peu embarrassé.

— Je suis vraiment navré. J'espère que je ne vous ai pas dérangée.

— Pas du tout. Ne croyez-vous que vous feriez mieux d'enlever votre manteau ? On peut l'accrocher ici — à côté du radiateur. Il va sécher.

Il avait déjà remis la clef dans sa poche et entreprit d'enlever ses gants de cuir et de déboutonner son manteau. Il était habillé de façon très conventionnelle, presque cérémonieuse, avec un costume de flanelle grise et une cravate. Elle le débarrassa de son vêtement et le suspendit au vieux portemanteau en bois courbé.

— Je devrais peut-être me présenter, dit-il. Sam Howard.

— Carrie Sutton.

Ils ne se serrèrent pas la main.

— Venez au salon, poursuivit Carrie. Il y a du feu. Nous serons mieux qu'ici.

Elle lui montra le chemin et il la suivit. En entrant dans l'immense salon du premier étage, il ne put retenir la remarque que faisaient toujours les gens en le voyant pour la première fois :

— Quelle pièce étonnante !

— On ne s'y attend pas, n'est-ce pas ?

Carrie alla ramasser le journal qu'elle avait posé par terre.

— Et, poursuivit-elle, c'est très agréable dans la journée parce qu'il y a toujours beaucoup de lumière.

Elle posa le journal sur la petite table à côté de son fauteuil.

— Euh... Voulez-vous boire quelque chose ?

— Vous êtes trop aimable. J'aimerais beaucoup mais je conduis.

— Où allez-vous ?

— A Inverness.

— A *Inverness* ? Maintenant ? Avec ce temps ?

— Je me débrouillerai.

Carrie en doutait mais elle haussa mentalement les épaules. Cela ne la regardait pas.

— Et si nous nous asseyions ? Vous allez pouvoir m'expliquer pourquoi vous avez la clef de la maison d'Oscar.

Il avait l'air gêné.

— En toute honnêteté, je ne suis plus très sûr.

Il accepta cependant de s'installer dans le fauteuil d'Oscar et, aussitôt, Carrie le vit très détendu, l'air d'être chez lui, plus du tout dans l'attitude d'un homme qui surgit au milieu d'une tempête de neige, sans être attendu ni invité. Elle lui trouva un visage intéressant, ni beau ni laid. Un visage banal. Mais intéressant, avec des yeux profondément enfoncés dans les orbites et un regard qui retenait l'attention. Il s'appuya au dossier, ses longues jambes étendues devant lui, chevilles croisées.

— Mais, ajouta-t-il, je suis sûr que nous allons tout éclaircir. Savez-vous si Mr Blundell a vécu dans le Hampshire ?

— Oui, c'est exact.

— A-t-il un vieil oncle qui habite à Londres ?

— Je l'ignore totalement.

— Et un cousin qui s'appelle Hughie McLellan ?

— Je crains de ne pas être la personne qu'il vous faut. Je ne suis que de passage, ici, en invitée. Je ne connais rien de la famille d'Oscar. Je ne l'avais encore jamais rencontré et, en plus, comme j'avais pris froid, j'ai dû rester au lit. Nous n'avons donc pas encore eu beaucoup de temps pour faire connaissance.

— Je vois.

— Oscar et Elfrida — plus ou moins ma cousine et l'amie d'Oscar — sont sortis. Ils ne rentreront pas avant huit heures.

Elle jeta un coup d'œil à la petite horloge posée au milieu de la tablette de la cheminée.

— Il est presque sept heures. Si vous voulez attendre...

— Non, ce n'est pas possible. Je dois partir.

— Mais je ne sais toujours pas pourquoi vous avez la clef de cette maison ?

— Hughie me l'a donnée. Il veut mettre la propriété en vente.

Carrie le regarda, les yeux écarquillés.

— En *vente* ? Mais c'est la maison *d'Oscar* !

— J'ai cru comprendre qu'ils sont copropriétaires.

— Copropriétaires ? Vous voulez dire que la maison n'appartient pas à Oscar ?

— Pour moitié seulement.

— Mais Hughie McLellan, qui qu'il soit, n'a pas le droit de mettre en vente une maison qui ne lui appartient pas !

— C'est exact. Cela me paraît un peu bizarre.

— De toute façon, pourquoi vouliez-vous la voir ? Vous voulez l'acheter ?

— Je l'avais envisagé, dit-il d'un ton prudent.

— Pourquoi ?

— Pour y vivre. Mon employeur m'envoie à Buckly pour remettre sur pied les tissages McTaggart. J'ai donc besoin de me loger.

— Où se trouve Buckly ?

— A une quinzaine de kilomètres au nord d'ici. J'en viens. J'avais une réunion avec les ouvriers qui a duré tout l'après-midi.

— Ne serait-il pas plus pratique d'habiter à Buckly ?

— Le logement de fonction de l'usine a été vendu. Ce serait effectivement plus pratique mais on m'a parlé de cette maison et on m'a donné la clef. J'ai donc pensé que je pouvais faire un saut pour voir l'endroit. Pour tout vous dire, je croyais trouver la maison vide. Quand j'ai vu la lumière, j'ai décidé de sonner pour éclaircir le mystère.

— Mais nous ne l'avons pas résolu.

— Non, pas vraiment, et ce ne sera pas possible avant d'avoir parlé à Mr Blundell. Malheureusement, je crains de ne pas en avoir le temps. Peut-être un autre jour. Dans l'immédiat, je pense que je ferais mieux de me sauver.

— Mais *moi*, je pense que vous devez voir Oscar. C'est important. Il a le droit de savoir ce qui s'est passé — ce qui se prépare.

— Je dois vraiment...

Il était déjà debout. Carrie se leva aussi et alla ouvrir le lourd rideau du bow-window sur une scène de plein hiver. La neige tombait à gros flocons serrés sans faire mine de vouloir s'arrêter. Plusieurs centimètres recouvraient la Discovery. La rue était déserte : pas une voiture, pas un passant. Carrie imagina la route d'Inverness, la côte qui montait vers l'île Noire depuis le pont sur l'estuaire de la Cromarty.

Contrairement à Elfrida et Oscar, elle ne craignait pas de conduire sous la neige. Après trois hivers dans les montagnes autrichiennes, plus grand-chose ne pouvait la déconcerter. Or, d'une façon obscure, ce qu'elle voyait était différent, donnait l'impression d'une force implacable. Cette neige ne s'arrêterait pas. Il n'y avait pas non plus de vent pour la balayer. Elle continuerait à tomber pendant toute la nuit.

Carrie se retourna vers le visiteur qui attendait, debout devant la cheminée.

— Je ne crois pas que vous puissiez partir.

— Non ?

— Venez voir.

Il la rejoignit à la fenêtre et, côte à côte, ils regardèrent la situation s'aggraver de minute en minute. Il ne dit rien et Carrie se sentit un peu contrariée pour lui.

— C'est vraiment mauvais, dit-elle.

— Oui. Fergus Skinner, le directeur de l'usine, m'avait conseillé d'appeler l'AA pour avoir le bulletin météo. J'ai cru pouvoir m'en passer mais j'ai peut-être eu tort.

— Je crois que ce serait une bonne idée.

— J'ai mon téléphone portable mais pas le numéro de l'AA.

— Je vais vous le trouver.

Elle alla prendre l'annuaire sur la petite table du palier et chercha le numéro d'urgence.

— Voilà. Voulez-vous le noter ?

Il sortit un stylo de sa poche et écrivit dans la marge de l'annuaire le numéro qu'elle lui dictait. Ensuite, il prit son téléphone dans sa poche.

Elle le laissa appeler, assis à la fenêtre aux rideaux toujours ouverts, avec un vrai décor de théâtre en toile de fond. Elle remit une bûche sur le feu et attendit en regardant le bois s'enflammer.

Il obtint la communication presque immédiatement, s'enquit des conditions de circulation sur l'A9 en direction d'Inverness. Il écouta longuement sans dire un mot.

— Et demain ? demanda-t-il enfin.

Un autre silence tandis qu'il écoutait...

— Bien, je comprends. Merci. Au revoir, dit-il enfin avant de raccrocher.

Leurs regards se croisèrent à travers la pièce. Elle s'abstint de toute remarque, comprenant que les nouvelles n'auraient pu être pires. Il le lui confirma bientôt :

— Vous aviez raison. La route est impraticable. Je n'aurais pas imaginé que cela devienne aussi catastrophique.

— Je suis navrée pour vous.

— Je... commença-t-il en rangeant son portable. Je crois que je ferais mieux de m'en aller. De vous laisser tranquille.

— Pour aller où ?

— Pardon ?

— Où voulez-vous aller ?

— Il doit bien y avoir des chambres d'hôtes ou un hôtel... je vais trouver quelque chose.

— Vous ne trouverez ni hôtels ni chambres d'hôtes à Creagan à cette époque de l'année. Tout est fermé, en hiver. Vous ne trouverez rien.

— Il y a certainement...

Elle l'interrompit :

— Vous êtes condamné à rester ici. Chez nous.

— *Ici* ? Mais ce n'est pas possible !

— Pourquoi pas ?

— Vous ne me connaissez pas. Je suis un étranger, pour vous. Je ne peux pas débarquer comme ça et...

— Bien sûr que si ! De toute façon, je crains que vous n'ayez pas le choix. Je sais que nous avons encore une chambre inutilisée. Il serait ridicule de ne pas s'en servir.

— Mais...

Carrie lui sourit. A présent que la question était réglée et qu'elle avait prouvé la justesse de son point de vue, elle savourait la déconfiture de Sam.

— Comment dit-on ? Nécessité fait loi ?

— Mais Mr Blundell...

— Il sera ravi d'avoir un invité supplémentaire. Et très intéressé par ce que vous avez à lui dire. Elfrida va sauter de joie. Elle adore voir des gens arriver à l'improviste. Vous n'avez même pas à vous inquiéter du dîner. Il y a un pilaf dans le four et de l'eau chaude dans la salle de bains ! Tout le confort moderne ! Que pouvez-vous désirer de mieux ?

Il secoua la tête, vaincu par son insistance.

— Rien, je pense.

— Une brosse à dents ?

— J'en ai une dans la voiture avec mon rasoir électrique.

— En plus, je parie que vous ne mettez pas de pyjama. Tous les problèmes sont donc résolus.

— En effet.

Il réfléchit un instant.

— Mais, si cela ne vous dérange pas, j'aimerais passer un autre coup de fil.

— Je vous en prie. (Il voulait certainement appeler chez lui, où que soit ce « chez lui », pour expliquer la situation à sa femme.) Il ne faudrait pas que l'on s'inquiète pour vous.

Il reprit son portable et composa un numéro. Carrie se demanda si elle devait trouver un prétexte pour s'absenter, peu désireuse d'entendre une conversation personnelle, des paroles affectueuses, des messages pour les enfants... Mais elle n'avait pas encore eu le temps de faire un seul pas qu'il parlait déjà à la réceptionniste d'un hôtel d'Inverness.

— Je voulais vous prévenir de ne pas m'attendre ce soir. Je suis coincé par la neige à Creagan. Tout va bien. Je suis chez des amis. Je pourrai peut-être repartir demain. Je vous remercie de me garder la chambre. Au revoir.

Et il raccrocha.

— Déjà fini ? lui demanda Carrie.

— Fini !

— Vous n'avez pas besoin de faire d'autres appels ?

— Non, dit-il en glissant son portable dans sa poche et en soulignant son « non » d'un mouvement de la tête.

— Bien ! Dans ce cas, vous pouvez accepter un verre, maintenant ?

— Avec plaisir.

— Je dois vous abandonner un instant pour aller chercher ce qu'il faut à la cuisine. Nous n'avons pas de plateau ici parce que nous n'avons pas de desserte. La cave à vins d'Oscar est une étagère en ardoise dans l'arrière-cuisine.

— Laissez-moi vous aider.

— Non, vous restez ici et vous vous installez. Que puis-je vous proposer ? Il y a de tout.

— Un scotch ?

— Avec du soda, de l'eau ou de la glace ?

— *On the rocks.*

— Parfait. J'en ai pour un instant.

Elle dévala l'escalier, prit un plateau dans l'arrière-cuisine, y posa la bouteille de whisky, le seau à glace, un verre et la bouteille de vin. Elle rapporta le tout à l'étage et trouva son visiteur non pas devant le feu, mais de l'autre côté du salon, scrutant le petit tableau d'Elfrida. Pour mieux voir, il avait mis une paire de lunettes à monture de corne qui lui donnait l'air d'un universitaire.

Il les ôta à l'entrée de Carrie.

— Quel ravissant petit tableau !

— Oui. Il appartient à Elfrida. Elle l'a apporté depuis le Hampshire. Elle l'a depuis une éternité. C'est un David Wilkie. Comme vous pouvez vous en rendre compte, il n'y a pas d'autres tableaux dans cette pièce et il a l'air un peu perdu.

— C'est certainement un objet de valeur. Attendez, donnez-moi ça.

Il lui prit le plateau des mains et le tint pendant qu'elle faisait un peu de place sur la table d'Oscar, poussant quelques dossiers et papiers divers.

— Je vous laisse vous servir à votre goût.

— Et vous ?

— Je reste au vin.

— Je peux vous en resservir ?

— Avec plaisir, si vous voulez bien.

Elle se rassit dans son fauteuil près du feu et l'observa, appréciant les mouvements précis de ses mains. Comme par une sorte de problème de logique, elle se sentait intriguée par son apparition sur le seuil d'Estate House, la raison de sa présence, et l'obligation où il se trouvait d'y rester à cause du mauvais temps. On aurait dit un mauvais scénario ou l'intrigue d'une pièce de théâtre. Le début d'un film qui pouvait mal tourner.

Il vint vers elle, tenant leurs deux verres, et lui tendit le sien avant de se rasseoir en face d'elle.

— Vous venez d'être malade, m'avez-vous dit ?

— Rien de grave. Il me fallait surtout du sommeil.

— Mais vous ne vivez pas ici ?

— Non. Comme je vous l'ai dit, je suis ici en tant qu'invitée. Je vis à Londres. J'ai une jeune nièce et je l'ai amenée avec moi. Nous sommes venues passer Noël et le Nouvel An ici.

— Elle est allée aussi à la soirée ?

— Oui, et ensuite elle va à une répétition de danses traditionnelles avec les autres enfants de la ville. J'ignore quand elle rentrera. Connaissez-vous bien la région ?

— Non, pas du tout. Je suis originaire du Yorkshire. Ensuite, j'ai habité Londres puis New York pendant six ans.

Carrie s'adressa un sourire mental : elle avait eu raison à propos de son accent.

— D'où le scotch *on the rocks*, dit-elle.

— Exactement !

— Quel est votre métier ?

— A la base, je suis courtier en laines. Je travaille pour Sturrock and Swinfield.

— Eh bien ! dit-elle, impressionnée.

— Ils ont racheté l'affaire de mon père il y a quelques années et, depuis, je travaille avec eux.

— Le fait de travailler ici va représenter un certain changement culturel, n'est-ce pas ?

— Oui, admit-il. Un certain changement.

— Je n'ai pas bien saisi le nom de l'entreprise ?

— McTaggart, à Buckly.

— Elle est en activité ?

— Non, dit-il avant de donner quelques détails rapides.

Il résuma pour Carrie l'enchaînement d'événements qui avait amené la faillite de l'entreprise ; comment, malgré les efforts héroïques des ouvriers, il semblait que la volonté divine elle-même — sous la forme d'une inondation — fût intervenue pour mettre un terme à l'aventure.

— Et c'est cela que vous êtes censé remettre sur pied ?

— Pas tout seul.

— Vous voulez dire que vous avez Sturrock and Swinfield derrière vous ?

— Exactement. Avec le capital et le savoir-faire. Des architectes et des stylistes de renom.

— Et qu'allez-vous produire quand tout sera reconstruit ?

— Tout ! Un éventail de produits très large. Des tweeds et des tartans traditionnels mais aussi des produits destinés à de nouveaux marchés. La mode. Les lainages de luxe.

— Quand pensez-vous pouvoir relancer la production ?

— Il faut d'abord casser tout l'intérieur de l'usine en gardant les murs et reconstruire. Donc, dans neuf mois à un an.

— Pourquoi ne rasez-vous pas le bâtiment pour repartir à zéro ?

— Parce que c'est un vieux bâtiment remarquable. Tout en pierre, avec de hauts pignons et de longues fenêtres en arche. Il a plus de cent cinquante ans. Il fait partie de Buckly. Le détruire relèverait du vandalisme.

— Et *vous*, vous devez trouver un endroit pour vous loger ?

— Oui, répondit-il en souriant. Mais je ne peux prendre aucune décision avant d'avoir parlé à votre hôte.

— Ce Hughie McLellan ou qui que ce soit — a-t-il mentionné un prix ?

— Cent cinquante mille livres à se partager entre les deux cousins, les deux propriétaires.

— Donc, si Oscar donnait soixante-quinze mille livres à Hughie, il pourrait lui racheter sa part ?

— C'est cela.

— Ce n'est pas très cher, je pense ?

— Compte tenu des prix actuels, non.

— Mais Oscar n'a peut-être pas soixante-quinze mille livres. En fait, j'en suis même certaine. Et il a l'esprit si peu pratique qu'il n'aura pas la moindre idée pour trouver une pareille somme. Quoi qu'il en soit, conclut-elle avec un haussement d'épaules, cela ne me regarde pas. Je pense seulement que ce serait bien s'il pouvait rester ici.

— Je vous promets que je ne chercherai pas à le faire partir.

— Vous ne pourriez pas. C'est sa maison.

— A moitié !

— Droit de l'occupant ! La sécurité de vivre dans des murs à soi.

Soudain, désamorçant la légère tension de leur échange, il éclata de rire.

— Vous avez tellement raison ! J'ai acheté mon premier appartement quand je suis parti travailler à Londres. C'était une sensation formidable. Mais cela remonte à quelques années, à présent.

— Où était-ce situé ?

— A Eel Park Common.

— Comme c'est curieux !

— Pourquoi ?

— Je possède moi-même une petite maison sur Ranfurly Road. C'est à cinq cents mètres.

— C'est là que vous vivez ?

— J'y serai à partir de février, après le départ des locataires.

Sam eut l'air un peu gêné et Carrie prit brusquement conscience de ne pas avoir été très aimable dans le ton de sa réponse. En fait, elle n'avait pas très envie de parler d'elle-même.

— J'ai passé trois ans en Autriche, à Oberbeuren, expliqua-t-elle. Je travaillais pour une agence de voyages qui s'appelle Overseas. C'est pour cela que j'avais mis ma maison en location. Mais je suis revenue. Je travaille de nouveau à Londres, toujours pour la même société, mais on m'a proposé un poste à la direction. Les bureaux sont dans Bruton Street.

— Vous allez l'accepter ?

— Oui. Pourquoi pas ?

— L'Autriche et la montagne vous manqueront.

— Oui, répondit simplement Carrie.

Ils ne dirent plus rien, ni l'un ni l'autre, pendant un moment mais le silence était lourd de mots inexprimés. Elle finit par changer de position et le regarda.

— Votre verre est vide. Voulez-vous vous resservir ?

Elfrida

Oscar et Elfrida rentrèrent bras dessus, bras dessous, marchant avec la plus grande prudence. Il était presque huit heures et il faisait très noir. La neige tombait toujours abondamment mais les lampadaires jalonnaient leur chemin et ils n'eurent pas besoin de la torche électrique qu'Oscar, faisant preuve d'une certaine prévoyance, avait mise dans sa poche. Montant le sentier qui conduisait au sommet de la colline derrière Estate House, ils voyaient la ville à leurs pieds et, par-delà les arbres dénudés dans les autres jardins, la circonférence lumineuse de l'horloge du clocher. Tout paraissait tellement différent et magique qu'Elfrida ne résista pas à l'envie de s'arrêter.

— Oscar, dit-elle, je regrette vraiment de ne pas avoir appris à peindre.

Comme elle le tenait fermement par le bras, il n'avait pu faire autrement que de s'arrêter, lui aussi.

— Est-ce vraiment le bon moment pour méditer sur ce qui aurait pu être ?

— Pourquoi pas ?

— J'ai de la neige qui me coule dans le cou !

— Mais ne serait-ce pas merveilleux de savoir saisir une pareille scène ? De la fixer pour l'éternité ! La neige qui tombe dans la lumière des lampadaires et les fenêtres éclairées. Et l'horloge, comme une lune permanente. La seule chose qu'on ne pourrait pas peindre serait l'odeur de la fumée du feu de tourbe.

— Je reconnais que ce serait un exercice très satisfaisant mais, s'il te plaît, pouvons-nous rentrer à la maison ?

Le chemin redescendait abruptement le long du mur du jardin d'Oscar. On avait placé une main courante et ils avancèrent l'un derrière l'autre en s'y retenant. Tout en bas, ils apercevaient la grille du jardin et la lampe de la porte de derrière de la maison.

Ils arrivèrent sans encombre.

Prenant exemple sur Mrs Snead, ils laissèrent dans l'arrière-cuisine leurs manteaux trempés, leurs bottes incrustées de neige et leurs chapeaux dégoulinants pour les faire sécher. Elfrida parla du dîner mais Oscar avait envie d'attendre un peu. Il avait été gavé de petits sandwichs au saumon fumé et de mince-pies. Il avait aussi évité de boire à cause du chemin de retour et il avait à présent très envie d'un grand whisky avant d'avaler une bouchée de plus.

Elfrida le précéda dans la cuisine où elle retrouva son chien qu'elle gratifia de petits noms tendres. Elle ouvrait le four pour vérifier son pilaf quand elle entendit Oscar se plaindre :

— Mon whisky n'est plus là !

— Tu es sûr ?

Il la rejoignit tandis qu'elle refermait le four. Il avait l'air contrarié.

— Peut-être que Carie a eu envie d'un petit remontant, suggéra Elfrida.

— Je croyais qu'elle devait rester au lit.

— Tu peux être au lit et avoir envie d'une goutte de whisky. Tu n'as pas d'autre bouteille ?

— Si, mais *celle-là* était ouverte !

— On va faire une enquête !

Ils montèrent à l'étage. Elfrida s'arrêta sur le palier. Des voix étouffées lui parvenaient à travers la porte close du salon. Oscar les entendit aussi et ils se regardèrent, quelque peu surpris.

— Je crois que j'ai trouvé ma bouteille ! dit Oscar.

— Chut !

Elfrida marcha sur la pointe des pieds jusqu'à la porte de la chambre de Carrie qui était restée entrebâillée. Elle jeta un coup d'œil puis revint près d'Oscar.

— Elle n'est pas là, chuchota-t-elle sur un ton dramatique. Le lit est vide !

Entrant dans le jeu, Oscar baissa aussi la voix.

— Et elle a un visiteur...

— Qui cela peut-il être ?

— Mystère ! Si nous allions voir ?

Ce qu'ils firent.

Ils découvrirent une scène paisible et accueillante : un agréable salon, rideaux fermés et éclairage tamisé ; un feu qui crépitait dans la cheminée ; les deux meilleurs fauteuils tirés devant l'âtre pour profiter de la chaleur ; et, dans ces fauteuils, l'air de se connaître depuis toujours, Carrie et un étranger. Elfrida échafauda aussitôt plusieurs hypothèses : une vieille connaissance de Carrie qui voulait la retrouver ; un admirateur de longue date, faisant preuve d'une constance inébranlable...

Carrie tourna la tête vers la porte, les vit et se leva immédiatement.

— Elfrida ! Vous êtes là ! Nous ne vous avons pas entendus. Vous vous êtes bien amusés ?

— Oui, c'était formidable. Mais toi, tu étais censée rester au lit ?

— Je m'ennuyais.

L'inconnu s'était également levé, debout devant le feu, attendant d'être présenté. Elfrida, au premier coup d'œil, l'avait classé parmi les hommes d'affaires, avec son costume gris foncé à la coupe parfaite, sa cravate impeccablement nouée, ses cheveux courts bien coiffés. Il était grand, avec de longues jambes et un teint mat qui mettait en valeur ses yeux noisette clairs. Malgré ses soixante-deux ans, elle ressentit un frisson d'attirance physique qui ne diminuait en rien son affection pour Oscar. C'était plutôt comme une sorte de réveil, le souvenir aigu de ce que les choses avaient été pour elle, autrefois.

— Elfrida, je te présente Sam Howard. Elfrida Phipps. Et mon hôte, Oscar Blundell.

— Comment allez-vous ? dirent-ils en échangeant des poignées de main.

— Je suis vraiment désolé de vous déranger, dit Sam.

— Pourquoi nous dérangeriez-vous ?

— Parce que je suis chez vous sans y être invité.

A ce moment, Oscar découvrit sa bouteille de whisky.

— Ah ! la voilà. Je me demandais où elle était passée.

Carrie ne put s'empêcher de rire.

— Vous avez cru que je buvais en cachette ? Désolée, Oscar. Je l'ai montée pour offrir un verre à Sam. Je vous en sers un ?

— J'en meurs d'envie. Je me suis imposé de m'abstenir pendant toute la soirée pour pouvoir ramener Elfrida sans problème.

— Dans ce cas, dit Carrie, je m'occupe de vous. Je descends chercher des verres. Et toi, Elfrida ? J'ai pris un verre de vin...

— Je ferai comme toi.

Elfrida se sentait soudain fatiguée. Elle s'assit avec soulagement au milieu du canapé, ses longues jambes étendues devant elle.

— J'ai passé deux heures debout à manger des sandwichs et des mince-pies, dit-elle à Carrie.

— Il y avait d'autres invités ?

— Oh oui ! C'était une vraie soirée avec trois autres couples, tous aussi bavards qu'accueillants.

— Et Lucy ?

— Elle a disparu avec les enfants des Kennedy dans une autre pièce et nous ne l'avons pas revue. Ils étaient déjà partis danser quand nous avons pris congé.

— Tant mieux. Je vais chercher les verres et une autre bouteille de vin. Et du soda pour Oscar.

Elfrida l'écouta dévaler l'escalier. Oscar avait repris possession de son fauteuil et ils restaient seuls avec l'inconnu. Oscar, Elfrida le savait, se demandait ce qu'il pourrait dire à cet homme et elle vint à sa rescousse.

— Maintenant, vous pouvez nous expliquer qui vous êtes et la raison de votre présence, dit-elle avec son sourire le plus amical. Vous devez être un vieil ami de Carrie ?

— Non.

Il apporta une chaise près d'Elfrida et s'assit, penché en avant, les mains entre les genoux.

— En réalité, je ne l'avais jamais rencontrée avant ce soir.

— C'est incroyable ! dit Elfrida d'une voix étranglée par la surprise.

Il se lança dans des explications qu'ils écoutèrent sans l'interrompre. Quand il annonça qu'il avait été nommé directeur général de McTaggart, si le nom ne disait rien à Elfrida, Oscar le releva aussitôt.

— Peter Kennedy m'a dit que McTaggart était repris mais je n'avais pas compris que l'usine était déjà relancée.

— Il est encore trop tôt pour cela mais nous y travaillons.

— Voilà une excellente nouvelle ! Quand pensez-vous donc redémarrer ?

— Nous devons d'abord reconstruire l'usine.

— Que s'est-il passé ? intervint Elfrida.

— Il y a eu une série d'accidents, lui expliqua Oscar, et pour finir une inondation a tout ruiné.

Il se retourna vers Sam.

— Etes-vous depuis longtemps dans les textiles ?

— Depuis toujours. Mon père possédait une petite fabrique de lainages dans le Yorkshire.

— Tiens, tiens... Où êtes-vous basé ? A Londres ?

— C'était le cas quand j'ai commencé à travailler avec Sturrock and Swinfield, mais ensuite j'ai passé six ans à New York. Et cette année, en novembre, on m'a rappelé à Londres pour diriger ce projet.

— Cela signifie-t-il que vous allez vous installer par ici ?

Carrie réapparut à ce moment-là avec un deuxième plateau chargé de verres et de bouteilles. Sam se leva pour le lui prendre des mains. Il leur fallut un petit moment pour faire de la place sur le bureau d'Oscar en poussant le seau à glace et les verres. La bouteille de vin, tout juste sortie du réfrigérateur, était encore couverte de givre. Sam la déboucha d'un geste précis et remplit pour Elfrida un verre qu'il lui apporta.

— Et vous, monsieur ?

— Oh...

Oscar avait l'air très satisfait, trouvant très agréable de rester assis au coin du feu tandis qu'un autre homme s'occupait des devoirs de l'hôte.

— Un whisky-soda, dit-il avec un sourire. Sans glace !

Sam lui prépara sa boisson.

— Cela vous convient-il ?

— Parfait !

Il compléta ensuite le verre de Carrie.

— Et vous ? lui demanda Elfrida.

Il lui répondit qu'il n'avait pas encore terminé son deuxième verre. Il le prit sur la table basse de la cheminée et alla se rasseoir sur sa chaise à côté d'Elfrida.

— Où en êtes-vous ? interrogea Carrie.

— Pardon ?

— Dans les explications.

— Nous savons tout sur les tissages McTaggart, lui dit Elfrida. Je ne pense pas qu'il y ait d'autres événements à raconter.

— Tu risques d'être étonnée, Elfrida, avertit Carrie qui s'était lovée comme un chat dans son fauteuil.

Elfrida la regarda, sur le qui-vive.

— Etonne-moi, alors !

Sam jugea le moment venu de reprendre la situation en main.

— C'est très personnel et plutôt compliqué. Avant de venir en Ecosse, en arrivant de New York j'ai passé quelques jours à Londres chez des amis, Janey et Neil Philip. Un soir, un vieil ami des parents de Janey est venu dîner. Il s'appelle Hughie McLellan.

Il fit une pause, peut-être délibérée, pour donner le temps à sa bombe d'éclater. Du côté d'Elfrida, rien ne se produisit. Mais Oscar retrouva enfin la parole :

— *Hughie !* Vous ne voulez pas parler de mon cousin ?

— Je crois que si.

— Mais Hughie est à la Barbade !

— Non, il était à Londres pour voir des amis et régler différentes questions matérielles, à ce que j'ai compris. Il repartait ensuite passer les fêtes de fin d'année avec une certaine Maudie Peabody dans le sud de la France.

— Quelle coïncidence extraordinaire !

— Quand il a appris que je prenais la direction de McTaggart à Buckly, il m'a demandé où j'allais vivre. Je lui ai répondu que je ne le savais pas encore, que je devais trouver un toit. C'est alors qu'il a sorti de sa poche la clef de cette maison. Il m'a expliqué qu'il en possède la moitié et son cousin l'autre moitié mais qu'il allait vendre.

— Nom de nom ! s'exclama Oscar.

Elfrida estima que, dans ces circonstances, son langage restait très modéré.

— Quel sale petit voyou ! poursuivait Oscar. Il a toujours été comme ça. Mais, bon Dieu, pourquoi ne m'a-t-il pas demandé mon avis ?

— A sa décharge, je crois qu'il a essayé de vous téléphoner. J'ai cru comprendre que vous habitiez dans le Hampshire. Il a appelé mais il n'a pas pu vous joindre.

— Son père — Hector — savait où me trouver. Il savait que j'étais revenu à Creagan. Pourquoi ne le lui a-t-il pas dit ?

— Je crois qu'il n'a pas vu son père et qu'il avait prévu de prendre contact avec lui après son retour de France, avant de repartir à la Barbade.

— Eh bien ! Quelle surprise !

Ahuri par la perfidie de son cousin, Oscar s'octroya une bonne lampée de whisky et s'abîma dans des réflexions moroses sur le scandale de la situation.

— Mais pourquoi veut-il brusquement vendre cette maison ? reprit-il. Cela fait si longtemps que nous partagions les quelques sous de la location — je n'aurais jamais imaginé qu'il veuille vendre. Et surtout pas sans m'en parler !

— A mon avis, il a besoin d'argent.

— Cela ne m'étonne pas ! Il doit se ruiner avec les pensions alimentaires de ses trois ex-femmes. Mais, de toute façon, il a toujours jeté l'argent par les fenêtres.

Une autre idée lui vint à l'esprit.

— Etes-vous passés par un agent immobilier ?

— Non. Il avait l'intention de se rendre chez Hurst and Fieldmore le lendemain de notre rencontre mais il a calculé ensuite qu'une vente sous seing privé serait plus satisfaisante pour tout le monde.

— Vous saviez que je possède la moitié de la maison ?

— Oui, il me l'a dit.

— Et qu'avez-vous répondu ?

— Que rien ne pouvait se faire tant que vous, son cousin, vous n'auriez pas été consulté.

— Dans ce cas, que faites-vous ici ?

— Il avait la clef sur lui et il m'a suggéré de profiter de mon voyage dans le Nord pour jeter un coup d'œil sur la propriété.

— N'était-ce pas se montrer très confiant ?

— Si, mais compte tenu des circonstances, il a dû penser que je n'étais pas un mauvais risque.

— Une vente sous seing privé éviterait les frais d'agence ?

— Exactement.

— A-t-il avancé un prix ?

Pendant tout leur échange, Sam n'avait pas fait un geste malgré l'inconfort de sa chaise. Il avait conservé une immobilité remarquable, le regard fixé sur Oscar avec une expression très concentrée. A présent que l'on abordait les choses sérieuses, il ne bronchait pas plus, ne montrait aucun signe de déconfiture.

— Cent cinquante mille livres, dit-il.

— Seriez-vous prêt à payer cette somme ?

— Je n'ai pas encore visité la maison.

— Mais en supposant que vous vouliez l'acheter... ?

— Bien sûr.

— Si on partage, cela me fait soixante-quinze mille ?

— C'est exact.

— Imaginons que je veuille plus ?

— On peut toujours négocier. Ici, je cite votre cousin.

— Je vois.

Oscar termina son verre et, sans un mot, Sam se leva pour le lui remplir.

— A présent que vous savez comment je suis arrivé ici, dit-il en le lui apportant, je tiens à vous présenter mes plus sincères excuses à tous deux. Je vais vous rendre la clef de Hughie et nous oublierons toute cette affaire. Mais je devais vous expliquer toute l'histoire pour que vous puissiez comprendre la situation.

— Bien sûr, dit Oscar en contemplant le verre à nouveau rempli qu'il tenait dans sa main. Merci, ajouta-t-il en le posant sur la table basse.

Elfrida, qui avait réussi à garder le silence au prix d'un grand effort, estima que le moment était venu de dire ce qu'elle pensait.

— Vous avez été très clair dans vos explications, Mr Howard.

— Sam.

— D'accord. Vous avez été très clair, Sam, mais je n'ai toujours pas compris comment vous êtes arrivé ici.

— Je suis venu de Londres en voiture il y a deux jours.

— C'était la première fois que vous visitiez la fabrique ? demanda Oscar.

— Oui.

— Vous nous avez dit qu'on vous a rappelé de New York en novembre et nous sommes presque à Noël. On dirait que Sturrock and Swinfield ne sont pas pressés...

Sam eut un petit sourire, reconnaissant la justesse de la remarque d'Oscar.

— Je comprends que cela puisse donner cette impression, mais je suis d'abord allé en Suisse avec le président-directeur général pour évaluer le coût des nouvelles machines. Nous y sommes restés un peu plus d'une semaine.

— Vous vous êtes installé à Buckly ? demanda Elfrida.

— Non, j'ai pris une chambre dans un hôtel d'Inverness. Cet après-midi, j'ai eu ma première réunion avec les ouvriers. Il y avait beaucoup de points à éclaircir. Après, j'ai pris une bière avec Fergus Skinner, le responsable local, qui avait tout organisé. En repartant sur Inverness, j'ai eu envie de faire le détour par Creagan pour repérer les lieux. Un passant m'a dit que cette maison était Estate House. Comme il n'y avait pas à se tromper sur le fait qu'elle est habitée, je me suis senti très curieux de comprendre ce qui se passait. J'ai donc sonné. Je n'ai jamais beaucoup apprécié les mystères.

— Je comprends, dit Elfrida, qui trouvait tout cela passionnant.

Elle imaginait très bien la situation. Un bel inconnu, le bruit de la sonnette et... Carrie... Carrie qui descendait ouvrir et le faisait entrer.

Elle regarda Carrie, pelotonnée dans son fauteuil. Elle n'avait pas dit un mot. Parfois, il était impossible de savoir ce qu'elle pensait et, en ce moment, c'était le cas.

— Carrie, dit Elfrida, j'espère que tu as proposé à Sam de dîner avec nous.

Carrie se mit à rire et se tourna vers Sam. Ils échangèrent un regard qu'Elfrida trouva plein de complicité, comme s'ils partageaient déjà un secret amusant. Sam eut alors un grand sourire qui le rajeunit de plusieurs années, le faisant paraître moins sérieux, moins responsable.

— La confession n'est pas terminée, dit-il.

Qu'avaient-ils bien pu comploter ?

— Confession ou confusion ? remarqua-t-elle d'un ton assez sec.

Carrie eut pitié d'elle.

— Elfrida, Sam doit passer la nuit ici. Je le lui ai proposé et il ne peut pas faire autrement. Toutes les routes pour Inverness sont bloquées par la neige. L'information vient de l'AA, que nous avons appelée. Tu sais qu'il n'y a rien d'ouvert en ce moment. Je suis désolée d'avoir pris l'initiative d'inviter Sam. Est-ce que tu m'en veux beaucoup ?

— Mais rien ne pouvait me faire plus plaisir ! s'exclama Elfrida d'une voix joyeuse.

Il était presque minuit. Elfrida était allongée dans son lit. A côté d'elle, Oscar lisait *L'Amour au temps du choléra*. Seule était allumée la lampe de chevet d'Oscar. Le reste de la chambre baignait dans l'ombre. Les doubles rideaux étaient à peine écartés pour laisser passer un rai de lumière du lampadaire de la rue et le filet d'air glacé qui se glissait par la fenêtre entrebâillée. Oscar et Elfrida avaient la chance de partager les mêmes goûts dans les petites choses. Ni l'un ni l'autre ne pouvait dormir dans le noir et sans air.

Le rayon de lumière tombait sur les barreaux en cuivre au pied du lit, les faisant briller comme de l'or. La grande penderie en acajou, cirée chaque semaine par Mrs Snead, se silhouettait contre le mur. Sur la table de toilette à l'ancienne mode, Elfrida devinait les cadres en argent de ses photos, son miroir à main monté sur ivoire, son flacon de parfum. C'était sa chambre. Leur chambre. Dans la maison d'Oscar.

Elle repensait aux multiples événements de la soirée, la plupart totalement inattendus. A neuf heures, elle, Oscar, Sam et Carrie avaient fini par descendre dîner dans la cuisine. Le pilaf avait eu le temps de se dessécher un peu mais personne ne parut s'en soucier et, en tout cas, personne ne s'en plaignit. Ils avaient aussi mangé des pois (des surgelés, conservés dans le haut du vieux réfrigérateur) et des pêches avec de la crème. Oscar avait ouvert une bouteille de vin blanc puis une deuxième. Ils en étaient au café quand Lucy et Rory étaient rentrés de leur soirée, tous deux les joues rouges de s'être démenés, à moins que ce ne fût d'avoir marché dans le froid.

Lucy parut un peu surprise de voir une autre personne à table mais on lui présenta Sam en lui expliquant les raisons de sa présence. Elle en fut très impressionnée.

— Vous voulez dire que vous êtes *bloqué par la neige* ? demanda-t-elle d'un ton incrédule.

— A ce qu'il paraît ! répondit Sam.

— C'est génial ! Comme dans un livre d'Agatha Christie. Demain, l'un d'entre nous aura peut-être été assassiné !

— Pas par moi.

— Oscar, alors. Oscar, vous serez le méchant. Vous rôdez dans la nuit avec un couteau, ou une corde pour étrangler les gens ! Et le matin, personne ne devine que c'est vous, et la police arrive avec un détective terriblement intelligent.

— Pourquoi dois-je être le méchant ? protesta Oscar.

— Parce que vous êtes le plus gentil de nous tous et que le coupable est toujours la personne qui en a le moins l'air. Donc, c'est vous.

Oscar s'enquit ensuite de la soirée et Lucy déclara avoir passé un moment gé-nial ! Elle avait participé à toutes les danses, à l'exception d'une très difficile qui s'appelait le Duc et la Duchesse d'Edimbourg et qu'il fallait vraiment apprendre pour savoir la danser. Il y avait un orchestre et de la limonade quand on avait trop chaud et trop soif.

Carrie s'amusait beaucoup à l'écouter.

— Rory, demanda-t-elle, qui a organisé la fête ?

— Le directeur de l'école avec un ou deux des garçons les plus âgés. C'était bien. Tout le monde est venu, même les plus petits.

Oscar offrit une bière à Rory qui demanda s'il ne pouvait pas plutôt avoir un chocolat chaud. Lucy proposa d'en faire pour eux deux car elle en voulait aussi. On leur fit une place autour de la table, ils prirent une chaise et s'assirent pour boire leur chocolat accompagné des biscuits qu'Elfrida gardait dans une boîte en métal.

Au bout d'un moment, Rory déclara qu'il était temps pour lui de rentrer et il se leva.

— Comment est le temps ? demanda Sam.

— Il ne neige plus mais c'est tout ce qu'on peut dire. Je vais prévenir mon père que je vous ai rencontré et que McTaggart va repartir. Il en sera très content.

— Qu'il ne se réjouisse pas trop ! Cela prendra du temps.

— Il faut bien commencer quelque part ! répondit Rory d'un ton plein de philosophie. Lucy, j'essayerai de t'apporter ma télévision demain après-midi. Cela dépend de ce qui se passera au golf. Pas grand-chose, je pense. Peut-être qu'on fera de la luge mais, dans ce cas, je te passerai un coup de téléphone.

Il passa par la porte de derrière car le chemin était plus pratique pour rentrer chez lui et Lucy le raccompagna jusqu'au seuil du jardin. Elle revint en souriant mais son sourire se perdit presque aussitôt dans un énorme bâillement.

Carrie lui tendit les bras et la serra contre elle.

— Tu es fatiguée. Va te coucher.

— Je peux prendre un bain, d'abord ?

— Bien sûr ! Tu t'es amusée ?

Lucy l'embrassa.

— C'était génial !

Oscar et Sam terminaient leur café accompagné par le brandy qu'Oscar, à la surprise d'Elfrida, était allé chercher sur l'étagère en ardoise de l'arrière-cuisine. Carrie et Elfrida, pendant ce temps, firent la vaisselle puis elles montèrent à l'étage fouiller l'armoire à linge de Mrs Snead et préparer le lit de Sam. Elles prirent des draps, une taie d'oreiller, une serviette de toilette et une couverture supplémentaire au cas où il aurait froid. Carrie inspecta la penderie, vide à l'exception de deux portemanteaux et d'une forte odeur d'antimites. Elfrida retourna explorer l'armoire à linge et revint avec un chiffon à poussière et un napperon en lin orné de dentelle. Après un rapide nettoyage, elle plaça le napperon sur la commode. Carrie remonta le réveil placé sur la table de chevet.

— De quoi un homme pourrait-il encore avoir besoin ? s'interrogea Elfrida.

— Des fleurs fraîches ? Des mouchoirs en papier ? Un mini-bar ?

— Quand Oscar en aura fini avec lui, la dernière chose dont il aura besoin sera un mini-bar. Je n'ai même pas de brosse à dents de réserve à lui donner.

— Il en a une. Il me l'a dit. Et un rasoir. Il sera bien.

— Pyjama ?

— A mon avis, il dort tout nu !

— Et comment le sais-tu ?

— L'intuition, Elfrida. La bonne vieille intuition féminine !
Elles éclatèrent de rire au même moment.

— Tu es un ange, dit Carrie. J'étais obligée de l'inviter à rester mais ce qui était formidable, c'était de savoir que cela ne te dérangerait pas.

— J'ai toujours adoré avoir une maison pleine de monde, et cette maison est faite pour recevoir. Cela fait trop longtemps que nous tournons en rond, Oscar et moi. Maintenant, c'est plein de monde, dit-elle du ton le plus satisfait. On ne pourrait pas faire mieux. Une vraie maison familiale. Exactement comme cela doit être !

Une maison familiale. Elfrida, allongée dans son lit, sentait la maison autour d'elle comme un bouclier, une carapace, un refuge. Cette maison lui avait plu au premier coup d'œil et, à présent, elle y était profondément attachée. Pleine d'amis, elle devenait un foyer. Le foyer d'Oscar. Mais Hughie voulait vendre ! L'idée qu'Oscar doive se plier aux projets de Hughie et quitter le seul endroit qui lui ait jamais appartenu lui était presque insupportable.

Oscar arrivait à la fin de son chapitre. Il glissa son marque-page dans son livre, le ferma et le posa sur sa table de chevet.

— Tu ne dors pas ? demanda-t-il.

— Non.

— Excuse-moi.

— Mais non, c'est moi qui ne dors pas.

317

Il éteignit la lumière mais, grâce à l'entrebâillement des rideaux, la chambre n'était pas dans le noir complet.

— Oscar, dit Elfrida.

— Oui ?

— Si Hughie veut vendre sa part de la maison, ne pourrais-tu pas l'acheter pour qu'elle t'appartienne entièrement ? Pour toujours ?

— Soixante-quinze mille livres...

— Tu... tu ne les as pas ?

— En vendant tout ce que je possède, j'arriverais peut-être à vingt mille.

— Tu pourrais faire un emprunt-logement.

— Pas pour ce montant. Pas à mon âge. De plus, j'ai toujours eu horreur d'emprunter. Les gens disent « un emprunt-logement » mais, en réalité, cela veut dire emprunter de l'argent. Cela me fait peur. Je n'ai jamais été riche mais je n'ai jamais eu de dettes. Je ne veux pas commencer maintenant.

— Si j'avais ces soixante-quinze mille livres, cela résoudrait le problème ?

— Si tu avais cet argent, il t'appartiendrait. Il ne pourrait pas servir à me sortir d'affaire.

— J'aime tellement cette maison.

— C'est vrai, ma chérie ?

— Elle est tellement solide, sans prétention, si... adaptable. Tu ne sens pas ? C'est comme un cœur qui bat et nous permet de nous sentir bien, nous abrite et prend soin de nous tous ?

— Je crains de ne pas avoir ton imagination.

— Tu ne peux pas la perdre, Oscar.

— Hughie ne peut pas vendre sans mon accord.

— Mais il a besoin de cet argent.

Elle se tut, cherchant soigneusement ses mots.

— Oscar, écoute-moi. Si je vendais mon tableau, mon David Wilkie, combien penses-tu que j'en obtiendrais ?

— C'est ton bien le plus précieux.

— Non, c'est mon assurance. Le moment est peut-être venu de la faire valoir.

— C'est ton assurance, pas la mienne.

— Oscar, nous sommes ensemble. Nous sommes trop vieux pour nous raconter des histoires sur ce genre de détails sans importance.

— Soixante-quinze mille livres ne représentent pas un détail sans importance ! C'est une grosse somme.

— S'il a autant de valeur que je le pense, je le vendrai. Si cela ne suffit pas, nous pourrons compléter par un emprunt. C'est la solution la plus raisonnable. Pourquoi garder un tableau si cela te permet d'acheter la sécurité d'un toit ? Si cela te permet d'acheter cette maison ? D'y vivre le reste de tes jours ? Cela te plairait, n'est-ce pas ? N'aimerais-tu pas rester ici pour toujours ? Je ne supporte pas l'idée que cette maison que j'adore passe dans d'autres mains. Je veux qu'elle soit à toi. Je veux que tu puisses y vivre.

Oscar resta silencieux pendant un long moment. Puis il tendit la main et prit celle d'Elfrida. Sa main était chaude et elle se sentait très proche de lui.

— Tu es la personne la plus adorable que je connaisse.

— Tu ferais mieux de dormir !

— Tu es la plus généreuse.

— On en reparlera demain matin !

Lucy

20 décembre

Il est huit heures et demie du matin et j'écris mon journal. J'aurais dû le faire hier soir mais j'étais tellement fatiguée que j'ai juste eu la force de prendre un bain avant de me coucher. Je me suis donc levée tôt ce matin pour tout écrire avant d'oublier.

C'était fabuleux.

On est allés à pied chez les Kennedy parce que Oscar ne voulait pas conduire dans la neige. Je n'en ai jamais vu autant, sauf sur des photos. Cela ne nous a pas pris longtemps parce qu'on est passés par un raccourci. La maison des Kennedy s'appelle le Presbytère parce que Peter Kennedy est le ministre du culte, comme on dit ici. C'est une vieille maison très grande, pas très différente de celle-ci, mais pleine de meubles et d'objets.

Carrie ne nous a pas accompagnés à cause de son rhume.

Quand nous sommes arrivés, il y avait déjà d'autres invités. Tout le monde s'est présenté. Mrs Kennedy s'appelle Tabitha. Elle est très jolie, très jeune d'allure, et assez originale. J'ai su par Rory qu'elle est professeur d'arts plastiques à l'école de Creagan. Ensuite, nous avons laissé les adultes dans le salon pour aller dans la cuisine. Trois autres garçons s'y trouvaient déjà, des amis d'école de Rory, ainsi que sa sœur Clodagh qui a douze ans. Elle est très maigre, très anguleuse, et elle a des yeux bleus avec des nattes blondes. On s'est tous assis autour de la table de la cuisine pour boire du Coca. Clodagh est très flirteuse. Nous avons bu et mangé, une sorte de thé complet avec un énorme gratin de macaroni, des salades, un gâteau au chocolat très moelleux et de la glace. Quand je suis arrivée, tout était déjà sur la table. Après avoir mangé, on s'est rhabillés pour sortir.

On a pris le chemin qui descend en ville, ensuite la route qui conduit à l'école. Cela fait un peu moins d'un kilomètre. L'école est ancienne mais ils ont construit plusieurs bâtiments neufs, dont le gymnase. Les gens disent « la grande salle » mais c'est un gymnase. Il y avait beaucoup de jeunes de tous les âges, depuis les petits de sept ans jusqu'aux adultes. Le directeur s'appelle Mr McIntosh mais, dans son dos, les élèves l'appellent « l'imper »[1]. Je parie qu'il le sait ! Il est très jeune et très sympathique. Il y avait une estrade avec un orchestre à une des extrémités de la salle : un accordéoniste, un batteur et un violoniste. Tout le monde riait et parlait fort, et cela faisait un vacarme terrible mais Mr McIntosh leur a demandé de se taire. Il a parlé d'une voix très douce et tout le monde a obéi. Il a annoncé qu'il était temps de commencer et qu'on allait danser Strip the Willow parce que les figures ne présentaient pas de difficultés pour les petits et les débutants (moi !).

Rory et ceux de ses amis avec lesquels nous étions venus ont aidé tout le monde à se mettre en file. Ce n'était pas nécessaire de se soucier de son partenaire. Cela n'a pas d'importance pour cette danse. Les garçons peuvent danser avec des garçons et les filles avec des filles si on en a envie. Cela me paraît très sensé. Deux des garçons voulaient danser avec Clodagh mais Rory a dit qu'il danserait avec moi. Nous étions à peu près au milieu de la file ; cela m'a permis d'avoir une idée de ce qu'il fallait faire. La musique était très vivante et dansante, avec un rythme formidable à la batterie, le genre de musique où vous ne pouvez pas vous empêcher de bouger. Le pas n'offrait pas de difficulté. On tourne avec son partenaire ou quelqu'un d'autre, et on revient à sa place de la même façon. Parfois, on se retrouve au bras d'un géant — vous ne touchez plus le sol ! — et la fois suivante, c'est un minuscule gamin et on doit faire attention à ne pas le faire s'envoler !

A la fin de la danse, nous étions tous essoufflés et en train de transpirer. On a bu de la limonade et on a continué. On a dansé un reel — un quadrille écossais — pour huit, mais on l'a fait à seize, ce qui rend les choses beaucoup plus compliquées. Ensuite, quelque chose qui s'appelle Hamilton House. C'était amusant parce qu'on commence avec un garçon et on tourne avec un autre. Après, ce fut le tour de Dashing White Sergeant, où on fait le tour de la pièce trois par trois, en venant les uns vers les autres, ce qui fait qu'à la fin de

---

1. McIntosh : célèbre marque d'imperméables. (N.d.T.)

la danse, on a rencontré absolument tout le monde. Encore après, l'orchestre a joué Gay Gordons, mais Rory la trouve stupide et nous sommes allés boire de la limonade. Je n'ai pas dansé avec lui pendant toute la soirée mais aussi avec beaucoup d'autres garçons. Ils étaient tous très gentils, alors que je ne connaissais pas leurs noms, et ils venaient m'inviter. Presque tout le monde portait un jean et des vieux vêtements, sauf quelques garçons qui avaient mis leur kilt avec une chemise écossaise ou un vieux gilet en tweed.

Le temps a passé à toute vitesse. C'était très étonnant : on était hors d'haleine et on mourait de chaud mais, dès que la musique reprenait, pour rien au monde on n'aurait voulu rester à l'écart. Cela s'est terminé vers dix heures. Personne ne voulait rentrer mais, après le départ de l'orchestre, il n'y avait plus de raison de rester. On est donc allés reprendre nos affaires au vestiaire pour se rhabiller. Clodagh et les autres sont repartis au presbytère. Un des garçons avait une luge et, tout à tour, ils se sont assis dessus pendant que les autres tiraient. Rory m'a raccompagnée. C'était une très belle nuit. La neige tombait tout doucement et recouvrait tout.

Carrie m'avait dit d'inviter Rory à entrer pour boire une bière. Il a accepté. Et là, encore du nouveau ! Je les ai trouvés dans la cuisine, en train de finir de dîner. Carrie était debout, en pleine forme, et il y avait un inconnu. Il s'appelle Sam Howard. Il est élégant et, à mon avis, du même âge que Carrie. J'ai pensé que c'était peut-être un de ses amis mais, en réalité, il a été bloqué ici par la neige. Nous avions remarqué une belle Range Rover devant la maison mais je n'avais pas fait le lien.

Bref : nous avons pris un chocolat chaud avec des biscuits, et Rory est rentré chez lui. Mais il doit revenir demain avec une télévision pour ma chambre. Pourtant, je n'en ai pas besoin : il y a sans arrêt tant de choses à faire, ici, que je n'aurai pas le temps de la regarder. Le mieux de tout, c'est de savoir qu'il y a d'autres événements en prévision. Je n'ai jamais éprouvé cela. A Londres, quand une fête est finie, c'est fini. Ici, il y a des fêtes imprévues tous les jours !

Maintenant, je dois m'habiller et descendre pour le petit déjeuner. Je sens jusque dans ma chambre une très appétissante odeur de bacon...

Elfrida

Comme d'habitude, Elfrida fut la première à descendre. Sur le palier à mi-étage, elle ouvrit les rideaux (des rideaux usés mais qui avaient grande allure et qu'elle avait achetés au marché de Buckly). Elle regarda par la fenêtre. Quel temps faisait-il ? Il faisait encore nuit mais la neige avait cessé de tomber. A la lumière du lampadaire de la rue, le tracé du jardin lui apparaissait comme effacé sous une couverture blanche. Les arbustes et les arbres ployaient sous le poids de la neige. Les buissons, transformés en oreillers informes, étaient méconnaissables. Tout était calme, immobile.

Elle finit de descendre et entra dans la cuisine. Horace paraissait beaucoup mieux. Quand elle ouvrit la porte, il sortit de son panier pour lui faire la fête, agitant sa queue touffue. Elle le caressa et lui tapota la tête tandis qu'ils échangeaient leurs impressions. Elle lui ouvrit ensuite la porte du jardin. Quand il revint, il avait l'air très indigné. Il ne s'attendait pas à une situation aussi inconfortable, surtout dans son état de santé délicat...

Il regagna donc son panier pour bouder.

Pendant ce temps, Elfrida s'affairait à préparer le petit déjeuner : mettre la table, faire le café et sortir le bacon. C'étaient les dernières tranches de bacon, il faudrait en racheter. En réalité, elle devait penser au réveillon. Elle avait repoussé de jour en jour le moment de s'en occuper mais il restait si peu de temps que les magasins seraient sans doute déjà dévalisés. Elle ne trouverait plus rien. Elle dénicha une vieille enveloppe et un crayon et, tout en faisant frire le bacon, elle tenta d'établir une liste. Elle écrivit *bacon*, puis *tangerines*, et décida de ne pas aller plus loin avant d'avoir pris sa première tasse de café.

Elle était en train de la boire quand la porte s'ouvrit sur Sam. Elfrida portait son pantalon écossais avec un pull-over bleu foncé à motif de moutons en train de brouter, mais Sam avait remis son costume puisqu'il n'avait rien d'autre. Il avait l'air un peu déplacé, ainsi vêtu, et la première pensée d'Elfrida fut pour son confort.

— Je vais vous prêter un pull, dit-elle.

— Si je comprends bien, j'ai l'air aussi bizarre que je le pensais. Habillé en pingouin !

— Pas du tout. Vous êtes très chic mais un peu comme un président qui s'apprête à faire un discours. Avez-vous bien dormi ?

— J'ai passé une nuit très confortable. Nous avions ce genre de lits, chez ma mère.

— J'ai fait cuire du bacon.

— Je l'ai senti dans l'escalier !

— Je vais vous faire un œuf sur le plat.

— Je peux le faire moi-même ! Je me débrouille très bien.

— Pas avec votre costume ! Vous allez sentir la cuisine. Je vais vous chercher quelque chose de plus simple.

Oscar était en train de se raser dans la salle de bains. Elfrida fouilla donc dans sa commode et en sortit un séduisant shetland bleu à col roulé. De retour dans la cuisine, elle trouva Sam en manches de chemise, occupé à se faire cuire un œuf dans les règles de l'art.

— Trop froid pour rester en manches de chemise, dit-elle en lui lançant le shetland.

Il l'attrapa et l'enfila.

— C'est beaucoup mieux, reprit Elfrida. Maintenant, vous pouvez vous détendre.

Il fit glisser son œuf sur une assiette et ajouta deux tranches de bacon. Elfrida remit du pain à griller puis se resservit du café. Assis devant leur assiette, ils se sentaient bien.

— Il ne neige plus...

— Je me sens tellement gêné à propos d'hier soir...

Ils avaient parlé en même temps. Chacun s'arrêta, attendant que l'autre poursuive.

— Pourquoi vous sentez-vous gêné ? Cela ne nous a pas du tout dérangés. Nous vous avons seulement servi un pilaf plutôt sec. Et nous avons fait un lit.

— Ce n'est pas de cela que je parlais, bien que je vous en sois profondément reconnaissant. Je faisais allusion à la façon dont j'ai fait irruption avec la clef de votre maison en disant que j'étais venu l'acheter. Je vous avoue que cela m'a un peu empêché de dormir. J'espère sincèrement qu'Oscar ne s'est pas senti offensé ou fâché.

— Ce n'est pas dans son caractère. Il s'est senti un peu en colère pendant un moment mais contre Hughie, pas contre vous. Et je dois reconnaître que son cousin s'est assez mal conduit. Mais, d'après Oscar, il n'a jamais agi autrement. Personnellement, je ne peux rien dire car je ne l'ai jamais rencontré. Est-ce qu'il vous a plu, à vous ? Je veux parler de Hughie.

— Pas beaucoup. Trop mielleux. Plutôt démodé. Il n'a pas arrêté de tripoter sa cravate.

Elfrida comprit aussitôt ce qu'il voulait dire. C'était un tic insupportable.

— Je déteste les hommes qui font ça. Je l'imagine très bien.

— La clef est restée dans la poche de mon manteau. Je vais la donner à Oscar.

— Cela ne le préoccupe pas à ce point.

Sam posa ses couverts et prit sa tasse de café.

— Je... je suppose qu'Oscar n'envisagerait pas de racheter la part de Hughie ?

— Nous en avons parlé, hier soir. Vous devez savoir une chose. Oscar et moi, nous ne nous connaissons pas depuis très longtemps. Au début du mois de novembre, sa femme et sa fille ont été tuées dans un accident de voiture et il a dû quitter le Hampshire. Je l'ai accompagné. Nous partageons la même chambre et le même lit mais nous n'avons pas de projets d'avenir en commun. Aujourd'hui, je ne fais pas définitivement partie de sa vie. Disons que je suis la roue de secours qui lui permet de continuer à rouler tant qu'il ne peut pas se débrouiller tout seul. Il m'est donc difficile de le pousser à prendre telle ou telle décision ou même de faire des suggestions.

— Pense-t-il retourner dans le Hampshire ?

— Non. La maison où il vivait avec Gloria est déjà en vente.

— Cette maison-ci est son seul bien ?

— Oui, et elle ne lui appartient qu'à moitié.

— La solution raisonnable ne serait-elle pas de racheter la part de Hughie ?

— Si. Raisonnable mais financièrement impossible. Je viens de l'apprendre.

— Vous voulez dire qu'il n'en a pas les moyens ?

— Exactement.

— Et en empruntant ?

— Il ne veut pas en entendre parler.

— Je vois.

Sam retourna à son assiette mais il émanait de lui quelque chose de si fort et si sympathique qu'Elfrida se confia à lui comme elle n'aurait pu le faire à personne d'autre.

— Comme je vous l'ai dit, nous avons parlé, hier soir, Oscar et moi. Il m'a expliqué qu'en vendant tout ce qu'il possède, il rassemblerait seulement vingt mille livres. Je lui ai donc dit : « Oscar, j'ai mon tableau. »

Sam leva les yeux et, par-dessus la table du petit déjeuner, son regard se fixa dans celui d'Elfrida. Elle comprit que cette possibilité lui était déjà venue à l'esprit.

— Vous parlez de votre David Wilkie ?

— Oui. D'après la personne qui me l'a donné, il y a très longtemps, il s'agit d'un original. Je ne l'ai jamais fait évaluer parce que je ne l'ai jamais assuré. Cependant, comme toute femme d'un certain âge qui vit seule, j'ai toujours aimé croire qu'il vaut une fortune. Mon recours pour d'éventuels jours de pénurie et d'ennuis.

— Vous voudriez le vendre ?

— Je ferais n'importe quoi pour Oscar — sauf me tirer une balle dans la tête ou sauter d'une falaise ! Et, après tout, qu'est-ce qu'un petit tableau ? Il m'a donné du plaisir pendant longtemps mais tout est relatif. Pouvoir acheter une aussi belle maison est infiniment plus important.

— Je suis d'accord avec vous, répondit Sam. Vous n'avez pas la moindre idée de sa valeur ?

— Pas vraiment. Et je suis assez mal placée pour le faire évaluer. Je suis étrangère à la région. Je n'y connais personne. Je ne saurais pas par où commencer. Il y a un antiquaire de l'autre côté de la rue, mais mes relations s'arrêtent là.

Sam resta silencieux pendant quelques instants.

— Janey Philip... dit-il finalement. C'est la femme de mon plus vieil ami. Comme je vous l'ai dit, j'étais chez eux quand j'ai rencontré Hughie. Janey a travaillé pour Boothby's, les marchands d'art. Je pourrais l'appeler. Je suis certain qu'elle aura une bonne idée.

— On est un peu trop près de Noël pour essayer de vendre un tableau.

— Nous n'avons pas besoin de le faire tout de suite.

— De plus, la neige nous interdit de faire des projets. Etes-vous toujours bloqué avec nous, Sam ? Je l'espère !

Il posa sa tasse et éclata de rire.

— Qu'y a-t-il de si drôle ? demanda-t-elle, l'air un peu vexée.

— Vous ! N'importe qui d'autre aurait hâte d'être débarrassé d'un intrus !

— Pour moi, vous n'êtes pas un intrus mais c'était une réflexion stupide. Je comprends que vous vouliez rentrer à Inverness. Et puis chez vous.

— Elfrida, je ne vais pas ailleurs qu'à Inverness.

— Mais chez vous ?

— En cet instant précis, je n'ai pas de « chez moi ». Si : un appartement à New York. J'y ai vécu pendant six ans mais nous nous sommes séparés, ma femme et moi. Depuis, je suis revenu au Royaume-Uni pour prendre ce poste à Buckly.

— Je suis désolée pour vous, Sam.

— Désolée de quoi ?

— Votre femme... Je l'ignorais.

— Ce genre de choses arrivent.

Séparés...

— Donc, vous êtes toujours marié ?

— Oui.

— Des enfants ?

— Non.

— Vos parents ?

Elfrida insistait mais, même à ses propres oreilles, ses questions commençaient à prendre un tour un peu désespéré.

— Mes parents sont décédés et notre maison du Yorkshire a été vendue.

— Mais qu'allez-vous faire pour Noël ?

— Je n'y ai pas pensé. Dans l'immédiat, c'est le dernier de mes soucis. Je pense que je resterai à Inverness en attendant que les orgies du Nouvel An soient terminées et je repartirai à Buckley pour faire démarrer les travaux. Sincèrement, en ce moment, c'est le plus important. Cette année, j'oublierai la famille et le réveillon.

— Alors, vous allez passer Noël avec nous !

327

— Elfrida...

— Non, je parle sérieusement. Je ne supporte pas l'idée que vous puissiez vous retrouver au bar d'un hôtel d'Inverness, tout seul avec un chapeau en papier sur la tête ! C'est ridicule. Oscar et moi, nous ne voulions pas non plus faire quoi que ce soit de spécial pour les fêtes. Nous avions pensé nous convertir au paganisme et célébrer le solstice d'hiver avec une côtelette d'agneau. Mais Carrie et Lucy se sont invitées, Oscar a commandé un sapin et il est allé acheter des guirlandes avec Lucy. Et moi, je suis là à essayer d'imaginer un menu de réveillon ! Malheureusement, je ne suis pas douée pour ce genre de choses et je n'arrive à penser qu'à du bacon et à des tangerines. Mais nous pourrions peut-être aller cueillir du houx et abattre une dinde, faire comme tout le monde ! De toute façon, l'important, ce sont les gens. N'est-ce pas ? Les amis avec lesquels vous passez Noël. Ne partez pas, Sam. On va tellement s'amuser, tous ensemble !

Elle s'arrêta enfin et il ne répondit pas tout de suite. Elle se demanda si, comme d'habitude, elle n'en avait pas trop fait, se ridiculisant du même coup.

— Enfin, Sam, faites comme vous voulez. C'est ce qui compte.

— Vous êtes, dit-il, la personne la plus hospitalière et la plus généreuse que j'aie jamais rencontrée. Mais voilà ce que je vais faire. Je vais appeler l'AA pour savoir l'état des routes. Si elles sont praticables, je rentre à Inverness et je vous débarrasse de ma présence. J'ai vraiment beaucoup de travail qui m'attend. Mais si on ne peut pas passer, j'accepterai votre invitation avec la plus grande gratitude.

— Bien ! Je vais prier pour qu'on ait une nouvelle tempête. Je vais faire ma danse de la neige !

— Que dira Oscar ?

— Il dira « très bien ! » et il continuera à lire son journal.

Sam remonta le poignet du shetland d'Oscar pour consulter sa montre, une superbe Rolex.

— Il est presque neuf heures. Si vous le permettez, je vais m'enfermer dans ma chambre avec mon portable. J'ai plusieurs appels à passer.

— Bien sûr, mais commencez par reprendre du café.

Ce fut ensuite le tour de Carrie de faire son apparition.

— Où est tout le monde ? Je croyais avoir entendu des voix.

— Tu ne t'es pas trompée. J'étais avec Sam mais il est remonté dans sa chambre pour téléphoner.

— Il y a toujours autant de neige.

Carrie se versa du café, remit du pain dans le toaster et prit une tranche de bacon qu'elle mangea du bout des doigts. Enfin, elle s'assit et aperçut la liste commencée par Elfrida.

— Qu'est-ce que c'est ? Du bacon et des tangerines. On va vraiment faire une orgie !

— J'essayais de prévoir le menu de Noël. Il faut que j'arrive à me concentrer pour trouver des idées. J'ai attendu et, maintenant, il ne nous reste que quatre jours.

— Pourquoi ne me laisserais-tu pas m'en charger ? Je suis une professionnelle de l'organisation, tu sais, et j'adore faire des listes. Où puis-je trouver de quoi soutenir un siège ?

— Il y a un énorme supermarché de l'autre côté du pont, à Kingsferry. Tu as dû passer devant en venant de l'aéroport. Ça s'appelle PriceRite. Je me demande seulement si tu pourras y aller, avec cette neige. Je ne sais pas si la route aura été dégagée, mais Sam doit appeler l'AA.

— PriceRite ? « BonPrix » ? Cela me donne de l'espoir.

— On y trouve tout, depuis les biscuits pour chien jusqu'à l'engrais pour les rosiers. Je n'y suis allée qu'une seule fois parce que, à deux, nous n'avons pas besoin de faire beaucoup de provisions. A présent, c'est différent.

— Sam rentre-t-il à Inverness ?

— Cela dépend. Au cas il serait coincé ici, je l'ai invité à passer les fêtes avec nous.

Le visage de Carrie ne trahit aucune réaction.

— Nous serions donc cinq, dit-elle simplement.

Elle fit glisser l'enveloppe jusqu'à elle et prit le stylo.

— Bien. Est-ce qu'on fait un menu de fête ?

— Je pense. Pour le jour de Noël, on fait un déjeuner ou un dîner ?

— Oh, un dîner, c'est plus festif !

— On ne pourra jamais mettre une dinde dans le four. Il est trop petit.

— Alors, on va faire des poulets. Deux poulets.

Carrie écrivit avec enthousiasme. Poulets. Choux de Bruxelles. Pommes de terre. Clous de girofle pour la sauce à la mie de pain. Petits pois surgelés. Carottes. Des tonnes de fruits. Beurre. Pain à la française. Sauce aux canneberges. Bâtons de cannelle.

— Et le vin ?

— Oscar voudra s'en occuper lui-même.

— Du saumon fumé ?

— J'adore ça !

— Des noix, etc. Des mince-pies ?

— Tu peux en acheter ? Je suis nulle en pâtisserie. On peut tricher et mettre du brandy à l'intérieur. Je ferai un vrai pudding de Noël.

— Du jambon ? C'est très pratique pour le lendemain de Noël, avec des sandwiches.

— Excellente idée. Et des litres de potage bien chaud.

Pour une fois, Elfrida se sentait compétente et efficace. La soupe, c'était sa spécialité — un bouillon de volaille et tous les légumes qui lui tombaient sous la main. Elle l'appelait la Soupe à Tout...

— Et peut-être des chips avec des sauces au cas où nous inviterions des gens à prendre un verre.

— Qui pourrions-nous inviter ?

— Eh bien...

Elfrida réfléchit aux différentes possibilités, très limitées en fait.

— ... la famille Kennedy. Le docteur et sa femme — et le libraire avec sa femme aussi. Ils étaient au presbytère, hier. Lui et Oscar s'entendent comme larrons en foire.

Comme s'il n'avait attendu que ce moment, Oscar entra à ce moment-là.

— Avec qui suis-je censé m'entendre comme larron en foire ?

— Le libraire.

— Il s'appelle Rutley, Stephen Rutley, et sa femme, Anne.

— Bravo pour ta mémoire des noms. Oscar, on va organiser une petite réception et nous les inviterons.

— Pour quand est prévue cette réception ?

Carrie et Elfrida s'interrogèrent du regard, n'ayant encore choisi aucune date.

— Samedi soir, dit Carrie.

— L'avant-veille de Noël.

— Je vais devoir acheter de quoi boire, dit Oscar.

— Si le pont est ouvert, Carrie ira au PriceRite de Kingsferry pour faire toutes les courses. Tu pourrais l'accompagner.

— Oui, pourquoi pas... Elfrida, on dirait que quelqu'un a fini le bacon ?

— Oh, Oscar, je suis désolée ! C'est moi, avoua Carrie. J'ai mangé la dernière tranche. Je vais vous en refaire.

— Il n'y en a plus, lui dit Elfrida.

Mais ce n'était pas grave : il restait des saucisses dans le réfrigérateur et Carrie s'occupa de les faire cuire. Lucy les rejoignit à ce moment. Elfrida les laissa et remonta dans sa chambre, l'esprit bien plus léger à présent que l'on avait fait des projets. Elle se réjouissait surtout de se voir épargner le supplice de passer une heure ou plus dans un supermarché bondé, à pousser un chariot entre les rayons des produits de Noël, en quête désespérée d'un paquet de café moulu.

Elle entreprit un semblant de ménage dans sa chambre, refit le lit et y étala son châle de soie rouge. Elle plia des vêtements et les rangea, puis tria le contenu du panier de linge sale dans l'espoir de pouvoir faire une lessive et de l'étendre au fond du jardin. Ce serait peut-être envisageable compte tenu du fait que le soleil montait dans un ciel clair. La neige étincelait dans la lumière, avec des ombres d'un merveilleux bleu fumé. Dans la rue régnait l'agitation du matin : les premières ménagères parties faire leurs courses, des voitures qui roulaient très lentement et, au volant d'une voiture garée le long du trottoir, un homme en train de reprendre des forces avec un petit pain au jambon. Une jeune fille, en blouse de travail et grosses bottes de caoutchouc, sortit de la boulangerie avec un balai et entreprit de dégager le trottoir. Les goélands, à leur habitude, tournoyaient autour du clocher et venaient se percher sur la girouette, lissant leurs plumes dans la lumière de cette belle matinée.

Elfrida s'arracha au spectacle, fit un tas du linge sale et le posa sur le sol de la salle de bains. Elle le descendrait plus tard. Elle passa ensuite dans le salon encore plongé dans la pénombre et ouvrit les rideaux. Le soleil inonda la pièce. Les traces de la veille traînaient encore : des verres vides, la bouteille de whisky d'Oscar, des coussins aplatis et des chaises en désordre. Elle rassembla les verres, rangea rapidement puis s'agenouilla devant la cheminée pour balayer les cendres — une tâche qu'elle détestait mais qu'il fallait refaire tous les matins. Oscar lui disait toujours de le laisser s'en occuper mais *son* travail consistait à monter les bûches. Elfrida aurait trouvé injuste de lui laisser aussi la corvée des cendres.

Elle venait de commencer quand, derrière elle, elle entendit la voix de Sam :

— Elfrida, je vais le faire.

— Oh !

Elle se retourna. Il se tenait sur le seuil du salon. Tandis qu'il fermait la porte, elle posa sa balayette et se redressa, s'essuyant les mains sur son pantalon écossais.

— Ce n'est pas un problème, dit-elle. Je le fais tous les matins. Je finirai plus tard. Quelles sont les nouvelles ?

Il faisait piteuse figure.

— Je crains que vous ne deviez me supporter pour Noël.

— Fantastique !

Elle ne fit aucun effort pour dissimuler son plaisir puis réfléchit soudain qu'il serait bienséant de se montrer un peu ennuyée pour lui.

— Mon pauvre Sam, vous voilà coincé. Vous n'avez pas le choix. Venez ici et expliquez-moi ce qu'on vous a dit.

Ils allèrent s'asseoir sur la banquette du bow-window. Bien que très pâle, le soleil donnait presque une impression de chaleur à travers la vitre.

— Les routes sont praticables jusqu'au pont de Cromarty, dit-il, mais l'île Noire est inaccessible et Inverness complètement bloquée. On ne peut ni entrer, ni sortir.

— Il semblerait qu'ils ont eu plus de neige que nous.

— Oui.

— Carrie et Oscar doivent partir en expédition au PriceRite pour faire les courses. C'est de l'autre côté de notre pont. D'après vos informations, pourront-ils passer ?

— Aucun problème pour aller jusque-là. Les chasse-neige ont dégagé la route. Les problèmes commencent après, plus au sud.

— Vous avez appelé votre hôtel ?

— Oui, et aussi David Swinfield, le président de la société, à Londres. Et Janey...

— Janey ? répéta Elfrida d'un air interrogateur.

Elle avait déjà oublié de qui il s'agissait.

— Janey Philip. Je vous en ai parlé tout à l'heure.

— Oh ! Oui, bien sûr. Désolée. Celle qui travaillait pour Boothby's.

— C'est cela. Elle a été très utile. Elle est allée chercher un de leurs catalogues récents pour trouver ce qu'il nous faut. Ils ont un représentant dans la région. Il habite à Kingsferry House et il s'appelle Sir James Erskine-Earle.

— Grands dieux ! s'exclama Elfrida. C'est très impressionnant.

— Elle m'a donné son téléphone mais je ne l'ai pas encore appelé. J'ai pensé qu'il valait mieux vous en parler d'abord, pour être certain que vous voulez réellement vendre votre tableau... ou, au moins, le faire estimer.

— Je n'en ai pas vraiment parlé à Oscar.

— Voulez-vous le faire ?

Elfrida réfléchit.

— Non, dit-elle enfin. Il essayerait peut-être de m'en empêcher.

— Une évaluation ne vous oblige pas à vendre. Et, de toute façon, vous devez vraiment l'assurer.

— Je ne pense pas pouvoir payer les primes.

— Alors, qu'en dites-vous ? Je l'appelle ?

— Oui, faites-le. Nous verrons bien ce qu'il dit.

— J'ai laissé mon portable dans ma chambre. Je vais appeler.

Elfrida attendit son retour sans bouger, contemplant son « trésor » accroché de l'autre côté de la pièce, tout seul au milieu du grand mur vide. Il faisait partie de sa vie depuis si longtemps, ce vieux couple assis avec sa Bible familiale sur la table, lui si sobrement vêtu, elle si fière dans sa robe rouge et son châle jaune jonquille, leurs visages attentifs pleins de bonté et de sagesse. Leur immobilité donnait une impression de dignité et de paix. Ils avaient été des compagnons rassurants et ils avaient traversé avec elle bien des jours de tristesse. Elle les aimait beaucoup.

Mais ils n'étaient pas aussi importants qu'Oscar.

Cinq minutes plus tard, Sam revint, l'air content de lui.

— Tout est arrangé ! dit-il en reprenant sa place à côté d'elle.

— Vous lui avez parlé ? A Sir James Erskine-Earle ?

— Oui. Aucun problème. Il m'a répondu lui-même. Il doit venir à Creagan cet après-midi, pour le monument aux morts — il fait partie d'un comité, quelque chose de ce genre. Il passera vers quatre heures pour jeter un coup d'œil sur votre tableau. Il avait l'air assez intéressé...

— Oh, Sam !

Elfrida se sentait brusquement un peu tendue.

— Je ne pourrais jamais attendre jusque-là.

— Il le faudra bien, Elfrida.

— Nous lui offrirons de prendre un thé. Je vais aller acheter des scones. Il a l'air sympathique ?

— Parfaitement aimable.

— C'est... c'est assez excitant, vous ne trouvez pas ?

— Cela pourrait le devenir.

— Dois-je en parler à Oscar ?

— A votre place, je le ferais. Vous n'avez certainement pas envie de commencer à tricher.

— Non, vous avez raison. Merci de vous donner tout ce mal, Sam.

— Je vous en prie, c'est le moins que je puisse faire. Et maintenant, vous m'avez dit que Carrie et Oscar doivent faire des courses à Kingsferry ? Et si je l'emmenais, à la place d'Oscar ? Je pourrai l'aider à remplir le chariot et à tout rapporter.

Du point de vue d'Elfrida, c'était une excellente idée, et à plus d'un titre.

— Oh, oui ! C'est très gentil. Oscar sera ravi. Il déteste faire les courses.

— J'ai des raisons personnelles de le proposer.

De mieux en mieux ! pensa Elfrida.

— Je dois acheter des vêtements. Je ne peux pas passer les cinq prochains jours habillé comme un mannequin de tailleur. Savez-vous s'il y a un magasin pour hommes, à Kingsferry ? Et une pharmacie ? Je n'ai pas de dentifrice.

— Mais oui ! répondit Elfrida avec enthousiasme.

Elle se sentait pourtant un peu désappointée ; elle avait espéré que ses « raisons personnelles » concernaient Carrie.

— J'aimerais aussi acheter du vin pour Oscar... Je ferais peut-être mieux de lui en parler avant.

— Cela vaudrait mieux. Oscar a des opinions très arrêtées en matière de vins.

— Il a raison.

Dehors, dans la clarté grandissante, les goélands criaient, perchés sur l'arête du toit, planant autour du clocher, ivres de lumière. Elfrida tourna la tête pour les observer.

— C'est bizarre, dit-elle, mais j'aimerais que cette maison vous appartienne. Elle donne une telle impression de dignité et de solidité, exactement ce qu'il faut pour le directeur d'une société.

Elle le regarda, vêtu du shetland bleu d'Oscar. On aurait cru qu'il était avec eux depuis toujours.

— Curieux, n'est-ce pas ? la façon dont les choses se produisent. Vous arrivez avec votre clef mais la neige vous coince ici, et nous voilà tous rassemblés. J'apprécie beaucoup d'avoir de nouveau des gens jeunes et efficaces autour de moi. Carrie organise tout et vous prenez des décisions que je n'aurais jamais pu prendre. Je n'ai jamais su faire un choix réfléchi. J'ai toujours agi sur des impulsions et, dans certains cas, avec des résultats catastrophiques. Oscar et moi, nous jouons les vieillards depuis trop longtemps. Mrs Snead me répète que des visiteurs nous remonteraient le moral mais ce n'est pas si simple. Je sais bien que, sans en avoir franchement parlé, nous redoutions tous les deux cette période des fêtes. Compte tenu des circonstances, cela ne pouvait qu'être un moment triste et dur à vivre. Mais maintenant, avec vous et Carrie, cela ne pourra pas être aussi pénible que nous le craignions.

Elle réfléchit à ce qu'elle venait de dire puis sourit.

— De toute façon, on ne peut rien faire pour empêcher que ce soit Noël, donc autant s'amuser. Peut-être cela va-t-il se passer comme une de ces soirées où personne n'a envie d'aller et qui finissent en fêtes mémorables. Vous voyez ce que je veux dire ?

Sam voyait exactement ce qu'elle voulait dire.

Lucy

Dix heures et demie du matin, et tout le monde était occupé.

Sam et Carrie étaient partis au PriceRite de Kingsferry dans la spectaculaire Discovery de Sam. Toutefois, ils n'avaient pas pu démarrer sans quelques travaux préalables. Sam avait trouvé une pelle dans l'abri de jardin et avait déblayé l'allée entre la porte de la maison et la grille de la rue. Ensuite, il avait dû emprunter un balai pour dégager sa voiture. Enfin, il avait fait gicler du dégivrant sur son pare-brise. Carrie avait alors pu le rejoindre, armée d'une liste interminable rédigée après de longs et nombreux efforts de tous. Carrie portait son loden et sa toque de fourrure noire. Sam, dans son manteau bleu marine à boutonnage, avait l'air d'un homme qui a réussi, ce qui était sans doute vrai ! Ils donnaient tous les deux une impression d'opulence.

Après avoir étendu sa lessive dans l'air froid, Elfrida avait emmené Horace faire un tour, seulement jusqu'à l'hôtel fermé au sommet de la colline, et retour par la gare. Autrement, disait-elle, ses muscles s'atrophieraient et il ne bougerait plus jamais de son panier. Oscar lisait son journal devant le feu du salon, visiblement soulagé d'avoir été déchargé de la corvée des courses.

Assise à la table de sa chambre, Lucy réfléchit à son programme. Elle voulait aller acheter ses cadeaux de Noël ce matin. Elle avait déjà donné les leurs à sa mère et à sa grand-mère avant de quitter Londres mais il y en avait bien d'autres à trouver. L'argent qu'on lui avait donné pour ses vacances facilitait beaucoup sa tâche : elle n'aurait pas à lésiner.

Elfrida, Oscar, Carrie. A présent, il fallait ajouter Sam à la liste. Et Mrs Snead. Et Rory. Peut-être Clodagh, aussi, de crainte que cela paraisse bizarre d'offrir un cadeau seulement à Rory.

336

Elle ne voyait personne d'autre.

Elle prit son sac à dos, y mit sa liste et v
naie, agréablement gonflé. Elle mit sa doud
descendant l'escalier, elle jeta un coup d'œi

— Oscar ?

— Oui, ma chérie ?

— Je sors faire des courses.

— Très bien.

— Vous voudrez bien le dire à Elfrida qua

— Je n'y manquerai pas.

Elle pouvait partir. Noël devenait réel. On a
pendant le petit déjeuner. On avait dit à Lucy
rait le jour de Noël, un vrai réveillon d'adulte
ne se passait en général rien de passionnant
avait toujours lieu pour le déjeuner, mais un
toute une journée d'attente délicieuse et la poss
porter sa minijupe noire neuve et son pull-ov
versa le grand hall d'entrée en pensant à tou
s'arrêta et, d'un geste impulsif, poussa la porte
ger abandonnée. La pièce était sombre et av
d'être nettoyée et cirée, mais l'imagination de L
éclairée par le feu dans la cheminée et la flamm
table ployant sous des nourritures délectables —
lisés, un pudding au brandy en train de flamber,
pleins de vin —, puis le scintillement des diablo
en argent débordant de noix et de chocolats...

Une idée commença à se former dans son
n'avait pas le temps d'y réfléchir sérieusement. Ell
la porte et sortit. Il faisait froid et beau. La neig
l'autre côté de la rue était garé un gros camion
la ville, équipé d'une échelle extensible. Deux cos
perchés, occupés à poser des guirlandes électriques
dénudés qui poussaient autour de l'église.

Les modestes magasins de Creagan manifesta
esprit festif. Ils avaient décoré leurs vitrines avec de
en bombe, des nœuds de satin rouge et du houx
Dans la vitrine du quincaillier, sur une tronçonneus
ruban argenté était posée une carte qui annonçait UN
DE CADEAU DE NOËL.

Lucy se demanda qui en aurait envie.

entra dans la boutique de lainages et trouva toutes sortes
ll-overs, de cardigans, de *tam o'shanter*, de chaussettes et de
Certains modèles de tricots avaient un motif de chardons
devant, d'autres des motifs ethniques qui leur donnaient
l'avoir été dessinés par un Péruvien fou. Lucy réussit finale-
à dénicher une écharpe en cachemire rouge, très légère et
ongue. Elle irait très bien autour du long cou élégant de
e. En plus, cela lui tiendrait chaud.
suite, ce fut la librairie de Mr Rutley, qu'elle connaissait déjà
l'avoir rencontré au presbytère. Il accueillit Lucy comme
amie de longue date et lui apporta une aide précieuse. Elle
la un peu, discuta, changea d'avis, et choisit finalement un
sur l'Ecosse pour Oscar — un livre pour la table basse du
, avec de nombreuses photos couleur pleine page de vieilles
ons campagnardes, de châteaux et de jardins. Elle était sûre
cela lui plairait beaucoup. Sinon, lui dit Mr Rutley, il pourrait
anger. Mais Lucy savait qu'Oscar ne le changerait jamais car
sait partie de ces gens qui préféreraient mourir que de blesser
entiments d'une autre personne.
our Sam, elle suivit la suggestion de Mr Rutley et prit une
e d'état-major de Creagan et des environs jusqu'à Buckly.
a semblait un peu bête mais, d'un autre côté, c'était sans
te ce dont il avait le plus besoin puisqu'il venait vivre et tra-
ler dans la région. Lucy acheta aussi quelques cartes, du
ier cadeau avec du houx et du ruban brillant. Mr Rutley mit
out dans un sac en plastique et encaissa.

— J'espère qu'on aura l'occasion de vous revoir tous pendant
fêtes, Lucy.

— Oui, moi aussi. Merci.

— Amuse-toi bien !

A la pharmacie, le choix lui prit moins de temps. Du savon à
lavande pour Mrs Snead et des petites barrettes décorées pour
nattes de Clodagh. Elle hésita un peu plus pour Rory, n'ayant
s la moindre idée de ce qui lui ferait plaisir. Cela aurait été plus
cile si elle avait eu un frère ou, au moins, un garçon parmi ses
ations. Elle aperçut alors un grand flacon de Badedas, comme
n père en utilisait quand elle était encore une petite fille sans
certitudes, avant le divorce de ses parents. Quand il prenait son
ain, l'odeur de la mousse parfumée à l'extrait de marron d'Inde
répandait dans tout l'étage. Peut-être Rory apprécierait-il de se
étendre avec un bain au Badedas après une longue journée de

travail au golf. Elle hésita pendant quelques instants puis, incapable de trouver une meilleure idée, l'acheta.

Le cadeau d'Elfrida lui posa le plus grand problème. Qu'offrir à Elfrida pour la remercier de tous les fous rires et de l'affection spontanée qu'elle lui avait déjà donnés ? Comme il ne restait rien dans la pharmacie qui l'inspirât, elle ressortit et, poursuivant son chemin, passa devant *Arthur Snead, Fruits et Légumes*. Soudain, frappée par une idée lumineuse, elle revint sur ses pas et entra. La porte se referma avec un petit *ping*.

— Mr Snead ?

— Bonjour !

— Je suis Lucy Wesley. Je suis en séjour à Estate House et Mrs Snead est une amie.

— Mais bien sûr, elle m'a parlé de vous.

— Si je vous commandais des fleurs pour Elfrida, pourriez-vous les lui livrer le soir de Noël ?

Il la regarda en faisant une moue un peu dubitative.

— Le soir de Noël tombe un dimanche, mon chou.

— Alors, samedi ? En fait, ce serait même mieux parce qu'il y aura une petite réception, samedi.

— A vrai dire, mon chou, pour l'instant, cela dépend un peu de la neige. Nous sommes coupés d'Inverness et la marchandise vient de là. A quoi pensais-tu ? Des chrysanthèmes ? Des œillets ?

Lucy fronça le nez.

— Pas vraiment.

— Il me reste des lis. On me les a livrés hier avant que les routes soient fermées. Mais ils sont très chers. Les boutons sont bien formés et je les garde au frais. Ils devraient commencer à s'ouvrir dans un jour ou deux.

— Je peux en voir un ?

— Bien sûr !

Il disparut dans l'arrière-boutique et revint avec une tige portant des boutons de fleurs d'un blanc crémeux, allongés et bien fermés. Cela ressemblait tout à fait aux fleurs que sa grand-mère achetait chez le fleuriste au coin de la rue dans Fulham et, parfois, ils duraient deux semaines.

— Combien en avez-vous ?

— Une douzaine mais, comme je te l'ai dit, ils sont très chers. Trois livres la tige.

Trois fois six, cela faisait dix-huit livres. Dix-huit livres ! Mais ce serait tellement beau dans le salon d'Elfrida. Ils s'ouvriraient peu à peu, dépliant leurs pétales rose pâle. Leur parfum entêtant se répandrait dans toute la maison.

— J'en prends six et je vous paye maintenant, dit-elle. Est-ce que vous voulez bien les garder jusqu'à samedi ? Et vous les apporterez ?

— Bien sûr ! Et je les emballerai dans du papier spécial avec un gros nœud rose.

— J'ai acheté une carte à la librairie. Pourriez-vous la mettre avec les fleurs si j'écris quelque chose ?

— Aucun problème.

Il lui prêta un stylo et elle écrivit : *Elfrida — Joyeux Noël et plein de baisers de Lucy.*

Elle glissa la carte dans son enveloppe qu'elle libella au nom d'Elfrida Phipps et la donna à Mr Snead. Elle lui tendit également les dix-huit livres. C'était beaucoup d'argent pour des fleurs, mais cela valait la peine.

Mr Snead fit sonner son tiroir-caisse.

— Si vous voulez du gui, dites-le-moi. Il m'en reste une ou deux branches mais ça se vend comme des petits pains.

Du gui ? C'était synonyme d'embrassades.

— Je ne sais pas, dit prudemment Lucy.

Elle lui dit au revoir et reprit le chemin d'Estate House chargée de paquets, avec le sentiment fantastique de vraiment participer à la fête, cette fois. Il lui faudrait monter directement dans sa chambre et faire ses paquets cadeaux à l'abri de sa porte fermée, avec le papier à décor de houx et le ruban brillant. Ensuite, elle les cacherait dans le dernier tiroir de sa commode. Alors qu'elle traversait la place, elle aperçut une voiture garée devant chez eux, un vieux break au hayon relevé, mais elle n'en déduisit rien de particulier : à Creagan, les gens garaient leur voiture n'importe où, là où ils trouvaient un espace libre. Pourtant, quand elle ouvrit la porte, elle entendit des voix dans la cuisine. Elle y trouva Elfrida en train de remuer le contenu d'une casserole, et Rory Kennedy. Sur la table étaient posés une télévision et un petit meuble à roulettes en plastique noir.

Quand elle apparut sur le seuil avec ses sacs, ils s'interrompirent et se tournèrent pour lui sourire.

— Salut ! lui dit Rory.

Avec sa veste de laine grise et ses bottes en caoutchouc, il faisait très viril. Comme elle ne s'attendait pas du tout à le voir, Lucy ne sut quoi dire. Elle était pourtant ravie de sa présence.

— Salut. Je... Je croyais que tu venais plus tard. Plutôt en fin d'après-midi. Je croyais que tu travaillais.

— Il n'y a rien à faire au golf, avec ce temps-là. Le responsable de l'entretien nous a renvoyés chez nous. J'ai donc emprunté la voiture de mon père pour t'apporter ta télé.

Lucy examina l'appareil. Il avait l'air beaucoup plus moderne que celui qu'elle avait à Londres.

— Je pensais que c'était un vieux poste, mais pas du tout !

— Je viens d'en acheter une plus grande. Je t'ai aussi apporté le meuble qui va avec, au cas où tu n'aurais rien pour la poser.

Elfrida ôta sa casserole de la cuisinière et la posa sur un dessous-de-plat en fer forgé.

— C'est extraordinaire ! dit-elle. Nous finirons tous au grenier assis devant ton poste, hypnotisés. Lucy, tu devrais peut-être montrer à Rory où tu veux l'installer.

— Il y a deux étages doubles, dit Lucy à Rory.

— Je crois que je peux y arriver, répondit-il avec un sourire.

Elle lui montra le chemin, ses sacs lui cognant les jambes.

— Tu es allée faire des courses ? demanda Rory qui la suivait.

Personne d'autre, pensa-t-elle, n'aurait été capable de monter quatre étages avec quelque chose d'aussi lourd et avoir encore assez de souffle pour parler.

— Oui, mes cadeaux de Noël. Je n'avais pas eu le temps de le faire, à Londres.

Ils atteignirent enfin le palier du grenier et la chambre de Lucy. Elle mit ses sacs sur son lit tandis que Rory posait soigneusement l'appareil par terre.

— Dis donc, tu as une chouette chambre ! Et beaucoup de place. C'est toujours aussi bien rangé, chez toi ?

— Plus ou moins, lui répondit Lucy d'un ton indifférent, de crainte de passer pour une maniaque.

— La chambre de Clodagh est un dépotoir permanent. Maman la harcèle sans arrêt pour qu'elle range. Je redescends chercher le support et je te l'installe.

Tandis qu'il dévalait l'escalier, elle fit rapidement disparaître ses achats dans le tiroir vide du bas de sa commode et elle le referma à fond. Ce serait très gênant s'il devinait le destinataire du Badedas.

Quelques instants plus tard, il était de retour avec le petit meuble. Après avoir repéré une prise adéquate, Rory posa l'appareil sur la table roulante et le brancha. L'appareil possédait sa propre antenne qu'il mit en place et fit ensuite tourner jusqu'à ce que l'image devienne nette.

— L'image est parfaite, s'émerveilla Lucy.

— Je peux encore l'améliorer.

Assis en tailleur sur le tapis, concentré sur ce qu'il faisait, il enfonçait des boutons et passait d'un canal à l'autre. Il y avait Superman sur la chaîne des enfants, un vieux film en noir et blanc sur une autre. Ensuite, une présentatrice qui expliquait comment réaliser des cartes de Noël avec des images découpées dans un catalogue de semences. Rory régla aussi le son et déplaça légèrement l'antenne. Lucy vint s'asseoir par terre à côté de lui.

« ... et vous terminez avec un petit nœud que vous aurez fait dans un joli ruban. Comme cela ! Vous serez d'accord avec moi pour penser que n'importe qui serait ravi de recevoir une carte aussi personnelle ! »

— Pas moi ! dit Rory.

Et il appuya sur un autre bouton. Un présentateur à l'accent vaguement écossais parlait du temps qui, dans le futur immédiat, ne devrait pas encourager aux promenades dans les collines ni à l'escalade.

— Tu veux que je la laisse allumée ? lui demanda Rory.

— Non, j'ai compris comment ça marche.

— Je te conseille de ne pas toucher à l'antenne. Je crois que je l'ai réglée aussi bien que possible.

— C'est vraiment gentil de me la prêter et, en plus, de me l'apporter.

— De rien. C'est mieux que de jeter !

Il examina de nouveau la chambre d'un air admiratif.

— Ce sont les meubles que ma mère a aidé Elfrida à acheter ? C'est formidable. Ma mère adore aller au marché de Buckly. Elle revient toujours avec l'affaire du siècle, une vieille taie d'oreiller en lin défraîchie, une porcelaine ou un bibelot totalement inutile. La maison est pleine de vieux machins mais on dirait qu'il y a toujours de la place pour en mettre encore plus. Tu as une chambre comme celle-ci à Londres ?

— Non, c'est beaucoup plus petit et la fenêtre donne sur un mur, mais c'est joli. Et, au moins, je ne dois pas la partager avec quelqu'un d'autre. Il y a mes livres et mon ordinateur. Toutes mes affaires.

— A quoi cela ressemble, de vivre dans une grande ville ?

— Ça peut aller.

— Cela doit être formidable, avec tous les musées, les expositions, les concerts et le théâtre. Je n'y suis allé qu'une seule fois. Mon père devait assister à un congrès et il m'a emmené. Nous avons logé à l'hôtel et nous sommes allés au théâtre tous les soirs. Comme il faisait très chaud et que nous prenions nos repas dans les pubs, nous allions nous asseoir dehors pour regarder tous les gens bizarres qui passaient. C'était vraiment bien. Plus intéressant que Creagan.

— C'est différent quand on y vit en permanence.

— J'imagine.

— Cela peut être très agréable quand on a une maison. Quand j'étais petite, nous avions une maison à Kensington avec un vrai jardin. On n'avait pas l'impression d'être en ville parce qu'il y avait toujours un peu d'herbe avec des arbres et des fleurs. Mais mes parents ont divorcé et, maintenant, je vis dans un appartement avec ma mère et ma grand-mère, pas très loin de la Tamise. Il y a un balcon avec une belle vue mais nulle part où *s'installer*. Nulle part où on peut s'étendre sur un bout de pelouse pour lire tranquillement. Mon amie Emma — elle est à l'école avec moi — habite dans une vraie maison et, parfois, on fait un barbecue dans le jardin.

Elle ne trouvait rien d'autre à lui raconter de sa vie à Londres et avait péniblement conscience du vide que cela impliquait.

Il laissa passer un moment avant de poser la question suivante :

— Tu as le mal du pays ?

Elle le regarda, stupéfaite.

— Le mal du pays ?

— Oui. Est-ce que ta mère te manque, tes affaires, tout ? Clodagh est impossible. Elle refuse de quitter la maison même pour une seule nuit, elle braille comme un bébé.

— Non.

Lucy fut surprise par sa propre voix, par la façon catégorique dont elle avait dit ce « non ».

— Non, je n'ai *pas* le mal du pays. Je ne pense même pas au retour. Je ne veux pas y penser.

— Mais...

— Tu ne comprends pas. Ce n'est pas comme ici, comme cette maison, ou ta maison, pleine de gens et d'amis de votre âge qui vont et viennent. Nous habitons chez ma grand-mère et elle ne veut pas que mes amies viennent. Elle dit que cela lui donne mal à la tête. Parfois, Emma vient quand même mais ma grand-mère ne l'apprécie pas beaucoup et l'ambiance reste toujours un peu tendue. En général, nous restons dans ma chambre. Un jour, comme ma mère et ma grand-mère étaient toutes les deux sorties, nous avons passé l'après-midi dans la salle de bains à nous laver les cheveux, mettre du parfum et du vernis à ongles argent sur nos ongles de pieds. Quand je vais chez Emma, on fait ce qu'on veut. Sa mère est rarement là parce qu'elle travaille à l'extérieur. Elle est rédactrice en chef d'un magazine. Et, en général, la jeune fille au pair aime bien s'amuser. Elle nous laisse faire la cuisine et on fait des puddings complètement ratés !

Elle s'arrêta pour donner à Rory la possibilité de commenter ce flot de confidences s'il en avait envie, mais il ne dit rien. Elle reprit donc au bout de quelques instants :

— Ici, c'est très différent. Tu peux faire ce que tu veux et, s'il n'y a rien à faire, tu peux sortir, faire les magasins, te promener ou bien aller à la plage, explorer, ou sortir le soir sans qu'on t'en empêche. Et tout le monde m'appelle mon chou ou ma chérie mais, en même temps, on me traite en adulte. Comme si j'étais une personne à part entière, pas une petite fille. Ma mère et ma grand-mère m'appellent Lucy. Tout court. Mais je ne me sens jamais traitée comme une personne. J'ai quatorze ans et, parfois, j'ai l'impression que je n'ai jamais rien fait d'autre que d'aller à l'école. Ce ne serait pas si pénible si j'avais un frère ou une sœur. Surtout un frère. Etre tout le temps avec des femmes, seulement avec des femmes, ça peut devenir déprimant. Elles parlent de choses tellement superficielles, la mode, les restaurants, les autres gens...

— A quelle école vas-tu ?

— A Stanbrook. Tout près de l'appartement. Je prends le métro mais il n'y a que deux stations. J'aime bien les professeurs et la directrice. C'est là que j'ai connu Emma. Et puis, on a des sorties. On va au concert, à des expositions, à la piscine, et on organise des jeux dans le parc. Mais il n'y a que des filles et, parfois, je pense que ce serait plus amusant d'aller dans une école publique mixte. Cela permet de rencontrer des gens très différents.

— Et ton père ? demanda Rory.

— Je ne le vois pas beaucoup parce que cela déplaît à maman. De toute façon, il s'est remarié et sa deuxième femme n'a pas envie de me voir chez eux. J'ai un grand-père qui s'appelle Jeffrey

Sutton. C'est le père de Carrie. Mais il vit en Cornouailles avec sa deuxième femme qui est plus jeune que lui et leurs deux enfants.

— Tu ne peux pas aller vivre avec eux ?

— Si, je pourrais, mais ma grand-mère est toujours fâchée contre lui. Elle ne lui pardonne pas et on évite de prononcer son nom. Un jour, je prendrai mon courage à deux mains et je leur dirai que je veux aller chez lui. Mais je dois attendre d'être un peu plus vieille pour ça.

— Tu ne dois pas attendre. Tu dois le faire *maintenant*.

— Oui, mais je n'en ai pas le courage. Je déteste me disputer avec les gens et devoir me défendre. Une fois, je me suis disputée très fort avec ma mère et ma grand-mère parce que je voulais me faire percer les oreilles. Toutes les filles de l'école ont les oreilles percées mais moi je n'ai pas eu le droit. C'est une chose tellement insignifiante mais ça a fait une histoire qui a duré pendant des jours. Comme je ne le supportais pas, j'ai renoncé. Je suis horriblement lâche pour ce genre de choses.

— Je trouve que cela t'irait bien, pourtant. Tu pourrais mettre des boucles en or, dit Rory en lui faisant une petite grimace. Comme moi !

— Mais je n'en mettrais pas une seule. J'en aurais deux.

— On va le faire pendant que tu es ici. Il y a un bijoutier à Kingsferry.

— Ma mère va hurler !

— Ta mère est en Amérique.

— Comment le sais-tu ?

— Elfrida l'a dit à ma mère qui me l'a dit.

— Elle a un petit ami qui s'appelle Randall Fischer. Elle l'a rejoint en Floride pour Noël. C'est pour ça que je suis venue ici avec Carrie. J'étais aussi invitée en Floride mais je ne voulais pas y aller. Je n'aurais fait que gêner. En plus, ajouta-t-elle, je n'aime pas beaucoup cet homme.

Rory ne fit aucun commentaire et Lucy se dit soudain qu'il savait vraiment écouter les gens. Elle se demanda s'il était naturellement doué pour cela ou si son père lui avait appris l'importance du silence à certains moments. Elle se souvenait du jour où Carrie avait brusquement refait surface, à Londres, au moment où elle-même avait besoin d'une confidente. Elle avait cru pouvoir ouvrir son cœur à Carrie mais, d'une façon difficile à définir, Carrie était différente et visiblement peu disponible pour écouter les confidences de sa nièce. Absente, peut-être, comme si une part d'elle-même était restée ailleurs. Mais Rory Kennedy n'était pas comme ça. Rory avait le temps d'écouter et il compatissait. Son attitude inspirait à Lucy beaucoup de reconnaissance et d'affection.

— Désolée, dit-elle. Je ne voulais pas t'embêter avec toutes ces histoires. C'est juste parce que c'est formidable, ici ! Etre avec Elfrida et Oscar, danser, être avec tous les gens de mon âge. Et cette année, je vais avoir un vrai Noël. On ne se contentera pas de manger du faisan rôti avec ma mère et ma grand-mère ou d'aller dans un restaurant sinistre parce que ça les ennuie de faire la cuisine. Il y a la neige, l'église, les guirlandes...

Sa voix s'éteignit. Il n'y avait rien à ajouter. Elle pensa à l'appartement et à Londres mais rejeta l'image au fond de son esprit et claqua une porte imaginaire. Cela ne servait à rien d'y penser, de penser au retour. Inutile de gâcher le moment présent, cette heure, cette journée. Maintenant !

Il la regardait avec attention. Leurs regards se croisèrent et elle lui sourit.

— As-tu envie de faire de la luge, cet après-midi ?

— Tu y vas ?

— Pourquoi pas ? Je vais appeler quelques amis. On ira sur le terrain de golf — il y a des descentes formidables.

Il consulta sa montre.

— Presque midi ! Il faut partir à cause de la nuit qui tombe très vite. Tu pourrais venir chez moi, ma mère nous donnerait quelque chose à manger et on prévient les autres ?

— Je n'ai pas de luge, dit Lucy.

— On en a trois ou quatre dans le garage. Tu peux en emprunter une. Viens, dit-il en se levant.

— Mais ta mère... ?

— *Non*, cela ne la dérangera pas et il y a de quoi nourrir un régiment. Comme toujours !

Il se baissa pour prendre Lucy par le bras et la remit sur ses pieds.

— Arrête de t'inquiéter, lui dit-il. Arrête de te rendre les choses compliquées.

— C'est ce que je fais ?

— Plus maintenant !

Elfrida

L'expédition au supermarché de Kingsferry avait été très réussie : Sam et Carrie avaient rapporté non seulement des cartons entiers de nourritures diverses mais aussi des cartons de vin, de la bière, des boissons gazeuses, du Coca et six bouteilles de whisky Grouse. De plus, ils s'étaient débrouillés pour trouver le magasin pour hommes. Sam s'était équipé d'une garde-robe complète pour la campagne : des pantalons en velours côtelé, des chemises chaudes, un pull-over à grosses côtes, une paire de chaussures montantes Timberland et une veste Barbour. La discrétion d'Elfrida lui interdit de poser la question mais il avait aussi dû acheter des sous-vêtements, des chaussettes et tous les articles indispensables pour se raser, se laver, se brosser les dents et, de façon générale, se rendre présentable et sentir bon !

Sam apparut vêtu de neuf pour le déjeuner et ils admirèrent tous son allure décontractée et sportive. Après le repas, il enfila son Barbour et partit avec Oscar en direction du golf où Sam avait pris rendez-vous avec le secrétaire. Il voulait discuter de la possibilité de devenir membre du club. Les regardant s'éloigner côte à côte sur le trottoir enneigé, Elfrida se dit qu'il était bon pour Oscar d'avoir un peu de compagnie masculine.

Elle et Carrie restaient à la maison pour préparer l'arrivée, à quatre heures, de Sir James Erskine-Earle. Il fallait d'abord décider de l'endroit où elles lui serviraient le thé. Elfrida optait pour la cuisine — ce serait ridicule de faire des cérémonies ! Carrie lui fit remarquer que cela convenait avec quelqu'un que l'on connaît. Peut-être que Sir James, en revanche, serait un peu décontenancé si on l'invitait à s'asseoir à la table de cuisine pour boire dans un mug.

Elfrida reconnut qu'elle avait raison.

— Alors, ce sera dans le salon.

— Quoi ? Tous perchés sur une chaise devant le feu ?

— Pourquoi pas ?

— Parce que les hommes détestent ça, à moins qu'ils n'aient l'entraînement nécessaire, comme les pasteurs par exemple ! Ils ne savent pas se débrouiller pour tenir en même temps une tasse, une soucoupe et des petits gâteaux. On va le servir sur la table du bow-window, correctement dressée — comme faisaient nos mamans !

— Je vais devoir trouver une nappe à thé.

— Je parie qu'il y en a une qui nous attend dans l'armoire de Mrs Snead. Veux-tu que je fasse des scones ?

— Tu *sais* faire ça ?

Elfrida était très impressionnée.

— Bien sûr ! Et tu peux acheter quelques éclairs à la pâtisserie pour compléter.

Elfrida mit donc son manteau en tissu de couverture et sortit. Le boulanger-pâtissier ne vendait pas d'éclairs mais il avait du pain d'épice. Elle en acheta un avec un pot de gelée de mûre sauvage faite maison.

— Vous recevez du monde, Mrs Phipps ? demanda la vendeuse en lui rendant sa monnaie.

— Pas exactement, lui répondit Elfrida. Juste quelqu'un qui vient pour le thé.

A Estate House, les scones de Carrie étaient déjà dans le four et répandaient une odeur délicieuse. Elfrida lui montra ses achats puis empila sur un plateau la vaisselle la moins abîmée qu'elle pût trouver, mais de toute façon dépareillée. Elle trouva dans le buffet un sucrier, un beurrier et même un couteau à beurre.

— On va être très comme il faut ! dit-elle.

Elle ajouta des petites cuillers et nettoya l'intérieur de la théière.

Ensuite, elle dénicha une nappe dans l'armoire à linge. Empesée et soigneusement repassée par Mrs Snead, elle donna tout de suite à la table un air de fête. Elle y posa cinq assiettes, les petits couteaux, les tasses avec les sous-tasses, le beurrier et le pot de gelée. Il n'y avait pas de fleurs mais peut-être que Sir James Erskine-Earle ne s'en formaliserait pas trop.

Son plateau vide à la main, elle se retourna vers l'autre côté du salon pour regarder son tableau qui allait peut-être s'en aller pour toujours. Comme il était légèrement de travers, elle alla le redresser d'un petit geste attendri, comme un enfant qu'on encourage à bien se tenir.

— Au cas où je n'aurais pas le temps de vous faire mes adieux tout à l'heure, dit-elle aux personnages familiers, je le fais tout de suite. C'était merveilleux de vous avoir avec moi.

Oscar et Sam revinrent du golf un peu en avance pour le rendez-vous, et très satisfaits de leur entretien avec le secrétaire du club. On avait expliqué à Sam qu'il y avait une liste d'attente pour devenir membre mais qu'à partir du moment où il s'installait à Buckly de façon permanente, on pourrait sans doute lui éviter de faire la queue comme tout le monde. On les avait présentés au capitaine de l'équipe et à quelques autres membres qui se trouvaient là. Ils avaient admiré les photos et les trophées puis avaient repris le chemin de la maison.

Oscar avait l'air très content de sa sortie. Se souvenant de sa précédente visite au golf, qui s'était désastreusement terminée par une fuite affolée, Elfrida adressa des remerciements silencieux vers le ciel et ressentit une grande envie de le serrer contre elle. Elle préféra, néanmoins, monter dans sa chambre pour brosser sa chevelure flamboyante et remettre du rouge à lèvres.

L'arrivée de Sir James Erskine-Earle à quatre heures précises leur causa une énorme surprise. Elfrida dévala l'escalier pour répondre à son coup de sonnette. Elle se sentit quelque peu déconcertée en découvrant sur son seuil un homme très jeune et dans une tenue qui aurait convenu pour jardiner bien qu'il revînt d'une réunion au sujet du monument aux morts : un vieux pantalon de golf en tweed et une veste qui semblait avoir perdu la plupart de ses boutons. Sa chemise avait un col élimé et son pullover à encolure en V, un petit trou. Il ôta sa casquette de tweed quand Elfrida lui ouvrit, révélant des cheveux d'un châtain clair terne et coupés comme ceux d'un écolier.

— Mrs Phipps ?

— Oui.

— Sir James.

Ils échangèrent une poignée de main.

— Entrez, je vous prie. C'est vraiment très aimable, poursuivit Elfrida en le guidant vers l'escalier, d'être venu si rapidement.

— Pas du tout !

Il avait une voix très agréable et un sourire sincère.

— Je me réjouis toujours d'avoir l'occasion de découvrir une pièce qui sort de l'ordinaire.

Elle le fit entrer dans le salon et lui présenta les autres, qui se tenaient en rang d'oignon, l'air mal à l'aise, comme si c'était eux que Sir James venait évaluer.

— Oscar Blundell, ma nièce Carrie, et Sam Howard, qui va diriger les tissages de Buckly.

— Nous nous sommes parlé au téléphone. Ravi de vous rencontrer. Vous travaillez pour Sturrock and Swinfield ? J'étais à Eton avec un des Swinfield, mais je ne pense pas que ce soit votre patron.

Il regarda tout autour de lui.

— Vous avez une maison très étonnante. De l'extérieur, on n'imaginerait jamais sa splendeur. Si j'ai bien compris, elle faisait partie de Corrydale ?

— Oui, mais cela remonte à bien des années, expliqua Oscar. Vous avez peut-être connu mon oncle, Hector McLellan ?

— Très peu. J'ai travaillé à Londres pendant quelques années. Je ne suis revenu dans le Nord qu'à la mort de mon père et nous sommes tous allés vivre à Kingsferry. Cela a représenté un certain choc culturel pour ma famille mais ils ont bien résisté.

Il se dirigea bien entendu vers le bow-window, comme ne manquaient jamais de le faire les gens qui venaient à Estate House pour la première fois. La nuit était déjà tombée mais Elfrida n'avait pas encore tiré les rideaux. Les guirlandes électriques clignotaient de l'autre côté de la rue, brillant comme des pierres précieuses contre la vieille façade en pierre de l'église.

— Quelle vue ! Vous êtes vraiment très près de l'église. On doit pouvoir entendre l'orgue, d'ici. Un remarquable instrument, d'ailleurs ! Nous avons beaucoup de chance.

Il se retourna vers eux.

— Mais je ne veux pas vous faire perdre votre temps en jouant les touristes. Où est le tableau que vous voulez me montrer ?

— C'est... (Elfrida s'éclaircit la gorge.) Ici.

— Je vois. Vous l'avez laissé seul.

— Nous n'avons pas d'autres toiles à accrocher.

— Puis-je le prendre ?

— Je vous en prie.

Traversant la pièce, il prit doucement le cadre entre ses mains et le descendit. Il le tenait avec autant de délicatesse qu'une pièce de la plus fine porcelaine.

— Quelle chose ravissante !

Il l'inclina à la lumière de la lampe du bureau d'Oscar.

— Sir David Wilkie.

— Oui, c'est ce que j'ai toujours pensé.

— Un portrait de ses parents. Le saviez-vous ? Peint, à mon avis, vers 1835.

— J'ignorais qu'il s'agissait de ses parents. Pour moi, c'était juste un vieux couple attendrissant.

Le silence s'installa. Tous légèrement énervés, ils attendaient le verdict. Sir James Erskine-Earle prenait son temps après avoir fouillé les poches de son contestable veston à la recherche d'une paire de lunettes sans monture. Elles lui donnaient l'air d'un jeune étudiant fauché, peut-être un étudiant en médecine car il avait des mains aussi sensibles que celles d'un chirurgien. Il examina le tableau d'un regard expert, le frôla du bout des doigts et le retourna pour en inspecter soigneusement le dos.

Il reposa enfin le tableau sur le bureau d'Oscar.

— Comment est-il venu en votre possession, Mrs Phipps ?

— C'était un cadeau d'un ami. Cela remonte à une trentaine d'années.

— Savez-vous où il l'avait acheté ?

— Dans une brocante de Chichester, je crois.

— Oui... dit-il en hochant la tête. Cela correspond.

— J'ai... j'ai toujours cru — du moins, j'ai été amenée à le croire — que c'est un original. Mais je ne l'ai jamais fait évaluer ou assurer.

Il la regarda, ses lunettes réfléchissant la lumière de la lampe, et il lui sourit de son sourire amical et si jeune. Il s'appuya contre la table et ôta ses lunettes.

— Je suis vraiment désolé, mais ce n'est pas l'original. C'est une copie.

Un silence hébété suivit sa déclaration. Aucun d'eux ne savait quoi dire.

— Nous sommes en présence d'un travail ravissant et très bien exécuté, mais ce n'est pas l'original, insista Sir James.

Oscar fut le premier à retrouver sa voix :

— Comment le savez-vous ?

— Ne serait-ce que pour une raison : il n'est pas signé. je reconnais que le style et le sujet sont indiscutablement ceux de Wilkie, mais le tableau n'est pas signé. Ensuite, je sais qu'il s'agit d'une copie car, curieusement, l'original est passé en vente chez Boothby's il y a à peine un an. Il est allé à un marchand d'art américain qui représentait un musée ou je ne sais qui. L'original est plus grand que votre tableau, Mrs Phipps, ce qui m'amène à penser que le vôtre n'est pas un faux délibéré mais plus vraisemblablement une copie due à l'admiration et au respect d'un autre peintre. Peut-être un élève des Beaux-Arts désireux de se hisser au niveau du maître. L'imitation est remarquable — le coup de pinceau, la couleur, la lumière. Une œuvre de grande qualité. Si l'imitation est la forme la plus sincère de la flatterie, on se demande qui a pu s'embarquer dans un travail aussi exigeant.

Le silence retomba. Elfrida trouva enfin la force de poser la question redoutée :

— Cela vaut-il quelque chose, Sir James ?

— Jamie, je vous en prie.

— Bien. Jamie... A votre avis, qu'est-ce que cela vaut ?

— S'il s'était agi de l'original, j'aurais dit dans les quatre-vingt-cinq mille livres. Je ne me souviens pas *exactement* du prix auquel il est parti mais c'était de cet ordre.

— Mais, puisque c'est seulement une copie ?

— Mille ? Peut-être plus, peut-être moins. Cela dépend du marché. Rien n'a de valeur tant que personne n'en veut.

Un millier de livres. Une copie qui ne valait pas plus de mille livres. Le petit pécule d'Elfrida, son assurance contre les mauvais jours. Mille livres. Curieusement, cela ne la dérangeait pas beaucoup pour elle-même. Comme il aurait été ridicule de le vendre, elle pouvait en profiter pour le reste de ses jours. En revanche, elle éprouvait une douloureuse déception pour Oscar. Tous ses projets de rachat de la part de Hughie en assurant la sécurité d'Oscar étaient balayés. Son rêve s'écroulait.

Pendant quelques instants éprouvants, elle crut qu'elle allait éclater en sanglots. Elle se tourna vers Carrie, en quête d'aide, et rencontra son beau regard sombre posé sur elle, plein de sympathie et de compréhension. Elfrida ouvrit la bouche mais rien n'en sortit. Carrie vint à son secours.

— Je crois, dit-elle, que je vais faire chauffer l'eau du thé. Cela nous fera du bien.

— Je vous accompagne, je vais vous aider, dit alors Sam, qui n'avait pas prononcé un mot depuis qu'il avait été présenté à Jamie Erskine-Earle.

Elfrida savait très bien que l'on n'a pas besoin d'être deux pour faire chauffer de l'eau, mais elle fut reconnaissante à Sam de s'éloigner dans un moment difficile. Elle aurait préféré que Sir James s'en aille aussi. Il n'était là que parce qu'on lui avait demandé de venir, pourtant. Ce n'était pas sa faute s'il s'agissait d'une copie, mais sa science avait produit un tel gâchis ! A présent, Oscar n'avait plus d'autre choix que de vendre sa part de la maison. Cela ne la dérangeait pas tellement qu'elle appartienne à Sam. Mais elle s'inquiétait beaucoup à l'idée qu'elle n'appartienne *pas* à Oscar.

Carrie et Sam partis, un silence pesant s'installa. Jamie perçut peut-être le ressentiment d'Elfrida à son égard car il répéta :

— Je suis vraiment désolé.

Elle en éprouva de l'énervement, contre elle et contre lui.

— Oh, je vous en prie ! Ce n'est pas votre faute.

Avec des gestes soigneux et précis, il replaça le tableau sur le mur. La vieille dame au châle jaune le regardait avec une bienveillance dont Elfrida se sentait incapable.

— Au moins, dit-il, il continuera à vous donner du plaisir.

— Ce ne sera plus jamais la même chose.

Sentant la tension, Oscar se jeta dans la conversation :

— Il reste néanmoins très précieux pour Elfrida. Je suis heureux qu'elle n'ait aucune raison de s'en séparer.

— Oscar, j'ai *toutes* les raisons de le faire. Ce n'est qu'une *peinture*. Mais pas pour mille livres. C'est une somme dérisoire.

— Elfrida, tout ira bien.

Elle leur tourna le dos pour se diriger vers la cheminée. Elle avait besoin d'action pour apaiser sa déception. Prenant une bûche dans le panier, elle la poussa dans le feu et se redressa pour la regarder s'enflammer.

Mais la voix de Jamie s'éleva à nouveau, derrière elle :

— Excusez-moi, j'espère que vous ne me trouverez pas indiscret, mais à qui appartient cette intéressante petite horloge ?

Elfrida crut qu'elle avait mal entendu. Elle se retourna vers lui, l'air interloquée.

— L'*horloge* ?

— Elle m'a frappé l'œil. Peu courante...

— Elle appartient à Elfrida, lui dit Oscar.

— Me permettez-vous de l'examiner ?

Elfrida accepta d'un hochement de tête et s'écarta de la cheminée. Jamie remit ses lunettes et prit la petite pendule qui trônait, comme d'habitude, au milieu du manteau de la cheminée. Pour la seconde fois, elle et Oscar le regardèrent en silence étudier l'objet avec minutie. Elfrida se jura de lui casser la tête avec la pelle à charbon s'il traitait sa pendule de bibelot sans valeur.

— Un chronomètre de voyage... Superbe ! Comment ce petit trésor est-il arrivé entre vos mains ?

— Vous voulez parler d'un trésor sentimental ou matériel ?

— Je ne suis pas encore certain, répondit-il poliment.

Elle lui répondit d'un ton brusque :

— Mon parrain me l'a légué. Il était marin.

Elle se rendit compte qu'elle avait employé un ton très agressif et s'adoucit un peu :

— Comme vous voyez, il y a une aiguille pour les heures, une pour les minutes et une pour les secondes. Il faut le remonter tous les jours. Je pourrais sans doute le faire équiper d'une pile mais je...

— Dieu vous en garde ! C'est un objet bien trop rare pour cela !

— Rare ? Ce n'est certainement rien d'autre qu'une horloge de marin complètement dépassée ?

— Pratique, oui, mais aussi élégante.

Elle la regarda, dans les mains de Jamie, et soudain sa pendule prit un nouveau lustre, comme il arrive avec les objets quotidiens quand quelqu'un d'autre les admire. Le cuir extérieur était usé mais, à l'intérieur, encore en bon état et d'une belle couleur sombre. Le couvercle, qui se repliait sur le cadran comme la couverture d'un livre, était doublé d'un épais velours couleur corail usé par endroits. Autour du cadran circulaire, le cuir était décoré d'une guirlande de minuscules feuilles dorées. Le motif se répétait sur le bord du boîtier. La clef, les charnières et les serrures en miniature étaient en laiton.

— Je ne sais même pas de quand elle date. Vous pourrez peut-être me le dire.

— Hélas, je ne suis pas expert en horlogerie. Mais, ajouta-t-il, j'ai un confrère qui *est* expert en la matière. Si vous voulez — si vous me le permettez — je peux la lui montrer.

— Pourquoi ?

— Parce que, à mon avis, c'est une pièce très intéressante.

— En quel sens ?

— Nous avons parlé de trésor.

— Vous voulez dire que cela vaudrait quelque chose ?

— Je préférerais ne pas m'avancer. Je ne m'y connais pas suffisamment.

— Cela ne vaudrait pas soixante-quinze mille livres, voyons ? demanda-t-elle abruptement.

Elle s'attendait à ce qu'il lui réponde d'un mouvement de tête apitoyé ou, même, par un rire amusé.

Or, Jamie Erskine-Earle ne se moqua pas d'elle.

— Je l'ignore vraiment, Mrs Phipps, dit-il. Me... me laisseriez-vous l'emporter ? Si je ne peux pas rencontrer mon confrère, je peux lui téléphoner ou lui envoyer une photo de l'objet. Bien entendu, je vous donnerai un reçu et je le garderai sous clef.

La situation parut soudain risible à Elfrida.

— Chez moi, dans mon cottage du Hampshire, elle était sur la cheminée dans mon salon du rez-de-chaussée et je ne fermais jamais la porte à clef !

— Alors, permettez-moi de vous féliciter d'avoir eu de la chance. Et elle n'est pas assurée, ajouta-t-il sur un ton qui n'était pas celui de l'interrogation mais de l'évidence.

— Non, bien sûr qu'elle n'est pas assurée ! Ce n'est qu'une babiole que je traîne partout depuis des années.

— Permettez-moi d'insister : une babiole très intéressante. M'autorisez-vous à l'emporter ?

— Bien sûr !

— Auriez-vous une boîte, ou quelque chose pour l'envelopper ? Mon mouchoir n'est pas vraiment utilisable.

Oscar alla ouvrir un des tiroirs de son bureau et en sortit un morceau de plastique-bulles récupéré dans un envoi de livres.

— Est-ce que cela conviendrait ?

— Parfait ! Et une feuille de papier pour vous faire un reçu ? En général, j'ai des formulaires officiels mais, comme par hasard, aujourd'hui je ne les ai pas pris !

Il donna la pendule à Oscar pour qu'il l'emballe tandis que lui-même s'asseyait au bureau pour écrire le reçu d'Elfrida.

— Il vaut mieux que je le garde moi-même, dit Oscar. Elfrida tend à perdre les choses.

Et il rangea le reçu dans la poche de poitrine de sa veste.

— Il y a juste une chose, dit Elfrida.

— Oui, Mrs Phipps ?

— Je préférerais qu'on ne parle pas trop de cela devant Sam et Carrie. Nous nous sommes tous beaucoup excités à propos du David Wilkie et je ne supporterais pas de faire naître d'autres faux espoirs. Pouvons-nous nous contenter de dire que, d'après vous, je devrais l'assurer et que vous l'emportez pour expertise ?

— Bien entendu. C'est une parfaite explication. De plus, c'est vrai !

Ce soir-là, tandis qu'elle essayait de préparer le dîner, Elfrida avait l'impression d'avoir passé l'après-midi sur les montagnes russes. De plus, à cause de toute l'excitation éprouvée, de sa déception et de ses nouveaux espoirs, elle avait tout simplement oublié Lucy. Elle était en train de remuer distraitement une sauce bolonaise quand cette dernière entra dans la cuisine par la porte de derrière.

Elfrida vérifia l'heure à la vieille horloge de cuisine. Presque sept heures. Elle regarda fixement Lucy, essayant de se souvenir de ce que l'enfant avait fait de sa journée.

— Oui, c'est moi ! dit Lucy.

— Oh, ma chérie, excuse-moi !

— On dirait que je suis la dernière personne que vous vous attendiez à voir ?

— Je fais seulement mon numéro de femme très occupée ! Il s'est passé tellement de choses, ici, que tu m'étais sortie de l'esprit. Mais tu y es revenue et j'en suis très contente.

— Que s'est-il passé ? demanda Lucy en ôtant son bonnet de laine avant de commencer à défaire les fermetures de sa veste. J'ai manqué quelque chose ?

— Pas vraiment. Juste un homme très sympathique qui est venu prendre le thé. Carrie avait fait des scones et je crois qu'il les a presque tous mangés !

— Qui est cet homme très sympathique ?

— Il s'appelle Sir James Erskine-Earle et il habite à Kingsferry House.

— Je suis justement allée à Kingsferry. Avec Rory.

— Je croyais que vous étiez allés faire de la luge ?

— Oui, pour commencer, mais quand il a fait trop noir pour continuer, nous sommes rentrés prendre le thé au presbytère. Et après, je suis allée à Kingsferry avec Rory.

— Tu avais encore des achats à faire ?

— Non, pas exactement.

Le ton de Lucy avait attiré l'attention d'Elfrida, qui se sentait à présent intriguée. Lucy avait une expression taquine et retenue, comme si elle ne pouvait pas s'empêcher de sourire.

— Tu ressembles au Chat du Cheshire[1] en ce moment ! Qu'est-ce que tu as fait ?

---

1. Le Chat du Cheshire qui, dans *Alice au Pays des Merveilles*, s'efface en ne laissant derrière lui que son sourire...

Lucy repoussa ses longs cheveux sur sa nuque. Elfrida capta un éclat doré.

— Je me suis fait percer les oreilles chez le bijoutier de Kingsferry. C'est Rory qui m'y a emmenée. Et il m'a acheté mes boucles pour Noël. Ce sont des vrais bijoux.

— Oh, ma chérie...

— J'en avais envie depuis si longtemps !

— Laisse-moi regarder.

— Mais maman ne voulait pas.

— Elles sont magnifiques, tellement adultes. Elles te donnent vraiment l'air d'une grande personne ! C'est un cadeau très généreux.

— Je crois, dit Lucy, qu'on ne m'a jamais offert quelque chose dont j'avais autant envie.

Sam

Quand Sam ouvrit les yeux, réveillé par un froid mordant, il faisait encore noir. Son édredon avait glissé du lit et il grelottait, réduit au confort relatif de deux couvertures et d'un drap en lin, brodé mais glacial. Comme toujours, il avait laissé les rideaux ouverts et la fenêtre entrebâillée. Un courant d'air le saisit, comme s'il venait d'ouvrir un congélateur. La température avait désagréablement chuté pendant la nuit.

Il ramassa son édredon et le remit en place. Il avait encore froid mais la légèreté moelleuse de l'édredon lui donna une plaisante sensation de confort. Attendant de se réchauffer, il tendit la main pour allumer sa lampe de chevet et regarder l'heure. Sept heures et demie.

Sa chambre aux coins pleins d'ombre lui était à présent familière. Il y avait peu de meubles : une immense penderie où il avait rangé toutes ses affaires, et une table de toilette victorienne qui servait à présent de coiffeuse. Sur le dessus en marbre marron-rouge étaient posés une grande bassine en porcelaine à fleurs et un broc à eau assorti. L'unique miroir de la pièce se trouvait à l'intérieur de la porte de la penderie. Il y avait enfin une seule petite chaise, très travaillée. Cette pièce ne convenait pas pour travailler ou pour recevoir, mais elle était idéale pour dormir.

Et pour passer des appels de travail sur son portable.

Il se réchauffait peu à peu et se demanda pourquoi cette pièce lui procurait autant de bien-être. Ses proportions étaient parfaites, se dit-il, les murs nus reposants, les rideaux de cretonne fanée assez longs pour retomber en festons sur le tapis usé. Cela lui rappelait les rideaux de sa mère dans leur vieille maison de Radley

Hill. Les anneaux en laiton glissaient sur une tringle également en laiton, aux extrémités en forme d'ananas. Quand on tirait les rideaux, les anneaux cliquetaient de façon très satisfaisante.

Le fait de penser à ce bruit particulier ressuscita la voix de sa mère. « Chéri, réveille-toi. Il est bientôt l'heure du petit déjeuner. »

C'était de la nostalgie, peut-être, mais de la meilleure sorte.

Toute la maison était comme sa chambre. De l'espace, de belles pièces à moitié vides avec des corniches raffinées et de hautes portes à panneaux. Un escalier qui montait en volées vers le grenier avec sa balustrade en pin de la Baltique ciré et ses marches élégantes de faible hauteur ; une cuisine à l'ancienne ; des salles de bains aux murs lambrissés peints en blanc avec tous les équipements d'origine, datant de l'époque victorienne ; et des toilettes où était écrit TIREZ sur la poignée de la chaîne.

Dès cette première soirée embarrassante qu'il avait passée dans la maison, il avait eu l'impression d'arriver chez lui.

La maison lui avait tout de suite plu. Elle lui avait parlé, lui avait souhaité la bienvenue. Il repensa à l'extraordinaire enchaînement de circonstances et de coïncidences qu'il avait fallu pour l'amener ici et, de plus, à cette époque particulière de l'année, jusqu'à ce qu'il se trouve coincé et obligé de rester. Avec le recul, on avait l'impression que le destin avait soigneusement tout planifié. A moins que ce ne soit l'influence de son signe astral, ou encore l'incompréhensible magnétisme d'antiques lignes telluriques.

Le premier maillon de la chaîne avait été de rencontrer Hughie McLellan à Londres. Ensuite, de se voir remettre la clef de sa maison de Creagan. Puis de tirer à pile ou face dans sa voiture devant la salle paroissiale de Buckly. Pile, il serait rentré directement à Inverness et, selon toute vraisemblance, aurait pu traverser l'île Noire avant que la neige rende la route impraticable. Mais l'inverse s'était produit : face ! et il avait pris le chemin de Creagan.

Si Sam avait trouvé la maison vide et fermée, comme il s'y attendait, il n'aurait pas traîné. Il voulait seulement la localiser. Sa situation, ses dimensions et son allure d'inébranlable dignité victorienne auraient suffi à le faire revenir pour une visite plus approfondie. Mais il avait vu de la lumière derrière les fenêtres à l'étage et, sa curiosité mise en éveil, s'était garé et avait sonné à la porte.

Après, il était trop tard, il ne pouvait plus repartir.

Il vivait ici depuis deux jours, en compagnie de quatre personnes réunies, elles aussi, un peu par le hasard, et il resterait jusqu'à ce que Noël soit passé. Il avait pensé profiter de la période des fêtes pour avancer le dossier de la filature — son ordinateur portable et sa calculette lui suffisaient pour cela — mais il se trouvait contraint à l'oisiveté car son ordinateur, sa calculette, les numéros de téléphone indispensables et ses dossiers étaient restés dans sa chambre d'hôtel. Pour aller à la réunion de Buckly, il n'avait emporté que son téléphone portable, un léger attaché-case et la clef d'Estate House.

Comme il lui était impossible de travailler, il s'était déconnecté avec une extraordinaire facilité. Il éprouvait une détente qu'il avait oubliée depuis des années. Des horizons réduits. Des priorités différentes. Il se sentait un peu sur un bateau, isolé du reste du monde mais impliqué dans des relations très fortes avec les autres passagers. Des étrangers qui devenaient peu à peu aussi proches que la famille qu'il avait perdue. Comme un bateau, la maison les abritait tous et le faisait avec une certaine grâce, comme contente de voir ses grandes pièces à nouveau habitées, les portes ouvertes, les feux allumés, avec des appels de voix et des pas dans l'escalier.

Une bonne maison, et Sam la voulait. C'était tout le problème. Il désirait l'acheter à Hughie et Oscar pour y vivre. Elle était parfaitement située — il ne lui faudrait que vingt minutes de voiture sur des routes désertes pour aller à l'usine le matin et rentrer chez lui le soir. Pour aller au club du golf, il n'aurait qu'à sortir de chez lui et, pour faire ses courses, la supérette était de l'autre côté de la place.

Ce serait aussi une maison avec un avenir. Son avenir. Si elle lui appartenait, Sam n'aurait plus jamais besoin de partir. A l'inverse d'une petite maison mitoyenne ou d'un pittoresque cottage couvert de roses, elle s'adapterait à tout. Cette maison donnait confiance dans la durée et c'était cela qui l'attirait le plus. Sam aurait bientôt quarante ans. Il n'avait plus envie de déménager, d'acheter et de vendre, de recommencer encore une fois à partir de rien. Il voulait que ce nouveau départ soit le dernier. Il voulait s'installer. Ici.

Mais la moitié de la maison appartenait à Oscar Blundell et il y vivait avec Elfrida. Apparemment, ils n'avaient rien d'autre que cela et eux-mêmes. « Un raseur, avait dit Hughie. Mon cousin est un raseur. » Mais Sam n'était pas du tout de cet avis. Il aimait beaucoup Oscar et cela ne rendait pas les choses plus faciles.

Si Hughie avait été à la place de Sam, il n'aurait rien dit au sujet du tableau d'Elfrida. Il n'aurait jamais pris la peine d'appeler Janey à Londres pour connaître le nom du représentant local de Boothby's. Elfrida avait pensé à vendre son tableau mais elle avait les pieds si peu sur terre pour les questions matérielles qu'elle n'aurait jamais su comment agir par elle-même. Mais la visite de James Erskine-Earle n'avait rien résolu. D'une certaine façon, Sam aurait préféré que ce tableau vaille un million de livres. Cela lui aurait permis d'oublier ses propres châteaux en Espagne et de chercher une autre maison.

Et pourtant... Il ne pouvait se débarrasser de la sensation que cette maison victorienne, carrée, sobre et solide, lui était destinée.

Mais à quoi bon y penser ! Il chassa ces idées de son esprit, se leva et ferma la fenêtre. Sa chambre donnait sur l'arrière d'Estate House. A côté du portail, un lampadaire éclairait le jardin en terrasses qui grimpait jusqu'à la plantation de pins, pétrifié de froid, brillant de gel. Il n'y avait pas le moindre souffle de vent. Un silence total.

Dans son enfance, il lui arrivait de temps en temps de se lever très tôt et d'entreprendre une longue marche jusqu'en haut de la lande. Perché sur une hauteur, il regardait le soleil se lever sur la campagne du Yorkshire. Aucune aube ne ressemblait à une autre. L'envahissement du ciel par la lumière lui avait toujours paru miraculeux. Il se souvint de ses retours à la maison après ces expéditions matinales. Il redescendait en courant par des sentiers herbus, il sautait par-dessus des ruisseaux, plein d'enthousiasme et d'énergie, conscient qu'une grande partie de son bonheur venait de ce qu'un énorme petit déjeuner l'attendait.

Il n'avait pas vu le soleil se lever depuis longtemps. Ce jour-ci, le plus court de l'année, en valait bien un autre pour renouveler l'expérience. Il s'habilla, laça ses chaussures montantes, enfila son Barbour, vérifia la présence dans ses poches de ses gros gants de conduite en cuir. Il sortit de sa chambre sans faire de bruit, ferma la porte le plus doucement possible et descendit sur la pointe des pieds. Dans la cuisine déserte, Horace sommeillait, roulé en boule dans son panier.

— Tu viens te promener ?

Horace était guéri de sa rencontre avec le rottweiler et, oui, il avait envie de se promener. Sam aperçut la liste de courses d'Elfrida et y griffonna un mot à son intention. Il prit son chapeau de tweed au portemanteau de l'entrée, ainsi qu'une écharpe qui ne lui appartenait pas mais lui tiendrait chaud. Quand il sortit, le froid le saisit. La neige gelée crissait sous ses grosses semelles. Il faisait encore nuit. Dans la rue, le gros camion municipal équipé d'un chasse-neige traversait la place vers la grand-route.

Sam et le chien partirent à l'opposé, en direction du golf et du bord de mer. Une étoile brillait encore dans le ciel, bien dégagé malgré la brume qui montait de la côte. La marée était descendue très loin, laissant derrière elle du sable gelé et des flaques dures comme de la pierre. Un vent coupant venait du nord. Sam remonta son écharpe sur le bas de son visage. Il pensa aux contrées situées à la même latitude, un peu au sud du soixantième parallèle. A l'ouest, de l'autre côté de l'Atlantique, le Labrador, la baie d'Hudson, l'Alaska. A l'est, la Scandinavie et les terres désolées de la Sibérie. Là-bas, un homme devait mourir gelé au bout de cinq minutes de promenade ! Mais lui, Sam, il se promenait comme n'importe quel vacancier le long de la plage avec son chien, sans être excessivement gêné par le froid. Le Gulf Stream était réellement une merveilleuse invention !

D'un pas vif, il parcourut la plage puis revint vers l'intérieur, escalada les dunes, traversa le chemin et les deux fairways du golf avant d'attaquer le chemin en pente raide qui serpentait entre d'épais buissons d'ajonc. L'effort pour parvenir au sommet de la colline le réchauffa rapidement. Horace haletait. Ils arrivèrent à une barrière coupée d'un échalier. Le ciel avait commencé à s'éclaircir, passant du noir au gris, et l'étoile avait disparu. Sam s'adossa à l'échalier, tourné vers la mer et abrité du nord par l'épaisseur des ajoncs. Devant lui s'étendaient la baie et la longue ligne de l'horizon, jusqu'à ce point lointain où le phare clignotait encore. Au-delà, au sud-est, le ciel se teintait de rose ; la lumière naissante irisait la brume. Sam se trouvait bien, là, pour assister au spectacle.

Le chien s'assit à ses pieds. Sam ôta un gant pour lui caresser la tête et les oreilles. Horace avait le poil doux et soyeux. En cet instant, le monde n'appartenait qu'à eux deux. De la petite hauteur où ils se trouvaient, il paraissait illimité, neuf, comme s'il venait de naître.

Sans raison précise, il se souvint d'un après-midi à Londres. Il marchait dans King's Road par une fin de journée sombre et humide, au milieu des voitures et des gens qui faisaient leurs courses. Il s'était dit que pas une seule personne au monde n'attendait un cadeau de Noël de sa part. Il était donc arrivé à Creagan sans avoir rien préparé mais, à présent, il devait s'en occuper pour avoir ce qu'il fallait le matin de Noël. Quatre personnes. Quatre cadeaux. Peut-être cinq en incluant cette mystérieuse Mrs Snead qu'il ne connaissait pas encore. Oscar, Elfrida, Lucy. Et Carrie.

Carrie...

Pendant toute cette période où il avait dû renoncer à Deborah, quitter son appartement et New York pour retrouver Londres et un nouveau poste, il n'avait pas un seul instant envisagé la possibilité de rencontrer une autre femme. Et à présent, il avait besoin de tout sauf d'un engagement sentimental. Mais Carrie l'attendait, dernier maillon d'un extraordinaire enchaînement de circonstances qui lui donnait l'impression d'être un simple pion dans le jeu d'un autre. Il avait franchi le portail d'Estate House, sonné à la porte, et Carrie lui avait ouvert.

Carrie aux beaux cheveux châtains, au regard expressif, Carrie si svelte... Ses sourcils qui remontaient vers les tempes et la fascinante petite fossette au coin de sa bouche. Sa voix profonde où semblait toujours poindre le rire, si bien qu'on ne savait jamais si elle plaisantait ou si elle parlait sérieusement. Elle avait des poignets fins, des mains longues et habiles, des ongles naturels. A la main droite, elle portait une bague en saphir et diamant, une bague qui aurait pu lui avoir été offerte par un homme fou d'elle et prêt à tout pour l'épouser. Ou bien lui avoir été léguée par une parente âgée qui l'aimait beaucoup.

Carrie était totalement dénuée d'artifice. Si elle n'avait rien à dire, elle se taisait. Si elle voulait donner son opinion, elle le faisait de façon réfléchie et intelligente. Elle semblait ignorer le sens du mot « bavardage » et, tandis que l'on échangeait de menus propos au cours d'un repas ou devant un verre, elle restait souvent silencieuse, mais toujours attentive. Cela ne l'empêchait pas d'avoir avec Elfrida ou Lucy une relation pleine d'affection et d'attentions. Avec Lucy, elle se montrait protectrice mais sans la couver. Lucy allait et venait mais Carrie avait toujours un mot gentil pour elle, une caresse sans ostentation. Surtout, elle l'écoutait et elle la faisait rire.

En revanche, il n'arrivait pas à savoir ce que Carrie pensait de lui. Elle était à l'aise avec lui et parfaitement maîtresse de la situation tout en restant un peu sur la défensive. L'unique fois où ils étaient restés seuls plus de cinq minutes — quand ils étaient allés faire les courses à Kingsferry —, il avait cru pouvoir faire tomber cette barrière. Or, chacune de ses tentatives pour amener la conversation sur Carrie et sa vie privée avait échoué. Carrie retombait dans le silence avant de relancer leur échange sur un autre sujet. Quand il avait trouvé, non sans difficultés, le magasin pour hommes de Kingsferry, il avait pensé qu'elle entrerait avec lui pour donner son avis, plaisanter son goût en matière de sous-vêtements et de pyjamas (ce que le vendeur appelait la Garde-Robe pour l'Intimité), ou encore insister pour lui choisir quelque cravate importable. Mais Carrie n'avait rien fait de tout cela. Elle avait traversé la rue pour aller chez le quincaillier acheter un plat à four et un moule à pudding pour Elfrida. Sam l'avait retrouvée dans la voiture où elle patientait en lisant le *Times*. Elle n'avait pas manifesté beaucoup d'intérêt pour ses achats.

Il se demanda si elle avait déjà été mariée, tout en sachant qu'il n'aurait jamais l'audace de lui poser la question. Après tout, cela ne le regardait pas. Le premier soir, tandis qu'ils attendaient le retour d'Oscar et Elfrida, elle avait laissé filtrer quelques bribes d'informations à son sujet. Elle n'avait rien livré spontanément, lui laissant l'impression de se trouver devant une porte bien fermée que rien ne convaincrait Carrie d'ouvrir.

Elle se montrait plus diserte quand il était question de Lucy.

Elle avait également parlé de son propre père et, à ce moment-là, elle s'était animée, parlant avec chaleur, les yeux brillants. « C'est un homme remarquable, avait-elle dit, le plus généreux des hommes. Il est resté avec ma mère, alors qu'il n'était pas heureux, jusqu'à ce que nous soyons adultes et indépendantes, Nicola et moi. C'est seulement alors qu'il est parti avec Serena. Si Lucy avait un père comme Jeffrey, sa vie serait très différente. Il n'a pas été seulement mon père, mais aussi mon meilleur ami. Il m'a ouvert toutes les portes, sans jamais cesser de m'encourager et de me féliciter. Avec un homme comme lui derrière moi, je me suis toujours sentie capable de tout. »

Tout... Mais à un moment, quelque part dans ce programme, quelque chose n'avait pas marché. Et Carrie n'était pas près de le confier à Sam.

Moins elle parlait, moins elle s'abandonnait, plus il voulait tout savoir d'elle. Cette obsession indiquait-elle qu'il était en train de tomber amoureux d'elle ? Sinon, pourquoi serait-ce aussi important ? Mais à quoi bon tomber amoureux d'une femme fortement engagée par rapport à son travail et à sa famille bancale ? Une femme qui, à aucun prix, ne renoncerait à tout cela pour vivre dans le nord de l'Ecosse avec Sam Howard. Sans compter qu'il était toujours marié à Deborah.

Horace s'agita et gémit. Il commençait à avoir très froid. Sam avait froid, lui aussi, mais ne bougea pas. En effet, quand il regarda de nouveau l'horizon, le rose pâle avait explosé en un halo rouge et jaune aux traînées vaporeuses comme des flammèches. Au-dessus des collines basses du cap lointain, brillait le premier éclat d'un soleil orangé. L'éclatante ellipse lumineuse atteignit la surface de la mer, réveilla les ombres des ondulations de sable et chassa peu à peu l'obscurité du ciel, le faisant passer du bleu saphir au bleu liquide des aigues-marines.

Il ne pouvait détacher ses yeux du spectacle et perdit toute notion du temps tandis que la boule orangée s'élevait sur l'horizon, à l'autre bout du monde. Le miracle se renouvelait, le même depuis les origines. Sam ne sentait plus le froid. Le clignotement du phare s'éteignit d'un seul coup. Un nouveau jour venait de commencer, après lequel les nuits allaient lentement raccourcir. Puis viendrait la nouvelle année. Sam ne parvenait pas à imaginer ce qu'elle lui réservait.

Il rentra à Creagan à vive allure par l'étroit sentier qui suivait le haut des links enneigés. La brume se dissipait, révélant un ciel d'un bleu pâle très pur, sans le moindre nuage. Quand Sam parvint aux premières maisons, il constata que la petite ville s'activait déjà. Des voitures circulaient, les magasins étaient ouverts et les premières clientes passaient, chargées de paniers et de sacs en plastique. Le boucher balayait la neige devant sa porte et une jeune mère tirait son bébé emmitouflé jusqu'aux yeux sur une petite luge en bois.

Sam se sentait une faim d'ogre.

A Estate House, tout le monde était aussi en pleine activité. De l'étage provenait le bourdonnement de l'aspirateur tandis qu'une voix de femme donnait sa version d'une vieille chanson des Beatles.

La redoutable Mrs Snead, sans aucun doute, était là pour les balayer tous comme de la vulgaire poussière !

Un flot de lumière arrivait par la porte ouverte de la cuisine. Une odeur de bacon et de café lui fit venir l'eau à la bouche. Sam détacha la laisse d'Horace de son collier et se débarrassa de ses vêtements. Il trouva Carrie assise à la table de la cuisine, seule parmi les restes du petit déjeuner. Elle buvait son café en lisant le *Times* mais leva les yeux en l'entendant entrer.

— Bonjour, dit-elle.

Le premier soir, à peine deux jours plus tôt, il avait été stupéfié par l'inattendue séduction de Carrie. Elle venait d'être malade et en avait gardé un teint très pâle, l'air fragile et terriblement vulnérable. Il l'avait pourtant trouvée superbe. Mais son rhume était à présent oublié. Ce matin-là, Carrie portait un pull-over en cachemire rouge dont la couleur vive la rendait plus vivante, plus séduisante que jamais. Dans l'état de bien-être physique qu'éprouvait Sam, il ressentit un violent besoin de la toucher, de la prendre dans ses bras, de l'embrasser, de briser les barrières qu'il avait imaginées, et de commencer à parler.

— Vous avez fait une bonne promenade ?

Il retint prudemment ses folles impulsions.

— Je suis peut-être allé un peu trop loin. Horace est épuisé.

Eclaboussant avec générosité tout autour de lui, le chien lapait bruyamment son bol d'eau.

— Vous devez être gelé.

— Non, la marche m'a réchauffé. En revanche, je meurs de faim.

— Il y a du bacon, dit Carrie en se levant.

— J'ai senti l'odeur.

— Je vais vous faire du café frais.

— Carrie, je peux le faire !

Sans l'écouter, elle enfila un gant de cuisine et prit sur le chauffe-plats une assiette couverte d'une autre assiette renversée. Elle la posa sur la table et, d'un ample mouvement du bras, souleva l'assiette du dessus. Il y avait non seulement du bacon mais aussi des œufs, une saucisse et une tomate poêlée. Tout cela grésillait doucement.

— Je m'en occupe. Vous, vous mangez !

— Qui a préparé cela ? demanda-t-il avec un certain étonnement.

— Moi. J'ai pensé que vous auriez faim.

Il se sentit très ému.

— C'est très gentil de votre part.

— Ce n'est pas un problème.

Il s'assit et commença à beurrer un toast.

— Où sont les autres ?

Carrie était en train de brancher la bouilloire électrique.

— Pas loin. Mrs Snead est là-haut et je crois qu'Elfrida est en train de faire les lits. Oscar est au téléphone. Nous devons aller chercher le sapin, ce matin. Il se demandait si vous voudriez bien le faire avec votre voiture. Elle sera plus pratique pour transporter un arbre et, de plus, Oscar n'aime pas conduire sur la neige.

— Où faut-il le prendre ?

— Au domaine de Corrydale. C'est là-bas qu'il téléphone en ce moment, à un certain Charlie Miller. Tout est prêt mais Oscar voulait s'assurer que Charlie nous attendrait.

— Nous ? Vous m'accompagnez ?

— Oscar a dessiné un plan. Je dois vous accompagner pour vous guider. Par ailleurs, je veux aller à Corrydale. Oscar m'en a tellement parlé ! Je connais toute l'histoire de sa famille maintenant. Il m'a dit que, dans son enfance, le parc et le jardin étaient magnifiques. Cela a changé, bien sûr, puisque c'est un hôtel à présent. Mais j'ai envie de voir le domaine. Comme l'hôtel est vide, si Charlie Miller nous y autorise, nous pourrons y faire un tour.

Occupé à manger son bacon, Sam ne dit rien mais se sentit envahi de satisfaction. Il ne pouvait envisager une meilleure façon de passer la matinée que d'emmener Carrie à Corrydale pour prendre le sapin de Noël et faire un tour. Il serait intéressant de voir ce que Hughie McLellan avait possédé et dilapidé.

— Très bien, se contenta-t-il de dire.

Et il poursuivit son repas, peu désireux de laisser Carrie voir son plaisir et battre en retraite.

L'eau bouillait. Elle la versa sur le café.

— Voulez-vous encore du pain grillé ?

— Avec plaisir, merci.

Elle lui fit donc d'autres toasts, lui servit du café, remplit sa propre tasse et se rassit. Sam se demanda s'ils allaient être tranquilles pendant un moment mais, bien entendu, Lucy fit alors irruption dans la cuisine, interrompant leur tête-à-tête.

— Carrie ! Mrs Snead va faire une lessive de blanc et elle demande si tu as du linge à lui donner ? Bonjour, Sam. Vous avez fait une bonne promenade, avec Horace ?

— Excellente !

— A quelle heure êtes-vous sorti ?

— Vers huit heures. Il faisait encore noir. Nous avons assisté au lever du soleil.

— C'est formidable ! J'aurais bien aimé venir avec vous. Je n'ai jamais vu un vrai lever de soleil. Cela devait être très joli avec la neige sur le golf. Comme en Suisse...

Carrie l'interrompit :

— Nous allons chercher le sapin à Corrydale, Sam et moi. Veux-tu nous accompagner ?

Lucy fit un « Oh ! » de déception.

— J'aurais adoré ça mais j'ai promis à Mrs Snead de l'aider. Nous avons quelque chose à faire. Alors, je ne peux pas. Pourtant, j'ai vraiment envie de visiter Corrydale.

— Je t'emmènerai une autre fois, dit Sam qui l'aurait embrassée avec plaisir.

— C'est vrai ? C'est promis ? D'après Oscar, c'est le plus bel endroit du monde. Sa grand-mère avait des azalées magnifiques de toutes les couleurs. Le parc descend jusqu'au rivage et Oscar avait un bateau.

A l'étage retentit la voix de Mrs Snead :

— *Lucy* ! Alors, cette lessive ? Il faut tout rassembler...

Carrie fit une grimace comique.

— Il vaudrait mieux faire ce qu'on nous demande, si on ne veut pas avoir d'ennuis ! Viens, Lucy...

Sam, resté seul, but son café chaud avec un sentiment de profonde satisfaction.

Le plan d'Oscar se révéla très précis. Il n'avait rien oublié de tout ce qui formait un véritable labyrinthe derrière le grand mur d'enceinte de Corrydale : les routes et les sentiers, les parties boisées et le rivage de l'estuaire. La maison de chacun des employés du domaine avait été méticuleusement dessinée et le nom de l'occupant indiqué : Billicliffe ; Rose Miller ; le garde-chasse ; la ferme du domaine. La dernière des maisons abritait la famille du jardinier, Charlie Miller, à côté du jardin clos et du hangar pour le tracteur. Un peu à l'écart, sur le trajet d'un autre chemin sinueux parallèle au rivage, Oscar avait représenté Corrydale House — située dans un isolement non dénué de grandeur et entourée de jardins à la française. Une succession de terrasses menait de la demeure aux prairies du bord de l'eau.

Le plan d'Oscar rappelait à Sam les pages de garde d'un des livres de Winnie l'ourson qu'il lisait dans son enfance, mais Carrie déclara qu'il s'agissait d'une œuvre d'art qui mériterait d'être encadrée.

La route qui menait à Corrydale leur fit découvrir une partie de la région qu'ils ne connaissaient pas encore. Au lieu de traverser le pont de Kingsferry, ils bifurquèrent sur la droite pour prendre la vieille route qui zigzaguait dans la campagne en direction de l'ouest. Les côtes se succédaient. Parfois, ils traversaient des tunnels formés par les branches des hêtres plantés de chaque côté de la chaussée. Tout était couvert d'une épaisse couche de neige mais le temps tenait ses promesses du matin en leur offrant un ciel dégagé. Ils croisèrent peu de véhicules et n'aperçurent guère plus de gens : un tracteur qui cahotait dans un champ, chargé de fourrage pour un troupeau de moutons ; une femme en train d'étendre sa lessive dans l'air pur et froid ; un fourgon postal rouge essayant d'atteindre une ferme par un chemin de terre défoncé.

Sur leur gauche, le long bras de mer remontait sur une vingtaine de kilomètres à l'intérieur des terres. On était à mi-marée et l'eau du loch était aussi bleue qu'en été. Sur l'autre rive se dressaient de petites montagnes d'un blanc aveuglant sauf aux endroits où la neige n'avait pu recouvrir les rochers noirs et les éboulis.

— On a vraiment une impression d'immensité, dit Carrie. Même le ciel paraît deux fois plus grand qu'ailleurs.

Elle portait une veste matelassée noire, sa toque de fourrure, et des lunettes noires pour se protéger de la réverbération.

— Sans doute parce qu'il n'y a pas de pollution, avança Sam. L'air est plus transparent. Savez-vous que cinq des plus belles rivières à saumons d'Ecosse se jettent dans ce loch ?

— Comment le savez-vous ?

— Oscar me l'a dit.

— Il devait y pêcher quand il était petit.

— Le veinard !

Carrie reporta son attention sur le plan d'Oscar.

— Je crois qu'on devrait bientôt arriver. On va voir le mur d'enceinte, et la grande grille est à quatre cents mètres...

Le mur apparut presque aussitôt sur leur gauche. Il laissait voir des arbres au port élégant, soigneusement plantés les uns par rapport aux autres, ce qui suggérait l'existence d'un bois. L'entrée principale — la grande grille indiquée par Oscar — était, quant à elle, flanquée de deux immenses wellingtonias. D'une petite maison de gardien, montait un léger panache de fumée. Du linge séchait dans le jardin. Un tracteur d'enfant en plastique traînait sur le seuil.

— Nous y sommes, dit Carrie.

Sam franchit le portail. Une route bien entretenue descendait vers le rivage entre deux rangées de chênes impressionnants. Des véhicules l'avaient récemment empruntée, y laissant des marques profondes que barraient les ombres bleutées des arbres. A quelques centaines de mètres, la route se divisait. Sur un panneau en bois, une flèche indiquait à droite : HÔTEL. De ce côté, la neige était restée vierge de toute trace. Ils suivirent l'autre flèche : FERME DU DOMAINE ET SCIERIE. C'était tout droit.

— Ensuite, dit Carrie en consultant le plan d'Oscar, nous allons trouver un autre embranchement. La maison de Billicliffe est à gauche.

— Qui est Billicliffe ?

— L'ancien régisseur du domaine. Elfrida et Oscar ont dû aller chez lui pour prendre leur clef. D'après Elfrida, il est très ennuyeux et il vit dans un vrai dépotoir. Elle m'a dit qu'ils n'ont pas été très aimables avec lui. Mais quand il est tombé malade, c'est Oscar qui l'a conduit à l'hôpital.

Ils étaient arrivés à l'embranchement et Sam tourna à gauche, suivant les traces de pneus. Visiblement, ce chemin était assez fréquenté. Enfin, en retrait du bord de la route, ils découvrirent le premier des cottages des employés du domaine.

— Voici la maison du major Billicliffe, dit Carrie.

Curieux, Sam ralentit pour mieux la voir. Une solide petite construction en pierre avec un porche campagnard et deux lucarnes sur le toit d'ardoise. Une petite allée séparait le portillon du jardin de l'entrée de la maison. Dans l'allée, couverte d'au moins trente centimètres de neige, une vieille Vauxhall abandonnée rouillait tristement. Les fenêtres étaient soigneusement fermées. On n'apercevait pas la moindre lumière.

— Quel endroit sinistre ! dit Carrie.

— Aucun endroit ne peut avoir bonne mine quand on ne s'en occupe pas.

Ils poursuivirent lentement, les ornières gelées crissant sous les pneus. La route tournait et serpentait avec une fantaisie pleine de charme. A un autre virage, le cottage de Rose Miller se dressa, bien différent : soigné, coquet, des rideaux de dentelle aux fenêtres et quelques poules joviales en train de caqueter dans le jardin. De la cheminée, s'échappait la fumée d'un feu de tourbe qui remplissait l'air de son délicieux parfum.

Ils passèrent sans se presser devant la ferme. Une bonne odeur de fumier provenait de la cour. Ensuite, un troupeau de moutons dans une prairie, puis le cottage du garde-chasse avec un chenil et, à l'arrière, un enclos d'où surgirent deux épagneuls aboyant de toutes leurs forces.

— Bonne idée de ne pas avoir emmené Horace ! fit remarquer Carrie. Il aurait fait une crise cardiaque.

Des champs descendaient jusqu'au bord du loch qu'ils avaient perdu de vue pendant quelque temps. Encore des arbres, encore un cottage, et enfin le mur nord du jardin clos, une belle construction de pierre avec une double grille en fer forgé au milieu. Derrière le jardin, le grand abri en bois du tracteur avait ses portes grandes ouvertes. Sam s'arrêta à côté d'une vénérable Land-Rover couverte de boue. Ils descendirent de la voiture. Au même moment, un jeune homme sortit du hangar, un vieux Labrador à poil beige sur ses talons. Le jeune homme portait un bleu de travail, des bottes en caoutchouc et une casquette à la Sherlock Holmes, la visière rabattue sur le nez.

— Charlie Miller ?

— Oui, c'est moi. Tranquille, Brandy ! Et ne saute pas sur la dame, espèce de vieille bête mal élevée !

— Cela ne me dérange pas, dit Carrie avec un sourire.

— Cela vous dérangera si elle vous met des marques de pattes partout ! dit-il avant de se tourner vers Sam. Vous devez être Sam Howard ?

— Oui, et voici Carrie Sutton.

— Ravi de faire votre connaissance, dit Charlie en tendant la main à Carrie. Oscar m'a téléphoné. Le sapin est dans le hangar, si vous voulez bien entrer.

Ils le suivirent dans le hangar sombre qui remplissait visiblement un certain nombre de fonctions. Sam repéra une pile de palettes, un tas de bûches, plusieurs vieux cageots à fruits, et des panais dans de grands filets. Il régnait une bonne odeur de terre, de sciure et d'huile de moteur. Appuyé contre un vieux tracteur Ferguson, leur sapin les attendait.

— Oscar m'a dit de ne pas dépasser un mètre quatre-vingts. Celui-ci m'a donc paru convenir. La forme est jolie et il n'y a pas de branches cassées.

— Il me paraît bien.

— Le prix est de deux livres les trente centimètres. Ça fait douze livres. Vous avez un pied ?

— Je l'ignore totalement. Oscar n'a rien dit ?

— J'ai ça.

Charlie alla prendre dans un coin du hangar un bricolage de bois brut assemblé avec de gros clous.

— C'est le gamin du fermier qui fait ça, il les vend deux livres cinquante.

Sam examina l'engin d'un œil dubitatif.

— Vous êtes sûr que ça tiendra ?

— Oh oui ! Ça marche très bien.

Charlie posa le pied à côté du sapin.

— Et voilà, ça vous fait quatorze livres cinquante.

De toute évidence, Charlie n'était pas homme à tergiverser.

Sam lui tendit quinze livres.

— Dites au fils du fermier de garder la monnaie. Il le mérite, ne serait-ce que pour son esprit d'entreprise.

— Ce sera fait, répondit Charlie en enfouissant les billets dans la poche de son bleu. Voulez-vous que je mette le sapin dans votre voiture ?

— Ce serait très aimable. J'ai déjà rabattu les sièges arrière pour faire de la place.

— Pas de problème.

— Charlie, intervint Carrie, pensez-vous que nous pouvons faire un tour jusqu'à Corrydale ? Nous n'y sommes jamais allés et nous aimerions voir la maison. Mais si c'est privé ou interdit aux promeneurs...

— C'est autorisé. Vous pouvez aller partout où vous en avez envie. Mais, vous savez, l'hôtel est fermé et il n'y a pas grand-chose à voir dans les jardins, en ce moment.

— Ce n'est pas grave. Quel est le meilleur chemin pour y aller ?

— Retournez jusqu'à la maison du major Billicliffe. Là, vous prenez à gauche. Vous arriverez tout droit aux jardins et à la maison. A partir de là, il y a un chemin qui descend à travers les bois jusqu'au bord de l'eau et un autre qui vous ramènera ici en suivant le rivage. Pendant que vous vous promenez, je vais ficeler le sapin et le mettre dans votre voiture. Si je ne suis pas là quand vous reviendrez, c'est que je serai allé déjeuner.

— Merci beaucoup.

— Pas de quoi ! Bonne promenade, maintenant.

Ils partirent dans la direction indiquée, faisant crisser les ornières gelées sous leurs pas. Le soleil leur chauffait le dos et faisait fondre des paquets de neige qui tombaient des branches où ils s'étaient accumulés. Les silhouettes noires des arbres dénudés se découpaient sur le ciel bleu vif comme de la dentelle noire. Sam et Carrie passèrent devant la ferme, la maison du garde-chasse et le portillon du jardin de Rose Miller.

— C'est le genre d'endroit, remarqua Carrie, qui donne envie de s'y blottir et d'y passer le reste de sa vie.

Après le cottage désert du major, ils quittèrent la route et prirent le sentier de gauche. Marcher devint difficile car la neige était profonde et personne n'était passé avant eux.

— On se rend compte qu'il a dû y avoir beaucoup d'argent, ici, à une époque, dit Carrie. C'est un domaine important. Je me demande d'où leur venait leur richesse.

— Vraisemblablement d'origine industrielle. Construction navale, aciéries, ce genre de choses. Ou le commerce avec l'Extrême-Orient. Les transports maritimes, peut-être le thé, le teck. Il faudra poser la question à Oscar.

— J'ai l'impression qu'Oscar ne possède *rien*.

— Je ne pense pas non plus qu'il soit très riche.

— Qu'est-il donc arrivé à tout cela ? A tout cet argent ?

— Ce qui arrive toujours. Les gens meurent et l'Etat prélève d'énormes taxes sur leur succession, ce qui a entamé les domaines. Le coût de la vie a monté en flèche. La guerre a tout changé, cela a été le début du déclin. Et puis des types comme Hughie McLellan sont entrés en possession des biens, ils ont dilapidé ce qui restait du capital et ils ont fini par vendre. Dans le sud de l'Angleterre, on aurait tout transformé en lotissements de pavillons de standing et en terrains à bâtir. Ici, comme c'est loin de tout et que la maison a été rachetée par une chaîne hôtelière, le domaine a des chances de rester intact et, au moins, inchangé.

— Pourquoi Oscar n'a-t-il pas hérité ? Il aurait été parfait en propriétaire terrien !

— Je suppose qu'il n'avait pas qualité à recueillir la succession. Hughie était le fils du fils aîné et le droit de primogéniture s'est appliqué. C'est simplement regrettable pour tout le monde qu'il se soit révélé aussi minable.

— C'est injuste, n'est-ce pas ?

— Carrie, la vie est injuste.

— Je me sens malheureuse pour Oscar. Ils méritent mieux, lui et Elfrida. Ils méritent d'avoir un toit à eux et de savoir qu'ils ne seront pas obligés de partir. J'aimerais être assez riche pour m'occuper d'eux, leur offrir une maison agréable où ils pourraient passer le reste de leur vie. J'aurais tellement voulu ne pas être là quand ils ont appris que le David Wilkie est un faux sans valeur. Elfrida en espérait tant ! C'était affreux de la voir si triste. J'étais très gênée.

— Moi aussi, lui rappela Sam.

— Mais, pour vous, c'est différent.

— Pourquoi ?

— Parce que s'ils n'ont pas d'argent, Oscar sera obligé de vous vendre sa part d'Estate House, et vous aurez ce que vous vouliez.

— Me prenez-vous vraiment pour un monstre ?

— Je ne sais pas. Je ne vous connais pas suffisamment. Je ne connais pas votre façon de penser.

Il choisit de ne pas relever ses remarques. Il ne voyait pas l'utilité de déclencher une dispute dès le début de leur expédition.

— Croyez-vous qu'ils resteront ensemble ? préféra-t-il lui demander.

— Je ne le sais pas plus que vous mais je pense que oui. Chacun d'eux n'a que l'autre dans l'existence. La question est : où vont-ils vivre ?

— Là où ils sont. Si Oscar ne veut pas vendre, Hughie ne pourra pas le faire.

— Et vous, que ferez-vous, en ce cas ?

— Je chercherai une autre maison.

— A Buckly ?

— Je l'ignore. Dans l'immédiat, j'ai à peine eu le temps de jeter un coup d'œil sur les environs et encore moins de chercher une propriété.

Carrie ne répondit rien. Ils marchaient d'un pas vif, Carrie suivant de ses longues jambes le rythme de Sam. Sur leur gauche, les champs enneigés descendaient jusqu'au loch. A droite se dressait un petit bois de vieux hêtres. Entre les troncs massifs, on devinait des creux et des sentiers pleins de traces de lapins et d'oiseaux. Dans le ciel, des freux passaient en croassant tandis que le long cri d'un courlis montait de la berge.

— J'aimerais visiter la filature, dit Carrie, rompant de silence.

Sam en fut stupéfait. Il n'aurait jamais pensé qu'elle puisse s'y intéresser.

374

— *Vraiment* ?

— Cela paraît vous surprendre ?

— C'est seulement qu'il n'y a presque rien à voir. D'immenses salles vides et humides, quelques cuves à teinture et une ou deux machines qu'on a pu sauver du désastre.

— Mais vous m'avez dit que le bâtiment est classé. Rien que cela me semble intéressant. Vous avez la clef ?

Elle était tout à fait sérieuse, pensa-t-il.

— Bien sûr.

— Vous m'emmènerez ?

— Si cela vous fait plaisir.

— J'aime les bâtiments dont il ne reste que les murs, les lieux vides et nus. J'aime les imaginer tels qu'ils étaient, essayer d'imaginer ce qu'on peut en faire. Vous devez vous sentir impatient de relever un pareil défi, de tout reconstruire pour que ça remarche.

— Oui, dit-il. Mais, en même temps, c'est un projet assez effrayant. J'aurai certainement des moments de frustration, d'impatience et même de colère. Pourtant, les difficultés peuvent se révéler très stimulantes, surtout s'il y a près de vous quelqu'un qui vous croit capable de les résoudre. Et à Buckly, j'ai quelqu'un de très compétent, Fergus Skinner, qui est de mon côté. Je lui fais confiance.

— Cela reste malgré tout très différent d'un travail à New York.

— Si j'étais plus jeune, j'aurais sans doute refusé le poste, mais j'ai trente-huit ans et j'ai roulé ma bosse. Pour moi, c'est le bon moment de changer de mode de vie. Même dans la haute finance, on ne trouve rien d'aussi satisfaisant que le fait de revenir concrètement aux affaires.

— Vous redescendez d'un cran.

— Dans un sens, c'est exact. Mais, voyez-vous, je suis né et j'ai grandi dans le milieu de l'industrie lainière et, tout au fond de moi, je suis convaincu qu'il n'y a rien d'aussi beau, confortable et toujours correct qu'une veste de tweed bien coupée dans laquelle on se sent bien. Elle résiste à tous les temps et, le soir, on peut parfaitement la porter pour dîner. Elle s'adapte à toutes les circonstances. J'aime l'odeur et le toucher du tweed. J'aime entendre les rouages, le claquement des métiers à tisser et les énormes pistons des machines à carder. Et j'aime les ouvriers qui les font marcher, ces hommes et ces femmes qui ont le filage, le

375

tissage et la teinture dans le sang depuis deux ou trois générations. Je reviens dans l'univers auquel j'appartiens.

— Je trouve que vous avez de la chance.

— A cause de mon travail ?

— Pas seulement.

Carrie s'arrêta et leva la tête pour suivre le vol d'un busard, très haut dans le ciel.

— Parce que vous allez vivre ici, dans ce pays immense, propre, intouché. Rendez-vous compte : vous pouvez jouer au golf, chasser la grouse et le faisan, et pêcher dans ces rivières à saumons dont vous m'avez parlé.

Elle s'était remise à marcher.

— Vous pêchez ? ajouta-t-elle après un instant de réflexion.

— Oui. J'y allais avec mon père, dans le Yorkshire. Mais nous pêchions la truite, pas le saumon. Et je ne suis pas très attiré par la chasse.

— Moi non plus. De ravissants petits oiseaux qui dégringolent du ciel, qu'on mange au Savoy et qui ont la taille d'un canari !

Ils étaient arrivés en vue du mur du jardin à la française, surmonté de pointes en fer forgé. Le chemin aboutissait à une grille dont les piliers supportaient des lions en pierre. Des rosiers grimpants qui les recouvraient, il ne restait que des tiges noircies par l'hiver.

Il s'arrêtèrent devant la grille. Derrière les fioritures en fer forgé, s'étendaient des pelouses en terrasses qui montaient vers Corrydale House. Ils découvrirent un manoir victorien à pignons et tourelles, en pierre rouge, dont une partie disparaissait sous la vigne vierge. C'était très grand, peut-être un peu prétentieux, mais attirant par son côté prospère. Toutes les fenêtres étaient fermées mais, comme elles faisaient face au sud, les vitres renvoyaient le soleil avec de grands éclats de lumière. Un haut mât se dressait à l'une des extrémités de la terrasse supérieure mais aucun drapeau n'y flottait.

— Pas mal, dit enfin Carrie. Oscar a dû y passer des moments extraordinaires.

— Aimeriez-vous vivre ici ? demanda Sam.

— Dans cette maison ?

— Non, *ici*. A Creagan, dans le Sutherland.

— Mon travail est à Londres et j'ai besoin de travailler. Je dois gagner ma vie.

— En supposant que vous n'en ayez pas besoin ? Cela vous plairait-il ? Pourriez-vous vous enterrer dans un coin aussi perdu ?

— Je l'ignore. Il faudrait me donner le temps d'y réfléchir, de peser le pour et le contre. Et pour quitter Londres, il faudrait que je sois libre de toute responsabilité.

— Vous n'êtes pas libre ?

— Il y a Lucy.

— *Lucy* ?

— Oui, Lucy.

Carrie ouvrit la grille. Une large allée rectiligne traversait le jardin en direction d'un lointain petit bois de hêtres. A mi-distance, au milieu de l'allée, dans l'alignement des marches qui menaient à la maison par les terrasses, se dressait un cadran solaire en pierre flanqué d'un banc de bois aux lignes incurvées. Une autre volée de marches conduisait à un parterre abrité par des massifs de rhododendrons et d'azalées. Rayonnant à partir de la statue en pierre d'une déesse de l'Antiquité, il dessinait des volutes, des cercles et des ellipses bordées de buis. Enseveli sous la neige, il ressemblait beaucoup à un dessin réalisé au charbon de bois sur un épais papier blanc.

— Je prends ce travail à Londres essentiellement pour Lucy. Elle a besoin que quelqu'un s'occupe d'elle, l'arrache à cette vie étroite et morne, entourée de femmes, qu'on l'oblige à mener sans aucune faute de sa part. Elle n'a aucune chance de s'en sortir. Je dois essayer de lui en donner une.

— Elle me paraît pourtant bien adaptée, dit Sam au bout d'un moment. Heureuse, même.

— Parce qu'elle *est* heureuse ici, avec Elfrida, Oscar, et tous ces gens qui vont et viennent. Sans oublier Rory Kennedy ! Le fait de rentrer à Londres constituera une terrible déception.

Sam se sentait fâché contre Carrie de se conduire en tante célibataire et protectrice. Elle était trop jeune et trop belle pour construire sa vie en fonction de sa nièce.

— Elle finira certainement par de débrouiller, dit-il. On est résistant, à cet âge. Elle trouvera le moyen de s'en sortir par elle-même.

— Non, répliqua Carrie d'un ton tranchant. Vous ne connaissez pas l'égoïsme de sa mère. Vous ne diriez pas ça.

— Comment allez-vous faire ?

— Je ne sais pas encore. Déjà être là, au bout du téléphone. Etre *présente*. Peut-être qu'à Pâques je partirai de nouveau avec elle. En Cornouailles pour voir son grand-père. A moins que nous n'allions faire du ski. Les enfants de Jeffrey sont assez grands pour cela, maintenant. J'avais à peine neuf ans quand il m'a emmenée skier pour la première fois et cela m'a tellement plu que c'est devenu une vraie passion.

— Retournerez-vous à Oberbeuren ?

— Non.

Elle avait jeté ce « non » avant même qu'il finisse sa question.

— Non, pas à Oberbeuren. Ailleurs. Arosa, Grindelwald ou Val-d'Isère.

— Pourquoi pas aux Etats-Unis ? Dans le Colorado ou le Vermont ? Cela paraît loin mais ce serait certainement moins cher.

— Le Vermont ? répéta Carrie qui marchait à côté de lui, les mains enfoncées dans les poches de sa parka. Vous avez fait du ski là-bas ?

— Oui, plusieurs fois. Nous y allions pour le week-end.

— « Nous ? » Vous et votre femme ?

On y était donc. Ils avaient atteint ce point autour duquel ils tournaient depuis si longtemps, le point de non-retour, le moment de vérité.

— Oui, ma femme. Vous savez que je suis marié ?

— Oui, je sais, dit-elle d'un ton uni.

Ils marchaient toujours du même pas, comme s'il ne se passait rien.

— Elfrida vous l'a dit.

— Bien sûr ! Croyiez-vous qu'elle me le cacherait ?

— Non, pas du tout. Nous sommes séparés, ma femme et moi.

— Elle me l'a dit également.

— Vous voulez les détails ?

— Pas vraiment.

— Je crois que c'est important.

— Pour vous, sans nul doute.

— C'est important parce que je veux que vous compreniez.

— Comprendre ? Vous êtes-vous si mal conduit ?

— Non, et oui. Je ne l'ai pas trompée mais je travaillais trop et je m'absentais trop souvent. Je ne lui ai pas donné assez de temps.

— Elle a un nom ?

— Deborah. Ses amis l'appellent Debbie mais moi, Deborah. Je travaillais déjà à New York quand je l'ai connue. Un jour, un ami m'a emmené passer le week-end à Easthampton. Nous avons été invités à une soirée et elle était là. Son grand-père avait une propriété là-bas : de la terre, une plage privée, des chevaux, des enclos pour les poulains, une piscine, tout. Nous nous sommes mariés sur la pelouse devant la maison de son grand-père. Il y avait sept cents invités, dix demoiselles d'honneur et dix garçons d'honneur tous habillés comme des pingouins. Deborah était ravissante et j'étais heureux de me sentir emporté par un courant irrésistible. Nous avons acheté un appartement dans un beau quartier et tout a été refait sans compter. Pendant un certain temps, Deborah a donc été très occupée et heureuse. Mais le décorateur a fini par s'en aller et je crois que c'est à partir de là qu'elle a commencé à s'ennuyer. Je n'arrêtais pas de me déplacer d'un bout à l'autre du pays. Il lui arrivait de retourner à Easthampton pendant mes absences. D'autres fois, elle s'occupait seulement de se distraire.

— Des enfants ?

— Non, elle n'en voulait pas. Du moins, pas tout de suite. Peut-être plus tard. Elle me l'avait promis. Quoi qu'il en soit, l'été dernier, elle a revu un garçon qu'elle avait connu au lycée. Il avait déjà été marié deux fois mais il était de nouveau libre. Riche, flatteur, complètement idiot, aussi fidèle qu'un chat de gouttière. Ils ont commencé ce que les gens polis appellent aujourd'hui une relation. Je ne me suis jamais douté de rien, jusqu'au jour où elle m'a annoncé qu'elle me quittait pour lui. Cela a été un coup terrible, non seulement parce que je la perdais, mais aussi parce qu'elle était amoureuse d'un minable, le genre de salaud qui n'épouse sa maîtresse que pour en prendre une autre.

— Mais vous n'êtes pas divorcé ?

— Non, je n'ai pas eu le temps de m'en occuper. Six semaines après son départ, mon patron, David Swinfield, m'a demandé de revenir à Londres. Et depuis... En fait, j'ai laissé traîner la situation. J'avais autre chose pour m'occuper l'esprit. Mais, tôt ou tard, je vais recevoir une lettre d'avocat et la procédure sera lancée.

— Risque-t-elle de vous demander une grosse pension alimentaire ?

— Je ne sais pas, cela dépendra de son avocat. Mais je ne le pense pas. Ce n'est pas quelqu'un d'avide. Par ailleurs, l'autre salaud est bourré de fric et Deborah a aussi de l'argent. Trop, peut-être. Je me demande si cela n'a pas contribué à notre échec. A mon échec.

— Vous l'aimez toujours ?

Il fit non avec la tête, l'air étonné qu'elle puisse poser la question.

— Je comprends, reprit-elle, mais vous vous sentez responsable d'elle. Vous avez peur qu'il la fasse pleurer ou la laisse tomber. Vous avez toujours envie de la protéger.

— Oui, admit Sam après un instant de réflexion. Vous devez avoir raison.

— Si elle voulait... si elle vous demandait.. de revenir ?

— Non, dit-il après un nouveau moment de réflexion.

— Pourquoi ! ?

— Parce que ma vie a pris une nouvelle orientation. Parce que Deborah appartient au passé et à tout ce que j'ai laissé derrière moi. A présent, je suis ici. Et c'est ici que je vais vivre parce que j'ai une tâche à accomplir.

— C'est pourtant votre femme.

— Que voulez-vous dire ?

— Quand on épouse quelqu'un, cette personne fait partie de vous. Vous n'êtes plus jamais libre. Vous lui appartenez.

Elle avait prononcé ces mots avec une profonde amertume. Sam comprit aussitôt. Il n'avait qu'à insister un peu et la porte qui lui était fermée s'ouvrirait enfin.

— Carrie... commença-t-il en se tournant vers elle.

Elle fit mine de ne rien remarquer et ne s'arrêta pas. Il la rattrapa, la prit par le bras et l'obligea à le regarder. Se trouvant face à ses lunettes de soleil, il les lui ôta et découvrit avec un choc qu'elle avait les yeux pleins de larmes.

— Carrie, racontez-moi tout.

— Pourquoi ?

Elle était furieuse et clignait des yeux pour s'empêcher de pleurer.

— Pourquoi devrais-je tout vous raconter ?

— Parce que j'ai été sincère.

— Je n'ai passé aucun marché avec vous. Cela ne vous regarde pas et je ne veux pas en parler. De plus, vous ne comprendriez pas.

— Je peux essayer. J'ai connu des moments difficiles, moi aussi. Le pire a été de savoir que tout le monde était au courant sauf moi. J'ai appris à vivre un jour après l'autre, comme un supplice quotidien, en me sentant totalement rejeté.

— Je n'ai pas été rejetée ! lui cria violemment Carrie.

380

Au même instant, tout son visage se plissa comme celui d'un enfant et elle éclata en sanglots. Furieuse contre elle-même, elle le repoussa pour lui échapper mais il la retint par les épaules. Son instinct lui soufflait que, s'il la lâchait à ce moment, elle s'effondrerait, que seule sa force d'homme pouvait l'aider.

— Je n'ai pas été rejetée. Il m'aimait ! Nous nous aimions et nous voulions être ensemble. Mais tout était contre nous. Trop de charges, trop de responsabilités, et le poids des traditions. Son travail, sa famille, sa femme, ses enfants, sa religion, son argent. Je n'étais que sa maîtresse, à l'arrière-plan de sa vie. Je n'avais aucune chance. Aucune. Le pire, c'est que je l'ai toujours *su*. Je me déteste d'avoir refusé de le voir. J'ai préféré faire l'autruche. Pourtant, je ne suis plus une gamine, j'ai trente ans ! J'ai cru que je pourrais assumer la situation. Et quand Andreas a fini par me quitter, ç'a été l'horreur. Voilà, Sam, maintenant vous savez tout et vous pouvez arrêter de chercher à le savoir ! Et vous pourrez peut-être me permettre de ne pas être très attirée par les hommes mariés. Et si vous essayez de me consoler, je me mets à hurler !

Il ouvrit la bouche pour protester mais elle échappa brusquement à son étreinte et partit en courant. Elle trébucha dans la neige mais se releva et reprit sa course. Il s'élança et la rattrapa une fois de plus.

— Carrie !

Cette fois, elle ne le repoussa pas, peut-être parce qu'elle n'en avait plus la force. Elle sanglotait. Il la prit dans ses bras et elle se laissa aller contre lui, les épaules secouées par ses pleurs.

Il la tenait enfin dans ses bras, tout contre lui, comme il en avait eu envie depuis le début de la matinée. Elle était si mince, si légère. Il se dit qu'il pourrait sentir les battements de son cœur malgré l'épaisseur de leurs vêtements. La fourrure de sa toque lui chatouillait la joue. Sa peau avait un parfum doux et froid.

— Carrie...

Face à un pareil désespoir, il avait honte de se sentir aussi heureux. Il voulut la consoler.

— Carrie, ça va s'arranger.

— *Non.*

Son ton lui fit soudain comprendre que la sagesse consistait à se taire, à éviter les platitudes inutiles. Avec cette femme qui pleurait dans ses bras, Sam se sentait désorienté, incertain de l'attitude à adopter. En général, son intuition lui dictait toujours la solution, la meilleure façon de répondre aux situations même les plus déconcertantes. Or, face à Carrie, il se sentait perdu. Elle était belle, intelligente et désirable, mais aussi très compliquée. Elle restait une énigme, pour lui. S'il voulait vraiment la comprendre, cela demanderait beaucoup de temps et de patience.

Mais il l'acceptait d'avance.

— Cela va s'arranger, répéta-t-il.

— Vous n'en savez rien.

Cette fois, plus sûr de lui, il eut le bon sens de ne pas discuter. Sa crise de larmes finit par se calmer et elle parut se reprendre. Sam l'écarta doucement de lui et la regarda s'essuyer les joues d'un revers de sa main gantée.

— Je suis désolé, dit-il.

— De quoi ?

— Parce que je n'avais vraiment pas l'intention de vous faire pleurer. Il s'agissait seulement d'aller chercher un sapin de Noël et de se promener, sans arrière-pensées.

— Ce n'est pas votre faute. C'est stupide...

— J'ai parlé de Deborah parce que j'en éprouve parfois le besoin. Je ne voulais vraiment pas vous...

— Je sais, oublions tout cela. On continue à se promener, comme s'il ne s'était rien passé.

— Mais nous nous sommes parlé. Cela fait toujours du bien. Je croyais que nous n'y arriverions jamais.

— Etes-vous certain que cela fait toujours du bien ? Pas moi.

— Cela permet de clarifier la situation, de mieux se comprendre.

— Je ne veux pas qu'on me comprenne. Je veux qu'on me laisse tranquille. C'est peut-être mieux pour moi de rester ainsi. Indépendante, sans être attachée à personne.

— N'en sois pas si sûre, dit Sam.

Toutefois, il se garda de le dire à haute voix.

Lucy

Page 36.

Ce matin, Carrie et Sam sont allés chercher le sapin de Noël. J'en ai profité pour faire un grand nettoyage de printemps avec Mrs Snead dans la salle à manger. Elle était dans un état affreux. Nous avons mis à la porte un panneau NE PAS DÉRANGER, *pour que personne n'entre. Mrs Snead a fait brûler un morceau de papier dans la cheminée pour s'assurer qu'elle n'était pas obstruée par des nids mais la fumée est montée tout droit. Cela veut dire qu'elle est propre, m'a expliqué Mrs Snead. Nous pourrons donc faire un grand feu. Cela changera tout. Il y avait deux grands cartons pleins de papier journal froissé, et nous y avons trouvé quatre chandeliers en argent, complètement noircis mais très beaux. Nous avons traîné toutes les vieilles choses inutiles de l'autre côté du hall, dans l'ancien bureau où il y en a déjà plein. Il y a des rideaux poussiéreux, très épais, un peu comme de la tapisserie. Nous avons pris un escabeau dans l'arrière-cuisine pour les décrocher, et nous les avons remis en place après les avoir secoués dans le jardin. J'ai nettoyé la fenêtre et Mrs Snead a lavé le foyer. Nous avons déplacé la table, Mrs Snead a passé l'aspirateur et on a ciré les meubles. Ensuite, on a étendu du papier journal sur la table pour nettoyer les chandeliers. Cela nous a pris une éternité parce qu'ils sont ciselés et d'une forme très compliquée. Pendant que j'allais acheter des bougies (très grandes et couleur crème, un peu comme des cierges), Mrs Snead a cherché du linge de table dans l'armoire à l'étage. Comme il n'y en avait pas, elle a pris un vieux drap en lin qui fait beaucoup d'effet. Nous avons mis une grosse couverture en dessous pour protéger la table. On s'est arrêtées là parce qu'elle devait rentrer préparer le déjeuner d'Arthur. Mais, avec les bougies et le feu prêt à être allumé, la pièce a vraiment un air de fête.*

Je voulais que personne ne soit au courant pour leur en faire la surprise mais, juste avant le déjeuner, Carrie et Sam sont arrivés avec le sapin et on a eu une grande discussion pour savoir où le mettre. On a pensé au salon mais Elfrida s'en sert pour sa réception de samedi et elle craint que l'arbre ne prenne trop de place. Oscar a suggéré le palier mais on va y installer le bar et il gênerait le passage. J'ai donc été obligée de parler de la salle à manger. Tout le monde est descendu pour voir notre travail. J'ai été très contente parce que cela leur a beaucoup plu. La pièce sentait la cire fraîche. Elfrida a dit qu'elle n'aurait jamais imaginé cela et que, bien sûr, c'était la place idéale pour le sapin. Sam l'a installé et Elfrida est allée chercher son châle en soie rouge pour camoufler le pied en bois. J'adore les odeurs d'arbre dans la maison, comme l'essence de pin pour le bain.

L'après-midi, Oscar et moi, nous avons accroché dans le sapin les décorations que nous avions achetées ensemble. Sam a posé les guirlandes électriques et l'étoile tout en haut. Elfrida a donné un grand rouleau d'un beau ruban écossais qu'elle avait acheté pour emballer ses cadeaux, mais elle a décidé que du ruban collant ferait aussi bien l'affaire. On l'a donc coupé en morceaux pour faire de beaux nœuds et en mettre partout dans le sapin. Avec les guirlandes argentées et les lumières qui clignotent, c'est le plus beau sapin que j'aie jamais vu.

Carrie m'a dit que Corrydale est très beau et que je dois y aller. J'aurais bien aimé y aller avec eux mais j'avais promis à Mrs Snead de l'aider pour la salle à manger. Demain, il faut tout préparer pour la réception. Elfrida va emprunter des verres à Mrs Kennedy parce que nous n'en avons pas assez. Carrie s'est chargée du buffet. Cet après-midi, après avoir décoré le sapin, nous sommes allées ensemble chez le boulanger ; elle a commandé des petits pains à la saucisse, des quiches et des pizzas en réduction, et du saumon fumé pour mettre sur du pain de seigle. Les invités doivent arriver à six heures. Mrs Snead et son mari viendront nous aider. Je ne savais pas qu'une réception donnait autant de travail. C'est peut-être la raison pour laquelle ma mère et ma grand-mère n'invitent jamais personne à la maison.

Rory est invité, bien sûr, et aussi Clodagh. Je mettrai ma minijupe noire, mon collant noir et mon pull blanc. Il faut que j'essaye une coiffure avec les cheveux relevés pour qu'on voie mes boucles d'oreilles.

Elfrida

Au cœur de l'hiver de ce froid pays, quand Elfrida se réveillait, elle n'avait aucun sens de l'heure. Le jour se levait si tard ! Elle devait chercher à tâtons sa montre à cadran lumineux. S'il était deux heures du matin, en général elle se levait pour aller à la salle de bains. Parfois, il était cinq heures, et parfois huit heures. Dans ce cas, il était temps de se lever, même s'il faisait encore aussi noir qu'à minuit.

Ce matin-là, quand elle regarda sa montre, elle indiquait sept heures et demie. A côté d'elle, Oscar dormait toujours. Elle se leva en évitant de le réveiller, mit son épaisse robe de chambre, enfila ses pantoufles et ferma la fenêtre. Il neigeait à nouveau, de la neige fondue apportée par le vent du large. Les flocons tourbillonnaient autour de l'église et dans les branches noires des arbres du cimetière. Dans le halo des lampadaires, ils prenaient une teinte dorée. Cela formait un tableau si spectaculaire qu'Elfrida ressentit le besoin de partager cet instant avec quelqu'un d'autre. Oscar n'apprécierait pas d'être réveillé. Elle préféra donc se glisser hors de la chambre et descendit préparer deux tasses de thé qu'elle apporta dans le salon. Elle les posa sur la table de la fenêtre et ouvrit les rideaux. Enfin, elle monta réveiller Lucy.

Lucy dormait comme un bébé, la main sous la joue, ses longs cheveux emmêlés autour du cou. Son lit se trouvait sous la lucarne. Elle n'avait pas fermé le store et l'on voyait la neige amoncelée sur la vitre. Elfrida alluma la lampe de chevet.

— Lucy ?

Lucy s'étira, se tourna, bâilla et ouvrit les yeux.

— Lucy ?

Un petit grognement interrogateur, encore endormi.

— Tu es réveillée ?

— Maintenant, oui !

— Lève-toi ! Je veux te montrer quelque chose. Je t'ai préparé du thé.

— Quelle heure est-il ?

— Presque huit heures moins le quart.

A moitié réveillée, Lucy s'assit dans son lit en se frottant les yeux.

— Je croyais qu'on était en pleine nuit.

— Non, c'est le matin et c'est merveilleux. Tout le monde dort encore mais je veux que tu voies dehors.

Lucy se leva en titubant et mit sa robe de chambre en se plaignant du froid.

— C'est à cause du vent, lui expliqua Elfrida. Il neige de nouveau.

Elles gagnèrent le salon éclairé par la lumière du palier. La maison était très silencieuse.

— Regarde, dit Elfrida en allant s'asseoir sur la banquette de la fenêtre. Je n'ai pas pu m'empêcher de venir te chercher. J'avais peur que la neige s'arrête et que tu ne voies pas le spectacle.

Lucy s'assit à côté d'elle, les yeux écarquillés.

— Cela me rappelle, dit-elle enfin, une boule en verre pleine d'eau que j'avais. A l'intérieur, il y avait une petite église et, quand on la secouait, ça déclenchait une tempête de neige.

— J'ai pensé à la même chose mais, ici, les flocons sont dorés à cause des lampadaires. On dirait des paillettes d'or.

— Quand les gens dessinent ce genre de choses sur les cartes de Noël, on se dit que cela n'existe pas.

— Et les rues sont tellement lisses ! reprit Elfrida. Pas une trace de pas, pas une trace de voiture. Comme si nous étions seules au monde.

Elle resta silencieuse pendant un moment puis une autre idée lui traversa l'esprit.

— Il va y avoir des tempêtes de neige et des congères sur la grand-route. Je suis heureuse de ne pas avoir besoin d'aller où que ce soit. Bois ton thé pendant qu'il est chaud, poursuivit-elle en voyant Lucy frissonner.

Tout en buvant à petites gorgées, elles admiraient le tableau qui s'offrait à elles. Au bout de quelques minutes, une voiture apparut. Elle fit le tour de l'église et prit la direction de la grand-route. Le conducteur roulait avec prudence, laissant deux traces sombres derrière lui.

La voiture disparut et Lucy se tourna vers Elfrida.

— Quelle heure est-il en Floride, en ce moment ?

Elfrida ne s'y attendait pas car Lucy ne parlait jamais de la Floride, ni de sa mère ni de son ami américain.

— Je ne sais pas, répondit-elle d'un ton dégagé. Ils ont cinq heures de retard sur nous, je crois. Il doit être environ trois heures du matin. En plus, il doit faire chaud et humide. C'est difficile à imaginer. Je ne suis jamais allée en Amérique, et encore moins en Floride.

Elle se tut pour laisser Lucy reprendre la balle au bond mais Lucy resta muette.

— Tu n'aimerais pas être là-bas ? lui demanda donc Elfrida le plus gentiment possible. Le ciel bleu, les palmiers, et une piscine ?

— Non, je détesterais ça. C'est pour ça que je ne voulais pas y aller.

— Mais c'est merveilleux pour ta mère, comme des vacances de rêve.

— Je n'aime pas beaucoup Randall Fischer.

— Pourquoi ?

— Il est insinuant, mielleux. Il me fait peur.

— Il doit être en réalité tout à fait gentil et inoffensif.

— C'est ce que pense maman, en tout cas.

— Alors, tant mieux pour elle.

— J'aime mille fois mieux être ici qu'en Floride. Ici, c'est *vraiment* Noël, tu ne trouves pas ? Nous allons avoir un *vrai* Noël.

— Je l'espère, Lucy mais rien n'est sûr. Il faut attendre pour voir si la neige se maintient.

— Oscar ?

Oscar, qui était assis au coin du feu, leva les yeux de son journal.

— Ma chérie ?

— Je t'abandonne.

— Pour toujours ?

— Non, environ une demi-heure. J'ai téléphoné à Tabitha Kennedy. Je vais au presbytère pour lui emprunter des verres. Elle en a des cartons en réserve pour les fêtes de la paroisse et elle nous les prête.

— C'est très gentil.

— Je dois prendre la voiture mais je vais rouler au pas !

— Veux-tu que je t'accompagne ?

— Si tu en as envie.

— Je préférerais rester ici mais, si tu en as besoin, je suis prêt à t'aider.

— Peut-être pourras-tu m'aider à décharger les cartons au retour.

— D'accord, tu n'auras qu'à m'appeler. Je trouve la maison très calme, ajouta-t-il. Où sont-ils tous ?

— Sam et Carrie sont allés à Buckly et Lucy s'est enfermée dans sa chambre pour emballer ses cadeaux. Si tu veux, vous pourriez emmener Horace en promenade, tous les deux. La neige s'est arrêtée.

Sa suggestion ne parut pas enchanter Oscar.

— Oui, laissa-t-il tomber d'un ton qui ne promettait rien.

Elfrida sourit et se pencha pour l'embrasser.

— A tout à l'heure, lui dit-elle.

Mais il avait déjà repris la lecture de son journal.

Dehors soufflait un vent mordant. Bien emmitouflée, Elfrida s'arrêta un instant sur le seuil de la maison et leva la tête. Des nuages couraient dans un ciel agité. Des goélands glissaient, de-ci de-là, dans l'air glacé. La voiture d'Oscar était ensevelie sous la neige. Elfrida dégagea le pare-brise de sa main gantée mais il y avait de la glace sous la neige de la nuit. Elle lança le moteur et mit le chauffage en marche. Peu à peu, la glace fondit et le pare-brise retrouva sa transparence. Elle démarra prudemment. Dans un bruit de moteur à la limite de l'étouffement, elle roula jusqu'à l'embranchement qui menait au presbytère. Elle tourna et gravit la colline. Le chasse-neige était déjà passé, si bien qu'Elfrida parvint à destination, soulagée, sans le moindre incident.

Elle se gara devant le presbytère, traversa le jardin de devant, secoua la neige de ses bottillons, sonna, entra sous le porche et ouvrit la porte intérieure.

— Tabitha ?

— Je suis là ! Dans la cuisine.

La maison du pasteur était déjà prête pour Noël. Un sapin — assez petit — avait été dressé au pied de l'escalier, décoré de guirlandes argentées et d'étoiles, tandis que d'autres guirlandes de papier quelque peu fatiguées avaient été suspendues au plafond en grands festons. Tabitha apparut dans l'ouverture de la porte de la cuisine, au fond du hall d'entrée. Coiffée en queue de cheval, elle avait mis son grand tablier.

— Quelle journée ! Je suis contente de vous voir. Le café est en train de passer. Entrez vite ! Vous n'êtes pas venue à pied ?

Elfrida posa son manteau sur la boule de l'escalier.

— Non, j'ai pris mon courage à deux mains et je suis venue en voiture. Je ne me voyais pas transporter deux cartons pleins de verres dans le sentier, au risque de glisser. Je me serais peut-être cassé une jambe et les verres, eux, auraient certainement été réduits en miettes ! Ça sent bon, ajouta-t-elle en entrant dans la cuisine.

— Je suis en train de faire des mince-pies, des friands, deux gâteaux, et des sablés. Vous savez que j'aime cuisiner mais, pour Noël, ce n'est pas une plaisanterie. J'y ai passé toute la matinée et j'ai encore la farce pour la dinde à préparer, le beurre au brandy, le glaçage du gâteau de Noël et un jambon à cuire. Le problème, c'est qu'il y a sans cesse des paroissiens qui passent à cette époque de l'année avec des cartes de vœux ou des cadeaux pour Peter. Je suis bien obligée de les faire entrer et de leur offrir quelque chose à boire et à manger, ne serait-ce que pour les remercier.

— Je suis désolée de vous déranger alors que vous êtes si occupée.

— Pas du tout, protesta Tabitha en versant le café. Cela me donne une bonne excuse pour m'asseoir cinq minutes. Prenez une chaise, installez-vous.

Elle posa la tasse d'Elfrida devant elle.

— Ce qui me ferait vraiment plaisir, ce serait d'être dehors, de marcher sur la plage ou de faire de la luge. J'aimerais pouvoir me décharger de tout au lieu d'être transformée en esclave sous prétexte que c'est la période des fêtes ! Je suis certaine que, au départ, il n'était pas prévu que cela donne autant de travail. Chaque année, je me jure de tout simplifier, mais je finis toujours par choisir les solutions les plus compliquées !

Alléchée par l'odeur du café, Elfrida obéit à Tabitha et s'installa à la table. La cuisine était presque aussi vieillotte que celle d'Estate House mais beaucoup plus gaie, avec les œuvres d'art de Clodagh punaisées sur les portes et un vieux bureau où s'empilaient papiers et photos de famille. De toute évidence, on était ici dans le domaine de Tabitha. Elle s'y occupait non seulement de nourrir sa famille mais aussi d'organiser ses activités, de téléphoner ou de faire son courrier.

— Quelles sont les nouvelles ? demanda Tabitha en s'asseyant en face d'Elfrida. Racontez-moi tout !

— Il n'y a pas grand-chose à dire. J'ai laissé Oscar en train de lire son journal, et Sam a emmené Carrie visiter la fabrique de Buckly.

— Le mystérieux étranger surgi de la tempête est toujours chez vous ?

— Il reste pour Noël. Le temps est affreux et il semble ne pas avoir d'autre endroit où passer les fêtes.

— Mon Dieu, comme c'est triste ! Carrie et lui ont fini par s'entendre ?

— On dirait, répondit prudemment Elfrida.

— Plutôt romantique !

— Tabitha, il est marié.

— En ce cas, pourquoi n'est-il pas avec sa femme ?

— Elle est à New York.

— Ils ne se parlent plus ?

— Séparés, je crois. J'ignore les détails.

— Il faut de tout pour faire un monde, commenta Tabitha d'un ton philosophe.

— C'est très étrange de penser que vous ne l'avez jamais rencontré. J'ai l'impression que nous nous connaissons tous depuis des mois ; pourtant, Sam n'est chez nous que depuis quelques jours. Quoi qu'il en soit, vous ferez sa connaissance et celle de Carrie demain soir. On reçoit à Estate House de six à huit !

— J'ai préparé les cartons dans l'entrée. Six verres à vin, six verres à whisky et deux carafes. Avez-vous besoin d'assiettes ?

— Je ne crois pas. En fait, nous n'avons pas préparé de vrais plats, seulement un buffet léger. Carrie s'occupe des canapés.

— Combien d'invités attendez-vous ?

— Environ dix-sept. Vous quatre...

— Clodagh ne viendra sans doute pas. Elle est invitée à une pyjama-partie chez une copine d'école. Cela ne vous ennuie pas ?

— Pas du tout ! Elle s'amusera beaucoup plus que chez nous.

— Mais Rory viendra. Qui d'autre ?

— Jamie Erskine-Earle et sa femme.

— Jamie et Emma ? J'ignorais que vous les connaissiez.

Elfrida lui résuma l'épisode de l'évaluation de son tableau.

— Pensiez-vous le vendre ?

— Peut-être, mais plus maintenant.

— Il est drôle, non ? Je parle de Jamie. Il a l'air d'un adolescent alors que c'est un expert reconnu dans son domaine. Sans oublier qu'il a trois robustes garçons. Vous connaissez aussi Emma ?

— Je lui ai seulement parlé quand j'ai téléphoné pour les inviter.

— Elle est formidable, la femme la plus réaliste et la plus franche que l'on puisse rencontrer. Elle élève des poneys des Shetland, dresse des chiens et supervise tout à Kingsferry. Jamie est beaucoup plus intéressé par la chasse aux antiquités. C'est Emma qui dirige la ferme, qui aide au moment de l'agnelage et fait réparer le toit. Ensuite ?

— Les Rutley, de la librairie, le docteur Sinclair et sa femme...

« Bien », disait Tabitha à chaque nouveau nom.

— Et enfin, les Snead.

— Mrs Snead et « Arfur » ?

— Oui. Quand elle a su que je voulais inviter quelques amis, elle m'a proposé de venir pour passer les plateaux et laver les verres. J'ai préféré l'inviter avec son mari plutôt que de la savoir confinée à la cuisine. Elle m'a quand même dit qu'Arfur aiderait à servir.

— Comme un majordome !

— Elle a été tellement gentille avec moi et Oscar. Je ne pouvais pas la laisser de côté.

— Ils vont mettre de l'animation, vous verrez.

Tabitha reposa sa tasse de café vide et, par-dessus la table, croisa le regard d'Elfrida.

— Comment va Oscar ? demanda-t-elle.

— Bien. Il a encore besoin qu'on le laisse tranquille, seul avec son journal et ses mots croisés.

— Peter lui a donné le double de la clef de l'orgue. Le saviez-vous ?

— Non, Oscar ne m'en a jamais parlé.

— Peter a pensé que la musique l'aiderait peut-être, qu'elle aurait un effet thérapeutique.

— Il ne l'a pas utilisée. Il n'est entré dans l'église qu'une seule fois, et c'était parce que Lucy voulait la visiter. Pour autant que je sache, il n'y est jamais retourné.

— J'ai du mal à croire que cela le consolerait beaucoup.

— Mais Oscar n'a pas besoin d'être consolé. Il veut seulement qu'on le laisse tranquille pour faire son deuil à son rythme. Cela ne l'empêche pas, à sa façon, d'apprécier les allées et venues de nos invités. Il aime beaucoup Lucy. Mais les choses ne sont pas encore rentrées dans l'ordre, Tabitha. Nous sommes très proches, Oscar et moi. Je sais pourtant qu'une partie de lui n'est pas avec moi, comme si cette part était restée ailleurs, dans un autre pays, en train de voyager peut-être. Ou en exil, à l'autre bout du monde. Et moi, je ne peux pas être avec lui parce que je ne connais pas le mot de passe.

— Peter dirait que c'est une question de patience.

— La patience n'a jamais été une de mes qualités. Non que j'en ai jamais eu beaucoup, d'ailleurs !

— Vous dites des bêtises, répondit Tabitha en riant. Simplement, vos qualités ne sont pas celles des autres. Je vous redonne du café ?

— Non, merci, refusa Elfrida en se levant. Il était très bon mais je dois vous laisser farcir votre dinde ! Merci pour les verres et pour la pause confidences.

Oscar

Elfrida n'était pas partie depuis plus de dix minutes quand Oscar, plongé dans les mots croisés du *Times*, fut interrompu par l'arrivée de Lucy. Elle portait sa doudoune rouge et ses boots, visiblement prête à sortir.

— Oscar ?

— Tiens, c'est toi, ma chérie ? dit-il en posant son journal. Je croyais que tu emballais tes cadeaux.

— Oui, mais je n'ai plus de ruban. Oscar, où est Elfrida ?

— Elle est allée au presbytère emprunter deux ou trois choses. Elle ne va pas tarder.

— Je voulais juste lui demander si elle avait besoin de quelque chose en ville.

— Je crois qu'elle ne voulait qu'une seule chose : qu'on sorte Horace.

— D'accord. Je m'arrêterai à la librairie et ensuite je l'emmènerai courir sur la plage.

— Mais il y a beaucoup de neige.

— Cela ne me dérange pas. J'ai mes boots.

— Bon. Mais essaye de ne pas te faire de nouveau attaquer par un rottweiler.

Lucy fit une affreuse grimace.

— Je préfère ne plus y penser.

— Je dirai à Elfrida que tu seras rentrée pour le déjeuner.

Lucy le quitta et, quelques instants plus tard, Oscar entendit Horace aboyer joyeusement et la porte d'entrée claquer. Il était de nouveau seul et pouvait reprendre ses mots croisés. Le six

393

vertical... *Séjour au bord de l'eau pour un peintre.* Il se concentra et le téléphone se mit à sonner.

Son premier mouvement fut de le laisser sonner, d'attendre que quelqu'un d'autre décroche cet insupportable instrument. Mais il se rappela qu'il était seul et, avec un geste de mauvaise humeur, il posa son journal, fourra son stylo dans sa poche et se leva pour aller répondre.

— Estate House.

— Pourrais-je parler à Mr Blundell ? demanda une voix de femme à l'accent écossais prononcé.

— Lui-même.

— Oh, Mr Blundell. Ici, c'est l'infirmière-chef Thompson, du Royal Western Hospital à Inverness. Je suis désolée, j'ai de mauvaises nouvelles pour vous. Le major Billicliffe est décédé ce matin, aux premières heures. J'ai votre nom comme celui du plus proche parent.

Ce vieux Billicliffe... Mort. Oscar essaya de trouver quelque chose à dire. « Je vois » fut tout ce qu'il réussit à proférer.

— Il a eu une fin très paisible.

— J'en suis heureux. Je vous remercie de m'avoir prévenu.

— Vous voudrez sans doute prendre ses objets personnels. Si vous pouviez...

— Bien sûr, dit Oscar.

— Et pour les autres arrangements à prendre...

Avec tact, l'infirmière laissa sa phrase en suspens, mais Oscar savait de quoi elle voulait parler.

— Bien sûr, répéta-t-il. Merci. Et merci aussi de vous être occupée de lui. Je reprendrai contact avec vous.

— Merci, Mr Blundell. Je suis vraiment désolée. Au revoir.

— Au revoir, madame.

Il raccrocha. Il éprouvait brusquement le besoin de s'asseoir et, comme il se sentait incapable de faire un pas, il se laissa tomber sur une des premières marches de l'escalier qui menait à la soupente de Lucy. Billicliffe était mort. Oscar n'était pas seulement son plus proche parent mais aussi son exécuteur testamentaire. Des pensées mesquines, indignes de lui, lui traversèrent l'esprit. Il se sentit reconnaissant de l'absence d'Elfrida. Si elle avait été là, il les aurait peut-être exprimées à voix haute.

C'était tellement typique de ce vieil idiot de mourir *maintenant*, à cette date entre toutes ! La maison pleine de monde, Noël dans deux jours, et la route d'Inverness impraticable ! S'il avait voulu le faire exprès, Billicliffe n'aurait pu choisir un plus mauvais moment pour mourir.

Mais le souvenir de l'instant où il l'avait laissé à l'hôpital lui revint et Oscar oublia ses griefs. Il commença à ressentir une profonde tristesse à l'idée du vieil homme mourant seul. A l'idée que lui et Elfrida, malgré leurs bonnes intentions, n'avaient pu lui rendre visite, se faire pardonner leur attitude peu sociable, et lui dire adieu.

Il réfléchit à ce qu'il convenait de faire, à présent. Il devait prendre une initiative mais n'avait aucune idée de la façon de commencer. Et tandis qu'il essayait de réfléchir, effondré sur sa marche d'escalier, il se rendit compte que moins de deux mois s'étaient écoulés depuis ce soir sinistre où on lui avait appris la mort de Gloria et Francesca. Il n'avait presque aucun souvenir des jours suivants, où il était trop choqué pour faire attention à quoi que ce soit. Les funérailles, l'église de Dibton pleine à craquer, le pasteur qui cherchait ses mots... et lui au premier rang dans son manteau noir. Mais comment il était arrivé là, il n'aurait su le dire. Il ne se souvenait pas plus de toutes les dispositions qu'il avait fallu prendre pour l'enterrement. Il savait seulement qu'à un moment Giles, le fils aîné de Gloria, était arrivé et avait pris la situation en main. Assommé par le choc, Oscar avait fait ce qu'on lui demandait de faire. Giles, qu'Oscar n'avait jamais trouvé très sympathique, s'était, en revanche, révélé très efficace. Tout s'était déroulé sans heurt, toute cette cérémonie de cauchemar.

Après, Oscar s'était dit que plus rien d'important ne lui arriverait jamais et il avait subi chaque journée comme un zombie. Mais Giles était revenu à la Grange et lui avait demandé de partir parce qu'il allait vendre la maison. Oscar n'en avait éprouvé aucun ressentiment. Une fois de plus, Giles avait pris la barre et Oscar accepta tout sans résister. Il avait fallu que soit mentionnée la maison de retraite pour qu'il commence à s'inquiéter.

Mais, aujourd'hui, les circonstances étaient différentes et c'était à lui de s'occuper de tout. Comment avait-il pu se mettre dans une pareille situation ? se demanda-t-il. Il revit en esprit le pénible trajet jusqu'à l'hôpital, le major bafouillant sans fin à côté de lui, et finissant par dire : « Attendez-vous au pire et espérez pour le mieux. » C'est à ce moment-là qu'il avait demandé à Oscar d'être son exécuteur testamentaire.

Le notaire ! Il avait noté son nom dans son agenda. Il retourna dans le salon, prit son agenda sur son bureau. Murdo McKenzie. Qui d'autre que Billicliffe aurait pu avoir un notaire avec un nom aussi bizarre !

Il dut chercher le numéro de téléphone dans l'annuaire — McKenzie and Stout, notaires, South Street, Inverness. Il s'assit à nouveau sur l'escalier pour appeler.

En attendant qu'on lui réponde, il pensa qu'il faudrait s'occuper des funérailles, trouver une église, envoyer des faire-part. Il devait prévenir Peter Kennedy et passer une annonce nécrologique. Mais dans quel journal ? La presse nationale ou la presse locale...

— McKenzie and Stout.

— Bonjour. Pourrais-je parler à Mr Murdo McKenzie ?

— Qui dois-je annoncer ?

— Oscar Blundell, de Creagan.

— Ne quittez pas, je vous prie.

Oscar sentit son courage l'abandonner. Il connaissait cette formule grâce à laquelle on vous faisait attendre une éternité avec une ritournelle insipide. Mais ses craintes étaient infondées.

— Bonjour, Mr Blundell, entendit-il presque immédiatement. Murdo McKenzie. Que puis-je pour vous ?

Une voix avec un accent bien écossais, solide et rassurante. Oscar sentit son courage revenir et exposa brièvement la raison de son appel.

— Tristes nouvelles, répondit le notaire. Je suis désolé mais nous nous y attendions, n'est-ce pas ?

Il avait l'air réellement attristé, pensa Oscar.

— Avait-il encore de la famille ? demanda-t-il.

— Non, mais il m'a dit que vous aviez accepté de lui servir d'exécuteur testamentaire.

— C'est pourquoi je vous appelle. Quand pouvons-nous l'enterrer ? Où et comment ? Ses amis de Creagan voudront certainement assister au service mais les routes sont impraticables, sans parler du fait que c'est Noël. Il faut aussi trouver un entrepreneur de pompes funèbres, s'occuper de la banque, des papiers...

Murdo McKenzie le coupa d'une voix calme :

— Mr Blundell, pourquoi ne me laissez-vous pas m'en occuper ? Le major m'a donné des instructions. Il voulait être incinéré. Cela nous libère d'un certain nombre de difficultés. Quant aux pompes funèbres, je connais un entrepreneur très correct, à Inverness. Voulez-vous que je me mette en contact avec Mr Lugg pour prendre toutes les dispositions nécessaires ?

— Ce serait extrêmement aimable mais... quand ?

— Permettez-moi de vous suggérer la fin de la semaine prochaine, avant le Nouvel An. Le temps se sera amélioré et les gens de Creagan pourront se déplacer.

— Mais ne devrions-nous pas prévoir une petite réception, après — une tasse de thé quelque part ? Je suis tout disposé à prendre la dépense à mon compte.

— Mr Lugg peut également l'organiser. Peut-être le salon ou la salle de réception d'un hôtel. Cela dépend du nombre de gens que nous attendrons.

— Il reste les questions administratives, la banque...

— Nous nous en chargeons.

— Et ses objets personnels.

Oscar revit le pyjama en flanelle délavée de Billicliffe, son appareil acoustique, sa vieille valise en cuir usé... Et il sentit avec horreur sa gorge se serrer à cette image si pathétique.

— Ses affaires, reprit-il. Il faudra les prendre à l'hôpital.

— Je vais appeler la responsable du service. Connaissez-vous le numéro de la chambre ?

— Quinze, répondit Oscar, étonné de s'en souvenir.

Il y eut une petite pause pendant que Murdo McKenzie prenait quelques notes rapides.

— Je vais demander à ma secrétaire de s'en occuper, conclut-il.

— Je ne sais comment vous remercier, lui dit Oscar. Vous me soulagez d'un grand poids.

— Le major Billicliffe ne voulait pas que vous ayez le moindre problème avec tout cela. Je vous préviendrai dès que j'aurai eu Mr Lugg au téléphone. Puis-je avoir votre numéro ?... Vous habitez à Estate House, n'est-ce pas ? demanda encore le notaire après avoir noté le téléphone d'Oscar.

— C'est exact.

Après de nouveaux remerciements, Oscar s'apprêta à raccrocher mais suspendit son geste.

— Mr Blundell !

— Oui ?

— Ne raccrochez pas, j'ai quelque chose à vous dire. Je vais vous écrire, bien sûr, mais la poste n'est pas fiable à cette période de l'année et, puisque nous y sommes, autant vous informer de la suite.

Oscar fronça les sourcils.

— Je ne comprends pas, dit-il.

— Le major m'a appelé dès son arrivée à l'hôpital en me demandant de me rendre à son chevet. Je l'ai trouvé très faible, bien sûr, mais tout à fait lucide. Il s'inquiétait pour son testament qu'il n'avait pas refait depuis la mort de sa femme. Je l'ai donc fait refaire selon ses instructions et il l'a signé. Vous êtes son légataire universel, Mr Blundell. Il n'était pas très riche, mais il a voulu que sa maison, sa voiture et son chien vous reviennent. Je crains que ni le chien ni la voiture ne vous intéressent particulièrement mais ce sont ses volontés. Quant aux liquidités, il vivait très frugalement de sa retraite mais il a laissé quelques économies. Une fois tous les frais réglés, il devrait vous rester environ deux mille cinq cents livres.

Toujours assis au bas de l'escalier, Oscar était muet de surprise.

— Mr Blundell ?

— Oui, je suis là...

— Je craignais que nous n'ayons été coupés. Ce n'est pas un héritage très important, je le crains, mais le major voulait vraiment que vous sachiez combien il avait apprécié votre amabilité à son égard.

— Mais je n'ai pas été chic avec lui ! protesta Oscar.

Si le notaire l'entendit, il ignora sa remarque.

— Savez-vous où se trouve la maison ? reprit-il.

Oscar lui expliqua qu'il la connaissait déjà du temps de sa grand-mère.

— Je me suis occupé des actes quand le major l'a achetée au domaine. C'est une propriété modeste mais, à mon avis, elle offre de réelles possibilités.

— Oui, oui, bien sûr. Désolé de ne pas mieux vous répondre mais je suis tellement étonné...

— Je comprends.

— Je n'ai jamais imaginé...

— Je vais vous écrire tout cela, Mr Blundell, et vous pourrez plus facilement décider de ce que vous voulez faire. Quant au reste, ne vous inquiétez pas, je vais tout régler avec Mr Lugg.

— Merci.

Oscar sentit qu'on attendait un peu mieux de sa part.

— Je vous suis très reconnaissant, ajouta-t-il.

— Je vous en prie, Mr Blundell. Au revoir. Je vous souhaite un joyeux Noël.

Oscar reposa lentement le combiné et, songeur, se passa la main dans les cheveux. Il ne put retenir un juron. En définitive, le major avait fait le nécessaire !

La conversation avec le notaire avait fait resurgir les images du cottage de Corrydale, tel qu'il était bien avant Billicliffe, quand le chef forestier et son accueillante épouse y vivaient. A cette époque, il bruissait d'activité, avec quatre enfants, trois chiens, des furets dans une cage près de la porte de derrière, et d'innombrables lessives claquant au vent dans le jardin. Il y brûlait toujours un bon feu de tourbe et le petit garçon qu'il était alors y recevait toujours un accueil bruyant, assorti d'une assiette de scones brûlants, dégoulinants de beurre. Oscar essaya de se remémorer la disposition des lieux mais, à l'époque, il n'avait jamais été plus loin que le salon où régnait une odeur de lampe à pétrole et de pain chaud.

A présent, cette maison lui appartenait.

Il consulta sa montre. Midi cinq. Il eut soudain très envie d'un verre. Il n'avait pas l'habitude de boire dans la journée, à l'exception d'un verre de bière légère, mais, après de pareilles nouvelles, il avait vraiment besoin d'un remontant — un gin-tonic bien dosé l'aiderait à se calmer et à réfléchir au tour que venaient de prendre les événements. Il se leva et descendit à la cuisine.

Il finissait de se préparer son breuvage quand la porte d'entrée s'ouvrit.

— Oscar ! appela Elfrida. Peux-tu m'aider ?

Il alla l'accueillir, le verre à la main.

— Ma chérie, je dois t'avouer que je bois en cachette !

Son annonce ne parut pas troubler Elfrida outre mesure.

— Tu as raison. J'ai deux gros cartons dans le coffre de la voiture.

Elle avait laissé la porte ouverte dans son dos. Oscar la prit par l'épaule pour la faire entrer et repoussa la porte.

— Plus tard, dit-il.

— Mais...

— On s'en occupera tout à l'heure. Dans l'immédiat, j'ai à te parler.

Elfrida ouvrit de grands yeux.

— Mauvaises nouvelles ?

— Pas du tout. Pose ton manteau et viens t'asseoir dans la cuisine. Nous serons tranquilles.

— Où est Lucy ?

— Elle a emmené Horace acheter du ruban et se promener. Carrie et Sam ne sont pas encore rentrés. Nous sommes donc seuls, pour une fois ! Profitons-en. Veux-tu un gin-tonic ?

— Si nous devons commencer à boire à midi, j'aimerais autant un sherry. Oscar, tu me parais très agité. Que s'est-il passé ?

— Je vais te le dire.

Elle s'assit et il lui apporta son sherry avant de s'asseoir à son tour.

— A ta santé, ma chérie.

— A la tienne, Oscar.

Il n'avait pas lésiné sur le gin mais c'était délicieux, et tout à fait ce dont il avait besoin.

— Si je t'explique tout en prenant mon temps parce que c'est un peu compliqué, me promets-tu de ne pas m'interrompre jusqu'à ce que j'aie fini ? Sinon, je risque de tout embrouiller.

— Je vais essayer.

— Bon !

Oscar entreprit de lui raconter dans le détail comment il avait appris la mort de Billicliffe. Elfrida ne l'interrompit que pour plaindre la solitude du vieil homme et, après avoir appris que le notaire se chargeait de tout, pour lui demander quand auraient lieu les funérailles.

— Sans doute à la fin de la semaine. Mr McKenzie s'occupe aussi des faire-part et de l'annonce nécrologique.

— Et pour les gens de Creagan ?

— Je vais appeler Peter Kennedy.

— Quel mauvais moment pour mourir !

— Exactement ce que j'ai pensé, mais ce n'était pas très chrétien.

— Bon, c'est donc fini.

— Non, Elfrida, ce n'est pas fini.

— Autre chose ?

— Billicliffe m'a fait légataire universel. Non ! Attends que j'aie fini ! Il m'a laissé sa maison, sa voiture, son chien et environ deux mille cinq cents livres...

— Sa maison ? C'est vraiment très chic, très touchant. Il n'a vraiment pas de famille ?

— Personne.

— Le pauvre ! Quand je pense que nous avons si mal parlé de lui...

— Seulement quand nous étions seuls.

— Que nous nous sommes cachés derrière le canapé au cas où il sonnerait...

— Je préfère l'oublier.

— Que vas-tu faire de la maison ?

— Je ne sais pas encore. Je n'ai pas eu le temps d'y réfléchir. La vendre, sans doute. Mais il faudra commencer par débarrasser les affaires de Billicliffe et sans doute tout désinfecter.

— Comment est-ce ?

— Tu l'as vu : une porcherie !

— Mais non, ce n'est pas de cela que je parle. Combien de pièces ? Y a-t-il une cuisine ? Une salle de bains ?

— Je crois que, dans le jargon des agences immobilières, ont appelle ça deux pièces en bas, deux pièces en haut. On a sans doute ajouté un appentis à l'arrière après la dernière guerre pour y loger une cuisine et une salle de bains.

— Comment est-elle orientée ?

Oscar dut réfléchir avant de répondre :

— L'entrée au nord, l'arrière au sud.

— Il y a un jardin ?

— Il doit y avoir un bout de terrain. Je ne m'en souviens pas très bien. Mrs Ferguson, la femme du chef forestier, faisait pousser des pommes de terre et des poireaux. Il y avait aussi un pommier...

Silencieuse, Elfrida réfléchit à tout ce qu'elle venait d'apprendre. Quand elle reprit la parole, Oscar n'en crut pas ses oreilles :

— Pourquoi ne t'y installerais-tu pas ?

— Aller vivre là-bas ? s'exclama-t-il en la fixant d'un air incrédule. Tout seul ?

— Mais non, sot ! Je viendrai avec toi.

— Mais tu as trouvé la maison horrible !

— Aucune maison n'est un cas désespéré. On peut toujours améliorer, agrandir, redécorer. Je suis certaine que c'était très agréable du temps du chef forestier. Elle est devenue affreuse à cause des appareils auditifs, des poils de chien, des cendriers pleins et des verres graisseux. Cela n'a rien à voir avec la maison elle-même.

— Mais j'ai déjà une maison. *Cette* maison.

— Tu n'en possèdes qu'une moitié, ce qui ne représente qu'une demi-sécurité. Si tu vends ta part, tu disposeras de soixante-quinze mille livres, tu pourras restaurer le cottage et y couler des jours heureux.

— Vendre ici ? Quitter Creagan ?

— Oscar ! Ne prends pas cet air épouvanté ! Je t'assure que c'est une bonne idée. Sam voudrait acheter la maison et Hughie McLellan est visiblement pressé de vendre sa part. Je sais que tu aimes cet endroit, et moi aussi. Mais reconnais que c'est très grand, mal meublé, et que, après le départ de Sam, Carrie et Lucy, nous allons nous retrouver seuls dans une maison trop grande pour deux. Tu sais, je vois toujours Estate House comme une maison familiale. Elle est faite pour des jeunes avec plein d'enfants...

— Sam n'a pas d'enfants.

— Non, mais il peut se remarier...

Elfrida laissa sa phrase en suspens et, dans le silence qui suivit, elle chercha le regard d'Oscar, non sans hésitation.

— Pas Carrie, dit-il.

— Et pourquoi pas ?

— Tu ne dois pas te mêler de les marier !

— C'est impossible ! Ils sont faits l'un pour l'autre.

— Certainement pas ! Il a beau être aimable avec elle, Carrie garde ses distances et se montre aussi avenante qu'un buisson d'épines !

— Parce qu'elle est vulnérable, en ce moment. Hier, ils ont mis une éternité à aller chercher le sapin. Carrie m'a dit qu'ils ont visité Corrydale mais tu ne me feras pas croire qu'ils ont arpenté le domaine pendant deux heures sans échanger un mot !

— Il s'agit d'un simple concours de circonstances.

— Tu as peut-être raison, soupira Elfrida. Oublions Carrie. Il n'en reste pas moins que c'est exactement ce qu'il faut à un homme comme Sam, directeur d'une entreprise ressuscitée de ses cendres, et membre important de notre communauté. Je l'imagine très bien recevant ici d'autres hommes d'affaires, des Japonais, des Allemands, que sais-je ? Il peut inviter son patron à un week-end de golf ! De plus — et c'est le plus important — il a vraiment envie de cette maison. Je crois qu'il se sent bien ici, qu'il se sent *chez lui*. Ne vaut-il pas mieux lui vendre, à lui, qu'à un étranger ? Et avoir soixante-quinze mille livres dans ta poche ?

— Elfrida, je ne suis pas riche. Si je vendais Estate House, je mettrais l'argent de côté pour mes vieux jours. Je ne serais pas assez fou pour tout engloutir dans le cottage du major et ne rien garder en réserve...

— Nous ne savons pas ce que coûterait la remise en état.

— Beaucoup !

Mais Elfrida n'avait pas l'intention de céder du terrain.

— Dans ce cas, supposons que je vendre ma maison du Hampshire et que nous utilisions cet argent pour...

— Non, la coupa Oscar d'un ton ferme.

— Pourquoi pas ?

— Parce que c'est *ta* maison. Tu n'as rien d'autre. Il n'est donc pas question que tu t'en séparer. Loue-la si tu veux, mais ne la vends pas.

— Bien... dit-elle d'un ton résigné qui fit honte de lui-même à Oscar. Cela me paraissait une bonne idée, mais je suppose que tu as raison.

Cela ne l'empêcha pas de revenir aussitôt à l'attaque :

— Cela reste très excitant et je ne m'étonne plus que tu aies eu l'air aussi agité. Une chose est sûre : nous devons aller voir cette pauvre petite maison et l'inspecter du haut en bas. Il faut aussi mettre la voiture à l'abri avant qu'elle meure de froid. Et le chien ? Qu'allons-nous en faire ?

Elle éclata de rire.

— Qu'allons-nous faire du chien des Baskerville ?

— Sincèrement, je préfère Horace, répondit Oscar. Je pourrais peut-être soudoyer Charlie Miller pour qu'il le garde. J'en parlerai à Rose...

Le téléphone sonna à ce moment, le coupant au milieu de sa phrase.

— Zut ! s'exclama Elfrida. Pourquoi faut-il que cet appareil nous dérange toujours au mauvais moment ?

— Ne répond pas. Fais comme si nous étions sortis.

— Je n'ai pas ta force d'esprit !

Elle se leva pour aller répondre. Oscar l'entendit monter l'escalier en courant et l'insistante sonnerie cessa presque aussitôt. La voix d'Elfrida lui parvint, affaiblie : « Allô ? »

Oscar prit son mal en patience, attendant son retour. Il aurait voulu se débarrasser des idées folles qu'Elfrida lui avait mises en tête mais elles le poursuivaient. Il se rendait compte que, s'il vendait sa part à Sam, la somme qu'il retirerait de la vente représenterait sa seule protection contre une vieillesse nécessiteuse. Oui, ils iraient voir la maison de Billicliffe. La raison l'imposait. Peut-être ne serait-elle pas si vilaine, une fois nettoyée et repeinte. Mais quel endroit sombre et exigu après l'élégance et l'espace d'Estate House ! Les grandes pièces claires et aérées lui manqueraient cruellement, de même que le sentiment de sécurité que donnait la solidité de la construction. Vendre Estate House et la quitter pour toujours représenterait un déchirement, même en vendant à un ami comme Sam Howard...

La conversation téléphonique d'Elfrida se poursuivait. Sa voix lui parvenait, étouffée, sans qu'il puisse saisir les mots. De temps en temps, elle s'interrompait, comme si elle écoutait, puis reprenait. Il n'avait aucune idée de l'identité de son interlocuteur mais espérait qu'il ne s'agissait pas de mauvaises nouvelles.

Il finit son gin-tonic et se leva pour rincer le verre puis se souvint des cartons qui attendaient dans la voiture d'Elfrida. Il sortit dans le froid mordant. La voiture était garée devant le portail. Il dut faire deux voyages pour décharger les cartons, lourds et peu maniables. Tandis qu'il allait refermer la porte d'entrée après avoir posé le deuxième sur la table de la cuisine, il entendit le petit *ting* du téléphone que l'on raccrochait. Il se posta au pied de l'escalier, la tête levée, attendant Elfrida. Mais comme elle ne se montrait pas, il l'appela.

— Elfrida ?

Sans un mot, elle descendait l'escalier, une expression indéchiffrable sur le visage. Il ne l'avait jamais vue avec des yeux aussi brillants, l'air aussi jeune, comme auréolée d'une lumière qui n'avait rien à voir avec la luminosité de midi reflétée par sa chevelure flamboyante.

— Ma chérie ?

— Oscar...

Debout sur la dernière marche, elle se pencha vers lui, le prit dans ses bras et se serra contre lui, joue contre joue.

— Il m'arrive quelque chose extraordinaire.

— Tu veux bien m'en parler ?

— Oui, mais je préfère que nous soyons assis.

Il la prit par la main et ils allèrent reprendre leur place de part et d'autre de la table de la cuisine.

— C'était Jamie Erskine-Earle, pour mon horloge de voyage. Comme le temps l'empêchait d'aller voir son confrère de Londres, il lui a envoyé une télécopie avec une description détaillée et quelques photos. Son confrère l'a appelé ce matin en disant qu'il s'agit d'un objet très rare. C'est une horloge française, faite par un certain J. F. Houriet, vers 1830. Officiellement, cela s'appelle un chronomètre à tourbillon en argent. Imagine ! Pendant toutes ces années, j'ai possédé un chronomètre à tourbillon sans jamais m'en douter. D'après Jamie, je dois absolument l'assurer. Alors, j'ai pris mon courage à deux mains et je lui ai demandé s'il avait de la valeur. Il m'a dit « oui ». J'ai demandé combien et il m'a dit que dans une vente aux enchères... peut-être... Oscar, devine !

— Comment veux-tu que je sache ? Ne me fais pas languir, dis-moi combien.

— Soixante-dix à quatre-vingt mille livres !

Dans son excitation, Elfrida avait presque crié.

— J'ai dû mal entendre, ce doit être une erreur.

— Non, c'est vrai ! D'après le confrère de Jamie, c'est une pièce très sérieuse pour un collectionneur. Si on le fait passer à Boothby's dans une vente d'horloges, montres et chronomètres de marine, le prix pourrait être encore plus élevé.

— C'est incroyable...

— Et je croyais que mon assurance vieillesse, c'était mon tableau ! Heureusement qu'on ne m'a pas volé l'horloge quand elle était sur la tablette de la cheminée à Poulton's Row !

— L'expression est faible, surtout quand on sait que tu ne fermais jamais à clef. Valeur ou pas, cela a toujours été un bel objet, très tentant. Mais j'espère que tu ne vas pas la vendre ?

— Oscar ! Bien sûr que si ! Tu ne comprends pas ? Avec cet argent, nous pouvons transformer la villa Billicliffe en une maison très agréable, avec une serre, une salle de bal...

— Elfrida...

— ... et un micro-ondes !

— Elfrida ! Ecoute-moi, s'il te plaît. Si tu vends ton horloge, cet argent sera le tien.

— Oscar, il est à *nous*. Et nous finirons nos jours dans un charmant petit cottage plein de lumière, exactement comme ici. Et nous ferons pousser des pommes de terre et des poireaux, si tu en as envie. Rose Miller sera notre voisine et nous aurons un château-hôtel dans le jardin ! Que demander de plus ? N'est-ce pas follement excitant ?

— Bien sûr que oui ! Mais, ma chérie, nous devons garder les pieds sur terre. Nous devons rester raisonnables.

— Je déteste être raisonnable. J'ai envie de me mettre à danser en pleine rue et de tout crier sur les toits !

Oscar fit mine de réfléchir comme si Elfrida venait de faire une proposition tout à fait envisageable.

— Non, dit-il enfin.

— Non ?

— Du moins, pas tout de suite. J'aimerais que nous ne disions rien avant que j'aie pu expliquer la situation à Sam. Il doit savoir que nous pensons à vendre parce que je suis certain qu'il voudra aussitôt prendre une option. Ne pas avoir à chercher une autre maison lui ôtera un grand poids de l'esprit. Il a suffisamment de travail sans avoir à se demander où il va vivre. Comme il ne va pas rester ici indéfiniment, il faut le mettre au courant avant qu'il nous quitte. Il aura peut-être besoin de temps pour y réfléchir ou trouver l'argent, peut-être. Nous ne savons pas. Mais j'estime qu'il doit avoir la priorité.

— Tu as raison. Quand pourras-tu lui en parler ?

— Je lui proposerai d'aller prendre un verre au pub en fin de journée.

— Et les autres ? Carrie et Lucy ?

— Quand j'aurai parlé à Sam.

— Et si la maison de Billicliffe est inutilisable ?

— Il faudra trouver une autre solution.

— Je meurs d'impatience d'aller la visiter. Toi et moi. Mais, cet après-midi, c'est impossible à cause de la neige. Les routes sont très glissantes. Et demain, nous avons la réception à préparer.

— Dimanche ?

— Juste avant Noël ?

— Pourquoi pas ? Dimanche matin.

— D'accord. Nous devrions demander à Sam de nous y conduire dans sa voiture. Cela nous éviterait peut-être de finir dans un fossé !

Elfrida réfléchit quelques instants. Elle avait une idée bien plus amusante.

— Je sais ! dit-elle. Nous irons tous ensemble, avec Sam, Carrie et Lucy.

Oscar se montra d'abord méfiant.

— Cela veut dire cinq personnes différentes, chacune avec ses idées et ses opinions...

— Tant mieux ! Je suis sûre que Sam est très au courant des problèmes de planchers, de murs porteurs et de remontées d'eau par capillarité. Et j'ai une autre idée de génie ! Si nous allons à Corrydale le matin, qu'il ne pleut pas et qu'il ne neige pas, nous pourrons y pique-niquer. Un pique-nique d'hiver ! Je ferai une grande soupière de ma soupe-à-tout. Oscar, avons-nous une clef du cottage ?

Oscar n'avait pas pensé à ce détail.

— Non, mais Rose Miller doit en avoir une ou savoir qui en a une. Je l'appellerai avant d'y aller. De toute façon, je dois l'informer du décès de ce pauvre Billicliffe, quoiqu'elle doive déjà être au courant, à mon avis. Et maintenant, je dois téléphoner à Peter Kennedy.

Carrie

Sam choisit d'aller à Buckly par la petite route sinueuse qui suivait la côte. Le paysage n'aurait pu être plus hivernal : des collines blanches, un ciel gris où le vent venu de l'Arctique poussait de lourds nuages au-dessus de la lande couverte de neige. Ils franchirent une colline d'où Carrie découvrit le loch, long estuaire à mi-marée, la forêt de sombres conifères sur l'autre rive, et un groupe de cottages blancs dominant un quai abandonné, à moitié en ruines.

Elle n'était pas encore venue jusque là.

— Comment s'appelle ce loch ? demanda-t-elle.

— Le loch Fhada. C'est une réserve d'oiseaux.

La route longeait à présent la grève, rocheuse et inhospitalière. La mer montait rapidement, aussi grise que le ciel et frangée d'écume. Loin vers le large, sur un banc de sable découvert, une petite colonie de phoques se prélassait. Un vol de canards sauvages arriva par l'est et alla se poser sur une petite mare isolée que la marée n'avait pas encore rejointe.

Un pont franchissait le fond de l'estuaire. Au-delà s'étendait une contrée sauvage, une vallée de broussailles, de fougères et d'eaux dormantes. Sam et Carrie arrivèrent au croisement avec la route nationale. Ils tournèrent en direction du nord. Les chasseneige étaient passés et la boue soulevée par les camions et les tracteurs noircissait la neige. Entre la route et la mer, des moutons se serraient les uns contre les autres dans des pâturages entourés de murs en pierre sèche. Au-dessus de quelques petites fermes, montait bravement la fumée des feux de tourbe dont l'odeur imprégnait l'air. Un tracteur traversait un champ, sa remorque chargée de fourrage. Plus loin, une femme sortit sur le seuil de sa porte pour jeter des morceaux de pain à un troupeau d'oies cacardant avec énergie. Plus loin encore, ils dépassèrent un homme qui cheminait péniblement sur le bas-côté, silhouette solitaire qui avançait tête baissée contre le vent ; il s'aidait d'un long bâton de berger. Son chien marchait sur ses talons. Les entendant approcher, il s'arrêta pour les laisser passer et les salua d'une main en mitaine.

— Il pourrait sortir d'un tableau de Breughel, fit remarquer Carrie.

Elle pensait aux fermes du sud de l'Angleterre, avec leurs arbres et leurs prés d'un vert extraordinaire. Elle revit, en particulier, la maison de son père en Cornouailles, où les vaches laitières passaient tout l'hiver dehors, dans les prés.

— Je ne peux pas imaginer comment on arrive à s'occuper d'une ferme dans un pareil climat. Cela ressemble plus à de la survie qu'à autre chose.

— Ils sont habitués au mauvais temps et à la rudesse des hivers. Et ils appartiennent à une race résistante.

— Heureusement pour eux !

Tandis qu'ils faisaient route vers Buckly, Carrie regrettait d'avoir exprimé le désir de visiter l'ancienne fabrique. Elle en avait parlé presque sans y penser, sans imaginer que Sam montrerait tant d'enthousiasme à l'idée de lui faire découvrir le lieu de son travail. Depuis, il s'était passé la scène de Corrydale mais, ce matin, elle n'avait pas pu se récuser. C'était trop tard.

Trop tard. Trop tard pour éviter cette crise où la vérité lui avait échappé. Elle ne comprenait pas comment cela avait pu se produire, tout en sachant pourquoi ses défenses s'étaient soudainement effondrées.

C'était à cause de Corrydale. Le lieu lui-même. Le soleil sur la neige, le parfum aromatique des pins, le ciel si bleu, la montagne de l'autre côté de l'estuaire étincelant dans la lumière. Mais aussi la douceur du soleil qui la réchauffait, le crissement de la neige fraîche sous leurs pas, l'éclat du paysage, le plaisir de respirer un air pur et froid. Comme en Autriche. Comme avec Andreas. Le lieu et l'homme étaient inséparables l'un de l'autre. Il était là, à cet instant, à ses côtés. Il marchait avec elle, parlait sans cesse de sa voix où se laissait toujours deviner un début de rire. Andreas qui faisait des projets avec elle, qui faisait l'amour avec elle. Si forte était l'illusion qu'elle crut presque sentir le frais parfum citronné de son après-rasage. Cependant, malgré la puissance de l'illusion, elle avait conscience d'être le jouet de sa propre imagination. Car Andreas l'avait quittée. Il était revenu à Inga et à ses enfants, laissant Carrie dans un tel désespoir, une telle souffrance, que tout son sang-froid, toute sa raison avaient été balayés en un instant.

En parlant de sa femme, de l'échec de son mariage, de son départ de New York, Sam avait ravivé son chagrin et, quand il avait prononcé cet affreux mot « rejet », elle avait éprouvé envers lui une rage dont elle ne se serait jamais crue capable. Seules les larmes l'avaient empêchée de continuer à crier, ces larmes si humiliantes. Elle revoyait Sam la rattraper et la serrer contre lui comme il l'aurait fait avec un enfant inconsolable.

Dans un film, ç'aurait été la scène finale, le baiser de la fin après une heure trente de tension et d'incompréhension ! Elle imaginait la caméra s'éloignant du couple dans un long plan qui l'amenait sur un vol d'oies rentrant chez elles ou quelque autre symbole lourd de sens. La reprise du thème musical, le générique, et le plaisir d'une fin heureuse.

Mais, dans la vie réelle, les choses ne s'arrêtaient pas là. La vie continuait. L'étreinte de Sam, la sensation de ses bras autour d'elle, le contact physique l'avaient calmée, mais sans faire fondre sa réserve. Pour elle, cela ne changeait rien. Elle restait Carrie, qui avait trente ans et avait perdu pour toujours l'homme de sa vie. Peut-être était-ce cela qu'elle voulait — rester ainsi, le cœur aussi glacé que le paysage environnant.

« Le monde est plein d'hommes mariés », avait si tristement dit Elfrida. Mieux valait ne plus laisser d'intimité se créer avec un homme. Plus on est proche, plus on a de chances d'être blessée.

McTaggart, Buckly

L'usine avait été construite dans les faubourgs de la petite ville. Un haut mur de pierre la séparait de la route. On y entrait par un imposant portail en fer forgé à deux battants, assez large pour permettre le passage d'une charrette et d'un cheval. Une arche décorative le surmontait, couronnée d'un grand médaillon d'apparence vaguement héraldique.

Ce matin-là, le portail était ouvert. Au-delà s'étendait une vaste cour décorée de parterres circulaires et surélevés. Des murets de pavés ronds retenaient la terre. La neige recouvrait tout mais Carrie pouvait imaginer les parterres débordant de géraniums, de lobélias, d'aubriettes et de toutes les plantations qu'apprécient généralement les municipalités.

La neige était vierge de toute trace de pas ou de pneus. Ils étaient, de toute évidence, les premiers et uniques visiteurs de la journée. Quand ils franchirent le portail, Carrie eut une première vue d'ensemble de la fabrique et comprit aussitôt pourquoi la commission du patrimoine l'avait estimée digne de classement. Il y avait une haute cheminée d'usine, certes, ainsi que divers hangars, mais le bâtiment principal se révélait remarquable.

Bâtie en pierre du pays, sa façade s'étirait en longueur avec une agréable symétrie. Le fronton central se complétait d'un clocheton à horloge. Juste au-dessous, une fenêtre s'ouvrait sur le premier étage et, au rez-de-chaussée, une imposante porte à deux battants s'ornait d'une élégante imposte en éventail. De part et d'autre du fronton, les deux ailes présentaient une double rangée de fenêtres, toutes identiques. Le toit, où s'ouvraient de nombreux vasistas, était couvert en ardoise. Par endroits, le vert sombre et luisant du lierre grimpant adoucissait les murs de pierre.

Sam s'arrêta devant la porte principale. Carrie descendit de voiture et resta un moment immobile, s'imprégnant du lieu. Sam la rejoignit, les mains enfoncées dans ses poches.

— Qu'en pensez-vous ? demanda-t-il au bout d'un moment.

— C'est un très beau bâtiment.

— Je vous l'avais dit : impossible de tout raser pour faire du neuf.

— Je m'attendais à voir une de ces usines sombres et sinistres comme l'enfer. Cela ressemble plutôt à une riche école privée. Il ne manque que des terrains de jeux avec des poteaux de buts !

— Les bâtiments d'origine sont à l'arrière, plus près de la rivière. Cette partie a été construite en 1865. Elle est donc relativement récente. Elle a été conçue pour servir, en quelque sorte, de vitrine, avec des bureaux, des comptoirs de vente, des salles de conférence, ce genre de choses. Il y avait même une salle de lecture pour les employés — un bon exemple du paternalisme de l'époque victorienne. Le premier étage était réservé aux produits finis et au-dessus, dans les greniers, on stockait les matières premières, la laine. N'oubliez pas que l'installation remonte au milieu du dix-huitième siècle. La présence d'un cours d'eau explique le choix de l'emplacement, bien sûr.

411

— Tout paraît en parfait état, dit Carrie. Il est difficile de croire que les bâtiments ont été gravement inondés.

— Eh bien... Serrez les dents : vous allez avoir un choc.

Il prit une grosse clef dans sa poche et ouvrit la porte. Il s'effaça pour laisser passer Carrie. Elle entra dans un vaste hall d'entrée, carré et haut de plafond.

Un spectacle de désolation.

Il n'y avait plus rien. On voyait, d'après l'état des murs, que l'eau était montée à un mètre cinquante. Au-dessus de cette limite, le beau papier peint avait survécu. En dessous, il pendait en lambeaux délavés. Le plancher avait aussi beaucoup souffert : lattes pourries et cassées, grands trous révélant les solives d'origine et les sombres profondeurs des fondations. Et sur tout cela régnait une affreuse odeur de moisissure et d'humidité.

— C'était ici que l'on recevait les visiteurs ou les nouveaux clients. La première impression est importante. Je pense qu'il devait y avoir des meubles et des tapis assez élégants avec des portraits des différents fondateurs de la firme accrochés aux murs. Regardez comme la corniche en plâtre a survécu alors que tout le reste est détruit.

— Il a fallu combien de temps pour que l'eau se retire ?

— Environ une semaine. On a installé des déshumidificateurs industriels dès que possible pour essayer de sécher le matériel mais c'était trop tard.

— La rivière avait déjà débordé ?

— Une fois, il y a environ cinquante ans. A la suite de cela, on a construit un barrage et une écluse pour réguler le niveau de l'eau. Mais, cette fois, les pluies ont été trop fortes et, pour aggraver encore la situation, il y avait une grande marée. La rivière est tout simplement sortie de son lit en détruisant les berges.

— C'est presque impossible à imaginer.

— Je sais. Venez voir — faites attention où vous posez les pieds, je ne voudrais pas que vous passiez à travers le plancher.

Une porte s'ouvrait à l'autre extrémité du hall. Sam la franchit, suivi de Carrie. Ils se trouvaient sur le seuil d'un vaste espace au sol de pierre et de la taille d'un entrepôt. On avait remplacé le toit par une verrière pour avoir plus de lumière. C'était vide et le moindre son se répercutait en longs échos. Il y régnait un froid glacial. Il restait par endroits des témoins de l'activité passée — des montants fixés entre les dalles de pierre, là où s'étaient dressés les grands métiers à tisser — et, tout au bout de la salle, un escalier menait à la galerie supérieure.

Il s'en dégageait une impression de fin du monde, triste et solitaire.

— Que faisait-on, ici ? demanda Carrie.

Sa voix lui revint, répercutée par le toit et les murs nus.

— C'était l'atelier de tissage. Fergus Skinner — qui dirigeait l'usine au moment de l'inondation — m'a raconté comment cela c'est passé. Ce soir-là, les ouvriers ont continué à travailler jusqu'à onze heures du soir. En effet, même si l'eau s'infiltrait dans l'usine, ils espéraient encore une rapide décrue. Le contraire s'est produit et ils ont passé la nuit à mettre hors d'atteinte de l'eau le maximum de choses. Un travail de Titan, malheureusement sans espoir. Ils ont sauvé ce qui pouvait l'être. Les métiers à filer, quoique gravement endommagés. De vieux équipements de dessuintage en bois ont survécu, de même que les machines à gratter la laine. Mais le pire, sur le plan financier, a été la perte de toutes les marchandises finies, emballées et prêtes à l'expédition. Il y en avait pour des milliers de livres. En fait, c'est cela qui a réellement ruiné l'entreprise.

— Les bureaux étaient au rez-de-chaussée ?

— Malheureusement, oui. Fergus a réussi à y entrer pour voir ce qu'il pouvait sauver mais il avait de l'eau jusqu'à la ceinture. Il a trouvé les ordinateurs complètement submergés et des chèques qui flottaient...

— Que s'est-il passé le lendemain ? Les ouvriers ?

— Tous licenciés. Il n'y avait rien d'autre à faire. Mais dès que l'eau a baissé, une centaine d'entre eux sont revenus pour donner un coup de main. La moitié des machines était bonne pour la ferraille, y compris les métiers à tisser électroniques allemands tout neufs. Voilà pour la technologie moderne et ruineuse ! Seule une partie des machines les plus anciennes et les plus simples a pu être récupérée, des métiers à tisser vieux de quarante ou cinquante ans, qui avaient été achetés en seconde main. Les ingénieurs ont démonté la cardeuse pour la nettoyer avant qu'elle rouille. Il suffira de la remonter pour la remettre en service. Il y avait aussi quelques équipements très spécialisés fabriqués en Italie. Ils sont stockés à l'abri et nous pensons les renvoyer à Milan, chez le fabricant, pour les faire remettre en état.

Fascinée, Carrie écoutait attentivement Sam mais n'en sentait pas moins le froid. L'humidité transperçait ses boots malgré l'épaisseur de leur semelle et la faisait frissonner. Sam s'en aperçut.

— Carrie, j'ai honte de moi. Quand je commence à parler de nos projets, j'oublie tout le reste. Voulez-vous que nous nous en allions ? Vous devez en avoir assez ?

— Non, je veux tout voir et savoir tout ce que vous allez faire. Pour l'instant, je n'arrive pas à croire que l'on puisse retravailler ici, un jour. La tâche me paraît impossible.

— Rien n'est impossible.

— Et puis... être le responsable...

— Oui, mais avec les ressources d'un énorme groupe derrière moi. Cela fait toute la différence.

— Quand même... C'est *vous* qu'ils ont choisi. Je me demande pourquoi ?

Sam s'épanouit, visiblement plein de confiance en lui-même. Il savait de quoi il parlait. Il était sur son terrain.

— Sans doute, dit-il, parce que je suis du Yorkshire. Venez, maintenant. Je vous montre le reste avant que vous geliez sur pied...

Quand ils ressortirent, la visite terminée, Carrie était quand même frigorifiée. Elle attendit, debout dans la neige, que Sam ait refermé la porte. Quand il se retourna, il la vit, recroquevillée dans son épais loden gris, les mains enfouies au plus profond de ses poches.

— Vous avez l'air d'avoir très froid, Carrie.

— Oui !

— Je suis désolé. Je n'aurais pas dû traîner aussi longtemps.

— Mais non, je suis très contente d'avoir tout vu. J'ai les pieds gelés, c'est tout.

Il leva le poignet pour regarder sa montre.

— Il est onze heures et demie. Préférez-vous rentrer directement à Creagan ou aller boire quelque chose de revigorant ? A vous voir, je pense que vous avez un besoin urgent d'un Whisky Mac.

— J'aimerais autant un café.

— Comme vous voulez. Montez vite dans la voiture, on va trouver de quoi vous réchauffer.

En quittant l'usine, Sam tourna à gauche en direction de Buckly. Des rues étroites et sinueuses les menèrent à une petite place près de laquelle s'élevait le monument aux morts. Les passants étaient rares mais les petites boutiques arboraient courageusement quelques décorations de Noël. Ils traversèrent ensuite le pont de pierre qui enjambait la rivière gelée, et Sam se gara devant un petit établissement de piètre allure. Au-dessus de la porte, on avait écrit en majuscules tarabiscotées et dorées : THE DUKE'S ARMS. L'ensemble parut à Carrie peu engageant.

— Je suis sûr qu'il existe des endroits plus vivants dans Buckly, lui dit Sam, mais je ne connais que celui-ci. De plus, il est unique dans son genre !

— Cela n'a pas l'air très amusant.

— On se débrouillera pour que ça le devienne.

Quand Sam poussa la porte du Duke's Arms, une bouffée d'air chaud qui sentait la bière les accueillit. Carrie le suivit d'un pas méfiant. L'intérieur se révéla sombre et assez minable mais merveilleusement surchauffé. Un bon feu de charbon brûlait dans l'antique cheminée au-dessus de laquelle trônait dans une vitrine un énorme poisson empaillé. La salle était garnie de tables bancales munies de cendriers et de dessous de verre publicitaires vantant les mérites de diverses brasseries. Il n'y avait que deux autres clients, tous deux de sexe masculin, silencieux et très vieux. Derrière le bar, le patron s'absorbait dans le spectacle d'une petite télévision en noir et blanc dont il avait presque éteint le son. On n'entendait que le tic-tac d'une horloge et, de temps en temps, le chuintement d'un morceau de charbon qui s'écroulait. Cela donnait une telle impression d'austérité que Carrie se demanda s'ils ne feraient pas mieux de repartir sur la pointe des pieds.

Mais Sam voyait les choses autrement.

— Venez, dit-il d'une voix qui résonna de façon presque indécente. Venez vous asseoir près du feu, ajouta-t-il en tirant une chaise pour elle. Je suis sûr qu'on vous fera du café si vous y tenez, mais vous devriez peut-être essayer un Whisky Mac. Je ne connais rien au monde qui réchauffe mieux.

Cela semblait plus tentant que le café, pensa-t-elle.

— D'accord, un Whisky Mac.

Elle s'assit, ôta ses gants, déboutonna son manteau et tendit ses mains au feu. Pendant ce temps, Sam alla passer la commande au bar et, comme cela se fait dans tous les pubs dès que l'on quitte les grandes villes, il entama une conversation avec le patron. Ils parlaient à voix basse, comme s'ils échangeaient des secrets.

Carrie enleva sa toque pour la poser sur la chaise voisine et remit de l'ordre dans sa coiffure du bout des doigts. Ce faisant, elle surprit le regard du vieil homme assis à côté de la fenêtre, un regard plein de désapprobation. Carrie comprit que les femmes ne fréquentaient pas le Duke's Arms. Elle tenta de sourire au vieillard mais il se contenta de remuer son râtelier et reporta son attention sur sa bière.

Au bar, les deux hommes n'en finissaient pas de parler. Sam se tenait dans l'attitude caractéristique d'un homme qui se sent chez lui dans son pub, un pied sur la barre en cuivre et un coude sur le comptoir poli. Sans interrompre la conversation, le patron prenait tout son temps pour préparer leur commande. Il faisait des pauses incessantes pour écouter la télévision.

Carrie s'appuya contre le dossier de sa chaise en bois, étendit ses jambes devant elle et observa les deux hommes. Ce matin, pensait-elle, elle avait découvert l'autre aspect de Sam, cet homme qui, surgi de nulle part, s'était intégré sans effort à une maisonnée de gens disparates, comme s'il faisait partie des intimes.

Il s'était chargé, sans qu'on le lui demande, de différentes tâches quotidiennes peu passionnantes — monter à l'étage de lourds paniers de bûches ou le seau à charbon, promener le chien, découper un faisan rôti ou nettoyer le saumon qu'Elfrida avait acheté sur un coup de tête au pêcheur qui venait vendre avec sa camionnette sur la place. Il avait dégagé la neige de l'allée sans se plaindre, poussé le chariot au supermarché, rempli la cave à vins d'Oscar et rapporté à la maison le sapin de Noël. Il avait même réussi à le fixer sur son drôle de pied et à faire marcher les guirlandes électriques, ce casse-tête typique de la période des fêtes ! Oscar lui avait été particulièrement reconnaissant de ce noble effort.

Il s'était également révélé précieux quand Elfrida avait voulu vendre son tableau. Il avait sorti un expert de sa poche comme un prestidigitateur un lapin de son chapeau. Et il s'était montré affecté par la déception d'Elfrida comme si c'était sa faute.

Il était difficile de ne pas aimer un homme comme Sam Howard. Oscar (qui n'était pas né d'hier !) avait noué avec lui une relation cordiale en dépit de la différence d'âge. Ils n'étaient jamais à court de sujets de conversation. Oscar aimait parler de son enfance à Corrydale et sa connaissance du pays et des gens se révélait très utile à Sam.

Oscar, de son côté, appréciait visiblement d'avoir la compagnie d'un autre homme, un étranger certes, mais avec qui il s'était tout de suite senti à l'aise. Le parcours de Sam le passionnait, de son enfance dans le Yorkshire à sa prise en charge de McTaggart. Quand il pensait aux inusables tweeds sortis de cette filature, il s'émerveillait des projets de Sturrock and Swinfield, fasciné par la technologie moderne, la volonté d'accéder au marché du luxe et, surtout, de donner une nouvelle formation au personnel — un personnel qui représentait la vraie richesse de McTaggart.

Sam et Oscar étaient déjà allés ensemble au club du golf ou au pub de Creagan prendre tranquillement un verre, entre hommes.

Elfrida était également conquise par Sam. Mais, se dit Carrie, Elfrida n'avait jamais su résister au charme d'un bel homme, surtout s'il riait à ses bizarreries et s'il savait confectionner un vrai Martini dry. Quant à Lucy, un soir où Carrie était montée l'embrasser pour la nuit, elle lui avait confié qu'elle trouvait Sam presque aussi bien que Mel Gibson.

« Il te plaît, alors ? lui avait demandé Carrie, amusée.

— Oh, oui ! Il est beau et rassurant. En général, je me sens mal à l'aise avec les hommes, surtout les pères des autres filles, mais Sam est différent. Il pourrait être un oncle qu'on connaît depuis toujours, ou bien le plus vieil ami de la famille. »

Lucy avait raison et, pour Carrie, les choses en seraient restées là sans la scène de la veille.

Et ce qui s'était passé le matin même.

En réalité, il ne s'était rien passé mais, en suivant Sam dans l'usine désertée, Carrie avait, pour la première fois de sa vie, prit conscience d'avoir trouvé son *alter ego*. Elle l'avait vu se transformer. Il avait changé de stature, parlé avec assurance et autorité... Une ou deux fois, il avait essayé de lui expliquer l'un ou l'autre détail technique du filage ou du tissage mais elle n'avait presque rien compris, un peu comme s'il s'était exprimé dans une langue inconnue. Fâchée de sa propre ignorance, elle s'était sentie vexée mais aussi désorientée de découvrir un autre Sam. Elle n'avait plus devant elle un invité agréable mais un homme de pouvoir avec lequel il fallait compter, un homme qu'il valait mieux, sans doute, ne pas mettre en colère.

Ses réflexions furent interrompues par le retour de Sam. Il posa leurs verres et deux paquets de cacahuètes sur la table.

— Excusez-moi, nous étions en grande conversation.

— De quoi parliez-vous ?

— Le football, la pêche, le temps. Quoi d'autre ?

Il avait pris une pinte de bière à la pression. Il leva son verre. Leurs yeux se rencontrèrent.

— *Slàinte*, dit-il.

— C'est-à-dire ?

— A la vôtre, en gaélique.

Carrie goûta son breuvage et reposa brusquement son verre.

— Vous ne m'aviez pas dit que c'était si fort !

— Whisky et vin de gingembre, le grand classique pour se réchauffer en hiver ! Ou bien un cherry-brandy.

— Quelles sont les nouvelles du temps ?

— Ils ont prévu un redoux, ce qui explique pourquoi notre ami est collé à son poste. Le vent est en train de passer au sud-ouest et nous amène de l'air moins froid.

— Pas de Noël sous la neige ?

— Neige fondue plutôt que congères. Et la route d'Inverness est rouverte.

— Cela signifie-t-il que vous allez nous quitter immédiatement ?

— Non, dit-il en soulignant sa réponse d'un mouvement de la tête. Je suis invité pour Noël, donc je reste. De toute façon, je ne sais pas où j'irais ! Mais le lendemain, je dois redescendre sur terre et partir.

Il eut un sourire forcé.

— J'aurais un peu l'impression de retourner à l'école après les vacances.

— N'y pensez pas. Il y a de nombreuses réjouissances en perspective, à commencer par la réception d'Elfrida.

— Ne serait-ce que pour cela, je dois être là. J'ai promis de préparer le Martini dry.

— Ne le faites pas trop fort. Nous ne voulons pas que cela dégénère, par exemple que Lady Erskine-Earle se mette à danser une scottish avec Arfur Snead !

— Quelle horreur !

— Quand... quand vous repartirez à Inverness, avez-vous l'intention d'y rester ?

— Non, je dois être à Londres la semaine prochaine. Les bureaux de la direction sont ouverts pendant deux jours entre Noël et le Nouvel An et David Swinfield a prévu une réunion. Ensuite, je pense que je retournerai en Suisse. Je ne reviendrai pas avant le 12 janvier.

— Lucy et moi, nous repartons le 3 par l'avion du matin, dit-elle en se mordant la lèvre, pensive. Je préfère ne pas y songer. Ce sera très dur pour Lucy et je ne sais pas comment je pourrai lui remonter le moral. Je ne voudrais pas être à sa place, quitter un lieu où je suis heureuse et libre pour m'enfermer à nouveau dans un appartement ennuyeux avec une mère qui ne sera pas vraiment ravie de me revoir.

— Je suis sûr que vous noircissez le tableau.

— Pas du tout, Sam. C'est la réalité.

— Alors, c'est vraiment très triste. Je vais lui faire un beau cadeau pour Noël. A votre avis, qu'est-ce qui lui ferait plaisir ?

Carrie se mit à rire.

— Vous n'avez pas encore fait vos achats ?

— Reconnaissez que je n'en ai pas vraiment eu le temps ! J'irai demain matin à Kingsferry pour m'en occuper.

— Demain ? Ce sera un cauchemar ! Les rues vont être pleines de monde et il faudra faire la queue partout.

— A Kingsferry ? Je ne pense pas. De plus, j'ai l'habitude de faire mes courses la veille de Noël dans le centre de Londres ou de New York. J'aime bien toute cette animation, les décorations, les chants de Noël dans les haut-parleurs...

— Pour moi, c'est un cauchemar ! répondit Carrie en riant. Mais je comprends votre point de vue et, après Londres ou New York, la foule de Kingsferry n'a certainement plus rien d'effrayant.

— Vous ne m'avez toujours pas dit ce qui ferait plaisir à Lucy.

Carrie envisagea quelques possibilités.

— Pourquoi pas des petites boucles d'oreilles en or ? Quelque chose de joli mais simple pour le jour où elle pourra ôter ses anneaux ?

— C'est un cadeau de Rory. Je ne pense pas qu'elle ait envie de les enlever.

— Il n'empêche... C'est agréable d'en avoir plusieurs paires.

— Je comprends.

Il se tut et ils restèrent pendant quelque temps ainsi, savourant cet agréable moment de tranquillité. Une voiture passa dans la rue. Un goéland cria. Sam ouvrit un des sachets de cacahuètes d'un geste précis, en fit tomber quelques-unes dans la paume de sa main et les tendit à Carrie.

— Je n'aime pas beaucoup les cacahuètes, dit-elle.

Il en croqua quelques-unes et reposa le sachet.

— Je plains Lucy, reprit-il. L'autre matin, je me suis dit que la vie à Estate House ressemblait à une croisière où il n'y aurait que peu de passagers. On se sent merveilleusement loin des tensions et des soucis de la vie de tous les jours. J'ai la sensation inquiétante que je pourrais passer des semaines ainsi, à ne rien faire !

— Si on y réfléchit un peu, cela doit représenter une perte de temps, pour vous.

Il fronça les sourcils.

— Une perte de temps ?

— Vous êtes venu à Creagan dans le but de voir la maison de Hughie McLellan et, peut-être, de l'acheter. Mais c'était un coup pour rien et vous allez devoir trouver une autre maison.

— C'est le dernier de mes soucis.

— Je ne veux pas prendre parti. D'un côté, je trouve que cela conviendrait très bien à Mr Howard, directeur d'usine, de vivre à Estate House, une maison digne d'un homme important ! D'un autre côté, c'est le seul endroit où Oscar et Elfrida puissent aller et passer le soir de leur vie. Et ils semblent y être heureux.

— Je ne pense pas à Elfrida comme à une femme au soir de sa vie. Elle est plutôt en plein midi ! Et on se heurte, comme toujours, à ces pénibles questions d'argent. Un coup pour rien, peut-être, mais certainement pas une perte de temps.

Carrie se donna le temps de prendre une gorgée de son remontant. Quand elle reposa son verre, elle regarda Sam dans les yeux. *Certainement pas une perte de temps.* C'est alors qu'une chose extraordinaire se produisit ; brusquement, elle eut l'impression de ne l'avoir jamais vraiment regardé et qu'elle l'appréciait enfin à sa juste valeur. Mais il était trop tard. Il s'en irait bientôt et tout serait fini. Elle ne le reverrait probablement jamais.

Etait-ce un effet de la chaleur du feu ou du Whisky Mac ? Elle se sentit soudain très émue et peu sûre d'elle-même. Il lui vint l'image de ces gens qui sombrent dans le coma à la suite d'un accident. Les gens qui les aiment viennent s'asseoir à côté d'eux, leur tiennent la main, leur parlent, espérant contre toute évidence recevoir un signe infime de reconnaissance. Jusqu'au jour où le miracle se produit. Une paupière qui frémit, une main qui répond... Le début du retour à la vie.

La veille, à Corrydale, après son explosion de colère, Sam l'avait prise dans ses bras et l'avait serrée contre lui jusqu'à ce qu'elle se calme. Et elle n'avait rien éprouvé envers lui, aucune réaction émotionnelle ou physique, rien qu'une gratitude réticente et l'humiliation de s'être ridiculisée.

Mais à présent... Peut-être était-ce le début de la guérison ? Peut-être sa froideur, sa seule défense, commençait-elle à s'estomper. Aimer. Etre aimée à nouveau...

— Carrie ?

— Oui ?

— Puis-je vous parler ?

— De quoi ?

— De vous et de moi. De nous.

Carrie ne répondit pas. Sam attendit un peu puis, sans doute encouragé par son silence, poursuivit :

— Je crois que nous nous sommes rencontrés à un mauvais moment. Nous sommes tous les deux dans une phase transitoire, un peu dans le vide. Peut-être avons-nous besoin de temps pour mettre de l'ordre dans nos affaires chacun de son côté. De plus, nous ne sommes libres ni l'un ni l'autre. Vous avez pris la responsabilité morale de Lucy et, moi, je suis toujours marié à Deborah.

Il fit une nouvelle pause, attendant ses réactions, l'air à la fois inquiet et grave.

— Qu'êtes-vous en train de me dire, Sam ?

— Seulement que nous devrions peut-être nous donner un peu de temps. Vous rentrez à Londres, vous reprenez possession de votre maison et vous vous installez dans votre nouveau poste. Moi, je me mets en relation avec l'avocat de Deborah. Je suis sûr qu'elle a dû entamer une procédure. J'ignore combien de temps cela prendra mais, comme nous n'avons pas d'enfant, il ne devrait pas y avoir de complications. Il y aura seulement les questions matérielles à régler, l'appartement, la voiture, l'argent...

— Vous voulez vraiment divorcer ?

— Non, répondit-il avec une franchise brutale. Je ne veux pas divorcer, pas plus que je n'ai envie de me faire amputer d'une jambe. Mais je dois me libérer du passé si je veux penser à l'avenir.

— Cela ira, pour Deborah ?

— Je l'espère. J'espère qu'elle sera heureuse. Elle a autant de chances de l'être que n'importe qui et, en plus, elle possède une famille qui l'aime et qui l'aidera toujours.

— Vous devrez aller à New York ?

— C'est probable.

— Cela risque d'être pénible.

— Terminer quelque chose qui a procuré du bonheur est toujours pénible mais, une fois que c'est fait, avec le temps, on finit par ne plus avoir mal.

— Je sais de quoi vous parlez, dit Carrie.

Sans relever sa remarque, Sam poursuivit :

— Je vais travailler et vivre ici tandis que vous serez à Londres, à des centaines de kilomètres. Mais je devrai souvent descendre à Londres pour mon travail. J'ai pensé que peut-être... nous pourrions nous revoir. Aller au concert ou dîner ensemble. Repartir sur de nouvelles bases. Comme si ces derniers jours n'avaient pas existé.

Un nouveau départ. Eux deux...

— *Moi,* je n'ai pas envie que ces jours-ci n'aient pas existé.

— J'en suis heureux. C'était extraordinaire, n'est-ce pas ? Magique ! Comme une plongée dans une autre existence, un autre univers. Je me sens déjà nostalgique à l'idée que cela va se terminer.

Carrie avait posé une de ses mains sur la table. Le feu faisait étinceler les diamants et les saphirs de sa bague.

— Qui vous a offert cette bague ? demanda-t-il d'un ton dépourvu de curiosité.

— Andreas.

— J'aurais préféré que ce soit un legs d'une tante dont vous auriez été la nièce bien-aimée.

— Non, c'est un cadeau d'Andreas. Nous étions à Munich. Il l'a vue dans la vitrine d'un antiquaire et il me l'a achetée.

— Ne la quittez jamais. Vous la portez tellement bien ! Où puis-je vous trouver, à Londres ?

— Chez Overseas, dans Burton Street. Le numéro est dans l'annuaire. Et je réintègre Ranfurly Road en février.

— Je ne suis pas allé à Fulham depuis que j'ai vendu mon appartement de Eel Park Common, juste avant de partir à New York. Peut-être que j'irai y faire un tour. Cela me rappellera des souvenirs et vous me montrerez où vous vivez.

— C'est une bonne idée. Je vous ferai à dîner.

— Nous ne nous sommes rien promis, nous ne sommes pas engagés.

— Pas de promesses, pas d'engagements, répéta-t-elle.

— Nous nous en tenons là, pour l'instant ?

— Oui.

— Bien, conclut Sam.

Et, comme pour sceller leur accord, il posa sa main sur celle de Carrie qui tourna la sienne paume vers le haut pour lui enserrer le poignet de ses doigts fins. Ils avaient fini leur verre, et il était temps de rentrer mais ils n'avaient pas envie de s'en aller. Ils restèrent encore un moment tandis que le patron regardait un jeu télévisé tout en faisant briller ses verres. Les deux vieux clients, le menton enfoncé dans le col de leurs manteaux usés, ne faisaient pas un bruit, telles deux tortues en hibernation. Occupés à tuer le reste de la matinée, ils ne se rendaient pas compte que le monde autour d'eux avait changé.

Sam

Le même jour, mais à dix-huit heures trente, Sam entra de nouveau dans un pub, mais cette fois c'était à Creagan et il accompagnait Oscar.

« Allons prendre un verre », avait proposé ce dernier.

Ils étaient seuls dans la salon, à ce moment-là. Carrie et Elfrida s'activaient dans la cuisine pour préparer le dîner, le buffet du lendemain et les plats de Noël pour lesquels il fallait s'y prendre à l'avance. Rory Kennedy était venu dans l'après-midi, chargé de branches de houx aux baies rouges. Lucy et lui avaient entrepris de décorer toute la maison. Ils n'avaient pas encore fini. Dans la partie haute du jardin, ils avaient arraché du mur de longs rameaux de lierre qu'ils s'appliquaient, non sans difficulté, à entortiller autour de la rampe d'escalier, du grenier jusqu'en bas. Elfrida avait invité Rory à dîner avec eux et il avait accepté, ce qui semblait aussi bien car la tâche entreprise avec Lucy leur demanderait encore beaucoup de temps.

Le pub de Creagan offrait une atmosphère bien plus gaie que le Duke's Arms. Sam se dit pourtant qu'il s'en souviendrait toujours avec une certaine affection. A Creagan, les fêtes semblaient avoir déjà commencé ; il y avait des visages inconnus, au bar. Dans un coin de la salle, un groupe bruyant paraissait très en train : des jeunes gens en vêtements de tweed élégamment usés, accompagnés de jeunes filles très à la mode qui s'exprimaient avec un accent londonien. Ils séjournaient certainement dans un pavillon de chasse familial, plus loin dans la vallée, ouvert pour les fêtes de fin d'année et rempli d'invités.

En fait, tout cela donnait une ambiance très vivante. De grands feux brûlaient dans les cheminées à foyer ouvert et l'on avait suspendu des décorations dans tout le pub, guirlandes de houx artistiquement entrelacées autour de Bambi et d'un Père Noël en carton couvert de brillant.

Les deux hommes se frayèrent lentement un chemin jusqu'au bar où ils durent encore patienter avant d'attirer l'attention du serveur complètement débordé. Oscar réussit enfin à commander deux Famous Grouse, *on the rocks* pour Sam et à l'eau plate pour lui. Ensuite, non sans mal, ils trouvèrent une petite table inoccupée dans un angle sombre, loin du feu. Mais cela ne les dérangeait pas, il y faisait encore bien assez chaud.

— A la vôtre, dit Oscar.

Il but une gorgée avant d'aller droit au but :

— Sam, j'ai pensé qu'il serait plus facile de se parler ici qu'à la maison. Le téléphone a tendance à sonner quand il ne faut pas. Ou bien c'est quelqu'un qui a besoin d'un renseignement ! Je ne voulais pas qu'on nous dérange.

— Oscar, vous m'inquiétez.

— Il n'y a rien d'inquiétant, mon cher. C'est seulement un peu compliqué et je voulais vous parler seul à seul.

— Que se passe-t-il ?

— Il se passe que le major Billicliffe est mort. Savez-vous de qui il s'agit ?

— L'ancien régisseur du domaine que vous avez conduit à l'hôpital ?

— Exactement.

— J'en suis désolé.

— Nous le sommes tous, pour différentes raisons. A mon avis, il était malade depuis plus longtemps qu'on ne le pensait. Pour faire bref, Sam, il est mort et il m'a légué sa maison.

— Mais ce sont d'excellentes nouvelles !

— Je n'en suis pas certain. Elle est en assez mauvais état.

— Nous y avons jeté un coup d'œil, Carrie et moi. Elle a l'air un peu négligée, certes, mais le bâtiment m'a paru de bonne qualité. De plus, la vue sur la campagne jusqu'au bord de l'eau est magnifique.

Oscar reprit, sur le ton d'un homme décidé à aller au bout des choses :

— Il m'a aussi laissé sa voiture, son Labrador et une petite somme.

Sam fit une grimace.

— La voiture ne m'inspire pas beaucoup, reconnut-il. En la voyant, je me suis demandé si on pourrait jamais la faire redémarrer. Quant au chien, je suppose que c'est celui qui accompagnait Charlie Miller. Il serait peut-être d'accord pour le garder...

Oscar opina de la tête.

— Oscar, reprit Sam, je suis sincèrement très content pour vous. Qu'allez-vous faire du cottage ? Le mettre en vente ? Vous pourriez aussi le transformer en location de vacances. Cela vous ferait une petite rentrée supplémentaire.

— C'est une idée mais nous avons pensé, Elfrida et moi, que nous pourrions nous y installer. Je sais que cela paraît un peu bizarre, et tout dépend de la réaction d'Elfrida après avoir visité les lieux. Elle n'est jamais allée à Corrydale. Nous n'avons pas fait grand-chose avant votre arrivée à tous, je le crains. Nous nous sommes calfeutrés chez nous. Elfrida sentait aussi que, assez curieusement, je redoutais de retourner là où j'avais été si heureux, il y a longtemps.

— Je comprends.

— Nous y sommes passés, le soir de notre arrivée, pour prendre la clef mais il faisait noir et nous étions pressés. La maison nous avait fait une mauvaise impression à cause de la négligence de ce pauvre Billicliffe et, quand j'y suis retourné, c'était encore pire. Nous avons donc besoin de réfléchir sérieusement et d'évaluer précisément la situation avant de prendre une décision.

— Vous iriez vivre là-bas ? demanda Sam. Cela ne vous paraît pas trop isolé ?

— Pas vraiment. Un peu à l'écart de la route, c'est vrai, mais il y a des voisins tout autour. Il y aura certainement quelques frais à faire pour rendre la maison habitable, mais cela n'a rien d'impossible.

— Cela m'a paru, en effet, un peu négligé mais le toit et les fenêtres on l'air en bon état. Quelle est la surface intérieure ?

— Tous les cottages du domaine ont été construits sur le même plan, deux pièces au rez-de-chaussée et deux à l'étage. Après la guerre, on a ajouté un appentis à l'arrière avec une petite cuisine et une petite salle de bains.

— Serait-ce assez grand pour vous deux ?

— Je le pense. Nous ne possédons pas beaucoup de meubles.

— Et que ferez-vous d'Estate House ?

— C'est la raison pour laquelle je voulais vous parler. Si nous nous installons à Corrydale, nous voulons, Elfrida et moi, que vous ayez ma part d'Estate House. En d'autres termes, vous pouvez dire à Hughie que vous voulez acheter nos deux parts.

— *Si* vous allez vivre à Corrydale ?

— Oui.

— Et si Elfrida décide que cela ne lui convient pas ? Si vous vous rendez compte que ce n'est pas habitable après l'avoir visité ?

— Alors, il faudra trouver une autre solution. Mais mon instinct me dit que cela n'arrivera pas. Nous pouvons, en mettant nos ressources en commun, faire les travaux nécessaires. Et si j'encaisse soixante-quinze mille livres pour Estate House, la question financière sera résolue.

— Soixante-quinze mille, Oscar ?

— C'est le chiffre que vous avez mentionné.

— Non. C'est le chiffre mentionné par *Hughie*. Ce que vous venez de me dire change tout.

— Je ne comprends pas.

— Je pense que votre cousin Hughie est à court d'argent. Il en a besoin rapidement et c'est pourquoi il était tellement désireux de me donner sa clef et d'éviter des frais d'agence. Personnellement, j'estime Estate House à bien plus de cent cinquante mille livres. Vous devez être réaliste, Oscar. Avant d'aller plus loin, vous devez faire évaluer la maison. Les bons comptes font les bons amis ! Ensuite, consultez un notaire pour savoir comment procéder. Cela m'étonnerait que l'on ne vous indique pas un prix supérieur d'au moins cinquante mille livres.

Oscar regarda Sam, bouche bée.

— Deux cent mille livres ?

— Au moins. Autre chose, Oscar. Vous préférerez peut-être la mettre sur le marché.

— Non, je veux vous la vendre, à vous et à personne d'autre.

— Un accord de particulier à particulier ?

— Oui.

— En ce cas, la loi de notre pays m'oblige à faire une offre au-dessus de l'évaluation officielle, expliqua Sam en souriant. Par conséquent, il me semble, mon cher Oscar, que vous devriez faire une excellente affaire.

— Je ne sais pas quoi dire. Quels intérêts défendez-vous ?

— Les vôtres et ceux d'Elfrida. Vous possédez une magnifique propriété et je veux vous l'acheter, mais je ne pourrais plus me regarder le matin dans mon miroir si je vous lésais le moins du monde.

— Vous avez de quoi payer ?

— Oui, et si je n'avais pas assez, j'aurais Sturrock and Swin-field derrière moi. Il y a quelques avantages à travailler pour un groupe puissant.

Oscar hocha pensivement la tête, sidéré par la tournure que prenaient les événements.

— Nom de nom ! lâcha-t-il.

Sam se mit à rire.

— Ne vous excitez pas trop. Attendez d'avoir examiné à fond le cottage de Billicliffe.

— Elfrida propose que nous y allions tous dimanche matin. Cela nous ferait une sortie. Nous pourrions pique-niquer là-bas. S'il pleut ou s'il neige, nous resterons à l'intérieur. Je dois me renseigner pour savoir qui a la clef. Je vais appeler Rose, elle doit être au courant.

— Etes-vous certain de vouloir que nous y allions tous ? Vous ne devez pas vous laisser influencer.

— Bien sûr ! Vous devez tous venir. Elfrida a besoin de vous pour sonder les murs et vérifier qu'il n'y a pas de vrillettes dans les parties en bois.

— Vous ne devriez pas me tenter ! Je pourrais prétendre qu'il n'y en a pas.

— Je ne vous en crois pas capable, répondit Oscar en souli-gnant son propos d'un mouvement de la tête. Vous êtes un type bien, Sam.

— Un vrai petit saint ! Et pour le prouver — et sceller notre marché — je vous offre le petit dernier pour la route. Deux pro-priétaires comme nous méritent de boire à la santé l'un de l'autre.

Lucy

Une des raisons pour lesquelles je suis si heureuse ici, c'est que les choses dont on a envie arrivent. Aujourd'hui, il y a eu une vraie cascade d'événements imprévus. Il fait toujours très froid et le vent amène encore plus de froid mais, d'une certaine façon, cela fait partie de la vie. En revanche, il ne neige plus et, dans les rues, il y a un mélange de neige fondue et de boue gelée. Si on doit sortir, il faut marcher au milieu de la rue.

Ce matin, j'ai emballé mes cadeaux de Noël. J'ai dû aller chercher du ruban et j'en ai profité pour sortir Horace. On est allés au bord de la mer et on était tous les deux très contents de rentrer au chaud. L'après-midi, Rory a apporté des tonnes de houx qu'il a coupé dans le jardin de l'hôtel (qui est fermé) et il m'a aidée à en mettre partout. Nous en avons mis au-dessus des tableaux (du moins, le peu qu'il y en a !) et sur le palier, dans un grand pot. Ensuite, on est allés arracher du lierre sur le mur en haut du jardin et on l'a enroulé sur la rampe et la balustrade de l'escalier, du haut en bas, en l'attachant avec de la ficelle verte. Il y avait quelques petits insectes dans le lierre mais ils ont vite disparu. Ils ont dû se faire des petits nids douillets partout dans la maison ! Le lierre a une odeur très forte mais c'est une bonne odeur de Noël. Cela nous a pris tellement de temps qu'Elfrida a invité Rory à dîner avec nous pour que nous puissions finir. Pendant que nous décorions la maison, Elfrida et Carrie faisaient de la cuisine. Elles ont tout préparé pour les deux prochains jours. Pour le thé, on a eu des scones tout chauds faits par Carrie.

Vers six heures — elles travaillaient toujours dans la cuisine —, Oscar et Sam sont allés prendre un verre au pub. Quand ils sont rentrés, Rory et moi nous avions terminé. Il y avait du lierre et du houx partout. Cela a beaucoup plu à Oscar. Sam a dit qu'il fallait une très longue guirlande lumineuse mélangée avec le lierre. Comme il n'y en a pas, il a dit qu'il en rapporterait demain puisqu'il a des courses à faire à Kingsferry. Je le trouve très attentionné et généreux.

Au dîner, on a eu des spaghettis à la sauce bolonaise, puis des mince-pies et de la crème. A la fin du repas, alors qu'on était tous en train de parler, Oscar nous a demandé de nous taire et de l'écouter. Tout le monde s'est tu et il nous a dit que le major Billicliffe lui avait légué sa maison. Je suis la seule à ne pas y être allée. Oscar nous a expliqué qu'il a l'intention de vendre sa part à Sam. Je ne supporte pas l'idée qu'Elfrida et Oscar vivent ailleurs qu'ici mais Elfrida a fait remarquer que c'est un peu grand pour eux. Je la comprends car, quand nous serons tous partis, ils vont trouver la maison très vide. Elle a dit qu'à eux deux ils ont assez d'argent pour rendre le cottage très agréable.

Mais rien ne sera définitivement décidé tant que nous n'aurons pas tous visité la maison. Dimanche matin, Sam nous emmènera dans sa Range Rover. J'ai demandé si Rory pouvait venir avec nous. Elfrida a dit « Bien sûr ! ». En partant le matin, nous pourrons rentrer avant qu'il fasse nuit. Et avec un peu de chance, il fera beau et nous pique-niquerons dehors !

Il est dix heures du soir, maintenant, et je me sens vraiment fatiguée.

J'espère que le cottage plaira à tout le monde. D'une certaine façon, je trouve que ce serait merveilleux pour Elfrida et Oscar d'habiter à la campagne. Cela veut dire, aussi, qu'il retournerait à Corrydale qui appartenait à sa grand-mère quand il était petit. La boucle est bouclée, comme on dit ! Il est tellement gentil. Je veux vraiment que ce cottage soit parfait pour que je puisse les imaginer en train d'y vivre ensemble, quand je serai de nouveau à Londres.

Mes paquets cadeaux ont vraiment un air de fête. Je les ai disposés au pied du sapin dans la salle à manger. Il y avait déjà d'autres paquets. J'ai regardé : il y en a pour tout le monde, de la part de Carrie. Avec un peu de chance, il y en aura encore beaucoup d'autres !

La réception d'Elfrida

Sam fut le premier à se lever. Il était huit heures et tout le monde dormait encore. Il mit la bouilloire à chauffer et fit sortir Horace. Le temps avait complètement changé. Le patron du Duke's Arms avait eu raison ou, du moins, la télévision. Le froid n'était plus aussi vif. Pendant la nuit, le vent était passé du nord à l'ouest. En haut du jardin, les pins murmuraient dans la brise plus douce. La lumière des lampadaires révélait des endroits où la neige avait fondu, laissant apparaître une herbe rude et tassée. Partout flottait une odeur fraîche de mousse et de terre mouillée.

Quand Horace revint de son petit tour matinal, Sam rentra avec lui dans la cuisine. Lucy s'y trouvait, toute habillée et en train de griller du pain.

— Bonjour ! Déjà levée ?

— Je me suis réveillée à sept heures. J'étais en train de lire mais quand j'ai entendu que quelqu'un descendait, je me suis habillée. Vous allez à Kingsferry ?

— Oui. Tu as envie de m'accompagner ? Je voudrais faire mes courses avant que ce soit la grande foule. Tu pourrais m'aider à porter les paquets.

Les routes étaient mouillées mais la glace avait fondu. Le ciel s'éclaircissait peu à peu. Ils franchirent le pont pour entrer dans un paysage de collines encore couvertes de neige. On était à marée haute et les eaux du loch avaient la couleur de l'ardoise. A l'est, le vent soulevait sur la mer de petites vagues courtes, hachées. Quelques courlis volaient en rase-mottes sur les prés salés où paissaient des vaches et des bœufs des Highlands à grandes cornes et à poil long.

431

— On dirait un tableau ancien, fit observer Lucy. Vous savez, du genre de ceux que les gens qui ont une très grande maison accrochent dans leur salle à manger ?

— Je vois ce que tu veux dire. Ce n'est pas très joyeux mais cela impressionne.

— Vous êtes content à l'idée de vivre en Ecosse ?

— Je crois que cela va beaucoup me plaire.

— J'aimerais venir en été. Rory dit qu'on s'amuse beaucoup. Ils vont faire de la planche à voile. D'après Tabitha, il y a des fleurs extraordinaires dans les dunes et tous les jardins de Creagan sont pleins de roses.

— Difficile d'imaginer cela à cette période de l'année.

— Vous allez vraiment vous installer à Estate House ?

— Si Oscar veut bien me vendre sa part.

— C'est trop grand pour une seule personne.

— Peut-être que je ferai une rotation pour utiliser chaque chambre à son tour.

— Vous avez l'intention de tout remplacer par des meubles neufs et confortables ?

— Je ne sais pas, Lucy.

Il se souvint de son appartement new-yorkais, méconnaissable après sa transformation par Deborah et son décorateur.

— Je crois, dit-il, que la maison me plaît telle qu'elle est.

— Ma grand-mère adore refaire les pièces — c'est son expression. Elle a refait son salon tout en rose et en bleu avec des porcelaines partout.

— C'est un grand appartement ?

— Oui, très grand, avec une belle vue sur la Tamise. Mais ma chambre est à l'arrière et la fenêtre donne sur la cour intérieure. Mais, se dépêcha-t-elle d'ajouter pour ne pas avoir l'air de se plaindre, je l'aime bien, et elle est pour moi toute seule.

— C'est agréable d'avoir un espace personnel.

Lucy resta silencieuse pendant un moment puis reprit la conversation :

— En fait, je ne pense pas à Londres, en ce moment. D'habitude, je suis contente de retourner à l'école et de revoir mes amies mais, cette fois, je n'en ai pas du tout envie.

— Je ressens la même chose. Je dois rentrer à Inverness dès le lendemain de Noël et me remettre au travail.

— Mais *vous*, vous reviendrez ici, pour toujours.

432

— Toi aussi, tu peux revenir, lui rappela-t-il. Elfrida et Oscar seront contents de te voir.

— Mais s'ils vont habiter le cottage, ils n'auront peut-être plus de chambre d'amis.

— Je ne crois pas que ce genre de détail empêchera Elfrida de t'inviter. Elle te mettra dans la baignoire s'il le faut, ou sur le canapé. Ou bien dans le jardin sous une tente !

— En été, ce serait bien.

Un tournant de la route leur révéla les lumières d'une agglomération, un clocher, et la tour de l'hôtel de ville. Ils arrivaient à Kingsferry.

— Vous savez ce que vous voulez offrir ? demanda Lucy.

— Aucune idée, avoua Sam, mais j'espère que je trouverai l'inspiration.

Ils remontaient la grand-rue quand neuf heures sonnèrent à l'horloge de l'hôtel de ville. Il régnait déjà une certaine animation. Les magasins étaient ouverts, la circulation s'intensifiait de minute en minute, des gens achetaient le pain de leur petit déjeuner et les journaux, une camionnette déchargeait des cartons de fruits et de légumes, du houx et de petits sapins. Le parc de stationnement derrière l'église était déjà presque plein mais Sam trouva une place. Ils prirent un ticket au parcmètre et partirent à pied en direction des magasins.

Lucy n'aimait pas beaucoup faire les courses. A Londres, il lui arrivait d'accompagner sa mère, mais son enthousiasme du début s'évanouissait vite. En effet, au bout de deux heures de piétinement dans des magasins surchauffés, dans l'attente que Nicola choisisse une paire de chaussures ou un rouge à lèvres, elle s'ennuyait, se plaignait de la chaleur et demandait la permission de rentrer.

Faire des courses avec Sam ne ressemblait en rien à ce genre de corvée. Ce fut une vraie révélation. Ils entraient et sortaient des boutiques à toute vitesse. Ils se décidaient tout de suite et Sam ne demandait jamais les prix. Il sortait sa carte de crédit et c'était tout. Lucy commença à le suspecter d'être terriblement riche.

Leurs achats s'accumulaient dans de grands sacs en plastique. Un cardigan en cachemire vert océan pour Elfrida, des gants à poignets de fourrure pour Mrs Snead. A la papeterie, un stylo plume Mont Blanc et un agenda relié en beau cuir italien pour Oscar.

Lucy aperçut des rouleaux de papier doré.

— Avez-vous de quoi faire vos paquets cadeaux ? demanda-t-elle.

— Non.

— Que diriez-vous de ce papier ? Il faut aussi du ruban et des cartes.

— Je te laisse choisir. A New York, quand on achète quelque chose, la vendeuse te demande si elle doit l'emballer. Je n'ai pas fait un paquet depuis très longtemps et, pour tout t'avouer, je ne suis pas très doué pour cela.

— Je le ferai pour vous, déclara Lucy, mais vous devrez écrire les cartes vous-même !

Elle choisit six rouleaux de papier, des étiquettes rouges à décor de houx, et du ruban rouge et or.

Ils commençaient à être chargés et Sam n'avait pas fini. Dans une épicerie à l'ancienne — *Produits d'Italie*, était-il écrit en lettres d'or au-dessus de la porte —, il passa un long moment à choisir du saumon fumé, des œufs de caille, du caviar, d'énormes boîtes de chocolats, et un stilton dans un pot en grès. Le vendeur, qui savait reconnaître un bon client quand il en voyait un, était devenu le meilleur ami de Sam. Après une discussion très sérieuse avec lui, Sam se décida pour une douzaine de bouteilles de bordeaux rouge, quatre bouteilles de champagne et une de cognac.

Le tout faisait un tas impressionnant sur le comptoir.

— Comment allons-nous rapporter tout cela ? s'inquiéta Lucy.

L'épicier proposa de les livrer. Sam lui donna donc son nom, l'adresse d'Estate House, et sortit une nouvelle fois sa carte de crédit. L'épicier les raccompagna jusqu'à la porte qu'il leur ouvrit avec cérémonie en leur souhaitant un joyeux Noël.

— C'est mille fois mieux que de traîner dans un supermarché, commenta Lucy. Et maintenant ? Je crois que vous avez un cadeau pour tout le monde.

— Carrie ?

— Je croyais que les chocolats étaient pour elle.

— Je ne suis pas certain que cela représente un cadeau très excitant.

— Alors, un bijou ? Il y a un bijoutier un peu plus loin. Je le sais parce que j'y suis allée avec Rory pour me faire percer les oreilles et acheter mes anneaux.

— Montre-moi.

Ils partirent en direction de la bijouterie, mais Sam aperçut une petite galerie d'art de l'autre côté de la rue.

— Viens, allons voir, dit-il.

Arrivée devant la vitrine, Lucy pensa qu'il n'y avait pas grand-chose à voir. Une petite jarre en porcelaine bleu et blanc garnie de quelques branchages secs, et un petit tableau dans un cadre doré, sur un chevalet de présentation. Le peintre avait représenté des roses dans un pichet en argent. Trois roses roses et une blanche. Il y avait aussi une écharpe posée sur la table et un coin de rideau drapé.

Sam resta debout devant la vitrine un long moment sans rien dire. Lucy le regardait. Pour une raison qu'elle ignorait, cette petite nature morte retenait son attention.

— Ce tableau vous plaît ? demanda-t-elle.

— Hum ? Quoi ? Ah ! Oui. C'est un Peploe.

— Un quoi ?

— Samuel Peploe, un peintre écossais. Viens, entrons.

Lucy le suivit à l'intérieur. Ils se trouvèrent dans une salle d'exposition plus vaste qu'on ne l'aurait imaginé d'après la vitrine. Il y avait des dizaines de tableaux aux murs et un certain nombre d'objets répartis dans la galerie : des sculptures bizarres et des poteries tournées à la main qui devaient fuir si on les remplissait d'eau. Dans un angle de la galerie, derrière un bureau, était assis un jeune homme d'une étonnante maigreur, vêtu d'un immense et informe pull-over tricoté à la main. Il avait une abondante chevelure qu'il portait assez longue, et un menton mal rasé. A leur entrée, il se leva d'un air las.

— Oui ?

— Bonjour, dit Sam. Vous avez un tableau dans la vitrine...

— Oui, le Peploe.

— Un original ?

— Mais bien entendu ! Je ne vends pas de reproductions !

Sam garda son calme.

— Puis-je le voir ?

— Si vous voulez.

Le jeune homme prit le tableau sur son chevalet et le montra à Sam en le tenant dans la lumière des spots.

Sam posa ses divers sacs en plastique.

— Vous permettez ? demanda-t-il.

Il prit doucement le lourd encadrement des mains du vendeur. Il examina la toile en silence. Sans doute trop épuisé pour rester plus longtemps debout, le vendeur se percha sur un coin du bureau et se croisa les bras.

Comme il ne se passait rien, Lucy — qui s'ennuyait — se mit à regarder les autres tableaux, pour la plupart abstraits, les poteries et les sculptures. L'une d'elles, intitulée *Rationalité Deux*, se composait de deux morceaux de bois flotté attachés ensemble par un fil de fer rouillé. Le prix affiché était de cinq cents livres. Elle se dit que, si elle avait un jour besoin de gagner rapidement de l'argent, elle saurait comment faire !

La conversation s'engagea entre les deux hommes.

— Quelle est sa provenance ? demanda Sam.

— Une vieille maison. Dans la région. Une vente aux enchères. La propriétaire est morte de vieillesse. C'était une amie de Peploe. Je ne suis pas sûr que ce tableau n'ait pas été un cadeau de mariage.

— Vous avez eu du flair en l'achetant.

— Non. Je l'ai racheté à un marchand. Vous vous intéressez à Peploe ?

— Ma mère en avait un. Maintenant, il est à moi.

— En ce cas...

— Celui-ci est destiné à quelqu'un d'autre.

Lucy saisit la balle au bond :

— Pour qui, Sam ?

Sam avait dû oublier sa présence. Il posa le tableau sur le bureau et se tourna vers elle.

— Lucy, j'en ai pour un moment. Je ne veux pas te faire attendre.

Il prit son portefeuille et en sortit trois billets de dix livres qu'il lui mit dans la main.

— Nous n'avons pas encore acheté les guirlandes pour la rampe de l'escalier. J'ai repéré un électricien à côté de l'épicier. Va voir ce qu'il a et achète autant de guirlandes qu'il nous en faut. Ensuite, tu me retrouves ici. Et si tu vois autre chose dont nous ayons besoin, n'hésite pas. Tu l'achètes ! D'accord ?

— D'accord, répondit Lucy.

Elle empocha l'argent (trente livres !), posa ses sacs sous une chaise et partit. Sam, se dit-elle, voulait se débarrasser d'elle pour deux raisons. D'abord, il ne voulait pas qu'elle sache combien coûtait ce tableau. Ensuite, il n'avait pas encore acheté de cadeau pour *elle*, et il ne pouvait pas le faire en présence de Lucy.

Elle espérait que Sam n'aurait pas l'idée de lui acheter une de ces poteries tordues. A la réflexion, il n'y avait aucun risque que cela arrive. Elle se demanda aussi si le Peploe était pour Carrie. Quant aux trente livres, elles lui permettraient d'acheter des mètres de guirlandes électriques !

Après une longue discussion et un marchandage serré, Sam et le vendeur chevelu se mirent d'accord. Tandis que le jeune homme emballait le tableau, Sam sortit, traversa la rue et trouva sans peine la bijouterie. La vitrine débordait de cadres à photos en argent et de petites pendules ouvragées. On lui montra un choix de boucles d'oreilles et il s'arrêta sur deux petites pâquerettes en or. La vendeuse les mit dans un écrin puis dans un sachet en papier doré. Le paquet dans sa poche, il retourna à la galerie. Comme le jeune homme ne prenait pas les cartes de crédit, il dut faire un chèque.

— A quel nom ?

— Le mien.

— C'est-à-dire ?

— Tristram Nightingale, dit le vendeur en tendant une carte à Sam.

Sam se sentit consterné pour le malheureux. Un homme affublé d'un pareil nom avait des excuses pour son manque d'amabilité. Il signait quand Lucy revint, chargée d'un paquet supplémentaire.

— Tu as trouvé ce que tu voulais ? lui demanda-t-il.

— Oui, j'en ai pris quatre. Je crois que cela suffira, pas vous ?

— Je crois aussi. On demandera à Rory de nous aider à les installer.

Il tendit le chèque au vendeur et prit le tableau solidement emballé.

— Merci beaucoup, ajouta-t-il.

Tristram Nightingale posa le chèque sur son bureau et, comme ils rassemblaient leurs sacs, bondit pour leur ouvrir la porte.

— Je vous souhaite un joyeux Noël, dit-il.

— A vous aussi... répondit Sam.

Mais, dès qu'il furent hors de portée d'oreille, il ajouta :

— ... et bonjour chez vous, Mr Tristram Nightingale !

— Monsieur *qui* ?

— Il s'appelle Tristram Nightingale. Ses parents devaient être des sadiques. Rien d'étonnant à ce qu'il déteste le monde entier !

— Quel nom affreux ! Il devrait pourtant s'y être habitué, depuis qu'il le porte. Sam, le tableau est pour qui ?

— Carrie. Tu ne le lui diras pas ?

— Non, c'est promis. C'était très cher ?

— Oui, mais quand c'est aussi cher, cela ne s'appelle plus « une grosse dépense » mais « un bon investissement » !

— Je trouve que c'est un merveilleux cadeau. Elle pourra l'accrocher dans son salon quand elle retournera à Ranfurly Road.

— C'est ce que j'ai pensé.

— Cela lui rappellera l'Ecosse, Creagan et tout le reste.

— C'était également mon idée.

— Allez-vous la revoir ?

— Je ne sais pas, lui répondit-il en lui souriant, mais je l'espère.

— Moi aussi !

Lucy laissa passer quelques instants.

— C'était une matinée formidable, ajouta-t-elle. Merci de m'avoir emmenée avec vous.

— Merci d'être venue. Je ne sais pas comment j'aurais fait sans toi.

A Estate House, tout était prêt pour la réception d'Elfrida dès cinq heures et demie.

Une couronne de houx décorait la porte d'entrée sur laquelle on avait punaisé un avis : ENTREZ SANS SONNER ! Elfrida espérait que cela leur éviterait d'avoir à descendre l'escalier à chaque instant, sans compter les aboiements d'Horace. La porte de la salle à manger, grande ouverte, laissait tout loisir d'admirer le sapin qui brillait de toutes ses lumières et dont le pied disparaissait sous les paquets enrubannés. L'escalier avait aussi grande allure, avec son décor de lierre et de houx et ses guirlandes électriques.

Le palier du salon avait été transformé en bar. Oscar et Sam y avaient transporté la grande table du salon. Sur le beau drap de lin blanc qui servait de nappe, s'alignaient les bouteilles, le seau à glace et les verres.

Les préparatifs avaient demandé du temps et beaucoup d'efforts. Quand les Snead arrivèrent pour s'occuper des détails de dernière minute — réchauffer les pizzas miniatures ou planter des piques à cocktail dans les petites saucisses chaudes — tout le monde disparut pour se raser, prendre une douche, s'habiller et se pomponner. On entendait l'eau couler et les rasoirs bourdonner tandis que se répandait un parfum d'huile de bain.

Horace, en quête d'un peu de compagnie autre que celle des Snead, se faufila à l'étage, ne rencontra personne et en profita pour s'installer confortablement devant le feu du salon.

Oscar fut prêt le premier. Sortant de sa chambre, il s'arrêta quelques instants sur le palier pour savourer la transformation de sa maison, les verres brillants et bien alignés sur la table ; les bouteilles de champagne, vert et or, plongées dans un seau à glace ; l'impeccable blancheur de la nappe et des serviettes en lin. Les rideaux étaient tirés, faisant oublier la nuit qui tombait si tôt, et la décoration de l'escalier brillait gaiement. Et voilà, se dit-il avec une pointe d'ironie, le sinistre solstice d'hiver que j'avais promis à Elfrida ! Estate House, avec son décor de fête, le faisait penser à une vieille tante bien-aimée qui aurait mis ses plus beaux atours pour une occasion spéciale et se révélerait toujours pleine de charme.

Lui aussi avait fait un effort de présentation. Il portait une vieille veste d'intérieur, sa préférée, et sa plus belle chemise en soie. Elfrida avait choisi sa cravate et avait insisté pour qu'il porte ses pantoufles brodées en velours noir. Il ne se souvenait plus de la dernière fois où il s'était mis sur son trente et un, mais il appréciait le contact luxueux de la soie. Il avait mis quelques gouttes de lotion capillaire pour discipliner son épaisse chevelure blanche.

Elfrida, qu'il avait laissée devant son miroir en train de mettre ses boucles d'oreilles, l'avait trouvé tout à fait à son goût et le lui avait dit.

De la cuisine montaient les voix des Snead mêlées au bruit des ustensiles entrechoqués. Pour une fois, Mrs Snead ne portait pas son survêtement mais une robe noire élégante au corsage brodé de paillettes. Elle était allée chez le coiffeur et avait mis un nœud en satin noir pour souligner sa nouvelle coiffure.

Tandis qu'il se préparait en bavardant avec Elfrida, Oscar s'était interdit de penser au dernier Noël passé à la Grange dans un luxe qui dépassait l'imagination — trop d'invités, trop de cadeaux, trop de nourriture, un sapin trop grand. Mais la gaieté et la générosité de Gloria faisaient oublier ces « trop ».

Il s'était interdit d'y penser mais à présent, dans un rare moment de solitude, les souvenirs lui revenaient. Cela semblait très lointain alors que douze mois seulement s'étaient écoulés. Il avait l'impression que cela datait d'une autre existence. Il pensa à Francesca, à sa façon de descendre en courant le grand escalier de la Grange, cheveux au vent, vêtue de la robe de velours noir que sa mère lui avait offerte. Francesca donnait toujours l'impression de courir, comme si son temps était trop précieux pour être gaspillé.

Il y avait peu de temps de cela, ces souvenirs auraient insupportablement ravivé son chagrin mais, à présent, Oscar éprouvait de la reconnaissance à l'idée que Francesca ferait toujours partie de sa vie, ferait toujours partie de lui. Et aussi parce que, en dépit de tout, il avait réussi à survivre et se retrouvait entouré d'amis qui le soutenaient.

Il entendit la porte de la cuisine qui s'ouvrait et la voix de Mrs Snead qui donnait ses ordres à Arthur. Celui-ci fit alors son apparition sur le palier, chargé d'un plateau de ce que Mrs Snead appelait les canapés : des fruits secs et de petits biscuits avec des garnitures diverses, pâté et autres substances à étaler. Arthur avait mis son pantalon en flanelle grise des grands jours avec le blazer de son club de boules. Un blason doré était cousu sur la poche de poitrine.

— Ah ! dit-il en voyant Oscar. Vous voilà, Mr Blundell. Vous êtes drôlement chic ! Ma femme m'a dit de poser ça dans le salon. Le chaud viendra plus tard. Le seul problème, c'est qu'Horace s'est sauvé. Il se trouve mieux près du feu mais il ne faudrait pas qu'il mange les canapés.

— On va les mettre hors de sa portée, Arthur.

Il le fit entrer dans le salon accueillant, bien mieux rangé que d'habitude. Toutes les lampes étaient allumées et le feu brûlait joyeusement. Elfrida avait disposé partout de grands bouquets de houx et de chrysanthèmes blancs mais le plus beau était le grand vase de lis que Lucy lui avait offerts pour Noël. Arthur les avait livrés dans la matinée, enveloppés dans un grand papier cristal avec un gros nœud rose. Elfrida en avait été émue aux larmes. Ils trônaient sur une table basse à côté du canapé et s'ouvraient peu à peu à la chaleur, répandant un parfum lourd, un peu exotique.

Ils posèrent le plateau à l'abri de la convoitise d'Horace qui faisait semblant de dormir. Oscar hésita à le faire redescendre mais décida de ne pas le déranger ; il avait l'air si heureux ! En retournant sur le palier, ils trouvèrent Sam, très élégant dans son costume sombre et sa belle chemise à fines rayures bleues et blanches.

— Arthur, je crois que vous n'aviez pas encore fait la connaissance de Sam Howard ?

— Je n'en avais pas encore eu le plaisir. Ravi de vous rencontrer.

— Arthur a proposé d'être notre barman, Sam.

— Je suis certain que vous savez ouvrir une bouteille de champagne, Arthur ? dit Sam.

— Je manque un peu de pratique parce que, personnellement, je préfère la bière. A la télévision, on les voit parfois, au Grand Prix par exemple, en train de secouer la bouteille et de s'arroser les uns les autres. C'est gâcher de la bonne marchandise, si vous voulez mon avis.

Sam se mit à rire.

— C'est amusant à faire mais je suis d'accord avec vous. Un affreux gaspillage ! En réalité, c'est très facile si l'on veut éviter de le répandre en mousse ou d'abîmer le plafond en faisant sauter le bouchon.

Il prit une bouteille dans le seau à glace.

— Vous enlevez le fil de fer et vous ouvrez en douceur... comme ceci. Vous voyez, vous tenez fermement le bouchon et vous faites pivoter la bouteille autour de lui, pas l'inverse...

Joignant le geste à la parole, il dégagea le bouchon avec un petit bruit très doux. Le vin doré coula dans la flûte préparée par Sam sans que la moindre bulle en fût perdue.

— Voilà du beau travail bien net, admira Arthur. Je ne savais pas qu'on pouvait le faire si tranquillement.

Elfrida reposa sa brosse à mascara et examina son reflet dans le haut miroir de la penderie. Elle avait choisi un pantalon en soie noire avec un petit haut noir aérien par-dessus lequel elle portait une ample veste longue en soie verte. Ses pendants d'oreilles et son sautoir étaient du même vert que sa veste. Elle avait soigné son maquillage — paupières bleues et bouche écarlate — et avait ravivé sa teinture. Plus que jamais, elle donnait l'impression d'être coiffée d'un incendie.

Détaillant son image, elle se prit à espérer que ses nouveaux amis de Creagan ne la trouveraient pas trop originale.

A son tour, elle sortit de la chambre et, sur le palier, croisa Arthur Snead, prêt à remplir ses devoirs au bar.

— Arthur ! Vous êtes superbe. Où est Mrs Snead ?

— Elle finit de passer les amuse-gueule chauds au four, Mrs Phipps. Elle va monter dans un instant. Si vous permettez, vous êtes éblouissante ! Je ne vous reconnaîtrais pas si je vous croisais dans la rue.

— Merci, Arthur ! Savez-vous si tout le monde est prêt ?

— Ils sont tous autour du feu. Les premiers invités ne devraient plus tarder.

— Au cas où ils sonneraient malgré ma pancarte, seriez-vous assez aimable pour descendre ouvrir ?

— Bien entendu, Mrs Phipps. Et maintenant, que diriez-vous de quelques bulles ? A part vous, tout le monde est déjà servi. Pour se donner du courage, comme dit Mr Blundell. Mais, à mon avis, on n'a pas besoin de beaucoup de courage pour faire la fête !

Sa flûte à la main, elle rejoignit les autres près du feu. A les voir tous aussi élégants, se dit-elle, dans cette belle pièce, on avait l'impression d'une image de magazine. Lucy avait remonté ses cheveux. Avec ses longues jambes gainées de noir, son élégant port de tête et ses boucles d'oreille, on lui aurait donné dix-sept ans. Quant à Carrie, elle était d'une beauté remarquable. Sa peau et ses yeux brillaient d'un éclat qu'Elfrida ne lui avait pas vu depuis longtemps. Elle portait une robe noire sans manches d'une coupe aussi simple que celle d'un T-shirt mais dont la jupe s'évasait doucement à partir de ses hanches minces et lui frôlait les chevilles. Sa toilette se complétait de sandales à talons très hauts, un modèle très dépouillé, réduit à deux légères lanières croisées et brodées de strass. Pour tous bijoux, elle s'était contentée de sa bague en saphir et de diamants d'oreille.

Comment un homme ne tomberait-il pas amoureux d'elle au premier regard ? se demanda Elfrida. Mais Sam cachait son jeu. Il avait l'air de trouver normale l'allure exceptionnelle de Carrie. Elfrida voulut y voir un bon signe. Elle ne désirait que le bonheur de Carrie mais Oscar avait raison. Il était trop tôt pour faire des conjectures et chercher à les marier. Il valait mieux se satisfaire dans un premier temps du fait que Carrie semblait, enfin, avoir établi des relations cordiales avec cet inconnu qui leur était arrivé de nulle part.

Ils étaient en pleine conversation mais Oscar se tourna quand elle entra. Leurs regards se croisèrent et, l'espace d'un instant, ils furent seuls au monde. Puis il posa son verre et vint à sa rencontre. Il lui prit la main.

— Tu es absolument superbe, lui dit-il.

— Je craignais un peu d'avoir l'air d'une vieille actrice sur le retour !

Elle l'embrassa sur la joue en prenant garde à ne pas lui mettre de rouge à lèvres.

— Et toi, Oscar ? Ça va ?

Ils n'avaient pas besoin d'en dire plus pour se comprendre.

Il lui répondit par une légère inclination de la tête. A ce moment, on sonna à la porte d'entrée. Les premiers arrivés n'avaient pas osé entrer. Horace se dressa d'un bond en aboyant de toutes ses forces et se rua dans l'escalier.

— Et voilà ! dit Elfrida en riant. Ce n'était pas la peine de prendre tant de précautions.

— Je vais ouvrir, proposa Lucy.

Sans doute espérait-elle qu'il s'agissait des Kennedy. Elle avait tellement hâte de faire admirer sa nouvelle apparence à Rory. Elle se précipita à la suite d'Horace et des voix retentirent bientôt dans l'entrée :

— Sommes-nous les premiers ? Il n'est pas trop tôt ?

— Pas du tout, répondait Lucy. Nous vous attendions. Donnez-moi vos manteaux. Tout le monde est en haut.

Enfin, la fête commençait !

A huit heures et quart, c'était fini. Les Rutley, les Sinclair et les Erskine-Earle avaient pris congé. Les adieux et les remerciements avaient longuement résonné dans la rue déserte. Seuls les Kennedy s'attardaient, avec l'excuse d'être arrivés les derniers. Ils étaient venus directement après la réception annuelle de la maison de retraite. Peter, qui portait son col ecclésiastique, s'était déclaré gavé de thé et de pâtisseries. Il avait néanmoins accepté avec reconnaissance la boisson plus forte qu'on lui offrait et s'était plongé joyeusement dans le salon rempli d'amis un peu plus jeunes.

La fatigue se faisait à présent sentir. Sam avait remis des bûches dans le feu et tout le monde s'était écroulé sur l'un ou l'autre siège. Rory et Lucy étaient à la cuisine pour aider les Snead à finir le rangement. Des voix rieuses parvenaient à l'étage ; il était clair que, en bas, la fête continuait.

Elfrida, pelotonnée avec bonheur dans les coussins, avait ôté ses chaussures.

— Je ne peux croire que ce soit déjà fini ! On a travaillé toute la journée et, à peine commencé, il est déjà huit heures et tout le monde s'en va !

— Cela veut dire que c'était réussi, déclara Peter avant d'ajouter : Le temps passe très vite quand on s'amuse.

Il était installé dans le grand fauteuil au coin du feu et sa femme, assise sur le tapis, s'appuyait confortablement contre ses genoux.

— J'ai beaucoup aimé Lady Erskine-Earle, dit Carrie. Avec son ensemble en cachemire et ses perles, elle m'a fait penser à un adorable petit poney des Highlands.

Tabitha se mit à rire.

— N'est-elle pas extraordinaire ? dit-elle.

— Elle a parlé pendant des heures avec Mrs Snead.

— C'est parce qu'elles font toutes les deux partie du comité chargé de la collecte des fonds pour la paroisse, ainsi que de l'association féminine. Elfrida, vous n'auriez pas pu avoir une meilleure idée que d'inviter les Snead. Il n'y a aucun risque de silences gênants avec eux !

— Ce n'est pas pour rien qu'Arthur a été marchand des quatre-saisons, intervint Oscar. Il ne perd jamais le nord ! Quand il n'était pas dans son rôle d'invité ou dans celui de barman, il se débrouillait pour faire des affaires. Il a pris quelques commandes pour le Nouvel An. Des chrysanthèmes pour Emma Erskine-Earle et des avocats pour Janet Sinclair. A propos, j'ai trouvé Janet vraiment charmante. Nous ne l'avions jamais rencontrée. Nous ne connaissions que le docteur. Il était venu pour Carrie.

— Ce qui est encore mieux, reprit Carrie, c'est qu'elle est architecte. Elle travaille trois jours par semaine dans un cabinet de Kingsferry.

— Et je dois dire qu'elle est très compétente, ajouta Peter. Elle a dessiné l'aile neuve de la maison de retraite et c'est très réussi. Malheureusement, le reste paraît sinistre par comparaison.

Il posa son verre, changea de position comme si le poids de sa femme contre ses genoux finissait par lui donner une crampe, et il regarda sa montre.

— Tabitha, ma chérie, nous devrions partir.

— Oh, non ! s'exclama Elfrida. A moins que vous n'ayez une obligation ? C'est le meilleur moment d'une soirée, quand on en parle avec les amis qui sont restés en dernier. Vous dînerez avec nous à la cuisine, sans cérémonie. On finira les restes. Il y a aussi de la soupe et du saumon fumé, un cadeau de Sam, sans parler d'un excellent stilton.

— Vous êtes sûre ? dit Tabitha, visiblement très tentée par la proposition d'Elfrida. Je pensais faire cuire un œuf...

— Mais oui ! insista Elfrida.

Carrie décida qu'il était temps de s'en mêler :

— Dans ce cas, c'est moi qui m'en occupe ! dit-elle en se levant. Je vais aller voir ce qui se passe dans la cuisine et improviser quelque chose. Non, Sam. Vous restez assis. Vous avez déjà largement fait votre part, ce soir.

Elfrida lui lança un regard plein de reconnaissance.

— Merci, ma chérie. Si tu as besoin d'aide, tu n'auras qu'à m'appeler.

— Promis !

Elle sortit, fermant la porte derrière elle. Sur le palier, Les bouteilles et les verres avaient disparu. Il ne restait que la table encore couverte du drap blanc. Les Snead, Rory et Lucy avaient bien travaillé !

Alors qu'elle commençait à descendre, le téléphone la fit sursauter. C'était la dernière chose à laquelle elle s'attendait.

— Allô ? dit-elle.

— Qui est à l'appareil ? demanda une voix de femme.

On avait parlé d'une voix claire mais avec une pointe d'hésitation.

— C'est Carrie.

— Carrie ? C'est Nicola. J'appelle de Floride.

— C'est vrai ? Comment vas-tu ?

— Très bien ! Qu'est-ce que vous faites ?

— Elfrida avait des invités mais ils sont partis et nous sommes en train de reprendre des forces.

— Lucy est là ?

— Oui, elle est en bas. Elle aide à ranger. Je crois qu'elle s'est beaucoup amusée. Il fait beau en Floride ?

— Soleil en permanence ! C'est formidable !

— Ne quitte pas, je vais la chercher.

Carrie posa le combiné à côté de l'appareil et descendit rapidement. La remise en ordre de la cuisine était terminée. Mrs Snead était en train de mettre son manteau en faux astrakan. Arthur dégustait les dernières gouttes de sa dernière bière. Rory était adossé à l'évier et Lucy assise sur la table.

Mrs Snead débordait encore d'entrain.

— Pour une réussite, on peut dire que c'est une réussite !
disait-elle.

Elle étouffa un discret hoquet. Carrie remarqua que le nœud
dans ses cheveux avait légèrement glissé, lui donnant un air un
peu coquin.

— Tiens ! Carrie. Je disais justement que c'était une réussite.
Il faut dire que les invités étaient tous des gens très agréables.

— Je me suis bien amusée, moi aussi, lui répondit Carrie.
Lucy, monte vite : ta mère est au téléphone.

Lucy eut un brusque mouvement de tête. Ses yeux rencontrèrent ceux de Carrie, qui y lut un début d'inquiétude.

— Maman ?

— Oui, elle t'appelle de Floride. Va vite, cela coûte une fortune !

Lucy se laissa glisser de la table. Elle regarda Rory puis Carrie
et se décida à aller répondre.

Carrie referma discrètement la porte derrière elle.

— Dites donc ! s'exclama Arthur. La Floride, ce n'est pas à
côté !

— C'est encore l'après-midi, chez eux. Il y a cinq heures de
décalage, vous savez, expliqua Mrs Snead d'un ton sentencieux.

Elle avait fini de boutonner son manteau et ôta ses tennis en
cuir pour enfiler de solides chaussures. Elle était prête à rentrer
chez elle, à quelques minutes de marche d'Estate House.

— Lucy nous a bien aidés, vous savez, dit-elle à Carrie. Tout
a été fait en moins de temps qu'il n'en faut pour le dire, pas vrai,
Rory ? Arfur a entreposé les bouteilles vides dans l'arrière-cuisine
et j'ai mis quelques restes de petites saucisses sur une assiette
pour Horace. Vous pourrez les lui donner demain.

Carrie l'aurait embrassée pour sa gentillesse et son efficacité.

— Vous avez été formidables, tous les deux. C'est grâce à vous
si cela a été aussi réussi.

Arthur but sa dernière gorgée de bière.

— Je ne peux qu'être d'accord avec ma femme. Rien que des
chics gens. Dites bien à votre ami que je le remercie de m'avoir
appris à ouvrir une bouteille de champagne. Tout un art, je dois
dire ! A la prochaine petite fête de mon club de boules, je pourrai
leur montrer.

— Arfur ! Toi alors !

— Comme je dis toujours, une journée où vous avez appris
quelque chose est à marquer d'une pierre blanche !

Mrs Snead rassembla ses affaires, son sac à main et le sac en plastique dans lequel elle transportait ses chaussures.

— Il nous reste à vous dire bonsoir, Carrie.

— Bonsoir, Mrs Snead. Passez un joyeux Noël.

— Vous aussi, et dites à Mrs Phipps que je viendrai mardi comme d'habitude.

Ils partirent dans la nuit, bras dessus, bras dessous, par la porte de derrière.

— Pourquoi la mère de Lucy l'appelle-t-elle ? demanda Rory qui avait attendu d'être seul avec Carrie pour poser la question.

— Je ne sais pas, Rory, dit Carrie en nouant le grand tablier d'Elfrida autour de sa taille. Sans doute pour lui souhaiter un joyeux Noël.

— Mais ce n'est pas encore Noël.

— Elle a peut-être préféré le faire à l'avance. Elfrida vous a invités, tes parents et toi, à rester pour le dîner. Je m'en occupe.

— Voulez-vous que je vous aide ?

— Il me semble que tu as déjà fait ta part.

— Cela ne me dérange pas. J'aime mieux me rendre utile que de bavarder.

— J'ai pourtant eu l'impression que tu n'étais pas muet !

— Ce n'est pas désagréable quand on connaît les gens. Que puis-je faire ?

— Si tu insistes, tu pourrais mettre la table. Nous sommes huit. Les couverts sont dans ce tiroir et les assiettes dans ce placard. Tu trouveras du saumon fumé dans le réfrigérateur. Je crois qu'il est déjà découpé. Tu pourrais le mettre sur une assiette. Nous n'aurons plus qu'à beurrer quelques toasts.

Elle alla ensuite dans l'arrière-cuisine glaciale prendre un énorme faitout plein de la dernière « soupe à tout » d'Elfrida et la mit à réchauffer à feu doux.

Derrière elle s'éleva la voix de Rory.

— Lucy m'a parlé, dit-il.

Carrie tourna la tête pour le regarder.

— Pardon ?

— Lucy, répéta-t-il tout en disposant les couverts. Elle m'a parlé de Londres et du reste. Le divorce de ses parents, sa grand-mère, le fait qu'elle n'ait pas du tout envie de repartir.

— Oh ! Rory...

Il ne s'interrompit pas dans sa tâche, ne la regarda même pas.

— Rory, je suis désolée.

447

— Pourquoi ?

— Parce que, d'une certaine façon, je me sens responsable et peut-être même un peu coupable. Je n'aurais pas dû rester si longtemps en Autriche et perdre le contact avec ma famille. Tout allait bien pour tout le monde sauf pour Lucy. Je ne me suis rendu compte de la vie qu'elle mène qu'à mon retour. Je ne veux pas dire que son entourage soit *méchant* avec elle... En un sens, elle a tout. Mais son père lui manque. On ne lui a pas permis, non plus, de voir son grand-père — mon père. Il y a tellement de rancœur dans notre famille. Cela ne crée pas une atmosphère très joyeuse.

— Ne pourrait-elle pas devenir pensionnaire ? Au moins, cela lui procurerait un autre environnement.

Carrie fut étonnée de rencontrer autant de finesse chez un jeune homme de dix-huit ans.

— Peut-être, Rory. Mais, vois-tu, je ne suis que sa tante, et célibataire qui plus est ! Je n'ose pas trop me lancer dans des propositions susceptibles de déclencher des bagarres. On me renverrait dans mes buts sans douceur, crois-moi !

Elle réfléchit quelques instants avant de poursuivre :

— De plus, elle est dans une très bonne école. La directrice des études est une femme remarquable qu'elle aime beaucoup.

— Mais il n'y a que des filles !

Rory avait fini de mettre le couvert.

— Où est le saumon fumé ? demanda-t-il.

— Dans le réfrigérateur, qui se trouve dans l'arrière-cuisine.

Pendant qu'il s'y rendait, Carrie sortit un pain de seigle puis monta la flamme sous le potage. Quand Rory revint avec le saumon, elle lui donna un grand plat ovale. Rory fendit le papier de protection et commença à soulever les fines tranches roses pour les disposer sur le plat. De son côté, Carrie entreprit de découper deux citrons.

Rory travaillait d'un air concentré et très professionnel. Carrie l'observa du coin de l'œil, enregistrant ses cheveux d'un étrange jaune vif, son anneau d'oreille, son visage aux traits encore très jeunes mais déjà pleins de force, tout ce qui trahissait une virilité en train de s'affirmer. Il avait remonté les manches de sa chemise en coton bleu foncé pour aider les Snead, sans doute, à faire la vaisselle. Il avait des avant-bras bronzés, des mains fortes et habiles. Carrie comprenait sans peine pourquoi il plaisait autant à Lucy. Elle espérait seulement que sa nièce n'était pas amoureuse de lui. A quatorze ans, elle était trop jeune pour cela. Rory avait son projet de séjour au Népal et, si elle s'attachait trop à lui maintenant, cela se terminerait certainement par un premier chagrin d'amour.

— Tu as été très gentil avec elle, Rory, dit Carrie. Beaucoup de garçons de ton âge ne se seraient pas encombrés d'une fille plus jeune.

— Elle m'a fait mal au cœur.

— Pourquoi ?

— Elle avait l'air tellement seule.

— Mais elle est gentille. C'est une enfant adorable.

Elle ne put résister au plaisir de le taquiner :

— Et tu lui as offert des boucles d'oreilles ! ajouta-t-elle.

Il la regarda en souriant.

— Allons, Carrie, vous savez bien que c'était pour le plaisir de donner une leçon à sa mère ! De toute façon, elle avait envie de se faire percer les oreilles. Et alors ? Cela fait partie du passage à l'âge adulte.

Il recula d'un pas pour admirer son plat de saumon.

— Voilà, c'est fait. Pensez-vous que cela suffira ?

— Il faudra bien ! Nous gardons l'autre saumon pour le réveillon.

— Je me demande comment Lucy s'en sort avec sa mère.

— Je ferais peut-être mieux d'aller voir. Viens aussi, tu as assez travaillé.

— Non, je vais faire le chef cuisinier ! J'aime bien cela. Je faisais souvent des bonshommes en pain d'épice avec ma mère quand j'étais petit. Rejoignez les autres pendant que je prépare le pain beurré. Je pourrais aussi réchauffer les quelques mini-pizzas qui restent. Voulez-vous que j'ouvre une bouteille de vin ?

Carrie dénoua enfin son tablier et laissa Rory s'activer. Quand elle arriva sur le palier, Lucy n'y était plus et le téléphone était raccroché. Carrie hésita un instant. Elle se sentait inexplicablement inquiète. Et, de nouveau, le téléphone se mit à sonner.

— Allô ?

— Qui est à l'appareil ? demanda-t-on. Je suis bien à Estate House ? Je veux parler à Carrie.

Impossible de s'y tromper. Carrie sentit son courage l'abandonner.

— Oui, dit-elle. C'est moi. Bonjour, maman.

— Ah ! C'est toi ? Ouf ! Ma chérie, as-tu eu Nicola ?

449

— Oui, elle a appelé voici vingt minutes, environ. Mais elle voulait parler à Lucy.

— Alors, elle ne t'a rien dit ?

— Dit quoi ?

— Oh, mon Dieu ! Elle s'est mariée avec Randall Fischer ! Ce matin. Ils ont fait ça à la sauvette dans une église qui s'appelle la Petite Chapelle des Anges ou je ne sais quoi d'aussi ridicule. Bref : ils se sont *mariés* ! Je n'étais au courant de rien, m'entends-tu ! Rien ! Jusqu'à ce qu'elle m'appelle.

Carrie s'obligea à garder son calme, de crainte d'aller à la catastrophe.

— Elle t'a appelée avant Lucy ?

— Oui, elle voulait s'organiser !

— Organiser quoi ?

— Pour Lucy, bien sûr ! Quoi d'autre, à ton avis ? S'organiser pour son retour d'Ecosse, l'école et je ne sais quoi encore.

Mon Dieu ! pensa Carrie. Ça recommence...

— Elle parle de partir en lune de miel et de ne pas rentrer à Londres avant la fin du mois. Elle a changé la date de son billet de retour et elle veut que *moi*, je sois à Londres pour Lucy ! Mais j'ai prévu de rester à Bournemouth jusqu'à fin janvier et je ne vois pas pourquoi je devrais bouleverser mes projets ! C'est trop, Carrie. Je ne peux pas, tout simplement — je ne peux pas. C'est ce que je lui ai dit mais tu connais son égoïsme et comme elle peut se montrer désagréable quand on ne fait pas ses caprices ! Cet homme lui a fait tourner la tête et elle ne pense plus qu'à *lui* !

— Va-t-elle vivre en Amérique, maintenant ?

— Je suppose ! Si tu épouses un Américain, il me semble que tu vis en Amérique.

— Et Lucy ?

— Oh ! Lucy, pour une fois, fera ce qu'on lui dira de faire ! Dans l'immédiat, le problème est de savoir qui va s'occuper d'elle en attendant le retour de sa mère ?

Carrie s'abstint de répondre, consciente de la vague de colère qui montait en elle, contre sa mère et sa sœur. Cela lui était déjà arrivé plus d'une fois, et lui arriverait certainement encore, mais elle ne se souvenait pas de s'être jamais sentie aussi furieuse. Elle maudissait en silence Randall Fischer de son indélicatesse et de son manque de cœur. N'aurait-il pu convaincre Nicola de prévenir sa famille avant de la conduire dans la Petite Chapelle des Anges et de lui passer la bague au doigt ? Quel gâchis ! Mais elle

450

savait que la moindre critique de sa part constituerait une erreur et entraînerait une affreuse dispute. Ce n'était pas le meilleur moyen de parvenir à une solution.

— Carrie ?

— Maman, je crois qu'il vaudrait mieux que je te rappelle.

— As-tu parlé à Lucy ?

— Non, pas encore. Tu viens juste de m'apprendre la bonne nouvelle.

— Ferais-tu de l'ironie ?

— Mais non.

— Tu as mon numéro à Bournemouth ?

— Oui, je te rappelle.

— Quand ?

— Je ne sais pas exactement. Sans doute demain.

— Ne traîne pas trop, je me fais un souci épouvantable.

— Je comprends.

— Ah ! Encore une chose, chérie. Tu vas passer un bon Noël, j'espère ?

— Excellent, répondit Carrie sans sourire.

Elle raccrocha et resta un moment sans bouger. Il lui fallait le temps de reprendre son calme et d'affronter la situation. Nicola s'appelait donc à présent Mrs Randall Fischer. Carrie tenta d'imaginer le mariage, le grand ciel bleu et les palmiers, le marié en costume blanc et Nicola dans une adorable petite robe parfaite pour l'occasion. Avaient-ils choisi leurs témoins parmi les amis de Randall ? Un de ses vieux copains avait-il conduit Nicola à l'autel ? Et la femme du vieux copain avait-elle servi de demoiselle d'honneur, vêtue d'une robe longue au corsage garni d'orchidées ? Et après la cérémonie, étaient-ils allés tous les quatre au country club local pour recevoir les félicitations de tous les gens qui passaient, y compris de parfaits inconnus ?

En réalité, il lui était impossible d'imaginer la scène. Par ailleurs, où et quand ils s'étaient mariés n'avait aucune importance. C'était fait et cela déclenchait une telle tempête que Carrie ne savait par où commencer pour tenter de l'apaiser.

Lucy ! Voilà sa priorité. Elle avait appris les joyeuses nouvelles par téléphone et, depuis, on ne l'avait plus revue. Où était-elle ? Lucy n'aimait pas Randall Fischer et, contrairement à son habitude, n'avait pas cédé quand sa mère avait voulu l'obliger à passer deux semaines en Floride.

Mais *cela* ? Si Nicola réussissait à imposer sa volonté, il ne s'agirait plus de deux semaines mais d'une installation définitive. Lucy, à quatorze ans, se trouverait déracinée, transplantée dans un autre pays, une autre culture, un monde entièrement différent et sans doute peu accueillant à son égard.

L'angoisse étreignit brusquement Carrie. *Où* était Lucy ? Aurait-elle pu se sauver, désespérée par les nouvelles, et courir dans le froid glacial jusqu'à la mer ? Carrie se dit avec un frisson que, dans une région de falaises, elle aurait aisément imaginé Lucy se précipitant pour s'écraser sur les rochers...

Elle fit un effort pour se ressaisir, bannir de son esprit ces images abominables et raisonner. Elle respira profondément et grimpa l'escalier qui menait à la chambre de Lucy. La lumière du palier était allumée mais la porte de Lucy fermée. Carrie frappa. Pas de réponse... Elle ouvrit lentement. La pièce était plongée dans l'obscurité. Elle tendit la main, trouva l'interrupteur et alluma.

— Lucy ? appela-t-elle d'une voix anxieuse.

La forme recroquevillée sous la couette resta muette et immobile mais Carrie sentit ses jambes trembler. Quel soulagement ! Au moins, Lucy était là, elle ne s'était pas enfuie.

— Lucy...

Elle entra, ferma la porte et alla s'asseoir sur le lit.

— Lucy ? répéta-t-elle.

— Va-t'en !

— Ma chérie, c'est moi.

— Je n'ai pas envie de parler.

— Je sais, mon chaton. Ma mère m'a appelée de Bournemouth. Elle m'a tout dit.

— Je m'en fiche. Ça ne change rien, que tu le saches ou pas. Tout est gâché, maintenant, tout. Comme toujours. Elles gâchent toujours tout.

— Oh, Lucy...

Carrie lui posa la main sur l'épaule à travers la couette mais Lucy la repoussa.

— Je voudrais que tu t'en ailles et que tu me laisses tranquille, dit-elle d'une voix étranglée, pleine de sanglots.

Elle avait commencé par pleurer toutes les larmes de son corps mais, à présent, la colère et la rancœur l'envahissaient. Carrie la comprenait mais répugnait à la quitter.

452

— Lucy, en toute sincérité, j'estime que ta mère n'aurait pas dû agir de cette façon et surtout pas te l'apprendre au téléphone en attendant que tu sautes de joie. Mais il faut essayer de comprendre son point de vue...

A ces mots, Lucy jaillit de sous sa couette en se tournant pour faire face à Carrie. Elle avait le visage gonflé de larmes et encore humide. Ses cheveux, qu'elle avait mis tant de soin à coiffer, lui pendaient sur les joues, mouillés et emmêlés. Le chagrin et la colère lui déformaient le visage. Carrie réalisa, à son grand désespoir, que Lucy n'était pas seulement en colère contre sa mère mais aussi contre Carrie, parce qu'elle faisait partie des adultes et que l'on ne pouvait pas faire confiance aux adultes.

— *Bien sûr*, tu es de son côté ! cria Lucy. Parce que c'est ta *sœur*. Moi, je la déteste ! Je la déteste parce qu'elle gâche toujours tout et parce que je n'ai jamais compté pour elle ! Et encore moins maintenant. Mais je n'irai pas en Amérique, ni en Floride, ni à Cleveland. Nulle part ! Je déteste Randall Fischer et je n'ai pas envie d'en parler. Je veux qu'on me laisse tranquille. Alors, *va-t'en* !

Elle se détourna violemment de Carrie et rabattit la couette sur elle, la tête enfouie dans son oreiller trempé de larmes. Elle pleurait à gros sanglots, inconsolable.

Carrie fit une dernière tentative :

— Les Kennedy restent pour le dîner, dit-elle d'une voix timide.

— Je m'en fiche, répondit Lucy d'une voix à peine audible.

— Je peux te monter ton dîner sur un plateau, si tu veux.

— Je ne veux pas dîner, je veux que tu me laisses !

Rien à faire. Carrie attendit quelques instants puis, comprenant qu'il était inutile d'insister, se leva et sortit, sans oublier de refermer la porte.

Elle se sentait totalement désemparée, incapable d'imaginer la moindre solution. Du salon lui parvenaient les voix et les rires des autres membres de la maisonnée. Elle descendait pour les rejoindre quand, pour la troisième fois de la soirée, le téléphone sonna.

Elle décrocha, se disant que ce ne pouvait être une mauvaise nouvelle. Le pire s'était déjà produit.

— Carrie ? C'est toi ?

— Ah ! Nicola.

— Oui, c'est encore moi, dit-elle d'une voix haut perchée, pleine d'une furieuse indignation. Cela fait dix minutes que j'essaye de vous avoir ! Lucy m'a raccroché au nez. J'étais en train de lui dire...

— Je sais ce que tu lui as dit.

— Elle m'a raccroché au nez ! Je n'ai pas pu finir. Je veux lui parler. Va la chercher ! De quel droit se conduit-elle de cette façon ?

— Je pense qu'elle a tous les droits de le faire. Elle croyait que tu voulais lui souhaiter un joyeux Noël et tu n'as rien d'autre à lui annoncer que ton mariage, sans la préparer à cela. Et tu voudrais qu'elle saute de joie !

— Exactement ! Un nouveau père adorable et une nouvelle maison absolument divine ! Si elle avait daigné m'accompagner, elle aurait vu tout cela elle-même. Pourquoi est-elle toujours contre tout ce que je fais ? J'ai tout sacrifié pour elle ! Il est temps qu'elle se préoccupe un peu du bonheur des autres, non ? Elle se moque donc de savoir que je suis heureuse ? Au moins...

— Nicola...

— C'est la même chose avec maman ! Elle me reproche même de prolonger un peu mon séjour pour pouvoir partir en lune de miel...

— Nicola, *moi,* je ne te reproche rien. Je suis heureuse pour toi, sincèrement. Mais tu as une fille dont il faut tenir compte. Ce n'est plus un bébé. Tu ne peux pas t'attendre à ce qu'elle soit ravie à l'idée que toute sa vie soit chamboulée de fond en comble.

— Je ne veux pas entendre un mot de plus. Je ne vois vraiment pas où est le problème. Va me la chercher, c'est tout.

— Non, ce n'est pas possible. Elle est en haut, dans sa chambre, en train de pleurer. J'ai essayé de lui parler mais elle est trop secouée pour cela. De plus, il y a des questions pratiques à régler. Nous rentrons à Londres après le Nouvel An et Lucy retourne à l'école. Qui va s'occuper d'elle ? Maman veut rester à Bournemouth.

— Tu ne peux pas faire ça pour moi, *au moins* ?

— Je n'ai pas d'endroit où aller, pour l'instant.

— Eh bien ! Va chez maman avec Lucy.

— Nicola, je commence un nouveau travail.

— Oh ! Ta précieuse carrière ! Ta grande carrière ! Cela a toujours été plus important pour toi que ta famille. J'aurais cru que, pour une fois...

— J'aurais cru que, pour une fois, tu penserais un peu aux autres au lieu de ne t'occuper que de toi !

— Comment peux-tu me dire quelque chose d'aussi méchant ! C'est la première fois depuis des années, depuis que Miles m'a abandonnée, que je pense à moi. Au moins, Randall m'apprécie, lui. J'ai enfin quelqu'un capable de m'apprécier !

Carrie renonça à se montrer conciliante :

— Arrête de dire des sottises !

— Je refuse de t'écouter ! cria Nicola d'un ton indigné.

Carrie préféra battre en retraite.

— Excuse-moi, Nicola. Désolée. Nous n'arriverons à rien de cette façon. J'ai ton numéro en Floride. Je vais essayer de trouver une solution et je te rappelle.

— Dis à Lucy de m'appeler.

— Je crains que ce ne soit pas possible dans l'immédiat. Essaye de ne pas trop t'énerver. Je vais chercher une solution.

— Bien, finit par dire Nicola d'un ton grognon.

— Je te souhaite un joyeux Noël.

— A toi aussi, répondit Nicola avant de raccrocher.

Comme d'habitude, l'idée que Carrie puisse faire de l'ironie ne l'avait pas effleurée.

Carrie aurait tout donné pour être vingt-quatre heures plus tôt, avant que cela arrive. Etre encore en train de visiter l'usine désaffectée, seule avec Sam ; en train de le regarder, haute silhouette pleine de force, escalader les passerelles, monter et descendre les escaliers. Elle aurait tout donné pour être encore assise au Duke's Arms... sans avoir d'autre préoccupation qu'elle-même et l'homme assis en face d'elle, évoquant avec elle leur futur incertain, à peine esquissé.

Mais cela ne se pouvait pas et tout avait basculé. Elle remit de l'ordre dans sa coiffure d'une main nerveuse, s'arma de courage et poussa la porte du salon. Elle les retrouva assis à la même place, comme s'il ne s'était rien passé de fâcheux. Elle vit que Rory les avait rejoints. Sans doute était-il venu, une fois terminé son rôle de maître queux, s'enquérir de la raison pour laquelle personne ne venait dîner. Il était assis en tailleur sur le tapis, face à sa mère, un verre de bière à la main.

La conversation suivait son cours paisiblement mais, quand Carrie entra, ils se turent peu à peu, tournant la tête vers elle comme s'ils ne l'attendaient plus.

— Je suis là, dit-elle, consciente d'énoncer une banalité. Désolée de vous avoir fait attendre.

— Que se passe-t-il, ma chérie ? demanda Elfrida. Le téléphone n'a pas arrêté de sonner. Rory nous a dit que la mère de Lucy a appelé de Floride. J'espère que tout va bien ?

— Oui, tout va bien, répondit Carrie (ce qui était à la fois vrai et totalement faux). Et rien ne va. Un nouveau drame familial ! Mais il s'agit de ma famille et je ne veux pas vous ennuyer avec cela.

— Carrie, je sens que c'est grave. Dis-nous la vérité, insista Elfrida.

— Je ne sais par où commencer...

Sam, qui était assis à l'autre extrémité du salon, se leva et vint vers elle.

— Voulez-vous que je vous apporte un verre ? proposa-t-il.

Elle refusa d'un signe de tête, se demandant si elle avait l'air épuisée au point d'éveiller tant de sollicitude. Sam lui approcha une chaise qu'il disposa à côté de celle d'Elfrida. Carrie s'assit avec un soupir de soulagement et sentit qu'Elfrida lui prenait la main.

— Ma chérie, dis-nous tout.

Carrie prit sa respiration et se lança dans de longues explications sur le mariage de sa sœur et le problème de Lucy.

— Elles sont insupportables, commenta Elfrida, ce qui parut à Carrie très indulgent.

— Le problème se pose donc, reprit Carrie, à court terme et à long terme. A court terme parce qu'il n'y aura personne à Londres pour s'occuper de Lucy, sauf si j'accepte de leur servir de bonne à tout faire ! Je le ferai s'il n'y a pas d'autre solution, bien entendu. Mais, à long terme, c'est bien plus grave. Il s'agit de l'avenir de Lucy. Nicola est mariée à un Américain et veut vivre avec lui, chez lui, ce qui me paraît compréhensible. Lucy ne veut pas entendre parler d'aller en Amérique, même pour les vacances. Sans compter qu'elle n'aime pas Randall Fischer. En toute sincérité, je crains qu'elle n'aime pas beaucoup sa mère, non plus.

Ils l'avaient tous écoutée avec attention, de plus en plus inquiets de la tournure des événements au fur et à mesure que Carrie exposait la situation. Quand Carrie se tut, personne n'osa rompre le silence.

— La pauvre ! finit par dire Tabitha, exprimant sa sympathie à défaut d'apporter une solution.

— Elle n'est pas obligée d'aller vivre en Amérique, dit Elfrida d'un ton plein d'espoir. Pourquoi ne deviendrait-elle pas pensionnaire dans son école ?

— Parce que ce n'est pas un pensionnat, Elfrida. Et il resterait toujours la question des vacances.

— Ta mère ?

— Tu la connais aussi bien que moi. Elle est incapable de se débrouiller seule avec Lucy. Elle n'essayera même pas.

— Peut-être le père de Lucy...

— Inutile d'y penser. Madame Numéro Deux refuserait d'en entendre parler.

— Mais...

— Tout cela est ridicule !

A la surprise générale, Rory avait élevé la voix, se mêlant à la discussion. Carrie se tourna pour le regarder. Il était debout à présent, le dos au feu, les toisant de ses yeux bleus pleins d'indignation. Ils étaient tous trop étonnés pour l'interrompre.

— C'est ridicule. Vous êtes en train de tourner en rond sans remettre en cause le retour de Lucy à Londres, exactement comme s'il ne s'était rien passé. Mais ce n'est pas possible. Elle est malheureuse, là-bas, elle me l'a dit, et les derniers événements rendent la situation encore plus dure pour elle. Elle n'a pas d'amis, elle n'est pas vraiment chez elle et elle ne s'est jamais sentie aimée. Ce qui lui plaît vraiment, c'est de vivre ici, avec Elfrida et Oscar. Ici, à Creagan. Elle m'a dit qu'elle n'a jamais été aussi heureuse qu'ici et qu'elle n'a pas du tout envie de rentrer à Londres. Alors, ne l'obligez pas à partir ! Laissez-la vivre ici. Elle peut habiter avec Elfrida et Oscar et nous serons là, papa et maman, Clodagh et moi, et tous nos amis. Elle peut aller à l'école à Creagan. Papa peut régler la question avec Mr McIntosh. On lui trouvera bien une place dans une des classes. A mon avis, voilà ce que vous devez faire. Ce serait criminel de la laisser repartir à Londres sans le moindre projet d'avenir. Les adolescents font parfois des choses terribles quand ils sont malheureux. Nous le savons. La place de Lucy est mille fois plus avec vous qu'avec sa mère. Je pense que vous avez une obligation morale à son égard.

Il s'arrêta enfin, le visage enflammé par la passion autant que par la chaleur du feu. Les adultes ne réagirent pas tout de suite,

457

ne le quittant pas des yeux, avec une expression d'étonnement et de respect. Rory pensa qu'il avait peut-être dépassé la mesure. L'air gêné, il remua un peu les pieds.

— Excusez-moi, dit-il, je ne voulais pas être impoli.

Toujours le silence. Enfin, Peter Kennedy poussa un peu sa femme pour pouvoir se lever. Il s'approcha de son fils.

— Tu n'as pas été impoli, dit-il en lui posant la main sur l'épaule. Je pense que tu as raison. Tu as bien parlé, Rory.

Allongée, les yeux au plafond, épuisée d'avoir tant pleuré, Lucy regrettait sa conduite envers Carrie. Elle n'avait pas l'habitude de se mettre en colère et ne savait que faire. Rien ne serait plus comme avant si elle ne demandait pas pardon à Carrie, si elles ne se réconciliaient pas. Cependant, elle n'avait pas le courage de se lever, se laver le visage, se recoiffer, descendre et se retrouver face aux autres. La présence des Kennedy rendait la situation encore plus difficile.

Elle se sentait exténuée, la tête douloureuse, et pourtant affamée. Elle éprouvait aussi une profonde satisfaction à l'idée d'avoir raccroché au nez de sa mère après l'avoir entendue lui annoncer qu'elle s'était mariée, qu'elle — Lucy — avait un nouveau père, qu'ils allaient être très heureux, tous ensemble, mener la grande vie et profiter toute l'année de la douceur du Gulf Stream dans une Floride de rêve. Brusquement, Lucy n'avait plus supporté le flot d'inepties de sa mère, lyrique d'excitation et aussi insensible aux sentiments des autres qu'elle l'avait toujours été. C'était trop, elle ne pouvait pas entendre un mot de plus et elle avait simplement reposé le combiné.

A présent, seule et désespérée, elle se reprochait sa lâcheté. C'était à ce moment-là, quand elle avait sa mère en ligne, qu'elle aurait dû libérer sa colère, lui dire toute son indignation et le choc que cela représentait pour elle. Elle aurait dû lui dire, tout de suite, qu'elle était terrifiée à la seule idée d'être déracinée, obligée d'aller vivre dans un pays étranger et de voir sa vie complètement bouleversée.

Mais il était trop tard pour cela.

Elle souhaita de toutes ses forces avoir déjà dix-huit ans, être majeure et libre de sa vie. A dix-huit ans, la loi l'autorisait à refuser d'obéir, à vivre là où elle se sentait chez elle et en sécurité, à choisir sa vie et son avenir. Mais, à quatorze ans, elle était coincée : trop vieille pour se laisser transporter sans se plaindre, comme un paquet, et trop jeune pour prendre son indépendance. Jusque-là, la situation n'était pas brillante. A présent, elle devenait insupportable.

Elle avait le regard fixé sur le vasistas, au-dessus d'elle. La lumière des lampadaires qui se reflétait jusque-là rendait la nuit encore plus sombre. On apercevait pourtant une étoile. Elle vit en imagination le vasistas s'ouvrir lentement pour laisser passer une bouffée d'air froid et iodé ; une force irrésistible la soulevait de son lit, plus haut, toujours plus haut, jusqu'à sortir par le vasistas ; elle montait dans le ciel, voyait la planète s'éloigner derrière elle tandis que les étoiles devenaient de plus en plus grosses... Comme une fusée, elle partirait vers la Lune et ne reviendrait jamais.

Du bruit ! Des pas dans l'escalier. Peut-être Carrie ? Si c'était elle, Lucy redoutait de recommencer à pleurer malgré elle. Elle détestait perdre le contrôle de ses émotions.

On frappa légèrement à la porte. Sans répondre, elle enfonça son visage dans son oreiller trempé. La porte s'ouvrit.

— Lucy ?

Ce n'était pas Carrie mais Oscar. Lucy se sentit affreusement gênée de se laisser voir dans l'état où elle s'était mise. Que venait-il faire ici ? Pourquoi l'avaient-ils envoyé, *lui* ? Pourquoi pas Carrie ou Elfrida ?

A nouveau, elle ne répondit pas.

— Je peux ? demanda Oscar en venant s'asseoir sur le lit.

Il avait laissé la porte entrouverte. Quand il s'assit, elle éprouva un certain réconfort à sentir la couette se tendre sous son poids, l'enserrant un peu plus. Elle bougea pour lui faire de la place.

— Oui, dit-elle.

— Comment te sens-tu ? dit-il comme l'aurait fait un médecin attentif après une longue maladie.

— Très mal, dit-elle.

— Carrie nous a dit ce qui s'est passé.

— Je lui ai dit des choses horribles.

— Elle ne nous en a pas parlé. Elle nous a seulement dit que tu avais du chagrin. Qui n'en aurait pas en apprenant ce genre de nouvelles par téléphone ? Je n'aime pas apprendre les choses par téléphone. On se sent très loin et impuissant quand on ne peut pas voir le visage de l'autre.

— Ce ne serait pas si affreux si je m'entendais bien avec Randall.

— Tu finirais peut-être par l'apprécier.

— Non, je ne pense pas.

Elle regarda enfin Oscar, vit ses yeux aux paupières tombantes qui lui donnaient toujours l'air un peu triste, son expression attentive, et elle se dit que, quand on aime les gens, c'est toujours immédiat. Exactement comme cela s'était passé avec Oscar. Même avec tout le temps du monde, elle ne se sentirait jamais aussi proche de Randall Fischer qu'elle l'avait été d'Oscar dès leur première rencontre.

— J'ai été méchante avec Carrie, dit-elle, ses yeux se remplissant de nouveau de larmes.

Mais cela n'avait plus d'importance et elle voulait lui parler.

— J'ai crié et je lui ai dit de s'en aller. Et pourtant, elle était gentille. Je m'en veux, Oscar.

Elle renifla et sentit sa bouche trembler comme celle d'un bébé mais Oscar sortit de sa poche un mouchoir en lin rendu très doux par d'innombrables lessives et qui sentait la lotion pour les cheveux. Elle le prit avec reconnaissance et se moucha.

Cela fait, elle se sentit un peu mieux.

— Je n'ai pas l'habitude de me mettre en colère contre les gens.

— Je sais, Lucy. Et le pire est que, quand nous sommes vraiment bouleversés, nous nous en prenons toujours aux gens que nous aimons le plus.

— C'est vrai ? s'étonna-t-elle.

— Oui, toujours.

— Je ne peux vous imaginer en train de crier contre quelqu'un.

Il sourit, de son rare et chaleureux sourire qui le transformait totalement.

— Tu serais surprise ! dit-il.

— C'était seulement que... J'ai honte de moi parce que je devrais être contente. Mais c'était...

— Je sais. Cela t'a fait un choc.

— Si c'était quelqu'un que je connaissais vraiment et qui vivait en Angleterre, ce ne serait pas si difficile. Mais je ne veux pas aller vivre en Amérique. Londres n'est pas extraordinaire mais, au moins, je connais la ville. Et je ne peux pas rester chez mamy. Elle fait toujours des histoires pour tout, elle refuse de changer ses habitudes. Elle veut pouvoir sortir, voir ses amis et jouer au bridge quand elle en a envie. Elle ne veut même pas que je vienne dire bonjour quand elle fait un bridge chez elle. Et elle déteste que mon amie Emma vienne me voir. Elle trouve que nous faisons trop de bruit. Je ne peux pas vivre chez elle, Oscar.

— Non.

Elle lui redonna son mouchoir qu'il remit dans sa poche avant de prendre la main de Lucy dans la sienne. Le contact, chaud et rassurant, lui donna l'impression d'une bouée de sauvetage à laquelle elle pouvait se raccrocher. Parler devenait plus facile.

— Je ne sais pas ce qui va m'arriver, dit-elle. C'est le pire de tout. Je ne sais pas ce que je vais faire. De toute façon, je n'ai pas encore l'âge de pouvoir faire quelque chose.

— Je ne pense pas que tu doives faire quoi que ce soit, dit Oscar. A mon avis, c'est aux autres à s'en occuper.

— Les autres ?

— Moi, par exemple.

— Vous ?

— Ecoute, Lucy. J'ai une proposition à te faire. Nous avons un peu discuté de tout cela et nous avons eu une idée. Suppose que, après le Nouvel An, tu ne retournes pas à Londres ? Que tu restes ici avec Elfrida ? Et *moi*, j'irais voir ta grand-mère à Bournemouth, avec Carrie.

Lucy s'inquiéta aussitôt.

— Qu'allez-vous lui dire ?

— Je lui proposerai, tant que ta mère ne sera pas définitivement installée, que tu restes provisoirement à Creagan avec Elfrida et moi.

— Et l'école ? Je dois retourner à l'école.

— Bien sûr, mais que dirais-tu de quitter ton école pendant un trimestre pour suivre les cours de celle de Creagan ? Peter Kennedy est un ami du directeur. Il s'arrangera avec lui pour qu'on te mette dans une classe de ton niveau. C'est une très bonne école. Je suis certain que ta directrice actuelle n'y verra aucun empêchement.

— Miss Maxwell-Brown ?

— C'est son nom ?

— Mais je ne peux pas *quitter* mon école !

— Ce n'est pas ce que je dis. Je te propose seulement de passer un trimestre dans une autre école. De nombreux enfants le font quand leurs parents doivent partir à l'étranger, par exemple. Je suis certain que Miss Maxwell-Brown sera tout à fait d'accord pour te laisser partir pendant un trimestre en te gardant ta place si tu décides te revenir quand toute cette histoire se sera arrangée.

— Vous voulez dire...

Lucy avait besoin d'entendre Oscar lui répéter tout cela en termes clairs. Cela lui paraissait trop beau pour être vrai.

— Vous voulez dire que je ne serai pas obligée de rentrer à Londres après le Nouvel An ? Que je pourrai rester avec vous et Elfrida ?

— Si tu le veux. C'est à toi de décider.

Lucy réfléchit quelques instants en silence. Elle voyait beaucoup d'obstacles à cette décision, le premier étant la personnalité d'Elfrida.

— Mamy n'apprécie pas beaucoup Elfrida, dit-elle franchement à Oscar.

— Je veux bien te croire ! répondit Oscar en riant. En revanche, je suis sûr de lui faire très bonne impression. Je me présenterai en tant qu'ancien professeur et organiste en titre d'une église de Londres avec des références solides et une réputation inattaquable. Crois-tu qu'elle résistera ?

Lucy eut une petite grimace amusée.

— Non, si cela lui permet de se débarrasser de moi !

— Et ta mère ?

— Ça lui sera égal. De toute façon, je ne l'ai jamais beaucoup intéressée et je l'intéresse encore moins maintenant qu'elle a ce Randall.

— Donc, pas d'objections de sa part ?

— Je ne pense pas.

— Carrie les appellera toutes les deux, demain, pour leur expliquer notre proposition. Après tout, c'est seulement jusqu'à Pâques. Après, on en reparlera.

— Je ne changerai pas d'avis, Oscar. Pour rien au monde je ne voudrais vivre en Amérique.

— Je ne vois pas pourquoi on t'y obligerait mais peut-être qu'un petit séjour de temps en temps se révélerait intéressant et instructif. C'est toujours bon de découvrir un autre pays et d'autres façons de vivre. Mais, sur le fond, j'estime que tu as le droit de vivre là où tu te sens le mieux.

— Je n'ai jamais été aussi bien, je ne me suis jamais sentie autant chez moi, qu'ici.

— Alors, pourquoi ne pas s'organiser de cette façon ? Tu restes avec nous aussi longtemps que tu en as envie. Tu vas à l'école de

Creagan. Dans deux ans, tu passes tes certificats d'enseignement secondaire et, après, tu prends un peu d'indépendance. Tu pourrais préparer ton bac dans un pensionnat mixte. J'en connais d'excellents où tu te plairais beaucoup. Je peux utiliser mes relations dans l'enseignement pour me renseigner, de sorte que nous puissions en parler tous ensemble. Il faudra aussi aller voir sur place pour que tu choisisses en connaissance de cause.

— C'est ce que Rory m'a dit. Un pensionnat mixte.

— Un garçon intelligent ! Tu sais, c'est lui qui t'a défendue quand Carrie nous a rapporté les nouvelles. Il nous a dit : « Vous devez faire quelque chose pour elle ! » Il avait raison.

— Mais, Oscar...

— Encore un problème ?

— Vous ne voudrez quand même pas me garder, vous et Elfrida, pendant *deux ans* ?

— Pourquoi pas ?

— A cause de votre âge ! Comme mamy. Elle dit toujours qu'elle ne peut pas s'occuper de tout parce qu'elle est grand-mère.

Oscar se mit à rire.

— Lucy, les grands-parents sont une belle invention. Il y a, dans le monde entier, des grands-parents qui élèvent eux-mêmes leurs petits-enfants pour une raison ou une autre. Et cela se passe très bien. Je pense que nous nous amuserons bien.

— Mais vous voulez vraiment de moi ? *Vraiment* ?

— Plus que tout, mon chou.

— Je ne vous dérangerai pas ?

— Pas du tout.

— Supposons que vous vendiez la maison à Sam et que vous vous installiez à Corrydale ?

— Eh bien ?

— Vous n'aurez pas de place pour moi.

— Nous n'avons pas encore visité la maison. Si c'est nécessaire, nous pourrons la réaménager en prévoyant une chambre qui s'appellera « Chez Lucy » !

— Oscar, pourquoi êtes-vous aussi gentil avec moi ?

— Parce que nous t'aimons. Peut-être que nous avons besoin de ta présence, aussi. C'est peut-être de l'égoïsme de ma part, mais je n'ai pas envie de te laisser partir. J'ai besoin de voir quelqu'un de jeune dans la maison. Je me suis habitué à entendre ta voix, tes pas dans l'escalier, et les portes que tu ouvres d'un seul coup ! J'aime t'entendre rire. Je serai très triste si tu t'en vas.

Lucy se souvint de ses craintes, lors de son arrivée à Creagan.

— J'étais très angoissée parce que Carrie m'avait parlé de votre fille...

— Francesca.

— Je me demandais si vous supporteriez de me voir... J'avais peur que vous ne soyez encore plus triste en me voyant parce que cela vous ferait penser à elle.

— Tu me fais penser à elle, mais cela ne me rend pas triste.

— Comment était-elle ?

— Elle avait de longs cheveux blonds et des taches de rousseur sur le nez. Un appareil dentaire. Elle avait deux ans de moins que toi. Toujours sur le qui-vive, jamais tranquille, sauf quand nous nous installions dans mon fauteuil pour lire des histoires à voix haute.

— Mon père aussi lisait avec moi. Quand j'étais petite et que nous vivions encore ensemble. Nous lisions *Peter Pan* et, quand il voulait me taquiner, il m'appelait Capitaine Crochet ! Il mettait du Badedas dans son bain et toute la maison sentait bon. Quelles autres choses aimait Francesca ?

— Tout ! Elle avait un petit poney, une vieille bicyclette, un cochon d'Inde dans un clapier et une chambre pleine de livres. S'il pleuvait, elle faisait des sablés. Ils étaient toujours trop cuits ou pas assez mais je les mangeais en jurant qu'ils étaient délicieux... Nous écoutions de la musique ensemble et nous jouions des morceaux à quatre mains pour le piano...

— Elle jouait bien ?

— Pas très bien.

— Et à l'école ? C'était une bonne élève ?

— Pas très bonne.

— Pour quoi était-elle le plus douée ?

— Pour la vie.

Ils se regardèrent, rendus muets par l'énormité de la réponse d'Oscar. Il semblait avoir parlé sans y penser et le mot restait suspendu entre eux comme un mensonge. Francesca était douée pour la vie mais elle était morte. A douze ans.

Lucy ne savait que dire. Elle vit avec horreur les yeux d'Oscar se remplir de larmes. D'un geste brusque, il se cacha derrière sa main. Il voulut parler mais seul vint un sanglot désespéré.

Lucy n'avait jamais vu pleurer un adulte ; elle n'avait jamais vu un adulte vaincu par le chagrin. Désemparée, elle le regardait, ne sachant que faire pour l'aider. Il secoua la tête, comme pour refuser sa faiblesse, luttant pour reprendre le contrôle de ses émotions. Après quelques moments d'insupportable tension, au grand soulagement de Lucy, il cessa de se cacher derrière sa main et se moucha. Il fit ensuite un effort pour lui sourire avec une expression rassurante.

— Désolé, dit-il.

— Ce n'est pas grave, Oscar. Cela ne me gêne pas. Je comprends.

— Oui, je crois que tu en es capable. La mort fait partie de la vie, je le sais, mais, de temps en temps, je l'oublie.

— Mais c'est important de vivre, n'est-ce pas ? Et de ne pas oublier les gens ?

— Plus important que tout.

Il remit dans sa poche le mouchoir qui avait déjà servi à Lucy.

— Le jour où tu es arrivée, reprit-il, nous avons visité l'église, tous les deux. Nous nous sommes assis pour parler de Noël et du solstice d'hiver. A ce moment-là, pour la première fois, j'ai pensé à Francesca sans éprouver un sentiment de destruction totale. Nous avions eu exactement la même conversation, elle et moi, environ un an plus tôt. J'ai essayé de lui parler des théories sur l'étoile de Bethléem et la conception scientifique du temps. Elle m'a écoutée mais elle n'était pas convaincue. Elle n'avait pas envie de croire la science. Elle préférait la légende... « Au cœur de l'hiver glacial / Le vent du nord fait grincer des dents / La terre est plus dure que du fer / Et l'eau devient comme de la pierre... » Francesca voulait que Noël soit ainsi. Autrement, la fête perdait toute sa magie. Pour elle, les chants de Noël, l'obscurité et les cadeaux faisaient partie d'un moment où la vie prenait son envol et où le monde entier s'élançait vers les étoiles.

— C'est exactement ce genre de Noël que nous allons avoir, dit Lucy.

— Reste avec nous.

— Je vous aime très fort, Oscar.

— Il y a beaucoup de gens qui t'aiment, ici. Ne l'oublie jamais.

— Promis !

— Et maintenant, veux-tu descendre pour dîner avec nous ? J'espère qu'on nous aura laissé quelques miettes !

— Il faut d'abord que je me lave la figure et que je me recoiffe.

— Dans ce cas...

Il lâcha sa main avec une petite tape affectueuse et se leva. Il se retourna avant de quitter la chambre et lui dressa un dernier sourire très rassurant.

— Ne tarde pas trop, ma chérie.

La veille de Noël

La veille de Noël !

Dans cet incertain climat du Nord, quand on se réveillait, on ne savait jamais quel temps il ferait dans la journée. Cependant, ce matin-là, la pureté du ciel et la douceur de l'air donnaient l'impression d'une journée volée au printemps. La neige avait fondu dans les rues comme dans les champs, ne subsistant que sur les collines qui étincelaient dans la lumière rasante du soleil. Le soleil chauffait même un peu grâce à la totale absence de vent et de nuages. Des oiseaux chantaient dans les arbres nus et, dans le jardin d'Estate House, quelques perce-neige précoces étaient éclos sous le lilas.

A Corrydale, la mangeoire installée pour les oiseaux dans le jardin de Rose Miller débordait de miettes et de restes en tous genres. Elle y avait aussi accroché un sac de fruits secs. Les pigeons et les étourneaux s'y pressaient en foule, affamés, tandis que les mésanges et les rouges-gorges picoraient les fruits secs et les petits morceaux de gras que Rose avait enfilés sur une ficelle. Ils planaient un moment autour de la mangeoire avant de se poser puis s'envolaient bien vite vers l'abri d'un buisson d'aubépine que toute cette activité ailée faisait trembler.

Comme il faisait beau et que les routes étaient dégagées, Oscar et Elfrida prirent leur propre voiture pour se rendre à Corrydale. Le reste de la troupe — Carrie, Sam, Lucy et Rory — les rejoindrait plus tard. Compte tenu du décalage horaire, Carrie devait, en effet, attendre midi pour appeler sa sœur. Elle avait déjà parlé à sa mère. La conversation s'était déroulée plus facilement qu'elles ne l'auraient espéré, l'une et l'autre. Dodie se sentit très

467

soulagée d'être déchargée de la responsabilité de Lucy. Elle eut même des paroles très chaleureuses à l'adresse d'Elfrida, de sa gentillesse et de son hospitalité. Elle avait, fort à propos, oublié l'époque où elle n'avait pas de mots assez durs pour critiquer la cousine au mauvais genre de son ex-mari.

« Oscar va descendre à Bournemouth pour te rencontrer, lui avait promis Carrie. Il aimerait bien, si tu le veux, discuter de tout cela avec toi. » Dodie n'avait soulevé aucune objection à cette proposition. Elle avait même affirmé qu'elle serait ravie de prendre le thé avec lui dans le salon privé du Palace Hotel.

Il n'y avait plus que Nicola à convaincre. Ayant apprécié les trésors de compréhension et de patience déployés par Carrie pour parler à sa mère, Elfrida se sentit certaine de sa réussite avec Nicola. Si cette dernière élevait des objections, ce ne serait que pour le principe. Nicola se souciait peu du sort de son entourage dès lors que cela la garantissait de tout désagrément.

Carrie s'était également offerte à préparer le pique-nique et se chargerait de l'apporter avec Sam. Elfrida avait commencé à suggérer de la soupe chaude et des sandwiches au jambon, mais Sam et Carrie l'avaient chassée de la cuisine. Ils l'avaient expédiée à Corrydale avec Oscar, qui avait ressenti une agréable impression de détente à se voir déchargé de toute responsabilité.

A présent, Elfrida regardait les oiseaux par la fenêtre du salon de Rose Miller. Il ne restait dans le jardin que quelques pieds de choux de Bruxelles en train de pourrir mais les parterres étaient propres, prêts pour le redémarrage des plantations. Le jardin, une parcelle étroite toute en longueur, descendait en pente douce. Tout en bas, on apercevait une barrière de bois et quelques hêtres aux troncs noueux. Au-delà, les prés salés de Corrydale s'étendaient jusqu'au rivage. De l'autre côté des eaux bleues de l'estuaire, s'élevaient d'autres collines. Le panorama intéressait beaucoup Elfrida car le cottage du major Billicliffe bénéficiait d'une vue presque identique. Ce jour-là, avec un air aussi transparent, des couleurs aussi vives et lumineuses, les entrelacs noirs des branches si nets, elle n'aurait pu imaginer un plus beau paysage.

Derrière elle, Oscar et Rose, assis de part et d'autre de la cheminée où se consumait un bon feu de tourbe, buvaient du café chaud à petites gorgées. Rose parlait. Elle n'avait pas fait grand-chose d'autre depuis l'arrivée d'Oscar et d'Elfrida, à onze heures trente comme convenu.

— ... et, bien sûr, le pauvre homme a laissé la maison dans un état épouvantable. Betty Cooper, la femme du fermier, s'est occupée de lui comme elle pouvait après la mort de son épouse, mais elle a déjà trois enfants et un mari. Elle a déclaré que c'était une tâche impossible. Quand nous avons appris le décès du major, nous sommes allées chez lui pour nettoyer de notre mieux. La plupart de ses vêtements étaient dans un état épouvantable, juste bons pour le feu, mais il reste quelques affaires qui pourraient peut-être rendre service dans une vente de charité. Nous les avons pliées dans une valise. Apparemment, il ne possédait aucun objet de valeur mais nous avons laissé les bibelots, les affaires personnelles et les livres où ils étaient. Vous verrez vous-même ce que vous voulez en faire.

— Je vous remercie, Rose. C'est vraiment très gentil d'avoir pris ce soin.

— Betty a nettoyé comme elle l'a pu. Elle a frotté par terre dans la cuisine et dans la salle de bains, qui était d'une saleté indescriptible. Comme ce pauvre homme était seul ! Cela fait mal de l'imaginer en train de mourir tout seul, sans famille autour de lui. Vous m'avez bien dit que les funérailles pourraient avoir lieu à la fin de la semaine ? Vous me tiendrez au courant ? Je voudrais y assister.

— Bien sûr... Il a demandé à être incinéré. Nous vous emmènerons avec nous.

— Ce n'est pas sa faute si la maison est devenue aussi négligée. Mais vous allez certainement la transformer et, si vous avez les ouvriers chez vous, ils vont tout casser et faire des tonnes de poussière !

Oscar hocha la tête.

— Nous n'avons pas encore décidé si nous y habiterons ou pas...

— Et pourquoi pas ? s'exclama Rose d'une voix indignée. Le major Billicliffe ne vous l'aurait jamais léguée s'il avait pensé que vous ne l'habiteriez pas. Rendez-vous compte ! Il vous a offert la possibilité de revenir à Corrydale après toutes ces années !

— Cela risque de ne pas être assez grand, Rose. Il est possible qu'une jeune personne vienne vivre avec nous.

De façon inattendue, Rose éclata d'un grand rire.

— Ne me dites pas que vous allez avoir un bébé !

Il fallut quelques instants à Oscar pour reprendre ses esprits après cette fantastique suggestion.

— Euh... Non, Rose. Il ne s'agit pas de cela. Si vous vous en souvenez, je vous avais dit que nous attendions de la visite pour Noël. Lucy a quatorze ans mais sa mère vient de se remarier en Amérique. Au lieu de repartir à Londres, elle va rester avec Elfrida et moi pendant quelque temps. Elle fréquentera l'école de Creagan.

— Mais c'est magnifique ! Ce sera formidable pour nous tous d'avoir un peu de jeunesse par ici. Elle pourra voir les enfants de Betty Cooper. Ils sont un peu plus jeunes qu'elles mais c'est une joyeuse bande. Et Corrydale est un paradis pour les enfants. Ils ont tout le domaine pour faire de la bicyclette sans risque de se faire tuer par un camion.

Elfrida abandonna le spectacle des oiseaux et rejoignit les deux autres. Elle s'assit sur une vieille chaise de style Tudor et prit sa tasse de café.

— Nous pourrions peut-être agrandir la maison en ajoutant une pièce, par exemple, dit-elle. Il faut y réfléchir.

— Il vous faudra un permis de construire, les avertit Rose, très au courant des règlements en vigueur. Tom Cooper avait fait une serre sans permis et on l'a obligé à la démolir. Dites-moi, où se trouve cette enfant ?

Elfrida se chargea de lui donner les explications voulues.

— Elle arrivera un peu plus tard avec Carrie, sa tante, qui une de mes cousines. Il y aura aussi Rory Kennedy et Sam Howard. Sam n'était pas prévu ! Il devait juste passer à Estate House mais il a été bloqué par la neige. Il n'a pas pu retourner à Inverness.

— Et lui, qui est-ce ?

— Le nouveau directeur des filatures McTaggart de Buckly.

— Ça alors ! Quelle belle tablée pour Noël ! Quand Oscar m'a téléphoné pour m'annoncer votre visite et votre intention de pique-niquer, je suis allée prendre la clef chez Betty et j'ai préparé un feu au cas où vous auriez trop froid. Mais par ce beau temps, vous pourrez rester dans le jardin. On dirait que le Bon Dieu veut que vous voyiez la maison sous son meilleur jour !

— Oui, approuva Elfrida. C'est ce qu'on dirait.

Rose était âgée et toute petite mais vive comme un moineau. Elle portait une jupe en tweed, un corsage au col fermé d'une broche et un cardigan en Shetland rouge. Elle avait des yeux marron au regard vif et, apparemment, voyait très bien sans lunettes. Ses cheveux fins et blancs étaient tirés en un petit chignon. Seules ses mains, ridées et déformées par l'arthrite, trahissaient son âge.

Sa maison offrait une allure aussi nette, colorée et rassurante qu'elle : des tables cirées avec soin où s'accumulaient les porcelaines, les souvenirs et les photos de famille. Au-dessus de la cheminée était posé un agrandissement d'un portrait de son frère en uniforme de marin ; il avait péri dans le naufrage du *Ark Royal*, au cours de la Deuxième Guerre mondiale. Rose Miller ne s'était jamais mariée. Elle avait consacré toute sa vie à Mrs McLellan et à Corrydale House. Elle n'était pourtant pas du tout sentimentale et avait accepté sans sourciller que la maison sorte de la famille McLellan et soit transformée en hôtel.

— Qu'avez-vous prévu pour demain ? demanda-t-elle.

Elfrida se mit à rire.

— Nous n'avons pas encore de projets précis. Ouvrir nos cadeaux, bien sûr, et réveillonner dans la salle à manger, devant le sapin.

— Le réveillon ! Je me souviens des dîners de Noël à Corrydale, avec les napperons de dentelle sur la grande table et les chandeliers. Il y avait toujours des invités, des amis, des cousins, des relations. Tout le monde s'habillait, robe longue pour les dames et smoking pour les messieurs. La veille de Noël, c'était pareil. Très cérémonieux ! Après le dîner, tout le monde montait dans les voitures pour assister au service de minuit dans l'église de Creagan. Il y avait aussi une voiture pour le personnel, pour tous ceux qui voulaient y aller. Tous ces gens en grande tenue ne passaient pas inaperçus quand ils descendaient l'allée centrale de l'église. Je revois Mrs McLellan qui marchait en tête, avec son manteau de vison et sa robe de taffetas noir qui balayait le sol. Si élégante ! Et les hommes avec leurs beaux manteaux noirs et leurs nœuds papillon ! Vous ne devez pas vous en souvenir, Oscar.

— Non, je ne venais jamais à Corrydale pour les fêtes de fin d'année.

— Quand Hughie est arrivé, il a oublié toutes les vieilles traditions. Je ne crois pas qu'il soit jamais allé à l'église, même pour Noël. Triste chose, quand on y pense... Que la propriété lui revienne, à lui, et qu'il gaspille tout !

Elle hocha la tête en soupirant au souvenir du comportement de cet irrécupérable personnage nommé Hughie.

— Mais c'est du passé, maintenant. Et vous, Oscar ? Vous irez à la messe de minuit ? Vous n'avez pas besoin de voiture pour cela, vous n'avez que la rue à traverser.

Elfrida préféra ne pas regarder du côté d'Oscar. Elle se contenta de reposer sa tasse sur le guéridon le plus proche.

— Non, Rose. Je n'irai pas mais peut-être que les autres...

Oh, Oscar... pensa tristement Elfrida.

Mais elle ne dit rien. Qu'il veuille se tenir à l'écart ne concernait que lui. Il était seul à pouvoir affronter ses problèmes. C'était un peu, se dit-elle, comme s'il s'était disputé avec un vieil ami. Comme si des mots impossibles à rattraper avaient été prononcés et que rien se s'arrangerait tant que l'un des deux ne se déciderait pas à tendre la main à l'autre. Peut-être l'année prochaine ? Dans un an, il se sentirait assez fort pour franchir ce dernier obstacle.

— Moi, j'irai, dit-elle. L'église est si belle, le soir ! Et, comme vous l'avez dit, il n'y a que la rue à traverser. Les autres feront comme il leur plaira mais je pense que Lucy voudra m'accompagner. Pour Carrie, j'en suis certaine. Et vous, Rose ? Vous serez là ?

— Je ne manquerais cela pour rien au monde. Mon neveu Charlie m'a promis de m'y conduire.

— Nous vous verrons, alors.

Oscar se souvint à ce moment-là d'un autre détail dont il voulait entretenir Rose Miller. A moins qu'il n'ait seulement eu envie de changer de sujet.

— Rose, le major m'a fait un autre legs qui ne m'enthousiasme pas beaucoup. Le chien.

— Il vous a laissé Brandy ?

— Hélas !

— Vous n'en voulez pas ?

— Non, je n'y tiens pas.

— Dans ce cas, Charlie la gardera. Il aime bien cette vieille bête. Elle lui tient compagnie quand il travaille dans le hangar. De plus, ses enfants auraient le cœur brisé de la voir partir.

— Vous êtes sûre ? Ne devrions-nous pas d'abord en parler à Charlie ?

— Je me charge de lui en parler, répondit Rose sur un ton qui ne promettait rien de bon pour Charlie s'il lui venait à l'idée de refuser... Il gardera le chien, croyez-moi, reprit-elle. Voulez-vous reprendre du café ?

Mais il était l'heure de partir. Ils se levèrent tous les trois et Rose prit une clef dans une vieille théière en porcelaine fleurie posée sur la tablette de la cheminée. Elle la donna à Oscar puis les raccompagna à la porte.

— Pourquoi ne laisseriez-vous pas votre voiture ici ? Vous pouvez aller chez le major à pied. C'est à deux pas et il n'y a pas beaucoup de place pour se garer.

— Cela ne vous dérangera pas ?

— Me déranger ? Mais pourquoi ?

Ils acceptèrent donc sa proposition, ne s'arrêtant à la voiture que pour libérer Horace. Ils avaient préféré le laisser enfermé, au cas où il aurait voulu attraper un lapin ou un faisan, ou se livrer à toute autre conduite répréhensible. Il sauta légèrement sur le sol et témoigna aussitôt d'un grand intérêt pour les odeurs du lieu.

— Pour un chien, fit observer Elfrida, cela doit ressembler au rayon parfumerie chez Harrods. *Eau d'autre chien*[1]. Il va en acheter un flacon et s'en mettre derrière les oreilles !

Des corbeaux croassaient dans les branches hautes des arbres. Elfrida leva la tête. Un avion laissait une longue traînée blanche dans le ciel bleu. Il volait à une telle altitude qu'elle pouvait à peine le distinguer. Il allait vers le nord-ouest, peut-être en provenance d'Amsterdam.

— As-tu déjà pensé, Oscar, que dans ce minuscule point il y a des gens en train de grignoter des cacahuètes, de lire des magazines et de commander des gin-tonic ?

— Sincèrement, non, je n'y ai jamais pensé.

— Je me demande où ils vont ?

— En Californie ? Par la route du pôle Nord ?

— La route du pôle Nord ? Je suis contente de ne pas passer Noël en Californie !

— Vraiment ?

— Je préfère pique-niquer dans la maison du major Billicliffe. Il va falloir lui trouver un nouveau nom. Nous ne pouvons pas continuer à l'appeler ainsi puisqu'il est mort.

— Avant, c'était la maison du forestier mais je pense que, avec le temps, elle va devenir tout simplement la maison d'Oscar Blundell. Cela me paraît logique, non ?

— Oscar, tout ce que tu dis est logique !

Moins de deux cents mètres séparaient les deux cottages et il ne leur fallut que quelques instants pour les parcourir. Ils s'arrêtèrent devant le portail, resté ouvert. C'était la construction jumelle de celle de Rose mais loin de présenter un aspect aussi accueillant.

---

1. En français dans le texte. *(N.d.T.)*

La voiture en train de rouiller devant la porte d'entrée n'améliorait en rien la première impression. Elfrida, Oscar à ses côtés, se souvint de la nuit où, épuisés par leur long voyage, ils avaient fini par trouver la maison du major. Tant de choses s'étaient passées depuis ! Elle avait l'impression que plusieurs années s'étaient écoulées.

Ils remontèrent l'allée, les graviers crissant sous leurs pas. La clef joua dans la serrure sans encombre puis Oscar tourna le bouton de porte en cuivre. La porte s'ouvrit et claqua contre le mur de l'entrée. Elfrida suivit Oscar à l'intérieur, croisant les doigts. Ils entrèrent dans le petit salon.

Il faisait très froid dans la maison, et un peu humide, mais ce n'était pas aussi pénible que dans les souvenirs d'Elfrida. La fenêtre qui donnait sur l'arrière de la maison laissait entrer un flot de lumière. Betty Cooper et Rose avaient nettoyé, brossé, vidé les cendriers, secoué les tapis, ciré les meubles, jeté les saletés et frotté le plancher. Une odeur de savon noir et de désinfectant flottait dans toute la maison. Le bureau à cylindre était fermé et la table roulante — celle que le major avait appelée son bar — avait été débarrassée des vieilles bouteilles et des verres sales qui l'encombraient. Même les pauvres rideaux en cotonnade avaient été lavés et repassés. Dans la cheminée, un tas de papier et de petit bois n'attendait que l'allumette. A côté, on avait disposé des bûches bien sèches et un seau en cuivre poli plein de charbon.

— Commençons par le commencement, dit Oscar.

Il se débarrassa de son manteau et s'agenouilla pour allumer le feu. Au fond de la pièce se trouvait la porte contre laquelle la pauvre Brandy s'était jetée en aboyant. Elfrida, que les hurlements de l'animal avaient terrorisée, alla prudemment l'ouvrir. Elle donnait sur une petite cuisine sinistre et glaciale aux murs de parpaings, avec des fenêtres à cadre d'acier, purement utilitaires. Les installations se composaient d'un évier en terre cuite, d'un égouttoir en bois, d'un petit réfrigérateur, d'une cuisinière à gaz et d'une petite table couverte d'une toile cirée. Le sol était couvert d'un linoléum usé. A gauche, une porte semi-vitrée menait à une petite cour pavée où l'on avait abandonné une brouette cassée, une fourche et une jardinière pleine de géraniums morts. Elfrida ne put déceler aucun signe d'installation de chauffage.

Elle rejoignit Oscar, occupé à mettre du charbon dans le feu. Elle le regarda ajouter quelques bûches avant de lui poser la question qui la tourmentait :

474

— Comment le major se chauffait-il ?

— Sans doute pas du tout. Je ne sais pas. On va aller voir ça.

Il se remit sur ses pieds et s'essuya les mains sur le fond de son pantalon en velours côtelé.

— Viens, reprit-il. La visite commence !

Elle ne leur prit pas longtemps. De l'autre côté du couloir s'ouvrait la pièce qui servait de salle à manger au major. Oscar se souvint d'y avoir vu les chemises sans repassage du vieil homme posées sur le dossier des chaises. Mais, ici aussi, Rose et Betty s'étaient activées. Tout était propre et rangé. Les vieilles boîtes en cartons et les piles de journaux jaunis avaient disparu. La table était correctement cirée, et flanquée de quatre chaises.

Un escalier raide et étroit en partait. Oscar et Elfrida s'y risquèrent pour inspecter les deux chambres de l'étage. Dans la chambre du major Billicliffe, seules deux antiques valises de cuir, solidement fermées, témoignaient encore de son passage sur terre. Rose et Betty avaient dû y mettre ses vêtements les moins abîmés, devina Elfrida. La courtepointe en coton et les descentes de lit avaient été lavées.

— On pourrait presque emménager tout de suite, fit remarquer Elfrida avant d'ajouter en toute hâte, de crainte d'être prise au mot : Si nous en avions envie !

— Ma chère, je ne pense pas que nous ayons envie, ni toi ni moi.

La deuxième chambre était plus petite et la salle de bains, construite également en parpaings juste au-dessus de la cuisine, moins catastrophique que Rose l'avait annoncé, mais assez spartiate. On n'avait pas envie d'y passer des heures à se prélasser dans un bain de mousse parfumée. La baignoire aux pieds apparents était tachée et rouillée, le lavabo fendu, et le linoléum se décollait dans les angles. Un essuie-mains propre mais usé jusqu'à la trame était posé sur une barre en bois. Rose ou Betty avait mis un savon neuf sur le lavabo.

La salle de bains, comme la cuisine, possédait cependant un atout majeur : on y bénéficiait d'une très belle vue. Non sans difficulté, Elfrida parvint à ouvrir la fenêtre. Elle se pencha à l'extérieur. Tout était très paisible et silencieux, hormis les arbres qui murmuraient comme sous l'effet d'une brise mystérieuse, indécelable. Deux courlis traversèrent le ciel en direction de l'estuaire, lançant leur triste appel solitaire. A ses pieds s'étendait le jardin abandonné : un gazon en piteux état, des touffes de mauvaises herbes, deux poteaux rouillés entre lesquels pendait une vieille corde à linge. On avait l'impression que rien n'avait été fait depuis des années. Elfrida ne se sentait pourtant ni déprimée ni découragée devant ce spectacle. Le même paysage qu'elle avait admiré depuis la fenêtre de Rose se déployait devant elle — les champs en pente douce, l'eau bleue scintillant sous le soleil et les collines à l'horizon. Cette maison qui n'avait pas connu beaucoup de jours heureux, se dit-elle, faisait pourtant bonne impression. Elle avait été négligée, certes, mais la situation n'était pas désespérée. Pour reprendre vie, elle avait seulement besoin, comme un être humain, de rires et de soins affectueux. Le seul vrai point noir était l'absence de tout système de chauffage.

Derrière elle, s'éleva la voix d'Oscar :

— Je sors. Je vais inspecter mes terres !

— Bonne idée ! Tu vas éclater d'orgueil en voyant tes plants de séneçon !

Elle l'entendit descendre l'escalier puis siffler Horace et attendit de le voir sortir par la porte de la cuisine. Debout dans le soleil, il « inspectait ses terres » du regard. Puis, Horace sur ses talons, il entreprit d'explorer le jardin dans toute sa longueur. Quand il arriva au bout, à la barrière délabrée qui en marquait la limite, il s'accouda à l'un des piliers, observant les oiseaux de mer sur le rivage.

Je dois lui acheter des jumelles, pensa Elfrida. Il avait l'air à l'aise et bien dans sa peau, un campagnard qui rentrait enfin chez lui.

Elle sourit, ferma la fenêtre et retourna dans la plus petite des deux chambres pour la réexaminer rapidement. Celle-ci serait pour Lucy. Elle évalua la surface d'un œil critique. Y aurait-il assez de place pour le bureau dont Lucy aurait besoin pour faire ses devoirs ? Oui, c'était envisageable à condition de remplacer l'énorme lit de deux personnes en chêne patiné par un simple divan. En revanche, elle ne voyait pas comment remédier au peu de lumière résultant de l'exposition de la pièce au nord. Peut-être pouvait-on arranger quelque chose du côté du mur ouest...

Un bruit de voiture interrompit ses réflexions. Elle regarda par la fenêtre : la Discovery de Sam cahotait sur le chemin et, passé le virage, vint s'arrêter devant le portail ouvert. La porte arrière s'ouvrit et Lucy en jaillit.

— Elfrida !

Sa voix débordait de gaieté, comme si, pour une fois, tout allait bien dans sa vie. Elfrida se sentit bêtement heureuse et optimiste, se précipita dans l'escalier, ouvrit la porte d'entrée à toute volée et tendit les bras à la fillette.

Lucy s'y jeta, lui annonçant les nouvelles à toute vitesse, d'une voix qui tremblait d'excitation. Elfrida n'avait pas eu le temps de dire un mot.

— Oh, Elfrida ! Tout est arrangé ! Carrie a eu maman. Elle a été terriblement surprise et il a fallu tout lui expliquer *deux fois* avant qu'elle comprenne. Carrie a été incroyablement convaincante. Elle lui a dit qu'elle devait penser à *elle* et à *Randall*, faire un beau voyage de noces et prendre son temps pour rentrer en Angleterre. Maman a dit qu'ils voulaient passer leur lune de miel à Hawaii et, ensuite, aller à Cleveland pour voir l'autre maison de Randall, et que tout cela prendrait beaucoup de temps. Elle a dit que c'était très, très gentil de votre part de me prendre chez vous et que je pouvais rester avec vous !

Aussi soulagée et heureuse qu'elle fût, Elfrida réussit à garder l'esprit pratique.

— Et ton école ? Celle de Londres ?

— Maman va régler ça. Elle va appeler Miss Maxwell-Brown pour tout lui expliquer et lui demander de garder ma place pour l'été prochain, au cas où je voudrais y retourner. Elle voulait vous parler mais Carrie a dit que vous étiez ici. Maman a dit qu'elle rappellerait une autre fois pour vous parler. Elfrida, est-ce que cette maison n'est pas adorable ? Mais que fait cette vieille voiture ici ?

— Elle rouille !

— Où est la vôtre ?

— Chez Rose.

— Nous nous demandions si vous ne l'aviez pas vendue à un garage pour acheter celle-ci.

— Il n'en est pas question !

— Elle marche ?

— Je l'ignore.

— Rory saura la faire démarrer. Oh, encore une chose, Elfrida. Rory a reçu une lettre. Il part au Népal à la mi-janvier. C'est génial, n'est-ce pas ? Le seul ennui, c'est qu'il sera absent pendant mon trimestre à Creagan. Mais il reviendra au mois d'août pour préparer sa rentrée universitaire. Elfrida, c'est le salon ? Oh, vous avez déjà fait du feu ! On est bien, ici. Où est Oscar ?

— Dans le jardin.

— Par où on passe pour y aller ?

— Par la porte de la cuisine...

Sans perdre de temps, Lucy se rua dans le jardin en appelant Oscar. Carrie apparut à son tour, titubant sous le poids d'un énorme panier qui débordait de bouteilles Thermos. De son bras libre, elle retenait contre elle d'autres bouteilles.

— Nous sommes là ! Désolée d'arriver si tard. J'espère que nous ne vous avons pas fait attendre.

Elle posa lourdement le panier par terre. Ensuite, se redressant, elle leva son poing serré en signe de victoire.

— J'ai réussi ! dit-elle. Tout s'est bien passé avec Nicola. Nous avons obtenu l'accord des autorités ! Lucy peut rester et aller à l'école à Creagan. Nicola t'appellera pour parler de sa contribution financière à la pension de Lucy.

— Je n'y avais pas pensé, reconnut Elfrida.

— Non, cela ne m'étonne pas ! De plus, Nicola te fera l'honneur de sa présence quand elle reviendra dans ce pays. A mon avis, elle se voit prendre la route du Nord dans une voiture de luxe avec Randall Fischer au volant, histoire d'étaler sa nouvelle richesse et de voir ces bêtes curieuses que vous êtes pour elle, toi et Oscar.

— Carrie, ne sois pas sarcastique.

— Elle ne se gênera pas pour jouer les grandes dames !

— Cela n'a aucune importance. Nous avons obtenu ce que nous voulions. Bravo, Carrie !

Elles se serrèrent l'une contre l'autre, triomphantes. Quand elles se séparèrent, Carrie prit un pas de recul et regarda Elfrida d'un air sérieux.

— Elfrida, tu me promets que ce ne sera pas trop fatigant pour vous deux ?

Elfrida secoua la tête.

— Ce ne devrait pas être un problème.

— Tu prends une lourde responsabilité.

— Ne dis pas cela. Surtout pas !

— A quoi ressemble la maison ?

— Il y fait froid. C'est pour cela que nous avons allumé le feu.

— Je peux faire le tour du propriétaire ?

— Bien sûr !

— C'est la cuisine, ici ?

— Sinistre, n'est-ce pas ?

— Mais pleine de soleil ! Regarde, c'est Oscar...

Elle sortit dans le jardin en passant par la porte de la cuisine.

— *Oscar !*

Elfrida souleva le panier, le traîna jusqu'à la cuisine et le posa sur la table. Sam la rejoignit au même moment, les bras chargés d'un carton d'épicerie qui paraissait très lourd.

— Tout cela pour un simple pique-nique ? demanda-t-elle avec stupéfaction.

— De quoi faire la fête. Où puis-je le mettre ?

— Ici, à côté du panier. Où est Rory ?

— Il regarde ce qu'il peut tirer de la voiture du major Billicliffe. Elle fait une vilaine impression, là où elle est. Savez-vous où est la clef de contact ?

— Aucune idée.

— Nous pouvons toujours desserrer le frein et la pousser hors du chemin. Elle déprécie votre nouvelle propriété !

Il alla à la fenêtre pour regarder dehors. Là-bas, au bout du jardin, Oscar, Carrie et Lucy remontaient lentement vers la maison.

— Quelle vue remarquable ! dit-il. C'est une bonne maison, Elfrida. Elle donne une sensation de solidité.

La remarque de Sam la fit rayonner, comme une mère dont on admire l'enfant.

— C'est aussi ce que je pense.

Le pique-nique de la veille de Noël à Corrydale, le premier d'une longue série, laissa le souvenir d'un festin itinérant. Ils commencèrent par un verre de vin auprès du feu qui crépitait joyeusement, puis glissèrent peu à peu vers le jardin. Cela semblait presque sacrilège de rester à l'intérieur par une si belle journée. Rory et Lucy furent les premiers à sortir. Les autres les rejoignirent peu après, prenant place sur des chaises empruntées à la cuisine ou sur les coussins du canapé. Pour plus de confort, Rory avait emprunté l'épais tapis de sol de la voiture de Sam. L'air restait froid mais le soleil brillait et, à l'abri de la maison, on ne sentait pas le moindre souffle de vent.

Carrie et Sam avaient fait les choses en grand. Ils avaient apporté de la soupe chaude corsée d'un peu de sherry qu'ils dégustèrent dans des mugs en porcelaine ; des petits pains au lait garnis d'épaisses tranches de jambon avec de la moutarde anglaise ; une quiche ; des cuisses de poulet ; de la salade de tomates ; des pommes vertes croquantes et du cheddar. Une Thermos de café bouillant couronna le tout.

Elfrida, assise sur un coussin, le dos appuyé au mur, leva le visage vers le soleil et ferma les yeux.

— C'est le meilleur pique-nique de ma vie, dit-elle. Merci, Carrie. Mais j'ai un peu trop bu, je pourrais dire des bêtises. Pour un peu, je me croirais à Majorque.

Oscar se mit à rire.

— Si l'on oublie que tu as ton gros manteau !

Rory et Lucy, qui s'étaient partagé pour finir un grand sac de chips et une tablette de chocolat, avaient disparu depuis un moment à l'intérieur de la maison pour en faire le tour. Quand ils revinrent, Lucy se montra très enthousiaste.

— C'est génial, Oscar !

— A cela près, dit Rory à sa façon directe, que vous devrez faire installer le chauffage. C'est le pôle Nord, là-dedans !

— Rory, protesta Carrie, la maison est inhabitée depuis un certain temps et il a neigé. Nous sommes en décembre ! Ce n'est pas une saison particulièrement chaude.

— Non, intervint Oscar d'un ton ferme. Rory a raison. Le chauffage doit être notre priorité. Que voulez-vous faire maintenant, vous deux ?

— Nous pensions que nous pourrions aller au bord de l'eau avec Horace.

Oscar, qui s'était assis sur le seuil de la cuisine pour manger, finit rapidement sa tasse de café.

— Je vous accompagne, dit-il.

Il tendit une main à Rory pour qu'il l'aide à se relever.

— Après un pareil festin, j'ai besoin de bouger. Qui vient avec nous ?

— Moi ! dit Carrie.

— Pas moi, refusa Elfrida. Pourquoi ne pouvez-vous pas rester assis tranquillement ? Nous sommes tellement bien, ici.

— Si nous restons ici, ma chérie, il fera nuit avant que nous ayons fait un pas. Et vous, Sam ?

— Je reste avec Elfrida. J'aimerais me faire une idée de l'état des lieux.

Visiter le cottage avec Sam se révéla très différent de ce que cela avait été avec Oscar. Avec lui, Elfrida s'était contentée de passer de pièce en pièce, finalement soulagée de ne pas trouver la maison aussi décrépie qu'ils l'avaient craint. Sam se montra infiniment plus réaliste et méticuleux, comme elle s'y attendait. Il sonda les murs, ouvrit les robinets, vérifia les fenêtres et les installations électriques, et s'abstint de tout commentaire quand Elfrida lui dévoila les horreurs de la salle de bains en parpaings. Ils finirent par le salon, où le feu était en train de s'éteindre. Elfrida remit des bûches sur les braises mourantes qu'elle attisa du bout du tisonnier. Sam n'avait presque rien dit, avait fait si peu d'observations qu'elle commençait à s'inquiéter. Peut-être avait-il déjà condamné l'héritage d'Oscar, peut-être estimait-il la maison impropre à loger qui que ce soit.

— Qu'en pensez-vous, Sam ? demanda-t-elle, la voix un peu tendue.

— Je pense qu'il y a beaucoup de possibilités. Et le site est extraordinaire... Donnez-moi un instant, j'ai quelque chose à prendre dans la voiture. L'électricité marche ? Nous pourrions peut-être allumer une ou deux lampes, il commence à faire sombre, ici.

Elle essaya les interrupteurs pendant qu'il s'absentait. Le plafonnier dispensa une faible lueur. L'ampoule était-elle prête à flancher ou bien était-ce un nouvel exemple du mode de vie étriqué du major ? Une lampe près de la cheminée, une autre sur le bureau. Le salon prenait tout de suite meilleure allure. Sam revint, un bloc de papier et un stylo à la main.

Ils s'assirent côte à côte sur le canapé. Sam sortit ses lunettes de sa poche.

— Bon, dit-il en les mettant. Parlons net. Avez-vous l'intention de vivre dans la maison sans rien changer ou voulez-vous faire quelques améliorations ?

— Cela dépend... dit prudemment Elfrida.

— De quoi ?

— Du coût des travaux.

— Supposons... dit-il en traçant les premières lignes d'un plan sur son bloc. Supposons que, pour commencer, vous démolissiez la cuisine et la salle de bains actuelles. Elles sont laides, inutilisables, et vous empêchent de profiter de la lumière du sud. A mon avis, vous devriez aussi casser le mur entre les deux pièces du bas. Ce n'est que du Placoplâtre et je ne pense pas qu'il serve de mur porteur. Cela vous donnera une grande pièce d'un seul tenant. Je vous suggère de transformer la salle à manger en cuisine, quitte à faire ajouter une petite salle à manger sur la façade sud. Elle pourrait être vitrée au sud et à l'ouest pour profiter de la vue et du moindre rayon de soleil. Cela vous donnerait aussi un coin abrité pour mettre quelques fauteuils de jardin. Une petite terrasse, en fait. C'est très agréable pour les soirées d'été.

— Et que faisons-nous de l'escalier ?

— On le déplace contre le mur arrière.

— Et le réfrigérateur ? La machine à laver ? Les appareils ménagers, comme on dit ?

— On les inclut dans une cuisine intégrée. Il y a déjà un conduit de cheminée. Vous pouvez donc installer un Aga ou un Raeburn qui vous assurera une chaleur régulière en été comme en hiver. Et en cas de canicule, ce qui est peu probable dans cette région du monde, vous n'avez qu'à ouvrir les portes et les fenêtres.

— Cela vous paraît plus intéressant qu'un chauffage central ?

— Sincèrement, oui. Vous avez une très bonne construction en pierre. Il suffira d'une bonne isolation pour qu'elle garde la chaleur. Vous avez aussi une cheminée dans le salon. Quant aux chambres, vous pouvez installer des radiateurs électriques. Et pour l'eau chaude, un ballon électrique. C'est très efficace et, en cas de coupure de courant, vous aurez toujours l'Aga.

— La salle de bains ?

— Une autre, dit-il en ajoutant quelques traits sur son plan. Au-dessus de la salle à manger.

— Il faut que Lucy puisse s'en servir.

— Aucun problème.

— La petite chambre est très sombre.

— Quand vous vous serez débarrassés de la salle de bains actuelle et du couloir, Lucy aura une fenêtre exposée au sud.

Elfrida contempla le plan de Sam, réfléchissant à ces suggestions toutes simples. Elle s'étonna de sa capacité à résoudre si rapidement autant de problèmes. L'idée de transformer le rez-de-chaussée en une unique grande pièce à vivre lui plaisait beaucoup. Elle s'imagina, assise avec Oscar devant le feu, comme en ce moment, avec le confort d'une cuisine moderne à l'autre extrémité de la pièce.

— Le couloir d'entrée ? risqua-t-elle.

482

— Supprimez-le. C'est un piège à courants d'air. En revanche, mettez des doubles vitrages et une porte d'entrée bien isolée.

Elfrida se mordilla le pouce.

— Combien tout cela va-t-il coûter ?

— Honnêtement, je ne sais pas.

— Pensez-vous... Pensez-vous que cela dépasserait quatre-vingt mille livres ?

Il éclata de rire, tout son visage plissé d'amusement.

— Non, Elfrida, je ne crois pas que cela coûte aussi cher ! Il ne s'agit pas de tout reconstruire mais d'adapter le bâtiment existant. Le toit paraît sain, ce qui est l'essentiel. Pas de traces d'humidité, non plus. Mais je pense que vous devriez demander l'avis d'un expert. Vous auriez aussi intérêt à refaire l'installation électrique. Même en ce cas, quatre-vingt mille livres suffiraient très largement.

Il ôta ses lunettes et plongea son regard dans le sien.

— Avez-vous autant d'argent ?

— Non, mais j'espère l'avoir. Jamie Erskine-Earle va mettre mon horloge dans une vente. Nous ne vous l'avons pas encore dit, mais il semblerait que ce soit un modèle très rare, une pièce de collection, très chère.

— Quatre-vingt mille ?

— C'est ce qu'il a dit. Elle pourrait même aller à quatre-vingt-cinq.

— Dans ce cas, vous n'avez plus de problème. Je suis très heureux pour vous, Elfrida. Foncez, maintenant !

— Il nous faudra un architecte, un permis de construire et je ne sais quoi encore...

— Pourquoi ne prendriez-vous pas la femme du docteur ? Janet Sinclair ? Elle est architecte. Confiez-lui votre chantier. Elle a l'avantage d'être d'ici. Elle connaît les meilleurs artisans, les entrepreneurs, les plombiers...

— Combien de temps cela prendra-t-il ?

— Environ six mois, je pense. Je ne sais pas vraiment.

— Nous devrons rester à Estate House tant que ce ne sera pas prêt.

— Bien entendu.

— Mais vous, Sam ?

— Je peux attendre. Je ne vais pas vous jeter à la rue !

— Mais où irez-vous ?

— Je me débrouillerai.

Une idée jaillit dans l'esprit d'Elfrida qui, à sa manière spontanée, lui en fit aussitôt part :

— Vous n'avez qu'à rester avec nous ! A Estate House. Vous, Lucy, Oscar et moi. Vous avez déjà votre chambre. Autant la garder.

Sam ne put s'empêcher de rire à nouveau.

— Elfrida, vous devriez bien réfléchir avant de faire ce genre de proposition !

— Pourquoi ?

— Parce que vous changeriez peut-être d'avis ! Par ailleurs, vous devez d'abord en parler avec Oscar. L'idée pourrait lui déplaire.

— Oh ! Oscar sera enchanté de vous avoir à la maison. Comme moi. J'apprendrai un nouveau métier : loueuse de meublés ! Vous savez, j'ai déjà fait beaucoup de choses dans ma vie. J'ai été comédienne — pas très bonne, je vous l'accorde ! — et serveuse. Et, si je ne travaillais pas, femme de mauvaise vie et fabricante de coussins faits main. Maintenant, je vais être propriétaire. Je vous en prie, acceptez. J'ai la sensation curieuse qu'Estate House vous appartient déjà. Comme si elle avait été construite pour vous. C'est donc là que vous devez habiter dès maintenant.

— Merci, Elfrida. Dans ce cas, j'accepte, du moins si Oscar est d'accord.

Le soleil était presque couché quand les autres revinrent de leur promenade. Oscar et Carrie arrivèrent en premier, suivis d'Horace qui haletait de soif.

— Comment était-ce ? demanda Elfrida tout en cherchant un bol pour son chien dans les placards.

— Formidable ! répondit Carrie en dénouant son écharpe. Quel endroit magnifique ! Tous ces oiseaux au bord de l'eau : des canards, des cormorans, des mouettes... Et toi, avec Sam ?

— Sam est *génial* ! Le plan est pratiquement fait. Tu dois voir ça, Oscar. Nous n'aurons presque rien à faire. Juste démolir deux ou trois choses et en construire d'autres et trouver un Aga. Ne prends pas cet air épouvanté, Oscar ! C'est très simple. Nous demanderons à Janet Sinclair d'être notre architecte. Sam pense que nous devrions faire établir un diagnostic général par un spécialiste et refaire l'installation électrique mais qu'il n'y aura *aucun* problème. Viens voir...

Une demi-heure s'écoula avant le retour de Rory et Lucy. Cela avait permis à Sam d'exposer ses idées à Oscar, qui s'était laissé convaincre et avait donné son accord. Carrie approuvait aussi les transformations projetées.

— Vous savez, j'ai toujours beaucoup aimé les grandes pièces à plan ouvert pour le rez-de-chaussée des petites maisons. L'extension au sud vous donnera beaucoup de lumière. Sam, vous êtes vraiment fort. *Très* fort ! Où avez-vous appris à agencer une maison ?

— Depuis deux mois. Je vis au milieu des plans, des projets, des bleus d'architecte et des plans en élévation. Il faudrait être stupide pour ne pas apprendre deux ou trois choses dans ces conditions...

Le jour déclinait rapidement. Carrie consulta sa montre et déclara qu'il était temps de rentrer. Lucy devait finir de mettre la table pour le réveillon du lendemain et Carrie avait à préparer un grand plat chaud et copieux pour le soir même.

— Allons-nous à la messe de minuit, Elfrida ?

— Je pense. Oscar n'en a pas envie, mais moi j'irai.

— Moi aussi, comme Lucy et Sam. Nous dînerons tard, sinon la soirée risque d'être très longue.

— Nous pourrons jouer aux cartes, intervint Oscar. J'en ai trouvé quelques paquets dans le tiroir du bas de la bibliothèque. Qui sait jouer à la canasta à trois jeux ?

— Vous voulez dire la samba ? demanda Sam. Moi, je sais ! C'était la folie à New York, quand j'y étais.

— Moi, je ne sais pas, se plaignit Lucy.

— Ce n'est pas grave, lui dit Sam. Tu joueras avec moi.

Il restait à ranger les restes du pique-nique. Peu après, le premier groupe repartit dans la voiture de Sam. Elfrida, Oscar et Horace restèrent en arrière pour fermer la maison. Ils sortirent sur le seuil pour assister au départ des autres.

Il était seulement quatre heures de l'après-midi mais le crépuscule allongeait déjà ses ombres bleues tandis que le fin croissant de la nouvelle lune brillait dans le ciel de saphir. Les collines enneigées devenaient presque phosphorescentes dans cette étrange lumière. Plus bas, la marée descendante vidait le loch, découvrant les bancs de sable. Quelques courlis se voyaient encore, volant à la surface de l'eau, mais les autres oiseaux s'étaient tus.

Les feux arrière de la Discovery disparurent dans le tournant du chemin. Oscar et Elfrida attendirent sur le seuil jusqu'à ce que le dernier écho du moteur se soit éteint, puis ils rentrèrent.

— Je n'ai pas envie de partir, dit Elfrida. Je voudrais que cette journée ne finisse jamais.

— Nous pouvons rester encore un moment.

Oscar s'assit avec lassitude dans le canapé, à la place que Sam avait occupée un peu plus tôt. Les jeunes l'avaient entraîné dans une promenade plus longue qu'il ne l'aurait voulu et il se sentait très fatigué. Elfrida mit la dernière bûche dans le feu avant de s'asseoir en face d'Oscar. Elle tendit ses doigts glacés vers la flamme.

— Nous allons nous installer ici, n'est-ce pas, Oscar ?

— Si cela te plaît.

— Oui, cela me plaît. Mais toi ?

— Oui. Je reconnais que cela ne m'enthousiasmait pas mais, maintenant, après cette visite et avec les plans de Sam, je crois que c'est exactement ce qu'il nous faut.

— C'est très excitant ! On repart à zéro. Un architecte, quelques artisans, et tout sera refait à neuf. Une de mes odeurs préférées est celle du plâtre encore humide. Juste avant celle de la peinture fraîche.

— Et pour les meubles ?

— Nous pouvons nous débrouiller avec ceux d'ici, au début. Nous pourrions aussi faire un tour dans les ventes aux enchères et nous offrir une ou deux jolies choses. Mais la priorité absolue est de transformer la maison à notre goût. Bien chauffée, pleine de lumière et d'espace. Avec un Aga et une cuisine appétissante. Avoir chaud est le point essentiel. Je ne comprends pas comment le major Billicliffe a pu vivre aussi longtemps sans mourir d'hypothermie.

— C'était un homme de la vieille école. Une bonne veste en tweed épais, des caleçons longs en laine, et on essaye de faire croire qu'on ne sent pas le froid !

— Tu ne seras jamais comme ça, Oscar ? Je ne supporterais pas que tu mettes des caleçons longs !

— Avec un peu de chance, cela ne risque pas d'arriver !

La nuit envahissait le jardin, à présent. La silhouette des arbres nus se fondait dans l'obscurité.

— Je pense que nous devons partir, maintenant, dit Elfrida avec un soupir de regret. Je ne veux pas tout laisser à Carrie.

— Attends, lui dit Oscar. Je veux te parler.

— De quoi ?

— De nous.

— Mais...

Elle allait dire : « Nous avons parlé de nous toute la journée », mais Oscar l'interrompit.

— Ecoute-moi. Je te demande seulement de m'écouter.

Il avait l'air si sérieux qu'elle quitta sa chaise pour s'asseoir tout près de lui sur le vieux canapé. Oscar lui prit la main, dans un geste qui lui rappela celui qu'il avait eu, dans la cuisine de la Grange, ce jour où ils ne trouvaient rien à se dire, ni l'un ni l'autre, pour atténuer le choc de la mort de Gloria et Francesca.

— Je t'écoute, lui dit-elle.

— Cette maison est un nouveau tournant que nous allons prendre ensemble. Ensemble. Un véritable engagement. La refaire, dépenser des sommes importantes et y vivre. De plus, Lucy va y passer un certain temps, elle aussi. Ne penses-tu pas que le moment est venu de nous marier ? D'être mari et femme ? C'est une simple formalité, je le sais, car nous pourrions difficilement être plus mariés que nous ne le sommes ! Mais cela scellerait notre union... pas au sens moral du terme mais comme une affirmation de notre confiance en l'avenir.

Elfrida sentit qu'elle allait bêtement se mettre à pleurer.

— Oh, Oscar...

Elle reprit sa main pour chercher son mouchoir. Elle se souvenait d'avoir pensé, un jour, que les personnes âgées sont hideuses quand elles pleurent.

— ... Oscar, tu n'as pas besoin de m'épouser. Il y a si peu de temps qu'elles sont mortes. Tu as eu si peu de temps pour t'en remettre. Et tu ne dois pas t'inquiéter pour moi. Je ne suis pas une femme de ce genre. Je serais très heureuse de passer le reste de ma vie avec toi mais je ne veux pas que tu te sentes obligé de m'épouser.

— Je ne me sens pas obligé, Elfrida. Je t'aime et je t'honore — pour reprendre la formule consacrée — quelle que que soit la situation. De plus, je ne crois pas que nous nous souciions beaucoup de l'opinion des autres. Toutes choses étant égales, j'aurais été heureux de continuer à vivre avec toi même sans rien changer. Mais nous devons penser à Lucy, maintenant.

— Quelle différence cela fait-il ?

— Ma chérie, jusqu'à présent les gens de Creagan nous ont acceptés avec beaucoup de gentillesse et d'indulgence. On ne nous a pas posé de questions. Personne ne nous a jeté la pierre. Mais c'est différent pour Lucy. Elle ira à l'école de Creagan. Les

487

enfants ne sont pas toujours très tendres entre eux. Il risque d'y avoir des rumeurs et, même aujourd'hui, certains parents pourraient se montrer d'esprit étroit. Je ne veux pas que Lucy subisse cela. Nous devons aussi tenir compte du nouveau mari de Nicola. Nous ne savons rien de lui. C'est certainement un type très correct mais il pourrait aussi bien faire partie de ces individus qui affichent un code moral rigide et sans indulgence. Nicola viendra avec lui, tôt ou tard. Je ne veux pas leur donner la moindre raison d'emmener Lucy à Cleveland contre sa volonté.

— Tu crois qu'il refuserait de nous la laisser sous prétexte que nous vivons dans le péché ?

— Exactement.

— Alors, pour le bien de Lucy, il faut nous marier.

— Pour dire les choses simplement, oui.

— Mais Gloria...

— Si une femme aurait compris, c'est bien Gloria.

— Cela fait si peu de temps, Oscar.

— Je sais.

— Tu es sûr de toi ?

— Oui, ma chérie. Car, si une chose est sûre, c'est que tu m'as aidé à m'en sortir. Grâce à toi, une affreuse période de ma vie est devenue supportable et même heureuse. Tu as l'art de semer la joie autour de toi. Nous ne pouvons pas faire machine arrière. Nous ne pouvons pas changer le passé, ni pour toi ni pour moi, mais nous pouvons changer le présent, et tu m'as prouvé qu'il peut être agréable. Un jour, je t'ai dit que tu réussis toujours à me faire rire. Et tu m'as fait t'aimer. Je n'imagine plus l'existence sans toi. Je te demande d'être ma femme. Si je n'avais pas les articulations aussi raides, je te l'aurais demandé à genoux !

— Je n'aimerais pas du tout cela.

Elfrida avait fini par trouver son mouchoir et se moucha avec énergie.

· Mais je serai très, très heureuse de me marier avec toi. Merci de me l'avoir demandé.

Elle remit son mouchoir dans sa poche et Oscar lui reprit la main.

— Nous voilà donc fiancés. Préfères-tu l'annoncer ou garder le secret ?

— Garder le secret pour le savourer juste entre nous. Du moins pour quelque temps.

— Tu as raison. Il y a déjà tellement de choses en perspective. Laissons passer Noël. Après, je t'emmènerai à Kingsferry pour que tu choisisses une bague en diamant et nous pourrons crier notre bonheur au monde entier !

— Oscar, en toute sincérité, je ne suis pas folle des diamants.

— Que veux-tu, alors ?

— Une aigue-marine ?

Oscar éclata de rire et l'embrassa. Ils auraient volontiers passé la soirée au cottage si la dernière bûche n'avait pas fini de se consumer, laissant le froid s'installer à nouveau. Il était temps de partir. Dehors, la température avait brutalement chuté. Le vent du nord faisait trembler les branches du grand hêtre, de l'autre côté du chemin.

Les mains au fond des poches de son manteau, Elfrida regarda une dernière fois autour d'elle. Le croissant de lune montait dans le ciel et la première étoile clignotait.

— On reviendra, dit-elle sans s'adresser à personne en particulier.

— Bien sûr ! dit Oscar qui fermait la porte.

Il la prit par le bras et, Horace sur leurs talons, ils partirent dans la pénombre bleutée.

La veille de Noël

Il est presque huit heures du soir et il y a encore mille choses à faire mais si je n'écris pas tout, tout de suite, ce sera perdu pour toujours. Il s'est passé beaucoup de choses. Le pire a été le téléphone de maman, hier, au milieu de la réception d'Elfrida. Je crois qu'il ne m'était jamais rien arrivé de pire. Je ne voyais qu'une chose : je serais obligée d'aller en Amérique et perdre tous mes amis ou de vivre toute seule à Londres avec mamy. Dans les deux cas, on ne voulait pas de moi et je me serais sentie malheureuse. J'ai pleuré comme une folle, à m'en rendre malade, et j'ai fait une affreuse scène à Carrie. Mais maintenant, tout est arrangé. Je vais vivre ici avec Oscar et Elfrida, dans l'immédiat. C'est grâce à Rory ! Je suis vraiment contente que nous ayons eu le temps de parler quand il a installé la télévision. Comme cela, il savait ce que je ressens, même s'il était le seul à le savoir. C'est mon meilleur ami. Il part au Népal dans une quinzaine de jours et il ne tient plus en place. Il va me manquer mais je le reverrai à son retour, au mois d'août. Je ne sais pas comment la situation évoluera d'ici l'été, mais je dois me débrouiller pour le revoir à ce moment-là. J'aurai quinze ans, cela fait plus sérieux que quatorze. Ce matin, je me suis réveillée en sachant que tout irait bien. C'était comme si on m'avait enlevé un grand poids de l'esprit. Carrie a tout expliqué à mamy et à maman et elle les a convaincues toutes les deux de donner leur accord. En réalité, cela n'a pas pris beaucoup de temps ! Ensuite, j'ai parlé avec maman et je me suis retenue d'avoir l'air trop contente, de peur de la vexer et de la faire changer d'avis.

Ensuite, Rory est arrivé et nous sommes partis pique-niquer à Corrydale dans la voiture de Sam. J'avais très envie d'y aller. C'est un endroit merveilleux et il faisait très beau. Le cottage d'Oscar est très mignon. Il y en a quelques autres, pas trop loin, et des arbres immenses, avec une vue très dégagée sur la rivière et les collines. C'était incroyablement calme, juste les oiseaux, pas de bruits de voitures. La maison est plutôt petite et assez sale. Surtout, il y faisait très froid mais Oscar a allumé le feu et ça s'est amélioré. Il n'y a que deux chambres et la mienne manque de lumière mais, d'après Elfrida, elle sera bien mieux après les travaux. Sam a eu plein d'idées géniales. Le jardin est mal entretenu mais il y a une sorte de petite terrasse où nous nous sommes installés pour pique-niquer. Elfrida m'a dit qu'il y a une famille dans la ferme d'à côté, les Cooper, avec d'autres enfants qui vont aussi à l'école à Creagan. Je pourrai partir avec eux, le matin.

Nous sommes repartis avec Sam. On a laissé Rory au presbytère et Carrie a fait pour le dîner un plat énorme qui s'appelle une tortilla. Cela se fait avec des poireaux et des pommes de terre, des œufs, du bacon et plein d'autres bonnes choses. Pendant qu'elle préparait la tortilla, j'ai fini de mettre la table pour le réveillon de demain. J'ai mis les bougies et j'ai plié les serviettes. Il y a un bol avec du houx au milieu de la table et cela donne un air de fête. Quand on allumera le feu, cela ressemblera tout à fait à une carte de Noël. Carrie a dit qu'il manque juste cet oiseau rouge qu'on appelle un cardinal.

On va jouer aux cartes pour faire passer le temps avant la messe de minuit. Oscar ne veut pas venir avec nous. Je ne sais pas combien de temps il faudra pour rendre le cottage habitable mais cela risque d'être long. J'adorerais y passer l'été. Elfrida a dit qu'on verra. En attendant, je suis très bien ici. Sam va rester comme pensionnaire jusqu'à ce que tout soit organisé.

Je n'arrive pas à croire que j'aie pu être aussi malheureuse et, du jour au lendemain, me retrouver aussi heureuse.

La prochaine fois que je reprendrai mon journal, Noël sera passé.

Elfrida essayait de tenir toutes ses cartes en éventail et, en même temps, de décider laquelle elle allait jeter. Elle n'avait plus de deux ni de trois et hésitait, craignant que Carrie n'ait une paire et, dans ce cas, une paire de quoi ? Le tas de cartes rejetées était trop important pour sa tranquillité. Ils étaient presque à la fin de la partie et, si Carrie prenait la main maintenant, Elfrida et Sam auraient perdu.

— Joue, Elfrida ! dit Oscar qui perdait patience. Un peu de courage ! Jette une carte dont tu ne veux pas.

Elle serra donc les dents et jeta le huit de cœur, s'attendant à un cri de joie de la part de Carrie. Mais Carrie refusa de la tête et Elfrida soupira de soulagement.

— Je ne supporte pas cette tension ! dit-elle. Si on n'allait pas à l'église, je me serais accordé un autre verre bien tassé...

Il était onze heures dix, et ils jouaient les derniers coups. Elfrida et Sam étaient en tête au nombre de points mais la tension ne retomberait pas tant que la dernière carte ne serait pas retournée. Elfrida avait joué à la samba, longtemps avant, du temps de Jimbo. Il leur arrivait de jouer toute une soirée avec un couple d'amis. Elle avait un peu oublié les règles du jeu mais, peu à peu, les vieilles astuces et son habileté lui étaient revenues. Oscar et Sam étaient de vieux habitués rompus à toute la finesse du jeu. Carrie et Lucy débutaient. Carrie avait rapidement compris et Lucy jouait avec Sam, qui lui expliquait patiemment les coups. Dès la fin du premier tour, il la laissait choisir les cartes à écarter, sans s'énerver quand elle se trompait.

Carrie prit deux cartes et étala une samba. Oscar fit un petit bruit de gorge approbateur. Carrie écarta le quatre de pique.

— Si vous prenez mon quatre, Sam, je vous étrangle à mains nues !

— Je ne le prends pas.

— Il n'y a plus que quatre cartes, fit remarquer Lucy.

— Le jeu s'arrête quand il n'y en a plus, lui expliqua Sam. Choisis-en deux, Lucy et voyons ce que nous avons en main.

C'est ce moment-là que choisit le téléphone pour sonner.

— Ce satané téléphone ! ragea Oscar. Qui peut bien nous déranger à cette heure ?

— Je vais voir, dit Elfrida.

Mais Oscar avait déjà posé ses cartes et se levait. Il sortit en refermant la porte du salon derrière lui. Du palier, Elfrida l'entendit répondre « Estate House ».

Un silence suivit, sans doute parce que le correspondant exposait le motif de son appel. Oscar murmura une réponse qu'elle ne saisit pas et il revint aussitôt après.

— Qui était-ce ? demanda Elfrida, intriguée.

— Rien, une erreur.

— Un faux numéro ?

Oscar s'absorba dans l'étude de ses cartes.

— Si c'est un faux numéro, pourquoi avez-vous répondu ? dit Sam avec une petite grimace.

La vieille plaisanterie fit rire Lucy qui, la tête inclinée sur son épaule, se demandait quelle carte rejeter.

La partie se termina sans coup gagnant mais Sam prit le papier sur lequel ils avaient marqué les points et fit les totaux. Lui et Elfrida étaient les grands vainqueurs aux points, annonça-t-il en ajoutant qu'Oscar avait sûrement prévu un prix digne de ce nom.

— Je ne vois pas pourquoi, répondit Oscar d'un ton très digne. Vous avez seulement eu beaucoup de chance. Cela n'a rien à voir avec le talent !

Après quoi, il posa ses cartes sur la table et se leva.

— J'emmène Horace faire un tour, dit-il.

Elfrida le regarda, l'air étonnée. Il faisait souvent sortir Horace dans le jardin avant la nuit mais ne l'emmenait jamais se promener aussi tard.

— Faire un tour ? Où vas-tu ? Au bord de la mer ?

— Je ne sais pas. J'ai besoin de prendre l'air et de me détendre les jambes. Autant emmener Horace. Je ne serai peut-être pas rentré avant que vous partiez à l'église mais j'attendrai votre retour. Passez un bon moment. Chante bien, Lucy !

— Promis ! dit-elle.

Et il quitta le salon.

Elfrida avait l'air perplexe.

— Bizarre... J'aurais cru qu'il avait assez marché aujourd'hui pour le reste de la semaine.

— Ne t'en fais pas, Elfrida, lui dit Carrie.

Elle était en train de rassembler les cartes et entreprit de les trier en fonction du décor du dos, bleu, rouge ou fleuri.

— Viens m'aider, Lucy. Occupe-toi du jeu à fleurs. J'ai adoré ce jeu. Il y a un moment subtil où on passe de la samba à la canasta. Le comptage des points est un peu compliqué, cependant. Vous devriez m'écrire la règle du jeu, Sam, pour que je ne l'oublie pas.

— Si vous voulez.

Les cartes, une fois triées, furent remises dans leurs boîtes et rangées. Elfrida fit le tour du salon, tapota les coussins pour les faire gonfler et ramassa les journaux qui traînaient par terre. Le feu rougeoyait encore et elle se contenta de mettre le pare-feu devant les braises.

— Nous ne devrions plus tarder, je pense, si nous voulons avoir une place assise. Il risque d'y avoir beaucoup de monde.

— C'est comme si on allait au théâtre, s'amusa Lucy. Est-ce qu'il fera froid dans l'église ? Il vaudrait peut-être mieux que je mette ma doudoune ?

— Certainement, et tes chaussures les plus chaudes.

Seule dans sa chambre, Elfrida se recoiffa, mit une couche supplémentaire de rouge à lèvres et se parfuma. Elle s'emmitoufla ensuite dans son manteau, le boutonna jusqu'au cou et mit son bonnet en forme de cache-théière. Assise sur le lit, elle enfila ses bottes à bordure de fourrure. Il lui restait à mettre dans sa poche un peu de monnaie pour la quête, un mouchoir au cas où elle se sentirait émue par les chants, et ses gants.

Prête ! Elle vérifia son reflet dans le miroir. Elfrida Phipps, qui deviendrait bientôt Mrs Oscar Blundell. Elle se trouva superbe. *Me voici, Seigneur, et merci !*

En descendant, elle passa par la cuisine pour s'assurer que tout était préparé pour le petit déjeuner de Noël et qu'elle n'avait pas laissé le gaz allumé sous une casserole, ce qui lui arrivait assez souvent. Horace était dans son panier.

Elle fronça les sourcils.

— Horace ? Je croyais qu'Oscar t'avait emmené en promenade.

Horace la regarda et agita la queue.

— Il t'a oublié ?

Horace ferma les yeux.

— Où est-il allé ?

Horace ne répondit pas.

Elle remonta et regarda dans le salon.

— Oscar ?

Mais le salon était vide et toutes les lumières éteintes. Pas d'Oscar en vue. Sur le palier, elle trouva Sam en train de mettre son manteau bleu marine.

493

— Oscar a disparu ; il n'a pas emmené Horace.

— Peut-être est-il allé prendre un verre au pub, répondit Sam avec un sourire.

— Quelle drôle d'idée !

— Ne vous inquiétez pas, Oscar est un grand garçon.

— Je ne m'inquiète pas.

Et c'était vrai. Elle ne s'inquiétait pas, elle se sentait seulement intriguée. Où Oscar avait-il bien pu aller ?

Lucy les rejoignit, dévalant l'escalier.

— Je suis prête, Elfrida ! Est-ce qu'il y aura une quête ?

— Oui. As-tu de la monnaie ?

— Cinquante pence. Cela suffit ?

— Largement ! Où est Carrie ?

— Elle finit de se préparer.

— Alors, nous partons toutes les deux, Lucy, pour réserver quatre places. Sam, voulez-vous bien attendre Carrie et nous rejoindre avec elle ?

— Bien entendu.

Elfrida et Lucy descendirent l'escalier quatre à quatre et, toujours debout sur le palier, Sam entendit claquer la lourde porte d'entrée.

De légers bruits lui parvenaient de la chambre de Carrie : des tiroirs qu'on ouvrait, une porte de commode qu'on refermait. Il attendait sans impatience. Tout au long de sa vie, il avait attendu des femmes, que ce soit dans un bar, un théâtre, ou un petit restaurant italien. Il avait attendu Deborah plus souvent qu'il ne pouvait s'en souvenir. Deborah n'était jamais à l'heure. Dans cette maison qui lui appartiendrait un jour, il attendait à présent Carrie.

— Oh, Sam !

Elle le découvrit sur le palier en sortant de sa chambre et se sentit confuse.

— Vous m'attendiez ? Je suis désolée, je ne trouvais pas mon écharpe en soie.

Elle portait son loden, sa toque de fourrure et ses hautes bottes cirées avec soin. L'écharpe vagabonde, un camaïeu de roses et de bleus, était souplement nouée autour de son cou élégant. Tout cela lui était à présent familier mais, pour Sam, elle n'avait jamais été aussi belle.

— Où sont les autres ? Déjà partis ?

Il lui dit « Oui », la prit par les épaules et l'embrassa. Il en rêvait depuis le soir où elle lui avait ouvert, en pleine tempête de neige. Son baiser dura donc très longtemps. Quand ils se séparèrent enfin, il vit qu'elle souriait, son beau regard sombre plein d'un éclat qu'il ne connaissait pas encore.

— Joyeux Noël, lui dit-il.

— Joyeux Noël, Sam. Il faut nous dépêcher, maintenant !

Quand Elfrida et Lucy traversèrent la rue, elles virent à la lumière des lampadaires que la place grouillait de voitures et de gens qui convergeaient vers l'église. Des gens s'interpellaient, se saluaient, se regroupaient tout en marchant.

— Elfrida !

Elles s'arrêtèrent et se retournèrent. Tabitha, Rory et Clodagh les rejoignirent.

— Bonsoir ! dit Elfrida. Je croyais que nous étions en avance mais on dirait que c'est le contraire. Je n'ai jamais vu autant de monde ici.

— Je sais. C'est amusant, n'est-ce pas ? répondit Tabitha qui avait mis son manteau écossais et une écharpe rouge. C'est toujours comme ça. Les gens viennent de loin... Malheureusement, nous avons un petit contretemps. Alistair Heggie, notre organiste, a la grippe et nous n'aurons donc pas de musique.

— Vous voulez dire que nous devrons chanter sans accompagnement ? s'exclama Elfrida d'un ton horrifié. Mais c'est affreux !

— On va se débrouiller. Peter a appelé Bill Croft, le réparateur de télévisions, et il a apporté un gros radiocassette. Nous passerons des enregistrements. C'est mieux que rien.

— Quelle déception... Pauvre Peter !

— On n'y peut rien. Venez, avec un peu de chance nous trouverons encore un banc libre.

Ils franchirent le portail, remontèrent l'allée jusqu'aux larges marches de pierre du porche et entrèrent par la porte à double battant, laissée grande ouverte pour l'occasion. La lumière se reflétait à l'extérieur, sur les graviers de l'allée. Elfrida reconnut la cassette qui passait à ce moment-là.

Dieu vous garde en paix,
Vous protège de tout trouble...

Le son était un peu artificiel et manquait d'ampleur. Un peu, se dit Elfrida, comme un de ces tourne-disques portables qu'on peut emporter en pique-nique. Déplacé et peu adapté.

Car le Christ est nôtre...

Le silence, soudain. Ou bien le lecteur de cassettes venait de tomber en panne ou bien quelqu'un l'avait débranché par inadvertance.

— Oh, non ! s'exclama Rory. Ne me dites pas que cette machine a aussi la grippe !

Au même instant, un flot de musique jaillit de l'orgue, résonna jusque sous la voute, s'échappa par la porte ouverte et retentit dans la nuit.

Elfrida s'immobilisa, pétrifiée. Elle regarda Tabitha qui ouvrait de grands yeux innocents. Elles restèrent un long moment silencieuses.

— Est-ce que Peter a téléphoné à Oscar ? demanda enfin Elfrida. Vers onze heures et quart ?

— Aucune idée, répondit Tabitha en haussant les épaules. Venez, les enfants, on va essayer de trouver de la place.

Elle se détourna et gravit rapidement les marches, suivie de ses deux enfants et de Lucy.

Elfrida prit le même chemin mais plus lentement. Un bel homme barbu l'attendait.

— Bonsoir, Mrs Phipps, dit-il en lui tendant un livre de psaumes.

Elle le prit machinalement, sans le regarder ni le remercier. L'église était presque pleine. Les paroissiens gagnaient leurs places, se penchaient les uns vers les autres pour bavarder à voix basse. La musique montait vers la voûte, éveillant l'écho de la vaste nef. Elfrida descendit l'allée centrale aux dalles bleues et rouges. Elle entrait dans la musique comme dans un océan sonore.

On lui toucha le bras et elle s'arrêta.

— Elfrida, nous sommes ici, lui dit Lucy. Nous avons gardé de la place pour toi, Sam et Carrie.

Elle parut ne rien entendre et ne fit aucun mouvement.

Le sapin de Noël, magnifiquement décoré, étincelait de dizaines de petites lumières. On l'avait placé au milieu du transept, entre la chaire et le lutrin. Derrière, contre le mur nord, les tuyaux de l'orgue rugissaient. Le banc de l'organiste était entouré d'une cloison en chêne qui le cachait aux gens assis. Mais Elfrida était debout, et elle était grande. La lumière d'un spot tombait sur le musicien et elle voyait clairement sa tête et son profil. L'épaisse chevelure blanche s'agitait comme Oscar se laissait aller à une inconsciente exubérance.

Beethoven. *L'Hymne à la joie.*

Oscar Blundell jouait de tout son cœur, réconcilié. Il était revenu, revenu au monde auquel il appartenait.

Remerciements

Pendant que j'écrivais ce livre, mon travail fut à diverses reprises paralysé par mon ignorance en certains domaines. Je veux donc remercier ceux qui ont généreusement partagé avec moi leur temps et leur savoir, me permettant de continuer.

Willie Thompson, qui m'a mise en contact avec James Sugden, de Johnston's d'Elgin, me donnant ainsi l'impulsion initiale.

James Sugden, qui m'a fait bénéficier de ses vastes connaissances et de son expérience de l'industrie lainière.

Mon voisin, David Tweedie, pour l'aspect légal du livre.

David Anstice, l'horloger de Perthshire.

Le Rév. Dr. James Simpson, pour son intérêt constant et ses conseils éclairés.

Et enfin, Robin, qui a payé une dette en aidant sa mère à sortir d'une impasse littéraire.